超人时代

上

superman era

李耳 著

山东文艺出版社

图书在版编目（CIP）数据

超人时代／李耳著．—济南：山东文艺出版社，2023.10

ISBN 978－7－5329－6965－4

Ⅰ.①超… Ⅱ.①李… Ⅲ.①长篇小说—中国—当代 Ⅳ.①I247.5

中国国家版本馆 CIP 数据核字（2023）第 153825 号

超人时代

CHAOREN SHIDAI

李耳　著

主管单位	山东出版传媒股份有限公司
出版发行	山东文艺出版社
社　　址	山东省济南市英雄山路 189 号
邮　　编	250002
网　　址	www.sdwypress.com
读者服务	0531－82098776（总编室）
	0531－82098775（市场营销部）
电子邮箱	sdwy@sdpress.com.cn
印　　刷	山东新华印务有限公司
开　　本	890 毫米×1240 毫米　1/32
印　　张	19.875
字　　数	438 千
版　　次	2023 年 10 月第 1 版
印　　次	2023 年 10 月第 1 次印刷
书　　号	ISBN 978－7－5329－6965－4
定　　价	98.00 元（全二册）

版权专有，侵权必究。如有图书质量问题，请与出版社联系调换。

目 录

卷 一
1

卷 二
271

卷 三
357

卷一

一

亲爱的,允许有人拿着钻戒求婚,就该允许有人捧着面包求婚。

"Mum's eyes, Daddy's nose, and Gordon Brown's Debts."① 看着对面刚刚开走的公共汽车上的这句话,还有印着的那可爱的、粉嫩的、金发碧眼的婴儿和命运给他的出生赠礼,杜励不禁叹了一口气。

2008年不是个好年景,布朗②八成是要卷铺盖,从唐宁街10号走人了。全世界人民都在替华尔街破产的投资公司还债,新闻里天天都是赤字、亏空、停业、关门和裁员,各大银行也都是一个接一个捂不住的窟窿。布朗一副苦大仇深的模样,除了加大政府干

---

① (孩子长着)妈妈的眼睛,爸爸的鼻子,(身背)戈登·布朗的债务。
② 戈登·布朗,英国前工党党魁,曾任财务大臣、首相。

预,毫无别的对策。保守党的党魁、影子首相①、牛津毕业的卡梅伦②给数学普遍不太好的英国纳税人算了一笔账,扯下了工党的遮羞布——政府赤字触目惊心!这些年,为了讨好工薪阶层,工党不断为低收入人群减税,又不敢得罪富人朝他们课以重税,财政收入极其有限,三番五次掏过腰包后,国家早就欠了一屁股债。狡诈的布朗,为了自己的首相宝座,为了工党的支持率,不仅透支了大伙的幸福,就连刚出世的孩子都得替他还债!眼瞅着保守党这"一剑封喉"的竞选广告,她怎能不为自己的前途担忧呢?这意味着毕业后,留在英国发展的机会将更加渺茫。

"亲爱的,你怎么了?"正在开车的莱斯特扭过头,望了望她。

杜励摇摇头,没作声。

"采访不顺利吗?你碰上了什么不愉快的事?"莱斯特又问。

她还是摇摇头,不过却笑了笑,问他:"你今天一切都顺利吧?"

他转了转漂亮的蓝眼珠子,又看了看她,别有所指地说道:"我的一天还没有开始呢。"

她瞟了他一眼,耸耸肩,故作遗憾:"真不幸,我的一天已经结束了。"

他被逗乐了。她也抿着嘴笑了,过了片刻后,问他:"你认为卡梅伦能赢得大选吗?"

"我猜你准不希望他上台。"即使只看侧颜,都可以看出莱斯特脸上那一丝十分值得玩味的神情。

---

① 在英国,在野党的党魁被称为影子首相,有监督执政党和执政首相所采取的政策的责任。

② 英国前保守党党魁,曾任首相,出身显赫。

"对，我仇富，我有绅士阅读障碍症。"她把他脸上的表情全都翻译了出来。她不欣赏卡梅伦，一直质疑他究竟是雄鹰，还是个雄壮的麻雀。在她眼里，影子首相大人不过是个含着金汤勺出生、半点苦头没尝过、走学而优则仕之路、一无商业经验二无工业背景的绅士，除了特别伶牙俐齿外，再无可圈可点之处。只凭他那一套纸上谈兵的功夫，把一个国家交给他，能干得好吗？绅士是干什么的？萧伯纳①老先生不早就给过精辟论断了：绅士是自己有钱不用工作，靠别人侍奉，而他只侍奉女士的那种彬彬有礼的人！她固执地认为在这个艰难的时候，英国人是不会把手中的选票投给一个绅士的。看看美国人就知道，宁可把选票投给一个黑人②。关键时候，英国人能犯迷糊？可是，她要么是低估了卡梅伦这个绅士挑拨离间的水平，要么就是高估了英伦民众明辨是非的能力，形势的确不容乐观。

莱斯特更加乐不可支，如果不是因为驾驶座的空间有限，他一准是前仰后合的姿态："你完全不需要担心。即使卡梅伦执政，移民政策收紧了，那也是针对低收入工作群体。"

"可是大众和雇主的心理不会不受影响。同一份工作，面对两个能力差不多的人，他们一定会选择本国人而不是外国人。光签证问题就够人头痛了。"

"你无须为这个烦恼。"他腾出一只手来，摸了摸她的脸颊，"只要我们结婚，签证不是问题；工作有没有，更不是问题。"

---

① 英国著名戏剧家、作家，曾获诺贝尔文学奖。代表作有《人与超人》《皮格马利翁》等。

② 美国人在2008年大选中选择了奥巴马，而不是家世背景良好的麦凯恩。

尽管车里光线昏暗,并不妨碍杜励分辨男友的诚意。莱斯特祖上八代都是有名有号的英国人,和他结婚,的确是拿到大不列颠绿卡最稳妥的途径。然而,她却一点也不领情:"这算求婚吗?我没有见过比这更糟糕的场面和更差的结婚理由了。"

莱斯特使劲晃晃脑袋:"亲爱的,允许有人拿着钻戒求婚,就该允许有人捧着面包求婚。从原始社会开始,婚姻就是解决生活与存续问题的最佳、最实际手段,一直延续至今日。爱情,是文明社会赋予婚姻的一句华丽的广告词。我有足够的诚意……"

"我也有足够的耐心,等你从智人①成长为21世纪的文明人。"没等他把话说完,她就打断了他。

"亲爱的,我不得不把你和虚伪画上等号。你认为绅士华而不实,可你却喜欢一个男人用绅士的方式对待你。"

"莫非你愿意穿越一万年,左手执石斧,右手拿着一只死兔子,向一个脸上涂着油彩,浑身又脏又臭,裹着兽皮和树叶的女人示好,愿意和她同眠共枕,生儿育女?"她一脸顽皮地调侃。

"如果那个女人是你,我愿意!"

"对不起,莱斯特先生。我的社会价值观与婚姻价值观完全不同。我不能接受英国人民选举一个只会夸夸其谈的绅士作为首脑,并不代表我接受把面包当作定情信物的求婚者。"

"啊,亲爱的,我还担心你会说你不要一个基于面包的婚姻呢。我是一个十分浪漫的人,很快就会制造惊喜给你。"莱斯特得意扬扬地吹捧着自己。

不知不觉间,天早就完全黑了,车子在很吃力地爬坡,似乎在

---

① 原始人的另一种称呼,以示和无智的低等动物相区分。

朝山上走。这就是他要制造的惊喜吗？"我们这是要去哪儿？不会是德古拉伯爵①的庄园吧？"她的声音中透着迷惑和胆怯。

"小姐，我提醒你，德古拉伯爵正在给你当车夫呢！"他猛不丁伸出手来，吓了她一下，又赶紧握紧方向盘。两个人都开心地笑了。

没来英国留学前，这个出产了莎士比亚、狄更斯、简·奥斯汀、勃朗特姐妹、雪莱、拜伦、勃朗宁夫人等无数文学巨匠的地方是杜励心中微笑的蒙娜丽莎。她抱着满脑子朝圣的想法，一心想邂逅真正的大师，在他们的引领下，写出不朽作品，成就自己的传奇。

朝圣之旅一走就是六年半，别说比肩莎翁，就连能够与萧伯纳、王尔德②媲美的人才，她都没遇见过，心里别提多失望了。英国的文学界也染上了通货膨胀的怪病，名过其实的博士比比皆是，实至名归的人物凤毛麟角。除了破釜沉舟把自己逼成大师，她看不到别的出路，假如她不打算回国另做其他的筹划。爸爸一直激励她，不要灰心。从时间维度上来说，进阶锦鲤肯定没有愚公移山、精卫填海这样艰难。从概率上来讲，就更应该乐观了。机会面前人人均等，这是公平竞争社会的标配。既然已经西行，求不得宝藏经，也该得到涅槃经，才好荣归故里。是不是？

----

① 吸血鬼德古拉伯爵是英国小说家布拉姆·斯托克创造的典型文学人物形象。其庄园位于一个陡峭的悬崖上，凡是去访问他庄园的人（即德古拉的猎物），都是由德古拉自己驾车亲自去迎接的。在苏格兰，现在每年都会举办纪念斯托克的活动，有不少人装扮成他笔下的吸血鬼，很是热闹。

② 在英国文学界，萧伯纳和王尔德是仅有的敢于当众放出豪言，要超越莎士比亚的两个剧作家。

二

她的心不知为什么，忽然就如同被海浪拍打的岩石一样，无怨无悔地接受着这难以承受的鞭笞，一下又一下，期盼着粉身碎骨的那一刻早点到来……

杜励一大早就起来了，想在四周转转，看看这到底是个什么地方。她站在阳台上，发现居然身处海边。昨晚车子是一直沿着西北方向开的，眼前的海水应该就是被夹在两个海岛中间的、局促的爱尔兰海。远远望去，冬天的大西洋蓝得像一汪冰水，清晨的阳光洒在上面，像一根根闪亮的金丝。海面上，有一座孤零零的灯塔，偶尔有几只海鸥飞过，它们绕着灯塔飞一阵后，就朝着客栈的方向飞过来。大概这个悬崖下面，有个小小的港湾。

阳台底下是客栈厨房的后花园。花园里有不少修剪得整整齐齐的黄杨，看上去就像是一只只饱满的绿蘑菇。还有几株特别不怕冷的英国梧桐，叶子全都在寒风中张着。冬天的阳光从树叶间穿过，叶影投在黄杨上，恰似千手观音捧着这些小绿蘑菇在晒太阳，颇具禅意。花园的另一边是一棵高大的枫树，早已不复最浓时的茂密，不过在这寒冷的冬季，仍然是花园里绝对的主角。树下有个花圃，一条一条整齐的畦田里种的不知是什么越冬的花草，光秃秃的，傻乎乎的，像一群不知世事的孩子，悄悄积蓄着成长的力量……要是天气再暖和点，在这儿一边享受阳光一边用早餐，应该会很不错，可惜此时正值隆冬，即使有阳光，还是太冷了。杜励从阳台外面的楼梯上走下来，穿过厨房的后花园，走到了客栈的外面。

她沿着山坡一直往下走，没走多远，就看到半山腰上，突然冒出一个尖顶的小教堂来。再往下走几步，教堂后面的一大块墓地直入眼帘。下面不远处有一个小村子，十几户人家散落在四周，像是个小渔村。她又往下走了走，也没什么特别的发现，干脆原路往回返。落脚的客栈，不偏不倚，正立在悬崖边，样子扁塌塌的，活像是一只趴在地上、忠心耿耿、等着主人出海回来的狗。

难怪昨晚车子开得那么吃力。杜励一边寻思着，一边沿着小路朝悬崖边走去，想看看崖底的光景。海风吹过来，把她的头发都吹散了，围巾上的流苏啪啪地打在外套上。"真冷啊！"她禁不住用围巾把头包起来，朝下望去。有一条凿出来的石头台阶直通崖底，就像是建筑工地上用的软扶梯，几乎是垂直的，窄得只容一个人上下。悬崖底下是白色的沙滩，青石台子、木头亭子，还有几艘小船底朝天停在那儿，就像是搁浅在沙滩上的贝壳一样。"不知这里原来是干什么的，为什么会有人在这儿盖栋石头房子。打鱼为生的人不会住在这么高的地方，太不方便了！"杜励慢吞吞地往回走，心里满是疑惑。离客栈还远呢，就见莱斯特站在那儿朝她挥手。清晨的阳光洒在他的头上，像是给他戴了一顶耀眼的金帽子，连脸上都是光灿灿的。等到她走近了，他奔过来揽住她："你怎么起这么早？放假不是该睡懒觉吗？"

她以问作答："为什么带我来这儿？"

"我喜欢这个地方。要不是因为在伦敦工作，我真想把家安在这儿。夏天的时候，可以很畅快地游泳潜水。海水清澈极了，底下美得就像是仙女的宫殿。"

杜励笑了，心想，那是龙宫。

"你一定很好奇现在这儿会有什么?"

她点点头。

"一会儿你就知道了。"他卖起了关子。

俩人走回客栈吃早餐。餐厅和住的房子一样,极其简陋,完全没有装修。石头砌的墙还保持着原来的凹凸不平,连层白灰都没刷。木制的柱子,有的在石头里嵌着,有的凸出来露在外面,还可以看到木头上面本来的节疤。大的节疤,像挤眉弄眼的小丑;小一些的,活似厉鬼龇牙的嘴。梁也是粗木的,一根一根地架在房顶上,很结实的样子。见她好奇地东张西望,莱斯特让她猜猜以前这里是派什么用场的。她摇头,表示猜不出来。他接着卖关子:"也许到了下午,你就有答案了。"

用餐的客人不止他们两个,大约有十几人。东西好吃到让杜励意外。她一直以为英国的厨子全都移民了,随便什么人,会炸个薯条,炸个鱼,做个比萨,就敢在英国开餐馆。在外头吃饭,除了填饱肚子,从不敢有什么奢望。可这里的鹅肝让人赞叹,不仅味道浓郁,还非常细嫩,入口即化,就跟炎炎烈日下放到舌尖上的冰激凌似的。咖啡也格外香,里面应该是加了榛子粉。她很好奇榛子是否就产自悬崖后面的山林,喝了一杯又一杯,也没探出个究竟。

餐厅里没有侍者,只有一个特别粗壮的农家姑娘,偶尔走过来,看看客人们是不是需要加点咖啡,或者需要厨房煎块奶酪或煎个鸡蛋什么的。姑娘不怎么说话,红润又丰满的脸上还挂着几分羞涩,只用眼睛询问,用笑容回答。西方上界司食仙女的御厨娘恐怕就是她这个样子。两人边吃边聊,不知怎么就说起了昨天的活动。

"我的一个同学认为特思达的演讲不过是一场筹集资金的商业演出,不具有多大的学术价值。"她说。

"我可不这么认为，科学也需要经费赞助。特思达不算是个贪婪的家伙。他所从事的工作，决定了每个肩负着减排任务的国家和污染大户们在未来的呼吸自由度。他如果想赚钱的话，办法有的是。"

"噢。"她没有藏拙，一脸其实没听明白的表情。

莱斯特笑了，启发了女友一下："他的工作是基础中的基础，人类在未来的呼吸自由度，就是他对生态系统所能容纳的温室气体浓度极限估测值与目前的全球排放基准之间的差额。如果我们把呼吸自由度按照全球人口进行等额分配的话，这就是每个人与生俱来的呼吸权在这个时代的可兑换水平。"

一听这个，她兴奋了："你也在关注呼吸权？你是不是也看了伍德曼的文章？你不觉得他的想法很棒吗？上帝面前人人平等，洁净的空气人人有份——富人有钱可以住大房子，开豪车，坐私人飞机，随便享受，但是上帝让所有人两个鼻孔出气，非要比别人多开几个排气孔，那就买单吧！"

"对，我读过几篇他写的文章，可并不认为他的建议有多么了不起，虽然这个点子听上去很吸引人，尤其是对低收入人群，但是可行性并不高……"

"我不这么认为。配给制在其他许多国家，都曾经存在过。二战时英国政府可以对牛肉、布料、黄油实行配给制，为什么不可以按人头来分配碳排放许可？就像伍德曼建议的那样，只需要每个人办理一张碳排放电子额度银行储存卡。乘坐交通工具或是用电用油用气的时候，除了付钱以外，再顺便刷刷碳卡，这样一年下来，每个人到底是碳超支了还是结余了，一目了然。要是超排了，对不起，请到碳交易所里花钱买碳排放额度，超多少买多少；假如节约了，可以把省下来的额度卖出去换英镑。碳排放许可额度的交易和其他有价证券的买卖一样简单，并非不具有可操作性。你不欣赏伍德曼的提议，恐怕是有别的原因吧？"

莱斯特笑了："亲爱的，你不认为他在煽动憎恨吗？"

"卡梅隆不也在煽动憎恶？选民们对布朗的痛恨从何而来？"

"亲爱的，你可以利用憎恨获得权力，但是你不能依靠憎恨来管理国家，这不可持续。大权在握后，只有不断地出台行之有效的实惠方案，兼顾到各个阶层的利益，才能保有权力。国家不能沦为一群人抢劫另一群人的工具，无论这群人是穷还是富。一项好的政策，需要照顾到大多数人的利益。如果你每周三抽空去议会大厦听听卡梅伦是如何修理布朗，影子大臣们又是如何教训内阁大臣的，用不了多久，就会明白了。按照我的想法，只要出台一个新的税种——碳排放税，让人们根据自己的能源消耗量来纳税，一切问题就都解决了。这恐怕是最行之有效、最节省纳税人钱的做法。伍德曼多半有意从政，这套说辞会帮助他赢得工薪阶层的好感，可并不是什么金点子。千万别被他给蛊惑了，从哈罗公学起，我就养成了习惯，采信一个人的说辞之前，要认真地进行一番独立的思考，你也该这样。"

杜励沉默了，这是她最欣赏莱斯特的地方，只要一谈到严肃的话题，他的头脑马上就可以变得十分冷静、客观，还有从小就养成的质疑求真的素养，正是她这个习惯了记忆与背诵的脑袋瓜所缺乏的。

"你为什么对可持续发展这么感兴趣？在我看来，这是个属于中年人的话题。Evergreen[①]，谁关注，谁在意？只有那些青春即将

[①] 永绿，含双重意思，既指永续发展，也指青春永驻。

逝去的中年人才会关注。有趣的是，地球也正值中年。"莱斯特打破了寂静。他的这一套歪理，其实不堪一击，她可以想出一大堆词来驳斥，比如，少年强则世界强；天下兴亡，匹夫有责；如欲平治天下，当今之世，舍我其谁也？可他一语双关的思辨并不让她反感，于是饶有兴致地反问："到底青年人和老年人该关注什么呢？"

"我们应该把灵魂救赎的工作留给老年人，这也恰恰是他们最需要的最渴望的，因为他们离死亡最近。笃信宗教、天堂和来世，会让死亡变得简单容易。至于年轻人，难道不该开足马力，使出浑身解数来获得成就和财富吗？"莱斯特开始布道。

两人交往以来，他从不掩饰自己对金钱的渴望，而杜励则认为年轻人的存在是为了让世界变得更美好。他否认两者之间存在矛盾，因为财富是改变一切的物质基础。对此，她颇不以为然。作家手中的笔能给予世界什么样的鼓舞和转变？这可和金钱没什么关系。他始终没能说服她。这不是两人之间唯一的分歧，但并没有妨碍彼此走近对方。两颗年轻的心，既各有各的渴望，又弹性十足，在接受着世界的雕刻与塑造之时，留着这点分歧，似乎也无伤大雅。其实杜励之所以突然对低碳这个话题感兴趣，除了为完成老师布置的作业之外，还想知道在人人争当超人的时代，人类社会将如何面对和突破大自然加诸自身进阶之路上的"绿色天花板"。不过，她才开始涉猎这个领域，刚才的探讨已经让她意识到自己和莱斯特在此方面的储备远不在一个级别，不到图书馆里苦读一番武装一下，是不好和他进行什么深入沟通的，只会被他牵着鼻子走。她不屑于藏拙，可不代表就安于一再示愚。见女友沉默不语，莱斯特岔开了话题："那个拿着你的入场券的小不点，是你的朋友吗？"

"经常在一起聊天。"

"她让我想起了一类人，赌场里的人。"

"赌场里的人？你难道不觉得她像一只蚊子？"

"蚊子？"莱斯特笑着在脑子里构思画面：一只蚊子和特思达爵士，简直太有趣了。

"你在想什么？"

"你的冷幽默，恰如其分。提问环节一开始，那个小不点就嗡嗡地向特思达发起进攻，说他所作的情景假设不过是空中楼阁。"

"哦，那他怎么回答呢？"

"反问她：关于地球生态系统的温室气体排放极限的测算方法是否存在缺陷？"

"釜底抽薪，她哑口无言了，是吗？"

"不，她十分镇定地说这不是她的问题，而是一位印度同学的质疑。她无法说服对方，才会求助于爵士本尊。"

"天哪，真看不出来，阿曼达居然会是这么较真的一个人，也未免有点小题大做了吧，不过就是一场课堂讨论嘛。"杜励不由自主地摇摇脑袋，很想知道爵士对此是如何反应的。

莱斯特耸耸肩："他相信了，多半因为她是一个可怜兮兮的小不点。"

杜励笑了。科学家们也不能免俗，十有八九都怜香惜玉，像牛顿那样只被万有引力吸引的，毕竟是少数。阿曼达是挺招人疼的，别说异性，就是身为同性的自己，不也是头回见面就跟她大谈东方相术，夸她长了个胡羊鼻，将来必和华人首富"李超人"一样大富大贵吗？这次还把男朋友讨好自己觐见"爵士"的门票给她了？

阿曼达是杜励的同学，来自中东，身材娇小，说话完全没有重音，走路更是举重若轻，班上同学都叫她"小耗子"。杜励觉得她哼哼唧唧的腔调和动不动就一惊一乍的做派，活像一只蚊子。蚊子姑娘学习勤奋，力求上进，她是获得政府提供的奖学金来读书的，一下子注册了两个项目。关于她是如何让把国际教育当成敛财聚宝盆的英国人接受打了对折的不平等条约，杜励一直十分好奇，却没能问出个究竟来。不过一来二去的，两人倒熟稔起来，关系处于同学之上、知己之下的宽广地带。

今年投行生意艰难，莱斯特想独辟蹊径，看看尚未成熟的低碳市场里能不能挖出金子来，这才到伯明翰来参加研讨会。同期有一个可持续创新展，莱斯特知道，这个课题正是杜励所需要了解的，是采编课古斯塔夫教授布置给学生们的大作业。既然两人同去一个地方，他自然安排了周末节目助兴，还献给女友一张价值不菲的研讨会入场券。英国学术界钻研到封"爵"的人不少，但仍然健在的却屈指可数，杜励留学，目的之一就是寻求高人指点，而他自然懂得送什么能讨她的欢心。但是阿曼达非缠着杜励把机会让给自己，话说得可怜极了："我必须拿到那个可持续发展与经济项目的文凭。写新闻故事只是我的兴趣，是我给贫困生活发的一点点奖赏。我没有父母，只有兄弟们。我没有嫁妆，得靠自己活下去。低碳经济的课程根本就没有一本完整的参考书，我有许多问题要向特思达爵士请教。天哪，我该怎么办？"

早餐实在是太给力了，不知不觉已经吃到十点多钟。莱斯特伸了个懒腰，说要带她到村子里逛逛。换了轻便的衣服后，两人朝山坡下走去。小村庄很热闹，教堂外面的空地上停了不少车辆，有几辆还是那种载游客的大巴车，山脚下还有不少车子正朝这边开。杜励正纳闷呢，莱斯特一把拉住她，像个爱凑热闹的孩子似的跑起来。天哪，这儿居然是个圣诞集市——为迎接2009年前的圣诞节而举办的集市。杜励看什么都新鲜，来英国这些年，还是第一次到农村来赶集。集上卖啥的都有，吃的、用的、玩的，还有表演杂耍逗乐的。听说最初的时候，这里只是附近村子里的农民定期卖些土特产，后来人越聚越多，出售的东西也变得五花八门，来买东西和顺便逛逛的人也就更多了。

她看到了像小脸盆那么大的猪肉派，和中国大西北的锅盔似的。莱斯特告诉她这种猪肉派特别好吃，里面的猪肉是拿松木熏过的，还加了许多香料。摊主很会做买卖。他在偌大的派的中心切下一个小三角，把这一小块递给她尝尝——据说这是一个派的心，皮最薄，肉馅最嫩。果然好吃，杜励竖起了大拇指。既然把派的心都给挖吃了，她哪好意思不掏钱把它的肉身搬回家？只是回去得乘火车，不知道该用什么东西来装这个大家伙。摊主眨眨眼，说 easy as easy is（这玩意很容易拿）。他把一个派切成八块，用油纸包好了，递给她拿着，那神情无异于把熟鸡蛋磕破底部立起来的哥伦布。热情的摊主还从随身的大口袋里拿出了很小的一瓶酒来，硬要她收下："这玩意配着派吃，比伏特加就腌肉还让人畅快。"她还在犹豫呢，莱斯特已经替她做主笑纳了。

说起下酒菜来，干奶酪也是一个不错的选择。据化身导游的莱斯特介绍，这儿的干奶酪也十分出名，口味极其丰富。在一个卖干酪的摊子上，他买了结结实实的好几大块，有白色的、黄色的，还有橘色的，掺着辣椒粉的像果冻式样的。他非要杜励尝尝那种橘色的，以及掺着辣椒粉的像果冻式样的。她素来口轻，这种酸酸的干酪正合适。天气实在太冷了，她不敢在外面吃这又凉又腻的东西，耸耸肩说自己的"东方胃"还是习惯吃草。莱斯特讨好地说："一会儿找个地方吃饭，让厨房煎热给你吃！"他接着嬉皮笑脸地给她科普为啥这儿的奶酪有这么多独特的口味——很久很久以前，此地农民在地里忙活了一天，回家没吃晚饭之前，会先坐下来喝杯淡啤酒，吃点干酪。咸的、甜的吃腻了，就想换个口味。有个聪明的老兄试着在干酪里撒了把辣椒，味道居然不错。这大大地激发了邻居们的想象力，大家比着法子搞发明创造，一下子什么口味的干酪都有了。

  吃的不必提了，应有尽有，还有不少玩的。杜励尤其赞赏的，是一个卖小糖人的摊子。这些个小糖人做得实在是太可爱了，乍一看，就跟以前北京走街串巷的手艺人捏的面人一样。仔细看，又和面人不太一样。北京面人紧凑，眼睛、鼻子、嘴，还有手这些地方捏得很精细；可这儿的糖人呢，五官和手足都只捏个大概，夺人眼球的是神韵。摊主很有两下子，三下五除二就能抓住人的特点。摊子上摆着的小人，表情和动作都十分值得玩味。杜励站在那儿，目不转睛地看啊看，活像是一个眼馋的孩子。莱斯特马上自作主张，掏钱让摊主做一个 Little Dorrit①。摊主一边和她说话打量她，一边手里忙活着。不一会儿，就大功告成。小人穿着一件巧克力色的裙子，肩上围着一条白色的斗篷，还睁着一双好奇的大眼睛。杜励很是满意，爱不释手地握着。

  路上还有小丑，专门和人合影，挣点小钱。杜励拿着小杜丽，莱斯特一手搂着她，一手搂着小丑，笑得堪比得意扬扬的金发大灰狼。莱斯特长得相当精神，个子挺拔，一双细长的蓝眼睛光芒四射，仿佛晴空下的闪电，很有杀伤力。拿着照片，美滋滋地欣赏了好大

---

  ① 小杜励（丽），这是一个谐音梗，英国作家狄更斯笔下的人物小杜丽是个相当乖巧的年轻女孩。

一会儿，他很是满意，把相片揣进了外套内的口袋里。都走出去一大段路了，他还跟个兴奋的大孩子似的，一个劲地夸女友不仅天生丽质，还特别上照，如此衣着，十足就是一个穿越时光的美人……他越说越兴奋，干脆停下来在美人那"迷幻如诗"（莱斯特语）的大眼睛上亲了又亲。杜励脸红了，推开了他，三步并作两步向前跑去。莱斯特哪肯放过她，追了上来，把她搂在了怀里，又是一阵热吻。

俩人一口气逛到了下午两点多钟，早餐吃得很饱，还一点都不饿，于是干脆去了教堂。那儿有特别实惠的热汤、咖啡和茶供应。与伦敦、爱丁堡气势恢宏的大教堂相比，这个小教堂简直太质朴了，没有一点点修饰。里面管事的，还有忙来忙去端茶倒咖啡的侍者，并不是教士和修女，而是一群老头老太太。汤的味道很是不错，里面放了土豆、咸鱼干、大米、稀奶酪，还有许多胡椒粉。

从教堂出来已不早了，在这快接近极圈的地方，冬天的白昼比铂金还稀有。莱斯特拽着她一阵疾走赶回客栈，叮嘱她晚上有活动，一定要穿暖和点，带上过夜的衣物。从客栈再出来的时候，他手里多了一个篮子，里面装着客栈给做的三明治和饮料。一个宽脸、方下巴、留着两撇浓胡子的中年男人在客栈门口蹲着抽烟，一看见俩人就迎了上来，接过莱斯特手中的篮子，朝悬崖边走去。杜励疑惑地看着莱斯特，他神秘地眨眨眼。

天哪，居然是要出海！

那个中年男人掌着舵。他穿件皮袄，戴着顶呢帽，坐在小艇的最前面，手放在方向盘上，有一搭没一搭地和莱斯特说着话。他的口音很重，夹着俚语，杜励听不大懂，并不十分关注。莱斯特时不时地望望她，朝她挤眉弄眼地笑……

太阳虽然还挂在天上，但离海平面已经没多远了。海面上红彤彤的，看来为了迎接回家的太阳，海神已经早早地把炉火生了起来。海水荡漾着，流光溢彩，犹如炉膛里跳动的火苗，又恰似海神期盼的心。小艇在大海上疾驰，朝着远处那一片红彤彤的地方飞奔，就好像是要赶着去接太阳。"这血色黄昏真是动人，"杜励不禁在心里赞叹，"不知日出时又是一番什么样的光景。"

她怎么也想不到莱斯特会制造这样一个惊喜，带着她住到灯塔上来。塔楼很小，简陋，却也别有情致，螺旋式的楼梯从底部一直伸到塔顶的瞭望台。小小的瞭望台收拾得很干净，物品虽简，却一应俱全。瞭望台的上面是一个更小的阁楼，过去是用来藏枪支、弹药和粮饷的。这里曾是个要隘，总有哨兵守着，瞭望敌情，一旦出现异常，就通风报信，悬崖上的客栈本来是驻兵的。她问莱斯特这地方叫什么名？他把眼珠一转，瞎诌说叫 Gladby①。

夜深了，莱斯特睡得很香甜，躺在床上的杜励却不知怎么醒了。杜励转过身来，趴在窗口，朝外望去。海风呼呼地吹着，海浪不停地拍打着灯塔底下的岩石，似乎有一条美人鱼游出了水面，坐在石头上，一边用尾巴拍着水，一边用沙哑的声音唱着歌，问世间是否还有——如自己一般的痴心人：

……
  我愿活在你的爱里，就像海底的蔓草，
  即使时时刻刻得（忍受）被浪花冲淘；
  我愿意清空积攒在灵魂深处的所有梦想，

---

  ① Gladby，意为快活村或欢乐谷。这是莱斯特开玩笑瞎编的地名，实际可能叫 Galdby 或者 Galderby，或是其他什么名字。

只为随着你的心跳动,伴着你的灵魂前行。①
……

夜,黑茫茫的,根本分不清哪里是天,哪里是海;仿佛整个世界都在沉睡,除了不安的海……过了许久,月亮挣扎着从黑色的云层中钻了出来,远处的海面上瞬时波涛汹涌,黑色的海水一层又一层地向外翻滚着,露出了漩涡当中的一片亮光,就好像一个巨人忍着剧痛剥开了胸膛,非要把自己那颗饱受痛苦的心掏出来给人看似的……白天所有积攒下来的快乐顷刻间荡然无存了,看着中指上才戴上去没多大会儿的戒指,她的心不知为什么,忽然就如同被海浪拍打的岩石一样,无怨无悔地接受着这难以承受的鞭笞,一下又一下,期盼着粉身碎骨的那一刻早点到来……

三

要不说这是一个厚黑的时代呢。你要说自个黑,没人在你脸上挑白斑,还一个劲地表扬你——诚实,谦虚,不爱吹捧自己。可你说自个白试试?

程老板瞅着对面一脸笑嘻嘻、人世不通的表外甥女,可不是一般地愁。这都怪自己的妈妈,眼前这小红姑娘是他二姨的小姑子婆

---

① 节选自美国女诗人萨拉·梯斯苔尔(Sara Teasdale)的诗《我会爱上你》,萨拉·梯斯苔尔是美国历史上首位获得普利策奖的女诗人。

家丈夫的外甥女，八竿子才打得着的亲戚，自从来北京打工，就托付给他了。

受人之托，忠人之事。从小姑娘踏进北京城的那天起，他就替她筹划上了。现在农村是个人就出来打工。出来的时候想得可好了，打几年工，挣几年钱，就回家去过好日子。可一出来，就不想回去了。不想回去也行啊，你得在城里立住脚，你得有个一技之长，还得给自己找准位置。这人一旦定位找准了，只要不比别人笨，不偷懒，基本都能过上安稳的小日子。他不主张小红去工厂打工，学不来啥手艺，还成天累得哼哧哼哧的。不如找个学校学点啥。守着北京城这么多大学、中专、技校学点护理常识，当个护士多好。你想啊，哪个人一年四季不犯个头疼脑热的，往医院跑几趟呢？谁一辈子还不生个大毛病，住回院呢？真到了医院里头，谁不想碰上个好护士，打针输液麻溜利索，给病人端屎倒尿还不带嫌弃呢？城里长大的姑娘谁爱干这伺候人的工作？要是外甥女用个几年的工夫业余拿个护理文凭，还发愁留不在北京城？可小红不听他这个表舅的话，说自己一看见书上画的那些密密麻麻的血管就犯晕。程老板只好退而求其次，让她学会计课程。现在是全民皆商的时代，大大小小的公司今天开了，明天关了，后天又开了。哪个公司不需要会计出纳呢？学会了会计，也不愁饭吃。小红这才勉强报了夜校，原因可不是程老板讲的那一套，她有自己的理由：俺从小就爱拿着一摞票子点啊点。

可她这才来了几天呀，就不安生了。先是找了一家当保姆，后来嫌这家工资少又换了一家。他不住地埋怨：" 好好的换什么人家？那个地方离城里这么远，你还怎么上培训班啊！"

小红一点也没生气，还是笑嘻嘻的："那个啥，小表舅，这家给钱多。"她岁数不大，连二十都没有，脸上还毛茸茸的，透着鲜红苹果的颜色，长得不仅鼻子是鼻子眼睛是眼睛，一笑还有两个酒窝，挺招人待见的。

"不是跟你说了吗？现在不是挣钱的时候。能多多少？不就是……"程老板话还没说完呢，外甥女就打断了他，乐呵呵地说："每月能多给一千块钱呢！这可不是仨瓜俩枣的钱。"

"这咋不是仨瓜俩枣的钱呢？就这点钱，你现在觉着宽裕了不少，将来呢？你想过将来吗？你能在他家干一辈子？你要这仨瓜俩枣的钱干什么？"程老板越说越来气，指指她的衣服、头发和脸，"就为了几件好衣服，就为了把头发染得黄不黄黑不黑的，就为了在脸上搽个粉涂个胭脂。这么大的人了，也不好想想，你的将来还没这些个东西值钱？你一个当保姆的，天天就是买菜做饭，打扫卫生，你需要化妆吗？你只需要一个口罩！你刚来的时候，我跟你怎么说的？当保姆只是第一步，咱先吃两年苦，挣点小钱把自己养活了，趁年轻多学点东西，别整花里胡哨没用的玩意。你在那个会计培训班，学得咋样了？"

姑娘不吭气了。

"我问你呢？你怎么不言语啦，学得咋样了？"

"就那样呗。"

"就那样是啥样？你都会吗？"

"要是都会，还去学啥呀？"

"我看你是没去学。是不是？"

"小表舅，你就别操这个心了。我要是想上学，还能来北京当保姆？我一看见书就头疼，一看见数字就犯晕，就不是那块料。再说了，我也不适合当会计。你说我这么喜欢钱的人，天天守着一大堆不是自己的钱，这么倒过来正过去地点啊点，心里头是啥滋味啊，这不是给自己添堵吗，日子长了还不得跟那个西施一样整天犯心口疼啊！"

"你这油腔滑调的打哪儿学的？你刚来那会儿，多朴实的一个孩子。"他白了她一眼，寻思开了：北京可不是老家那个小县城，而是一大花花世界——花儿多，采花贼更多。别再是去了什么不三不四的人家，把好好的一个小姑娘给带坏了。想到这儿他赶紧说："我还没问问你新去的这家人家是干什么的，别不是什么正经好人家……"

小红一听来劲了，没等他说完就吹上了："那你可猜错了。人家一家子住在大学堂里，学问大着呢！大巍哥说了，不想学习就不要学习，一个人要按照自己的兴趣来。他说外国人都这样，家长从来不逼自个的孩子。喜欢啥，就干啥。喜欢穿衣打扮，那就穿衣打扮吧，没准还能整出点出息来呢。他说外国有一个大设计师，说话不仅娘娘腔，还爱扎一个小辫，从小就特喜欢玩女孩才玩的洋娃娃，还爱拿着碎布条子给洋娃娃做衣裳。他妈就不像大多数妈妈那样，非得让自个儿子念书，当官，当医生，当律师。结果呢，他成了大设计师，全世界有名的人都想穿他做的衣裳。他不管做啥样的衣服，人们都说好。人家现在那钱挣的，哗哗的，用大巍哥的话说就是名利双收……"

"你等等，你等等，大巍哥是谁？谁是大巍哥？你打哪儿认识的？"程老板忙打断她的话问。

"你看你又想歪了吧。"小红一撇嘴，"大巍哥就是我现在干活的那家人的儿子，人家可是高端知识分子家庭。老头是教授，女儿在国外读研究生，儿子上的是清华美院，画画可好了，画啥像啥，就跟真的似的。"

"他家还有谁？为啥能多给你钱啊？"程老板不放过一丝破绽，为了外甥女的福祉真是操碎了心。

"为啥能多给我钱？就因为北京城里的保姆没几个愿意端屎倒尿擦屁股地伺候人！"小红有些生气了，叽里咕噜把情况全交代了，"大巍哥他妈瘫痪了，脑子也坏了，成天拿着一张儿子闺女小时候的照片看，嘴里老是念叨'哆罗，哆罗'，怪可怜的。大巍哥说阿姨是想他姐，念叨他姐呢。我可纳闷了，他姐咋叫这么个名呢？大巍哥跟我解释，说他爸是教外语的，给自个俩孩子起名全是外国名翻译过来的。女儿叫哆罗①，儿子叫大巍②。姐弟俩的名字都是'd③'打头的，就跟咱们中国人起名似的，每家孩子的名字中间都有一个重名。"

"那叫辈分字，家谱里带的。"程老板放心了，给外甥女普及着文化常识。说着说着，又唠叨上了，把他一早就给她制定的什么小姑娘北京生存指南强调了再强调。

"这小表舅心眼可真多。"虽说小红知道好歹，可谁愿意听长辈絮叨呢？更何况这个长辈……咋说呢？他这长相实在太寒碜了，和大姨姥爷姥娘一点都不像。人瘦、个矮也就算了，还长了个猴子头；长个猴子头也就罢了，五官还相当辣眼睛：眯缝眼，尖鼻子，连耳朵都没长全。姥姥爷两口人高马大怪排场的，这小表舅活像是狗窝里养出来的短耳朵老鼠……大巍哥长得多帅啊，往那儿一站，

---

① Dorrit.
② David.
③ 此处发音为 de。

就跟明星似的，要不然楼下的那个小保姆也不会给他起个外号，叫他"晕倒一片"！哎，自己这是想哪儿去了……

把外甥女送上地铁的程老板，准备回办公室，打算再继续拼搏一会儿。他平时一周五天，每天八个小时都用于外出搞销售工作。什么工作总结啊，业务方向把控啊，策略制定啊，全放在了八小时以外和双休日。反正他一个单身创业的丑男人，一个人吃饱了全家不饿，既没女朋友要哄，更没老婆孩子拖累，不把时间用来思谋正事，能成大器吗？不知不觉间，他走到了写字楼门口。

奇怪，大周六的，门口停了好几辆出租车，还围了一群人。行走江湖这么多年了，程老板从不好奇扎堆看热闹——咱惹不起还躲不起吗？远在小学时代，他就在那些嫌恶他丑的男同学们的拳头下，痛彻地领悟到了弱者的江湖生存法则，这些年一心求财，更是把谨言慎行贯彻到了日常生活的点点滴滴，从没出过什么岔子。但是今天这群人恰好围在门口，挡了大半个门，他只能猫着腰，从人缝里钻进去，还把右手举在胸前一摆一摆的，像举着个投降的白旗似的，嘴里念叨着："承让，借过。承让，借过。"也不管里面的人吵吵什么，反正不关他的事，只要进了门，到了自个办公室，该干吗干吗。眼看马上就要和平驶离是非圈了，不知被哪个手贱的家伙给推了一把，他一个没站稳，扑到一个满脸横肉的家伙的胖胸脯上了。这下坏了，满脸横肉的家伙把他揪住，照脸就是一拳头，嘴里还骂骂咧咧的："你瞎眼了，敢往老子身上撞！"程老板的鼻子立刻很不争气地流血了，嘴咧得老大，就好像是为了把鼻血给接住了似的。幸亏中间站着个年轻人，伸手扶住了他，要不然他准得被这帮人当沙包来回打。他只觉得两眼冒金花，眼前全是一张张凶神恶煞却看不清五官的脸。他十分委屈，鼓足勇气大吼一声："你们怎么打人啊？我跟你们往日无……"他"冤"字还没出口呢，脸上就被人啐了一口。"打的就是你们这些外地来的狗！"这些家伙们一拥而上，围着他和那个年轻人，一通拳打脚踢。保安没敢过来拉架，打了110。十几个警察开来几辆警车，把所有参与斗殴的人都请进了局子。

一进派出所的禁闭室，两下里就分了帮。那几个动手的家伙抱着头蹲一边去了，这边蹲着的只有他和那个年轻人。程老板偷眼打量着对面的一帮人，意外地发现他们个个身上都挂了彩，一点便宜没占着。他心里的气消了一大半：别以为你小耳朵爷爷好欺负！你们都是猪鼻子插葱——装大象！来真格的试试！他倒没忘了，就自己这又瘦又矮还干巴的五短之躯，哪是人家的对手，要不是那个小伙子，一准得被这帮人给打死。他扭过头来，准备好好端详端详自己的这位患难弟兄。来的时候，两人不是一辆车，没机会好好瞅瞅人家。嗨，这小伙子站起来肯定得有一米八多，身板结实，留着那种当兵的人才留的寸头，特别利落。别看人家也抱头在那儿蹲着，可怎么瞧怎么像个英雄好汉，哪像对面那帮耷拉着脑袋的家伙！他正瞎琢磨呢，警察开始一个一个把他们叫过去问话了。

负责审问程老板的警察是个小年轻。程老板的屁股刚擦着椅子边，还没坐稳当呢，年轻警察就把桌子一拍，眼睛一瞪，厉声问道："说，为什么打人？为什么聚众斗殴？"那架势就跟开封府的包拯爷爷升堂似的。

程老板给他吓得一激灵，赶紧朝椅子后面靠了靠。抬眼一看，这小警察同志长得还挺精神，两眼黑白分明，一看就是刚从警校毕业分到派出所当片警没多长时间，对待工作绝对不会睁一只眼闭一只眼地打马虎眼。程老板多有江湖经验啊,立刻点头哈腰地说:"警察同志,是他们先动的手。我属于正当防卫。"

"还正当防卫呢?你怎么不干脆说你是见义勇为呢?"小警察同志还挺幽默。

"警察同志,这帮人我一个都不认识。我……啊……是送了外甥女到地铁,返回来准备去办公室加班的。我自己开了个小公司,办公室就在楼上。那群人把门给堵住了,我一直叨念着'承让承让……',只想着赶快进门上办公室里待着去。谁知道有个家伙看我不顺眼,照脸就给了我一拳,打得我满脸是血……"

"所以你马上就还手了,还立刻就有一个特别能打的帮手?"

"我没有还手,警察同志。我问他们,咱们不认识,你们干什么打我?不知道哪个没礼貌的家伙啐了我一口,说打的就是你们外地来的狗,于是一群人就上来打我。您说我有一个特别能打架的帮手?您说的是我旁边的那个小伙子吧。那小伙子我也不认识,也不知道他为啥碰巧了在那儿。要不是他扶我一把,我估计就得被人当沙袋打。您看我头上戴着的这顶帽子,就知道我遭老罪了。"说着,他把自己的那顶备受摧残的帽子摘了下来,恭恭敬敬地作为呈堂证据。

小警察看都不看一眼,冷冰冰地说:"你的意思是,你们不分青红皂白就这么打起来了?"

"是他们不分青红皂白地打人!这帮人太可恨了。这都啥年月了,北京到处都挂着'首都人民欢迎你'。他们还管外地人叫狗。这也……"程老板说不下去了,他想说这也太不是东西了,可这个小同志一脸正色,自己要是说脏话,准得招来一阵训斥。然而即使这样，还是被训斥了。

"他们这样说的确是不对，但这也不能成为你们打人的理由！你瞧你俩把他们揍的！要是从前没有过节，能下这么重的手？"

"警察同志，真没过节。我不知道这帮人是干啥的，也没见过他们，可他们一个个恶狠狠的，跟地头蛇似的。下手重，主要是没能控制住自己疾恶如仇的脾气。我是山东人，梁山好汉的后代。不过您可别误会，我从不惹事，一般的事忍忍就过去了，可这帮家伙不给机会呀。"程老板极力解释。

警察同志可不吃他这一套，扫了一眼他，略带鄙夷地说："你还梁山好汉的后代呢？我看你就是个惹事的主。你这耳朵咋没的，是不是打架叫人给撸了？"

"警察同志，这都啥时代了，您不能再搞外貌歧视。我一生下来就长这样，属先天性有缺陷型残疾人。"他抗议中连带解释，就差把耳朵伸出来让人家视察一下有无后天性创伤型疤痕了。可他这话说得有点搞笑，要不是警察同志使劲绷着，准得扑哧一声笑出来。

"嗨，你词还挺多的，还外貌歧视呢！你不知道什么叫相由心生啊？就你长这样，还非跟我在这儿扯什么心灵美！"

"要不说这是一个厚黑的时代呢。你要说自个黑，没人在你脸上挑白斑，还一个劲地表扬你——诚实，谦虚，不爱吹捧自己。可你说自个白试试？一群人拿着放大镜在你脸上找黑痣。没有黑痣，找雀斑。但凡找出个米粒大的灰影来，就说你吹牛，虚伪，德不配位。哎，我也不说啥了。谁叫我长这样呢，从小连爹妈都不待见……"

"哎,我说你还真贫嘴啊!"小警察打断了正滔滔不绝地给自己灌输人生哲理的程老板,心想,还真是人丑牢骚多。

"警察同志,我就再说最后一句话。"程老板给自己开脱,"我说的话都是真的。您要不然问问和我站一边的那个年轻人。那伙人不知道为啥找他麻烦,他应该能证明我说的话不假。实在不行啊,您再辛苦一下,找大厦的保安问问。我一单身创业丑男人,天天别人下班我加班,只差没睡办公室了。大厦里的保安都认识我,都能证明我一直是遵纪守法的好市民。"

"说完了?"小警察同志一本正经地问。

他赶紧点点头。

"你说的情况,我们需要核实一下。要是情况属实呢,我们就……"小警察同志的话还没说完呢,程老板就插嘴:"就立刻放人,对吧,这我知道。我这是正当防卫,不应该算寻衅滋事,扰乱社会治安。"

"你说还是我说?"

"你说,当然是你说。"他又点头哈腰的,"只是我还有一个小小的请求,警察同志,能不能跟那个小伙子说说,让他出来的时候等等我。这小伙子,太能打了,绝对是个爷们。我想跟他交个朋友!"

"嘿,你还跑到派出所里搞社交来啦?"小警察瞪了他一眼,转身出去了。临出门的时候,头没回,却给撂了句话:"我给你问问。人家要是不待见你,我也没办法。"程老板高兴得笑出一脸褶子来,就跟个刚剥开壳的核桃似的。

四

现在四下里谁播新闻的时候嗓门最大？美国CNN。谁成天编故事娱乐全世界？好莱坞。谁还肯出钱买童话？迪士尼。

整个上午，俩人都待在灯塔里。从黎明起天就阴沉沉的，后来，又下起了雨，风也刮了起来，就好像焦急的天空在使小性子——太阳呢？怎么失踪了？

这样的天，肯定是哪儿也去不了啦。杜励一直靠在床上看书。这阵子，她迷上了哈代①，随身带的是《还乡》。她老是能从游苔莎身上看到自己的影子——一个命运多舛，在人生的洪流里，用尽了手段和气力，却总也达不成心愿的女人。

"你竟然在看书？"睡醒了的莱斯特一边惊呼，一边顺手把她的书拿过来，瞟了一眼后，扔到了旁边。杜励无奈地摇摇头，抓起自己的书。他又把书夺过来，干脆扔到了床脚，以一个清晨的吻平息着她的抗议。杜励垂下了眼帘。她的嘴唇冰冷而又干燥，就像是无奈地滞留在沙滩上的一只小小的贝壳，在他执着的探求、吮吸、纠缠下渐渐张开了，露出了里面温暖柔软的舌……过了一会儿，他把

---

① 托马斯·哈代，英国作家，《怀乡》是其代表作之一。农家姑娘游苔莎是个充满魅力的年轻女人，为了实现自己去巴黎生活的梦想，抛弃了旧爱韦狄，嫁给了回乡办学的珠宝商人克林。克林早已厌倦了巴黎，决心留在家乡当个教书先生。他潜心读书，不幸得了眼疾，双目几乎失明。游苔莎选择与韦狄一起私奔，可惜在离去的当晚，天空下起了飘泼大雨，两人溺死在暴发的洪水里。

头支起来,仔细地端详她:"要是换作我,你在我身边,我根本无法读书。"

"那我应该干什么?傻乎乎地看着你睡觉,然后流口水。"面对他,她很少词穷。

"为什么不呢?恋爱的人就应该是恋爱的样。"

她把眉头皱起来,表示不能苟同:"按照你的说法,恋爱的人全都阶段性脑部瘫痪了。噢,难怪毕加索只要一恋爱,就能画得比谁都幼稚奇怪。"

莱斯特转转眼珠子,想了想,认为她说的话不对。他把头摇得跟钟摆似的:"亲爱的,你错了。恋爱的人在爱人面前是傻瓜,可面对世界他更聪明了,而且还会变成一个勇士。"

杜励看上去有点尴尬。莱斯特一只手把她揽过来,亲了她一下。

"你以为,这样会让我变得傻一点吗?"

"哦,亲爱的,你又错了。你看,你已经够傻了,我是希望你变得聪明点。"

她伸出胳膊来,想要打他,却被他一把抓住。两人继续着他们的辩论——到底恋爱会让人变傻还是变聪明,到底杜励傻莱斯特聪明,还是莱斯特傻杜励聪明?这样的辩论当然没有结果。莱斯特转移话题,问她为什么看哈代。

杜励回避了这个问题,反问他怎么看游苔莎。

"一个被命运捉弄的美人,相当足智多谋,非常不屈不挠!"

"你不认为她遗弃了真爱?"

"婚姻就是一个机构。即使有人把它当成是提高社会地位、改善生活质量或是实现梦想的手段,在我看来,也无可厚非。此理等同于高等教育。大学也是一个机构，许多人上大学是为了获得一个更好的就业机会。"

莱斯特发表这番言论时，杜励一直望着他，掂量这闻所未闻的观点里，究竟有多少是他真实的想法，有多少语不惊人死不休的成分。她又问他什么是爱，莱斯特愣了一下，不明白她为什么会问这个蠢问题。"因为她变笨了呗。"杜励回答。他被她逗得哈哈大笑，笑过之后，给出了答案："爱，很简单，就是要快乐。"看到女友的脸上露出了不认同，他吻了她一下，又补充了一句："人生不也很简单吗？幸福就够了。"

杜励脸上的不认同并未退去，莱斯特就拥她入怀，紧盯着她的眼睛，说了一段颇值得玩味的话："亲爱的，你给自己设定的目标太宏伟，拖着个庞大的巨兽行走，哪里还有快乐可言？何谈享受人生？你得把它放下，随它去，兴许走着走着，你们就重逢了，或者把它交给我，让我替你来处置它。"

"那么你打算怎么处置它？把它杀了，做成标本，放进客厅的展柜？"

"亲爱的，你错了。我会和你一起努力，给它一个好去处，比如一个巍峨高大的城堡。我不想让你一个人拖着它四处奔走，就好像一个小小的蜗牛背着一个比自己大许多倍的壳……"

她的双眼湿润了。到底她是一只滑稽的蜗牛，还是一头固执的乌龟？束缚着她的仅仅是理想吗？在他的怀抱里，她柔软了许多……

下午，离开小村子的时候，杜励忍不住地回头望，想再一次看看这个让自己的心如此大起大落的地方。也许它就该叫作欢乐谷，来这儿的人，就算有多少烦心的事，享用过美食，眺望着大海，再和那些朴实达观的村民们聊聊，也会把忧愁甩到一边，只要保证不在暗夜里被不安的海唤醒……

莱斯特开车一路返回伯明翰。在火车站，他把租来的车子还了，取了两人的火车票。他回伦敦，她回约克。杜励一向抗拒这种离别的场景，坚持就像两个放学一起结伴回家的小伙伴似的，彼此挥挥手，说声再见就好了。但他还是很有风度地抓住女友的手，吻了吻，目送她走下站台。

坐在火车上的杜励昏昏欲睡。天已经黑了，外面啥也看不清，除了偶尔闪现的零星的灯光。从伯明翰回去路上要将近四个小时，只能睡觉，没别的方式消遣。车厢里的光线实在太暗了，看书费劲得很。可车厢里也不暖和，坐着还好，一旦睡着了，马上就会冻醒。杜励觉得一定是自己坐立不宁，打扰了对面正在闭目养神的老先生。老先生被搅了清净，有些愠怒，但是看到她一副惴惴不安的神情，反而颇为慈祥地问她："俄罗斯人？"

在国外，杜励已经多次被误认为是俄罗斯姑娘了。她没少跟爸爸抱怨，让他好好查查家谱，是不是有位高祖爷爷跟着草原雄鹰成吉思汗大帝策马小亚细亚的时候，顺便拐带了个波斯美女回来，这点异族的血脉传啊传，传到她这一代居然还返祖显灵了，害得她长了一双猫眼石般的黄眼珠和一个高耸的尖鼻子。她礼貌地摇摇头说自己是中国人。

"噢，中国人。"老先生好像一下子来了兴致，"我在中国待过，差不多有二十年。"

轮到杜励感兴趣了。她的眼睛一亮，一点也不困了，问老先生："您在中国哪里？"

"香港。我也去过台北，还有广州。我为怡和洋行工作。一开始在印度,后来去了中国香港,直到几年前退休。"老先生停了停,看看自己的腿,"我现在跑不动了。"

杜励开玩笑:"我现在也跑不动了,我才出去旅行了两天。可您呢,您可旅行了二十年呢!"

老头被她逗乐了,两人你一言我一语地聊了起来。老头问她是不是来英国很多年了,赞美她英语说得很流利,人也一点不拘谨。杜励答,自从上大学就来了。老头又问她想不想留在英国。她表示,工作不好找,签证又难拿,还在犹豫。也不知咋了,她忽然脑筋一转,问老先生有什么建议。

老马识途嘛,老先生还真不客气,立刻就给出了专业级别的建议:要是杜励求财呢,那她应该回国,投身商海,那儿的发展空间大,捞钱的机会自然多;要是她求名呢,那她应该先留在英国,过几年再找找机会看能不能去美国。她是学文学的,以后必是想靠卖文为生。现在四下里谁播新闻的时候嗓门最大?美国CNN。谁成天编故事娱乐全世界?好莱坞。谁还肯出钱买童话?迪士尼。

杜励笑得很勉强。

老头是过来人,经过多少世故啊,一看姑娘这样,就明白了七八分,马上又说,要是她有心上人了,那一切都不用考虑了:"爱是至高无上的。爱在哪儿,就该在哪儿。"

难得碰到一个如此富有阅历又睿智的长者,她说出了心中纠结很久的疑惑:"人生只要爱就够了吗?"

"这我可说不好。也许过些年你自己就找到答案了。无论如何,你得静下来,听听自己的内心,你要听它指挥。按照你们东方人的讲法,每个人的心里都住着一个菩萨,他庇护着我们。他仁慈,充满了智慧,却不喜欢多嘴。我们得在夜深人静、无人打扰的时候,和他交流。要是你听懂了他的语言,也许就不会为自己做出的选择而后悔。"老先生谆谆以告,"没人能替另一个人做判断和决定,每颗心都是独一无二的。无论你做出了什么样的选择,千万不要因为遇上了乌云和闪电,便夺路而逃。即使菩萨承诺了幸福,也不一定会承诺通途。"

杜励不说话了,朝窗外望去,外面仍然是漆黑一片……

为了留下来,她硬生生挥刀斩断情丝……可是,并没有得到事业女神的眷顾。从大学象牙塔降落到社会这个过程,她一直无法把自己投递到指定位置上,只能和一群与自己境遇差不多的、来自世界各地的文学青年们,落在伦敦的"准文学流浪者营地"里,靠做各种与写作沾点亲或是完全不带故的工作给理想蓄电。几年下来,签证快到期了,只好重回学校读硕士课程,好给自己一个二次投胎的机会。这期间还义无反顾地开始了一段新的恋情,谁知又碰上了金融危机。费了九牛二虎之力,也不过是没被现实的狂风吹打至偏离航线,失望和痛苦益发绵长,如同脚下绵延的泰晤士河一般,不到大海不到头……

最近,她常常梦见过世的姥姥,还有姥姥家院子里那棵死了的石榴树。人人都知道石榴是晚开花,谁知有一年到了节气,花儿根本没有开足,就谢了。姥姥说它是着急挂果。那年的石榴结得并不多,也不大,但每一粒籽颜色都特别深,特别甜。可惜冬天还没来的时候,树就枯了,第二年春天也没活过来,让人难过了好一阵子。舅舅把树干劈开当柴火烧的时候,她专门看过,树心都枯了,只有外面的筋牢牢地撑着。她老是疑心自己将来会不会像那棵石榴树。在梦里,姥姥每次都颤颤巍巍地问她:"为什么你到了挂果的年纪,还在外面漂着?任你再是多好的品貌,谁还能等你一辈子?"

火车抵达约克,已是晚上八点多。杜励才下车,手机就响了,是萨拉:"吵死了。我长话短说,又有一个写论文的活。明晚六点你到我这儿来。记住扮靓一点,别迟到!"杜励"谢"字还没出口,萨拉已挂线。可没等她把手机装进包里呢,铃声再度响起,仍然是萨拉:"忘了tell(讲),也不用太夸张!"随即又挂了。杜励无奈地摇摇头,不就是替人捉刀吗,还要粉墨登场?

五

她提出的分手。这么多年了,她一直朝前走,走啊走,走得老远。而我呢,还在原地立正……

"太行,哥们,来,再走一个。咱们干杯!"手里端着酒杯的程老板激动得语无伦次,他已经不知道喝了多少杯了。今天程老板实在是太高兴,太喜出望外了。

把外套脱了穿着衬衣的太行,还像离别时十五六岁的少年一样,头发理得短短的,两只眼睛炯炯的,端端正正地坐在那儿,脸上挂着真挚的笑容。

"你说,咱俩这是啥缘分啊!以前咱们语文老师老训我,怎么就你那么会编呢?怎么那么多无巧不成书都让你给碰上了?"程老板把自己的大腿一拍,那劲头就跟电视里说评书的一样。

太行也唏嘘感叹着。

"你说,要是咱俩在警察问咱们话之前就相认了,那可还麻烦了,跳进黄河都洗不清了。'编剧呢?啊,两人从小就是铁哥们,然后就失联啦，然后就早不早晚不晚的，可丁可卯的，在你被人围殴的时候，他就英雄般地出现了。说出去谁信啊？"程老板学着那个警察同志的腔调，再模仿着警察同志的表情，乐得合不上嘴，"你不知道，审我的那个小警察觉得咱俩忒能打了，准是一块出来混黑社会的，瞧把那帮家伙们揍的！"

太行也觉得解气。一提起那帮家伙来，手不自觉地就握紧了。幸亏这小酒馆里的酒杯皮实，要不然准被他给捏碎了："这帮家伙就是地头蛇，无法无天，开着黑车专门拉外地来的人，不知宰过多少人啦！"

"就是，你看看他们那熊样！这都啥年月了，还管外地人叫狗，太不是东西了。要不是外地来的这些人，他们吃什么喝什么。北京啥都好，就是这出租车管理，太差了，简直就是首都美丽脸庞上的一个大麻点。我去过上海，呵，那出租车管理叫一个有水平，上档次。从机场、火车站出来，就看见出租车一辆一辆地排着队，井井有条的，司机还特别有礼貌，开车门，拿行李，就差没鞠躬了。你再看这帮人，拽得好像他们个个都是山顶洞人的后代似的，搞不好他爷爷的爷爷就是当年混进北京的八旗子弟。"程老板相当愤慨。

太行笑了，拍拍程老板的肩膀："你这学问见长啊！"

"嗨，糊弄别人行。在你和小茉莉面前，那我只有靠边站了。"话一出口，程老板自己都愣了。对面的太行也愣了一下，脸上的笑容随即僵住了，眼睛也垂了下来，手里的酒杯握得更紧了。一时间，程老板也不知该说什么是好。这一晃的工夫，几个人分开不止十年了，他们都不再是少年……

"你肯定想知道她在哪儿吧？"太行说话了，口气沉重，喝了一杯酒后才把话说完整，"她在英国。"

"啥时候去的？"程老板小心翼翼地问。

"去了好多年了。上大学的时候就出去了。"

"那你俩……你俩也再没见过面？"

"前几年每年夏天她都回来。我就到北京来，跟她一块回老家走走，再四处玩玩。"

"哦。"

"她爸爸妈妈都在北京。"

"嗯。这我知道，杜叔叔挺有能耐的。"程老板一直没忘了杜叔叔，他们几个人的父亲原先都在西北一家军工厂工作，杜叔叔整天不是低着头写啊写，就是一遍遍地弹苏武思乡，都快把古筝的弦弹断了。既然说起长辈们了，他也赶忙问候一下太行的父母，"你爸妈呢，都还好吧？"

"还不错。"太行点点头，"我爸前些年也彻底退了。我妈想回天津，我爸想回山东老家。最后，我妈还是服从了我爸。现在，俩人都在牟平呢。我爸和老家的几个人搞了个海鲜加工厂，生产黄鱼罐头什么的，挺忙的。我妈把我姐、我二哥的孩子都接过去了，帮着照看，老的小的一大家子，可热闹了。"

太行的爸爸梁伯伯曾是军工厂的政委，管理该厂职工上万人，事业心特别强。虽然梁伯伯挺平易近人的，可他进进出出都有警卫员跟着，大伙见他都恭敬地叫着"首长"。想到这儿，程老板也唠叨起了自家的情况："我爸妈也挺好的。我爸从军工厂调回来后，就到我们县城的中学去教书了。他教物理，还特能理论联系实际，挺受学生欢迎的。他自己也很知足，现在也早就退休了。我妈能折腾，她和几个人一起承包了好大一块地，专门种菜，往城里的超市、饭店送，挣点小钱，老太太天天乐着呢！"

太行紧锁的眉头舒展开了。程老板松了口气，一个劲地给久别重逢的好友夹菜，倒酒，殷勤极了。太行十分感动，问他在北京干啥差事。

"我能干啥？一没文凭，二没特长，又长得哥哥不疼、姐姐不爱的，给人打工也没啥机会。和几个哥们开了个小快递公司，帮人跑跑腿。"在从小一块长大的朋友面前，程老板不仅没吹牛，还十分谦虚。他最早做货运，后来做货代，现在又扩展到了快递业务，几个哥们都是他原先在江浙一带打工时认识的。这行准入门槛低，挣的是辛苦钱，可市场容量大，成长快，机会多。几个人一合计，打工不如当老板，于是回到北方来创业。这几年发展下来，也算初具规模。程老板也关心地问太行："你现在干啥？到北京来是出差吗？"

"我上的是军校。大学毕业后，我去了甘肃部队。这都是我爸的主意。"

"哦，子承父业，也挺好的。"程老板夸道，心想：梁伯伯的思路还真是与众不同！现在人们都往南飞，往沿海奔，他却指挥儿子到内地去！太行也真听话。内地有什么机会？不过，当兵在哪儿倒也没多大区别。

"我知道你觉得奇怪。我妈让我自个拿主意，我没觉得这有什么不好。我们家的男人，适合当兵。"太行感慨地说。

程老板看着太行，他那剑眉星目般英俊的脸庞上已经有了一种叫作沧桑的东西，额头上的皱纹在灯光下像戈壁滩上的小河若隐若现。难怪不管是刚才在派出所，还是在小酒馆里，他都是一副正襟危坐的样子。"那么说，你到北京来是出差的？能待几天吧，咱们哥俩可得好好地在一起喝几顿酒啊！"

太行摇摇头："我要出国。明天中午的飞机。"

"出国考察，这是好事啊！"程老板一边给他倒酒，一边说，"来，满上，咱哥俩再喝一个。"

太行一仰脖把酒喝了，笑道："不是考察，我是去非洲维和，部队有几个岗位缺人手。①"

"去非洲维和？"程老板刚进喉咙的酒差点没惊得吐出来，"太行，你干吗……""逞英雄"这三个字愣是让程老板给硬生生地咽了回去，和那口翻上来的酒一块辣得他嗓子疼。他知道，太行从小就爱看武侠书武打片，迷那些武艺高强、除暴安良的大侠。梁伯伯还专门给他请过师傅，教他功夫。虽说他有两下子，但是跑到两眼一抹黑的非洲，真枪实弹和恐怖分子干，跟在大街上出手教训小流氓相比，那区别可太大了，危险系数也太高了，一不小心，就有可能把命丢了。

太行感觉到了程老板的惊讶，故作轻松地说："别这样，就跟我是荆轲似的，我还盼着凯旋呢。维和不像你们想的那么危险，不是上战场打仗。我就是去当个维持一下公共场所的秩序，扶扶大爷大娘过马路的警察叔叔，只不过是换了地方。"

"你说得倒轻松！"程老板的头摇得跟拨浪鼓似的。突然他像想起来了什么似的，眼睛睁得老大："杜励知道吗？她能同意你去？"显然刚才话岔开了，但直觉告诉他，太行和杜励一定不只是好朋友

---

① 联合国维和部队有两种来源渠道，一种是各国派遣，还有部分职位由各国内部推荐或个人自荐，联合国自主招聘。具体每个职位的要求则不一样，薪资、福利和休假等也各按其职位规定，公布在招聘信息上。这种职位有的会被派往来自同一个国家的维和人员中，协调指挥；也可能会被派驻到其他国家的维和人员中担任一定的角色。

那么简单。

太行又不吱声了,手里还是攥着那只酒杯,眉头皱得死死的。过了好大一会儿,他一边苦笑,一边说:"她不知道。就是知道了,也不会有什么不同……"

程老板又吃了一惊。

太行从口袋里拿出随身带的钱包来,打开让程老板看。钱包的卡夹里,左面插着他的身份证,右边插着一张照片,上面是杜励。照片是前些年照的,看上去也就十八九岁的光景。她变得更漂亮了。瓜子脸上洋溢着青春灿烂的笑容,弯弯的眉毛下一双大眼睛里就像住着一对星星,闪亮璀璨,嘴角还调皮地向上翘着。少年时盘踞在她脸上的那种倔强不见了,似乎都渗进了她的骨头,这使她清秀纤弱的容颜,显得别具一格,让人不愿把眼睛挪开。

"她提出的分手。这么多年了,她一直朝前走,走啊走,走得老远。而我呢,还在原地立正……"太行一边抽烟,一边缓缓地道出了心事。烟雾缭绕,程老板看不清他的眼睛,却断定那里面湿润了。

送走了太行,回到自己蜗居的暂住地后,程老板脑袋里就没消停过。他没想到命运会以这种方式,让他和儿时的好友重逢,更没料到多年来一心惦记的她竟在千里之外……自打分开后,他就一直在追赶着她的步伐。从家乡的小县城,追到北京,可她却早已从北京去了英国,打算在那里成就自己。这些年,他连做梦都在爬梯子,一心想和她站在同一高度,却怎么撑都撑不上……

脑子里实在太乱了,心里实在太难受了,他把带回来的喝剩下的小半瓶酒,咕咚咕咚全灌肚子里,这才把顽强的神经暂时给弄了个全麻,好不容易睡了会儿。可谁知,又叫噩梦给缠上了。他又梦见，初二那年的暑假，他离家出走，一路上跑啊跑，好不容易跑到了火车站，上了一趟疾驰而去的火车。朝外面一望，她正在对面的火车上朝他挥手呢，笑得好比二月天里的迎春花儿一样。他心里那个高兴啊，总算是追上了。可眨眼间，两辆火车就分开了，一个朝东，一个朝西。他急得在车厢里跑，从前面直往后面蹿，跑啊跑，终于来到了最后一节车厢，可门却怎么也打不开。他连跳窗的心都有了，但是所有的窗户都关得死死的。他情不自禁放声大喊，眼泪、鼻涕一块往下流……周围的人笑得前仰后合的……这个做了多年的噩梦，总会在他最虚弱、最需要慰藉的夜晚，在他那颗孤独、渺小却不甘的心上狠狠抽上几鞭子。

　　人真是生而平等吗？从前，他父亲和杜励父亲是同事，一个家属大院里住着，没有差距。可人到中年，他碌碌无为的爹带着一家老小回了家乡的小县城，而杜励她爸却凭着持之以恒的努力和过人的才华调到北京，从此他和她就走上了不同的路……多少次了，在深夜里，在半梦半醒之间，他一遍遍地问记忆中的杜励：还记得小时候和你一块玩的那个因为长得丑、光受人欺负的小耳朵吗？你心里头还把他当成是最好的朋友，对他还有一丝一毫的顾念吗？那个小丑，那个被人踩在脚底下不当个人看的草根，这些年拼了命地要混出个人样来——不为别的，就是为了有一天和你重逢的时候，能让你看得起他，能让你忽略他那歪瓜裂枣、上不了台面的长相……假如你不嫌弃他，愿意接受他那颗从小就仰慕你的心，他一定会为你提供一个好的生活，为你撑起一片天。这些年不管身在何方，他的心从来就没挪过地方。他把心留给了你，留在了小时候和你一起长大的西北荒漠……

六

我说这是翡翠,她还不信,还笑话我拿个木棍子就敢冒充孙大圣的金箍棒!

听到门铃响,萨拉喊了声"来啦",却仍坐在梳妆台前审视妆容。她拿着眉笔略微调整了一下眉毛的高度,又把嘴唇再涂了涂,然后再看看,还是不满意,又拽出纸巾来在嘴唇上擦了擦。镜子里出现了一张魅惑人的小圆脸,一双极具表现力的丹凤眼,一个小巧挺拔的鼻子和两片红润可餐的嘴唇,除了颧骨上的肉稍微厚了那么一点,腮红稍许深了些,堪称无懈可击。她对着镜子妩媚地笑了笑,直到自己的心都被这笑容给挠痒痒了,这才哼着"I was born in Hong Kong(她把黎明的那首《我来自北京》给改了歌词:我来自香港)"①走下楼梯来开门。

"杜励,你脑子没进水吧。我没 tell(告诉)你要打扮得靓一点吗,这就叫靓?"萨拉一把把杜励拽进了屋,上下打量,"No, No,现在还有 a little time(一点时间),你立刻在我这儿梳头洗脸化妆换件衣服吧。"说着,就往楼上走,边走还边嘟哝:"你怎么也得给我这介绍人点面子吧,穿成这样就来了。我是让你吃饭不是让你去长征。哎,你从哪儿来啊,怎么真的像刚走完两万五千里呢?"她

---

① 这首歌是曾经的流行金曲。副歌部分里有一句不断重复的歌词:我来自北京。是用英文来表达的。

一扭头，人呢，怎么没了？萨拉噔噔地跑下来，正准备发火呢，看见门口的地毯上，蜷缩着一个人，杜励晕倒了。

萨拉一下子就蹿过去，抱着她的头，叫"Dorrit, Dorrit（杜励）"。杜励的眼睛睁开了一下，看看她，又晕了过去，头滚烫滚烫的。萨拉吓得直嚷嚷：OMG（噢，上帝啊）！她见过酒喝得不省人事的，可没见过病成这样的，立刻打开门，喊"Help, Help（救命）"。喊了好几声，也没有人回应。这儿是郊区，邻居们彼此都住得很远，相互也不怎么认识。她赶忙又冲进来，想把杜励弄到沙发上去。可试了两下，她抬不动。她又在房间里乱窜，四处找手机。正在这时，门铃响了。萨拉像抓到了救命稻草一样，飞一般地奔到门口，一把打开门，扑向了站在门口的人。安迪讪笑："用不着这么热烈欢迎吧！"他往旁边稍稍一躲，把她让给了朱必达，再一看地上躺着个人，吓得直往后退。萨拉语无伦次地交代，这就是杜励，刚才开门一进来就晕倒了，病得不轻，头烫得厉害。三人手忙脚乱，把杜励送到了医院。朱必达拿自己的信用卡做了担保。萨拉在旁边直念叨："我会让杜励还钱给你的，她男朋友是英国人。"朱必达把大背头往后一仰，一副舍我其谁的神情，如果往他嘴里放根雪茄，他完全可以去演黑帮老大了。

杜励住院期间，朱必达每天都来探望，隔三岔五就拎一堆好吃的来。她跟他打趣，是不是把她这个同胞当成非洲难民了。结果，这个梳着大背头、穿着西装、打着领带、披着一件呢子大衣、长得又高又壮、看上去既愣且横的大小伙子，居然脸红了。杜励纳闷了，他其实还是个孩子，干吗要把自己打扮成一副流氓大亨的模样？哦，没找准定位呢！朱必达本来是出钱让杜励当枪手、写几篇论文的金主，现在却变成了看护。杜励十分过意不去，稍微有点精神后，就建议他把要写的论文拿到医院来，一起讨论讨论。小朱一开始还扭捏死活不肯，经不住她再三嘱咐，总算把自己写的一篇草稿带了过来。她一看，只写了个开头不说，毛病还很多。他写的论文要想拿个及格，非得来个全面整容加上心肺再造。可她还在住院，手边一时也没什么参考资料，除了那天往机场赶时，随手塞在包里的一本尼采的书。

"你要让我看尼采啊?!"小朱的一对眼珠子吓得快从眼眶里掉出来，那样子比杜励硬是敲开他的嘴巴喂黄连，还令他胆寒。

"是咱们一起读。"她笑了，招招手，让他坐到自己床边来。

小朱不再吱声，依言坐在她身边，干脆当起了书架。杜励手持尼采的《查拉图斯特拉如是说》，一目十行，拿着支笔，给他圈重点："上帝死了……成为超人才是人类正确的存在模式……如果你们这些先贤的智慧不过就是让我能够在夜晚逃避良心的谴责，逃避噩梦的叨扰，那算什么智慧呢?"朱必达从来没有读过哲学书，更别说这还是一本英文书。杜励一边圈重点，一边给他做解释。他平生第一次觉得哲学不就是一本大话集吗？大名鼎鼎的尼采写的文章，原来这么浅显。他咋句句都说到自己心坎上了呢？人活着可不就是要痛痛快快、热热闹闹、轰轰烈烈来一场吗？

不过，这并不是杜励辅导他看这本书的初衷。"如果尼采不是说'上帝早就驾崩了'，而是说上帝无非是人创造出来的，不过是要人服从、膜拜的神仙；如果尼采不是说'人不当超人就算白活了'，而是说人类要不断地战胜自己、突破自己；如果尼采不是说'古圣先哲天天挂在嘴边的不过是支摇篮曲、安魂曲'，而是说上帝也好，真主也罢，包括佛祖，无非是让人们相信善恶有报，做个好人，否则受良心谴责，寝食难安。你还会被惊讶到吗？会有一种被吸引、想要读下去的强烈愿望吗?"杜励启发着小朱。他拨楞着大脑袋,想了想,又使劲拨楞了拨楞脑袋。"所以呀,写论文,首先要观点鲜明,其次就是要用词夸张。这个夸张是合理的夸张……"杜励娓娓道来,把写论文的规则给他讲了又讲。末了还怕他一时难以接受,就开起了玩笑:"你清楚了这些规则,回头再找人替你改论文的时候,也知道自己的钱花得冤枉不冤枉了。"

这句话说到了小朱的心坎上。他拍着自己的大脑袋,好像七窍又开了一窍似的,兴奋地对杜励说:"你说得对。知道了规矩,我以后就可以给他们立规矩了。我爸说了,当老板的,最重要就是立好规矩。"

杜励笑笑,垂下了眼。小朱以为她看自己手上戴的戒指呢,特地伸过来让她瞧仔细了:"这是正宗的缅甸翡翠,水头特好,值好几百万呢。我爸买给我奶奶的。我这一出国,奶奶非叫我戴着。你是不是也觉着特别好?"

她点头称赞:"看着是特别翠,一丝一毫的杂色都没有!不过我也不懂。"

"你比萨拉强。她第一次见我就问,干吗戴个玻璃镶的金戒指,就跟没见过世面的小土财主一样。我说这是翡翠,她还不信,还笑话我拿个木棍子就敢冒充孙大圣的金箍棒!"

杜励被他逗乐了,笑得上气不接下气。朱必达还挺会照顾人,一只手把她的肩膀扶住,另一只手在她的背上摩挲着给她顺气,末了还把靠垫拿起来拍了拍,重新又放好,让她靠着舒服点。杜励抬眼端详他,笑着说:"你跟我弟弟,不知哪儿有点像……我也说不上来,好像是……唉,不如你给我当弟弟吧。反正,在英国咱们都没啥亲戚。"

小朱没说不乐意，不过他问杜励："你们女生不都愿意给人当妹妹吗？"

"我比你岁数大，怎么给你当妹妹啊？"

"你怎么可能比我岁数大呢？"他竹筒倒豆子地历数起人生的重要里程碑来，反正笨人不怕卖笨。说来说去，迟上学，加上留级，再加上读语言学校上预科，他比一般的同学大了不止四五岁。这么说起来，小朱其实比她大。可杜励不比岁数，就是愿意给人当姐姐，当惯了。她眉飞色舞地说起小时候和弟弟之间的一些趣事。朱必达一边听，一边时不时地插个嘴。两人越聊越近乎，干亲之外又认了半个西北老乡。小朱是土生土长的陕西人，家里最早是开矿的，后来炼钢，再到后来又造农用小拖拉机、小卡车，到现在连房地产都搞上了。"我爸爸是能人。"他骄傲地总结。

小朱再来的时候，按照干姐姐的要求，带了从图书馆借的许多参考书。杜励和他一边读这些参考书，一边把论文给写了出来。小朱得意极了，一遍遍地读着论文摘要，实难相信这字字珠玑的英文提要的作者竟然是自己，高兴极了："要不是你病着，我就带你去逛街。你看上什么了，我都给你买回来。"杜励自然推辞："你这话说得太见外了，都认了干亲了，还提什么礼物？再说你整天银耳燕窝的往这儿拿，怎么算都该是我给你钱，给你买礼物！"他拨楞了下脑袋，脸上的神情是既得意又有些不自在，过了一会儿，他问她怎么会认识萨拉。

杜励实话实说，与这位身材有料、来自香港的美女其实不熟，只知道她是本校学商业会计的，毕业好几年了，在学校附近开了个酒吧，还业余当中介，找房子、买卖二手车，客户也都是国内来的留学生，大伙需要什么，她就帮忙干点什么，挺热心的。前些时候通过她介绍，杜励帮着中国留学生补习过英语，修改过论文，挣了点劳务费。她反问小朱："你又是怎么跟萨拉认识的？"小朱不肯说，搪塞一句："这儿的中国学生有几个不认识萨拉的？"他发了会儿呆，透了底："把你当姐姐，才跟你说这个。她……在追我。"

杜励愣了一下，然后做了个十分滑稽的表情，结果他还不高兴了："你别不信。我几个哥们都跟我说她对我有意思。她……"小朱望了一眼杜励，把要说的话咽了回去，片刻后换了内容："眼看就要期末了，我找了个女同学帮我写论文，萨拉立马就帮我否决了，说什么同班同学不可靠，人心叵测，万一将来哪天缺钱花了，谁知道会不会居心不良敲诈？不如她给我找个靠得住的人。"

"她这不是替你着想吗？"

"她就是为了看着我。"

"你这是不是有点想歪了？"

"不是。我几个哥们都说，她就是看上我家的钱了。"

"噢。"杜励似乎明白了，连忙开导他，"你呀，不能时时刻刻惦记着自己是有钱人。你得把这忘了，和别人相处的时候，该怎么来就怎么来。那些时时刻刻忘不了自己有钱的人基本上都有葛朗台的恋财癖倾向，只是表现方式不同。你肯定不愿意变成葛朗台那样的人吧？你看，就像一个漂亮女孩，如果她每时每刻都记着自己是个大美女，别人和她一起相处，会是一件愉快的事吗？到头来，她自己也未必有多快乐，多幸福。"

小朱拨楞着脑袋，一时还不能完全领会干姐姐给他输送的这个通俗版的世界观改造内容。杜励也没再跟他费口舌，心想自己这番话应该够清楚了。唉，每个人都按自己的方式成长，谁也不能拔苗。她告诉小朱，她打算出院后请几个对她有恩的人吃饺子，让他受累届时把另两个人给接过来。"我真怕他们会不来。"杜励不自觉地压低了声音,"把你当弟弟啊,才跟你说。安迪是我们学校统计学教授,可他教的那点开个平方算样本量大小,弄个对数求置信区间的小把戏,我读高中的时候就学过了,所以我几乎一次课都没去上过,梁子结大了!"

杜励在医院里整整待了两个星期。怎么一下子病得这么重,她自己都弄不明白,就好像身上有一把柴火,一直闷声不响地烧着,突然有人扔了个火把进来,小火马上蹿成了大火。这是给她看病的老汤普森大夫做的比喻。汤普森很幽默,疑心这个中国姑娘为了苗条而节食,一再嘱咐:"别担心。大火已经被我们成功地扑灭了。可是你以后要多穿点,多吃点,还要好好休息。你已经非常轻盈了,就像一只小鸟一样。要是再瘦下去,你可能连张开翅膀的力气都没了,再也飞不起来了……"杜励感激地笑了。他真像自己的爸爸,如果把那双灰蓝色的眼珠子染黑的话。

七

飞机是朝东南方向飞的,就好像从每个人生命里,平白无故偷走了几个小时。

小朱"不辱使命",将安迪教授和萨拉接到了干姐姐的住处。虽说杜励的手艺不差,可人人都爱吃的饺子并没有让客人们的舌头忙到无暇他顾。酬恩宴的气氛从一开始就很微妙……

"讲真的,杜励,我都不知道,你爸爸是干什么的?"安迪忽然问道。

杜励赶紧把嘴里的饺子咽了,礼貌地答道:"我爸爸和您一样,是个教师。"

"安迪是教授,教大学生的。"萨拉道。

"我爸爸也是教授,他在大学教法语,还写过几本书,也算小有成就吧。在大陆,教授和中小学老师一起过教师节,所以统称教师。"杜励忙解释。她注意到萨拉脸上起了变化,又补了一句:"爸爸是爸爸,我是我。可惜我老是忘了这个。我得靠自己,不能靠爸爸。"

萨拉又神气活现了,隔着安迪,故意讲得很大声,仿佛在提醒小朱注意:"爸爸是爸爸,我是我,对不对?我得靠自己,不能靠爸爸。"

这下杜励感觉不对劲了。自己原是出于善意,为的是避免萨拉尴尬,毕竟不了解她的出身。谁知她借题发挥,故意奚落小朱。原先也没觉着她是这么个小肚鸡肠、睚眦必报的人,难道真如小朱所说,一见有钱人,蝴蝶变蜜蜂。蜂蜜采不着,就把人来蜇?若真是这样,就不能让她误会。别说自己对朱必达一点想法都没有,即便是钟情于他,也绝不会和别的女人争。爱,难道是斗争的产物?想到这儿,她借口饺子凉了,要再热热,端着饺子进了厨房。她得好好静静,想法把这鸿门宴朝原本的谢恩宴上引。

为了这顿饭,她花了不少心思,从前天下午就开始准备上了。木耳和冬菇要先泡发;肉得提早煨上,不然吃的时候又腥气还不香;西芹也要先摘了,洗干净晾上,别等切碎了,盐一撒水全出来了,弄得馅湿乎乎的,没法包了。毕竟是正儿八经的请客,也不能让大家光吃饺子。俗话不是说热吃饺子凉吃菜吗?她还准备了四个简单的凉菜,白斩鸡、拍黄瓜、芥末拌裙带菜和五香咖喱鱼丸。萨拉和安迪都是从香港来的,应该喜欢吃这个。酒也是自己精心调的。把买的白葡萄酒盛出来,在上面搁了一层酸乳酪,撒了几颗葡萄干和松子,味道相当好。

本来万事齐备,哪知萨拉一进门就满脸愠怒,活像一只被惹毛了的贵宾犬。小朱的脸上则是流氓大亨的那副"谁能把我怎么着"的气度。安教授呢?态度太超然了,好像他不是和俩人一道来的……

还没等杜励琢磨出对策来呢,小朱也进了厨房,没话找话说,没活找活干。这不是给萨拉添堵吗?杜励立刻把热了没两分钟的饺子交到他手上,打发他先出去,自己又磨蹭了两分钟,才端着剩下的饺子出来。

一见她出来,安迪教授就说道:"我看男人都中意会做家事的女人。吊住一个男人,就要吊住他的 appetite①。"

"我看未必。"杜励抢着把话接过来,"如果是这样,厨娘都能嫁给王子啦。有钱的男人,不需要一个会做饭的老婆。"

小朱马上反驳:"谁说有钱人不需要老婆会做饭?天天吃馆子,不腻吗?保姆做的饭,能有自己老婆做的饭香?我就喜欢女孩子,斯斯文文,大大方方,不仅带出去有面子,过日子也实惠。"

"嗨,这样的女孩子没有了。"安迪一副过来人的口气,"现在的女仔啊,个个都是公主,十指不沾阳春水;个个都 spicy(辣),你讲她一句,她就讲你十句。你夸她靓,她客气一点说,'关你吗事',不客气一点就说,'你想泡我'?"

"那是人家不中意你!"萨拉接过了话茬。

---

① 既指吊住一个男人就要吊住他的胃,也有要吊足他的胃口之意。

"要是中意一个男仔，你们女人会怎么说？会怎么做？"安迪问。

"唔答。"萨拉摇头，态度傲娇。

"杜励，你替她答。"安迪的口气活像在课堂提问学生，不容她说不知道。

"萨拉都回答了，我还要回答？"杜励实在不愿意抢人风头，打起了太极。

"她哪里回答啦？"小朱搞不明白了。

"你想想。"杜励拿手指指自己的脑袋。小朱拨楞拨楞脑袋，承认自己笨，想不出来。杜励只好解释道："女孩都很害羞矜持。女孩把头一低，脸羞红了，就是一种信号。你还以为是我教你怎么写论文那样，一来一去地贫嘴呀！"小朱一脸蒙，其余的人都笑了。可笑声还未落干净呢，萨拉像想起了什么似的，问杜励："你教Peter（必达）写easy（论文）？When（什么时候的事）？"她的口气十分生硬，说是质问一点也不过分。

"不是你把杜励找来教我写论文的吗？你什么意思，还要通过你先定个合同啊？"小朱抢在杜励前面，冲着萨拉嚷嚷。

"人情归人情，生意归生意。有个contract（合同）大家也都清楚点，有事好商量啊。"安迪出来打圆场。

"那是不是在没有合同之前，杜励有空也不能教我了？"小朱不服气地说。

"安迪都讲，人情归人情，生意归生意。你干吗想问题那么幼稚。"萨拉厉声道。要是萨拉这会儿站起来，把两只手往腰上一叉，她就是一只保护幼崽的母狮。不过，她要保护的幼崽一点也不感恩，冲着她直瞪眼："我想问题幼稚？你以为人人都是你——冷血动物，干啥事之前，先点钱，后干活。要是你妈这会儿病得快死了，没钱看病，你是不是也要她先签个欠条，你才肯掏钱给她看病呢？"

"小朱，"杜励觉得他说话实在太难听了，"萨拉也是为了你好，干吗这么说话呢？日后哪个朋友还敢劝你？是不是？"她又好言安慰萨拉："这回生病，小朱常常到医院来看我。我欠他的情，帮他写论文是应该的。合同不合同的，现在也没这个必要了。寒假我打算去伦敦打工，一时半会儿想帮小朱也帮不上了。不如你再帮他物色个别的老师吧。"

小朱一听，不干了："我有跟你说让她再帮我物色老师吗？你去伦敦，我跟着你去。你白天没空，那就晚上学；晚上累了，那就第二天再说。反正你到哪儿，我就跟到哪儿。你有空，我就学；你没空，我就等着！"

"你这是怎么啦，这才喝了一杯酒。"杜励无奈地给自己找着台阶，"萨拉，他醉了，别把他这些个疯疯癫癫的话当真。"

"我没啊，就怕有些人当真，做春秋大梦。好甜啊！Wherever you go, I'll go with you（你去哪里，我就去哪里）。还天天……"萨拉嫉妒得发狂，对着小朱一阵冷嘲热讽。安迪瞪了她一眼，她本能地一哆嗦，还没出口的那些狠话，都咽了回去。可小朱还不依不饶，一直嘟噜："你是我什么人？你管得着我吗？"安迪冷冷地看了他一眼，他也闭嘴了。

安迪的脸上露出一丝难得的笑容，忽然问杜励："你心中的Mr. right（理想男人）究竟什么样？"他的笑容并不友好，让人不寒而栗。

杜励顿时脸色苍白，仿佛一条被猎人打中了七寸的小白蛇，中指上的钻戒在灯光下亮得如同锐利的剑尖。

就在此时，门铃大作，是莱斯特。他旁若无人地将杜励搂在怀里，亲吻端详，再亲吻再端详。杜励先是冷着脸，垂着眼，慢慢地眼睛潮了，嘴巴也噘了起来，再后来把脸埋进了他的胸口。莱斯特故意向后退了一步，脸上挂着戏谑："小姐请你赶快消失，因为我被你完全迷住了。"说完哈哈大笑，挽着她走到餐桌旁，和几个人打招呼。

相互介绍后，莱斯特和安迪聊到了一处。安迪开发了一款软件，专门用于分析股市动态，正在寻找融资机会，好将软件推向市场。

"到目前为止，几乎百发百中。"安迪吹嘘着，两只眼睛里闪烁着一种油腻腻的聪慧，活像被吝啬鬼攥久了的金币："Peter（必达）是我的搭档，我已经帮他赚了不少钱。"

莱斯特随手掏出了计算器和笔记本，一边问他，选了哪几只股票，分别是什么时候，什么价位买进，什么价位卖出的，赚了多少钱，一边复核数据。他的蓝眼睛在眼眶里骨碌来骨碌去，嘴里念叨着"right, right, marvelous（正确，正确，了不起）"。

趁这个工夫，杜励去给男友调了一杯酒。她是故意走开的。她对安迪教授印象不佳，先前主要是因为他长相欠佳，黑不溜秋、尖嘴猴腮的也就罢了，还一副自命不凡的样子，活像一根烤熟了的火鸡脖子。第一回在课堂上见到安迪教授，她就断定他是女娲娘娘造人时出产的尾货——材料不够了，火候又太过。她一再逃课，与不愿意自己的眼睛受折磨也不能说没点关联。经过今天的这顿饭后，她对他更有看法了。作为客人来赴宴，应该客客气气，和颜悦色，而不应该不苟言笑，端着架子，更不应该随意打听别人的隐私。

安迪适时地提了一个建议："不如我们另外约个时间，我好给你演示一下这个软件。"莱斯特同意了,和安迪互换了名片,扭过头来问小朱给了安迪多少佣金。安迪的脸上难得出现了一丝不淡定,拍着小朱的肩膀夸奖道:"我的老板很慷慨,给了我50%的佣金。"莱斯特的蓝眼睛又是一骨碌,犹如一道闪电划过夜空,直夸对面的小伙子:"你是我见过的最慷慨的老板。"朱必达难得没拨楞脑袋,而是微微颔首。

"你和莱斯特侯爵有什么关系吗?"安迪问。

莱斯特耸耸肩,摇摇头,表示没有关系。安迪还是不死心,翻来覆去看着手里的名片:"一点关系都没有吗?你们的姓氏一模一样。这个高贵的姓氏,在英国就是一个金字招牌!"

"我们的确是同一个姓,我的高祖和他的高祖拥有同一祖父,可我和现在的侯爵大人没什么关系。你是统计学教授,你应该明白的。我和现在的侯爵大人有1/64的血液相同。这能说明什么?"

莱斯特用对方最容易理解的方式做着说明。他对自己的出身其实很自豪,如此谦逊主要是为了顾及女友的感受,好在她面前维持表里如一的光辉形象。两人第一次见面,杜励就告诉他,自己是中国人,而且支持在全世界实现社会公正。他一边转动着漂亮的蓝眼睛,像个机器人一样无意识地自动放电,一边脑子里迅速破译这句话的非字面含义:这个极其纤弱清秀、对自己的放电绝缘、眼睛眨也不眨、嘴巴笑也不笑的女孩是什么意思呢?她的内心驻扎着一个劫富济贫的罗宾汉,还是超人蝙蝠侠?又抑或是"离我远点,我对你不感兴趣"。可他在情场上一直所向披靡,将这东方式的委婉拒绝曲解为故意引起他关注。于是眼珠一转,计上心来,打算戏弄戏弄她,好将她一举拿下。"Justice is the interest of the stronger(公正维护强者的利益)①。"他一边说话,一边还别有用意地打量着她那极其苗条但又满是曲线的小身板,"哦,我深信你下一句话将会说,'历史已经证明了不公正比公正更有利可图,更强大。'② 对此,我一点也不吃惊。"对面的杜励深谙辩论之道,在他的楚楚衣冠上意味深长地回扫了好几眼,不再说话。

这会儿,安迪的两只眼睛更像是油锅里捞出来的小金币了,他已经重新对来人的价值做了评估:高贵的姓氏＋投行经理人＋强大的亲友圈。

临出门时,萨拉把披肩长卷发甩了又甩,红色低胸丝质礼服前波涛汹涌,搂着杜励和莱斯特行贴面礼,大声赞美两人 make a handsome couple(很般配),真是一对 golden boy and jade girl(金童玉女)。小朱默默地走了,高大的身躯,被安迪和萨拉一左一右夹在中间,时而朝左靠靠,时而向右闪闪。

客人们一走,莱斯特就把女友拥在怀里亲吻:"今晚,你美得像中国瓷,就像是在大英博物馆里展出的那种极其珍贵的、极其优雅的花瓶。"这个比喻很贴切,杜励穿了一件湖蓝色的连衣裙,还在左肩上搭了一条白底蓝花的长丝巾,丝巾系在裙子前后的腰带上。她的腰本来就小,这么一来显得更加纤细动人,说她像一个美人瓷瓶,并不算过誉。杜励耸耸肩:"噢,这比喻真不错。一个被抢来的花瓶,还被关了起来。两百多年过去了,仍然未获自由。"

莱斯特的心也放回到了肚子里:"我喜欢这比喻,而且我希望自己就是个强盗,把你夺过来,永远地藏起来。"他如此表白后,

---

① 此语出自柏拉图的《理想国》。
② 此语也出自柏拉图的《理想国》。

紧接着又是一个深吻。就是肚子里还有什么煞风景的话，她也没法再说了。

这次她生病，莱斯特迟迟没来看望，借口是太忙，说经济危机首当其冲是投行。可再怎么艰难，也不至于分身无术，更何况她还是他的未婚妻。其实刚得知她生病时，他急切地问这问那，然而每多知道一点情况，他的心里就多发生一些变化，以至于把请助理订的票也取消了。他心中满是疑惑，她为什么刚回到约克就连夜赶往希思罗机场？既然身体抱恙，为什么不去投奔未婚夫，在他的公寓里好好休息休息，仍要固执地赶回学校？为什么她病了住进了医院，却没让他及时知道，反而让一个毫不相干的人守在床边照顾？……她给出的答案，全合逻辑，但并不符合情理，不符合一个孤零零在异国他乡漂流的年轻女孩的心理……他把来探望的时间拖了又拖，直到她生了气干脆不理他。

莱斯特仅存的最后一丝疑虑在刚才的会面时刻被彻底赶走了，因为女友的脸上写满了委屈——你为什么才来，但也洋溢着开心——你终于来了。她的吻里含着酸楚，更含着甜蜜和眷恋。他断定是自己多虑，太患得患失了。一直以来阻止她没能全心去爱、去享受爱的，是她的自尊心和进取心。人不轻狂枉少年，得拉着她好好放纵放纵。

第二天，送走莱斯特后，杜励把房间好好地打扫整理了一番，把花瓶里的花分了一些出来，连同专门留的饺子，一起给同学兼邻居露易莎送了过去。

露易莎乐不可支，一边吃饺子一边问："这些花儿都是莱斯特先生送给你的？"

"玫瑰是他送的，百合是我的中国弟弟送的。"

"你的中国弟弟?"

"对,我最近刚认识的一个笨小伙,还在学习怎么跟世界相处呢。等有机会了,我给你们介绍介绍,让你们也认个干亲。"

露易莎笑了,文学院里聚集的不是喜欢做美梦,就是在荒诞、怪异的噩梦中不肯醒来的人,显然她是前者。吃完了饺子,露易莎问干姐姐圣诞节有何安排,可否赏光到她家去玩。原来这个总来混吃混喝的姑娘,也有一颗投桃报李的心,杜励欣然表示:"十分荣幸,绝不爽约。"

露易莎是文学院本科一年级的学生,从入学起就执着地"骚扰"杜励。刚开始借个茶包,后来坐下来喝杯茶,一起吃点蛋糕,到最后干脆姐妹相称。起初,杜励还以为她是个"国际自来熟",后来发现姑娘是会看人下菜的,是捕捉到了自己身上潜在的姐姐特质,所以才不邀自来。

露易莎的长相好比一颗橄榄。从脸型到身材,都呈现橄榄的形状,肤色也有橄榄的颜色,就连一双眼睛也如同一对橄榄果似的,传递着新鲜与可亲。她的笑声像铃铛一样清脆悦耳,带着孩童的纯真,有了这样一副喉咙,加上墨西哥人热情的血液,自然唱歌跳舞不在话下。她小时候的理想是当个像秀兰·邓波儿、朱迪·嘉兰①那样的童星,可惜出生在墨西哥这个失败的国度,也只能想想。长大后,上帝又赏了她一副乐观壮实的身板,她不得不调整目标,从明星改为谐星。当谐星会比明星容易?恐怕只有更难。伶牙俐齿不等于幽默风趣,幽默风趣不代表就有人欣赏,无人欣赏就没有前途,没有前途就得忍饥挨饿,不肯忍饥挨饿就得另寻出路。谁能选

---

① 二人皆为好莱坞童星,皆能歌善舞,国际知名。

择出身呢？姑娘很早就懂得，改变自己的命运，得靠自己努力。努力至今，总算住到了理想的隔壁。

回到宿舍，杜励开始看书。但她忽然意识到还有一件她一直要做，但却一直逃避的事情，再也不能拖了。她打开电脑，再一次读起了太行的信。他不是那种会纠缠的人，信写得很短，已经平安抵达，一切都好。那天在机场一直等，直到最后一刻。"飞机是朝东南方向飞的，就好像从每个人生命里，平白无故偷走了几个小时。地中海的阳光刺得我眼睛疼，我心里说不上是什么滋味：高兴、揪心。我忽然想到，你一定还和小时候一样，什么事都藏在心里，再难也不跟人说。还记得杜叔叔和阿姨闹矛盾去了北京，我们从学校骑车往家赶吗？那天要不是我把你的自行车夺了，你都不会坐在我的车上歇会儿……这段时间，我一直在想，如果老天只允许我一生送你一个礼物，那我就送你一片深深的海吧。大海那么辽阔，你以后要是遇什么烦心的事，看看大海，心境就开朗了；要是你累了，就躺在沙滩上，大海摇啊摇，准能让你甜甜地睡个好觉……"杜励又一次泪流满面。她明白，无论自己走多远，太行都在那儿，永远在那儿，自己也会在记忆的深处将他与童年、故乡和大海永远珍存……

八

现在我时不时会想起那个捐助了我十一块钱的中年大姐。如果不是她的启发，我对做人的领悟，绝对上升不到今天的这个层次。

"我从来没拿自己当残疾人，可别人老误会。以前，谁拿我当残疾人，我就会跟他急，跟他较劲，暗地里不知掉过多少泪，憋着一股子气，总有一天非让你们这些瞧不起我的家伙们刮目相看，我过得比你们都好。但越是这样，这个世界就越不肯给我机会。我的人生分水岭，是多年前的一个黄昏。

"那是一个风雨交加的傍晚，我一个人饥寒交迫，任地铁把自己带到了八宝山公墓站。我不是去缅怀先烈的，而是又被一个公司的面试官给毙了，心里憋得慌。从夏天毕业就开始找工作，可直到冬天，还没有任何着落。站在地铁口，看着甬道里面的流浪歌手，听着他唱的那首歌：'……再见啊，朋友，当我死去的时候，请把我葬在那高高的山上……'我不禁泪流满面，忍不住质问老天爷：'你干吗把我生下来？既然把我生下来，为什么不成全成全我？我不要比别人聪明漂亮，只需要和别人一样五官健全，四肢正常。我不求显贵发达，只求有份稳定安康的工作。就这，你都不肯成全？'过路的人以为我是要饭的。我忘了戴帽子，头发是新理的，刚好露出缺了一半的耳朵来，加重了大家对我的怜悯。人们往我的手里塞着一块、两块的零钱。等我明白过来，说'不要不要'的时候，手里已经有了一把零钞。刚刚才给了我一块钱的一位大姐，以为我嫌钱少，下了很大的决心，从口袋里又掏出十块钱塞给我，还满是关切地说：'兄弟，我也不富裕，你拿着吧。一个残疾人，不容易。千万别想不开呀！'我当时就愣了，我从来没把自己当残疾人呀？！

"后来，我就干脆自己创业，从一部手机、一辆电动车做起，进军快递业。即使是在身兼老板、业务员和快递员三重职务的一人时代，我对于树立公司形象一点都不马虎。明亮的橙色对比庄重的黑色，这是我给工作服选定的主题，还外戴一个同款风格的头盔。我不是想把自己没长出半只耳廓的耳朵藏起来，而是因为戴着头盔，既安全又实用。冬天挡风，夏天遮雨，到了客户那儿，不摘头盔就是个威风凛凛的钢铁侠，摘了头盔我也不亏，瞬间就变成了身残志坚的残疾人创业者。中华民族具有广博的同情心，尤其是那些貌美如花的前台小姐，一看我这样，吆喝立刻变成了问候，十分客气。每当我掏出名片来联系快递业务，希望对方给创业者一点关爱的时候，对方马上就毫不嫌弃地接过我的名片……

"现在我时不时会想起那个捐助了我十一块钱的中年大姐。如果不是她的启发，我对做人的领悟，绝对上升不到今天的这个层次——当你心平气和地接受了自己的时候，世界也会对你敞开一扇门。"

这是程老板在残联某次会议上分享的"自强心得"，是他从人生各个阶段的履历中截取了一部分，发挥与拼凑出来的"致富经验之醍醐灌顶"篇。其实，他的创业艰难存在夸大的成分，找工作被拒的那段经历并不在首都，捐赠了他十一块钱的大姐是南方人，要换个北京大姐，没准一出手就是张毛爷爷。但这并不影响程老板这篇心得所起的作用，该文被转发到报纸和杂志上去了。他现在有三重光环：身残志坚的残疾人创业者，解决残疾人就业的残疾人企业家，见义勇为的英雄。

上次他挨的那顿打，不仅给他打出来个失散多年的发小，还打出个见义勇为的称号，更为他的事业打出了一片红红火火的场面来。原来，太行和那帮黑车司机起冲突，是为了一个素昧平生的老外。本来这老外已经吞了哑巴亏，交了几百块车钱走了，又返回来找遗落的名片夹，得知了事情的后续，按捺不住内心的激动，非要好好感谢这个仗义出手的年轻小伙子。可太行去非洲了，他上哪儿找去？警察同志只好把程老板给交了出去。为了证明自己的身份，程老板拿出多年的珍藏——一张小学毕业时三个小伙伴的合照，指指相片上的太行和当年的自己，老外这才相信了警察同志的话——这个缺了半个耳朵的残疾人参与了为外国友人省下四百元车费的街头火拼。

对于警察来说，这事就有亮点了。往小了说是制止不法分子寻衅滋事、扰乱社会治安，为外国友人寻找见义勇为的残疾人，往大了说就是弘扬社会正气，把中国人民的深情厚谊传递到全世界！正赶上年终工作总结，派出所的领导请示了区里，区公安局负责宣传的同志专门照了张感恩现场照，写成了通讯稿，发在了市民日报上。这一下把程老板给美的，自费买了好几份报纸，一份寄回老家，一份寄给了远在非洲的太行，剩下一份装在镜框里，放在办公桌上。太行收到报纸后，马上回了信，夸他上照，还给他寄了一张自己的戎装像。程老板也用镜框装着，放在办公桌上。上次审他的小警察，特别不好意思地给他道歉："程总，您看，我刚工作没多长时间，经验少，您这还真是见义勇为！"程老板可不是没数的人，自己就是景阳冈上打虎英雄武松的大哥武大郎，自然一通谦虚："小舒同志，我看咱俩就别您来您往的客气喽。你要不嫌我丑，又是个外地人，书没你念得多，饭却比你多吃了好几年，往后你就叫我一声程哥，我称呼你兄弟，你看好不好？"两人自此倒成了朋友。

好事可不止这些。过了几天，残联的人给程老板打电话，问他有没有兴趣向残疾人组织靠拢。他立马跑了一趟，拍着胸脯保证：自己就是半个残疾人。刚出来工作的那几年，没少受歧视。将心比心，只要能够满足工作岗位的需求，一定会对残疾人优先照顾，安排就业！企业做大，从市内快递业务向国内快递业务发展的时候，需要有人看管仓库，清点账目——这些都是一不要跑腿，二不需使力气，只消动动脑子就行的活。起初，领导还以为他真欢迎残疾人呢，直到秘书提醒："市内快递免不了上楼下楼搬搬扛扛，还得开个助动车满街跑，风里来雨里去，残疾人不方便。"程老板这才明白自己把话说过头了。过了两天，领导的秘书打电话，有个去外省市洽谈的商贸团里还有一个空余的名额。他当然要抓住机会了，就跟老远看到一粒米，奋不顾身吞进嘴的母鸡似的。这一趟去，果真就把生意从北京做到了外地。外地的快递公司有意愿寻求向外发展，可是在北京建立一个分公司，成本实在是太高了，所以一直犹犹豫豫的。程老板当即就表态了："快递业务又不是什么高科技。我承运的东西送给你了，你帮忙给送到各家各户去。你承运的东西到了我这一亩三分地里，我负责给你送到指定地点呗。几位老总要是信得过我呢，咱们签个协议。您北京的业务，只要送到我公司就不用操心了。我的业务到了您这一亩三分地上，那就请您受累。至于物流，我一直做着呢，有几个合作伙伴，等日后业务稳定了，再各自出点资金搞个车队。要是几位老总都同意，那咱们就一块联合起来，争取早日变成物流业的巨无霸！"

事情谈成这样，残联的领导也十分满意，秘书隔三岔五地打电话催问项目啥时候落地，有什么困难尽管提。银行、税务局也打电话来，说残疾人企业国家扶植，你们派人来学习一下有关贷款和税收政策吧。公司的会计田大姐忙得一会儿跑银行，一会儿跑税务局，晚上回家躺在床上还得琢磨自己未来打算稳定在什么岗位上迎接职业生涯的高光时刻。程总说了，她也是创业元老，是愿意当收款部经理，还是当行政大总管，随她选！

程老板自己则每天在北京城五环外四处溜达，看哪里有合适的地方。他考虑的一个是交通的便利，另一个是成本。最后在快到天津的南六环附近一个开发区，租了一大片旧厂房。从南面进京的车都打这儿进来，要是再往里走，天天车堵得厉害。如果把物流公司放这儿，肯定会省下不少麻烦。这厂房虽旧了点，可结实着呢，找人刷刷墙，就比那些整过容的网红更见光。他虽没上过商学院，但心里门清，房租、物业管理费都是沉没成本。从这儿省下来的钱，不仅逢年过节可以给员工多发点奖金，将来也有资金扩大规模。首单业务落地的时候，按照残联的指示，还搞了剪彩仪式。有关领导特意赶来出席剪彩仪式，看着这么大的物流公司，如此多的自食其力的残疾人职工，领导激动地对大家说："这就是我们残疾人自食其力、自强不息，为社会减轻负担为社会创造价值的第一步！同志们一定要加油干哪！"

平生第一次，程老板不是在梦里看到——看到梦想在前面跟他幸福地招手。他时刻提醒自己，必须努力，努力，再努力；必须感恩，感恩，再感恩。他小耳朵是谁啊？一个天生的丑八怪，一个不比别人聪明、不比别人努力的小人物，何德何能啊，得到命运如此眷顾？

他还想着，眼看着元旦就到了，得让大哥开车拉上一家人到牟平去，看看梁伯伯和文阿姨。太行不在，自己要替他尽尽孝。

九

别偷换概念，混淆视听，海洋里的塑料垃圾和一个人是不是饿肚子有半便士或一美分关系吗？

期末考试一结束，来自印度的同学盖就非拽着杜励去自己家里，说是要给她好好除除邪："你病得太突然，太蹊跷了。"去别人家做客，怎么能不带点礼物呢？就是不买束花，也该带瓶酒或是带盒巧克力过去吧。她说要不改天吧，自己准备准备。阿曼达也想一块去，可一来没被邀请，二来正好不得空，也赞成改个时间。可盖死活不同意，杜励只好恭敬不如从命。还没出校园呢，盖就交底了，说自己一点也不喜欢阿曼达，但凡碰到芝麻点大的事，就把"我是没有父母的，我只有兄弟们。我是没有嫁妆的……"这种话吧唧七八遍，就像是叫"芝麻芝麻，快开门"一样。杜励听了，扑哧一声乐了。两人经过了一番跋涉，"徒步＋公共汽车＋火车＋徒步"，总算到达了盖在约克郡的一个小镇租的公寓。公寓不大，也就是一室两厅，住着她和老公两人。

一到家，盖给杜励泡了杯茶，就开始忙活上了。她从橱柜上方搬出了许许多多的罐子，每个罐子里都存放着产自印度的那些奇奇怪怪、杜励见所未见、闻所未闻的香料。盖一边把这些香料一样一样煮到锅里，一边唠唠叨叨地说这些香料如何珍贵，自己平时都不舍得用等主妇们常挂在嘴边的话。锅里开始冒热气，房间里逐渐弥漫出咖喱的香气，杜励的舌头底下开始冒泡。可随着香料越加越多，味道变得越来越陌生，也越来越奇怪，杜励的期待逐渐变成了一丝担忧。直到盖最后端出一碗黏糊糊、黄不拉唧的汤时，杜励的担忧彻底转为恐惧。舀了一丁点汤，配了满满一大勺大米，屏住呼吸，视死如归地咽了下去——也就是意思意思，总不好驳主人的一片美意嘛！杜励把这勺大米裹汤的印度料理以中式吃法咽下后，习惯性地舔了舔舌头，似乎还有袅袅余香。于是她放心多了，乖乖地就着大米把一碗汤全搁进了肚子。盖吃得很爽，既然是在家，她没用勺子,而是把手洗干净了,用手抓着吃。即使当着朋友的面,也丝毫不觉得难为情,十分本色。吃完饭,两个人的头上都在冒蒸汽,尤其是杜励,完全没料到这碗汤的后劲堪比让白蛇娘娘现了原形的雄黄酒,五脏六腑就像是被放在文火上炖的十全大补汤一般,咕嘟咕嘟冒着泡,由内而外泛出一股辣乎乎的味道。盖盯着她头顶上的股股青烟,满意又得意地宣布:"你的邪气已经祛除。"杜励顿悟——原来印度人民是这样驱邪除魔的,这不就是每回感冒了妈妈非逼着自己喝下去的胡辣汤吗?一份亲切之情油然而生。原来这位自称"爷们"① 的印度女汉子,还有如此婆妈柔情的一面。

早在开学之初,俩人就走近了。她们都是勤奋学习的主,阶梯教室上大课时比着抢最前面、最中间的位子。竞争很快变成了同盟,谁来得早就帮另一个占个空位。既然坐在一块,两人总免不了下课时会聊一会儿。盖很率真,很较真,很强势,有时会因为一个小小的观点与杜励争得面红耳赤,即便是杜励挂出免战牌来,说什么"你讲得有道理,我还得再想想"都不行,非得一争到底,直到从杜励嘴里把"我服了"掏出来才肯罢休。杜励一直认为自己是出于礼貌让着她三分的,直到见识了某次她在古斯塔夫教授主持的采编作业讨论课上的表现,才明白是怎么回事。

当时,有一个非洲来的小伙子慷慨激昂,指责一干 OECD(经济合作与发展组织)呼吁减缓气候变化是利益集团的代言人,至于英伦首席低碳专家特思达爵士更是一支学术枪杆。很明显,小伙子是一个"西方遏制论"的忠粉,主张强调环境问题其实是生存问

---

① 盖是 Guy 的音译,在英语世界里,这是一个男性化的名字,意译为"爷们,伙计"。

题、发展问题和平等问题等一系列社会问题。小伙子的发言遭来一片嘘声：别偷换概念，混淆视听，海洋里的塑料垃圾和一个人是不是饿肚子有半便士或一美分关系吗？不要推卸身为地球人的公民责任！小伙子也不是吃素的：偷换概念的是你们，给地球一年四季都捂着一床空气被子的是你们这些富人开的小汽车，坐的飞机，喝的牛奶，吃的牛排，你们敢否认吗？这下，大家尝到厉害了，可在座的都是文科背景出身，对于气候变化，谁也说不出个准确的子丑寅卯来，便怂恿阿曼达发言，她是班上唯一注册了低碳课程的学生。蚊子姑娘十分不情愿地站起来，吞吞吐吐：“环境学院里的那个低碳课程根本就没有一本完整的书。我在图书馆里，找啊找，怎样也找不到一本像样的参考书……"

"什么样的书是你所说的完整的参考书呢？"一旁的盖不耐烦了。

"像亚当·斯密的《国富论》，像李嘉图的《论赋税》，像弗里德曼的《论货币》……"阿曼达忽然变得振振有词了。

"我懂了，"盖干干脆脆地截断了她的话，"你只想毫无风险地接受现成的观点。奇怪，你为什么选择做一个记者？你不喜欢探索，不喜欢求证，不喜欢问为什么，一个整天只会复制和粘贴别人观点的人，会是一个好记者？"

蚊子姑娘一开始瞠目结舌，但随即展开反驳："那请你来分享一下对气候变化的高见吧。"

盖想都没想，就把平时常在私底下说的一番话搬到了课堂上："为什么没有一本完整的书呢？我告诉你吧，气候变化就是个大谎言，一个彻头彻尾的骗局！特思达就是一个披着学术外衣的政客……什么最新研究成果？不过是几个情景假设罢了。假如从现在起到2050年，地球气温升高2摄氏度，马尔代夫就没有了；4摄氏度呢，上海不见了；6 摄氏度呢，纽约消失了；8 摄氏度呢，伦敦也被淹没了……糟糕，整个地球都被洪水吞没了……人类作为罪魁祸首，连挪亚方舟都不配再次拥有！他除了会危言耸听，还会干什么?! 说什么如果穷国的人都过上和美国人一样的奢侈生活，地球就会毁灭？富国是预支了穷国的未来才得以致富的，现在反过来以保护地球为名，限制穷国的发展，那么穷国的未来在哪里？富人透支了穷人应该享有的环境额度，过着穷奢极欲的生活，难道他们不该承担更多的责任？既然上帝面前人人平等，洁净的空气人人有份，保护地球的责任也应该按照国家的 GDP 和个人收入进行划分。否则，低碳经济就是个大谎言，一个彻头彻尾的骗局，一个富国给穷国下的蛊！"

　　这下也不管自己对低碳究竟了解多少，班上所有的英国人、法国人、德国人和来自东欧几个小国的留学生都联手一块下场作战了，全都是一副"地球人管地球事"的主人翁气势，似乎不把盖驱逐到外太空流浪，绝不罢休。这阵势把那个非洲小伙吓得不轻，恨不得立刻使个隐身法或是遁身术，从硝烟弥漫的战场和平撤离。盖以一当十，毫无惧色，她那叽里咕噜的印式英语很快就从不绝于耳的伦敦腔、巴黎腔、法兰克福腔中突围出来，就如同一架重火力机枪似的四处扫射，眼看一帮同学只有招架之功、毫无还手之力，本地小伙奥利弗剑走偏锋，编出一首饶舌歌来讥讽她：

　　　　我是谁？/印度总理/英迪拉·甘地。
　　　　我宣布/印度/决不减排！
　　　　谁说地球太热/那是他没来过印度！
　　　　三十度/我们不穿短裤

四十度/我们照样轧马路

五十度/我们也不用特殊照顾……①

全班立刻哄堂大笑。盖的眼里罕见地蓄满了泪，可还是直着脖子，不愿承认自己认知偏狭："难道在场所有对低碳经济认同的人，都问过为什么，都做过探索和求证吗？如果连为什么都不问就接受现成的观点，干吗选择做一个记者？"古斯塔夫教授带头给她鼓掌，还说撇开论点是否正确不谈，这种可贵的记者职业精神，就值得称赞。

从那以后，盖收获了印度铁娘子的绰号和杜励由衷的钦佩。盖的相貌十分端庄，黝黑的皮肤，标准的西式美女脸，方颚尖下巴，饱满的额头，挺直的鼻梁，聪慧的大眼睛。就外貌而言，她和女汉子的距离，比孙大圣的筋斗云还远呢。杜励从小以来树立的"相由心生"的东方识人术之核心彻底颠覆了。

难得考完试放轻松，两人吃完饭一通热聊。正好盖的老公加班不能回来，便留杜励过夜。两个女人，洗了澡，每人穿件衬衣，披着头发，紧挨着躺在床上，操着第三国语言说着体己话。小卧房十分逼仄，没有窗户，只有一扇门，应该就是从客厅里硬隔出来的。门一关屋里暖烘烘的，两人聊了起来。盖的老公是个出色的程序员，婚后被公司派到了英国，她自然是随夫出征。先是当家庭主妇，攒够了钱，就来读这个硕士课程，一心希望在英国找个理想的

---

① 印度前总理甘地夫人认为可持续发展对于印度这样的穷国而言不是去搞节能减排，而是首先要解决温饱问题。她的观点立足于印度的实际，但也饱受质疑，许多人都认为她缺乏全球责任意识。

工作，好贴补家用，也帮衬帮衬娘家。她本科是在印度的一所大学念的，此学历想在英国就业基本没啥用处。她娘家穷，弟弟妹妹还有好几个，都指望着她能拉一把。尤其是大妹妹，已经到了谈婚论嫁的年纪，可嫁妆还没着落。

"在印度，女人结婚是要给婆家钱的，因为她从此以后要在婆家吃饭。我不明白为什么印度不能去除这个陈规？如果一个女人结了婚继续工作挣钱养活自己，为什么还必须要先把未来五十年的食宿费一次性缴清？在英国，一个人，即便是个女人，只要她有稳定的收入，就可以从银行、地产商，还有许多金融公司那里预支未来，不断地完善自己，让自己越过越好。可印度正好相反，现在就得为将来买单。穷人根本没有机会！女人从一出生就是负资产！"盖情绪激动地控诉着家乡的陋习。

杜励频频点头表示赞同，安慰她："你不是已经到英国来了吗？"

"这是我结婚的原因，就凭我自己是来不了这儿的。婚姻对我来说，是一张通往英国的机票。为了前途，我出售了自己。"她一点也不避讳让朋友知道自己在婚姻上的算计，"你会不会觉得我很可悲？"

杜励使劲摇了摇头，心中充满了同情。一个不肯认命的印度穷女孩，通过婚姻改善一下人生的机遇，又没有妨碍谁，无可厚非。这世上有多少人能无牵无挂，无忧无虑，只为了爱结婚，为了爱而活着？房间里连张结婚照都没有，她无从知道盖的丈夫究竟面貌如何，更无从推测其性格。可同为印度人，既不嫌弃妻子没带来一分钱嫁妆，还愿意和妻子一起节俭度日，把大部分工资积攒下来供她读书，这份实实在在的支持，难道不是爱吗？几年前的一个寒假，她和几个同学结伴去过印度旅游。新德里的基础设施差到令她惊呀，简直就是国内三线城市的水准，这可是印度的首都啊！她的一只鞋跟不小心走掉了，拿去修，只给了修鞋的大叔10卢比，对方就笑着一再感谢。一到晚上，她就不敢出去了，到处是露宿街头的"贱民"①。因为投胎在低种姓甚至是种姓以外的家庭里，这些人一生下来，就注定一世贫穷和低贱。公平吗？在一个不讲"大仁大义"的地方，一个人要讲"小礼小义"，会不会就是尼采最看不上的"作茧自缚"？

"有时候，我在想，我就是一个赌徒。我押上了对于一个人而言最重要、最珍贵的东西——爱情，不是为了生存，而是为了活得体面，活得有尊严，活得有意义。命运会不会站在我这一边，是会帮助我达成心愿，还是会让我输得一败涂地？将来有一天，我会不会后悔？每当我心存犹疑时，就这样告诫自己，如果不离开印度，我都没机会做这笔交易，更没机会博取未来。"盖握着杜励的手表白，"家里的亲戚朋友们都认为我做得对，但他们越肯定，我就越不安。我对自己说，这些人每天只关心吃饱穿暖不用忍饥挨饿，对我一向是不满意的。所以，我才如此渴望成功，才如此咄咄逼人。这个世界只维护强者的利益，我得做个强者。"

"我想走遍全世界。你知道吗？我最佩服盖尔霍恩②，就连海明威这样的男人，都无法羁绊住她的步履。"杜励也开始吐露心声。

盖抱住她的胳膊，把头靠在她肩上，似乎在遥望外面那看不见的星空夜色："盖尔霍恩也是我的偶像。她是这个世上难得的才女，

---

① 这是印度对在种姓制度之外的阶层的人的统称。
② 盖尔霍恩，是美国著名作家海明威的第三任妻子，也是一名战地记者。两人相识于西班牙内战时期。她是海明威的四任妻子中，唯一主动提出离婚的女人。因为她不想成为海明威生命里的备注。

既无所畏惧,又潇洒如风的女人。"

平安夜,杜励是和干妹妹露易莎一块过的,还带来了自己从卢塞恩买的巧克力。打算来年瘦成一道闪电的露易莎看见瑞士巧克力,决定最后大吃一顿。干姐姐推波助澜:"上帝啊,请接受一个异教徒最虔诚的祈祷,保佑小露易莎来年瘦成一道曙光。"干妹妹在她心中是个小暖阳。

都快要到午夜了,杜励的手机响了。接起来,居然是萨拉,邀请她参加今晚在酒吧举办的彻夜狂欢派对。这个临到最后一秒发出的邀请,究竟有何深意?杜励实在猜不透,也懒得猜,干脆开了免提,好让对方听到自己正在置身于一个聚会。

听筒里传来了美女夸张的遗憾声:"必达要失望了。我一早就跟他说,你一定没有空,就是不回国,也会和男朋友一起过。这个派对,是他出钱赞助的。"

女人和女人如果不能成为闺蜜,相处的最高境界就是彼此谅解,互不干涉。杜励希望与萨拉从此一别两宽。等她挂了电话,小露易莎好奇地问:"电话那头的女人是萨拉吗?"

"你们怎么会认识?"

"一个朋友带我去她的酒吧里玩。她真有魅力,所有在场的人都被她迷住了。我真希望自己能变成她那样,每一个眼神都对男人说,'我知道你一定觉得我很漂亮,我自己也这么认为'。"

"哦,可为什么要给一只诚实可亲的百灵鸟安上火烈鸟的脖子和羽毛呢,我想不通。"杜励刮了刮她的鼻梁。

小姑娘睁大了眼睛,好像是在眼前构造画面似的,随后笑了,颇有几分自得,她明白白灵鸟是指谁。"萨拉有男友吗?"她问。

"我不清楚,我和她不算太熟。她似乎中意一个中国留学生,有钱多金的那种，不过对方……"杜励耸了耸肩，"管她呢，与咱们何干？走，跳舞去。"萨美人在她这儿已经是过去时了。

十

金钱路上无数丑男抱得美人归的活生生的例子，鼓舞着他跑步往"钱"冲，把自我价值里最核心、最隆重的部分——财富，堆得再高些，再满些，再重些……

从牟平回来，一路上程果树老两口就没合上过嘴。一个说："你看人家老领导，真是个人物，啥时候都走在时代前列。人家那个食品加工厂办的，车间、流水线、冷库、车队，就跟我们原来兵工厂一样，太像那么回事了。"另一个说："文大姐就是实在。俺听她说，让咱们每样拿点回来给孩子们尝尝，还寻思呢，每样拿一瓶，也没几瓶，就别跟她客气啦。谁知道人家一样给拿了一箱！"一个接着说："你看人家住的那个别墅，就在养马岛对面，靠着海，又气派又宽敞，环境还好。"另一个也接着说："文大姐不是说了吗，夏天一到下午，她就带着孙子孙女们去岛上游泳。树上的知了叫得可欢了，不光是知了，啥小虫虫都有，光花大姐①就不下四五种。沙滩上到处爬的是一点点大的小螃蟹，根本就不拿钳子夹人，忙着玩，忙着找东西吃，可恣呢。哦，当家的，牟平这地方真是秦始皇派三千童男童女出海的地方？""这是传说，不过养马岛确实是

---

① 瓢虫。

秦始皇养马的地方。"

老两口实在是太激动了。只是过来看看老领导，就带了点地里种的东西。十几年没见面，老领导夫妇见了他们不仅没生分，还特别亲切，好吃好喝地款待还是其次，临走又给拿了好几大箱海鲜罐头。更没想到的是，梁政委的女儿小平又送了一份沉甸甸的大礼，说是小强可以七折优惠在济南购买一套学区房。这让他们怎么承受得起？

程老板坐在前排想心事，不管爹妈唠啥嗑都不插嘴，就连旁边开车的大哥程小强问他要不要到服务区方便一下，都只哼呀哈呀的，好像连拉屎尿尿都没空。从服务区一上来，李大妈仿佛想起了什么，把一直装瞌睡、装哑巴的小儿子给吆喝了起来："小耳朵，妈问你，在北京，见过你杜叔家的那个闺女没？"

程老板一哆嗦，可随即把头一摇，装作很随意地答了一句："没！你没听文阿姨说吗，她在英国。我去哪儿见她呀！你咋想起来问她啦？"

"俺这不是替你文阿姨闹心嘛。好好的，太行把自己发配到非洲去当兵，婚事就耽误了。小平给他张罗的那个对象，是她公公老上级的小闺女，姓胡，哪样比不上杜家那个丫头啊？个子高，身子骨结实，模样也不丑。他过年虚岁都二十七啦。人家姑娘还比他大两岁呢！等不起了。"

"太行和她就见了一次面，吃过一次饭，就能把终身定了？这也太草率了。她要是好，找别人好了，干吗非等着太行？文阿姨也是的，把她夸得跟皇帝的闺女似的。要真这样，想当驸马的人还少吗？文阿姨就是生气太行去非洲那么危险的地方，非把这笔账算在杜励身上……"回过神来的程老板为自己的朋友喊着冤叫着屈，嗓门不由自主就大了,气不由自主就粗了。程果树同志出面干预了:"怎么跟你妈说话呢?你是不是皮又痒痒了?"程老板最反感当老子的动不动就摆出这副粗鲁的老子谱来。他虽然长大了,仍不敢明着造反,干脆不言语了。心想:还是梁伯伯明白事理,让文阿姨和小平姐不要拉郎配,不要催婚。一个大老爷们晚点结婚,又不耽误啥事,总得让太行把过去那一段先放下吧。要不然,和谁结婚,心里也痛快不了。

"真看不出来太行还是个情种啊!你别说,杜家那个丫头长得是真绝了,我到现在还记着她呢。白得像个瓷娃娃,一双大眼睛透着亮光,还有那个小尖下巴颏子和小翘鼻子。那会儿她才多大呀,已经那么撩人了。"程小强笑着插了一嘴。他是人逢喜事,言语上自然欢快。这趟来牟平,他的收获最大,最实在。小平答应的打折购买学区房,走内部价,即便是买个120平方米的小三居,按照济南房价每平方米8千计算,那至少也是省了28万多!换谁谁不乐啊!

"她能俊过你妈年轻那会儿?你妈那两只眼睛,黑得跟葡萄似的。一条大辫子,又粗又长。说别人我不知道,杜才韧家的那个丑丫头,两只眼睛黄得跟猫一样,小胳膊小腿瘦得一捏就能碎了。"程果树老同志皱着眉头,眯着眼睛,就好像自己的漂亮老婆和杜家的丑丫头都穿越时空来到了面前。

"现在就流行这个。你走街上看,哪还有个胖闺女?胖闺女不是在健身房里减肥,就是在医院里抽脂呢。"程小强又乐了,看来审美的确不仅有代沟,还有城乡差别。

"她长得就跟个花花儿①似的。你文阿姨不说了吗,小时候看着

---

① 山东某地方言,指家里养的猫。

倒是挺懂事的，怪可怜的；一长大，脾气就变了，可磨人啦！动不动就给太行脸色看，三天两头就把他晾一边，啥时候她都有理，受不受委屈都能掉一池子泪。要不说儿子大了，见了媳妇忘了娘。太行有想过他娘在家里成天掉眼泪惦记他吗？一跑就跑到天边去了！"李大妈把文大姐说给她的贴心话全抖出来了。

"妈，你这打击面有点太广了吧。我和小耳朵不都挺孝顺的吗？文阿姨好几个儿子呢，又不是太行一个。"

"哪个在身边啊？都给他爸发配守边疆去了。"

这次牟平之行，程老板终于全面掌握了梁伯伯的价值观。梁伯伯对儿子们的要求是：一、先要为国尽忠；二、之后才能回家尽孝；三、再谈个人价值。他现在已经六七十了，办这个企业办得那么出色，就是要给孩子们树立个榜样——钱，啥时候挣都行！你不能说他不识时务，想法还停留在20世纪后半叶。假如他的思想真是一潭死水，绝不可能在这个年龄还有这番精神和作为。也许一些美好的东西，就需要为数不多的、执拗的人，抱着这种自我牺牲的精神传承下去。没有牺牲精神，人类早灭绝了。别的不说，假如没点自我牺牲的精神，女人能愿意生养孩子？可是如果站在儿子们的立场上考虑一下，不管愿意不愿意，人生都得按照父亲指定的轨道去运转，是不是不公平？下一辈就没有自己想要做的事？下一辈难道不可以自己规划未来和生活吗？

小强想的是另一出，提醒娘看问题要全面："小平不常回来吗？我看从烟台到这儿，到处是她公司盖的房子，这一路都快被开发完了。她现在身家少说也过亿了吧。文阿姨有没有儿子在身边尽孝，又有什么关系呢？"在他看来，梁家老两口很会为子女打算，绝对称得上是中国好父母！人家的思维境界自个爹妈哪能领会？小平和自己岁数差不多，读书一般，在部队上了大专，转业去了北京，结了一门好亲事，从此人生就一路和顺，一顺百顺！平常人走亲戚，拿个几百块钱的礼物就算慷慨了，可她一慷慨就是几十万，要没有过亿的身家，能这么大方？女儿能干又孝顺，自然弥补了儿子们不在身边的不足。再说人家俩儿子都是当官的，体制内熬的就是资历，将来肯定亏不了！

说完了东家，说西家。程果树跟自己的老婆嘀咕："想想这杜才韧也是可怜人，一表人才，可惜一直时运不济，连个合心意的女人都没找上。这人一不如意，就逼自己孩子长进。你说，他那闺女才多大点，就开始认字算数了。小学一、二年级都没上，六岁就直接插班上三年级。我寻思，她肯定跟不上，谁知反过来了，还能辅导小耳朵和太行。"

李大妈说："他现在还那样，心狠着呢。你没听文大姐说吗，他那闺女在英国上学，得自己打工挣吃喝。前两年，她姥娘活着的时候，还每年暑假回来看看。自从她姥娘走了，她有两年没回来过了，就是为了省钱。杜才韧的老婆想闺女都想疯了……"

程老板一回北京，就马不停蹄地投入到了紧张的工作当中。他的心里满是豪情、激情和柔情。牟平之行，无意中他了解到，太行与杜励除了人生规划南辕北辙外，还隔着另外两座难以逾越的高山：文阿姨和文阿姨指定给儿子的对象——胡姑娘。由此他看出了点希望来。假如自己能在财富榜上挂名，是不是离修成正果近了一步？虽说她从小就不贪财，可钱是这个时代一个男人能够献给一个女人的最实在的礼物。有了钱，不就拥有了自由吗？去哪儿不是头等舱就是包机，想啥时候回家来看看，就啥时候回来；想啥时候出国换换心情，就啥时候去；想过什么样的日子，就过什么样的日子；想干吗，就干吗；想怎么样，就怎么样！郎"财"女貌嘛！在财富面前，距离不是问题，男人的外貌也可以忽略不计。金钱路上无数丑男抱得美人归的活生生的例子，鼓舞着他跑步往"钱"冲，把自我价值里最核心、最隆重的部分——财富，堆得再高些，再满些，再重些……

十一

一头嵌在楼中的牛，往大了说，像在现代文明中穿梭的人类；往小了说，如同一个追求浪漫的人，困在单调而又现实的婚姻里。

从瑞士卢塞恩回来，莱斯特觉得幸福极了，甜蜜极了，仿佛瑞士的奶酪通过味蕾，融入了他们之间的感情，他们好得简直可以用一个中国成语——如胶似漆来形容。对，就是如胶似漆！她微笑的时候多了，笑的时候，就连眼睛里都盛着欢乐。她的俏皮话也多了，俏皮话里不仅苦味全无，还多了几分甜，散发着她独有的机智。对于他的拥抱、爱抚和亲吻，她也不再像从前那样躲闪，而是如同一只刚踏入晴空的小鸟，愉快地迎风试飞。一切都如此美好，仿佛下一秒就该携手步入教堂，互诉誓言。他心里真是得意极了，她终于敞开了自己，允许他爱着她身体的同时，和她的心接吻谈情。

为了让杜励度过一个美妙的寒假，莱斯特煞费苦心。先安排了去卢塞恩①的两日游，和她一起把小城的里里外外逛了个遍，可惜她不会滑雪又怕冷，否则他一定会拽着她好好体验一下在冰雪世界里像只飞鹰一样滑翔的滋味。正是在这里，她喜欢上了一向没什么好感的奶酪。瑞士人太有创意了，把奶酪和火锅结合在了一起，蘸着如此香浓油滑的浓汁，无论是水果、蔬菜还是面包，都格外香甜。她每一餐都吃得很饱，难得把肚子撑得溜圆，还向他抱怨，再多吃几顿，估计所有的牛仔裤都得进入回收系统，损失惨重，看来世上真是没有免费的伙食。他火上浇油，又点了两个火烧冰激凌，非要把她的肚子给撑破了不可，脸上挂着不怀好意的笑容，安慰未婚妻："亲爱的，别担心。我会让你用一生来偿还，就从今晚开始。"她的耳朵根都红了。

　　玩得也很尽兴。著名的卡佩尔桥，杜励感受不算太深，中国也有不少画舫游廊。旁边站着个八角水塔，倒是有些特色。瓦格纳博物馆值得一去，光是里面展览的乐器就让人爱不释手，如果把博物馆的一部分开辟出来，常年上演大师的剧目就更好了。至于"悲伤的狮子"，令人动容，想一想，一个强壮的男人为了养家糊口把自己的性命出卖给了罗马教皇，替梵蒂冈战至最后一滴血，太让人唏嘘了：无价的生命，有限的代价，与荣誉无关，与个人实现更无关，纵是雄壮如狮子又如何，还不是命若草芥？每到一处，她都向莱斯特分享自己的感受，像个天真的少女，又像个敏感的诗人。四州湖太冰冷太平静，冰冷平静得不近人情，也许它不屑于白日喧嚣，一心在暗夜里月光下，吐露衷肠，寻找知音人……记不清是在哪条街上，她发现了一幢楼的最上一层，居然装饰了一头闯入房间

---

① 也被称作琉森。

的奶牛，屁股在楼的侧面，头伸出了楼的正面，其余部分全嵌在了楼里，实在是别具一格得很。他替她在楼前拍了许多照片，还顺着她的思维一起做了无数的遐想：一头嵌在楼中的牛，往大了说，像在现代文明中穿梭的人类；往小了说，如同一个追求浪漫的人，困在单调而又现实的婚姻里。这真是一个有趣又意味深长的场景。

在伦敦，他还带她去见了海伦娜，安排她在读书会上和这位美女作家一起，初试啼声。

圣诞节来临了，莱斯特简直不想和女友分开。他幻想着和她在乡间小路上遛狗、散步、奔跑、追逐，在家中大宅里品红酒吃美食。然后坐在客厅的钢琴边，听她奏出一段凄婉优美的音乐，将深情的吻盖满她光洁的双肩；或者依偎在书房的大沙发里看书，聊天，时不时亲昵一下直到情浓爱浓……

"火车到站了吗？这么快？[①]"杜励对他的圣诞邀约如此回答，嘴角挂着如同婴儿一样纯洁的微笑，仿佛沉醉于幸福，不愿醒过来似的。

"当然没有，亲爱的，列车永远不会到站，直到我们去天堂。"他如此答复。

他理解她，她自尊心太强了，一定是想等到毕业有了稳定的工作和收入后，再见他的父母。

莱斯特也只能独自回家过圣诞了。临走把自己的公寓留给了杜励。一周转瞬即逝，满怀期待地赶回来，但没想到迎接自己的是空空如也的公寓，他又失望又沮丧，给杜励打电话，得知她和小露易

[①] 圣诞节带女友回家基本等同于在中国带女友春节回家，所以杜励才会如此开玩笑，言下之意是恋爱到头了？这么快？

莎一道在热瓦尼先生的餐馆里打工，住在露易莎大婶①家。露大婶住在伦敦附近的一个镇子上，来回通勤并不方便。

莱斯特不禁疑窦丛生，又一次想起了交往时的种种，想起了灯塔之行。白天，欢乐无比；夜晚，更是妙不可言。以至于他们把小镇命名为"欢乐谷"。她娇小精致的身体，有一种难以传言的性感。那种只有东方女孩才会有的纯洁与拘谨，让他兴致盎然，欲罢不能。高潮来得如此猝不及防，他明白自己失控了。如果上帝在那一刻问他："谁是世上最令你着迷的人？"他会毫不犹豫地回答：就是此刻我怀抱中的小女人。他喜欢这个女人的一切，内在和外在，心灵和身体，哪怕她的心只敞开了一半，他都感到无比幸福。其实，订婚这个步骤是可以省略的。他们可以和其他人一样，先同居再结婚。但是考虑到她从小所受的教育和含羞草般的态度，在有肌肤之亲前，他决定先求婚。她当时脸色苍白，双肩颤抖，两只手紧握着，仿佛很激动，又仿佛在努力下定决心，就像秋风中一只拿不定主意是留下来过冬还是飞去南方的燕子。他心中本该有的不快，被一种怜惜替代了。爱是水到渠成的事，如果她对自己的感情还不确定，又或者还想再要考察他一段时间，他愿意等下去，再多等几个月甚至更长的一段时间……

可为什么她总是这样进两步退一截，朝前走走往后挪挪？

是自尊心作祟，是雄心拖了后腿，还是有别的难言之隐。她上大学就来英国了，就算有一位心上人远在故国，那也是青涩的爱。试问有多少人还记得自己中学时喜欢的人？他不由得有这样一种怀

---

① 在国外，有些子女与父母的名字一样，只在前面加上 Jr.（小）或 Sr.（老）以示区分。

疑：她是故意的，暗中紧握指挥棒，控制着这场感情的节奏。一个订了婚的女人，不该在未婚夫的公寓里等待分别近半个月的他吗？舍近求远住到郊区去，为了什么，为了躲他？莱斯特越想越沮丧，也越来越愤怒……

十二

不是他想靠老子，不爱自己奋斗，可现实就这样啊！成功人士都是两代或是三代来和草根拼……

就在程老板撸胳膊挽袖子为梦想奋斗的时候，李大妈催婚了，安排他相亲。他岂能配合？理由扯得一套又一套："妈，你不知道，现在的小姑娘有多挑。她们能看上的人，还在天上等着投胎呢。像你儿子这样，要长相没长相，要钱没钱的，人家哪看得上眼。我看，见都不用见了，省得还耽误事。"

"你不用担心这个。咱是什么情况，俺跟人家一五一十都说了。这闺女可灵透了，不喜欢长得五大三粗的老爷们，说话可在理了。她说：'女孩才讲究长相呢，老爷们论本事。再说，现在就流行有钱瘦，满大街跑的胖子有几个是有出息的？不是给人打工，成天加班弄出来的过劳肥，就是为了推销东西喝酒把肠子都灌粗了的啤酒肚。'"李大妈是越说越高兴，"这闺女小时候是个鼻涕虫，长大了出落得可利落了。在高铁上当服务员，制服一穿，就跟电视里的空姐似的。"

"妈，现在小姑娘找对象是不论长相，可像我这样的三无人员，根本就没人搭理，人家都只找三有一无的。"程老板终于搬出了最有说服力的论据。

"什么三有一无的？你跟你妈打哑谜呢？"

"跟你说了你也不明白。三有就是在北京要有房、有车、有户口，一无是没有贷款。三无人员就是以上三样全没有。"

"妈呀，照你这么说，北京的老爷们都得打光棍。别说其他两样了，就是北京的一套房子，那就得难死多少人！"

"难死多少人，姑娘才不管呢。反正人家只愿意出入有豪车，吃住有保姆，城里一套学区房，郊区一套大别墅。妈，乡里乡亲的，你说见了面，人家不好意思回绝你，心里能不硌硬得慌？你把情况给她家里人再说说吧，省得落埋怨。"

"小耳朵，妈老了，你说的这些个事，妈不赶趟。可妈给你相个对象容易吗？现在农村的小姑娘都出去打工了，都不愿意家里给张罗婆家，要么找个城里人结婚，要么找个一起打工的，谁也不肯回老家。这闺女岁数不大，是家里人替她着急，过了这村可就没这店啦。你咋就这么不愿意跟人家见个面呢？你心里头是不是还惦记你杜叔家的闺女呢？"李大妈一着急，给儿子诉上苦了。自打从牟平回来，她那颗提起的心就再没落下，老是慌，总担心小儿子会跟太行似的，非在一棵树上吊死。要不他在南方干得好好的，干吗又跑到北京去了。打从三年级两人认识开始，自家这小耳朵，除了吃饭睡觉，成天跟杜才韧的丫头在一块，好得就跟一个人似的。要不是那年厂子撤了，他们回了老家，指不定两人现在咋样了呢？说不定也没太行啥事。但人家现在都跑到英国去了，连太行都看不上眼，这不是白等吗？

程老板不是不体谅娘的一片苦心，可他属橡皮筋的，转多少道弯还是揣着老主意，不过口气倒是缓和了许多："妈，你看你又瞎寻思。你就别替我操心了。这么多缺胳膊短腿的人靠我吃饭呢,哪有心思谈恋爱?你还是回了人家吧,咱过几年再考虑这个问题。"

"你啊……你就是还不死心,你就是……"李大妈一急,嗓子叫痰给堵住了,对着看电视的程果树咿咿呀呀地比画。当家的马上就过来救自个老婆了,冲着电话直嚷嚷:"你个小兔崽子,跟你妈摆什么谱啊?你忙?多少人靠你养活呢!你咋不说你要去拯救全世界呢?你担什么心,怕人家姑娘看上你,还是讹上你?要真那样,你偷笑吧。人家姑娘八成看不上你,你就权当给你妈尽点孝心,跟老乡见个面,一起吃顿饭不就成了?"

电话那端的程老板不吱声了。很明显,刚才老妈那儿一直开着免提呢。啥事只要老爸一搅和,立马变节奏。

程果树带着胜利的自豪看着自己老婆,意思是这事就这么定了。身为父亲,他这还是第一次参与孩子们的教育和帮扶工作。以前他从不操孩子们的心,既不操心学习,也不关心工作,更不会干涉婚姻。理由很充分:哪个蚂蚱能跟蛤蟆蹦得一样高啊?你见过哪个公蛤蟆、母蛤蟆拿着根棍子督促自家的小蛤蟆天天练跳高啊?孩子要是那块料,不用你逼;不是那块料,逼也没用。至于找对象,那不是人的本能吗?就连蒲公英都知道让风给帮忙繁衍后代,还用得着爹妈给他操心?"大的就算了,小儿子不是个困难户吗?"李大妈这样给当家的说,想让当家的给出出主意,可他一躲三丈远,怎么掰饬也掰饬不出个理来;没想到临了,还是不管事不讲理的,把事情给定了下来。

放下电话的程老板,饭也顾不上吃,就开始思考该如何应付老娘给安排的这场相亲。他说的明明都是大实话,在事业发展的节骨眼上,哪有闲心思搞对象呢?正经事还一桩一桩地搞不完呢!他又不是什么官二代、富二代，有棵爸爸大树可以靠靠。好不容易老天眷顾，撑起了这么大个摊，到处都点上了火，他不赶紧地吹风，让这火越烧越旺，万一碰上个阴天下雨，这火说灭可就灭了！他心里老大不情愿，可当爹的张嘴就是小兔崽子，自己要敢再说别的，他不知会骂得多难听呢！你说，他也大学毕业，还是一名光荣的人民教师，咋就没一点理想呢？除了老婆孩子热炕头，他一辈子有啥追求？拿什么跟人家梁伯伯、杜叔叔比啊？但凡他这个当老子的争点气，做儿子的能省多少力气？不是他想靠老子，不爱自己奋斗，可现实就这样啊！成功人士都是两代或是三代来和草根拼……哎，想这些有什么用呢？肚子饿得咕咕叫的程老板站起身来，准备在附近找个餐馆先解决一下温饱问题，再想法子对付这相亲大事。

十三

她一会儿把披风披在左肩上，一会儿又换到右肩，似乎总找不到一个合适的位置。在她和马克西姆中间，总隔着一块海狸皮。

莱斯特找到热瓦尼开的餐馆时，杜励正忙着，先给男友送了一杯啤酒，就急着给客人们下单去了。

热瓦尼先生和莱斯特是老相识了，一见到小伙子，就悄悄地透露："前两天有一个东方人，非常有钱，天天到店里来，对杜励充满了兴趣。"见莱斯特的脸色十分难看，热瓦尼先生乐不可支，为自己的小阴谋得逞而窃喜。他喜欢捉弄小伙子们，喜欢看着他们为了心上人吃醋。

莱斯特的眼光一直追随着杜励忙碌的身影,可每当她一转过头望着他微笑时,他又急急低下了头,似乎怕被她望穿了心事。坐了好大一会儿后,他掏出一支笔,在纸上写了几句话,折成了一只信鸽,趁杜励去厨房传菜的工夫,走到了柜台,把信鸽交给了热瓦尼,请他转交。

热瓦尼先生一边把信鸽放进自己的上衣口袋,一边继续和小伙子开玩笑:"等不及了?追女孩子可不能这么没耐心。"恰巧这时杜励过来了,热瓦尼立刻用帕瓦罗蒂似的大嗓门招呼她过来:"你得快点,姑娘。你的心上人要和你分手了。"

店里几乎所有人的目光全都聚焦过来了,仿佛等待哈雷彗星撞地球似的。莱斯特一向活络的眼珠子和丰富的面部表情好像被魔法师给冻住了,呆若木鸡地站在那儿,看着未婚妻笑着走过来,拉住了他的胳膊,吃惊地说:"真的吗?那可不行。"

他还没回过神来,杜励又伸出手来,在他眼前晃晃:"亲爱的,你怎么了?"

莱斯特一把抓住了她的手,盯着她的眼珠子,沮丧地说:"公司被收购,我要失业了。"

"噗!"热瓦尼先生长舒一口气。店里的客人也大都如此,全都失望地把头扭了回去:丢了工作,有什么稀奇?谁身边没有几个等着领政府救济金的倒霉蛋?这都怪华尔街,怪雷曼兄弟,怪美国所有的投机分子,怪苏格兰银行,怪一心舔布什的布莱尔和秉承他的旨意办事的、无能的布朗①。还是该吃就吃该喝就喝吧,今朝有酒

---

① 在布莱尔担任首相执政英国期间,布朗担任财政大臣。布莱尔卸任后,布朗接替他担任工党领袖,并出任首相。

今朝醉，管他明日冷风吹不吹，无非就是伦敦桥上又多了一个乞讨的流浪汉嘛！

杜励拽着莱斯特来到了一张空桌上，热瓦尼先生亲自送了两杯燃情似火的马蒂尼过来，并在小伙子的肩头拍了拍。热瓦尼是南欧人，对生活有着独特的慵懒见解，失业在他看来，是上帝赠送的优惠券，可以心安理得地在沙滩上享受阳光，而不必愧疚为什么没去上班。他这种价值观，和保守又谨慎的英国人大相径庭，和信奉自我奋斗的莱斯特更是有相当的距离。出于礼貌，莱斯特满面焦灼地听饭店小老板上了一堂潇洒人生课，好不容易等对方走了，便向杜励详细说明了事情的原委：一个来自新加坡的大财团收购了他所在公司，老板退休，一大批员工被解雇，新一轮裁员名单将在未来几天内公布。一切都是在放假时，悄无声息地进行的。并购一宣布，重组方案就同时公布了。高层个个自危，不知道等待自己的是留任还是离职。现在本来就是投行的寒冬，又面临这个糟糕的局面。据说，新总裁亲自参与了收购谈判和调查……

自两人交往以来，莱斯特还没这样失魂落魄过，往日的自信荡然无存，声音中透着紧张和不安，那双总是电力十足、光芒四射的眼睛此刻恰似暴雨前阴云厚重的天空，时不时还会挂出几道惊悚不祥的闪电。杜励一边用"塞翁失马，焉知非福"的东方智慧安慰着惊魂未定的他，一边思考着该如何把他从预设的恐惧之中拉出来。她很难理解为什么他会如此恐惧，失业或是被炒在英国不能说是家常便饭，但也算司空见惯。据统计，每个打工人，一生中至少会被炒一至两次。高收入人群和低收入人群一样，比中等收入群体被炒的频率和风险要高得多。莱斯特剑桥出身，在 LSE[①] 读了工商管理，人能干又正值当打之年，即使被炒，也绝不会长期失业。他既没有家室拖累，更不是一点积蓄都没有，何况还有父母和亲友可以给予支持和帮助，何必如此焦虑？不过想到这儿，她好像多少理解他一些了，在她面前，他一直以"高大上"的形象出现，总是大包大揽，承诺将提供高品质生活给她。虽然他们还没有结婚，但眼看她毕业在即……如果是在北京就好了，她准会把他拖到一个 KTV，点上几首劲歌，把话筒往他手里一塞，保证不出一个小时，他就 high（嗨）到把忧愁和烦恼全都抛弃！对了，一定要点那首好汉歌，歌词多应景啊——大河向东流，天上的星星参北斗哇；嘿、嘿、嘿、嘿，参北斗啊，生死之交一碗酒哇；说走咱就走，你有我有全都有哇；嘿、嘿、嘿，全都有哇。路见不平一声吼啊，该出手时就出手，风风火火闯九州哇。想到这儿，她问同事要了一个话筒，直奔一张空台子，把鞋一脱，站了上去："大家好！本人在此为莱斯特先生献歌一首，愿他赶快抛开烦恼，及时行乐！"

杜励在台上努力地再现刘欢大叔的歌声、表情和动作。她一个弱女子，非得把自己整得像个好汉，那样子别提多滑稽了。等她用中文唱完这首极其豪迈的歌曲，又用英文翻译了一遍歌词，饭店里所有的人都被她吸引住了，使劲地鼓掌。在大伙印象中，中国人既保守又害羞，像桌上女孩这样勇于当众耍宝的，还真刷新认知。当然，大家也乐于见到一对情侣在苦难来临时互相扶助，共渡难关。

热瓦尼先生表现最抢眼，从一开始就跟着杜励唱，唱了没两句干脆跟着她跳，假如不是考虑店里桌子的寿命，估计早脱了鞋，站

---

① 伦敦政治经济学院。

在台子上和姑娘表演二人转了。莱斯特仿佛不相信自己的眼睛，两只手时不时地捂住自己的脸，不停地叨念："噢，上帝啊！"没等杜励的翻译结束，他就已经奔过来，把她抱下台子，搂在了怀里……

第二天，她搬到公寓来了。每天，一起吃过早饭后，他会开车送她去海伦娜的寓所参加彩排，她下午则继续在餐馆里帮忙，顺便等着他下班。夜晚则甜蜜到不能再甜蜜了，完全可以说是夜以继日的甜蜜。莱斯特把自己比作掉进了蜜罐里的老鼠。裁员没有落在他头上，他一面庆幸，一面十分同情那些不得不离去的同事，心想在他们身边也有这样一个聪慧坚定、机智美丽的伴侣吗？如果没有，等待新工作的时光将多么难挨！

两个星期后，读书会上演了。这是莱斯特送给杜励的新年礼物。海伦娜，一个波兰旅英的女作家，正在写一个人鬼相恋的故事。经纪人帮着张罗了一个聚会，她将朗读已经成稿的几个章节，看看出版界的反应。聚会安排在伦敦近郊的一所气派的大宅里，灯火通明，星光璀璨，鱼子酱和香槟敞开了供应，西装和晚礼服光彩夺目。海伦娜三十几岁的模样，红棕色的头发随意地披散在肩上，一双棕色的大眼睛像烤熟了的栗子般诱人，身上穿着一件蓝色和棕色交织的波希米亚裙子，再加上色彩斑斓的装束，宛如穿越到现代的游吟诗人似的，复古又现代。杜励和她会面了几次，为她的朗读伴奏确定曲目。她不想用钢琴，嫌没什么新意，又不愿意用小提琴，怕喧宾夺主。竖琴呢，她倒是喜欢，可惜过于阳春白雪，和要讲述的故事，难免产生违和感。莱斯特和海伦娜相熟，适时推荐了古筝和自己女友的才能："古筝，是一种源自中国的古老乐器，能发出比竖琴动听的声音。它可以典雅缥缈，可以娓娓道来，也可以如泣如诉，更可以汹涌澎湃。这是我听杜励弹琴时的感受。如果你听过她演奏,一定也会有同样甚至是还要丰富的体会。杜励?我的未婚妻。她的人就和她的琴声一样,时而含蓄,时而张扬,时而空灵,时而……啊,我还是留给你去发现吧。"杜励一见面,就喜欢上了海伦娜。海伦娜就是她期待的将来时,慵懒,随意,洒脱,平淡地微笑,热烈地活着。根据小说的主题,杜励演奏了几首自荐曲目。海伦娜细细听过后,把《彩云追月》完全保留了下来,去掉了《高山流水》里有关高山的部分。关于《梁祝》,海伦娜在反复询问了这个源于中国古代的爱情神话后,按捺不住兴奋:"等我全部朗诵完了,你就演奏化蝶这一段。假如有人问我小说的结尾如何,我将会告诉大家,去琴声里寻找……"

海伦娜的笔力不算深,文字也不够绮丽多变,大概是用自己不算太擅长的英语写作吧。不过故事的题材很煽情,她又善于烘托气氛,制造紧张和压抑,小说挺感人,聚会上擦拭眼泪的女嘉宾不在少数。

朗读伴奏结束,海美女忙着拓展自己的社交圈,与来宾交谈。莱斯特又刚巧出去打电话了。杜励把古筝收好,取了一杯香槟独自细品。她一时不知该去哪儿扎个堆,不免局促。正在茫然之际,一个四十来岁、黄头发、穿着黑色西装、打了一个花花公子似的法国领结的男人,自称马克西姆,过来搭讪:"琴声很美,很隽永,我的眼睛都湿润了。我看见你也落泪了,这可不太好,总是用生命去弹琴,有一天你会心力交瘁的。"

她的眼睛瞪得大大的,一时不知该说什么。主要是这个中年男人的长相,实在不像个通音律的性情中人。他不仅眉毛和眼睛是耷拉着的,腮帮两边的肉也松松垮垮的,就连鹰钩鼻子似乎都被地心引力拖得下移了,如果不是蓝眼珠里闪动着的那丝难得的近乎少年的真诚，别人难以相信他懂音律。中年男人换了一副口气："我想整个伦敦，整个英国，再也找不出比今晚聚在这里的人更滑稽可笑的了。编言情故事的女人，不害臊地抢了灵媒的活，而她的仰慕者，一个野心勃勃的科幻小说家，打算替代霍金，描绘宇宙的二次生命，至于我这个百无聊赖的家伙，此刻正试图冒充内行，和一个来自东方的艺术家谈论前所未闻的音乐。"

"花火来自碰撞。"杜励被他这句王尔德似的黑色幽默逗乐了，举起杯子，两人相视一笑，碰了碰杯。

马克西姆没说自己是干什么的，杜励判断他应该是个不算太走红的写手，准是和没出名前的巴尔扎克似的，日夜赶稿，否则绝不会被时间摧残成这副模样。杜励问："你看好海伦娜这个选题吗？"

"会有人和她签约的。"

"她很会制造紧张感。"

"根本用不着写成一本书。等书出版了你就会发现，从第三章到最后一章，主人公走来走去，只走了一段本该一天就可以走完的路。"

"经典文学都这样。"

"千万别和海伦娜这么说。她痛恨打着文学的旗号，满篇讲大道理，还大言不惭地自封为经典文学的创作者，她管他们叫马克西姆主义者①。而我，马克西姆，总是告诫她，除了心跳加速和眼含热泪，读者从她的灵媒幻术里，不仅什么也得不到，还可能患上不可救药的现实认知障碍症。"

---

① 马克西姆既是人名，又有箴言之意。马克西姆主义者，在这里是个双关语，既指箴言主义者，又暗讽男主人公死抱教条，墨守成规，不肯与时俱进。

"我很好奇,她会怎么回答你?"

"法国大革命成就了卢梭、伏尔泰和左拉;没有懦弱无能的尼古拉二世,就没有托尔斯泰、契诃夫和高尔基;而没有斯大林,就不会有安·兰德、扎米希亚①,恐怕也就不会有后来的《动物农场》和《一九八四》了。至于《美丽新世界》,谁知会变成什么样?启发赫胥黎的虽然是美国机器时代的大亨,可他没准也从俄罗斯人那儿获得了不少灵感。现在的作家为什么写不出这些作品来,因为人们根本不想被警示、被鼓舞、被激励,一心只求被娱乐。"

"她真是这么回答你的?精彩!全世界都被好莱坞的大片给洗脑了,写手们不得不抱着娱乐至死的精神讨好读者和观众,要不然面包从哪里来?"

"换作你,会这么写吗?"

"我……我没想过,我在等生活赐给我一个精彩的故事。"

"年轻真好。"他脸上那种被岁月教训过的表情更加鲜活,"我真想回到18岁,重新来过。那时的我刚刚上剑桥,常常和几个同学出去喝酒,喝得酩酊大醉。我们在月光下飙车,就是撞到树上,也无所畏惧……那真是一段美好的时光。我想大概人人都想回到18岁吧。"

杜励摇摇头:"如果18岁是指青春,我愿意。但如果18岁是指一个特定的年纪,我不愿意。那时,我还在努力适应英国。我在英国没什么朋友,爸爸为了锻炼我,只出学费和住宿费,生活费得自己挣。我在餐馆打工,陪伴独居的老人说话,有时还照看孩子。

---

① 安·兰德是俄国女作家,扎米希亚是俄国男作家,两人均属反乌托邦派的作家。

我没有车,去哪儿都要乘公交,还要计算车费。为了省下半镑,能少坐几站地。最要命的是孤独……"她的眼里瞬间泛起泪花。

马克西姆握住了她不拿香槟的那只手,吻了吻,颇有些同是天涯沦落人的感觉。

这一幕,恰恰被刚走进来的莱斯特看在眼里。他一边饶有兴致地听着女友的解释,一边骨碌着漂亮的蓝眼睛。没等她说完,就将她揽在了怀里:"这感觉真不错。亲爱的,别紧张。我们都明白,洁白的光线由七个颜色组成。"

他挽住了她的胳膊,把她介绍给相熟的人。今晚的来宾不是出版界的,就是评论界的,还有一些写手,剩下的几个也绝非等闲之辈,日后她若写点什么出来,这些人都帮得上忙。转过一圈后,两人走进了花园。夜色很美,天空就像一件泛着优雅光芒的深蓝色天鹅绒披风一般,点缀着璀璨优雅的星星宝石,正等待着月亮仙子沐浴更衣。不远处的大树上依稀可见一个鸟巢,越冬的小鸟正在里面酣睡。两人的心,让月色浪漫充满了,手挽着手,遥望星空……

等他俩进去的时候,聚会已经散了,人们三三两两,结伴而去。海伦娜披了一条浅棕色的海狸披风,和马克西姆站在台阶上送客人。不知是不是海狸披风不妥帖,她一会儿把披风披在左肩上,一会儿又换到右肩,似乎总找不到一个合适的位置。在她和马克西姆中间,总隔着一块海狸皮。

回去的路上,莱斯特坐在出租车后座上,与女友八卦:"马克西姆是海伦娜的情人和事业赞助者。两人在过去的七八年里,爱得死去活来,又几经分合,为沉闷的伦敦社交界贡献了不少'可歌可泣又可笑'的故事。原因吗?无外乎醋海浮沉——海伦娜身边献殷勤的人不在少数,马克西姆指责她不忠,而她则认为他根本没资格和她谈忠诚这个问题，只要他不离婚。后来马克西姆离婚了，他俩便订了婚。最近马克西姆被碳基金派到中国当总裁，要带着海伦娜一同前往。海伦娜明白，他接受这份工作，就是为了把她和其他的情人分开。不过，她有自己的打算。东方现在是新热土，她打算下部作品写一个饮恨长江的女鬼与白人传教士的感情纠葛，要像《蝴蝶夫人》①那样受人追捧，此行正好去收集素材。假如这本书大卖，她一定会和他分道扬镳。她讨厌守在公寓里做盆景，更愿意待在路边当野花。不，亲爱的，你别误会。我绝对没有轻视她的意思。当野花，是她不得不应对生命的召唤。生命的召唤？当然是当个作家。现在你明白我的意思了。马克西姆早就被榨干了，离婚时把财产都给了前妻，还得付两个孩子的抚养费。他的脑袋也长草了，否则绝不会接受这样一个职位。"

"换个地方，重新开始不好吗？"

"没错，但是得选对路子。亲爱的，低碳市场挖不出金子来，我已经看穿了。你想想看，全世界的人都想过美国人的生活，而美国人还想好上加好，恨不得每个人能像超级富豪一样挥霍无度。没人愿意为了毫不相干的人过有节制的生活，也没多少人为了地球的将来牺牲自己的现在。你根本无法说服人们投资绿色未来，谁都担心时机不成熟，担心自己入场太早。为什么？因为他清楚，他自己、他的邻居、他的朋友、他的同事和家人都是说一套做一套。亲爱的，绿色地球，就跟素食主义一样，是一小撮危言耸听的家伙们

---

① 《蝴蝶夫人》是普契尼创作的一部享誉世界的歌剧，该剧以日本为背景，叙述女主人公巧巧桑与美国海军军官平克尔顿结婚后空守闺房，等来的却是背弃。最终以巧巧桑自杀为结局。

念的戒忍经①!马克西姆,十有八九是毁了。男人多情并不影响他成为天才或是英雄,但他不能让自己的脑袋长满荒草。"

"也许他已经猜到了结局。"杜励的声音低得仿佛是自言自语,心里满是忧伤。一个肯把现在和未来全押给爱情的男人,有一份值得人同情的孤勇,但是,为什么总有人开启人生时满是朝气和激情,还未行至半道,精神上就濒临破产了?为什么……

十四

这下姑娘肃然起敬,开始和小伙子讨论起"出生红利"这个深奥但又极其接地气的话题了。

相亲的这天,小舒——就是那个小警察特地跟局里请了半天假,还把家里的那辆切诺基给开了出来,把自己给打扮得精精神神的,把程老板也弄得气气派派的,两人信心十足地朝着北京高铁站出发了。

按照程老板原来的想法,自己和这姑娘在高铁站找个吃饭的地方,说说话就行了。可小舒兄弟马上就否决了此方案。高铁站哪有像样的餐馆?不是肯德基,就是麦当劳,剩下一个中餐馆只供应大碗牛肉面。第一次跟人家姑娘见面就在快餐店,显得也太不真诚了。那去哪儿呢?程老板犯了难。北京这么大,在地图上看着两个地方是邻居,可走走试试?鞋稍微穿得不合适,脚就得负伤,末了

---

① 基督教与佛教中均有十戒一说,虽然内容上稍有不同。

还得打个车才能到。可打车现实吗？高铁站里全是打车的人，光排队就得一两个小时。做兄弟的马上表态，要不你得有个北京土著弟兄呢？咱家里不有辆拉风的车吗？既然高铁站就在二环，稍微走远点，好去处多的是。咱们干脆拉着姑娘去趟王府井，找个烤鸭店吃烤鸭，吃完烤鸭再带姑娘在那些"高大上"的商场里转转。要是程哥你能看上她，咱就破费点买个值钱的见面礼；要是她对不上程哥你的眼，那就给她买点北京果脯、蜜饯、山楂糕啥的，表表老乡的心意算了。程老板也想不出什么更快捷方便、又不伤人家姑娘面子的方案，这事就这么定了。小舒最近调到刑侦上去了，人逢喜事，和程哥喝酒庆祝的时候，知道他正为相亲一事发愁，于是献计献策，鞍前马后地帮忙。

两人把车停在地下车库，坐着电梯上了大厅。这北京南高铁站是新建的，到处都干干净净、整整齐齐的。来的时候，程老板还为自己这一身簇新的行头倍感不适，可往高铁站里一杵，一点也不显得突兀。谁要是风尘仆仆的，都不好意思在这里出入。等了没多大一会儿，广播里播报从济南开来北京的G1062次列车进站了。也就几分钟的工夫，一个穿制服的姑娘，迈着轻快的步伐，拖着行李箱走了过来，左顾右盼。隔着老远呢，他都能看清楚姑娘的一双眼睛清亮透彻，瞳仁黑得像黑葡萄，眼白白得像蛋清，长得太好看了。这双眼睛怎会如此似曾相识呢？

三个人接上了头，小舒便向小云姑娘夸程哥，说他是北京城里数得着的五好青年，而自己则是给老板开车的伙计。进了全聚德，有意思了。一共是面对面四个座位，小舒想让小云和程老板坐在一起，自己坐对面。小云说什么也不靠窗坐，说自己喜欢喝水，水喝多了老要上厕所，进来出去不方便。程老板让她一个人坐在对面，方便自在，拉了小舒坐在一起。烤鸭一上来，小舒就像个好客的首都主人一样拿了个面饼，用筷子夹了两块鸭皮，夹了点黄瓜，又夹了点大葱，蘸着酱，放进面饼里，包好了，毕恭毕敬地递给程哥。程老板没绷住，差点笑出来，随手借花献佛递给了小云，让她先用。一会儿小舒已经麻溜地包好了第二个，又递给程老板，小云也就不客气拿过来吃了。三个人边吃边聊，气氛倒还融洽。小云讲话挺利落干脆，没农村姑娘见了生人的拘谨劲，一说起自己的本职工作来，满满地自豪："你想啊，过去大家伙去哪儿都得坐绿皮火车，又脏又慢，还老晚点。赶上逢年过节，为了一张卧铺票，那是八仙过海各显其能。有关系的，托关系。没关系的，要么得给黄牛捐款，要么带着铺盖卷，在售票大厅彻夜蹲点！自从有了高铁，过去一切变成了忆苦思甜。高铁的速度太惊人了，从北京到济南，也就两小时。现在谁还买卧铺票？没睡着呢，就该醒了。网上售票，全实名制，一张身份证一张票，黄牛都下岗谋别的差事养活自个了。赶上旅游旺季或是春运高峰，也用不着跑到火车站去抢票，在家里多打打游戏，练练手速就行。过去有身份的人都坐飞机，现在大家抢着坐高铁。飞机票头等舱都给打折，火车票二等座一分钱不降。要说现在有什么让老百姓特别骄傲的事，高铁绝对算头一桩！如果中央电视台的记者们深入到高铁沿线做个专题采访，不管问到哪个旅客，幸福指数肯定是杠杠的……"

　　程老板眼睛越张越大，瞬间对高铁领导涌起了无限敬仰之情：还是他们会提升人的素质。这姑娘是自己农村小老乡吗？整个一高铁推广大使啊！

　　等小云发表完这通演说，小舒又给她递了一个包好的烤鸭，问她总是这么跑来跑去的，累不累，想不想家。

这回该没有现成的台词可复述了吧,程老板巴巴地瞅着姑娘,听她怎么回答。

"我这工作最有意思了,天天旅游,天天能见着各色各样的人,天天向前进,根本不觉着累,根本没工夫想家。"小云的回答,好像还是在背什么底稿。

这回程老板自己上阵考验起姑娘了:"看样子,你将来是不打算回老家了,对吧?"

小云使劲摇摇头,大大方方地承认自己见异思迁:"不回去了。我天天朝着美好的未来高速前进,哪愿意再回到从前啊?就像现代人,偶尔穿越一下,回到唐宋元明清,体验一下生活,那是可以的,但要长久生活在那儿,肯定是过不下去的。咱们老家和北京比,方方面面差了不是一个时代。说通俗点吧,就是茅坑和带自动冲水的坐便器之间的巨大差别!"

小舒一个没绷住,差点把嘴里的烤鸭给吐出来。这姑娘说话也太直白,太逗了吧!他乐得不轻。

"你老家是哪儿的?"姑娘问起小舒来了。

"俺啊,北京土著。"小舒学着她的口吻给出了一个搞笑版的诚实回答。

这下姑娘肃然起敬,开始和小伙子讨论起"出生红利"这个深奥但又极其接地气的话题了。别看小舒是搞刑侦的,可自古英雄难过美人关,没多少回合,小云就把他的家底基本摸清了。高铁上的服务员,每天接待的旅客海了去了,那是什么样的公关能力、侦察水平啊?

程老板难得出来高消费一次。他津津有味地吃着烤鸭,生怕把这传了好几代的珍馐给剩下了,心里一直琢磨:"缘分这个东西,它就是奇妙!"

这顿饭一吃就从中午吃到了下午。程老板第一次拿出老板派头来，吩咐小舒一定要把姑娘送回去，自己则直奔地铁站。他惦记着刚开业的物流公司呢。

小舒兄弟在送姑娘的路上，则进一步打开话匣子，把程老板夸得简直就是一棵值得托付终身的大树一般，什么老板是自学成才的天才，什么一有空就给底下人讲华罗庚的统筹学，什么因为快递业的核心好比是人的大脑，控制着全身的各个环节，既不能出一点纰漏，还要尽量提高运营效率，把协同作战发挥到极致。小舒这通吹啊："……他还特别幽默，就说俏皮话、开玩笑逗乐的水平而言，堪称是快递界的'潘长江'！"小云姑娘频频点头，笑靥如花，简直再同意不过了。

话说程老板，上了地铁，正好站在一对卿卿我我的小青年旁边。小伙说啥，他没怎么留意。咦？姑娘说话怎么听起来这么熟悉？还带着他们山东老家的口音？正好，地铁到站了，小伙子拽着姑娘准备下车。程老板不由自主瞅了俩人一眼，这一瞅不要紧，吃了一大惊，一把就扯住了姑娘的袖子，两眼一瞪："小红，这是谁啊？你咋搞对象也不跟小表舅吱一声呢？"

小红吓得一哆嗦，扯着旁边的小伙子，逃也似的下了车。程老板在后面紧赶慢赶，亏得自动扶梯前面的人拿着大包小包的，没法让路，他总算逮着外甥女的胳膊了："丫头，咱今天可得把话说清楚了。要不然，我马上给你爹娘挂电话。你要是被什么不三不四的人给拐跑了，这责任我可担不起！"小红那红苹果似的小脸涨成了西瓜瓤，低声央求："别，别给我爹娘挂电话。"她旁边的小伙子，神色紧张，一直瞅着程老板的耳朵，恨不得把眼睛伸到他的脑袋后面,来个360度的全景观察。程老板没好气地冲他嚷嚷:"看够了没?要不要你小耳朵爷爷送你一张照片?"他话音刚落,小伙子马上换了一副表情,恨不得上来抱住他亲一口:"小耳朵哥哥,你不认识我啦?我是杜巍,小海。我姐是杜励,小茉莉呀!"

这可真是大水冲了龙王庙,一家人不认识一家人啦。程老板一把抓住小伙子的胳臂,仰着脑袋仔细地端详。这眉眼还是小海的眉眼,只是号码不知扩大了几倍;鼻子还是小海的鼻子,只是鼻子下面长了胡子。他激动得眼泪汪汪的:"妈呀,可找着你们啦!"

"小表舅,你们认识?"旁边一直密切观察情况的小红忍不住插嘴。

程老板连连点头。他太高兴了,老天爷这是打算成全自己啊!十来年痛苦的无的放矢的暗恋单相思时代,就要结束了!

十五

掉进了蜜罐里的莱斯特,从永动机变成了永不停歇的战斗机。

愚人节一大早,杜励收到了一条短信:"爱子自杀了。"她真是气愤无比:能这么开玩笑吗?马上就把这条信息给删了。

谁知,一到学校她就碰上了站在图书馆门口做祷告的阿曼达。她脸色苍白,两只眼睛不停地忽闪,嘴唇一个劲地哆嗦,反反复复、哼哼唧唧:"爱子死了。血流了一地。警察来了。"

"你亲眼看见的?"杜励追问,心里存着一丝侥幸。虽说全班只有阿曼达和爱子住在同一个宿舍区,她的话可信度极高,可她动不动就一惊一乍的,说不定是被恶意玩笑蒙蔽了。

"她把自己的手腕割开了,躺在浴缸里,水都被血染红了。警察勘查过现场,排除了他杀。她还留下了遗书,说自己很丢脸,忍耐了很久,实在是无法再忍耐下去了……"阿曼达哼哼唧唧陈述着逝者的惨状,嘴巴不知何时已被杜励的手给捂住了。杜励实在不忍再听下去,难过地喃喃自语:"到底为了什么呀?"

"她被中国男友抛弃了。"

"中国男友?"杜励太吃惊了,"怎么从来没有在校园里或是别的什么地方,见过爱子与人出双入对呢?"

"可不是嘛,这事谁都不清楚。爱子的遗物里有一本日记,里面记载了与男友交往的点点滴滴,据说与第三者插足有关……"阿曼达诉说着内情,一双大眼睛忽闪忽闪的,晶莹的泪珠扑簌而下……

下午一上课,班主任芭芭拉就向大家确认了这个不幸的消息。同学们都很痛心,也都不明白,为什么如甜姐般讨人喜欢的爱子会如此轻视自己的生命。遇人不淑?工作无望?即便是抑郁症患者,也不会突然选择自杀,一定是突然受了什么刺激。盖在悲痛中还充满质疑:生命不是一笔财富吗?一个年轻人,就像是一个百万富翁,为什么手握大笔的资金要宣布破产?一次小小的投资失利算什么?一切都可以从头开始。

连日来杜励一直被忧伤包围。班上的东方人不多,除了她,还有来自日本的爱子和一个来自泰国的男生。这两个人都是读研时才出国的,既受制于英文表达能力不足,还为东方人谨慎害羞的个性所累。虽然他们平时对大家很友好,但交流却少。突然远涉重洋,离家万里,来到人生地不熟的地方,一定会倍感孤单无助。爱子常常用电饭煲做蛋糕，带来给同学们享用，这是她寻找友谊和关爱的方式……杜励有一种物伤其类的悲伤，不由得想起了读大一时的自己，精神状态很长一段时间都挣扎在精神不正常的阈值上限。学校除了一个隔靴搔痒的夜间知心热线①，再无任何实质性的扶助。想想一个外国学生，在孤寂的夜晚，会操着蹩脚的非母语，对着电话另一端的陌生人倾诉成长的烦恼吗？……没过几天，爱子的父母抵达约克，先举行了个追思会，然后将女儿的骨灰带回日本。白发人送黑发人，自然特别痛惜。传闻中的男友并未现身，同学们都很愤慨，一时各种猜测议论四起。

　　莱斯特的团队获得了季度业绩冠军，得了一大笔奖金。他给女友打电话，邀请她参加公司的庆祝会。他太兴奋了，没留意到杜励情绪低落，一个劲地夸耀："你输出给我的东方智慧不容小觑，我在公司并购重组中捉住了机会。这次的庆功会，意义非凡。"至于为何意义非凡，他没说。随后他开始诉苦，压力太大了，新总裁是个工作狂，和总裁一起空降的还有三只特别凶狠的"牧羊犬"：财务总监天天要数字，业绩涨了还要涨；人事经理周周搞拓展，谁都得把吃奶的劲使出来；廉政专员时时查，就怕有人把钱不小心揣错了兜。

　　"你干吗不悠着点呢？"

　　"总裁把好处挂得高高的，谁不眼馋？"

　　庆祝会设在热瓦尼先生的饭店，大概是莱斯特的举荐。杜励赶来时，大感意外。饭店的桌椅不知都被收到哪儿去了，正中间搭了一个高台，铺着深蓝色的尼龙地毯，两边还各设有一个活动台阶，

----

① 英国许多大学都设有知心热线，为留学生进行心理疏导。

侧面的吧台倒是保留着。晚上还有乐队演出，有自助鸡尾酒会加跳舞，节目很丰富。有一个漂亮女孩，长得好比是真人芭比一样，正在四处查看酒店内的布置，指挥工作人员干这干那。杜励以为她是公关公司的现场管理人员①，没太在意。谁知美女走了过来，冲她努努嘴，指了指吧台对面的钢琴："歌手已经到了。"杜励笑了笑，心想对方准是误会了。西北角落的钢琴边上坐着一个人，正在试音。她拿了杯淡啤酒，走到了钢琴边。此人手指纤长，每根手指不触键的时候，也放肆地伸着，一招一式不像是从小师从学院派老师的练家子，但他的乐感不错，琴声不仅起伏错落，十分悦耳，还传递着一种宽广的气息。等他抬起头来，杜励不免小小惊呼，居然是安德森。茫茫人海中，再次不期而遇，两人都很兴奋。说了半天，才搞清楚对方为何会出现在此地。他是个货真价实的流浪歌手，瑞典人，才来伦敦没多久。歌手的收入十分有限也不稳定，所以才白天在乐器店帮忙，晚上有机会时就出来唱歌。杜励在伦敦闲逛时，恰巧入了他所在的小店，两人还就弹琴技巧小有切磋。都是为理想走三百六十五里路的追梦人，杜励十分欣喜。

人越聚越多。莱斯特刚出现在酒吧，就和芭比碰了个正着。不知是谁的电眼先电触到了对方，反正是芭比美女先伸出了自己的面颊，莱斯特一边与她行法式贴面礼，一边赞叹："多棒的聚会！"原来芭比美女叫米兰达，是总裁的秘书，是这个聚会的半个主人。莱斯特如此夸奖，十分绅士妥帖。两人闲聊了两句，莱斯特心不在焉，眼睛四处扫射，未发现目标，便掏出了手机打电话。杜励接起

---

① 许多大公司搞内部庆祝活动时，会外包公关公司，由他们统一筹划。

电话，看到了不远处的男友，让他到11点钟的位置①来找自己。莱斯特大步流星地走过来，一把搂住了女友，用一个炽热到令人窒息的吻传递着自己的情绪。得了业绩冠军后，他一直处在超亢奋状态，总裁已经多次暗示，身边还缺一架业务发动机，希望他来做这个引擎。他所有的欲望和激情都被调动起来了，本来就活力四射，这下简直变成了一个永动机，还是能量自发型的。

安德森好奇地打量着他俩，杜励给两人做了引荐。莱斯特心中充满了疑惑，这个留着长发、蓄着胡须、落拓不羁的青年男人，会是米兰达口中"难得"的艺人？他不禁十分好奇地问，今晚有什么特别的曲目。安德森表示，刚刚从杜励那儿学会了一首优美的中国歌曲，打算奉献出来。

"那太值得期待了！"莱斯特眼望着自己的女友如此夸奖道。随后他挽着她去跳舞了。人群中的米兰达一直高度关注着莱斯特和杜励的一举一动。安德森也目不转睛地望着两人，思考着：他是那个人吗？

新上任的赫丘勒总裁到场的时候，已经是晚上十点多钟，他才结束了一天的工作。这种与下属搞合家欢的聚会，他并不感兴趣，这次参加无非碍于自己的老板身份，不得不出席。老板出来讲两句话，勉励下属，鼓舞一下士气是十分必要的，更何况这场秀是在自己全权授意下举办的。收购的这家英国公司是个烂摊子，机构臃肿，人浮于事，工作作风还停留在维多利亚时代。那时候是"资本主义＋蒸汽机"对决原始部落、农奴制、封建制和小作坊。而现在上午上两个小时的班，然后喝喝茶吃吃点心，再上一个半小时的

---

① 即西北方向，这是英国人讲方位时的习惯表达方式。

班,出去吃顿丰盛的午餐,溜溜达达回到办公室,接着上两个小时的班,再接着享用一顿公司免费提供的下午茶,等不了两个小时,拎包走人。这样就能拼过远东、拼过全世界?在新加坡、中国香港和上海,人们是怎么工作的,普通员工一天至少12个小时高速运转,高管们往往是24小时待机。所以,自上任以来,赫总裁做的第一件事情就是裁员。凡是有大额不良资产交易记录,又无法说清楚为何盲目买进而又不及时止损的经纪人,一律解雇。至于那些上班只动嘴、只会催着下属要业绩的高层更是该退休的退休,该走人的走人。这样一来,公司的成本基线马上降了下来,利润空间也有了。赫总裁做的第二件事情就是加强管理。多年来,他早已形成了自己的管理风格,也有几个可用之人。这几位女高管,在财务、人事管理和廉政稽核上各有一套,多年来和他配合默契,彼此一个眼神,就能够领会对方的意图,用起来相当顺手。只要把财务审批、人事任免权和廉政审核牢牢抓在手里,不愁下面的人不听话。听话的人,给好处,升职加薪;不听话的,交给廉政去办。投行里不能说个个是老鼠和蟑螂,但是屁股底下干净的没几个。真碰上查不出问题的,就留下来重用。经过这几个月的整饬,公司政治清明,人责清晰,渐露荣势,就好比一张拉满的弓,下一步是射出利箭,全速提升业绩的时候。赫总裁自己当然也不能闲着,需要在伦敦的金融圈里尽快拓展人脉,搞投资拼的就是信息、判断和速度……赫丘勒是华裔马来西亚人,对伦敦金融界并不很熟悉。

  谁都没有注意到老板什么时候进来的,除了米兰达。一看见那张充满威仪的东方面孔出现在大门口,她就马上迎了上来,随即直奔吧台,打了个响指,让酒保给调一杯蓝色香槟,把酒给老板送过去。赫总裁微微颔首。

米兰达走到了台上。她身材高挑出众,两条羚羊腿又细又长,一头金发轻拂闪耀,一双碧眼顾盼生辉。她笑语盈盈地说道:"今天十分荣幸地邀请到了在百忙之中拨冗出席此次聚会的赫丘勒总裁先生,为了向尊敬的总裁先生表示我们诚挚的敬意和谢意,我们特地在此献上特别精心准备的一首优美的抒情歌曲。有请乐队。"倘若杜励不是忙着给安德森伴奏,她这个外国人能帮这位盎格鲁-撒克逊族①美女将此句话删减成一个语法通顺的短句:下面请乐队演奏一曲,以对拨冗出席聚会的赫总裁致敬。

站在台上的安德森左手执话筒,右手执杜励写给他的纸条,深情款款地唱着英文版的《月亮代表我的心》。他的声音太打动人了,既带着波罗的海的凄冷、优美与深邃,又带着流浪艺人的那种沧桑、执着与浪漫,把这首十分抒情优美的歌曲演绎得让人动容。杜励被感染,一边弹琴,一边情不自禁地跟着唱。唱着唱着,安德森忽然走到台下,把话筒插到钢琴旁的架子上,与她一起合唱。两人的声音混在一起,仿佛是一对大提琴与小提琴的合奏,回味无穷,让人听着心颤不已。

赫丘勒站在台上,开始了他的演讲。领到一大笔奖金的莱斯特,被众人抛到了空中⋯⋯气氛变得越来越热烈,乐队奏起了欢快的乐曲,夜场迪斯科开始了。杜励悄悄从后门溜了出去,她一直害怕那种震耳欲聋的声音和群魔乱舞的场面,虽然也梦想着有朝一日能够"Rock the world(震撼世界)②"。伦敦的夜总是很清凉,即使

---

① 指英国人。
② 有一首流行歌曲叫《震撼世界》(we will rock you),酒吧里常放,最早出自皇后乐队。

是在炎热的夏季。她走到远一点的地方，站在一个十字路口的墙边，燃起了一支烟。这里离开酒吧有一段距离，听不到里面的喧闹声，只能听到那些跳舞的人跟着节奏踩踏地板的律动。听着听着，她觉得自己宛如站在一个巨人的手腕处，正在一下下地感受他的脉动和心跳……

送赫总裁出门的莱斯特一看到从外面走回来的女友，就一把握住她的手，把她介绍给上司，还当场表白："等拿了年度业绩冠军，我们就会结婚。"

杜励既紧张又尴尬。赫总裁的脸上波澜不惊，握住她的手后，露出了亲切的微笑，道出一句乡音："我们很有缘，是不是？"

轮到莱斯特吃惊了，他们怎么会认识？老板一走，米兰达也要回家，脸上的表情十分值得玩味。莱斯特帮她叫了一辆出租车，体贴地给她开车门，扶她上车。车门关上的一瞬间，米兰达轻启朱唇："你真是蠢到家了！"

米兰达的办公桌就在赫总裁办公室外，碰上谁被老板召见，路过她的办公桌，她总会笑脸盈盈，送上一句祝福"祝你好运"。大家都拿她当自己人，莱斯特自然也不例外。可刚才她到底是什么意思呢？莱斯特始终不得要领。还有，杜励是怎么认识赫总裁的呢？杜励的解释是赫总裁总到热瓦尼的饭店吃饭。莱斯特将信将疑。

复活节前后，是欧洲大部分国家一年中最美的时节，天气不冷不热，花开遍地，万物复苏。学校这时也放了春假，整整四个星期，杜励都泡在图书馆里，赶着写毕业论文。这样暑假结束后的那个学期，就可以出去工作了，如果届时能顺利找到一份不错的工作的话。只要不加班，莱斯特总会从伦敦赶过来，与她共度周末。两人常常在一条破帆船改造的月亮酒吧里喝酒，跳舞，聊天，度过一个浪漫的夜晚。莱斯特把年底就结婚的话变成每次会面时必念的经文,还让杜励告诉他,她最想住的房子什么样,包括从外观到内饰,从卧室到客厅,从书房至花园。他还故意把话题往偏道上引,除了伦敦市区的房子,他们还该有个度假的小屋,何不把灯塔买回来呢?那是她把自己交给他的地方,是最值得珍藏、纪念和回味的场所。掉进了蜜罐里的莱斯特,从永动机变成了永不停歇的战斗机,挤出空来与安迪一起对炒股软件做开发调整,好多赚些银子迎娶佳人。朱必达被安迪拉了进去,十分乐意提供一笔启动资金。

盖的运气不错,采编课的指导老师古斯塔夫教授很欣赏她,把她推荐给了一个小有名气的独立制片人,她和摄制组去了亚马孙河沿岸的咖啡种植园考察。

阿曼达时常在图书馆和杜励遇上。她在寒假时做了一份兼职,虽然工作性质和内容总也语焉不详,但也有几成把握,能够毕业后和东家签个长约。虽说她拿了政府提供的奖学金来读书,还有一份稳定的工作在家乡等着,可她决定留下来。如此破釜沉舟,是因为不愿意再回到那片把女人当作"二等公民+劣等人种+私有财产"的不毛之地了,理由是:"我没有父母的。我只有兄弟们(好几个哥哥)。我是没有嫁妆的,很少会有人愿意娶我……"杜励深表同情与赞成,尽管这话她都听过无数回了。从去年开学到现在,蚊子姑娘总是一身夜行侠装束:黑袍罩身,皂巾覆头,只露一张小脸。就冲将来能穿几件花衣裳,也该留下来。

怎么人家的兼职,都是会孵金蛋的母鸡呢?杜励很是羡慕。她投了不少简历出去,可惜总没有回音,不免心忧。她和爸爸探讨国内外形势。杜才韧说,金融危机后,国内的发展优势凸显。政府为了扩大内需,刺激经济,投了四万个亿,出台了一揽子计划,年轻人不发愁找工作，机会到处有。大英帝国是缺钱了还是人才涌入过多了？杜才韧问女儿。

爸爸的言下之意，就是担心她嘴硬，不肯承认自身不足，故意夸大环境的因素。杜励马上把卡梅伦在议会里抨击布朗的那一段精彩发言告诉爸爸：不是工作机会不够，而是高等教育吃激素了。工党从布莱尔起，鼓吹高等教育平民化，要让所有工薪阶层的孩子都能读大学。结果大学一味扩招，与之配套的白领工作却没有增加多少。过去博士一毕业，马上就能在大学里找个副教授当当，现在呢，十个博士抢一个助教的职位，赢了的那个还要感谢上帝垂怜呢！谁念了几年大学，还愿意去干蓝领的工作？再说，没有稳定的高收入，助学贷款怎么还？现在英国人正反思呢，不是所有的人都能当白领、金领或是成为企业家。给工薪阶层的孩子一个机会，不等于开闸泄流，而是该建立一个公平的机制，让有才能的人能脱颖而出，以未来投资当下，充分地发展自己。眼下这形势，泡沫不是一时半会儿能被吸收掉的，困难也不可能一夜之间就能得到解决。杜才韧觉得女儿的话有些道理，劝女儿不要着急，要相信自己："酸甜苦辣咸，你肯定不愿只吃甜品，对不对？年轻就是用来试错的，趁年轻，在异国他乡，好好历练一番。"

盖从亚马孙河沿岸考察回来后，送给杜励一只不知道是什么蓝鸟的长翎做礼物。她两眼灼灼，大声宣布："这趟旅行，让我认清了自己的使命，我将用镜头唤醒人们对不公正、不平等的关注，就像盖尔霍恩的笔和照相机永远聚焦于战争的血腥与残酷一样。"不过，在遵从内心的召唤之前，她得找个高薪的工作，好偿还丈夫曾经的资助。她是如何从一场公干中领悟到所谓"天降大任"的，杜励十分好奇。还没刨根问底，盖已据实以告：古斯塔夫教授介绍的这位制作人,是一位了不起的哲人。"他的所思所想,所作所为,对我都有醍醐灌顶之启发。"杜励大为羡慕,这不正是自己来英国的初衷吗?怎么自己从来就没机会邂逅大师?准是杜励的表情太明显,盖读出了她的心思,表示一有机会就带她觐见大师。杜励马上烧香:"盖,你就是我的妙吉祥!"

十六

与诽谤斗争毫无经验的杜励,可以忍受冷漠,不能消化关心……

程老板按照小海给的建议,让管电脑的手下人给自己装了Skype(通话软件)。他把杜励的账号输了进去,发了一个添加好友的请求。午休的时候他就发了,一个下午都挂在网上,就等着杜励给他回信呢。

他还琢磨:小海和小红处对象的事,到底该不该让杜励知会一声呢?小海还跟小时候一样,一口一个小耳朵哥哥,根本没拿他当外人,仿佛过去这十几年不过就是十几天。小海也真挺可怜,爸爸不太管他,妈妈又说不出句清楚话,姐姐更是离得十万八千里,远水解不了近渴,他只好拿小红当亲人。小红不像是他对象,倒更像他姐姐,搞不好有时候还客串一下他妈呢!程老板想,要是跟杜励说了,她肯定着急。俩人差距悬殊,这点情分能走多远?弄不好就是一段孽缘。这事可得好好想想。

下午好几个会呢,程老板全放在自己办公室里开。人多,大家就都站着，反正也不是第一次。站着开会有效率，没人整废话。他主持会议，当然不会喊累，竖着耳朵，聚精会神地听着。不过只有他自己知道，他关注的可不只是下属的发言，更期待的，当然是电脑上 Skype 的提示音。期待是期待，倒不怎么纠结。小海的态度说明了一切，杜励一直惦记着童年时代的朋友。不过他也反复提醒自己，别一上来，就整得跟旧相好似的，把人家吓一跳。离别时，两个人才多大？她一直把他当朋友，根本没朝别的地方寻思过。

　　四个小时一晃就过去了。下班后，程老板仍坚守在电脑旁，纹丝不动，晚饭都没出去吃，实在饿得不行了，多花俩钱叫了外卖在办公室里解决了。这一等就等到了晚上将近十二点，他连第二天的工作计划都审核了两遍。实在没啥正事可干，这才心怀不甘地穿上外套，离开办公室，却没舍得关电脑，就好像电脑在，他人就在。走到车棚了，发现没带钥匙，又返回来拿钥匙。临出门时，忍不住又按了电脑的回车键，想看看这几分钟会不会有什么奇迹。他心里其实没抱什么希望，可奇迹偏偏发生了，Skype 的小图标一闪一闪的，就像精灵的眼睛在眨，提醒他有两条新信息和一个未接电话。他心中一阵狂喜。一条是杜励加了他好友，另一条是她发的语音信息，电话也是她打的。他用鼠标一点，电脑里传来了长大后杜励的声音，好像他钻进了十几年前的梦里。"小耳朵，是你吗？我都不敢相信。刚和小海确认了一下，真的是你。天哪，这是今年到目前为止最让我开心的事啦！你好像人不在电脑旁。现在太晚了，你一定睡了。夏季伦敦和北京有七个小时的时差。你以后可以把要说的话录下来，发给我，这样就不会影响休息。周末的时候，咱们可以聊天，我真是太开心了！"

他脑子一片空白,什么念头都没有,就这样一遍遍地放着录音,都忘了自己是回来拿车钥匙的,心里的花儿早已越过春天怒放了……

此时此刻,杜励仍然处在极度的兴奋中。她躺在浴缸里泡澡,童年往事一幕幕浮现。她不觉黯然神伤,一时难过极了。一阵执着的铃声,唤醒了正在纠结的她。她披了浴袍走出浴室,拿起手机来,一看是盖的来电。电话一接通,就传来了盖急火火的干脆又直接的声音:"你怎么不在请愿书上签名?"

"什么请愿书?"杜励蒙了。

"就是大家要求学校开除安迪的请愿书啊!"盖的嗓门中气十足。

"开除安迪?为什么?"她一头雾水。

"为什么?害了人不要偿命吗?他害死了爱子。你不会因为他是中国人,就袒护他吧?人类道义必须超越种族同情!"听筒里传来盖疾恶如仇的声音。

"我不知道这回事,更不知道有请愿这事。要是知道了,哪会不签名呢?爱子死得这么惨!"杜励委屈地为自己辩白。

杜励明白了,安迪就是传说中的爱子的中国男友。难怪上个星期,老觉得教室里气氛有异,蚊子姑娘一看见自己,就跟看见蚊子拍似的,远远地绕道走。也未免太小题大做了吧。中国人多了去了,难不成因为都长着黄皮肤、黑眼睛就都品质低下?天哪,爱子怎么会喜欢上如此猥琐的一个人,单单就凭安迪两只眼睛里放射出的油腻腻的光,也该躲得远远的。她怎么这么糊涂啊!

盖可不是拖泥带水的女生,直截了当给好友下命令:"我把请愿书马上发给你,你签好名再立刻传回来。"

同学们究竟是发现了什么证据,认定安迪是那个隐形的、道义上的罪犯呢?是从那本传说中的日记里吗?请愿书上并没写。忽然手机上又收到了盖的短信:你是安迪的地下情人?

杜励的鼻子都快气歪了:这是谁造的谣!就凭安迪那副尊容?她连回了好几个 No!

盖回短信说:"全班同学都这么说。"

"你也相信这种狗屁谣言?"杜励质问好友。

"我相信你。可你得说服大家。"

"这不明摆着吗?我根本就没和他交往过。难道不该是造谣的人提交证据?"

很快,盖打来电话:"学校已经展开调查,明天下午,芭芭拉会来和大家座谈,你得好好准备准备。"盖上周一直给伍德曼做助理,刚刚得知这一切,不明白为什么杜励人在学校竟然会如此后知后觉。

"因为大家都躲着我。"杜励委屈得跟什么似的,抽抽搭搭地哭了。

第二天上午上课的时候,盖和杜励坐在一起。她们身边原有蚊子姑娘的,可一向喜欢和她们扎堆的蚊子姑娘把头埋了起来,身子蜷成个团,溜到了教室后面,就好像遇到了气态敌敌畏。本来就已经十分难过的杜励,直接崩溃了,哭着把和安迪仅有的两次接触,详详细细地跟盖说了一遍,还对天发誓,自己绝不是所谓的秘密情人,一切完全是凭空捏造。不知为什么,她并没有把自己正在和莱斯特恋爱的事告诉盖,也许是因为顾虑在英国,劈腿或玩一夜情的大有人在,标榜自己拥有一个远比安迪优秀太多的男友自证清白,并不具备足够的说服力,又或者是因为顾忌别的什么。

盖也想不通为什么有人要抹黑好友。她只是个普普通通的学生，一向与人为善，和别人也没有利益冲突，一切实在是太蹊跷了。不过，这世上没有无缘无故的恨，必然事出有因。盖直言不讳地告诫杜励："你身边藏着一条毒蛇，为了达到不可告人的目的乱咬人，一定要当心！"

虽然两人刻意压低了嗓门，可是说到愤慨处，声音难免会提高些。坐在她们前面的是几个英国同学，其中有一个叫瑞秋的女孩，和杜励平时有些来往，关系不错。她几乎是班上唯一既没把口音整成伦敦腔，又没故意把家乡口音说得特别重，以显示自己是地道的英国姑娘的人。她扭过头来，安慰了杜励几句，还善意地提醒，最好早一点找芭芭拉把事情解释清楚，并且提供了一个重要的信息：爱子的日记里，关于第三者语焉不详，除了提及对方是中国人，也住在约克外，再无其他信息，否则大家不可能现在才来追究这件事。

与诽谤斗争毫无经验的杜励，可以忍受冷漠，不能消化关心，再次哭着否认与安迪教授有任何瓜葛。她越说越伤心，越愤愤不平，连安迪是中越混血，不仅不算自己的同胞，按照现在父权社会的宗法与习惯，他的个人荣辱由越南国负责，而不是中国这样的话也一股脑倒了出来。瑞秋无奈地笑笑。前排还有一个女生，头也不回，语带讥讽，大声地质疑杜励的撇清是出于私心："英国大学圈高度关联，如果安迪被学校开除，想要在英国再谋个教授的差事恐怕不可能了。此时分手单飞，是最明智的选择。难怪有人会如此撇清。"盖气得差点要和她动手，被杜励硬拦住了："和不相干的人争论，就像一个人和影子搏斗一样。"杜励此时无比懊悔，干吗在大庭广众之下说这么多？如果人心已被谣言蒙蔽污染，在没有证据的情况下，无论说什么都不可能洗白自己，反而是越洗越黑。自己这么大咧咧地说出来，连外人不知的出身也了如指掌，除了表明与安迪关系非比寻常，一点正面作用都没有。

一下课，杜励就往院办跑，班主任踪迹全无，其他老师对其行踪亦讳莫如深，空气里弥漫着一种极不友好的戒备。杜励一整天在惶恐、伤心和愤懑中度过，无论盖如何劝慰也无济于事。她已经要魔怔了，满脑子就一个念头：老天爷啊，难道我非得背着不白之冤吗?! 去哪里能把真正的罪魁祸首给揪出来呢？

下午的课一结束，平常总是很随和的芭芭拉一脸严肃出现在教室，直接点杜励的名字，让她出来。她再一次义愤填膺，凭什么连她参加座谈会的资格都给取消了？如果她在，也许大家说话还有所顾忌。一旦缺席，而且是这种情况下缺席，不就意味着已经提前定罪了？她握着盖的手，仿佛在乞求好友的帮助，一定要帮自己正名，因为实在再无可依赖的人了。

芭芭拉把惶恐不安的杜励直接带到了院办。一个异常细瘦、面色苍白、头发谢顶的老教授，已经等在那里了。他严肃地通知杜励："你上学期统计课的成绩作废了，需要马上重考。"震惊和打击接踵而至，仿佛上帝和造谣的人串通好了一起捉弄她。杜励也不顾上什么礼貌了，大声地质问："为什么？为什么？"班主任代替教授做了解释："有人举报，你几乎缺席了所有的统计课，但是期末考试仍然得到优秀，从而以良好结业。系里核查过试卷，你得了满分。班上另一个得满分的学生是爱子。为了公平起见，系里决定让你重新考试，并以新的成绩为准。布莱恩教授是一位资深统计学专家，今天就由他出题并监考。""难道这就是谣言四起的凭证？就因为自己和爱子同获满分，而恰好是中国人，学校可以如此草率地决定一个学生的命运?"杜励再次连连发问。但是班主任的口吻不容辩驳:"你需要用成绩来捍卫清白!"

……

从院办出来,杜励头疼欲裂,顺着走廊朝外面走去。教室的门没有关严,里面人声鼎沸,有个男学生激动地喊着:"是时候报仇了,打倒小男人!"话音刚落,一群人使劲地敲桌子,仿佛光拍巴掌已不足以表达自己内心的愤慨与支持。芭芭拉的"肃静,秩序"被一浪高过一浪的声音吞没了,整间教室就像是一壶烧开的水,热烈而又焦灼的蒸汽,顺着门缝往外扑……有那么一刹那,杜励觉得自己仿佛是穿越到了两千年前的罗马共和国长老院,议员们吵吵嚷嚷地历数暴君尼禄①的罪状……她站在那儿听了一会儿,总算明白了前因后果:因为追求爱子,安迪和班上某个男同学的关系紧张,安迪公报私仇,故意以成绩为要挟,打压对方,早就引起了不少同学的不满。如今安迪已经人间蒸发不知去向,大家自然把对他的厌恶与憎恨,全撒到了杜励这个所谓的"地下情人"的头上,所以造成了今天同仇敌忾的局面。终于散会了。一群极度亢奋的人像潮水般涌了出来,她像是被一只无情的手瞬间给钉到了墙上,呆若木鸡地看着一个又一个人离去。因为逆光,所有人的脸,她都看不清,但看清了不少人指指戳戳,活像张牙舞爪的鬼影。好不容易等人都走了,杜励低下了头,光把她的影子投向旁边,地下和墙上有一个触目惊心的折了腰的黑影,是她自己。她难过得都快倒下了。

---

① 罗马皇帝,以残暴著称,酷爱写诗,据说是为了写出与荷马齐名的作品,下令火烧了罗马城;又因群情激愤,将火灾嫁祸给基督教人士,疯狂杀害教众。

十七

绝对不是警察同志侦察不到位,主要还是我长得太寒碜了。穿上阿玛尼,也不像你阿玛。

送走了小红的爹妈,李大妈高兴得快成话痨了,舌头都搁不回嘴里头了,一个劲地跟老伴唠叨:没想到自己一张罗,这门亲事眼看就有了着落!忙着看电视的程果树没空接老婆的话茬。

"你说,这未来亲家咋这么外道呢?非把这一堆东西留下。"李大妈看着茶几上摆得满满当当的点心水果,直跟老伴嘀咕,"你说咱这岁数,也不是馋这些瓜瓜果果的时候了。俺打电话叫小强回来一趟,把这些东西都拉他家里去,给洋洋大孙子吃吧。"

"你别尽惦记孙子,也给我多少留点。"程果树在一旁呼吁。

"刚跟你唠叨半天了,你也不说句话。俺这一说把东西给孙子吃,你就吱声了。敢情你是个老馋嘴。"李大妈人逢喜事,跟当家的开起了玩笑。程果树拣了块黄澄澄的桃酥放到了嘴里:"哟,这桃酥味挺正的。"他还真拿自个当老小孩了。

电话是儿媳妇接的,小强去北京出差了。婆媳俩少不了在电话里唠了会儿。李大妈按捺不住激动的心情,直叨叨:"小耳朵的对象,刚给说上的,俩人才见了一回面,就花大姐①看绿豆——对上眼了。人家闺女她妈非得过来谢谢俺这个大媒人。你说,俺给自个

---

① 瓢虫。

儿子张罗,还用得着她谢吗?太外道了。啥?不外道,也是太老派了。行,妈撂电话了,长途贵。你回来,咱娘俩再唠。撂了啊。"

李大妈是行动派,放下电话,马上就和当家的合计上了:"你说,咱们现在是不是就帮儿子一把,给他些钱,让他在北京贷款买套房?他要是在咱跟前,咱不得给他起房子啊。"

"理是这个理,可咱哪有那么多钱啊?你没听说吗,北京上海的房价,都上天啦。那是天上的房价!"辛苦了一辈子,好容易攒了点养老的钱,程果树主张小儿子自力更生,可又不好直接跟老婆这么说。

"可不?连小红红①都去了北京不愿回来啦,北京城的房子能不秃噜秃噜光往上涨?城里人总嚷嚷菜贵,要俺说,啥也赶不上城里的瓦片贵!北京、上海这些地方的砖不是砖,那是金砖、银砖!咱要不帮儿子一把,他啥时候能挣下一套金砖、银砖垒的房啊?你没听他上回在电话里头念叨什么三有一无的吗?"李大妈絮叨上了,可当家的两只眼睛死盯着电视机,再也不肯接她的话茬了。

程小强不大不小,是个业务经理,成天在外面东跑西颠的。作为家里的长子,他完全继承了父亲程果树那浓眉大眼、膀宽腰圆的长相,还在此基础上发展出了一股子对人情世故的通透和机灵。从部队转业踏入社会没几天,他就总结出一套人际交往成功秘籍来,在单位里不能说是人见人爱,至少没人讨厌。小耳朵初入社会的时候,他特地将成功秘籍拿出来与自家兄弟分享过。一共分为上中下三篇。上篇是群众篇,一共有八句:见面点头不哈腰/男人叫声哥,女人唤声姐/碰上不大不小的/喊声朋友最和谐/会抽烟的,点根烟/

---

① 小红,山东某地方言,叫人小名时,常常会叫叠字。

不抽烟的，敬杯茶/狭路相逢让个道/行走江湖别骄傲。中篇是十分重要的领导篇，也有八句：见了领导要头低/领导讲话要牢记/吃透精神最重要/挨批莫要真生气/有啥意见憋心里/牢骚莫要当面提/得了表扬要感恩/拿了奖金得送礼。下篇是同事篇，简明扼要四句话：饭吃八分饱/酒喝七成醉/同事相处把心藏/真话只能烂肚肠。他跟小耳朵反复强调，一定要照"章"办事，甭管到哪里，这三篇都是放之四海而皆准的真理。这些年过去了，他不知道小耳朵贯彻这口诀是不是彻底，有什么额外的心得没有。不过，既然兄弟能得到残联领导的赏识，撑起个大摊子来，不用问，肯定是运用得法。

程小强主动与一名同事互惠换来到北京出差的机会。他想到北京，主要是为了办点私事。上次小平给他内部价弄了套宽敞、体面的学区房后，他心里这感激的小浪花一直是此起彼伏。原先，媳妇成天埋怨。一会儿是，洋洋马上要上小学了，咱还买不起个学区房，咱们对不起儿子，让他输在了起跑线上；一会儿又是，谁家刚买了一套学区房，比市场价高了百分之二十呢，人家说啦，要是现在不买，将来还得涨；一会儿又是，现在家家一个孩子，谁愿意让孩子输在起跑线上啊！把儿子生下来养这么大，当爹妈的不能对不住他！这下可好，全家比原定的九月一日开学提前了四个半月搬进了学区大三居。媳妇搂着儿子，一有空就从阳台上俯视对面的学校，就好像成功人士回首自己来时的艰辛历程一样，充满骄傲和自豪："洋洋，看到了吗？对面就是实验一小。多少人托关系想进去，都进不去；多少人想把房子买在这对面，买不起。看看，爸爸多么了不起，他能让你住上这么宽敞明亮的房子，还能让你背上小书包，到全市最好的小学去上学。你长大了可得像爸爸一样有出息。"媳妇前面的话，程小强举双手赞成，最后那句则不妥——儿子将来必须得比自己强！他这一表态，媳妇马上谦虚地纠正不当言论："爸爸已经很有出息了，洋洋将来得比爸爸还有出息！"要不说男人必须得成功呢？程小强平生第一次体会到了成功男人才能体会到的那种特有的幸福。

这个幸福的世事洞明的男人，当然懂得饮水思源。人家小平帮了这么大的忙，自己凡人一个，对人家啥用处也没有，到人家家里坐坐，当面道个谢总比没啥表示强太多了吧。总不能因为人家在高处，自己在低处，老想着人家啥也不缺，自己不管拿啥去人家也不稀罕，自己去了，人家还得花工夫陪着，就把这份感激给省下，这样还不如那几进大观园的刘姥姥呢！于是，他从老乡那儿买了十斤黄花菜和木耳，又带了一箱子嫩香椿苗，就上北京来了。到了北京，先找着自己兄弟，俩人一个人拎着包，另一个人扛着个纸箱子，直奔小平家。

小平家离地铁不远，在一个胡同里。别看是在二环内，这儿一点也听不到外面车水马龙的聒噪。胡同里全都是四合院，古色古香的。小平家的这座四合院，红墙青瓦，从围墙上看有些年头了，院子里面种的爬山虎一直蔓延到院子外面来，满墙绿油油的，就像是老树发了新枝似的，颇有点鹤发童颜的大家范。门口还站着个警卫员。小强看了，着实羡慕，问小耳朵，能在北京这么好的地方有座四合院，得花不少钱吧？程老板伸出一个手指头来："至少得一个亿。就是有钱，恐怕也没处买去。城里的四合院，凡是不属文物的，都给拆了。留下来的，以前大小都住过名人。"小强倒吸一口气，看来自己对小平的财力估计不足。到门口了小强有些怯场了。程老板给哥哥打气："你不记得以前上历史课的时候，老师讲的敢造秦始皇反的陈胜吴广怎么说的啦？'王侯将相，宁有种乎'？小平姐是人，咱们也是人。踏踏实实地进去跟她道个谢，说两句话就出来，你有什么好害怕的呀！"

小平见了这哥俩挺高兴的，把他们当娘家人一样。一看拿来的这三样东西，马上就夸他们想得周到。她公公是山西人，特别爱吃面。山西人吃的臊子面里，最不能缺的就是这黄花菜。香椿更是北京人所喜爱，拌个豆腐，炒个鸡蛋，或者裹点面一炸，别提多香啦。几句话，就把小强的妄自菲薄，吹得无影无踪了。说了一会儿闲话，小平留他们吃饭。小强使劲推辞。小平嗔怪他太见外了，哪有亲戚朋友到家来不招待吃饭的，这要是传回去让她爸妈知道了，非责怪她不懂礼数。程老板替哥哥爽快地答应了。去餐厅的几步路上，小强悄悄跟弟弟嘀咕："人家这豪门大宅的，咱们又不懂规矩，回头别让人笑话。"

饭特别清淡，都是家常菜。小平一家人注重健康，很少吃油腻的东西。桌上没有老人和孩子，只有她丈夫智远、小姑子智静和她男朋友。智远瘦高个，戴副黑框眼镜，五官清秀，脸上淡淡的，不太爱搭理人的样子，偶尔说句话，也是和自己老婆咬耳朵。他在部队一个研究所里当工程师，家里的事一看就是小平说了算。智静三十多了，一张白净明朗的大圆脸，两条浓浓的剑眉，一双乌黑透亮的圆眼睛，身板结实，性格豪爽，挺耐看的。她和哥哥没什么共同之处，和嫂子倒是对脾气，才坐下来，就叽里呱啦地和小平说个不停。她男朋友叫卫元，是南方人，个子不高，很低调，长得却很有意思，脑袋大，脸方，脖子短，像个机器人；一双眼睛不说话的时候，木讷，说话的时候，骨碌碌的，很精明。生人面前，智静从不见外，介绍自个男朋友的时候，还不忘了打趣他，说南方人管钱叫元，凡是名里带"元"字的，十有八九是贪财的爹妈盼着孩子发财。卫元这名字起得好、俗得到位——"为了钱"。谁活着能离开钱呢?

卫元脸上看不出任何表情来,就好像是处于待机状态。程家两兄弟像商量好了似的,谁也没往下接话,低着头一个劲地喝茶。小平把话往下顺了:"要我说,大伙的名字都好,爹妈起名的时候都用了心思。唯独我的名不行。瞧瞧我爸妈,那才叫不负责任呢!你们敢在公众场合叫我吗?你喊个小平试试,大街上有一半老的少的、男的女的都回头,都以为你叫他呢。我这就算憋屈啦,跟我小弟弟一比,还能偷着乐呢。他叫太行。你们说,除了西北这一带的人,谁知道山西有个山叫太行山。这又不是五大名山,或者是佛教圣地。"太行在南京上大学的时候,经常被人叫成了太行(xíng),还老有同学给他提意见:"你怎么给自个起这么不谦虚的名?"一桌人都很给力地哈哈大笑,智远笑得最开心。

听说程老板是开快递公司的,卫元倒来了兴致。原来他搞了一个网上商城,卖电脑、办公用品和五金家电,一直在找可靠的物流公司,希望建立长期深度合作。程老板向他请教:为什么客户要在网上买东西而不是去商场?假如是他自己想买台电脑,肯定是愿意去电脑城逛逛,亲自挑选试用一下,这样不更放心吗?

卫元一听他问到点上了,有了交谈的欲望:"你是想知道,与传统商业相比,网络平台交易有什么竞争优势吧?我在创业之初,也问过自己这个问题。在普通消费者的购买决策中,一共有三个关键指标:价格、质量、花色。这三项指标,我都具有优势。

"在网上开商城,不需支付铺位租金。租金省下来了,商品的售价自然就比商场同类商品的零售价格要优惠。过去生产厂家很少搞直销,主要是因为他们缺乏渠道。商品价格通过中间商一层一层地往上抬，到了消费者手里，上涨了不知多少倍。消费者支付的钱和商品的出厂价之间的巨大利润就这样被中间商和渠道商拿去了。这些渠道商说白了就是二道贩子加地主。生产厂商不是不想隔过他们，可产品不在商场、超市销售能去哪儿呢？一般的企业是不可能自己建立零售网点的。

"我在网上开商城，厂家可以在网上商城与消费者直接进行批发或零售业务。去除了一道道中间商环节，既能让厂家的获利空前拓宽，又能够给消费者提供巨大的价格优惠，还愁没人光顾吗？

"我还创立了一个保证金制度。在商品交付的一个星期以内，要是消费者改了主意，只要东西没用过，我就把钱退给他。如果有什么质量纠纷，就协商解决，需要赔偿的时候就赔偿。如果一个商家做到了价格实惠、买卖公道，生意不会差。至于花色就更没问题了，在网上找东西，只要输入关键词，搜索引擎一下子就会把符合条件的所有商品都抓出来给消费者过目，消费者根本用不着一家商店一家商店地找，你说这多带劲啊！"

卫元一扫之前的木讷，越说越起劲。程老板心里暗自佩服，人家这脑袋瓜咋长的？这么一本万利、前景光明的生意模式也能琢磨出来。其他买卖人还在托关系，走门路，搞渠道建设呢，人家已经开始拓展无土商业模式了。自己要是能和他合作，未来还愁没生意吗？取货跑一趟，送货再跑一趟，碰上不合心意或是挑剔的主，还要再取一次，再送一次货，把哪来的东西再送回到哪里去。就是卖家一分钱没赚，快递公司都已经赚了四趟生意的钱了。想到这儿，他又提了个问题："卫元哥，无论谁都要生活消费的，吃的、喝的、穿的、用的，都能在你这网上商城里头卖吗？"程老板很精明，是在打探未来生意的潜力。电脑家电这些物件，一般人几年才买个一两回，可一旦涉及吃和穿这些见天都要消费的东西，快递不得累到跑断腿了吗？那将是什么样的生意规模？!

"当然行。咱们两个想到一块去了。"卫元一拍桌子，激动得差点没站起来，活像是机器人被瞬间拓展了情感模式。

可智静马上就给他浇了瓢冷水："几家风投公司到现在还犹豫，你要不马上盈利，光顾着扩大规模，准得把投资人吓跑了。"

卫元一听，嘴抖了抖，什么话也没说，又待机了。程老板马上表态："卫元哥，我想呢，你这网上商城的主意，至少超越了现有的商业模式一个时代！你看多少人还在挖空心思让自己的商品进商场，进超市，进人流多的地方，你已经在网上搭建平台，给大家伙分配网络商业空间了。我这个小快递公司，要是能跟你结盟，今后你就是刘备刘皇叔，我小耳朵就是那个傻张飞，你说去哪儿我就去哪儿，你说干啥我就干啥。整句酸的，我想等老的那一天，给孙子唠叨一生的时候，跟着哥哥你打拼的这一段，将是我人生的高光时刻。"他故意把最后这句话说得很煽情，像演小品的本山大叔，不仅卫元，这一桌子的人都被他给整开心了。

小平在旁边出主意："你们彼此到对方那儿参观参观，熟悉熟悉，再坐下来谈合作更容易谈成。"程老板立刻和卫元约好了时间。

大家这么随意，小强也不拘谨了，出去接了个电话回来后，直跟自己兄弟眨巴眼睛。小平笑着问："哎，还打上暗号啦，有啥不能在桌面上说的？"

"我怕说了，有人脸上挂不住。"小强瞬间变调皮了，"我家小耳朵相了个特俊的媳妇，是个高铁服务员。才见头回面，丈母娘就跑家来认门啦。"

"是吗，小耳朵，看不出你还挺招女孩子们喜欢的？"小平也开着玩笑。

"俗话怎么说的,好汉无好妻,懒汉娶花枝!"智静又大大咧咧地来了一句。她话音刚落,智远的脸就拉下来了。程老板怕因为自己一个外人让人家兄妹失和,赶忙涎皮赖脸地把话接了过来:"我今年也不知咋了,桃花多得吓人,上回还碰上朵烂桃花。"他把自己刚刚痊愈、仍然能看见不少疤痕的双手伸出来给大伙观摩,顺便简要介绍了一下自己为了名副其实地当一回见义勇为的英雄,结果在一个母大虫的利爪下牺牲了双手、挽救了一个小三,差点被诬陷成"仙人跳"同伙蹲局子的曲折又动人的故事,最后还不忘了自我解嘲:"绝对不是警察同志侦察不到位,主要还是我长得太寒碜了。穿上阿玛尼,也不像你阿玛。"一桌子人都笑喷了,连智远都拉着小平的手说:"你娘家的这个小兄弟真是太幽默了,以后没事让他多到家里来坐坐。"

"我家老爷子准喜欢你这么接地气的人!"智静也如此断言,并且抱打不平,"朝阳分局的人也忒官僚了吧。哪条规定说,搭救小三不算见义勇为啦?回头我找人给他们打个招呼,给你补个奖章。"

"别别别,千万别。"程老板赶忙拦着这说话办事不知轻重的大小姐,"我那个警察兄弟小舒提醒我不止一两回了,小三到处打听我,我躲还来不及呢。你把动静整大了,再让这白骨精找上门来,我找谁去降妖啊!"

小平也乐得不行:"等啥时候老爷子回家啦,你一准得来,好好跟我家老爷子说道说道,逗他开开心。你比现在那些个说相声演小品的都强!"

十八

赫丘勒满面含春,追问道:"和其他的女人有关吗?我的秘书米兰达?"她十分惊讶,使劲摇了摇垂得很低的头。

一连几天,杜励都没去学校上课。虽然病得没上回那么严重,可也不轻。稍微有点精神,就挣扎着起来了。她上周去伦敦面试过一个工作,自我感觉还不错,便惦记着复试。邮箱里果然有一封请她复试的通知,她心里安定了些,对着电脑,准备起来。她把初试时的问题都回顾了一遍,想复试时有哪些问题可能会再次出现,自己上次的回答是否还有需要完善之处。另外,还该做些什么额外的准备呢?初试是猎头做的,复试一定会有雇主代表,倘若雇主也出打入伦敦金融圈的题,又该如何回答?

这份工作,是就业办的老师推荐的。一家设在新加坡的华人信托基金要招聘一名财经记者,任务是收集情报和信息,为远东和其他分支机构的雇员提供决策参考。因为信息是发回远东的,所以中文能力是加分项。大概这就是自己为什么会顺利进入复试的原因吧?杜励思忖着,初试实在是太顺利了,面试官比阿特丽丝几乎没设置什么障碍,送她出来的时候,还说了一句鼓励的话:"姑娘,你可真走运呀!"越是这样,她提醒自己越要认真准备,千万不可盲目乐观。乍一看,自己的赢面很大,华人留学生毕竟还是英国社会的少数群体。可深入分析会发现并非如此,华人留学生一般都学商科,商科的学生普遍能言善辩会交际,写文章虽然赶不上学文学的，可现在谁也没要求把财经报道写成《艰难时世》①。如果恰好有读商科的中国学生也想当财经记者而不是 CEO，雇主会怎么选？

复试这一天，杜励准时来到猎头公司。正要进电梯的时候，一个娇小的套装美女从电梯里走了出来。等电梯门合上了，杜励才回过神来：天哪，她怎么这么像……像阿曼达？对，就是她，没错。她到这儿干吗来了？……难道也是面试？和自己竞争同一份工作？看来原先的判断有误，还一直以为竞争对手是学商科的同胞呢。中文能力只是加分项，不是必备项。切记！

复试开始了。面试官一共有三个：靠门一位女士，正是上次面试过她的猎头比阿特丽丝；中间坐着的是个三十多岁的男人，东方面孔，戴副眼镜，颇为儒雅；而坐在最里面的，不是别人，正是与她一而再、再而三邂逅的赫总裁。杜励心里暗感意外，也有些纳闷：这是什么组合？

比阿特丽丝招呼她坐下来，给彼此做了介绍。坐最里面的人是赫丘勒总裁，将是未来情报记者在伦敦的管理者；中间的那个年轻人，劳伦斯，既是赫总裁的上司，也是该职位将要对接的高层，在香港办公。猎头话锋一转："现在你已经了解我们几个，该你做自我介绍了。"杜励明白，正式面试开始了，她的脑筋飞速旋转起来：赫总裁是个忙人，日理万机不得闲，那他的上司劳伦斯肯定有过之而无不及，一定没耐心听自己啰唆年龄、籍贯、学历这些简历上早就有的东西。她立即推翻了原先的准备，现场临时发挥，强调了自己的几个性格特点：好奇、好胜、不服输；如果运用得当，这些特

---

① 《艰难时世》为英国作家查尔斯·狄更斯的作品，其内容与财经活动并无关系，但书中女主人公正处在金融危机的年代，所以有此暗喻。

点将是十分有益的个人资产，使自己能够胜任这份工作。

猎头像是个中间人，给那两位面试官做解释："在初试时，我注意到了这一点。候选人对世界保持着一颗童心，她未来的梦想是当一名作家。"

"噢，你不想赚很多钱吗？"赫丘勒问，"我认识不少年轻的女孩子，她们的梦想不是当个有钱人，就是做个有钱人的太太。"

他的问题看起来十分随意自然，似乎只是个玩笑，但其实是在拷问候选人的人格和情商——是否诚实与成熟。杜励基本是实话实说："我也想赚钱，赚很多的钱。但我问过自己，如果到了三四十岁，钱还没赚够，是要继续赚钱，还是停下来做自己必须要做的事？我想我应该会选择后者。这世上自有聪明能干的人做陶朱公，像我这样的笨人还是写写东西，了却梦想，娱乐一下大众好了。"话说完了，她不忘向猎头礼貌地解释了一下陶朱公是何许人也。

"他是中国古代的一个聪明人，帮助越王勾践成为一代霸主后，辞官退隐江湖做生意，成为天下最富有的人。最让人称赞与羡慕的是，他曾散尽家财济苍生，并与天下最美的女人结缘，共度余生。"劳伦斯饶有兴趣地做了补充。

"太英雄了，太浪漫了！"比阿特丽丝啧啧赞叹。

气氛一下子变得没那么紧张了，面试变成了沟通。

杜励回答结束后，比阿特丽丝替她又说了几句好话："我在首次面试时也问候选人，你没有金融方面的任何求学和任职背景，一旦我们雇用你，将如何开展工作？杜励不仅对伦敦的金融圈有基本的认识，而且她的男朋友莱斯特先生恰好在金融界任职。他出身于一个颇有名望的家族，凭借他的引荐，她足可以迈出成功的第一步。"

"莱斯特？我在哪儿听到过这个名字。"劳伦斯把头一扭，问旁边的赫丘勒。赫丘勒回答："您是指昨天我们在公司见到的那个年轻人，还是莱斯特侯爵？"

劳伦斯笑着问杜励："你的男朋友莱斯特是一位年轻人，还是一位侯爵大人？"

杜励迟疑了一下，答道："是您公司的年轻人。但是直至刚才，我都不知道他在为您工作。"

劳伦斯并不在意，把手一挥："他为赫丘勒工作，不认识我。"

杜励犹豫了，踌躇着是否要说出实情。她避开莱斯特这个话题，只说自己知道每年财经界会举办哪些有影响力的活动，从哪些公关公司那里能够弄得到入场券；有影响力的财经媒体有哪几家，里面谁是活跃分子；周末这些人一般在哪儿扎堆，可以通过谁去结交他们；先后就读的两所大学，都是知名学府，有许多成功的校友任职金融界，她准备试试自己的运气，和他们逐个联络，看看是否有人愿意提携一下后辈。她说："虽然没打过猎、捕过鱼，但是我能判断出哪片小树林里常有兔子出没，哪片池塘里的鱼儿多。就跟约翰·韦尔奇似的，我认为自己拥有警犬般敏锐的嗅觉——能够嗅到哪里散发着钱的味道。即使是赤手空拳打天下也没什么不可以。如果杰奎琳敢给当议员的肯尼迪写信要求他接受采访，我为什么不可以呢？一个肯尼迪不理我，我就给十个肯尼迪写信。路是人走出来的……"劳伦斯和比阿特丽丝的脸上都露出了赞许，但"赤手空拳"这几个字明显触动了赫丘勒。在赫丘勒如炬的目光下，她的告白以一句惊悚的事实结尾。这句话产生的威力如同原子弹爆炸，把面试以来所有的和睦气氛消灭得一干二净——"我想我应该要告诉你们，我和莱斯特先生分手了，未来也不会有什么交往。事发突然,我绝不是有意欺瞒。请原谅。"

劳伦斯盯了她一眼,低头看起了手中的手机。比阿特丽丝一脸惊悚,仿佛会议室失火一般。赫丘勒把比阿特丽丝拉到了门外。不一会儿,两人回来了,比阿特丽丝的脸色缓和了许多。赫丘勒又在劳伦斯耳边小声嘀咕了几句,劳伦斯也多云转晴了。杜励心里总算舒了一口气。

结束面试前,赫丘勒问杜励,是否还收到了其他工作邀约。杜励说还没有,正式毕业要到明年一月份,暑假还打算回国探亲:"我已经三年没回过家了。"

劳伦斯听到幽默了一句:"效仿大禹治水?"

杜励愣了一下,红着脸低头答道:"精卫填海。"

赫丘勒十分绅士地送她到电梯口,随口问她为什么要和莱斯特分手,上次还说年底要结婚的。杜励并不想在前男友的上司面前说三道四,一时语塞。赫丘勒满面含春,追问道:"和其他的女人有关吗?我的秘书米兰达?"她十分惊讶,使劲摇了摇垂得很低的头。

才四月底,伦敦的太阳已拥有盛夏的威力。走了十几米不到,杜励就觉得浑身燥热,把西装外套脱了,只穿一件蓝色的衬衣和黑色的阔腿裤。又走了几步路,干脆连脖子上的丝巾也摘下来放在了包里。好在前面不远处就是个咖啡店,可以喝杯冰镇汽水清凉清凉。这会儿,已经接近下午茶的时间了,咖啡厅外面的露天座位上坐了不少人。一个皮肤黑黝黝、戴着墨镜、胡子拉碴的男人坐在一个阳伞下面,四处张望,远远地看见她,眼睛就没再挪过位置。杜励习惯性地低下了头,继续走自己的路。忽然一只穿着棕色麂皮轻便鞋的大脚,堵住了她。她抬起头,那个皮肤黑黝黝、戴着墨镜、胡子拉碴的男人站在自己面前,还笑得十分暧昧。她眉头一皱,正要请他让开，那家伙一把抱住了她，下巴上的胡子在她的额头上蹭来蹭去。她一下子就明白是谁了，鼻子不知怎么一下子就酸了，眼里瞬时噙满了泪。才几年不见，太行怎么一下子变得这么沧桑，又瘦又黑，眼角额头都是皱纹？她赶紧闭上了眼睛，硬是把眼泪咽了回去。

十九

……你找到他又有什么用呢，由他来为我作证？那不是拨草寻蛇吗？

回去的火车上，太行让杜励把头搁在自己肩膀上，好好睡一觉。她担心他累。他拍拍胸脯："你太瞧不起我了。从上军校那会儿，我就练就了这打坐的本事，一坐就一天，你就放心把我当靠背，肯定不比你身后的这座椅差。"他把杜励的右手紧紧地握在自己的两只手里，一路上跟她轻轻地说着这几年家里发生的大大小小的事情，直到她的呼吸均匀了……

到了约克，太行先去事先预定的旅馆登记，然后由杜励带领来到了一家意大利餐馆，点了两份蔬菜浓汤、两份意式海鲜面，还有一客牛排。面一上来，太行就笑话她，都来上帝管辖的地盘这么多年了，还忘不了老祖宗那一套。按照大西北的风俗，有谁出远门回来了，得吃碗面把在外面游荡的魂给勾回来。他岂会放过这么好的机会，向纵深方向迈了一大步："我的魂不用勾，一直在你这儿呢！"杜励闻言，低下了头。从两人再次见面，她一直满面忧伤，惜字如金。

太行心里很不是滋味，自己不是来兴师问罪的，即便有什么怨气，看到她这副形销骨立的模样，也会怨气顿消。端详了她一会儿后，他夸她留短发挺利落的。他想把气氛弄得轻松些。杜励抬起了头，笑了笑。这一笑不要紧，嘴角向上一弯，下巴朝下一努，瓜子脸从两颊往下忽然就向内削了进去，下巴顿时活像把又长又尖的锥子，更显得瘦了。太行心疼，话脱口而出："你怎么这么瘦，怎么不好好照顾自己？"

这种话是两人间从前说惯了的，但这次是急切的，所含的关心更甚。她迟疑片刻后，故作大大咧咧，来了句："没什么，我……"可后面的话还没出口呢，"我"字已经变了味，眼泪扑簌而下。这几年离家万里的种种艰辛，这段时间以来的是是非非，心里所受的种种委屈，忽然像找到了堤坝上蚁穴的洪水，一泻而出。她把头一扭，一边掉眼泪，一边使劲把眼泪往回咽。她明白自己已经没有资格在他面前这样哭，也不想这么哭。太行早已把她放在桌子上的那只手紧紧地握住，他的心仿佛是被铺天盖地的洪水给洗刷了一遍，两年多来藏在里面的种种不快全都被巨浪卷走了，只剩下了无尽的相思和爱。

过了很久，杜励终于抬起了头。四目对视，太行朝她笑了笑，把她的两只手都握住了，放在嘴唇上亲了又亲，吻了又吻。她本想把手抽出来，然而瞬间又满眼泪水。灯光下的太行比阳光下还显得老，皱纹和青筋放肆地侵占着他原本年轻而又饱满的额头。他瘦了很多，颧骨都突出来了，就是一双眼睛没变，还像从前一样有神，如同心里常燃着一团不灭的火。他也黑了不少，好似一座铜雕，坚毅，隐忍，每一条皱纹都记录着过去几年来内心的苦闷与挣扎。即使她一再拒绝，他还是执意要到英国来。他为什么要来，她如何不懂？可他为什么偏偏要挑这个时候来？……当初她为何要狠下心来分手？

回到宿舍，杜励把手机拿出来充电，一看竟然有两个未接电话，都是从伦敦打过来的。这会儿已经十点多钟了，她还是回拨过去，怕是和工作有关。果然，一个是猎头打的，可惜这会儿人家早就下班了，听到电话录音，她才心有不甘地挂了；另一个电话打过去居然是赫丘勒，他又恢复了那种冷淡疏离的口吻，说有些事要问，嗯嗯了两声后，问了她一个相当私人问题："你究竟有几个男朋友？"

杜励愣住了，这是自己的私事，他凭什么问。要不是上次竭力向猎头证明自己有办法进入伦敦的金融圈，她是不会提到莱斯特的。现在看来真是弄巧成拙，以后一定公是公私是私，井水不犯河水。想到这儿，她客气但也有分寸地回答："赫先生，在过去的两年里，我只和莱斯特以男女朋友的身份交往过。我认为这是我的私生活，和这份工作没什么关系。"

"如果你的私生活清清楚楚就没有问题。"他语带嘲讽。

"赫先生，我一直过着简单朴素的生活，靠打工来维持自己的学业。我自认为对得起父母对我的养育，可以无愧地面对他们以及所有的人。"她有些被激怒了，回答得字字掷地有声。

"我也希望能信任你。但是有人告诉我们，你和一位教授关系十分暧昧，导致了他的女友，也是你的同班同学，自杀身亡。对此你又做何解释？"赫总裁的声音沉重、迟缓。

这个造谣的人真是无孔不入，杜励一时愤慨到极点。学校不是已经做出裁决了吗？对，她得告诉雇主，揭穿小人。"赫先生，这是毫无根据的谣言。学校也一度质疑我，并安排了突击测试。重考的成绩已经公布，我用满分证明了自己的成绩是靠实力获取的，而不是什么不光彩的手段。我可以把考试成绩截屏发给你。"

"杜励，你真和这位老师无甚交往？会不会是他暗中喜欢你？"

"赫先生，我一直认为好感是相互的。恕我直言，我对那位老师并无学生对老师以外的任何情绪。我和他不仅毫无往来，而且由于相关内容在北京读高中时我早已学会，连他的课都缺席了，我和他不过是徒有师生之名的路人甲乙而已。"

沉吟片刻后，他表示："我愿意相信你。但是，面对劳伦斯，你恐怕得拿出更有利的证据来。你知道，任何一个公司都不会雇用一个绯闻缠身的员工。"

"那你们宁愿去雇用那个造谣诽谤、中伤别人的人？"

他没有正面回答这个质问，而是换了一种口气："我很想聘用你，但是我们得一起说服劳伦斯。已经很晚了，你也来回奔波了一天，好好睡个觉。别太在意，事情总会有转机的。"

杜励心里不由得升起一股感激之情。放下电话，她被坏情绪裹挟着，满怀悲愤地回顾了整个事情，终于想出点眉目来：对，盖说得没错。世上没有无缘无故的恨，心思歹毒的造谣者终于现形了，目标就是这份有免费住所又收入稳定的工作合约。一想通了这个，她的眼前就浮现出蚊子姑娘那副楚楚可怜的模样，她也太会装了，太会装了……

第二天早晨七点钟刚过，太行就来敲门。太行本来是要给她买早餐的，可惜，从旅馆一路走过来，外面连个卖早点的铺子都没有。难道英国人民都是在家里用早餐的？这也太不方便了。如果没有远处高速路上来来往往赶着上班的汽车，这座小城寂静得就像是一个垂暮的老人，一点生气都没有。杜励没作声，从冰箱里拿出吐司面包、腌肉火腿、鸡蛋和黄瓜来，对他晃晃，意思是"自力更生，丰衣足食"。太行抱着胳膊，靠在餐台上，目不转睛地看着她忙活："今天你先受累教教我，从明天起，我保证天天下厨，让你一睁眼就吃到香喷喷、热腾腾的早点。"

"就你梁家小少爷，从小就有警卫员伺候，我敢劳你的大驾？你还不得把我这小厨房给点着了。"她一边煎腌肉，一边和他开玩笑，但脸上却是淡淡的，情绪明显不高，眼皮还有些肿。

太行忙不迭地为自己正名："怎么说话呢你？从小我就干勤工俭学的活，而且一再地用事实说服你，我吃苦耐劳的能力不比你差。"

杜励递给他一份自制的腌肉、鸡蛋、黄瓜三明治。他才吃了一口，就赞不绝口："哎，你做的三明治怎么这么好吃？这是我这辈子吃到过的最好吃的三明治了。"

"真不害臊。刚才你不吹捧自己吗……"她柔声损他。这话也是从前两人间说惯了的。可现在，她说了一半说不下去了，转身去泡茶。

吃完了早饭，杜励问他今天想干点什么。他反问她："如果我不在，你会干些什么？"

"还能干什么？到教室上课，去图书馆看书，写作业，然后回宿舍吃饭，上网，等着睡觉。"

"好，你该干吗干吗，我就当你身后的跟屁虫。"他扬扬眉毛。

到了学校，杜励把他带进文学楼，安置在了图书馆："你自己找本书先看看。前两节我有课。下了课，我就回来找你。你可别乱跑，再把你给走丢了。"

"你说什么呢？到哪儿，能把一特种兵上尉、国际维和军人给走丢了？在伦敦，我是怎么找到你的，嗯？"太行捏住了她的鼻子抗议。

杜励笑着白了他一眼，走了。一穿过走廊进入教学区，她就卸下了伪装，情绪低沉。好在同学们都已经恢复了正常，看见她还像以前一样微笑点头打招呼。盖在阶梯教室的老位子上坐着，冲她挥手。

见好友仍然是愁眉不展，盖难得温柔一回，安慰了她几句，要她潇洒一点，抛却往事。

"我已经放下过往。"杜励心里却满是委屈，不知道该从何说起。倘若她告诉盖自己应聘所遭受的打击，难保盖不会去找阿曼达的麻烦。可她实在是咽不下这口气，便索性和盘说出一切，除了没透露造谣者的名字。盖脸上的表情几经变换，最后定格在了疾恶如仇上，怒不可遏地把桌子一拍："要是一个人敢如此诋毁我，我绝不会放过她，一定还以颜色！"她不停地追问杜励，造谣者究竟是谁，恨不得马上伸胳膊挽袖子好好把对方教训一顿。

杜励忌惮她冲动的个性，死活不肯说，怕再闹出什么事来，也担心如果自己拿不出什么有力的证据，蚊子姑娘一定会装出一副楚楚可怜的样子，趁机狠狠反咬一口。像她这么擅于伪装、擅于无中生有的人，狡辩抵赖的功夫也绝不会逊色，到时候不仅自己吃亏，还会连累朋友。她反复跟盖说，除了赫丘勒的暗示外，目前毫无证据。盖还是不依不饶，好在老师进来上课了。两节大课一上完，还没等杜励撤离，盖又开始和她纠缠。教室里很快空无一人，只有她俩你一言我一语地理论，谁也说服不了对方。

太行不知啥时候进来了，没等杜励介绍，就向盖自报家门：

"我是杜励的大哥,是联合国维和军人。"杜励吃了一惊,他干吗要这么说话?别是误会了。和大多数印度人一样,盖语速快,口音又重,初次见面的人,很难解码她那叽里咕噜的印式英语。还有盖刚才那强势的态度,外人无法得出她们是朋友而非敌人的和平结论。杜励赶忙向太行隆重推介好友。太行脸上仍然保持维和军人的高度警惕,尽管伸出手来和对方握了握。和盖告别后,太行拉着杜励一起走出教室,朝右边拐去。她提醒他走错了,出学校的路在左边。太行什么话都没说,拽着她一直走到学院办公区的门厅才停下来,指指旁边的公告栏,问她到底出了什么事。

公告栏里贴着她统计课的试卷、草稿纸,还有布莱恩教授的声明。杜励低下头,不知从何说起。太行把两只手放在她肩膀上,柔声问她:"出了什么事啦?是不是有人欺负你了?"

她便把事情的原委告诉了太行,包括面试惹的麻烦,最后说:"你是不是也怀疑我?"

他焦急地望着她:"我昨天才认识你?我想知道那个安迪教授到哪里去了。"见她仍不作声,他把手放在她的肩上,拥着她从门厅走出了文学楼:"这里不是说话的地方,咱们到外面找个没人的地方。"

太行心里充满了自责。倘若不是杜励一说要分手,自己那么小心眼就记了仇,好长时间都不和她联系,无法帮助她,杜励就不会受这么大委屈了。

"安迪应该已经离开约克。这儿本来就没多大,抬头低头都是学校的学生。他被开除了,哪还有脸待在这儿。再说,你找到他又有什么用呢,由他来为我作证?那不是拨草寻蛇吗?"

太行半晌没说话。杜励的话很有道理,一是安迪难以寻找,二是找到安迪也没什么用。他嘱咐杜励,不要跟任何同学(尤其是身边来往的人,不管对方是不是好朋友)谈起跟面试有关的事和这桩绯闻。

晚饭时间到了,杜励从冰箱里拿出来一袋意大利饺子煮了。盛出来,倒了点醋,给太行装了一大盘,给自己装了一小盘,放在餐台上。太行尝了一口,表示这是自己吃过的世上最难吃的饺子,嚷嚷道:"这里面装的是什么玩意,是馅吗?"

杜励告诉他这饺子里面装的是富含高营养物质的奶酪。她的声音很轻,但不温柔,冷冰冰的,很伤人。太行不喜欢她脸上的表情和说话的口气,可也意识到是自己口误了,马上解释:"我说饺子难吃,是指这食材;我夸三明治好吃,夸的可是你的手艺。"

她不为所动,口气比先前还轻,还冷淡:"那么你是接着吃啊,还是我再给你上点什么?"

他用嘹亮的声音回答,愿意看在是她把这些饺子给煮熟的份上,一定把饺子全搁肚子里去。他吃得很努力,把饺子的恶心和自己的忍耐,表现得淋漓尽致。中国人刚开始吃这奶酪馅的意大利饺子,需要一个适应过程。

杜励脸上的尖刻似被一丝笑容取代,但随即她就沉默了。饺子是再吃不下去了,像是被奔涌的潮水使劲往前推一般,她一下子就去到了窗前,把窗户打开了。清冷的月色照在宿舍楼前的野草上,仿佛无言的大地伸出无数个问号和叹号。她站了不到一会儿就哭了,一开始无声无息,后来,肩膀渐渐在抖动……太行走到她身后,搂住了她,除了用下巴轻抚她的头发,什么也不说,甚至都没怎么给她擦眼泪,任由她泪如雨下……

太行走后，赫丘勒又打电话过来，客气了不少，问她是不是休息了，是否方便讲话。杜励没什么心情，机械地说了声方便。赫丘勒心情不错："你猜猜我给你带来了什么好消息？"

她表示自己不敢猜。

他公布了内容："有一个候选人打电话，痛斥造谣的人污蔑你，说学校已经把你的考试成绩公布于众，这说明安教授并没有因私舞弊，你的成绩完全是凭实力。她讲，在她看来，自杀的女孩应该为自己的死负责。一个成年人吃坏了肚子，不能怨和自己同桌聚餐的人。我对她说，十分感谢她的分享，造谣的人已经出局。放下电话后，我就通知猎头公司，将这个打电话的候选人从候选人的名单中删除了。"

杜励反应不过来，不知道该说什么好了。这个打电话的人明明是向着自己说话的，他为什么不分青红皂白要取消人家的资格呢？可她不敢随便发表意见，面试以来的跌宕起伏，并非与自己的愚蠢无关，如果再问一个傻问题，估计在他那颗聪明世故的脑袋里，会把她从又蠢又笨再推进一步。再说，她也没心情过问。

赫总还在讲："我打电话是想告诉你，昨天我已通知猎头公司，凡是候选人打电话来反映情况，一律把电话转给我。鉴于这两天个别候选人的举动，证明需要增加一个品格测试环节。我们会请专业人士，独立完成这项工作。希望你能够顺利通过测试。"

杜励眼前浮现出了测谎仪，并感觉在一片黑暗中看到了一丝曙光，忙表示："面试以来，我没有对您和其他两位面试官说过什么文过饰非的话。"

二十

这是得罪了哪路大神啦？一般的地痞小流氓绝对不敢这么闹。难道是来寻仇的？

一大早起来，程老板在旅店吃了个丰盛的早餐，收拾好行李，结了账，开着车离开了北戴河。闭关这一个星期，他想清楚了不少问题。人轻松了，心敞亮了，看啥都好。外面这花花世界里天也蓝，云也白，阳光明媚，一切都充满了希望。临出发前，他给卫元打了个电话，约了时间，准备把下一步双方合作的事细化下来。他为什么闭关，就是为了这个。人家给的饼太大了，自己怎么才能顺利吃下去呢，不得好好思量思量吗？卫元答应得很爽快，约他明天晚上一块到"天上人间"乐和乐和。程老板心里这个高兴，一边开车，一边得意扬扬哼起了学生时代学会的唯一的歌："让我们荡起双桨，小船儿推开波浪……迎面吹来了凉爽的风，红领巾迎着太阳，阳光洒在海面上。水中鱼儿望着我们，悄悄听我们愉快歌唱……"

难怪人家说，车是人类自由的缔造者。没买车前，没这个体会。如果不是这辆雅阁车，此次北戴河闭关之旅，能有如此逍遥惬意吗？唉，前方怎么开始堵车了，这才几点钟？听卖车的美女讲，自从允许贷款买车，又减免了购置税，各大4S店的生意简直不知翻了多少倍。美女还建议，一定要想法弄个北京牌照，因为照这个趋势发展下去，北京限行外地车那是分分钟的事。他想，经济危机一来，世界人民都勒紧了裤腰带，中国人民难以挣外汇了，于是大家买房子，买车子，为了两位数的GDP努力地花钱。可这内需是不是拉动得有点过猛啦？基础设施跟不上，天天开车天天堵路上，买车带来的满足感、自豪感和成就感是不是很快就被堵车全都给堵在心口，释放不出来变成心绞痛了？人民群众的幸福感咋整啊？

程老板为何心情这么好，还忧国忧民了？因为他最近事业旺，桃花旺，啥都旺。先说事业，卫元给了块吞不下的大饼，实心的，夹馅的，纯肉的。不仅如此，还和他称兄道弟，亲密无间。人家是啥身份，自己是啥身份？人家是啥智商，自己是啥智商？人家是啥能力，自己是啥能力？从今往后，不仅能跟着卫哥哗哗地挣银子，还能长见识，提水平，提升社会地位。换谁，谁不乐？做梦都得笑，要不然对不起老天爷的抬爱！

桃花旺就更甭说了。小云姑娘也不知为了什么，居然屡次屈尊到他的小庙来观摩。每回来都带着点家乡特产，还要认他当哥哥。他心里这个舒坦啊！他有社会经验，女人如果对一个男人没兴趣，准会厚着脸皮让你叫姐姐，不管她比你大还是比你小。每次姑娘来，他就电召小舒，没有他陪着，紧张。现在好了，三人义结金兰了，小云管小舒也叫哥哥，嘿，还整成三角恋了。

程老板正一路美着呢，手机响了。

"喂，我是程小军。你是哪位，请讲。"

"程总，您可算把手机给开开了。"讲话的是他的大内总管田大姐。程老板听她的声音如此不淡定，正要开口问啥事呢，那边她已经一把鼻涕一把泪地哭诉上了："您快回来看看吧，程总。我可顶不住了。不知是哪来的地痞流氓，天天到公司门口来闹事，天天对着上下班的残疾职工骂骂咧咧的，说的话要多难听有多难听。今天还动手打上人了。保安上去拦,打保安,谁上去拦打谁,那么粗的棍子,把人往死里揍啊……"

"赶紧报警啊!把大门关上。再叫救护车,把受伤的人立马送医院啊。"

"程总,这些都不用您吩咐。该采取的措施,我们都采取了。重伤的都送医院了,轻伤的回家休息了。人员方面,您不用担心。可……"

"行,采取了措施就好。警察逮着这伙人了吗?"

"我正要跟您汇报这事呢。老远的,一听到警报声,这伙人就开车跑了。警察一个人也没逮着。这都好几天了,天天这样。我寻思这里面有啥阴谋。我天天给您打电话,白天黑夜地关机。我们可都急死了。"

"业务上受影响吗?"

"业务上的具体事,刘副总会跟您汇报。他让大家先保重点客户,保有索赔的单子,应该没出啥乱子。"

"你跟负责咱们这块治安的派出所联系过吗?他们能派人来蹲点吗?"

"派出所的人一来,这帮家伙就散了。派出所的人一走,他们就来了。派出所就几个民警,管着这么大的地方,总不能天天就跟咱们公司的保安一样守在门口呀!"

"行,我已经在路上了,中午吃饭前肯定回来。你让大家都小心点。"

挂上手机,程老板就寻思上了:这是得罪了哪路大神啦?一般的地痞小流氓绝对不敢这么闹。难道是来寻仇的?自己做生意向来和气,既不挤对人,也不贪人便宜。再说干的又是服务行业,把客户都当大爷似的伺候，就是偶尔有个疏忽，惹哪个大爷不高兴，也不至于派一伙地痞流氓来捣乱。还有，这些大爷个个可都是正经生意人。难道是哪个离职员工窝着火？可能性也不大。公司开张到现在，自个辞职的有，因为过错被辞退的少，就是有，那也是在试用期。自己常常提醒人事部门的主管，招人要慎重，就跟给自个找对象一样，看着合适了满意了再让人家来。人家来了，就好好地教，好好地用。不要今天缺人啦，随便大街上拉一个来。用两天，不合适了，就让人家走。都是爹妈生的，都长着一张脸，随随便便就被人炒了，让人家的脸往哪儿搁，人家的自尊心受多少创伤？

既然不大可能是客户和离职员工，那就只有一种可能：竞争对手。北京这地面上开快递公司的，哪个都不是好惹的。快递这行有什么呀？招几个人，弄几辆车，再弄几台电话调度一下，就能开张。最早就是几个下岗职工凑在一块支个摊，后来其他无业人员看到有利可图，也掺和进来。野蛮发展了这些年，大鱼吃小鱼，小鱼吃虾米，现在基本上是各有各的地盘，各有各的营生，互相压价格、抢客户的事时有发生，但还从没听说过谁对谁使用过黑帮手段！这真是稀了奇。自己才想把公司武装成一个现代化的镖局，把公司打造成物流业里的别动队，就有人来踢场子啦，你说气人不气人！

晚上，看望完伤员的程老板，忧心忡忡地回到公司，把自己往办公室里一关，灯都没开，就琢磨上了：这到底是谁啊，非跟他过不去？几个保安伤得不轻，有一个胳膊都被打折了，怎么也得养上两三个月。下午和田大姐合计的时候，他当机立断，立即请安保公司的人驻场，一刻都不能耽误。田大姐还担心费用，这个危急的时刻根本不是计较成本的时候，公司的员工和仓库里的贵重货物，万一有个闪失,那可不是赔点钱就能解决的!刚才回公司,他特地绕场一周,安保公司的人已经开始巡逻了,他这才稍稍放了点心。可右眼皮老跳,公司里怕是有内奸,内外勾结搞事情。要不然,早不来晚不来,专门在他闭关的时候来捣乱,也太会挑时间了。好在负责业务的刘副总有脑子,把重点客户和重要货物都牢牢给把住了,没出一点纰漏。但是,打开门做生意才是正道,不能时时刻刻提着小心干活呀,一个不留神,就可能让坏人钻了空子。之所以要求安保公司的人不穿保安制服,而是穿普通工作服,就是为了迷惑内鬼外贼的。刚刚也和小舒打了招呼,看他能不能找找关系和负责这片的警察说说话,没立案前帮忙查查,到底是谁在背后兴风作浪,到底打的是什么主意。你说这一个普通人想成点事咋这么难呢?好不容易把摊子给弄大了,刚准备进一步发展呢,就碰上了这样的事……可难过是难过,底下的员工一个个都眼巴巴地望着呢。如果当老板的也是一副六神无主、失魂落魄的模样,底下的人还不乱了套?

想到这儿,程老板硬生生把自己从负面情绪中拽出来,开始思谋起对策来:得赶紧把闭关时思考的东西形成书面文件,尽快跟卫元展开后续洽谈,争取早点签约,早点开始试运行。人看到奔头了,自然又会聚到一块。只要大家的心齐了,别说来几个小鬼,就是阎王爷来了,都得掂量掂量自己够不够分量呢!他马上打开电脑工作,一口气干到深夜。想想,干脆也别回家了,在办公室的沙发上将就一晚上算了,现在天也暖和,把衣服脱下来当被子盖就行。

迷迷糊糊地不知过了多长时间,一会儿睡着了一会儿又醒了,没怎么睡踏实。忽然他好像听见隔壁财务室里有人说话。他朝外面瞅瞅,天还黑着呢。拿起手机一看,才两点钟。他想出去看看是不是安保巡夜，可鞋不知脱哪儿去了。正想开灯找找呢，那边窸窸窣窣的，像是撬柜子的声音。他一下子就醒了，把手机静了音，给驻场的安保发了条短信，将耳朵贴住墙听声音。好像是两个人，一个人在干活，一个人在催："找着了吗？"

"还没呢。"

"快点，别一会儿再碰上人。"

"保安都给废了，哪儿还有人来。"

"传达室里有人值班。"

"那也是临时凑合的。"

"找着了吗？还差一本。"

"你说上边干吗让咱们偷账本啊？"

……

"这一小快递公司，就挣点跑腿的费用，薄五爷看上它啥啦？"

"别废话，干你的活吧。"

"找着了！"

"你先撤，老地方等我。看见火光等我五分钟。过了时间，你就自己先回去。麻利点。"

二十一

所有的时间都用来工作了，就盼着早点换回假期，赶快过来看看。可他还是来晚了……

其实，芭芭拉是个负责任讲良知的好老师，在爱子自杀事件发生以前,她从来没怀疑过杜励。入学时,她和每一位学生都谈过话,平时还教着一门主课,是能随时关注到学生们的变化的。

爱子去世,芭芭拉和大家一样很痛心。爱子的父母,极其悲痛,但十分通情达理,完全没有怪罪任何人的意思。也许是深受日本文化的影响,他们把这一切归罪于无常的命运,还一个劲地道歉:"对不起,给你们添麻烦了。这孩子实在太想不开了。"越是这样,芭芭拉心里越自责:为什么没能额外给爱子一些关注?自己是做教师的,应该有所察觉。爱子属于处处谦让的人,是讨好型人格,这种人很容易患上抑郁症,最容易沉醉于一点点爱而无力自拔。爱子远涉重洋,一定会感到孤独,面对一个成熟男人的诱惑,加上自身统计课成绩不佳,如果安迪以高分为诱饵,再施以小恩小惠,很容易捕获爱子的芳心。而这样的女孩子是抓不住安迪的,结局早就写好了,与有没有第三者插足关系不大。

杜励和爱子完全不一样。她漂亮有魅力,成绩优秀,目标清楚,且早已适应了留学生活,自尊心也很强,不会轻易上当,也不太可能与别人抢男朋友。学校收到的诬告信措辞夸张,极尽侮辱之能事,从遣词造句上来看,写信人文笔有限,不是受教育程度不高,就是不擅长使用英语写作,极可能出自留学生之手。她把班上的几个留学生细细地揣摩过好几遍,并不能确定执笔之人。学生们虽然年轻,可已经不是初入校园的大一新生,大多数都谈过恋爱,明白失恋是恋爱的另一个结果,明白恋爱时不能一心想着收获甜蜜,还要做好承受痛苦的准备。如果不是为了替爱子出气,又是为了什么?为了竞争同一份工作?这种可能性有,但不高。留学生们的签证明年2月份才会到期,他们刚开始找工作,希望获得一个有发展前景的工作,不太会握紧伸向自己的第一块奶酪,除非有什么特殊情况，或是有什么难言之隐。还有安迪。他在学校勒令办理离职手续的最后一天现身了，除了对前女友的死表示歉意外，并不承认有第三者。现在，整件事情简直成了罗生门。是不是该和杜励推心置腹地谈一谈？如果她确实做错了，承认错误才是面对流言蜚语的最佳选择。这个学期一结束，课堂教学就完成了，大家也各奔前程，带着愧疚离开校园能坦然开启人生的征途吗？可是若此事与杜励毫无关系，她是不会承认的，这样对她太不公平了。

躺在床上的太行，失眠了。眼睛一闭上，脑子里马上浮现出杜励过去的模样和情形。把眼睛睁开呢，她现在的模样和情形，立刻把整个心都撑满了。她怎么变成了这样？就像一只受了内伤蜷缩在角落里的刺猬，让人摸不得，碰不得，心疼不得。不是闭着嘴流眼泪，就是自我作践，还使劲把他往外推。

难道就因为这件乱七八糟的事？过去那个单纯可爱骄傲的小女孩去哪儿了？来之前他已经做了最坏的打算，没想到情况只有更坏，难怪她不愿意他来英国看她……但是他必须得来，否则这一辈子就得活在懊悔和假设中，永远不能放下，永远不能原谅自己。

太行一根烟接着一根烟地抽，直到房间里的空气都要被点燃了。天知道，期待复合的煎熬不比分手的痛苦小，这小半年来，他就没踏实过一天，所有的时间都用来工作了，就盼着早点换回假期，赶快过来看看。可他还是来晚了……

二十二

这薄五爷是从天上掉下来的？

程老板听见有个人从窗户里跳出去了,心里急啊。他不确定安保公司的人到位了没有,更担心留下来的家伙放火把财务室给烧了。他借着手机的光,抄了办公室里一把扫帚就冲了出去。财务室里已经打起来了,几个安保和一个穿夜行衣、蒙着脸的家伙正搏斗呢。这家伙只露着眼睛和小半个头,看样子有点功夫。幸亏安保人员训练有素,要是换平常人,根本挡不住他。程老板顺手抄起灭火器,朝那家伙脸上喷,大伙趁势上去把他撂倒,捆到办公室的椅子上,把脸上蒙的黑布条扯了下来。

这家伙长得挺横的,两只眼睛溜圆,就跟一元钱硬币似的,一看就不是好人。那个偷账本的也被抓住了,据安保公司的人说,这个兔崽子就跟个跳蚤似的,蹦跶得贼快,要不是他们队长一着急把手机狠狠地扔到他脑袋上,准溜了。安保们把他捆了,锁在会议室里。程老板吩咐大家天亮再打110报警,想先会会这两个贼,从嘴里掏出点东西来。安保队长有经验,建议先从偷账本的扒手身上打开缺口。这小子细脚伶仃、贼眉鼠眼的,一看就是个孬种。谁知他一副死猪不怕开水烫、神气活现的架势,知道你不是公安,又不敢动用私刑。问来问去,也没问出什么有价值的信息来。

不得已,程老板打算试试那个负责放火的,而且还打算来个一对一的较量。可这家伙的心理素质更好,坐在椅子上还假装睡着了。程老板心里窝着一肚子的火,二话不说,拿起自己喝水的大杯子来,从饮水机里接了满满一杯凉水,朝他头上浇去。这家伙还是纹丝不动。程老板心想,你骗谁呢?我让你装睡。一连往头上浇了三杯水,他终于把眼睛睁开了。他冷冷地打量了眼前的小男人几眼,把脸转到了一边。嘿,程老板这个气,他还把自己当好汉、当英雄啦，我这个受害人反倒成了刑讯逼供的！他伸出双手把这人的脑袋正了过来，可一撒手，那人脑袋又转到另一边去了，两只眼睛死死地盯着桌子上的镜框子看。程老板啪啪两下，把镜框摁倒在桌子上，嘴里嚷嚷着："我让你看，让你看。你太行爷爷、小耳朵爷爷的相片也是随便让你看的？"这下，圆眼壮汉正过头来，瞪着程老板左瞅瞅右瞧瞧，终于说话了："谁是小耳朵爷爷？你啊？"

"正是你爷爷我。"

"太行是你兄弟？"

"那是我发小，过命的交情。他是不在这儿，替非洲人民讨公道去了。要是在这儿，准保把你们几个小蟊贼揍得屁滚尿流的。"程老板越说越解气，仿佛太行就像上回那样，来到他身边给他主持正义呢！

这家伙听着听着，又把脸转另一边去了，甚至把眼睛也合上了，继续给小耳朵装僵尸。程老板气得差点背过气去……

警察把这俩家伙带走审了一天，也没问出啥有用的信息来。据小舒透露，那个扒手是个惯犯，其他情况一概不知。圆眼壮汉显然是两个人中的头，可他既没案底，反侦察意识还特别强，不是装傻就是装睡，反正就是怎么问都不说话。程老板想不通了，无论是前世还是今生从来没得罪过一位薄五爷呀？北京城里干快递、物流的老板没有一个姓薄的，还真就纳闷了，这薄五爷是从天上掉下来的？

二十三

贴着他胸膛的那颗心咚咚咚地跳,好像有一个疯子抡着把大锤子在她心里拼命地敲,连他的肋骨都给震到了。

杜励一大早起来,吃过饭后准备去学校。才推开宿舍大楼的门,就看到太行坐在门口台阶上抽烟。见她出来了,他把烟掐灭走了过来。

"你很早就来了?为什么不进去?"

"刚来没多一会儿,想抽烟。"

她注意到了他脸上的倦容,关心地问他是不是没睡好。他摇头否认,说只是在倒时差。回到宿舍,杜励给他泡了一杯茶,打开火做早饭。他握住了她的手,把她拽到了身边:"我不饿,咱们说会儿话吧。"

这次她没有闪躲,静静地站在了他的身边。太行坐在餐台的高脚椅上,紧紧握住她的一双手,眼睛里满是焦灼,既想让她看清楚自己的心,更想看清楚她的心。杜励的嘴角现出一丝若有若无的微笑,瞥了他一眼后,垂下了眼帘。她从未见过太行如此忧伤,那双眼睛是她所不能承受之重。昨夜对她而言,也是个无眠的夜,她也想了很多很多。她的一双大眼睛下面鼓出两个大眼袋,像是有无数难以表白的话语和哀伤滞留于其中……还是她先开口说话了,声音有些颤抖,把昨晚与赫丘勒的对话原原本本告诉了他。最后说:"你说,他们真会给候选人上测谎仪吗?"

太行摇摇头。

"那要怎么测谎?由测谎专家和心理医生组成专家团队,进行一对一的评估?"

他还是摇头。

"你怎么光摇头,莫非你们特种兵训练的时候有高科技手段,现在普及民用了?"她似乎越扯越远了,声音愈发颤抖了。

太行挤出一丝笑容来:"我摇头是因为你不需要担心,公道自在人心,我相信你很快就会迎来好消息。"

这回她笑得深了些,低下了头,似乎又陷入了手足无措的沉默中。忽然窗外有鸟叫,她一下子冲到窗前,一边往外看,一边喊:"太行,你看,你看,是喜鹊,是喜鹊在叫。"他奔到她身边,一只手揽着她,目光追着喜鹊,更追着她的一举一动、一颦一笑。清晨的阳光,照在春天的草地上,仿佛给嫩绿的新芽尖上涂抹了一层讨喜的金色。在这片黄绿金棕色的大地上,有十几株黄水仙正迎着朝阳,绽开昨夜紧闭的花瓣,满地的问号和惊叹号消失了,变成了一对对括号,就像是大地伸出无数双手,想要去拥抱蓝天、白云和太阳。

杜励扭过头来,对他莞尔一笑。窗外的阳光射进了她那双清澈的明眸里,仿佛也照亮了去向她心底的路。就在这个瞬间,太行一下子探到了被她深深压在心底的爱的踪迹。他捧起了她的脸,再度凝视这双一直记挂于心的眼睛。这回她也没有躲闪,也凝望着他,眼睛里亮晶晶的,恰似住着一对星星,一对住在银河里的星星。

这对潮湿的、随着银河掉落的星星,很快落到了他的眼睛里,他只觉着浑身像被雷击了一般,两年多来堆积在内心的渴望随着奔腾的血液,犹如汹涌的春潮,一下子涌向了他的全身,把他贯穿了，身体里的每个器官每个组织每个毛孔不仅向他自己，也向她传递着强烈的渴望。她的脸色由白到粉到红随后惨白，贴着他胸膛的那颗心咚咚咚地跳，好像有一个疯子抡着把大锤子在她心里拼命地敲，连他的肋骨都给震到了。

他的心沸腾了，脑子里闪过一个最不愿意去触及的念头，随后搂着她的一双胳膊，不容置疑地贴在她耳朵边说了三个字："我爱你。"

二十四

东三环这一带太土豪了，凯宾斯基、希尔顿，再加上旁边的燕莎，来北京多少年了，他从未踏足过……草根有草根的活法，少到这些烧钱的地方来，心里也没那么慌慌。

第二天，程老板和小舒两人关起门来合计了好半天。捣乱、闹事可能是仇家寻仇，可偷账本肯定是冲着业务来的，十有八九是同行干的。小舒还怕是程老板听错了，会不会是音近似的其他的姓？他们把百家姓找出来，除了薄还算常见外，其他的都十分冷门，几乎没听说过。他们把同行、客户和员工排查了一遍，还是毫无收获。小舒想了半天，怀疑会不会是人的外号。比如这个人腿脚不利索，是个跛子，在家排行老五，所以称为"跛五"。程老板一听有点道理，但无论是北京还是外地，跟他合作的快递、物流的老板，身体有点啥残疾的，除了自己一个，再没别人啦。小舒打电话请同事们帮忙，把北京南五环、南六环这片地界上有案底的地痞流氓都筛了一遍，也没谁叫这个外号。

"黄赌毒富。在警校的时候教刑侦学的教授总强调，碰上什么无头绪的案件，可以从这四个方面排查原因。程哥，你跟前三条肯定是搭不上边。这最后一条，你再想想啊！"小舒在办公室边绕圈子边敲脑袋，"你最近在谁面前露过财没？"

程老板摇摇头："你瞅瞅你程哥这穿着打扮，就知道了。要是有啥高消费，也就是刚刚买了辆车。"

"你那辆车充其量也就是中产入门级别，不算露财。"小舒马上就给予否认了，"是不是公司最近接了什么大买卖？"

"买卖倒一直都不错，但也没什么特别让人眼红的大买卖。"程老板在脑袋里把最近接的大单子过了一遍，虽说每个月的增长稳定、可观，但从没出现过井喷。忽然他像想起来什么似的，把眉头一皱问小舒："正在洽谈的算不算？"

"当然算，程哥，快说来听听。"小舒的眉头舒展开了。

"我最近认识了一个在网上开商城的。要是合作能谈成，那我这公司的规模得翻好几倍。"程老板把自己和卫元怎么认识的，谈了些什么，一五一十地都跟小舒说了。小舒听后，思忖了一会儿，给程老板理了理思路：

第一，卫元信不信得过？既然物流对他这么重要，会不会是他想趁火打劫？搞垮了程老板的公司，再花俩小钱买过来。

第二，卫元生意场上有哪些对手？是不是谁想整垮他，不好下手，就从跟他合作的物流公司下手。谁和他合作就整谁。

第三，还是同行。是不是哪个快递公司也闻着味了，要把这块业务全霸占下来，好日后发大财。

程老板一听，小舒兄弟真是不含糊，一下子就抓住了重点，保不齐就是卫元给的这块还没到嘴的大肥肉惹的祸。他觉得第一条的可能性不大,中间不还隔着小平姐吗?第二条与第三条相比可能性最大。小舒又说:"程哥,你不是晚上约了卫元吗?要不我扮成你的司机,去会会他?"

一进"天上人间"夜总会,程老板就觉得胸闷气短,呼吸不畅,头晕眼花。大厅里的这些姑娘,齐刷刷大高个,还踩着十厘米的高跟鞋,齐刷刷化着浓妆,穿着超短裙配黑丝袜,个个美艳无比。东三环这一带太土豪了,凯宾斯基、希尔顿,再加上旁边的燕莎,来北京多少年了,他从未踏足过。他一直定位自己是穷人、草根。草根有草根的活法,少到这些烧钱的地方来,心里也没那么慌慌。

好不容易穿过大厅来到包厢,程老板又抚胸,又喘气的,就好像刚从雾霾中逃窜出来的哮喘病患者。小舒看着他直乐。包厢里有三个人,卫元和两个陪侍美女。一个美女蹲在地上给他上水果,倒酒,另一个坐在他怀里陪他唱歌。卫元兴致很高,就像是刚刚从猿进化成人一样,不知该怎么享受高级动物才拥有的七情六欲了。他一挥手,让地上的美女起来,陪着程老板,然后又潇洒地打了个响指,叫外面的服务员给小舒也上一个。小舒不好推辞。就这样每个人都美女在抱,聊天,喝酒,唱歌,闹腾了好一会儿。程老板说明了来意。卫元一听,就火了:"我就知道是那个王八蛋给老子捣乱!"把怀里的美女吓得花容失色。卫元亲了美女一口:"宝贝,不是说你呢。你先出去一会儿,哥谈点事再找你。"美女也亲了卫元一口,娇嗔道,你可别让人家等急了。随后,招呼另外两个同伴一起出去了。

卫元三言两语,交代了网络平台市场的竞争形势,边说边骂。程老板听明白了,有两个竞争对手都比卫元做得大,想要收购他,他不同意,就明里暗里地跟他抢客户,抢投资,抢各种资源,卡他脖子。其中一个特别阴险,各种损招不断。卫元安慰程老板:"你别怕,这也太不是东西了。现在,还要跟我抢物流。有哥哥我,还有你嫂子智静呢。我家老爷子干吗的?回头我让智静给你们那儿的公安打个招呼,来一个抓一个,来十个抓一排。你有什么损失,哥哥给你补上!"

程老板自然千恩万谢。小舒在旁边插了句嘴:"卫总,您能容我说句话吗?我知道这儿没我说话的地方。"

"说吧,兄弟。在你卫哥面前不用客气。"

"卫总,就您那个对头,他手下有合作的物流公司吗?我寻思着我们程总这里,庙小,您的对头没闲工夫对付我们,最有可能是他指使下面的物流公司干的。"

"嗯,这小兄弟,你说得有点道理。跟着他混的有一个从宁波来的小瘪三,叫柏武,那是个搞快递的。"

"白五?"

"松柏的柏,武术的武。"卫元拿出根烟想抽,程老板立刻拿起打火机给他把烟点上。卫元抽了几口烟,把柏武的来历告诉了程老板和小舒:"这家伙没念过什么书,从小就在浙江上海一带混江湖。后来开起了快递公司。为了占地盘,打打杀杀的,手上不知沾了多少人的血。你卫哥我,不愿意和这种人合作。你别看我喜欢找姑娘们闹腾,但我不欺负人。"

两人又和卫元聊了一会儿,告辞了。卫元留他俩再玩会儿,程老板借口公司刚叫人搅和了,不放心,得赶快回去看着。卫元不再强留,让他有事就说别客气,智静准能帮他摆平。程老板又千恩万谢,这才出来。

小舒认为卫元不像是撒谎,自己得回去好好查查这柏武的底。程老板则唏嘘,卫元这样百里挑一的人才,怎么就喜欢上嫖了?小舒摇摇头:"这玩意上瘾,就跟吸毒似的,一旦沾上了,很难戒掉。"他整天与犯罪打交道,此话绝不是夸大其词。

程老板现在天天睡在办公室里。公司就是他的命根子,在没搞清楚谁在背后捣乱之前,哪能把自己的命根子完全委托给别人看护呢?躺在沙发上,他一个劲地琢磨,那个圆眼的家伙干吗要盯着自个和太行的照片看?他话里话外透着一丝对太行的尊重,难道说他认识太行?这家伙看样子像有点功夫的,保不齐以前在哪儿跟太行切磋过?要是自己问问太行,兴许能得到点线索。想到这儿,他打算明天让小舒把这家伙的相片给自己传过一张来,让太行认认。这么一想,心里总算敞亮点了,慢慢有了睡意。

二十五

来时,他还是四处寻找小龙女而茫然失措的杨过;归去,他就变成……

春天的利物浦简直太美了。清晨时,它像一颗璀璨的蓝宝石;正午,它犹如一颗闪闪发光的钻石;到了黄昏,它绚丽斑斓,就如同是龙宫里的珊瑚。

杜励和太行快活得如同神仙眷侣。到达利物浦的当晚,他们就和不少来自五湖四海的游客,集结在披头士出道的那间小酒吧里,一起重唱那些感动过这个世界的歌。唱到动情处,所有的人都热泪盈眶：年少时把梦追，长大后在生活的重压下，咬着牙负重前行，但始终痴心不改……愿所有灵魂的歌者都得到自己独一无二的知音，愿滚滚俗世中永远有浪漫不羁的心，愿造化成就每一对才子和佳人，愿天上人间，爱的故事永远流传……

天一亮，他们两个就坐着敞篷观光车，在五月的阳光下饱览这个孕育了无数传奇的摇篮。他们上午一个来回，下午一个来回，一会儿上山，一会儿入地，从默西河的地底隧道这边钻进去，那边钻出来，似乎总也看不够。也许天天居住在这里的人，会觉得利物浦的路起伏不平，并不好走，可是对于一对久别重逢的恋人，他们宁愿路再崎岖些，再陡峭些，这样握在一起的手会拉得更紧，身体会靠得更近，因为彼此的心已经又紧紧黏在一起了。

沃克画廊、世界博物馆、圣乔治大厅、布朗街和圣约翰花园，处处留下了他们爱的足迹。他们和所有的雕像合影，不管是什么样的英雄美人，似乎都无法与他们洋溢着青春和爱的笑脸媲美。他们一起享用当地的名吃海鲜饼干肉汤"Scouse[①]"，模仿"Scouse"的口音和举止，似乎他们也沾了一点点"Scouse"的执拗与率真。酒足饭饱后，他们再次来到街头，请艺人把自己心满意足的模样画下来，以作永久的珍藏。

黄昏来临时，俩人来到了码头顶，在美惠三女神[②]的见证下，登上了一艘游艇。游艇缓缓驶过，水面上翻滚着金色的浪花。一群海鸥在游艇的前面飞来飞去，夕阳在它们洁白的羽毛上洒上了一层

---

① 既指利物浦的名吃，也指利物浦人或是当地的方言。

② 利物浦最有名的地点是码头顶，以三大建筑物著称——皇家利物大厦、丘纳德大厦和利物浦港务大厦。它们统称为"美惠三女神"。

金辉,它们欢快得就像是来自天堂的圣鸟。

"你不觉得这些海鸥是海上的喜鹊吗?"太行问杜励。

"我认为海鸥是勇敢无畏、追着风飞的鸟儿。"

"那些在大海上航行的水手们,一定同意我的比喻。"

"知道了,梁大侠。你这个比喻,站在水手的角度,的确是贴切。"

太行捏了捏她的鼻子:"一分钟不损我,你就觉得没劲,是吧?"

她笑了笑,垂下了头。

太行揽住了她:"我有时候想,人还不如一只鸟儿自在。鸟想去哪儿,就去哪儿;想和谁在一起,就和谁在一起。鸟既不要升官,也不要发财,更不需要去证明它自己。它只需要会飞就够了,一直飞,飞呀飞,直到飞不动为止。人真比鸟高级?我看倒是只比鸟烦恼。"

"你这是怎么了,突然这么多感慨?"

"我只想和你做一对鸟儿,什么也不管,什么也不顾。你想去哪儿,我就带你去哪儿。你累了,我就把你驮在背上,背着你飞。等什么时候,你想自己扇扇翅膀,我就放你下来,咱们再一起飞……"

杜励沉默不语。太行拥着她肩膀的那只手搂得更紧了,还把她的身体扳了过来。他眼睛里流露出来的深情,即便一颗心被埋在雪山底下,都能被融化。他端详着眼前这双灿若星辰的大眼睛,笃定地相信,住在她眼睛里的人是自己。当他低下头,去寻找记忆中红唇间的依恋时,她不再躲避。自从再次相逢,他们第一次拥吻在一起,她眼里的人、心里的人和唇上的人终于融为一体。

一个星期后,人在北京的梁小平女士收到了一封邮件。信是她的小弟弟太行写给她的。

大姐：

　　当你收到这封邮件的时候，我和杜励在英国已经结婚①了。我们非常幸福。

　　从邮局寄信给家里时间太长了。请你转告爸妈一声，就说不孝儿子太行先斩后奏，已经娶妻，请他们原谅。杜励从小和我一起长大，你们都熟知她的为人品性。能够与杜励缔结同心、白首偕老是我一直以来的心愿。如今，心愿达成，我将一生呵护、珍爱她，即便天涯海角也永不分离，海枯石烂永不变心。

　　请　祝福我们吧！

弟　太行

　　小平一看信，就急了：他们俩一个非洲，一个英国的，以后这日子怎么过呀？

　　结婚后，杜励变成了一个十足的小女人，在电子邮箱里设计了一种信纸式样，加上独有的签名，专门用于给太行写信。虽说在Skype上交流很方便，但她还是喜欢时不时地写点东西。文艺戏剧频道正在播一个二战时的迷你广播剧《家和前线》，讲的是一对恋

---

① 中国人在英国注册结婚，条件是一方在英国已经待满两年以上，双方均有有效的签证。可以通过当地教堂或市政厅进行注册，手续简便。婚姻经过使馆公证或回国后经相关机构公证，即为合法，受婚姻法保护。

人的聚散合离,她颇受启发,便写下体会发给太行。这种用书信体的方式记录的爱情故事,日后读起来一定感人至深,别有韵味。小时候她也读过鲁迅先生的《两地书》,大概是心境不同,不如现在这个广播剧更让她感同身受。太行当然高度配合。他虽然写不出什么缠绵悱恻的句子来,就是些平平常常的话,但从不间断。她提议,等结婚周年的时候,可以把所有这些信打出来,编成一个册子。太行表示序一定得由自己来提。她自然将他一军:"那得看你的水平够不够格。"

太行马上递交申请,简简单单两句话:

来时,他还是四处寻找小龙女而茫然失措的杨过;
归去,他就变成娶了黄蓉而称心如意的郭靖。

杜励马上就准了,把自己拟的两句当作跋:

爱、童年和故乡化成一只鸟,
从此伴她飞,即使天涯海角……

太行自然是赞了又赞,还说自己现在就一个心愿,赶快帮非洲人民扫平江湖恩怨,好早日和"蓉妹妹"一起住到桃花岛上去。

杜教授对女儿的婚事,表达的是祝福,没表达的是无尽的遗憾和担忧。人不能背负着过去生活,这是他活了大半辈子从自己痛苦的爱情和婚姻经历中得出来的结论。在他看来,女儿和太行结婚,就是和逝去的童年缔约,共赴未来。女婿是他看着长大的,人倒是正气，可缺乏抱负，还有个强人老子给规划人生，给灌输了一脑子的大男子主义。自己的女儿，是憋足了劲要成就一番事业的。两个人志不同道不合，在一起，就靠小时候培养的那点感情基础和共同回忆，能走多远呢？杜教授更疑惑的是，她已经和莱斯特谈婚论嫁了，怎么一回头，又嫁给了太行？婚姻大事怎么可以如此草率？

太行的父母对这桩婚事也同样不乐观。梁政委不反对小儿子太行娶杜励，但一听说儿媳毕业后要留在英国发展，就不痛快了。当领导多年，他不好意思把"嫁鸡随鸡，嫁狗随狗"这样的话挂到嘴边，可心里一直认为女人就得跟着自己的男人踏踏实实地过日子，当好贤内助，自己的爱人文竹不就是个好榜样吗？太行的母亲呢，从接到信的那刻起，心里就跟倒了五味罐似的。她对杜励，感情实在太复杂了，压根就没做过给她当婆婆的准备。唉，怪只怪自己这实心的孩子，痴心一片，非她不娶。分手都两年多了，两人也一直不联系，咋说结婚就结婚了？杜励啥时候回心转意的？又图了啥？

"图了你儿子人好，又对她好呗。"面对妈妈的质疑，太行在Skype上响亮地回答。

"咋说结婚就结婚了？"

"姻缘天做主啊！"太行的声音更嘹亮了。

"你跟她求的婚？"文竹心里的疑问并不是儿子的一句"天做主"能打消的。

"还能是她跟我求婚？妈妈，不然我跑到英国去干吗？"

太行又解释道，自己和杜励结婚，既是青梅竹马，水到渠成，又是自己精诚所至。

"要是她一直待在英国不回来呢？你们俩就一直这么牛郎织女地过？"

"她不回来,我可以去找她。"

"你到英国能干啥?"

"就凭我这身手,干啥不行啊?当保镖,开武馆,实在不行我也可以边打工边上学,出来再找份工作呗,反正总能把我老婆孩子养活了。"

"你怎么能把生活想得这么简单呢,太行?"一旁的小平插话了。

"姐,生活它本来也不复杂呀。"

"你了解女人还是我了解女人?你了解生活还是我了解生活?"

"姐,你了解杜励还是我了解杜励?你了解我们想要什么样的生活,还是我了解我们想要什么样的生活?"

"你这个孩子,和你姐说话怎么这么没大没小的?妈妈比你了解杜励,她的人生词典里根本就没有贤妻良母这个词。"

"妈妈,你为什么老是戴有色眼镜看杜励呢?她是不是贤妻,要成为什么样的贤妻,也是我说了算,不是你呀!"

"你还不是事事都依着她?当保镖、开武馆那是正当职业吗?你以为是写武侠小说、编电视剧呢?到时候她是金融白领,事业成功,你连个正经差事都没有,她就能给你当贤妻?"文竹心里对这桩婚事的不满意,全说了出来。

"那我就给她当贤夫呗,只要我们俩心里有对方就行了。"

"孩子,等你到了妈妈这个年纪,你就明白,爱不是等价交换。不是你付出了多少,就能收到多少回报。"

"妈妈,杜励不是你想的那种没良心的人。这两年她心里难受着呢。都怪我,小心眼,记仇……"太行说不下去了,过了一会儿才又接着说,"我俩谁离了谁都活不好。就因为这几年她想留在英国发展，我就非得和她断了？"

如果说太行还有什么遗憾的话，那就是后悔两年前的分手。从小一起长大的，彼此的心都是透明的。早该料到的，近万公里的距离，也不可能打破早已深种在生命里的爱！杜励很小就立下誓言，要把这大千世界看个遍，是他自己无法兑现承诺，不能像白龙马陪着去西天取经的唐僧一样，陪在她身边。那时候就该跟她说，你就是去了天涯海角也没关系。地球是圆的，总有一天你会回来的，回到你出发的地方。多久我都等，我会永远等在春天里……

考虑到学校里关于自己和安迪的谣言刚刚平息，杜励并没有将结婚的事情宣扬出去，想等下次太行休假来的时候，再告诉盖和几个好友。六月中旬的时候，即将入职的投行公司分配给杜励的伦敦公寓搞好了。新的寓所临街，方便客户上门。赫先生做主让行政部的人给加了双层玻璃和防盗窗，既是为了安全，也是为了晚上减少噪声。伦敦夏天并不热，房间里还是装了中央空调。这是个两室一厅带着厨卫的小公寓，厅很大，布置得像公司的会客室。一个房间，给布置成了办公室，里面样样俱全。另一个房间是卧室，添了一把贵妃椅，衣橱也换了新的。衣橱的设计别具一格，上面是透明的，下面是磨砂的，全部用结实的钢化玻璃打造，既时尚又实用，内衣类的私人物品可以放下面，上面就用来挂外衣。从窗户处往回望，这个别致的衣橱就像是一个小小的水晶宫。杜励把窗帘拉上，打开灯，小小的水晶宫又立刻变成了一个大大的月光宝盒。她一下子就喜欢得不得了。要说有什么遗憾，那就是她的衣服太过简朴，就好像灰姑娘霸占了公主的衣橱。她一边收拾东西，一边自嘲解闷。等她把一切归置好了，就去泡了个澡。一时半会儿也没处去买红酒，她给自己泡了杯茶，放在浴缸旁边的凳子上，闭上眼睛，第一次切切实实地感到真正的人生马上就要开场了，前面这二十多年的学徒期终于结束了，一会儿就去伦敦桥打卡，让大本钟和伦敦眼见证，自己将从这里起飞……

从伦敦桥回来，杜励收到了赫总裁的电话，邀请她共进晚餐，庆祝新生活的开始。赫丘勒考虑很周到，还送给她一束黄玫瑰。毕竟是和上司吃饭，她还是很谨慎的，老板问什么，她答什么，力求言简意赅，绝不多说一句。饭吃到一半，赫总裁掏出一个精致的红盒子来，说是送给她的入职礼物。杜励吃惊不小，自己又不是什么不可多得的人才，又是吃饭又是送礼的，难免惶惑，手藏在桌子底下不肯伸出来，眼里则充满了不怕对方尴尬的疑虑和征询。他把盒子打开了，不过是一支红色的钢笔，不是什么贵重东西。她不禁松了一口气，连声道谢，把礼物大大方方地接了过来。赫丘勒不动声色地提醒她，自己叫店家在上面刻了她的名字。杜励十分感动，从吃饭到现在，眼神第一次和上司有了交流。四目相对，赫丘勒闪动了一下眼睛："我希望你可以用这支笔签字，签支票，将来有一天给你的读者签名。"她羞赧地笑了，他还记得她面试时说过的话——她的梦想。

两人话多了起来，赫总裁不忘勉励她一番，说早就看好她是个品学兼优的人，果然没让他失望。杜励明白他是指后面的品格测试，可是也有疑惑，自始至终她没有再收到过猎头的电话，也未接受过任何评估，东家是通过什么方法替她证明了清白呢？

"我建议猎头用了一点非常规手段。"他不免有些得意，"一查之下，发现了那位教授真正的地下情人。"

"这么说同学们不是造谣，只是不能确定第三者是谁，而我恰好是班上唯一的中国人,所以才怀疑我。是这样吗?"她问。

赫丘勒摇摇头,给对面的姑娘上了迈向社会的第一课:"兴风作浪的人,绝不是出于误会。你要记住,这世上没有永远的朋友,只有共同的利益。所以我的人生信条是,除了自己,绝不相信任何一个人。你素质不错,人也勤奋,假以时日,一定会有所成就。从现在起,你得以管理者的思维来待人接物。一个管理者,不需要人的爱戴,更不需要廉价的奉承和感激,他只需人人敬畏他,不折不扣地执行命令。"

搬家一个多星期后,小朱突然来访,还带来一套银质的餐具,算是恭贺她乔迁之喜。他不再打扮成流氓大亨的模样,只穿一件白衬衣,一条灰裤子,没打领带,蓄起了胡子,像是在公司里做事的人,有点承担的样子,不过,宽阔的脸膛上带着一丝不易察觉的忧伤。杜励问他是不是从学校来,他拨楞了一下脑袋,没吱声。她又问他怎么会知道她在这儿,他又拨楞了一下脑袋,说是跟朋友打听来的。

杜励没再问,泡了一壶茶出来,给他递了一杯。他端着茶杯,愣愣地坐了一会儿,叹了口气,把茶杯放在桌子上,半晌说了一句话:"我父亲前段时间过世了。"

杜励大吃一惊:"什么时候的事?人怎么会突然没了?"

"车祸。春假一结束我就回去奔丧了,在家待到现在。"

"你家里都还好吧?"她十分关心地端详着他。

他把头埋在了两只大手里,好半天才抬起头来:"乱着呢。我几个叔叔都闹腾,二叔闹腾得最厉害。他跟我爸时间最长,功劳也最大,一个劲地跟爷爷嚷嚷:'大哥在世的时候,我从来没争过。如今大哥死了,轮也该轮着我来当这个老大了吧。'几个叔叔合起伙来跟爷爷对着干。爷爷向着我，但拗不过二叔和其他几个叔叔。我不愿意让爷爷为难，让他做主，把家分了，把我爸该得的那份产业卖给二叔，自己拿着钱去了北京。"

"那你在北京干什么？"

"我开了个投资公司。"

"哦。"杜励替他捏把汗。干投资可不是闹着玩的，稍有不慎，就可能输个精光，甚至倾家荡产。

小朱看出了她的心思，把大脑袋一拨楞："我有数。这几个月下来有赔有赚，但还是赚得多赔得少。我家里的产业，现在还值些钱，将来会怎么样，难说。这几年，雾霾都把人吓怕了，环保局一到冬天就四处督察，凡是环保不合格的企业一律关停并转。我家的焦炭场、炼钢厂上了黑名单，要不是县里面考虑财政收入和就业，睁一只眼闭一只眼，早就该停产整改了。"

"你家不是还有房地产吗？我听我爸爸说，国内的地产业这几年发展挺好的。"

"你不了解国内的情况，房地产前期投入特别大，现在也到了一个瓶颈期。有人说中国的高房价是刚需，是供不应求造成的，是中国的丈母娘抬高了房价。我一开始也这么认为，过去在农村，谁家娶媳妇不盖几间砖瓦房啊？后来跟几个同行一聊才知道，主要还是地价太高。地价抬高了房价，房价反过来又提升了地价，好像进入了一个无限向上的死亡通道。表面上看是发展了，其实负债和风险也增长了，规模越大，越不可控，有个风吹草动，就可能赔个精光。更何况像我家这样半路出家搞房地产的，实力有限，背后也没什么靠山，只能在本省拿些地开发开发。现在有点本事的年轻人都往沿海大城市奔，连西安的人口净流入都有限，下面的区县更不要提了,盖了新房卖给谁?其他产业也不好做,税重,工人的工资也涨了不少,利润有限。"

"那你可得稳着点,别太冒失了,多想想,多筹划筹划。最好能请几个得力的帮手,遇事一块商量着来。"

"嗯,我也是这么想的。这次回来,一是办休学手续,二是想找个帮手。安迪打算去北京给我打工。"

"安教授?"杜励的声音一下子提高了八度,"他行吗?靠得住吗?你前段时间不在学校,我们班有个日本女孩因为他自杀了,他连追思会都没参加。这人还是人吗?禽兽不如。"

小朱的反应很耐人寻味,他喝了一口茶,缓缓讲出了自己的道理:"我知道他是人渣,可我不是女人,不是要跟他搞对象,我用的是他的能力。我爸爸以前就跟我说过,为什么刘备最后干不过曹操?是因为他用人有洁癖。关羽、张飞讲义气,诸葛亮也忠诚,但是全天下能找到几个这样的人?曹操不一样,他用好处笼络人,哪怕笼络来的是见利忘义的小人,只要能把活干好就行,所以他手下能用的人多。"

"生意上的事我也不懂,可你还是得小心点。"

"嗯,我有数,你放心。也就是跟你我才说这话,我非得让二叔瞧瞧,我不是扶不起来的刘阿斗,没有他和几个叔叔帮衬,照样能把我爸留下的钱守住了,比他们谁都活得好!"

"那我以茶代酒,祝你心想事成。"杜励举起了茶杯,很豪气地一饮而尽。

送他出门前,杜励忽然想起了一件事:"你的学位怎么办?其实你用不着办休学,你跟学校说说,补交一篇论文,应该可以拿到毕业证。我别的忙帮不上,查查资料,写写东西还马马虎虎。你要是信得过我，回头想几个题目，咱们再一块商量商量，等把主题确定下来后，你就不用操心了。"

他笑了，脑袋一拨楞："你别操心了，多注意身体。萨拉说，只要给她一笔钱，她就能帮我把毕业证运作下来，她已经在办了。我现在根本不拿钱当回事，钱能解决的事，全不是事。"

她心里的担忧更多了，不过再一想，萨拉必定舍不得离开英国，小朱回国去了，两人之间也算是个了结。临出门前，朱必达拿出一个信封来，里面是一沓厚厚的五十英镑大钞。杜励觉得莫名其妙，眼神里流露着不解和恼怒。他垂下眼来，不敢看她，踌躇片刻后，把钱收了回去，嘴里嘟哝了一句："莱斯特对你有误会，空下来的时候找他谈谈吧。"

二十六

我的期望一下子就被调动起来了。可现在呢？说客气一点，我是这巨人般公司里的一根头发丝，不客气一点，八成就是块头皮屑。

小舒给南边的同事打电话，问题迎刃而解，此柏武爷即那个"薄五"爷。吴侬软语里，柏不发"bǎi"，而是发"bó"。那几个蟊贼肯定是外围的外围，连自己给谁卖命都搞不清楚。

太行的回话也来了，那个圆眼的人他认识，名叫武锤，原来在自己手下当兵，两年前退伍了。假如小耳朵打算雇他当个公司保安的话，大可以放心，不仅身手可以，人也靠得住。程老板的这场危机眼看就要过去了，只要他傍上卫元这棵大树，以后生意不用愁，至于社会上的混混，经过这件事就更没人敢欺负他。柏武这样的孙子们，还不是只敢在老实人头上拉屎撒尿？

可是，只有程老板自己知道，人生的真正危机才刚刚开始。

太行还告诉程老板一个消息：他结婚了，新娘子是杜励，他们很快会回来休婚假。到时候一定和老朋友聚聚。

程老板的心里，真是酸甜苦辣咸，什么滋味都有：替太行高兴，替自己难过，怨老天爷不公平，叹造化无常，一时间万念俱灰，干什么都没心思。自己才刚和杜励取得联系，刚把关系给捂热乎，她就嫁人啦……本来还想忙过这阵子，就去英国找她呢，连行程都定好了。他把她的回信打印出来，看啊看，不一会儿，眼前模糊了……

她的信是这样写的："……伦敦肯定不能错过，还有一个必须去的地方，那就是利物浦。你不是也喜欢听披头士的歌吗？我可以带你去凭吊一下偶像……这个时候，苏格兰美得像人间天堂，我们可以由利物浦横穿英国到东北边的爱丁堡。如果说英国有哪个城市可以与伦敦分庭抗礼，那就只有爱丁堡了。论城堡、论宫殿、论文化、论故事，爱丁堡绝不输伦敦，它还有伦敦没有的天然美景和浪漫不羁。如果你愿意，我还可以带着你飞越苏格兰的大峡谷。从飞机上往下看，银色的瀑布在绿色的峡谷中穿梭，就像梵文中的万字符，神秘莫测。倘若你不怕累，咱们还可以到峡谷里探险，里面到处是奇花异草，一条条瀑布飞跃而下，说是世外桃源一点都不算过誉。我一直疑心每个瀑布后面都有一个水帘洞，每个水帘洞里都住着一位齐天大圣孙悟空，可从来没一个人敢进去过。从苏格兰回来，就到约克停停，歇歇脚。可以在我的校园里走走，图书馆里坐坐，学生酒吧里玩玩，也算是一种体验……"

这些年，为什么要忍辱受屈把事业做大？为了多给残疾人创造就业岗位？为了给社会创造财富？对，自己有良知，愿意为社会做贡献。可是，老天爷为什么不能成全成全自己呢？

从十年前和杜励分开，程老板就铆足了劲，就希望有一天重逢的时候，能配得上她。除了这副皮囊实在没法优化，还有那颗一直爱她的心不用优化，他已经在这个从一出生就被嘲弄、侮辱、冷落、贬低的人世间打下了一片江山——有足够的能力让她幸福！

老天爷，你为什么这么喜欢捉弄人？既然生下我来，为什么非要让我长成个丑八怪？为什么不让我自生自灭，早点死了算了？为什么要让我认识她，让她鼓励我帮助我，给我一个生活的目标？既然如此，为什么在少年时代就把我们分开？为什么让我们十几年来杳无音信？……她才二十多岁，为什么就不能让她等等我？为什么要把她许配给我最好的朋友？为什么？为什么？

公司里的人都知道公司和某平台的合约签了，卫总很快就会给他们注资，生意马上就要踩上齐天大圣的筋斗云上天了。可老板这是怎么了？整天一副魂不守舍，干啥啥没劲吃啥啥不香，不是唉声叹气就是愣神发呆的样子，要不然就是一副众生皆苦、四大皆空的模样？

有一天，小舒得空来看程老板。进门前就想，自个帮程哥找出了幕后真凶，他会说点啥感谢的话呢？结果一进门，见到一个生无可恋的急性重度抑郁症患者。

"程哥，你这是怎么啦？"小舒拉住他的手，快言快语，"是不是家里哪位亲人过世了？"

程老板面无表情地答道："我的好兄弟太行结婚了。"

小舒纳闷了，刚想说这是天大的喜事啊，程老板又说话了："新娘是我最爱的姑娘。"

别看文竹对小儿媳妇缺乏肯定，但对小儿子的婚事并不马虎。她想得很长远：再过个两年，等杜励从英国回来了，太行肯定得把小家安在北京。北京的房子那是一天一个价，见天涨。要是现在就把婚房置办下来，到时候小两口肯定能轻松不少。她把想法跟爱人一商量，梁政委马上夸老婆识大体顾大局，让她拿主意，不用跟他商量。两人自从结婚就一个主外一个主内，在家老婆是领导，大事小事都是老婆说了算。文竹又跟女儿商量，想让她给推荐几个楼盘。小平全力支持，并且不要妈妈出钱，在自己开发的楼盘里选了一套地段好的大三居精装修学区房，算是给弟弟结婚的贺礼。房本很快就拿到，上面除了太行的名字，她还做主加了父母的名字。里面的缘故，文竹自然明白，这是防着弟媳呢。杜励虽然不是小门小户出身，可北京的房价在那儿摆着呢。等家具置办好后，文竹约了亲家一块来看房子。杜才韧见什么都齐备了，出钱买了一架钢琴，加上祖上留下的一幅字画，一起放在了书房里，算是给女儿的贺礼。房本上写不写女儿的名字，他并不在意，连问都没问。

为了日后工作对接，赫老板通知人事部给杜励在新加坡、中国香港和北京三地安排了入职培训。培训的最后一站地是北京，可回来没几天，她就晴转多云，整天愁眉苦脸的。女儿不开心，杜才韧知道为什么——亲家不同意太行回国休婚假时先在丈人家小住的提议，坚持要小两口直接去山东。他劝女儿："犯不着为了这种鸡毛蒜皮的事跟婆家闹矛盾，你已经出嫁了，就该和丈夫住到婆家去，这是咱们中国人的传统。"

杜励听不进去："在咱们家先住几天都不行吗？休息好了再回

去就犯规啦？他们有没有考虑过妈妈行动不方便？她就不想见女儿女婿？要什么事都依着规矩办，太行不还得先到咱家来提亲？"

当爸爸的熟悉女儿的脾气，担心她给太行施压，于是劝道："你不要让丈夫为难，让他在爱情和亲情面前做选择，这是婚姻里的自杀行为，是怨妇思维。你看过的哪本书里教给你这样做？"

杜才韧打算从儿子那儿了解点杜励的情况，掌握了动态再给女儿开解开解。姐弟俩要好得很，还和小时候一样时常讲悄悄话。小海的反馈是："我姐没有和太行哥生气，她已经想通了，是为了工作发愁呢。"

"工作上碰到什么不顺利的事了？"

"姐姐前两天写了点东西，还给我看过。爸爸，我给你拿过来。她没把这当日记，这是她和姐夫的两地书，将来还要出版呢。"

杜才韧仔细读起来。

  太行，新加坡是天堂。刚下飞机，我就喜欢上了这个干净、典雅的城市。从樟宜机场出来，马路两边全是郁郁葱葱的椰树、美人蕉，街边的建筑并不高，但外立面都装饰得如同风琴褶一样，阳台上还点缀着绿植，极有韵致。出租车里的收音机开着，播音员用标准的国语在推介一首首好听的歌，快下车的时候，竟然播了一首吕方的《老情歌》，那充满磁性的声音，从收音机里缓缓地流淌出来，宛如岁月的歌谣：

  ……
  人说情歌总是老的好
  走遍天涯海角忘不了
  我说情人却是老的好

曾经沧海桑田分不了
……

我的心弦立刻被拨动了，情不自禁跟着一起唱。

新加坡不大，晚上站在酒店的阳台上看，整个城市宛如马来半岛上的一颗夜明珠，现代时尚而又温文尔雅，有怀旧的氛围，但没有迂腐的气息。"老上海"在这儿是许多人温馨的回忆，也是一块金字招牌。肉骨茶就是一碗炖得香喷喷的排骨汤。点心很丰富，都精致诱人，我选了两样最喜欢的尝了尝。鱼翅饺，筋道十足，爽滑不腻，实属上乘。黑色的鎏金包也好，里面裹着蛋黄莲蓉芝麻馅，不仅颜色配得好，味道更是一流：香糯软甜，恰到好处，像极了这里的人。公司人人友好，待我像是待一个刚上学的孩子。无论我问什么，个个知无不言、言无不尽，于是我的蠢问题接踵而至，事后，连自己都惊讶于脸皮实在太厚了。赫先生收到我写的工作总结，提醒我以后不管什么邮件都要抄送给他和劳伦斯，好让大家总是处在同一页面上。听说公司里还有一个情报员，叫克莉丝，是个超级大拿，会说英语、德语、日语和粤语，普通话也马马虎虎，真是女超人！据说，脾气也大，因为深受老板器重。可惜这次无从谋面。我在想，一定要把法语好好巩固巩固。

香港则是另一种感觉了，像是囚牢。因为行政人员的疏忽，我被安排住在九龙。宾馆离地铁不远，交通不是问题。要命的是，房间实在太小了，小得堪比鸽子笼，住在里面真跟住在囚室里没有区别，实在是太压抑了，奇怪的是这还是一家挂着四星级标志的宾馆。我想，如果是你这样的七尺男儿睡在里面，会如何？报纸上登出来的"睇楼"① 广告，地段好一点的，五百多平方尺②的小公寓就被称为豪宅。公司人人都忙，自个忙自个的，谁也不顾谁。我的粤语不灵光，他们又不会说普通话，后来干脆用洋鬼子的话来交流了。最令我尴尬的是，每当我一提问，他们就会先把我晾在一边，用粤语交换意见，统一答案后才回答我。我觉得自己如同是间谍一样。负责接待的是老板的秘书嘉莉，态度不能再恶劣了。香港又湿又热，办公室里的冷气却开到堪比深秋寒冬，我想把空调调高一点都不行。我一个人坐在会议室里瑟瑟发抖，不由得想到咱们小学课本上学过的那只哀号的寒号鸟……幸亏劳伦斯第二天现身了，部门老大们立刻交给我几项任务，我以后总算能名正言顺地替大伙打打"酱油"了。劳伦斯是香港这边的创业元老，公司里的人都是他的徒子徒孙。多亏有他在这里坐镇，不然同室操戈、擦枪走火的事免不了。让我最想不通的是，为什么那么多人心甘情愿地挤在香港？就算头顶上的天再蓝，地上的金子再多，分给每个人才多少一丁点啊？还不如到大西北的草原上放羊呢！

　　北京，咱们热爱的故土，如今是阳光下的金地。也许是因为我三年没回来了，感触比较深。公司里的几位大佬总是急火火的，嫌弃我说话慢条斯理、咬文嚼字，还说看不出设立伦敦情报站对公司有什么好处。国内钱好赚，又是政策市、机会市、炒作市，谁会放着金砖不捡去陌生的大浪里淘沙子？伦敦证交所还不对国人开放。除了几个想出国留学的人向我打听情

---

① 看房子。
② 相当于六十平方米左右。

况,还有几个不差钱的大姐托我买名牌包包,根本没人搭理我。培训计划更是没人执行,我只得跑到各个部门去,见缝插针,找主管们通融帮忙。有个叫Tiger(老虎)的大佬罗杰,讲话也和老虎一个风格:"要不是看在你年轻、漂亮又懂事的份上,我根本就不爱搭理劳伦斯那厮。那厮从进公司挣过一分钱没?就知道摆谱!"我明白了,自己就是老板摆谱的装置之一。大家都传老虎是天子门生,天子是谁呢?没人见过,只知道他人在北京,劳伦斯也是个摆设。

这两天,我心里不好受。太失望了,也很失落。面试的时候,比阿特丽丝跟我说,你真幸运,很有可能成为在东西方金融界架起一座桥梁的人。现在OECD①的金融机构都缺流动资金,而中国政府为应对国际金融危机一下子投了四万个亿。纽约、伦敦、巴黎和法兰克福,对东方资本,十分欢迎。我的期望一下子就被调动起来了。可现在呢?说客气一点,我是这巨人般公司里的一根头发丝,不客气一点,八成就是块头皮屑。

我问自己,做下去还是辞职换个地方?这份工作唯一的好处,是给我体验人间的机会。我有一种直觉,世界有多复杂,这家公司就有多复杂;世界有多少争斗,这家公司就有多少争斗。唯一不同的是,世界的主宰者不存在,而这家公司的主宰者则无处不在,仿佛是一双如来佛祖般法力无边的隐形的手,任你就是有大圣的本事,也飞不出他的五指山。因此,我在这里肯定没有前途。倘若我真能获得重用,受到提拔,那时的我一定变了。如果我拒绝改变,留下来只为我的文学梦积累素

---

① 经济合作与发展组织,主要成员包括美国和欧洲的一些发达国家以及日本。

材,在这个人人都出售明天来给今天争取高起点的时代,孤注一掷,逆向而行,用现在赌明天,会怎么样?本来就是一粒微不足道的尘埃,可能会变得更加渺小了。

杜才韧没急着和女儿谈心,反而和她探讨弟弟的留学事宜。小海的宏图大志是成为三宅一生那样享誉国际的亚洲时装设计师。他想让女儿帮着出出主意。

"爸爸,从学业和就业上来看,法国的优势无可比拟。但是,小海得先上语言学校,还要适应环境,如果身边没个亲人支持鼓励,很难坚持下来。如果他去圣马丁、利兹或是曼彻斯特①,无须进修语言,周末还可以和我一块谈谈心,吃吃饭,会很快适应留学生活。"

女儿的回答,不符合父亲的心愿。杜教授觉得一个时装设计师对人类文明不会有多大的贡献。他原想借女儿的影响劝儿子回归纯艺术,现在看来,小海已经和姐姐统一认识了。孩子的路得自己走,而不是由当大人的来指定。他整天教书育人,怎会不明白这个道理?小海的事情也就这么定了。

太行回来的前两天,文竹到了北京,住在女儿小平家。杜教授开着车,带着女儿杜励来拜会亲家。家里人很多,小平与智静及其男朋友卫元,还有一个她公公老上级的女儿胡姑娘,在家里谈生意。中午到了饭点,文竹留亲家和杜励一起吃个便饭。本来小平已经安排几个谈生意的人在另外的小餐厅里吃,智静却爱凑热闹,非

---

① 分别指圣马丁设计学院、利兹大学艺术设计与服装学院、曼彻斯特大学艺术设计与服装学院。

跑过来看杜励,又看到桌子上的菜都是自己爱吃的,就坐下不走了。小平只好叫保姆又添了三副碗筷,大家一起吃。杜励平常穿得素,杜教授特地关照女儿买了条质地不错的红色真丝连衣裙穿在身上,果然智家婆婆夸她漂亮。智家婆婆退休前是个中学老师,性格恬淡,十分中意杜励身上那份书卷气。杜才韧谦虚,说教女无方,小女任性得很,以后还要请亲家母和各位亲戚多担待。杜励不明白爸爸为什么这么客套,想来想去,猜想读书人在这种场合总是讲究礼数吧。她自认挺懂事的,并不任性。

智静快人快语,把妈妈的话接了过来,说杜励就是好看,多年来自己就想长成她那弱柳扶风的模样,骨架小,还不挂一丝多余的赘肉,穿啥都行——你看这俗里俗气的红颜色穿在她身上要多服帖有多服帖!杜教授又谦虚——燕瘦环肥,各有各的美。还夸智静脸圆,心思纯,颇有侠女气概。这个智静爱听,高兴地喝了一大口酒,还冲一桌子人抱怨:"我哥就不这么认为。从小他去玩,都不爱带上我。说男生扎堆的地方,哪有女生的份?结果他一谈恋爱,走哪儿都带着我嫂子,还爱在他那帮发小面前显摆,就怕没人知道我嫂子长得漂亮。"小平结婚多年,孩子都不小了,还是给小姑子说得不好意思了:"这孩子,这都多大啦,嘴上还没个把门的。你不知道你哥多疼你呢!"一家子人都笑智静人大心痴,怪招人疼的。

太行回来了,杜才韧在机场高速出口的东三环边上的昆仑饭店定了个包间,给女婿接风。杜才韧老婆一看见太行,就好像想起来什么,等杜教授指着太行说这是女婿的时候,她把女儿的手放在了太行的手上,嘴里一直咿咿呀呀的,脸上的神情是又急切又欣慰。杜励眼泪流得哗哗的,她明白妈妈的意思。文竹一看,不好吃完饭就把儿子和儿媳带着走,便和小平先回小平家去了。

文竹这次到北京来，并没登门去看亲家，原来也没打算让儿子在丈人家过夜。梁政委很反感杜才韧，认为他刚有点出息就跟老婆闹离婚，就是白眼狼。虽说后来婚没离成，但那不是杜才韧良心发现了，只是迫于舆论的压力。这样的人现在也成名了，德才兼备啥时候变成光有才就行啦？文竹和杜才韧是天津老乡，原先对他印象还不错，劝丈夫要一分为二地看问题：哪个幸福的家庭是靠一个人撑起来的？哪段破碎的婚姻里只有一个罪人？杜才韧的老婆除了长得好看，别无所长，既没文化，也不懂得经营家庭，只会洗衣做饭打扫卫生，还天天埋怨老公没出息，逼一双儿女长进。这样的女人，谁娶了她，能把日子过好？文竹把太行早恋的账都算在了杜才韧头上，认为他家风不正，教女不严。

第二天小两口到智家的时候，已经是中午了。梁政委也到了，他太想小儿子了，实在等不及，连夜赶了过来。见了儿子儿媳，梁政委自然高兴得很。他和小平的公公原先就是战友，到了智家一点也不拘谨。太行就更不用提了，在北京读高中时，虽说是住校，隔三岔五免不了过来改善一下伙食，简直就是智家半个儿子。似乎只有杜励是个外人。太行毫不掩饰对杜励的好，一双眼睛须臾不离她左右，惹得一家子都笑话他俩。杜励吃完了午饭，就躲到书房里去了。她也不知这是谁的书房，随手拿起了一本《红楼梦》。这书她从小就爱看，有不少地方她都背得出，可还是忍不住再拿起来翻翻。她前一天晚上没怎么睡好，看了会儿书，就打了个盹。迷迷糊糊醒过来，看见自己身上盖着件太行的衣服，猜到准是他进来过。外面树上的蝉在使劲地吆喝："知了，知了！"

她刚要再迷糊过去，就听见隔壁有两个女人在说话。

"胡朵朵是这么说的？"

"对。"

"她表妹咋认识你弟弟呢?"

"他们不是相过亲吗?她那儿还留着他的照片呢。"

"我说她怎么突然回心转意了?"

"太行知道吗?要不咱们问问他,看他知道不知道?"

"他不知道也会跟你说知道。"

"以前那些事,咱们是不是就不该管了。现在的年轻人哪个不……"

忽然杜励听到有人进到隔壁来,那两人话就停了。杜励听不出个子丑寅卯来,合上眼又睡着了。她醒来的时候,太行就坐在沙发上等着她呢。见她醒了,过来羞她:"小懒猪,你都睡了一下午啦。"杜励问他晚上有什么安排,是不是要和亲戚朋友吃饭。他捏捏她的尖鼻子:"晚上谁爱跟他们吃谁吃去,我们二人世界,出去玩去。"她一听,高兴了,马上去洗脸换衣服。她穿了一条白裙子,系了一条咖啡色的编织腰带,看上去又苗条又清丽。太行问她为什么不穿凉鞋,这两天北京这么热。她娇声娇气地答道,凉鞋底太硬,怕走路多了脚疼。结果,他一把就把她扛到了肩上,吓得她惊呼。众目睽睽下,俩人就这么出去了,也不管在老人们眼中,这多么不成体统!

第二天早晨,杜励睡过了头,起来就发现一家人脸色不对劲,还以为是自己耽误了大家的活动,埋怨太行为什么不早点把她叫起来。太行的神色也不对劲。吃过饭,小平全家都出去了,只留下了小两口和两个长辈,杜励觉得好像出了什么事。

太行拥着她去了洗手间,悄悄对她说:"一会儿无论爸妈问你什么,千万不要介意,也别还嘴,都往我身上推,就四个字,'太行知道'。听到没?"杜励疑惑地看着他。他抱住她亲吻她的眼睛和耳朵,又轻轻地嘱咐:"能答应我吗?"杜励点点头。

等杜励走到客厅的时候,发现太行正跪在地下,而公婆则一脸盛怒地坐在沙发上。一看见她来,文竹就跟看到一只苍蝇一样厌恶。杜励心里陡然一惊,究竟太行和自己犯了什么错?梁政委则冷眼打量着她,目光比婆婆还严厉,严厉中还带着一种说不清、道不明的恼怒,恨不得她立刻从眼前消失,走得越远越好。公婆俩充满怨恨嫌弃地盯着她看了好一阵子,就相继出了客厅,把她和太行晾在那儿了。

杜励心里真是委屈极了,直觉告诉她公婆眼里的沙子不是儿子,而是她这个儿媳。太行让杜励收拾好东西:"大姐在北京有另一套房子,我们先住到那边去。"她想知道到底怎么了,可他一个字也不说。

下午,太行拖着她去看小耳朵,她当然乐意。三个人见了面,格外亲切。小耳朵早就准备好了一份礼物,一条做工精致的金项链和一个小鱼吊坠。他还和小时候一样心细,觉得杜励肯定不爱那些花里胡哨的坠子,这个小鱼戴在身上既有平安祥和的意思,又大方好看。三个人在一起追忆着童年,喝了不少酒。离开的时候,小耳朵送了又送。晚上回去,无论杜励如何追问,太行仍然是只字不露。

夜里两人极尽缠绵。似乎一日之间,他们都老去了不少。刚结婚时的日日夜夜,是在热烈中度过的。此时此刻,早已镌刻在心里的爱随着流淌的激情缓缓渗了出来,渗到指尖,渗入唇齿之间,融入彼此的身体,又再回流至心田。吻,益发悠长。爱抚,愈加饱含情意……窗外,遥远的夜空,一团白云围住了月亮,在深情的触摸下,月亮的脸悄悄地变了,不大一会儿,就钻进了云彩里,再也不肯露出头来。夜莺在树梢唱着歌,蝉虫、青蛙都屏住了呼吸,风儿一边亲昵地拨弄着小草,一边把天上的星星一盏一盏全熄灭了……

二十七

他不急了,过来一把抱住了她的纤腰,开起了玩笑:"请问娘子,你打算把我带到哪儿去呀?"

文竹这几天心神不宁,吃不下饭,睡不好觉。太行是小儿子,生下他的时候上面的哥哥姐姐都大了。俗话说,皇帝疼长子,百姓爱幺儿。老两口对太行实在是过于溺爱了。如今为了杜励,他不征求父母意见,先斩后奏,真是把他们老两口的心都伤了。

太行几个哥哥姐姐的婚姻,都是父母帮着牵的线,双方老人和孩子们都知根知底的,婚后也都琴瑟和谐,挺美满的。和杜励的这门婚事,要是太行在他们身边,绝不会允许他这么草率仓促,当然也就不会有今天这么尴尬的局面了。文竹做了一辈子人事工作,看人八九不离十。即便杜励还是没出国前那个单纯的小姑娘,也并非适合儿子的佳偶良伴。

表面上,杜励文静秀气,知书识礼,和太行还是青梅竹马。可她和谁都讲理,对太行却刁蛮。两个人在一起,从来都是儿子宠着她,让着她,为她着想,她很少反过来知冷知热地疼太行。年轻的时候痴爱固然少不了,等过上几年,讲究的是志同道合、相濡以沫。两个人过日子,心得往一起想,劲得往一处使,这样才能幸福长远。不管是哪对夫妻，总是一个人迁就另一个人，婚姻总会遇到危机。

再说，人生的路很长，谁能总是一帆风顺？日后太行遇到点坎坷，杜励未必能陪在他身旁不离不弃，鼓励他支持他。就是杜励有这份心，也未必有这个力。她从小就是个病秧子，身子骨到现在也不太结实；心气又太高；再加上长了一副可怜相，十个男人见了八个心疼，到哪儿，都能惹出一堆是非来。真有一天夫妻俩到了山穷水尽的时候，不知多少人围着她打歪主意，她自己也难保不再捡个高枝飞……

这些当然还都是次要的，婚姻是一个人缔结的最稳固也是最可靠的社会关系。老梁考虑国家多，考虑自己少，当年组织上安排他去大西北搞兵工厂，他什么条件都没提就去了，结果，军工厂一转民用，他的政治生命也就结束了。这些年，如果不是几个亲家关照，女儿又一直帮衬，他们哪还能和从前的亲朋旧友们平起平坐？太行必须得结一门好亲事，无论将来是从政还是经商，关键时候有亲家扶一把非常重要，要不然就凭他自己一个人，什么时候能熬出头？还有，早就给太行介绍了胡朵朵，两人都见了面，彼此并不反感。假如太行有胡家依靠，那可就一切都有了。文竹越想越替被爱情迷住了眼睛的儿子着急担心。难道就眼睁睁地看着他非把这一锅的夹生饭给硬生生吞下？儿子啊儿子，你什么时候能长大，懂得父母的心呢？天下哪有不盼着自己孩子好的父母呢？

太行走之前，又去看望了岳父岳母。关于为什么不办婚礼，他的解释是太仓促，春节回来探亲时不仅时间充裕，而且亲戚朋友都聚在一块也热闹。他再次握着岳母的手，向她保证一定会好好呵护杜励。小平也来看望太行，嘱咐弟弟要注意身体，别为了事业而透支健康。小平告辞时,对送到楼下的太行又嘱咐道,走之前回牟平看看父母,要是连个招呼都不打就走了,两位老人的心里能好受吗?太行说,不愿意把杜励一个人撇下,带着她又怕父母不待见。总不能把她一个人扔在牟平的大街上吧?

"这么说,你就是不回去啦?"小平有点生气。

"姐,我不是说了,我回牟平不带着杜励,她会怎么想?"

"你就带着她,爸妈还能把你们赶出去?"

"爸爸的脾气你又不是不知道,他能随随便便就这么放过我们?"

"怎么就说不通呢?你不趁这会儿负荆请罪,难道打算让他们一辈子都不认杜励这个儿媳妇?"

"我现在把自个和杜励绑了送到爸妈跟前,他们就原谅我们啦?"

"那至少说明你们的态度很诚恳呀。"

"你啥时候见过爸爸因为认错态度诚恳,就会放过,不责罚了?爸爸的原则你又不是不知道,首先得认错,这是做小辈的义务;其次,他得责罚,这是他做长辈的责任。我不是怕他惩罚我。他让我跪下,像小时候一样打我几下,我都心甘情愿。可他要给我的惩罚不是这个,你又不是不知道。"

"太行,解铃还须系铃人。你这么大的人啦,这个道理不会不懂吧。时间越长,疙瘩越难解。"

"姐,我想好了。妈妈不是老觉得杜励和我过不到一块去吗?等我们有了自己幸福的小家庭,他们不再担心,这疙瘩不解也就开了。我走之前,给他们打电话告个别就行了。我不在的时候,就辛苦你多照顾照顾爸妈。"

"你是你,我是我。爸爸妈妈最疼你,你又不是不知道。你还是回去跟杜励商量一下,我就不信她会这么糊涂不懂事,这么任性,眼看着你为了她和一家人闹不痛快!"

"我走后,你千万别在杜励面前瞎叨叨。她啥也不知道,我根本就没告诉她。"

"太行,姐是过来人。你一结婚,就把杜励当成个豌豆公主似的放在真空里好吗?你越是这样保护她,她越脆弱,遇见了事情越是容易想不开。你最好仔细想想我说的话,别急着去哄你那个不通人事的老婆!"小平气呼呼地走了。都说养儿难,娶了老婆忘了娘,这话肯定是哪位被忘了的娘一把鼻涕一把泪总结出来的真理。

太行送走姐姐回来,杜励问他为何送姐姐这么久。他把头一摆,说没事,但他的面部表情有些不对头。她撒娇说想吃蓝莓口味的冰激凌,可冰箱里全是香草的。太行自然又立刻下楼给她去买了。他一走,杜励拨通了小平的手机,问是不是太行哪里做得不合适,惹姐姐生气了。小平蒙了,既不好否认也不好承认,不知道小两口说过些什么,只好半真半假地哄她:"没事,你多心了。我就是提醒他走之前回趟牟平。他有点不愿意,怕来回路上一折腾,你再病了。现在不是天热吗?那边条件也不太好。"杜励说没关系,自己没那么娇气。

"要不这么着吧,你们开我这辆路虎过去。也别住家了,晚上就住养马岛,我在那儿有个度假小别墅。岛上风景挺好的,你们早晨起来可以赶赶海,中午再和爸妈吃个饭,心意到了就行了。"小平临时想出个折中的办法。

杜励应承下来。当大姑子的还是不放心,本来已经挂了电话了,还是又打了一个,再三嘱咐杜励,千万别逞能,要是觉得太折腾，就算了。眼看弟弟要走了，她如果病了，弟弟心里能不牵挂吗？

太行把蓝莓味的冰激凌买回来，发现杜励正在整理房间，一个已经收拾好的旅行箱放在客厅门口。他吃了一惊："你这是要去哪儿？"

她头也没回："你该问咱们俩这是要上哪儿？"

他不急了，过来一把抱住了她的纤腰，开起了玩笑："请问娘子，你打算把我带到哪儿去呀？"

"带你回家，找你爸妈。"她也开玩笑似的和他说着正经话。

太行问她怎么回事。杜励轻轻地说："你不会一辈子都不想带我回你们梁家的老宅认祖归宗吧？"他心里一惊，见她的脸上并没有一丝委屈，这才稍稍放心："路太远，不堵车也得走八九个小时，我怕把你累病了。"

梁政委和文竹知道小儿子要来家，就又生起气来。梁政委不打算很快原谅儿子，老大不小的人了，为了一个女人，居然忤逆父母，必须让他尝尝没有父母疼爱、不被父母祝福是什么滋味。文竹疼儿子，不主张惩罚他，但是不打算认下儿媳妇。梁政委反过来劝老婆："别说了，生米都煮成熟饭了。你买一瓶罐头，发现罐头破损了。你不打开，人家肯定能给你退货。你打开吃过了，谁还能给你退。他和杜励住在一起这么长时间，半个北京城都知道了，就不能再不要人家，否则杜才韧一家的脸往哪儿搁啊！杜励以后还能嫁给谁，好好的一个姑娘不就给毁了。"

"那可不一定。杜励过去能找一个外国男朋友，以后也可以找。外国人今天见面，明天就睡一起了，结婚离婚，很随便。你别觉得我说话难听，我看就是和太行离婚，对她也没啥影响，跟又谈了一个没结婚的男朋友没啥分别。"

"你不要老在儿子面前叨叨这些,他嘴上说知道,不在乎,心里能不在乎吗?姓胡的那闺女说的话,你也不能全信。她那个在英国的远房表妹叫什么?啥,萨拉?连个正儿八经的名都没有,怎么那么巧就认识杜励,人家的私事还知道得一清二楚?"

"我问过太行,他一拍胸脯,说自己都知道,杜励都跟他说过了。"

一听到院子里的大黄狗叫,文竹就知道儿子回来了。果不其然,没过几分钟,太行牵着狗进来了,叫了声爸妈,就坐在一边的小凳子上。他摸大黄狗的头,大黄狗舔他的手,亲热得很。文竹端详着儿子,他比刚回来的时候精神多了。梁政委一看到小儿子,脸就沉下来了,站起来要走,被老婆给拽住了,可他还是没给儿子好脸色。

太行和大黄狗亲热了一会儿,大黄狗乖乖地趴在他身边了。它通人性得很,知道啥时候撒娇,啥时候放哨。

文竹问儿子:"杜励呢?"太行说太晚了,就没让她一块跟着来。

文竹点点头:"你不让她过来也对。有些话她在场,我和你爸也不方便讲。"

太行没言语,低着头,走到梁政委跟前,给他跪下了:"爸,我错了。"梁政委打量着自己的儿子,去了非洲一年,人虽比以前清瘦,但却有些历练了。自古英雄难过美人关,他这小儿子也同样。"唉,"梁政委叹了口气,"现在知道错了,也晚了。"

"不晚,爸爸,这才几天的工夫啊!我还有一辈子的时间孝敬您和妈妈呢。"太行认错,认的是忤逆父母的错。

"你爸爸说的不是这个意思。"

"别说了。"梁政委再次提醒自己的老婆。他的儿子他能不了解吗?哪个血气方刚的男人能不在乎自己心爱的女人跟过别人。他又转向儿子:"太行,你能不能回答爸爸几个问题?"

太行马上表示愿意。

梁政委的第一个问题是:"你娶杜励,是不是认认真真地考虑过了,不是一时贪图人家长得漂亮?"

"爸爸,这还用问吗?我喜欢她多少年了,这一点你和妈妈都再清楚不过。"

"你是不是能保证以后一心一意地待她,她也能一心一意地待你?"

太行点点头。

"你能保证啥时候你从非洲回来了,她就能从英国回来,心甘情愿地为你生儿育女,操持家务,这个你能保证吗?"

"爸爸,爱一个人,就要帮着她成就梦想。我能保证杜励实现梦想后,一定会和我携手,做一对神仙眷侣的。"

"好,爸爸给你们三年的时间。要是这三年,你们能活成一家人,我和你妈会接纳她。否则,你必须和她分手。儿子,一个男人,我们梁家的男人,不能围着女人转悠,他得齐家,更要治国平天下。"

二十八

哥哥我不是要抢你的饭吃,而是为了咱们能够有一个更好的共同的未来!

程老板以为自己闭关数日把什么都想清楚了，和卫元一谈，才发现差得远呢。卫元没干过快递这行，但对这个行业的发展前景，有利因素和不利因素，未来的瓶颈在哪里，分析得头头是道。

程老板想，以前上夜校学管理的时候，老师一直强调企业家要有战略的眼光，要为自己的企业树立愿景。打工的时候，自己从来就没关心过公司的愿景是啥玩意。不就是入职培训的时候，人事部放在PPT①上的几句落不到实处的口号吗？自己一个跑业务的，试用期三个月内要是弄不来一单像样的买卖，马上就得卷铺盖走人，公司的五年目标、十年规划和自己有"毛"关系？说句难听的，就像一个等待肺部肿瘤检查结果的病人，要是一旦拿到个"恶性＋晚期"的报告，他还会关心"十二五"规划是不是把治理雾霾作为环保工作的首要目标？

刚开始支这个摊子的时候，程老板认为，就这小破企业，还搞什么愿景呀？挣点钱先把大家都养活了，多给大家涨点工资，发点奖金就心满意足了。现在回过头来一看，这想法太局限，太狭隘了。愿景对于一个小企业的重要性，就好比理想对于一个儿童。你看哪个长大了成点事的孩子，不是很小的时候，大人就帮助他设定了一个人生目标呢？没有理想的人生，就如海上航行的船只，失去了灯塔的指引，要么有劲没处使，要么就是把劲用错了地方，走了弯路；一个企业要是没有明确的战略目标和规划，注定不会辉煌，即使一时热闹，那也是瞎猫碰上死耗子——赶巧了。当然，程老板有时也给大家喊，我们要做快递业的巨无霸、国际航母。这个口号

---

① 幻灯片。

乍一听挺唬人的，可经不住明白人仔细推敲。

卫元就曾和他直言不讳地说过："首先，巨无霸是不是就天下无敌？看看恐龙的下场就知道了。其次，巨无霸是不是抗风险能力超强？看看泰坦尼克号首航淹死了多少人就见分晓了。最后，巨无霸是不是意味着天天挣大钱？表面上日进斗金，可烈火烹油花销也大，实际到手的利润能有多少呢？"

"至于快递业的国际航母？咱们真能把这个快递公司做成UPS（联合包裹）或是Fedex（联邦快递）？"卫元摇摇头，"程兄弟，如今贸易进出口的格局是这样的：非洲人开矿提供原料，亚洲人办厂生产加工，欧洲人卖仪器设备、设计和品牌，美国人花钱买便宜东西。欧美人享受完了，再高价把高科技发明创造卖给全世界。这样的格局在未来十年内会有多大调整吗？要是没有，美国、欧洲的那些买家干吗要找一个中国镖局给他们的货物押镖啊？"

卫元这么说，当然有他自己的考量。从一开始谈合作，他就十分重视，亲自去考察参观了北京总部以及设在外地的分支机构，甚至还亲自使用了程老板的快递公司，委托过几次业务，这才下定了决心。一旦下定决心，他就提出了一个深度合作计划：要为快递公司注资，成为大股东。以后快递公司就算是平台的专属服务机构。

程老板的心里犯起了嘀咕。这摊业务是自己打拼出来的，谈的是合作，怎么谈着谈着就变成了变相收购？以后这快递公司不姓程，改姓卫了？他心里这么想，嘴上表达得却比较委婉："卫哥，你看，我们刚搞了一个内部员工持股方案。估计一时半会儿，也没哪个兄弟能愿意把自己的股份让出来。"

"干吗让兄弟们让啊？"卫元把桌子一拍，"咱们直接上市啊！只要把蛋糕做大了，不仅每个人不用把自己碗里的吐出来，还能再多分一块呢！程兄弟，可能是哥哥我刚才没把话讲明白，我不想把你的快递公司抢过来。你还是最大的股东，这一块以后还是你管。我当个第二大股东。我只想和你的公司进行深度绑定，一起发财！"他还详详细细地分析了自己为什么要这么做。中国有多少消费者？十三亿。在他这个平台上，一年卖给十三亿人民每人一样东西，不考虑退货等特殊情况，都有十三亿单快递业务啊！因此，快递业务是平台贸易发展的必要条件。所以，他才要注资快递公司，深度绑定，共同发展。"哥哥我不是要抢你的饭吃，而是为了咱们能够有一个更好的共同的未来！"他给程老板吃了个定心丸。

迄今为止，卫元是程老板接触过的智商最高、学历最高的人了。程老板没想到，卫元对自己如此信任，不过就见了几回面，就把底牌掀给自己看了。双方绑定了发展，意味着只要卫元生意好，自己根本就不用愁没活干，等于闭着眼睛就把钱挣了。如果大家只是普通的合作关系，一旦自己发展好了，其他的快递公司就可能眼红，抢饭吃。到时候，卫元一准压价格，要免费增值服务。商场上讲的是个"利"字，不追求利益最大化的人迟早得出局。天赐良机，机不可失！

程老板一点头，智静在旁边发话了，直给卫元泼冷水："我看你甭高兴得太早了。投资人能不能答应你注资快递公司，还两说呢。"

新接触的投资人姓朱，叫朱必达。岁数不大，长得五大三粗的，穿着 Hugo Boss（雨果博斯）的裤子和衬衫，留着个大背头，叼着根雪茄，自称是刚从英国留学回来的，端着英国绅士派头，却蓄了撮小胡子。假如不是可靠的关系人介绍，卫元他们几个很难相信他有几十亿的身家。为说服朱必达投资，洽谈之前，他们做足了功课。洽谈时，卫元把物流对平台商城的重要性讲得十分透彻。至于投资测算，多长时间能打平，多长时间内能实现盈利，毛利率是如何逐年改善的，都说得一清二楚。朱必达频频点头。不料，他身边的那个又瘦又矮又丑的安姓博士助理，把话题引到了成本控制上。

对此，卫元立刻分享了自己的智慧化策略和布局：一是，未来将会在社区安装自动寄件和收件储物箱，既抢占了C to C个人对个人的交易这块传统的邮局业务，还能够提高快递员送、取件业务的效率。效率提高了，成本也会下降。二是，逐步改善和优化物流分拣、仓储和调度系统，把大数据、统筹学和机械化作业结合到一块，提升收、配、送效率。三是，有了足够的钱，还将研发服务机器人。美国的无人侦察机能够将导弹运往指定地点，为什么咱们不可以开展极速服务，对时间要求特别紧迫的包裹，采用无人机以"指定地点＋投放送件机器人"的方式展开呢？这将省下多少人力成本？

卫元的这些想法，不知是在压力下突然迸发出来的，还是早有规划，反正朱财神爷和程老板都听得热血沸腾的。谁知冷不丁的，安助理抛出了一个尖锐的问题："有必要保留快递公司的销售团队吗？"

几个人的脸都白了，这个问题太厉害了。如果给快递公司注资，意味着程老板的快递公司以后主要伺候卫元一个大东家，是没必要花钱多养一个销售团队。把销售团队砍了，快递业务的毛利率肯定会上升不少。这一点，卫元不是没有考虑过，但是这样一来，等于砍了程兄弟自己接生意的两只手，日后要是卫元平台生意有波折，给不了活，程兄弟就只有等老天爷给掉馅饼。两人刚开始合作，一点余地和退路都不给人家留，真不是他卫元的风格。

程老板这段时间以来，一直在学习线上商城的运营模式。虽然这种商业模式比较新，可是几年下来，已经形成了二三十家竞争的局面。既然是绑定发展了，程老板的主人翁意识很自然地延伸到为卫哥排忧解难上了。这些天，他老是琢磨，自己如何也能尽点微薄之力，帮着卫元突破包围圈，扩大生意份额？一看卫哥面有难色，他挺身而出，和盘说出了自己的想法："朱总、安博士、卫总，我谈点不成熟的认识，供你们参考定夺。我认为物流这块，不需要保留一个大的销售团队，只留下个别精兵强将就行了。我发现，不少大品牌贼着呢，他们在平台上只是投放小部分产品。一旦产品卖完，就不补货了。哪些东西好卖，再让工厂翻单，货全进到自己的实体店或者是自营网站上去销售。这些品牌不可能建立自己的物流，如果咱们与他们的合作，不仅是平台与入驻商户之间的合作，还能深入到物流方面，是有很多好处的。物流能多挣一份小钱，这我就不说了，关键是快递员是咱们挨家入户的宣传员，他们把品牌的东西安全准点送到，顺便就宣传了我们整个集团。过去不常来咱们平台买东西的客户，时间长了，也会成为咱们的客户。平台的访问量上来了，品牌影响力就会越来越大，生意规模自然也就上来了。"

他这一席话，不仅有道理，既回答了安助理的问题，又没拆卫元的台，大伙都挺满意。朱大财神爷递了一根雪茄给程老板，暗想卫元选择合作伙伴的眼光不错，这个残疾人脑子不残，既精明又谦逊，和他正好配合。

就在几个人刚发展出点惺惺相惜的合作情怀时，安助理又射出了一支利箭："你们这个投资测算做错了。我查过大陆的政策，公司只要雇用的残疾人超过一定的比例,税收和贷款政策就会有不少优惠。"

这下,几个人的脸又都白了。不过,朱大财神爷一点也不介意,把大脑袋一拨楞:"是少算了,又不是多算了。这说明我们毛利率还可以再高一点,投资回收期还可以再短一点,是好事嘛!我看这事就这么定了。你们回去把这PPT修改一下,回头交给安博士,让他再审一审,资金很快就能到位。"

投资顺利拿下来啦,几个人特别高兴。出了朱总的写字楼,卫元就要和程兄弟找个地方唱歌乐和乐和。当着智静的面,卫元如此明目张胆地约自己出去胡闹,程老板一下就明白了,这明显是拿自己当挡箭牌。智静发话了:"巧了,家里有个'大趴'(聚会)。唱歌跳舞,喝酒打牌,随便玩。你俩跟我走吧。"卫元和程老板只得跟在智静屁股后面屁颠屁颠地走了。

智静上车跟司机交代了一句,车子一路开到了望京。原来,她家在这儿还有个院子,是小平买来孝敬公婆的,有好些年头了。一提起小平,智静就佩服得五体投地:"这地方那时候是啥都没有的郊区,你想啊,都出四环了,谁往这里来啊。还是我嫂子有战略眼光。你现在买个这院子试试,那得多少钱?"

一进院,程老板吓了一跳。外面的草坪、花园、游泳池,加上一个网球场,怎么也得有半个足球场那么大。说这是个院子,智静还真是谦虚了。房子当然也土豪,上下两层,一层怎么也有四五百平方米,底下的厅又大又开阔,正好"开趴"。

里面有几十号人,智静都认识,一边打招呼,一边给程老板介绍。程老板听下来,不是智家、梁家的亲戚,就是小平生意上的朋友。小平招呼客人,智远亦步亦趋地跟在她身后,但并不与人多说话,时不时地望望自己的老婆,眼里全是欣赏。小平身上长得最好的地方是一头浓密乌黑烫成大波浪卷的秀发,最吸引人的则是那双又圆又亮的雌鹿眼。这双眼睛里既散发着贤惠和温柔,又散发着精明和通透,就像两池幽深的潭水一般,把男女老少的目光全吸引住了。她也很会打扮,穿了一身剪裁合体的枣红色真丝套装裙,戴了一条光滑润泽的珍珠项链,只在鬓角插了两只珍珠别针,再没佩戴任何其他的饰物,显得很大气。一见他们三个,小平就笑着打招呼,对程老板说:"太行和杜励在二楼陪朋友玩呢,你上去找他们吧。"

刚走上二楼,程老板就听见一个房间里传出来一阵哄笑声,里面说话的人正是太行。程老板兴冲冲地敲了好一阵子门,才听见有一个娇滴滴的女声抱怨:"进来呀,不是跟你们说了,进来不用敲门。"

程老板打开门,里面三男三女。靠牌桌坐着的是太行,杜励站在他身后,两只手搭在他肩上。正中间一对男女,男的搂着女的,一边抽烟,一边看着牌局。跟太行斗牌的那个家伙长得五大三粗的,叼着个烟卷,旁边坐着个年轻漂亮的女人,手里也夹着一根烟,吩咐他进来的正是她。也不知为啥,年轻漂亮的女人看到程老板,不禁一怔,烟掉在地上,还问:"你到这儿干吗来了?"

程老板盯着她瞧,似曾相识,却又想不起来,便指指太行:"找人。"

杜励听见声音,扭过头来一看,粲然一笑:"小耳朵,你怎么来了?"程老板顿时觉得整个人就像三伏天大太阳底下的冰棒似的,瞬间就融化了,连句话都不会说了,呆呆地站在那儿,直到太行扭过头来,把他拽到自己身旁。

这一局太行输了,得接受惩罚。他抬起胳膊,撸起袖子,露出强健的肱二头肌,又从桌上的牙签盒里拿出一根牙签来,递给杜励,让她往自己胳膊上扎。那个五大三粗的家伙一下把牙签抢过,猛扎下去。几个女人吓得惊呼,程老板也吓傻了。只听嗖的一声,牙签飞出去老远,落在地上,大家又不免瞠目结舌。太行十分得意:"这是哥们新添的本事,前两年在甘肃跟一个出家的大师学的。在非洲,我表演一回爽一回,太受欢迎了。要不是因为这身军装,我一准在大街上摆摊卖艺,开馆授徒,把中华武术的精妙传递出去。你们不知道,非洲那地特邪乎,人人都瘦得跟猴似的,可苍蝇臭虫蚊子蚂蚁个顶个长得五大三粗的,肯定哪儿藏着个五毒教教主呢!"

这个五大三粗的家伙叫狗熊,特别不服气,非要再试试。结果一连试了好几次,次次都没能拿太行怎样,牙签飞了一根又一根。

他们又坐下来继续玩牌,还要赌点什么。

"这回你能不能赢,还两说呢。"太行可不是怕事的主。

站在中间的那个男人负责发牌,当裁判。牌局很快到了关键时候,狗熊得意扬扬地看了一眼自己的牌,把牌往桌上一扣,冲着太行嚷嚷:"叫不叫?我可想好了啊。这回你要输了,我非亲弟妹一口不可。"

太行也把牌放在桌上,抽了口烟,吐着烟圈,口气比他还盛:"那可是我媳妇,能叫你随便碰?输了,我把我姐这院子给你。"

"谁稀罕这个?我家有的是院子。你说你小子命怎么这么好,北京城最漂亮的花儿叫你给采了!"狗熊越说越没正经了。杜励拉着程老板出去了,狗熊还在后面叫:"别走呀,弟妹,哥哥就是跟你开个玩笑。"一伙人又哄堂大笑。

出了门，杜励解释了两句，他们是和太行一起上军校的两个同学，现在都转业了，在北京做生意，所以说话没什么顾忌。她带着程老板沿着走廊朝里走，经过几间卧室，尽头是楼梯。从这个小楼梯走下去是厨房，可以走到外面的花园里去。她穿了一条白色的束腰鱼尾裙，下楼不方便，程老板一路扶着她，心都快从胸腔里蹦出来了，额头上全是汗，直到她走下最后一个台阶，他觉得自己腿都软了……

镇静下来后，程老板就说了外甥女和小海的事，话极其委婉："杜叔叔平常不怎么在家，你又在国外，小红照料阿姨挺尽心的。小海和她挺好的。小海肯定是把她当成了另外一个姐姐。可这两人正好年纪差不多，我就怕万一……"

听完他的话，杜励两条弯弯的眉毛拧成了一对弯钩："小耳朵，你提醒得对！爱不是权宜之计，他们两个人不能步我父母的后尘。冬天过去了，两个一块抱团取暖的人就应该互相看不顺眼了。可是上哪儿去给妈妈再找一个这么好的看护呢？"

"你愿意让阿姨住疗养院吗？"程老板急中生智，"我跟着残协的人去过郊区的几个疗养院慰问过残疾人，了解点情况。疗养院条件挺好的，阿姨住在里面，不仅有人做伴，有护士照顾，还有医生随时诊治。"

两人商量好了，等太行明天走了，一起去看看。正在这时，太行也走到花园里来了，远远地还给程老板做了个手势，要他别吱声。太行蹑手蹑脚地走到杜励身后，一下子就把她的眼睛给蒙住了。她吓得惊呼，马上意识到是太行，想把他的手挪开，却怎么也掰不动。她又努力了一阵，太行松了手，两个人会心一笑。他很自然地俯下身去，在她弯起的红唇上印了一吻，揽住了她的脖子。杜励脸红了,垂下了眼。太行这才在程老板的肩膀上拍了一掌,问:"你怎么来了?"

程老板免不了解释一番,把和卫元的合作一五一十地讲了。太行说:"行啊你,小耳朵,这眼看就要当大——老板了。"他故意把"大"字拖得很长。他们三个人哈哈哈地笑成了一团。

过了一会儿,小平来了。"你们三个在这儿呢,让我这通找。"她说,"快进去吧,都等着太行和新娘跳舞呢。"

太行给姐姐敬了个军礼:"得令。我们马上就让他们见识一下,什么叫神雕侠侣,比翼双飞!"

"这么大了,还跟个小孩一样。"小平笑着嗔怪,招呼程老板也一起进去。

这会儿,大伙都已经站到了四周,音乐响起来了,舞会就要开始。等太行拥着杜励走到客厅的中间,程老板这才明白他俩是要跳开场舞。刚才他没留意,太行今天穿得挺隆重的,高大挺拔的身躯上套着一件铁锈红衬衣,掖在一条做工精良、熨烫平整的黑色长裤里,裤腰上扎了一条黑色的皮带,显得格外英姿飒爽;杜励着鱼尾裙,腰身处系着一条红色的丝绸腰带,更加动人。太行搂着她的纤腰,就像搂着一条立在自己尾巴上的小美人鱼。两人胸前还别了朵玫瑰,真是美人如玉剑如虹。他们在猫王普雷斯利的那首深情的歌曲《温柔地爱我》中缓缓起舞。太行习武多年,身体的柔韧性和协调性非常好,他拥着杜励那轻盈的身体,在舞厅里从容不迫地旋转着。两个人一红一白,一刚一柔,珠联璧合,舞姿优美动人;他们含情脉脉地注视着对方,爱似乎也随着他们旋转的步伐在整个大厅里流转,感染了在场的每一个人。

程老板也情不自禁地跟着音乐唱了起来:温柔地爱我,真诚地爱我……永远别和我分离……你使我的生命完整……你是我的梦……你的心灵是我向往的家园。程老板的心中顿时一片茫然,空落落的。忽然他听到旁边有人说:"看样子,梁家是认下这个儿媳妇了?"原来失意的人不止自己一个,他不禁扭过头来寻找,周围人也都朝这儿看。说话的女人二十多岁,个挺高,身材匀称,一张鸡心脸,下巴有点往外翘,五官周正。乍一看,还算漂亮,可经不住细瞅。许是因为脸有些往里凹的缘故,老让人觉得这人是那种心里爱藏事的主,阴森森的,还特别傲气。她的左边眉头底下有颗大痣,看着就跟个图钉似的,正好把一肚子的事给牢牢钉住了,弄得这张脸对着光看的时候,有些狰狞,逆着光瞧呢,又一脸凄凉。站在这个女人身边安慰她的,是大大咧咧的智静和面无表情像个机器人的卫元。

原来,她就是胡朵朵,是曾与太行相过亲的豪门之女,是文竹一直惦记并想收为儿媳的姑娘。

二十九

我告诉你吧,人人生而平等,有了当代备注。

杜励才回到伦敦,盖就来投亲。盖带了满满两大箱行李,好像把整个家都搬过来了。据她自己交代,是幸运地获得了一个在BBC做纪录片助理的活,得大干一番。杜励太开心了,正愁没人做伴呢,谁想天遂人愿。

盖每天早出晚归,行踪不定,甚至有时夜不归宿。吃媒体这碗饭的人，多半时间在路上，也没有明确的上下班时间，杜励早已见怪不怪。杜励吃饭很简单，但是只要盖一回来，她就会拿出看家的本领，不是炖汤就是包饺子，最差的待遇是意大利面，两人好得似一对 gay couple①。

时间久了，杜励有了怀疑。盖是个大嘴巴，可她怎么从来不讲跟制作有关的话题呢？她每天只谈论三件事：公平正义、绿色可持续和伍德曼先生。而且前两个话题只是引子，不管怎么开头，两句半之后，一定会落在这位大师、思想家、哲人伍德曼头上。杜励开起了玩笑，她说小时候弹过一首曲子《牧民歌唱毛主席》②，如果填上词，盖就可以唱给他听，载歌载舞，她来做钢琴伴奏。杜励说："啊，该起个什么名呢？对了，就叫《盖比歌唱伍德曼》，好不好？"盖还当真了，叫杜励租一架小钢琴来，认认真真地弹曲，说是等伍德曼生日的时候，献给他。

"噢，这有点意思了，盖或许移情别恋了。"太行在 Skype 上说。

"你是不是幸灾乐祸？唯恐天下不乱！"她埋怨道。

"你老公我是那种人吗？我只是看问题比较深刻，比较一针见血，比较高瞻远瞩，比较未雨绸缪。"

"得了吧。我看就是以什么什么之心，度什么什么之腹。"

"不信，走着瞧。"

"哼，走着瞧就走着瞧。"

两人扛上了。

---

① 这是玩笑话，指一对快乐的伙伴，活像一对同性恋夫妻。
② 直至今天，许多小朋友还会弹胡适熙创作的这首钢琴曲。

杜励想起了盖曾经说过的那些话,"我结婚不过是为了一时便利。""婚姻对我来说是一张通往英国的机票。""我是一个赌徒,拿爱情赌明天。"于是杜励想了个计策,对盖说自己特别想去 BBC 参观一下,毕竟那是英国"首媒"嘛!

盖开始不肯把话接过来,后来实在挡不过去了,只好交了底。原来她不是 BBC 直接雇佣的,而是给一个和 BBC 有合作的制片人打工。这个制作人正在和伍德曼策划一档节目,如果被 BBC 看上的话,她才会有活干,最快也要到年底。

"那你现在干吗呢?"杜励更担忧了。

"我现在给伍德曼先生打工。他也有自己的制作室,另外他还从政,常常需要路演,我负责所有的后勤保障工作。"一提起伍德曼,她又跟打了鸡血似的,棕色脸上透着紫色的喜气,叽里咕噜说了一大堆。

听说本周四伍德曼要演讲,杜励也想去,求盖兑现之前的许诺,无论如何给自己一个"觐见"大师的机会。已经交代了实情的盖,还有什么好避讳的呢?一块去呗。

研讨会设在伦敦东区的一个社区图书馆的大厅里。来的人大都是社区居民,从气质和装束上来看,应该是中低收入者。伦敦的高档社区都在西边,有钱人不会跑到环境与治安都较差的东边来集会。对中低收入者讲绿色低碳,能收到什么效果?杜励深表怀疑。英国中产以下的人,大都相当实际,他们的天地就是从壁炉到卧室,从餐桌到床榻这点空间。男人们整天想的无外乎啤酒和性爱,谈论的不是足球就是女人。至于女人,陪伴她们的是家务活、肥皂剧和无休无止但又千篇一律的幻想。幻想年轻,幻想美颜,幻想魔鬼般的身材,幻想通过隆胸抽脂穿情趣内衣唤醒对自己已经麻木的伴侣。如果哪个男人有钱且豪爽,送一张整形医院的贵宾卡给老婆,这个女人就可以笑傲亲友圈……

盖换上了工作人员统一穿着的黑西装、白衬衣,还在领口上别了一只绿色的小海豚——绿党的标志。她一米七的身高,长相又标致,这么打扮显得既飒爽又不失妩媚。来集会的人,如果支持绿党,可以别一个白底绿海豚,杜励别的就是这个。在走廊的签到台上,有一些宣传册和海报招贴。离海报招贴不远处是茶歇台,上面摆着不少精致的小三角形状的三明治和各式蛋糕。非常有意思的是,在每种食物旁边,都插着一个牌子,上面标着这款食物的碳足迹[①]。茶是盖着 Fair trade[②] 戳的茶,咖啡也是盖着 Fair trade 戳的咖啡,两排码得整整齐齐的茶包和咖啡包,仿佛无数双凝神注视着人的眼睛。就连一瓶瓶的橘子汁、葡萄汁、矿泉水上也标着碳足迹,也盖着 Fair trade 戳。杜励仔细看了一下,越是荤的东西,越是有滋有味的饮料,碳足迹越高,而所有这些吃的喝的里面,牛肉居首位。她本来想拿一块半圆形的迷你牛肉馅饼,一看见上面标的碳足迹,再环顾一下四周一排排凝视的眼睛,手缩了回来,犹豫再三,拿了一块黄瓜奶酪小三明治和一瓶矿泉水解馋。

演讲开始前五分钟伍德曼才到,风尘仆仆,显然刚刚出差回

---

① 产品碳足迹是运用生命周期评估方法,计算一个产品从原材料生产到后续加工直至完成成品,以及销售和废弃处理整个过程的能耗、物耗以及温室气体排放,最终量化为碳足迹这个指标,用以反映产品生产和消耗对环境所产生的影响。

② Fair trade 意为公平交易,是某个知名的非政府组织机构推行的公平标识认证体系。其中的要求主要可以总结为两个方面,第一是降低生产过程的环境影响,第二是给企业的员工以一定的关怀和保障。通过第三方评估达标的企业,获得授权在产品上使用 Fair trade 的标识(一个类似于眼睛形状的标识)。此认证体系的运行动力在于有良知的消费者,他们会优先选用这些商品,并愿意支付一定的额外费用,从而带动整个工业界向环境友好型企业迈进,同时乐于承担社会责任。

来。伍德曼个子很高，四五十岁的样子，一双敏锐的鹰眼和一个鹰钩鼻子，嘴不小，但嘴唇偏薄，就像一个人把自己的下嘴唇给咬住了却又要发力的样子，又好像非要把什么话憋在心里似的。他和在场的每一个工作人员都很有力地握手，说一句简单的问候语，但还不重样，颇有教养。

及至伍德曼开始演讲了，杜励才恍然大悟，此伍德曼就是那个倡导按人头来分配碳排放许可的、大名鼎鼎的、低碳罗宾汉！奇怪，盖怎么从来没说过这个？伍德曼讲话走的是精英路线，标准的伦敦音，词特别多，不知是不是为了能让下里巴人多与阳春白雪发生碰撞。

演讲结束后，确实碰撞出些火花来。一个年轻的女孩问："我已经在努力了，只要有可能，尽量买 One water[①] 的水。我也支持有机生产，有钱的时候，吃的蔬菜和水果都是从附近农场直接订购的。我想知道，我们还能做什么？"一位四五十岁的胖大叔的困惑是，绿色发展不是保证人人机会均等吗？如果以后大家都鄙视牛肉、猪肉和鸡肉，心疼牲畜们为了满足人们的口腹之欲而惨烈地死去，嫌弃反刍和粪便分解加剧温室效应，那农场是不是应该等着倒闭关张了？他的人生梦想就是攒够钱后开个小农场。一位三十来岁看上去极其精明的女士认为，碳排放卡真是个妙招，不过人人都去交易所里交易似乎不太可行，倒不如通过银行直接兑换成英镑来得方便。另外，飞机票价格是不是该和人的体重挂钩才算公平。

还没等伍德曼回答，会议室里已经是一片反对声。不少人嚷嚷这是外貌歧视。还有一部分人认为这会让有钱人而不是穷人受益。

[①] One water 是一个品牌，其饮用水获得了 Fair trade 的认证。

因为现在有钱人很少是胖子。有钱人不仅有专门的营养师调理膳食，规划身材，可以吃绿色有机食品，还可以在自己的跑步机、游泳池和网球场健身。而穷人呢？每天吃的是垃圾食品，累了一天，回家往沙发上一靠，点个比萨或是炸鸡，就着啤酒解决晚餐，除了看看电视、吃吃薯片调节一下情绪，或是到酒吧里和朋友们聊聊天，喝喝酒，哪还有力气做运动？

盖在忙着给提问的人递话筒，杜励一个人坐在最后，不知该和谁交流一下看法。民主社会的好处是，每个人都可以为自己的利益尽情发声，但少有人为他人利益考虑。她在替大师发愁，如何能够实现扶弱济贫的主张？为了赢得选票，得尽可能讨好所有的人。但是人人都给好处，好处从哪里来？帝国时代，好处来自殖民地。自由贸易时代，好处来自薅第三世界的羊毛，资本家吃肉，工薪阶层喝汤，皆大欢喜。现在呢？恐怕是只有薅未来了。问题是，工党可以薅未来，保守党也可以这么干，绿党能这么干吗？他们不是给未来套了一个紧箍咒吗？他们不是担心薅了穷人的未来得以暴富的超人们，会在某个时刻干脆连穷人的繁衍权都没收了吗？

回到寓所，她立刻和盖讨论起这些问题，然而好友给不出答案，于是二人专门又去向伍德曼请教。

伍德曼答，科学可以帮助人类拓展在地球上的生存极限，但不解决分配问题。不管饼有多大，是不是够分，人们习惯于抢夺，喜欢抢夺，甚至热衷于抢夺。人类在获取知识、改善自我方面过于消极，而在追求财富和享乐上又毫无节制。是时候好好反思一下，人类的原动力究竟是探索精神，尽善尽美的自我完善，还是对金钱、权力、成功以及享乐的贪欲。

贪婪之所以不可遏制，除了根深蒂固的观念作祟，还在于分配制度的不合理。分配制度的不合理，在当今社会，不仅体现在收入和社会资源的占用上，还体现在生态保护责任的承担上。人人平等，不仅仅意味着选举平等，教育平等，就业机会均等，还意味着生态保护的责任与权力平等。既然洁净的空气人人有份，而没有洁净的空气生态系统面临崩溃，那么就得有人买单。在地球生态系统有承载极限的大前提下，除了期待科学突破以外，如何通过制度和观念的改变，达到与自然的和谐共生，是政治家、哲学家和文学家的任务。

哲人和写手们不能再一味鼓吹个人英雄主义了，这两百多年来，人人都想在地球上留下自己独一无二的足迹，结果却给地球套上了一圈永不散去的"乌云"①。难道人类的自我实现必须以地位为权杖，以名利为桂冠，以奢侈为花边？为什么成功不能以个人自身以及推动整个人类的至臻至善来衡量？竞争只是人与人之间的此消彼长，还是该赋予更深刻、更广阔的含义？它不更该是人对自然的探索、对宇宙无极的追寻吗？

从柏拉图起，人类就在探索建立一个理想国。迄今为止，所有乌托邦的实验都以失败告终，但是，没能成功的原因是什么？是实验方法有问题，还是执行实验的人操作有误？是程序设计上存在缺陷，还是实验过程受到了干扰？是梦想过多参照了现实，还是映射的过程有问题？再不然，就是我们的想象力有局限，有黑洞，被历

---

① 温室效应是由聚集在地球表面的具有温室效应的气体导致的。《京都议定书》规定要减排的六类温室气体包括二氧化碳、甲烷、氧化亚氮、六氟化硫、氢氟碳化合物等，这些气体主要是由于人类的工业化革命燃烧化石燃料导致的。气体的温室效应可以由温室效应因子来衡量，衡量的指标主要有100年和500年温室效应因子。大概因为这个，伍德曼有此一说，不过他此言的意义不止于此。

史和当下拖了后腿……

杜励陷入沉思。她感觉伍德曼的见解果然不同凡响，于是在与太行视频通话中也张口闭口大师长大师短，天天唱赞歌。太行妒忌了："从小到大，都没见你这么夸过一个人。你什么时候能用仰慕的小眼神看看我啊？"

她笑道："梁大侠，你知道21世纪的劫富济贫新方法是什么吗？"

"你的意思是，刀剑入鞘良弓藏，把酒言欢有商有量？"太行故意逗她，"娘子，历史早就告诉我们啦，这行不通啊！"

"要学会展望未来，不要让你的思维被过去和现在拖了后腿。要制定出可持续的呼唤未来的方案。"她大话张口就来，充分佐证了什么叫近朱者赤。

太行求杜励点拨。

"我告诉你吧，人人生而平等，有了当代备注。"

可什么是当代备注呢？杜励并不说，让太行自个琢磨："你得扩充知识面，拓展世界观，让自己像个哲人一样思考。"

娘子的话，太行向来当成最高指示来遵照执行的，不过也不是没有怨言："从小到大，你是怎么虐待我、怎么逼我进步的？你都快把我雕琢成完人了。你可当心啊，就你老公这玉树临风、潇洒倜傥的模样，一旦拥有了完美的内心，你将面临极大的竞争，时刻有下岗的危险。"

"别做梦了。我爸早就给你相过面了，你的慧根，努力一辈子，也就是凑合给杜家做个女婿。"

两人在Skype上打情骂俏，自得其乐。婚后，二人都脆弱了，分开不过数月，思念对方已经到了极致，可"我想你"这种话谁也不对谁说。

笑归笑，闹归闹，太行没落下做功课，杜励也没停止继续思考，两个人的交流深入了下去。

太行说："自从来这边维和，我就在想，如果有人帮着把那个祸害人的五毒教教主找出来，是不是就不用国际维和部队在这儿维持治安了。省下来的军费，就当贷款好了，改善一下交通，改善一下基础设施，多盖几所学校、医院、工厂，不是什么都有了。我一有空，就去当地的图书馆借书，法文的我看不懂，看的都是英文的，碰上不会的词再查查字典。就这样，我把当地这一百多年的历史给捋了一遍。我认为，今天就是把星宿老仙给砍了头，明天江湖上又有一个丁老邪出来，再把丁老邪杀了，后天还会冒出来个江湖大哥，原因在根上。没有一个公平而又有适度弹性的制度做基础，不改变社会观念，一切都是白搭。你撒多少钱进来，花费多大的力气，都和往沙漠里洒水似的。假如真能把非洲的未来当成一个绿色金融产品，吸引全世界的投资，同时让这片大陆像接受上帝的大洪水似的，重新来过，再撒一些希望的种子，重新投放一批没受过污染、心地善良的年轻人，局面马上就不一样了。"

杜励说："嗯，这就是古人的不破不立。可惜咱们不能这么干，这是种族灭绝。伍德曼先生说，人类到现在为止还在探索如何给自身建立一个和谐的社会。最让他忧心的是，富人越来越富，穷人越来越穷。富人正在成长为超人，上天入地，研究生命密码，探索人工智能，而穷人呢？未来很有可能沦为和机器人一样的工具，或是干脆和许多已经消失的物种一样灭绝了。设想一下，如果某个超人富豪，打算拯救地球，那就只要留下人类最优秀的基因图谱就够了。是不是让你想起了希特勒。要真是这样，乌托邦就不难实现了,那将会是一个'超人理想国'。难道这就是我们当代人对人类文明的贡献?我现在开始有点不那么喜欢尼采了,他帮人类打开禁锢的时候,为什么不植入一些崇高和美好。他该着重强调:每个人都要做自己的上帝,既要顺从自己的欲望,雄心勃勃,成为上帝那样无所不能的超人,也该维护自己的心灵,时刻怀着初心、素心和善心。坚忍、仁爱和博爱,也不全是伪善。人弄清自己的定位,争当超人只是做人的第一步,最基本的一步。人是需要有些更崇高的想法的,不能满足于只当走兽之王。"她一口气说了许多,仍觉得不过瘾,补充道,"我有一种感觉,过去这些年从东到西、从南到北,好像有些矫枉过正了。大家不希望被强逼着'伟大',可现在呢?是被胁迫着'低俗'。普罗米修斯和西西弗斯,到底哪个能算超人?难道心里真没有一杆秤?"

太行说:"尼采就是那个写'为了点燃闪电火花,必须先乖乖做一朵小白云'的家伙?"

"你怎么还记得这个?"

"因为我第一次表白后,你送了这么一段话勉励我。"

"你有表白过吗?我怎么不记得了。某个人不是一直装酷,装硬汉吗?"

"我现在才回过味来,上当了。你不是一般狡猾,你是放长线钓大鱼啊!我从'小小读书郎'开始,就被你吊住了。十几年来,死心塌地咬着钩儿。"

嗖,嗖,嗖!Skype 上飞出了一连串的吻,接着另一串吻从连线的另一端也飞出。

在一场研讨会上,杜励碰到了阿曼达。蚊子姑娘如今成了特思达爵士的私人助理,以爵士的江湖地位她成为"学界之花"是早晚的事。她本来就长得动人，如今不用再黑袍加身、纱巾遮面，加上人逢喜事，她漂亮得吓人。不过杜励早就将此姝挪到了妖界，一点也没有叙旧的意思。阿曼达如何点头微笑施礼，她就怎么点头微笑回礼。她心里认定了对方是谣言祸事的事主，即便不再记恨，朋友是不能再当了。阿曼达倒是很有叙旧之意，三个异国来的灰姑娘——杜励、盖和阿曼达，迄今为止，只有她将未来成功变现。不过，在听到盖和杜励同住时，她匆匆哼了一句 so long①，就告辞了。

三十

她的脸一下子变得惨白，就跟路边的白毛杨树叶子差不离……

　　面对小表舅的苦口婆心，小红连珠炮般反驳道："谁规定大学生就不能找个初中毕业的了？文化多的和文化少的就不能碰撞出爱情的火花啦？那干吗导演专找演员搞对象，医生还找护士结婚呢？

　　"我以前不爱念书，现在开始学，就来不及啦？我才多大啊，大学毕业不也只比我多读了六七年书吗？我从现在开始努力，不到三十也能念到大学毕业。

　　"啥差距不能弥补啊？是你和杜励姐差距大，还是我和小海哥差距大？允许你偷偷喜欢杜励姐，我就不能大大方方地和小海哥谈恋爱？电视上演小品的都比你境界高，说话都比你有水平。好好听

---

① 再见。

听人家是怎么说的：人都能上天啦，地上还有啥差距不能弥补呢？小海哥一直也说我不笨，就是没找对努力的方向。还说，大器晚成的人多得很！

"小海哥不是真喜欢我？是把我当成了他姐？杜励姐和我长得有一样的地方吗？

"我像他妈？你咋这么会寒碜人呢？你就不能承认我身上也有值得人喜欢的地方？你咋就看不到一点点我的价值呢？

"哼！你喜欢杜励姐，都不敢跟人家说，你孬！孬！"

……

小红边哭边嚷嚷，越嚷嚷越有理，把对面的小表舅寒碜得哑口无言。等她把一腔的怨气和怒火发泄得差不多了，程老板开始哄她，给她说好话："我是为你好，再过两年你就知道了。我看你也不要去什么服装厂上班了，就在我公司里当个出纳，夏天吹空调，冬天烤暖气，舒舒服服的，钱也不少挣，顺便还能把那个会计大专班的课念完，好歹也拿个文凭。将来离开我公司，你也好找工作。"

"俺才不要靠你的施舍过日子呢！俺非学一门手艺，靠自己活出个样，叫你看看不可！"小红甩下这句话，坚决地扬长而去。

一连几天，程老板只要一合上眼，就能与小红那双泪汪汪的眼睛对上，心里真是不落忍。难怪古人说，宁拆十座庙，不毁一桩婚呢。现在农村出来的孩子和过去不一样了，他不该小瞧人家。人活一口气，佛争一炷香。她有这样的志气，这辈子肯定过不孬。只可惜，从小没人能好好引导她一下，告诉她读书才能改变命运。浑浑噩噩地长到二十岁，到了北京城见了点世面，遇上小海这么优秀的小伙子，才开始明白点事。可她以这种蜗牛爬坡的速度进步，啥时候才能赶上小海呢？除非小海肯停下来帮帮她，给她安上一对会飞的翅膀。但是小海才二十出头，做事要仰仗家里人扶持，就是有这份心也没这份力。杜叔叔和阿姨凑合了一辈子，痛苦了一辈子，杜励绝不会眼睁睁地看着弟弟重蹈覆辙。小海并没有爱上小红，只不过有些朦朦胧胧的好感，出了国，用不了多长时间，就会把这段感情忘了，开始新生活。这样一来，小红会跟自己一样，为个一厢情愿的梦，尝尽孤独，蹉跎青春。感情上的事，有时一瞬间就写好了结局。只是人不是神，读不懂天意，往往是旁观者清，当局者迷。

这些日子，他老是回想起重逢后的杜励，回想那天在花园里与她独处的珍贵片刻。夏夜的月光清亮剔透，照在她清雅俏皮的脸上，宛如一层神秘的轻纱笼罩着的百合。每当她朱唇轻启或是梨涡浅笑时，一段美妙的吉他声就在他的心里奏响，每个音都是婉转婀娜的双音，每段旋律都是韵味无穷的和弦。他一下子就醉了，淹没在了"天与娉婷""春风十里"的美好中……月亮在走，时间在流淌，他的生命行驶至永恒。

太行蒙上杜励眼睛的那一刹那，他迷糊了，十几年前的事仿佛就是昨天。小的时候，他们三个经常这样玩，不是这个从后面悄悄蒙上另一个人的眼睛让对方猜是谁，就是一个藏在什么地方突然把手伸出来，吓对方一大跳！眼见太行把她揽在怀里亲吻，他惊了，醒了，纠结了——怎么顷刻间一切又恍如隔世？青梅竹马一起长大的，本来是三个人啊。从啥时候起，一样的好朋友变成了两人的爱情和自己这份微不足道的暗恋？他想啊想，终于弄明白了……

初二那年的春天，杜叔叔调到北京工作半年多后，就和阿姨闹离婚。阿姨是个要强的人，白天装得没事人似的，晚上总是躲在被子里偷偷掉眼泪（这是杜励说的）。本来他们是住校的，一个星期才回家一次。可杜励不放心妈妈，每天骑车十几里路回家。她还把马尾巴辫给剪了，留了个比男孩子都短的寸头，似乎从今往后，她就是家里的男子汉、顶梁柱。太行和他心疼杜励，便商量好了，骑一辆车追上杜励，这样半道上她就可以坐在后座歇会儿。可一天，两天，无论他俩怎么说好话哄她，求她，她就是不肯接受他们的帮助，天天咬着牙，瞪着眼，把车子蹬得飞快。她那副模样，他到死都忘不了——风把她的短头发吹得全都立了起来，就跟课本上画的"横眉冷对千夫指"的鲁迅先生一样！实在是没法子了，第三天，太行硬是把她的自行车给夺了。她立刻拳打脚踢，两人扭在了一处。当时他都惊呆了，从小到大，杜励连骂人都不怎么会。情急无奈下，太行拤住了她的腰，把她举了起来。她的脸一下子变得惨白，就跟路边的白毛杨树叶子差不离，可又一下子涨得通红，还是张牙舞爪地不肯消停，直到后来太行把她放下来，死死地搂在怀里，她才抱住他的脖子，趴在他的肩膀上，抽抽搭搭地哭了。她那时又瘦又小，活像一个被人遗弃的小不点……从那一刻起，太行就成了她的脊梁。

把这段记忆珍藏在心里，独自唱着一场独角戏。是他这个胆小鬼、可怜虫，做了一场十几年的一厢情愿的春梦。

自己真爱过吗？真懂得该如何去爱吗？

小红骂得没错！他的爱是躲在一个角落里，自怨自艾，等着躲着，盼着有一天混得人模狗样了，所爱之人自动下凡，看在金灿灿的钱的份上，嫁给自己。

这不是爱，更不是自爱。爱得自卑，能叫爱？

三十一

可是你为什么要把一件美丽的晚礼服裁成一堆破布和一套比基尼呢?

一天晚上盖一进门,就嚷嚷上了:"我们马上要做一个新的节目,聚焦社会边缘群体的生活。"

"哦,说说吧,创意是什么?"

"富翁流浪。"

"这倒有点意思,快说说看。"杜励的兴致来了。

"我们打算让一个个锦衣玉食的绅士做一回身无分文的流浪汉,通过打短工或是赢得别人的施舍来解决一天的衣食住行。"

"创意是不错,可去哪儿找志愿者呢?有钱人谁愿意在镜头前糟践自己高大完美的形象?难不成你们打算掺水,把真人秀变成化妆秀?"

"慈善机构的钱不可能只靠几个富翁提供,大家定期捐点小钱,不比富豪一次输血差。金融危机下,富豪的钱包也没那么鼓了,所以伍德曼先生想出了这个点子:让富豪做义工,以劳动的方式行善。"

杜励想了想,这点子是不错,但对是否可行仍有疑问。盖满是信心:"放心吧。我们有的是办法,咱们不是干传媒的吗?被公开表扬或者当众丢丑,请选择!"

"那你负责什么呢?"

"采访助理加场记,负责制定采访提纲和撰词。"

虽然暂时还没有走入前台的机会,但对于一个新人来说,这绝对是个不错的开始。杜励向好友表示衷心祝贺。

"我们还希望通过这档节目,改变'富人看不起穷人,穷人仇视富人'这种意识。穷人和富人是相互依存的,也可能随时会互换身份。在商品社会里,穷人担负起了为有钱人创造财富的义务。他们的作用不仅仅是在工厂里劳作,还在商场里消费。如果他们失去了消费能力,富人也无钱可赚。等节目热播以后,我打算写一本追踪实录。你认为这是不是个好主意?"盖一口气说完,燃起一支烟,猛地吸了一口。

"绝对是,这个节目一定会火。和灰姑娘变成公主比起来,你们把真王子流放到人间受磨难,不仅夺人眼球,还发人深省。借着这把火,书一定能大卖,说不定还会荣登畅销书的榜首。来,让我们一起庆祝一下。"杜励也点燃了一支烟,两人心照不宣地将烟碰了一下,对视一笑。

自从开始录制这个节目,盖几乎不再出差,通宵达旦地忙碌成了家常便饭。她像一个忍者一样,忙着,苦干着,仿佛要榨干自己身上最后一滴力气似的,稍微有点空闲,也绝不休息,拽着好友往伦敦的媒体圈里闯。杜励终于有了拿着高倍显微镜,窥视记者、写手、编剧、导演、制片人、主持人等各色人等的机会了,一时感触良多。经典文学举步不前;通俗文学直线俯冲,恨不得穿过阴沟,遍地开花。真不知道是庸俗的生活造就低俗的文学,还是低俗的文学鼓励还不够低俗的人们,把道德的尺度往低里放放,再低一点,再低一点,直达地心!她常常盯着自己的手发呆:在这个少年早熟、青年早衰、中年出轨、老年作妖的时代,一个作家只能迎合吗？能不能不让现实拖累我们的想象？

盖的兴趣不在写作上，不愿意和杜励探讨文学，日常谈论的三主题更新为：社会公正、节目制作和婚恋问题。她管自己的老公叫"半人"。刚开始听她这么说，杜励没往心里去，还以为她这么表达是想强调自己是丈夫的另一半，是能顶半边天的大女人，毕竟她是女汉子，后来觉得事不寻常，"半人"可能另有其意。

盖老是问她：你幸福吗？你想从这场婚姻里获得什么？

"我很幸福。除了爱，没想过从婚姻里再获得什么。"杜励一开始总是这么回答，但是从注意到盖眼神里流露出来的别样情绪后，不露痕迹地逐渐把话拉长了。

"……我们俩是两小无猜。全世界最懂我，最包容我，最爱我的是他。

"……我一度曾经摇摆不定，在理想和爱之间做选择。我选择了理想，选择了一个可以帮助我实现理想的人。结婚后，我明白了两者之间最大的区别。一个女人可以伪装爱，伪装快乐，伪装激情，甚至伪装到连自己都骗了。

"……当他进入你身体的时候，如果你没有感到你的灵魂和他的灵魂也对接了，幸福不过是海市蜃楼。爱是由内向外释放的，而不是反过来。"

盖不再说话，过后拉着杜励一起去参加了一个探讨婚姻与女性幸福的沙龙。在那儿，人类世界被划分成了男人、女人和结了婚的女人。沙龙参与者都是结了婚的女人，个个都不幸福，不幸福的故事则各不相同。

"婚姻不能实现人生活的目的，它只会给任务，布置作业。"面对这一群痛苦的、焦虑的、依赖甜食和药物而使身材发福的、被家务活和孩子们折磨得失去了耐性和性欲的、幻想通过整形和美容找回丈夫的爱与激情的女人，盖给出了她的结论，"女人在年轻的时候，发誓寻找自己最爱的人；求而不得，打算嫁给最爱自己的人；仍然不得，则放弃爱情，嫁给条件最好的求婚者；倘若没有挑选的余地，则嫁给唯一的求婚者；假使无人示好，则独处终生。把这个图谱与马斯洛的需求金字塔建立关联，站在塔顶的就是那些嫁给了自己心中所爱的而又被对方深爱的女人。一个女人需要不断地更换伴侣，离'n'次婚，或者至少是谈'n'次恋爱，结'n＋1'次婚，才能登上幸福的金字塔顶。"

说这番话的时候，盖少了往日的强势，口气沉重而沮丧。杜励开始理解好友为什么要让工作和社交榨干自己。如果时光倒流至少女时代，她对这个观点肯定嗤之以鼻，那时的她对爱情抱着坚定的完美主义态度，极端到了不能原谅情感和身体的身不由己。认为所谓的身不由己，就是个可悲的借口。经过了和太行的分分合合，又经过了与莱斯特的缘起缘终，她宽容了许多。谁都会有情难自已的时刻，还可能常常迷失自我，不随便见异思迁就好，不把爱和其他东西搅和在一块就好。但她没有向盖说明观点，认为自己其实没资格和好友讲什么。在所认识的人里，大概除了太行，没人有资格去谈什么矢志不渝。

让杜励忧心的是，盖越来越激进，每天晚上都会听 *Today in Parliament*① 这个节目，如果哪天来不及了，就会要杜励帮忙从网上给下载到 MP3 上回听。卡梅伦早已赢得大选，入住唐宁街首相官邸。为了身体力行支持环保，他常常骑自行车公干。这本来是个

---

① BBC《今日议会》栏目。

善举，可在盖看来不仅是作秀，更是"Steal the thunder from Mr. Woodman①"。

"伍德曼先生的初衷是影响每一个人，让大家身体力行支持绿色低碳，同时又尽可能地将这一理念传递出去。"杜励希望能够点醒好友。

盖的回答是："下一次，我一定要帮助伍德曼赢得一个议会席位。这样全英国乃至全世界的人都可以听到他的声音了。"

"崇拜伍德曼到这种程度？"杜励在心里嘀咕。

盖又开始和杜励探讨柏拉图式的爱是否更深刻、更持久。盖认为，任何世俗的爱在这份纯精神的爱面前都显得琐碎和世故，不得不甘拜下风。

杜励直言不讳："如果你爱一个人，难道你不想被他亲吻，被他抚摸，不想让他进入你的身体，从而让他满足，让他快乐，让他释放自己？难道你不想亲吻他，拥抱他，让自己快乐，让自己……"

她还没说完，就被盖打断了："你不认为现在人们早已经把性和爱分开了吗？性，唾手可得；爱，千金难求。"

"没错。可是你为什么要把一件美丽的晚礼服裁成一堆破布和一套比基尼呢？"

"我的爱是完整的，而且高洁。"

"假如伍德曼把绿色主义变成宗教，你将像修女爱圣父一样地爱着他？"

"任何一个值得拥有的人都不会被人独占。"

---

① 抢了伍德曼的风头。

"你不介意和其他女人分享他?"

盖喷云吐雾,将自己埋在了袅袅烟云中,还将脸转了过去,一言不发。而这一次,杜励把心里的想法都说了:"如果一个男人要和我保持所谓的精神恋爱,那我一定会好好考虑,我是否真正了解他,我是否足够爱自己,我对他的爱和对自己的爱是不是平等的。柏拉图式的爱是天上飘着的云。两片云朵如果不聚在一起,碰撞出闪电,变成滋润的雨,就这么飘啊飘,你望望我,我看看你,这样的爱有意义?有价值?如果我们不幸爱上了一个不能以对等方式回馈爱的人,那么就应该停止,等待缘分也许是最好的方式。"

此后,盖埋头看德·波伏娃①的书,不再和杜励探讨什么,除非遇上了英文译本里有歧义的地方。每当这个时候,她会把法文版的那一段话找出来,让好友给译成英文,但回避任何讨论。

一天凌晨,杜励醒来,发现盖一个人在客厅的贵妃椅上坐着,两只眼睛直勾勾的,一动不动。客厅的灯未亮,昏暗的街灯照在盖憔悴的脸庞上,仿佛照着一座失去了香火供奉的泥菩萨,唯一不同的是,这座泥菩萨的眼睛里闪烁着焦灼,好像要在这漆黑的世界里为自己寻找一条光明的出路,手指间燃着那支好久都没有吸的香烟,似乎是天地间唯一的火炬。杜励走上前,搂住了她的肩膀。盖哭了,先小声饮泣,到最后放声大哭。杜励等她哭过一阵后,才给她擦了擦泪。盖使劲擤了擤鼻子,满面悲戚地问:"你说,盖尔霍恩决定离开海明威的时候,有没有哭?"

---

① 法国存在主义作家,女权运动的创始人之一,著有《第二性》《名士风流》等。

三十二

程老板的头低成了默哀式，悄无声息地退出房间，坐着电梯下到一楼大厅，蹲在那里，抽起烟来……

卫元要结婚了。他和智静谈朋友十几年了，认识的人早把他们当成两口子，可他俩一直没办过手续，也没办过婚宴。虽说智静一直都挺支持卫元的，可他的事业总没什么大起色。智家上下采用的是考核的态度，别看老爷子挺欣赏准女婿的才华和那股子执拗劲，也不介意他是农村出来的，但凭什么要让闺女下嫁给一个草根呢？除非能证明你是不小心投错胎、混进草堆里的人参！

"可以啊，兄弟。你无证上岗这么多年，连孩子都弄出来啦，也没叫智静家老爷子把你逮起来。我看全中国就你最牛了，敢睡这紫禁城提督的闺女。"卫元的一个同学还没喝高，就开始说疯话了。

另一个同学接过了话茬："你说的这叫什么话，卫元兄弟是你说的那种形而下学的动物吗？他可是古今第一号大情种。他以前睡我下铺，每天晚上打着手电筒给智静写情书，一晚上一封，一边写还一边念念有词的。我随便听了句，念给我女朋友，我女朋友感动得眼泪稀里哗啦流。"

卫元看着自己上铺的兄弟直乐呵。

"你说得有道理。"又有同学说，"你说咱们班那会儿，多少人不看好他和智静。人家智静那可是千金大小姐，卫元呢，还不是和咱们一样，刚跳出农门的草鱼一条，怎么可能跳进龙门？但我那时就说了,卫元准能把智静拿下。怎么样,卫元,就看在兄弟多年来看好你的份上,咱俩干了这一杯。"说着,走过来跟卫元碰杯,一仰脖子,干了个底朝天。

"一看智静,就是正宫娘娘的命,旺夫。你说咱们班现在,哪个人的成就能比得上卫元?谁敢跟他比身价?"

"智静是旺夫,可最主要的,我看还是卫元聪明。上大学那会儿,我就看出来了,卫元这脑袋瓜长得和一般人不一样。他就是相书上说的啊,天庭饱满地阁方圆!他要不发达,老天爷还会让谁发达?"

"你们都说得不对,卫元就是特爱琢磨事。以前咱们学校门口有个卖煎饼馃子的摊,卫元就打上主意了:如果把他们村里的人集体培训一下,每个学校门口投放一个,全北京一百多所高校,一天能挣多少钱?一年又能挣多少钱?如果他从每个摊子上抽取一定比例的佣金,他的学费和生活费就有了……"

"我也想起来了,那还是前些年刚有翻盖小手机的时候,卫元就寻思上了,还跟我讨论过,能不能出一份手机报。地铁上人们都干坐着,除了看小广告,实在是太无聊了。既然手机能接收信息,干吗不炮制点有用的信息呢?发点时事新闻,发点娱乐信息,发点小说散文啥的。我问他,怎么收钱啊?他说卖广告啊!"

"我说嘛,卫元为何放着现成的资源不用,原来憋着发财的志气呢!你想咱们这样的学历,加上智静家里的背景,他要是当公务员,那还不是三十岁当处长,三十五岁当司长,四十岁当部长嘛!"

……

这是卫元指示秘书给自己策划的婚前单身男人派对,叫作思德哥夜晚①。老板这是啥意思呢？小秘书并不知道，专门在字典里查了查，又请教了一位从英国留学回来的同事，弄明白了老板办的是一个雄鹿之夜，好让自己最后放松一次，想怎么高兴就怎么高兴，因为结了婚以后就得守身如玉。本着这个精神，小秘书基本没安排公司下属参加，只叫来物流公司的程总经理一个人作为下属代表参与此项重要娱乐项目，并负责把"尽兴"后的嘉宾安全送回家。还得说她是老板的贴身心腹，这一安排太合卫元的心意了，让程兄弟陪着，不仅自己放心，智静放心，所有人都放心。

　　酒过三巡，菜过五味，宴会上热闹了，给卫元敬酒的人络绎不绝。程老板和这些人都不认识，这些人也不拿他当棵葱，程老板只好一个人喝着小酒，竖着耳朵，瞪着眼睛，好瞅个空当，给卫哥碰个杯，道个喜。人太多了，又都喝多了，交头接耳的，吼三喝四的，干啥的人都有，就连卫元旧时贫贱的事，也不免被吵吵来吵吵去。原来名牌大学毕业的卫元，起初并没找到体面的工作。他卖过光碟，当过倒爷，吃过亏上过当，穷得叮当响的时候，恨不得把裤衩给当了换个烧饼吃。折腾起贸易公司卖电器的时候，也是一波三折，亏得智静帮着联系了好几位投资人，加上他这门生意的思路对，又赶上互联网蓬勃发展的时代，才总算是把公司做了起来。

　　等到周围的人喝得差不多，场面话说过几箩筐了，程老板端着一杯酒站到了卫元面前："卫总，人生有四喜。前三喜您早就尝过了，这会儿啊，兄弟我祝您洞房花烛，和和美美，与智静嫂子恩恩爱爱，白头到老。"卫元举起酒杯来要喝，程老板又赶紧表态："我干了，您意思意思就行。今天晚上您喝了不少了。"

---

① Stag night.

"兄弟你敬酒,哥哥我哪能不干?以后别老是卫总卫总地叫,咱俩谁跟谁呀,叫卫哥就行了。"说完,咕咚一杯酒下肚了。

"行,卫哥,以后只要咱俩出来一块玩,我叫您卫哥。在公司里,有外人在跟前,我还是称呼您卫总妥当。君是君,臣是臣,君臣自古有别,这规矩不能从我这儿坏了。"程老板小时候评书听得太多了。刘邦得了天下后为什么把那些外姓王爷包括韩信全都给查办了,不放心呀!这些外姓王爷成天跟帝王称兄道弟的,将来汉祖百年之后,他们还不骑到他儿子头上拉屎撒尿?人家当老大的越是给你面子,你越得夹起尾巴来做人,这才是做小弟的本分。

卫元一听,当然受用。他摇摇晃晃地站起来,招呼程老板:"走,这帮家伙都倒了,咱俩找个地方乐和乐和去。"

一听这个,程老板腿就打哆嗦。来的时候,他还寻思呢,卫元明天就要结婚了,今天借着个洋名头出来撒欢,怎么没把酒席摆在天上人间的包房里去?再一琢磨,毕竟是要结婚的人了,玩也得有个尺度。没想到这才是上半场。他不敢不从,怕坏了卫元的兴致。想来想去,他只好拿智静出来说事:"嫂子不是有喜了吗?明天又是大喜的日子,回去太晚,会不会惹她不高兴?她一不高兴,我这大侄子在肚子里不也跟着不痛快吗?我还是送您回家吧。"

"嗨,兄弟有你的啊!你咋知道哥哥我要生儿子?我们这也才刚从医院里托了熟人知道的。"

程老板心想:我这不是歪打正着吗?又接茬劝:"所以说啊,卫哥,咱们得养精蓄锐,肥水不能随便便宜了外人。"

卫元哈哈大笑:"放心吧,兄弟,哥哥这肥水不便宜外人。"

车子往海淀区开去。中途,卫元的酒劲上来了,胡言乱语,大喊大叫:"程兄弟,不瞒你说,哥哥我今天一点也不高兴。没意思,太没意思了！你说，和一个女人已经在一块待了十几年了，这会儿才去扯证办婚礼，还有什么高兴劲？本来想痛痛快快地笑一场，可人家非把你这口气堵回去憋着，一憋就憋了这么多年，哥哥心里的这点喜气啊，早就撒没了，没了……"

这话比山西老陈醋还酸，比衡水老白干还辣，即使是程老板这么精明会说话的人，除了无意识地自动点头，都不知该跟着说点啥好了。好容易到地方了，司机把车停下后问："卫总，我是回去呢，还是在这儿等着？"

"在这儿等着！我今天不还得回去嘛。"卫元没好气地吩咐。

"好，我就停在附近。你要出来的时候，给我发个信息，我把车开过来。"

程老板一听，心里大呼不妙。这到底是个什么地界？看样子是高档酒店。他搀着卫元进了电梯，按卫元吩咐按下九楼。在电梯里，卫元又唱又叫，不知是酒疯过度发作了，还是雄性激素提前分泌了，那劲头能把大半个北京城的人都从床上拽起来，吓得程老板差点把他的嘴给堵上。好不容易九楼到了。这是个一梯一户的大单元房，出了电梯就进了门厅。卫元鞋也不换，也不用搀了，左摇右晃的，直奔搭着一条貂皮毯子的皮沙发去了。刚一落座，就扯开衣领子，大声地嚷嚷："宝贝，还不快出来？不用穿衣服了，省得一会儿我还得给你脱！"

一个女人袅袅婷婷走了出来，身上披着一件薄如蝉翼的玫红色纱裙，丰满黝黑的胴体依稀可见。程老板赶紧把头低下，只听她嗲声嗲气地惊呼："Oh, honey, you are drunk! Again!（噢，亲爱的，你又醉了！）"卫元一把拉她入怀，两人并为一体了。程老板的头低成了默哀式，悄无声息地退出房间，坐着电梯下到一楼大厅，蹲在那里，抽起烟来。他万万没想到，卫元竟然金屋藏娇，暗中还包养小三……

三十三

他吃惊不小，这辈子只搭救过一个女人。莫非是她？

智静结婚后，到物流公司来视察过一趟。前台不认识她，不知道眼前这个大大咧咧、不修边幅的孕妈妈是整个集团的老板娘，但听她开口闭口管老板叫小耳朵，加上她身后站着个拎Gucci（古驰）手袋、一脸倨傲的女人，就没敢拦，一边把人往里引，一边拿手机报信："程总，有两位美女求见，我这就给您领过来。"

程老板的第一反应是自己哪认识什么美女，还一来就俩？他忘记美女现在已经逐步替代"同志"成为全国对十八岁以上、五十八岁以下妇女的普适性社交敬语了。他立刻站起身来，把办公室的门打开了。他从来不单独和漂亮女人待在一间屋子里关着门说话，紧张！

一看来的是智静和胡朵朵，他更紧张了，一边让座，吩咐人倒茶，一边打量两人的脸色，心想真是怕啥来啥。他连旁边的沙发都不敢坐，搬了把椅子，离开茶几老远，坐在两人对面，腿还不住地哆嗦。

智静就跟慰问小同志的老首长似的，冲他摆摆手："不要紧张，不要紧张。我们来是谈点小事，是好事。"说话间，瞅了胡朵朵一眼。这下程老板稍稍镇定了些，不是卫元包二奶的事露馅了就好！

胡朵朵一直冷着脸，半天不说一句话，最后还是智静出面，代为转达了胡朵朵的来意。原来胡朵朵最近手上有些闲钱，想找个稳当可靠的项目投资，听说他这儿生意前景不错，人也放心，所以想投点钱过来，当个不管事的、白吃红利的股东。

他不敢说不，可也不愿意说行。毕竟是走江湖的老手，脸上不仅不表露，还笑开了花，嘴上客气一番："这是好事啊！不过我这儿庙小，还是先参观参观企业，咱们再慢慢谈。"说着立马直奔办公室外，吆喝上了："田总监，赶快安排辆车，总裁夫人和贵客到公司来视察工作啦！"

一路上，程老板唯唯诺诺，点头哈腰，不住地行90度的鞠躬大礼，表现得要多贱有多贱。胡朵朵掩饰不住心里的恶心，一脸嫌弃。智静说了好几回"你太客气啦，都是自己人，用不着这样"，仍丝毫不起作用，也就随他去了。除了物流，程老板还邀请两位贵宾顺便驱车前往不远处的货代分公司指导工作，把自己的这点家底，里里外外，上上下下，犄角旮旯，全都抖落个干净，没一点保留。

胡朵朵眼里容不得一点下里巴人的腌臜，看见货代业务闹哄哄、挤巴巴、急火火的场面，厌恶到了极点。视察伊始，她就用一块白手帕捂住了鼻子，除翻了几个白眼外，一句指导的话都没说。不巧前一天晚上还下了场大雨，仓库旁边有几处地势低洼的地方积了水，她再也不肯往前去了，直盯着自己脚上那双在意大利某高端品牌专门定制的小羊皮鞋。程老板只好让她留下，叫人陪着等会儿。智静喜欢热闹，一路上兴奋不已，肚子里的孩子还踢了她几脚，她更来劲了："我儿子和我一样爱折腾。"

一回到总部，胡朵朵就拽着智静，朝自己的车跟前奔。无论程老板和一群手下如何恳求赏光赐个聚餐的机会，红色法拉利跑车还是绝尘而去，投资的事也就不了了之。

智静前脚走，卫元的电话后脚就到了。程老板举着电话的手直发抖，把前因后果说得完整无缺，额头上直冒汗珠子。听说老婆是为了公事去的，卫元的口气明显轻松了，直夸程兄弟会办事："要不怎么说你和哥哥是一条心呢。胡家的钱能随便拿吗？这钱扎手啊！也就是我嫂子那么精明的人，能跟胡家人周旋。兄弟你就不行了。你要是让她插一杠子，就跟请了个老佛爷似的，日后只有乖乖听太后垂帘听政。"程老板唯唯诺诺，又吓出一身冷汗来。他不要胡姑娘的钱，确实出于私心，可没往庙堂上想。

好事接连不断。下午上班没多久，前台又打来电话请示，又有个美女求见。程老板连忙批评教育："能问问美女叫啥名，再给我打电话吗？"说话间，立刻把办公室的门给打开了。

美女戴着副墨镜，挎着个爱马仕包包，脖子上挂了好几串金链子，胳膊上带着一块金表和两个玉镯。程老板寻思，这身行头要都不是仿真的，估计够在老家买下几套房了。这么富，难道又是要来投资的？程老板满脸疑惑地问："请问有何贵干？"

美女把墨镜一摘："你不认识我啦？"

"哦，似曾相识。可恕我眼拙，您是……"程老板答道。美女回头瞅了一眼敞开的大门，扭着走了两步，把门给关上了。程老板腾地从椅子上站起来，冲到门口，又把门打开了。

美女一脸尴尬，一双眼睛像被剥了壳的桃仁，可怜兮兮地说："那天晚上，在梁太行家，我给你开的门。"

程老板想起来了，是有这么个女人，是狗熊的女伴。他指指办公室的沙发："您坐吧，有啥事啊？"

程老板对狗熊的印象可真不咋地。那哥们的口气粗野得吓人，而此女与狗熊举止亲昵，再加上她这身土财主家姨奶奶不差钱的打扮，八成是被那个狗熊包养的。可她找自己干吗呢？美女说话了，声音低得也就是刚强过小蜜蜂的嗡嗡声："其实在那之前，咱俩就见过……您还救过我。"

他吃惊不小，这辈子只搭救过一个女人。莫非是她？他又上下地打量了一番，好像有点印象。只不过那会儿，她衣不蔽体，一副落水鸡的狼狈相，不像现在这种派头。想起小舒兄弟的再三嘱咐，他嘴上谦虚了一句："小事一桩，不足挂齿。"人却后退了两步。

既然身份得到了确认，她起身关上了门，言语恳切地说："我叫黄莺，早就想来谢谢您，可是打听不到您在哪儿。后来，我还住了院……"说着掩面而泣，泣不成声。程老板继续客套："我那就是举手之劳，举手之劳。"他没说路见不平，警察同志都定性了，搭救小三不算是见义勇为。

黄莺止住哭声，从包里拿出一张银行卡来，要他一定收下："这里面有二十万。您生意做得这么大，这点钱肯定看不上，但这是我的一片心意。"仍旧楚楚可怜地望着他。

程老板急了，这钱万万不能要。于是他用百倍谦和的口吻回绝道："你这是干什么呢？我不都说了吗，就是举手之劳，举手之劳……"

黄莺把卡放在茶几上，擦了擦眼泪，捋捋头发，道出了此行的重点："我今天来，还想请您帮个忙。"见他面露疑惑，她把话挑明了："其实这事吧，既不劳你动手，也不要劳你动口。您只要什么都不说，就算是功德无量。"

程老板放心了，就是管住自己这张嘴嘛，这有啥难的？他给美女吃颗定心丸："你放心吧，我是做生意的，从来都不干损人不利己的事。"

黄莺又泪洒衣襟："我大专一毕业，就应聘进了一家公司。不是我勾引老板，是老板骗了我。他答应娶我，我才……我日后要是能活出个人样来，一定重重地报答您。我现在的男朋友家大业大，日后您生意上需要打通什么关节，只管跟我说一声就好了。我来北京也不是一天两天了，什么人好什么人不好，心里门清。"

程老板可不这么认为，心想：你挑男人的眼光，就不咋样。前一个不必说了，后面这个狗熊一看就不是会心疼人的主。眼瞅着黄莺长得确实不赖，一张挺标致的鹅蛋脸，一双挺水灵的桃仁眼，额头光洁，下巴润泽。如果找个年纪相当的正经人，谁不把她当成宝一般呵护？倘若不是因为贪图富贵，又怎么可能上一个有家室的老男人的当？不过，中国人的婚姻质量的确糟糕，不少人有婚外情，埋怨结发二三十年的妻子是母夜叉。原以为她没文凭，才靠男人呢。既然能考上大学，资质肯定不差，为什么不挨几年苦，靠自己的本事过好日子呢？为了几个钱，就把自己卖了，还一错再错，这样将来准得后悔。嗨，这又关自己啥事？……程老板正瞎琢磨呢，黄莺一把握住了他的双手，跪下了："请您无论如何要收下这笔钱。您的大恩大德，我一辈子都不会忘记！"程老板的脸腾地红了，身体像是被电击了一下，嘴也结巴了："你……你要是非……非把这钱给我，我就替你捐……捐了。"

好不容易才把人送走了，程老板的心不知为什么，堵得慌！他呆呆地坐了一会儿，打电话把田大姐请了进来，交代了一下该怎么用这笔钱。这世上没有不长耳朵的墙，没有不好事的风，黄莺从前的那一段，就跟灯笼里的火烛一样，只要有个多事的人轻轻碰一下，整个灯笼就会烧着。看在她两哭一跪的份上，他帮着积点德吧。

三十四

身后是一个闹闹哄哄的红尘世界，前方是美丽宁静的苏黎世湖，右边是金岸，左边是银岸。

苏黎世没有什么高楼大厦，却是一个有阅历的地方，依然保留着古朴的质貌。市中心有些路还是鹅卵石铺的，远远望去，就好像时光在道路上刻下的感言。天气不好，灰蒙蒙的，大概是要下雨。杜励走了没多远，就来到苏黎世湖边。湖上有不少天鹅，大概早已习惯与人共存，天鹅们在湖中个个都挺着优雅的脖颈，从容不迫地游来游去。无论脚底如何卖力地踩水，洁白的羽毛却纹丝不动，一点不畏惧游人观赏的目光。湖上还有一些野鸭，三三两两地嬉戏觅食。雾霭沉沉中，它们那毫无光彩的羽毛，平淡无奇的身材，单调粗鲁的叫声，傻乎乎的快乐，如果不是为了衬托天鹅，简直看不出存在的价值。不知何时，一轮红日钻出了厚厚的云层，野鸭们褐色的羽毛瞬间被染成一层金色，就如同佛祖金身的色彩——金棕色，一模一样。她惊讶极了，眼前野鸭的欢快似乎立刻别有一番寓意了。

杜励这次到瑞士，是奉劳伦斯之令给来访的集团董事长做译员。瑞士向来是避险资金的首选，把一部分鸡蛋放在这儿，是许多财团的百年之计。出席谈判的董事长姓无，中国人，带着集团财务总监，谈判桌上，大家用德语沟通，德语译员克莉丝大显身手，而杜励则是椅子上一株静默的绿植。不过，一到晚上杜励就忙起来。宴请一个接着一个，银行家的太太们免不了出来撑场面。太太们在外交场合集体摒弃了德语，全都操着婉转的法语，杜励的嘴巴一刻不得闲，连喝口汤的工夫都没有，顿顿打包剩菜剩饭回酒店当夜宵。

谈判结束的那天下午，是自由活动。到瑞士出差，一定肩负着亲戚朋友的重托采购表、军刀、巧克力这些好东西。于是杜励和他们一起去市区的高档珠宝钟表行里逛到打烊。几个人花钱如流水，买几十万的表就跟在杂货店里买巧克力一样豪爽，每笔生意都省了好几万的关税。熟了之后，杜励才知道这些同事包括财务总监，都不与自己属于同一家公司。无董是个谜一样的人，自谦为"无用"之人，极其低调，深谙中国儒家文化精髓，在公司的网页上连个正经八百的名字都没有，连张照片都没放，害得杜励乘坐凌晨的飞机从伦敦赶到苏黎世，举了个自报家门的 A3 大白纸，上书四个黑字：我是杜励！以便上峰能认出自己这个负责接待的小喽啰来。

杜励与劳伦斯的接触，少得可怜。工作以来，她发给或是抄送给劳伦斯的邮件，就好像是人类发给外太空寻找同类的邮件，从来都是有去无回，下落不明。劳伦斯几次到伦敦来视察，也从未光顾过情报站。多亏赫丘勒提携，她才在最近一次的视察接风宴上谋得一席之地，再次瞻仰了集团 CEO 的风采。劳伦斯一边大口吃着牛排，一边和赫丘勒探讨如何进一步提升业绩。吃完牛排，又吃甜品，喝完了咖啡，又吃了一大块巧克力，他不是饕餮之徒，那种吃法完全不是为了满足口腹之欲……杜励觉得他可能缺氧，不知是不是自己过于敏感，反正一顿饭吃下来，从头到尾她都能听到他那粗重的喘息声……关于提升业绩，赫丘勒已经是三十六计全用上了，实在是无计可施，可还是表现出与上司同舟共济，为上司分忧解难的拳拳之心："有一个办法我打算试一试。如果业绩提升的空间不大，改善利润率也能让董事会满意。我打算在伦敦分公司执行新的财务报销制度。除了在系统里申报各项花费，所有人员都必须把收据一张张贴好了，连同打印出来的系统申请单，一齐递交财务核验。这样一来，能省下不少钱。光是在饭店、咖啡厅还有酒吧给服务生的小费，就是一笔不小的开销，更别说还有人浑水摸鱼，故意多报或是无中生有了。"英国分公司从来没有贴发票报销的先例，此项"从员工口袋里抢小钱"的不上路政策执行起来难度颇高，搞不好就会怨声一片。劳伦斯先是摇摇头，可随后又无奈地点了点头。

　　刚来的当晚是无董事长出钱宴请下属。一听说杜励是北京人，无董的脸上像刚刚被一只蹑手蹑脚的毛毛虫给轻轻碰了一下，开始仔细询问起她的个人履历，从如何入职公司，到与直属两位上司的交情，问了个遍。关于劳伦斯，她自然是一言以蔽之，实在是只见过有数的两面，并不了解。关于赫丘勒，她说："接触会多一些，任务都是他下达的，平常要请示些什么，也是问他。"关于她自己，她说："来英国七年了，研究生毕业后入职公司的。"最后无董问："你会德语吗？"她摇摇头。旁边的克莉丝不知是为了显示自己，还是为了试试她，故意秀了一段德文。见她一脸无动于衷又略带尴尬的小表情，董事长脸上谦和的笑容更深了："年轻人嘛，前程无限，以后好好学习，来日方长！"他举起了酒杯，下属们奋勇地喝酒吃菜。老板花了钱，肯定是喜欢见到大快朵颐的场面。杜励心里莫名地紧张，不敢多说一个字，需要用耳朵听的时候摆出一副聚精会神的模样，需要笑的时候使劲呵呵笑笑，其余的时候低头吃饭。沙拉是一小口一小口吃的，盘子里的鱼或是肉是切成肉糜吞的，大米是一粒一粒数着咽的……她老觉得只要自己一抬眼，就能和无董事长眼角的余光对上。这是个令人心生畏惧的人，不只是因为他身材壮硕，眉宇间带着一股杀伐决断、说一不二的狠劲，更是因为他表现出来的那种极其谦和的笑容里似乎也涌动着一种威慑。

谈判进展顺利。最后一天上午，一行人包了一艘游艇，泛舟苏黎世湖。无董事长对这儿了如指掌，一路上十分亲民，主动给大家当导游，介绍每个景点——拉珀斯维、美伦、斯塔法、文尼多夫、塔尔维尔、贺根……湖光山色，美轮美奂。中午，他们下榻在阿斯科纳酒店，准备晚上在这里举行盛大的答谢晚宴。杜励一进入自己的房间，就惊呼起来。房间简直太宽敞了，卧室足足有三四十平方米，法式的落地窗将阳光、山色和宁静的田园都收入房中。躺在床上，跟躺在大自然里没什么分别……她累极了……真想在这里冬眠。

晚上的宴会盛况空前，似乎半个瑞士的达官贵人都出动了，却不对媒体开放。好在瑞士是世界财富之巅，是全世界富豪存金纳银、安度晚年的最佳去处，这样奢靡豪华的活动几乎夜夜都在上演，没人会在意一个寂寂无闻的东方人举行的派对。克莉丝和杜励都穿上了晚礼服，分别站在无董事长的左右两边。两人刚巧一人着黑，一人穿白，仿佛是一对黑白护卫。无董全程露着那种威慑暗藏、随和谦逊的笑容，勤奋地与各种贵宾交谈应酬，既不厚此薄彼，又亲疏有别，分寸拿捏得游刃有余，令人赞叹叫绝。宴会结束后，还有活动。喜欢跳舞的人可以在酒店的大堂跳舞，喜欢兜风的人可以在游艇上兜风。游艇就停在酒店花园后面的船坞。无董的兴致很好，舞跳了又跳，两个翻译轮番做舞伴。跳完舞，又坐着游艇兜风。杜励把羊毛披风绕着脖子和肩膀围了两圈，可不一会儿，就冻得快要僵掉了。董事长完全没有打道回府的意思，兴致盎然地指着茫茫夜色中一处依稀可见的山间别墅，露出一丝神往，说自己年轻时迷恋的偶像索菲亚·罗兰①就住在那里，现在难得再见到如此风情万种的美人啦。克莉丝立刻聊起了该影星年轻时拍的那些影片，谈到罗兰和克拉克·盖博主演的那部《碧港艳遇》②时，还用意大利语轻轻哼唱起了女主人公在夜总会表演的歌曲。唱到尽兴处，她脱掉了貂皮大衣，载歌载舞，游艇上一时艳光四溅。从见到克莉丝一脸魅惑的妆容，披着紫貂大衣，足蹬一双露趾高跟凉鞋起，杜励就在猜测她是在模仿某位明星，现在终于搞清楚了，正是罗兰。但是克莉丝那双眼睛太冷静，实在与她搔首弄姿的身段不甚协调，杜励又疑惑了。她本能地觉着无董十分嫌弃自己，既笨又呆，连给同伴鼓鼓掌、活跃活跃气氛都不会。可船在晃，头也晕，她只能死死地抓住船舷，生怕自己一不小心摔倒了，这可不是一个可以出错的场合……风吹得她脸疼，可一会儿从胸口到脚趾，疼的感觉却已经消失。她的两条腿，仿佛就是北京一到冬天房檐上挂着的冰凌。身后是一个闹闹哄哄的红尘世界，前方是美丽宁静的苏黎世湖，右边是金岸，左边是银岸③。

---

① 意大利老牌影星，在中国也曾经享有一定的知名度。
② 又称《那不勒斯之恋》，是部好莱坞的老片。
③ 苏黎世湖两岸的别称。

三十五

她觉得自己很有可能作为路人入镜了,便把头低了下来。自己脸上的表情可比爵爷"苦大仇深"的模样要丰富得多!得藏着点。

放寒假前,小露易莎给干姐姐来了个电话,邀请她再度到家里来过圣诞节。得知杜励已经有了别的安排,露易莎一点也不懊恼,转而发出了新的邀请:"那就改为新年前夜,我的男朋友会过来,和咱们一起守岁。"

"你什么时候交了男朋友?也不提前带过来让我认识一下。"杜励又诧异又好奇。

露易莎笑了又笑,就像快乐的新年铃铛提前在杜励耳边响了又响:"你认识他的,就是你的中国弟弟。"

"天哪……"杜励连声发出一串惊呼,"小朱不是早回国了吗?你们何时成为情侣的?"

干妹妹银铃般的声音又传了过来:"整整一年了。从上个寒假起,我们就开始交往了。"

"你这个鬼丫头,为什么现在才告诉我,还当我是姐姐吗?"杜励在电话里嗔怪。

小姑娘央求杜励不要生气,解释了又解释。一开始当然是因为这段感情还不甚牢固,后来则是因为朱必达家里的事,再后来,则是选择公布佳音的时机。她说:"我们好事将近,必达把我俩的生辰八字拿给一个颇有名望的风水大师看过。大师说这是龙配凤,一等一的好姻缘。我的圣诞读物①就是一本有关中国风水的书,我要好好钻研钻研,到底什么是龙凤之缘!"

"好,那我祝你来年成为一名堪舆大师,以后有什么求神问卜的事,就找你了。"杜励说。放下电话,女人爱八卦的心再也按捺不住了,她把干弟弟、干妹妹的形象从脑海里拉出来配对。就体态而言,两人不能再般配了;就相貌而言,完全可以说是郎"财"女貌;性格呢?她的脑海里闪过了萨拉,闪过了小朱动不动就摆出的"我爱咋样就咋样,你能把我怎么样"的横样来,断定小朱是个反控制的控制型人格。

圣诞节,杜励本想做南飞的鸟,再温鸳鸯梦,可太行担心驻地条件差,不安全,就是不答应。盖过圣诞节的安排很特殊,她要制作富翁流浪汉节目,还有机会出镜,打算把好友带到录制现场去观摩,过一个流浪圣诞节。杜励怎会不欣然允诺?

因为是实录剪辑播出,平安夜的上午,盖和杜励来到了BBC的办公地点。从外面看,这座大楼并不起眼,不过四五层高,造型更谈不上别具一格。外墙是沙砾色的,和周围一群同色的建筑混在一起,就像是马路边上站着的一群麻雀。大楼就矗立在街边,连个围墙都没有,上几级台阶就进了老旧的门厅。要不是门上那块小小的金字招牌,没人会想到这里是英语世界里最古老的、曾经最受瞩目的,也是传播最辽远的喉舌。

盖开会的时候,杜励就四处转转。英国人普遍注重传承,楼梯两旁、走廊的墙壁上,到处是一幅幅珍贵的图片,简直就是一部近代英国史册。她在丘吉尔发表二战抗德宣言的那张举世闻名的照片

---

① Christmas reading,是指假期时读的书,而不是什么特指概念。

前驻足观赏。丘氏才华横溢,潜能无限,可啥也看不在眼里,只有当上主宰一国命运的首相,手握指挥千军万马的权力,和希特勒一决雌雄时,才发挥出无边的胆量、勇气和智慧。难怪有人会把他画成斯芬克斯①!她忽然想起了卡梅伦,在脑海里把他的头像安在了斯芬克斯头上,眼前出现了《绿野仙踪》里那头要去找魔法师奥兹要胆子的心肠不坏的"无胆之狮",立刻笑得上气不接下气。

杜励楼上楼下仔仔细细地参观了一遍,盖也开完了会。要去外景地了,盖拉着她上了摄制组的一辆大房车。拍摄需要进行整整二十四小时,房车方便工作人员见缝插针地休息。选择在平安夜这天当流浪汉的是一位世袭贵族,盖称呼他 Lord Idleman②,杜励听成了 Lord Littleman(利得满)③。虽说早已熟悉盖的口音,可偶尔碰到一个陌生的名词时,她难免还会南辕北辙,脑子里浮现出白雪公主身旁的小矮人形象来。她断定准是他祖上伺候皇室有功,所以封了爵。房车停在闹市区后面僻静的巷子里,另一辆赶来的摄影车会在这里放下利得满爵爷,他将从这里启程,开始自己的圣诞流浪之旅。等了没几分钟,摄影车到了。一个流浪汉装束的胖子,挺胸叠肚,迈着八字步走下车来。他太胖了,滚圆的肚子上的那件破大衣,分分钟都挣扎在捐躯的边缘。两腮的肉和脖子上的脂肪已经融为一体,一圈又一圈,像水波似的,以他的胖圆脑袋为中心,向四周荡漾开来。如果不看他脸上的表情,别人准以为他是丐帮的长老,不知揩了下面弟兄们多少油水,成就了这番肥头大耳的模样。

---

① 埃及狮身人面怪兽。
② 这是盖给他起的绰号。Idle 是指无所事事的,闲散的。Idleman 就是无所事事、游手好闲的人。
③ Littleman 是英国人使用的姓氏之一,原意为身材矮小的人。

可一看他脸上的神情，就明白他是被迫加入丐帮的——满脸的不情愿，就跟那些被有钱的父母遣送到贫困山区逼着接受吃苦教育的孩子们如出一辙。杜励看着他，乐不可支，问盖："他是自愿的吗？"

盖做个鬼脸："被我们绑架来的。"

俩人跟在爵爷的身后，观察着他的一举一动。虽然不清楚摄影记者藏在哪里，但杜励推断至少得有两组人，一组人拍爵爷那苦不堪言的脸，时不时地给个特写，一组在他的后面盯梢。想到这儿，她觉得自己很有可能作为路人入镜了，便把头低了下来。自己脸上的表情可比爵爷"苦大仇深"的模样要丰富得多！得藏着点。

利得满转来转去，最终决定在一个百货公司附近的路口停下来，接受行人的瞩目礼。一开始杜励还以为他会站在百货公司的门口，要是这样的话，没准他今晚还能在某个廉价的小餐馆里享受烤鹅和布丁。可他最后选定的这个路口在百货公司的上行方向。买东西的人从百货公司出来后，会朝下走，地铁站的入口在那儿。别看伦敦的地铁站内部简陋，一进去就跟进了防空洞一样，可设计一点也不马虎。只要是地形允许，出口一律放在上行方向，入口则一律在下行。这会儿已经是午后一点钟，没人往商店里来了。最后一拨人，此刻就算没有回家，也即将结束购物，再过一会儿，就会拎着大包小包的战利品往家赶。一旦错过这拨人，他只能等下一拨出现在高级餐馆和酒店门口的人流碰运气，但这最起码也要到七八点钟以后了。就算肚子里有点存货，这么冷的天，在外面一站就是大半天，连口热茶都喝不上，他那享受惯了的虚胖身子哪受得了呢？

将近两个小时过去了，爵爷无一斩获。就算间或有好奇的路人打量他一眼，他也一点乞讨的暗示都不给人家。不得体的不是这身不合体的衣服，而是他那副无所谓、满不在乎、高高在上的神情。

戏都开场这么久了，主演一直无法进入角色。但凡他脸上露出一丁点卖火柴姑娘的表情，手里乞讨用的纸杯绝不会到现在还空空如也！爵爷必是皇亲贵胄无疑了，落魄成这样了，脖子还挺得直直的，只等着路人点头哈腰地求他，让他行行好，接受他们的施舍呢！

又过了一个多小时，他还是颗粒无收。大概是站累了，他拖着肥胖的身子朝一条巷子里走。盖捅了捅好友，两人跟了上去。在巷子里利得满把手伸出来，扶着墙，慢慢地走，好像是在数砖头。盖和杜励脑洞大开，莫非哪块砖后头藏着爵爷的私房体己？这个节目的规则是，嘉宾身上不能带一个便士，不能向工作人员求助，也绝不能暴露身份，除了向路人乞讨或是通过打零活挣顿糊口的饭钱，否则就算挑战失败。但规则里是不包含捡钱包、天上掉馅饼这种人力不可控的意外之财。倘若爵爷把哪块砖翻过来，发现里面藏着金子，不算违规，当一天流浪汉的挑战任务就算是圆满结束了！事实证明她俩的脑洞开大了，利爵爷怎么会把私房钱藏在这么不牢靠的地方？祖上留给他的大城堡，哪个犄角旮旯里不能塞钱？他停了下来，伸出两条胳膊，把全身贴到了墙上，就好像十字架上耶稣的背影。她俩不禁又面面相觑，不知道这行为艺术后面隐藏的深意。过了一会儿，烤鹅的香味扑鼻而来，原来这是一个餐馆的后厨，墙里面八成装着个烤炉。利爵爷一路摸着石头过来，是打算找个取暖的地，这热烘烘的墙给他带来了温暖。问题是饥渴怎么解决呢？闻着这么诱人的香味，他不更难耐吗？

盖的脸上露出了飓风来临前的警报，一扭头径直往回走，也不管暴露不暴露。杜励猫着腰，紧随在她身后。刚到转弯处，盖就一把拽出微型对讲机请示导演，要不要干预一下，给他醒醒脑，如若不然，他准得过一个饥饿圣诞，整个节目组也都得过个劳而无获的饥饿圣诞了。导演指示她再等等，说他在监视器里一直盯着这个冥顽不灵的家伙，了解这一切，再饿一会儿，再冻一会儿，他准会低下自己高贵的头颅，伸出养尊处优的手。

杜励认为这个胖爵士很狡猾：假如他就这么挺着，节目组一定会替他想办法，肯定不能眼睁睁地看着一期节目就这么废了吧。她一再给好友宽心："再等等，不急！"还用手指比画着利爵爷那肥硕的肚子，又比了一个V字！就在此时她的手机震动了，是赫丘勒，说急需找个人一起吃顿圣诞大餐，原定和大老板的电话会议取消了，不知她肯否赏光。杜励估计爵士还能挺几个小时，等饱餐一顿后再回来看这出大戏，正好赶上高潮，于是痛痛快快应承下来。

从瑞士回来后，她罕见地受到了劳伦斯的肯定，不过这肯定很勉强，是头回阅过她的邮件给了个礼貌的回复。之后，又再无音讯。赫总裁早从幕后走到前后，每个星期，只要不出差，就和她一起吃个工作餐，利用这个机会，询问工作进展，传授职场生存指南与老板阶层的思维方式。就连她写的稿子，他也一直不辞辛劳地把关。商业情报的撰写并非小菜一碟。经纪人需要的是简洁的陈述、客观的分析，最忌越俎代庖，在专业人士面前卖弄自己的判断。世上没有只赚不赔的买卖，很多时候不是项目投错了，只是时机没把握好。如果在文章中言之凿凿，日后没准有哪个投资经济赔了钱，让情报员来背锅。赫总虽不善舞文弄墨，但久在生意场上滚打跌爬，自然懂得哪些词欠些火候，哪些词又稍稍过了火。经常这样谈，杜励在饭桌上渐渐放松了许多，偶尔还会谈谈自己最近又看了些什么书，或者听了什么音乐。赫丘勒也是古典音乐迷，多年来保持着听黑胶唱片、进演奏厅欣赏音乐会的习惯,舒伯特谱的许多歌曲,甚得他的欢心。"他是个音乐诗人,属于婉约派的。"她合盘说出了自己的想法,"可惜天不假年,否则人生的沉淀再丰富些,作品一定会更打动人。"杜励这番话,赫丘勒极其欣赏,还从来没有人如此评价过这位抒情音乐才子,也只有像她这样既有良好的中国古典文学功底,又不乏西洋音乐修养的人,才会有如此精妙之言。他夸她,她笑靥如花。自此,音乐交流也成了餐桌上的主题,再后来又加上了唱片互借,加上了"要不一块去听听音乐会"这样的提议,虽然还没有付诸行动,但俩人的师徒之谊是培养出来了。

"这是一个收获的季节。伦敦公司今年的业绩整整提高了20%,利润率则提高了25%,作为一个职业经理人,看到一个失去活力的公司在自己手上重新焕发出生命力,心里的满足感是难以言喻的。"赫丘勒一边品着红酒,一边在对面这个年轻女子敬佩的眼光中吐露心声。他一向注重仪表,今天更是盛装打扮。一身浅灰色的轻便西服,配一条蓝色的丝绸领带,既流露着一种长者才有的气定神闲,又流露出几分男人志在必得的咄咄逼人。"去年的圣诞节,我来到伦敦,也恰好结识了你。我给自己布置了许多任务,现在都一一实现了。你不认为我们该一起庆祝一下吗?"他举起了酒杯,两只眼睛在找寻她的眼睛。她也举起了酒杯。酒杯轻触的一刹那,两人的目光交汇了,她不禁有些害羞,抿了一口酒,低下了头。

赫总裁的座椅旁边放着一个大盒子。从杜励走进来,他就一直在想,该如何开口让她收下这份礼物?为购买这个礼物,他走遍了伦敦的每一个珠宝行、品牌店,直到看见这件白狐大衣。他抚摸着光滑的狐皮,不禁想起了她那清秀光洁的面庞,眼前立刻浮现出她身披着狐皮大衣时楚楚动人的仪态。她太年轻,太有自尊心了,平白无故绝不会接受如此厚礼。她就像自己的女儿,不仅年纪相仿,就连一颦一笑都高度相似。不然,自己怎会对她有一见如故的感觉?午夜的钟声即将敲响,他想了又想,终于打开盒子,说了一番几经思考的话:"我们一而再、再而三地相遇,你不认为这是上天的安排吗?"

三十六

之后呢?就你继续发你的财,我接着上我的学了。

上天是怎么安排赫总裁和杜励于茫茫人海中见到彼此的呢?

时间是去年圣诞节假期,地点是热瓦尼先生的餐馆。

过程概要如下:

一个东方人一连几天,天天中午都到店里来用餐。每次来都是西装笔挺,坐同一张桌子,招呼同一个服务生,点同样的食物,不苟言笑,在进餐过程中还忙着在电脑上工作。

别看是相同的餐点,他对口味和加工的要求一点也不马虎——沙拉要用醋汁拌,不能用其他的酱料。汁里既不能放大蒜,又不能放糖。蔬菜浓汤要多放奶酪和适量的胡椒粉。蛋包海鲜炒饭中,蛋要嫩,大米要炒得一粒一粒的,既不能油又不能干,海鲜则只要三文鱼和虾,其他都不能放。当然,小费也总是特别慷慨。

杜励十分纳闷,猜不透他是做什么的:当老板的,会这么忙?打工的,能有如此气度?看外貌也难以猜测。瘦长脸,浓眉,三角眼,挺鼻子,嘴巴开阔,颇有威仪,身材和步态,像极了史书上所记载的千古一帝康熙的模样，玉立长身，器宇不凡。年纪，看上去四五十岁。

热瓦尼先生信奉慵懒人生哲学，将节日加班看成是比亵渎上帝还难以令人容忍的头等罪过。别看客人是来贡献钞票的，他仍然给他起了个外号，叫东方蜜蜂。每次这个客人一来，他就跟杜励努努嘴，轻声说你的东方蜜蜂来啦。杜励对这句话颇有微词，首先，这个客人不是她的，虽然可能是她的同胞；其次，人家举手投足都透着王者之气，和忙忙碌碌的小蜜蜂是有区别的。杜励把想法告诉热瓦尼，热瓦尼把嘴唇噘得如店里卖的香肠一样粗，连说了好几个"No"，还开起了玩笑："你错了。勤劳是美德，对所有的人而言都是美德，对国王更是美德。不过为了让你开心，我可以叫他东方蜂王。"

杜励无奈地耸耸肩，没打算继续辩论。老板的玩笑常常让人下不来台，比如这位客人头一回来的时候，他就拍着她的肩膀问："你的同胞？"她摇摇头，表示不确定。哪知他那帕瓦罗蒂似的大嗓门嚷嚷了一句："你一定得搞清楚。一看就是有钱人！"客人当然也听见了，抬头扫视了一眼杜励，杜励的脸红得跟海鲜炒饭里的三文鱼似的。

然后，这只有钱的、勤劳的蜜蜂逮了个机会，用汉语问杜励，你来英国多久了，是否一直在餐馆打工。她简单地做了自我介绍，自己是某知名学府的硕士研究生，打工是体验生活加赚点外快。他点点头。过了几天后，他给了她一个报酬丰厚的临时差事：帮助他翻译些重要资料。别以为这事简单容易，世上从来没有天上掉馅饼这样的好事。一是勤劳的蜜蜂确实有此需求，并非出于什么恻隐之心、同胞之情；二是上岗前，杜励经过了蜜蜂的笔试，还签了合同，在附带巨额索赔条款的保密协议上签下姓名。

之后呢？就你继续发你的财，我接着上我的学了。热瓦尼先生松了一大口气，就怕杜励把自己也变成一只忙碌的小蜜蜂。

再后来呢？又遇上了，在莱斯特的庆功宴上。

再再后来呢，不用赘述了吧。

三十七

你们两个伪君子真是配合默契：一个找律师来恐吓我们，另一个就在这里猫哭耗子，假装好人。

晚上九点新闻后的黄金时间，播出的就是利爵爷圣诞流浪记。整个片子以衣衫褴褛的利爵爷露着绅士般的微笑，蓦然回首对着镜头说"祝你圣诞快乐，灰姑娘"而开启。镜头闪回到圣诞夜的前十二个小时，一身布衣的利爵爷从巷子里走出来，在百货公司门口徘徊……在十字路口停伫，和尊严做着斗争……黯然神伤地离去，在餐馆后厨巷摸着墙上的石头，贴在墙上像耶稣受难般借炉取暖……收拾心情，重新走到高级酒店门口和餐馆，被门卫驱赶……放下尊严鼓足勇气伸出乞讨的手，得到了不少人的怜悯和施舍……在小饭馆里的狼吞虎咽、风卷残云……步履蹒跚地寻找一个容身之处……消失在茫茫暗夜。之后，是一段拍摄花絮：利爵爷坐着豪车进入BBC的停车库，和工作人员逐一握手……在化妆间里化妆，换衣服，走向工作人员的房车……记者对路人的采访……挑战成功后和演职人员开香槟庆祝。屏幕最后定格在一行字上：他是勋爵，也曾是一名流浪汉……

直到很晚，盖都没有回来。杜励等得心焦，不知她是不是开完庆功会直接回约克了，可如果那样，她至少会发个短信过来。她一连打了好几个电话，都无人接听。快到午夜了，杜励再次拨响了手机。这一回电话倒是通了，盖的声音十分冷淡，仿佛拒人于千里之外，除了通知她自己明天过来取行李，再无多言就迅速挂了电话。杜励只得把一肚子的祝贺和赞扬全都咽了回去。

第二天上午，杜励忙着烤蛋糕，做布丁，调鸡尾酒，就等着盖过来，小小庆祝一番。来取行李的却是个陌生的年轻人，自称是盖的同事。杜励向他询问，是不是盖生病了。年轻人盯着她的脸看了又看，答非所问："你就是那个灰姑娘，对不对？"他又指指楼下："她在楼下。"

盖本来站在车旁抽烟，一看见杜励，就一屁股坐进车里，砰的一声使劲把车门关上了，任凭她怎么敲窗，就是不肯下车。还是前面的司机看不下去了，把车窗摇了下来。

杜励好声好气地说："我在楼上准备了一些甜点，打算和你一起庆祝，节目弄得可真棒！"这是她的肺腑之言，原本拖沓的现场实录经剪辑后一下子变得十分精彩，插叙和闪回运用得当，通片没有煽情的用语，也没有一句说教的话，却令人唏嘘，发人深省。

"你们两个伪君子真是配合默契：一个找律师来恐吓我们，另一个就在这里猫哭耗子，假装好人。"盖怒不可遏。

"你在说什么？谁找律师恐吓你？"杜励蒙了。

"你以为让赫丘勒的律师恐吓我们，我们就会放弃节目？甭以为别人就会认不出，总有一天奸情会败露。"她咬牙切齿地说。

杜励被她这凶巴巴的模样吓了一跳，不过总算是听出点头绪来:"你是说赫丘勒的律师威胁要你们放弃节目?为什么?"

"我们的友谊结束了。你用不着继续假装无辜和白痴。"她把脸转过去。

"我根本不知道赫丘勒会去找律师威胁你们。我和他之间更是清白的。"杜励急得都快哭了。

"留着你的谎言,去骗傻瓜吧。记得下次出卖自己时,卖个好价钱。一件狐皮大衣就可以让你那么卖力地讨好一个老男人,真令人作呕!"

"你在胡说些什么?你气糊涂了吗?他只是我的上司。我和他之间没有任何别的关系。"

盖冷笑一声,吩咐司机开车。车上,帮她去取行李的年轻人劝她不要如此轻率:"你的朋友,不像在说谎。"她一言不发,多希望是自己搞错了,但世上哪会有如此的巧合。她永远不会忘了昨晚那一幕……

一个衣冠楚楚的男人拥着一个披着白狐大衣的年轻女人走出饭店时,衣着不整的利爵士踉踉跄跄地走了过来。利爵士一只手里拿着一个纸杯,另一只手抓住这个女人的大衣袖口,嘴里嘟哝着:"行行好吧。圣诞快乐!行行好吧……"准是嫌他的脏手碰了狐皮大衣,那个男人狠狠推了乞丐一把。眼看他要跌倒了,女人伸手扶住了他。男人掏出钱包来,把几张钞票塞进了乞丐的纸杯,不耐烦地挥挥手,让他赶快消失。一直耷拉着脑袋的利爵士,看到钱时眼睛里流露出一丝贪婪,可随即像受了奇耻大辱一般,扬起纸杯,准备把杯子和钱一起使劲摔到这个傲慢冷酷的施主脸上,但胳膊抬起的那一瞬,仿佛想起了什么,悻悻离去……当女人对着他的背影喊出圣诞祝福时,乞丐回过头来,笑得相当绅士:"祝你圣诞快乐!"

等利爵士消失在黑暗里,盖就和摄影记者冲了过去。赫丘勒不愿意接受采访,杜励十分尴尬,什么也没说。

三十八

人在窘境,爱常常是一段相互需要,但愿各得其所,人间天上长长久久吧。

接连几天,不管杜励如何打电话发信息给盖,她丝毫没有让步的意思。电话,不接;信息,不回。想想现在英国上下都在放假,盖也难得与老公重聚,杜励打算等过了节再找个机会,和她好好沟通沟通。

新年到来,露易莎邀请了四个人来家做客,其中两个是社区内的邻居,怀特先生、特蕾莎阿姨,还有一个是露易莎大婶①新交的男朋友老鲍勃,再就是杜励。小朱临时有事来不了,但是元旦中午就能到。他生意做得很大,前不久还买了一架私人飞机,要带着露易莎母女去温暖的西班牙度假。

新年大餐,饭菜实在无法恭维。假如露易莎大婶能够将墨西哥人的想象力和热情加入单调的英式菜谱中,那她的新年大餐还是很值得期待的。可惜头盘菜上来,就让人大失所望。这淡而无味的蔬菜沙拉,缺盐、缺糖、缺油。杜励看着一盘子的绿色健康食品,拿

---

① 在国外,许多母女或是父子叫同一个名,有时会加上 Sr.(老)或 Jr.(少)以示区分。

着叉子,和自己的舌头做着斗争,最后还是舌头胜利了,决定等火鸡上来,在自个盘子里,现做广式生菜包肉。火鸡倒是又肥又香,里面配的烤土豆也是软绵糯香,就是味淡了,盐少,胡椒粉少,辣椒则完全失踪。一桌人除了老鲍勃吃得津津有味,其他人都不怎么吃,可露大婶一点也没表示出为自己的失误承担责任的歉意,看着吃得津津有味的老鲍勃,一脸明媚。杜励既惊讶又妒忌,他的味蕾怎么可能这么不靠谱呢?老鲍勃的年纪是个谜,他个子挺高,骨架很大,光亮的脑袋上已经一丝不挂,过去应该比较胖,现在虽然瘦了,下巴底下仍留有一大坨松散的肉,就像鹈鹕喉咙底下装食物的那个囊,没有食物的时候,也收不回去。吃完火鸡后上了苹果派。杜励一时没了主意,比起甜的东西来,她的舌头还是觉得咸的、微辣的东西更亲切。本来以为露易莎大婶的墨西哥大餐,是川湘菜级别的,吃饭前,还自作聪明地先喝了半杯酸奶,好给自己的胃建立一个缓冲带,结果是白费功夫,于是她临时决定把苹果派带回去当夜宵。这样,既不驳主人的面子,还不用一次性考验舌头的忍耐力和胃容量。好在,最后的松子杏仁布丁味道正常。

  餐桌上大家聊得很开心,怀特先生和特蕾莎阿姨是一对,从面貌上看很难推断两人的年纪。白种人是早春的花儿,还不到盛夏便已退却了青春的靓丽。一到中年,颜值就断崖式地跳水,满脸褶子加色素沉淀,也就是薛姨妈的年纪,可看着就跟"老祖宗"① 似的。他俩算是一对候鸟型情侣,夏天分居于各自的寓所,冬天则会搬到一块住,为的是节省费用。电价年年涨,英镑月月贬,寒冬腊月的取暖费对靠养老金过活的人是笔不小的开销,一对情侣住一起可以

---

  ① 《红楼梦》中的人物,薛姨妈是薛宝钗的妈妈,老祖宗即贾母,贾宝玉的祖母。

抱团取暖。特蕾莎阿姨一个劲地称赞露大婶房间里暖和得犹如春天,只字不提饭菜的味道,大概这圣诞大餐实在是乏善可陈。露大婶是勤俭持家的好手,其他地方的钱都能省,就是电暖器的开销不能节约。她是墨西哥人,实在难以忍受英国潮湿、寒冷的冬季。老鲍勃痛斥吸血鬼布朗辜负了自己和纳税人的信任,把英国拖入了深渊,把他幸福的晚年都毁了。大选的时候,他给了娘娘腔的卡梅伦一票,认为没准,他能和铁娘子撒切尔夫人一样,让英国再次硬起来,挺起来,牛起来。谁知道物价还在涨。怀特先生也给小卡投了票。老两口还记着撒切尔的好呢,说她当教育大臣的时候,给中小学生每人每天补助一瓶免费的牛奶,所以该多给小卡一点时间。

露大婶也是小卡的粉丝:"在最近的一次采访中,他说自己支持社会公正,我想他不会把我这个可怜的老太婆赶回到墨西哥去的。"

老鲍勃冲她挤眉弄眼:"你不用再担心了。"小露易莎则给妈妈和干姐姐挤眉弄眼。露大婶脸上绽放着幸福的喜悦,开心得就跟中了英国六合彩一样,一个劲地感谢上帝:"上帝送来了鲍勃。鲍比[①]会给我和女儿一个家,我们再也不用回去了。一个人上了年纪,就看不到未来,露易莎是我的未来。墨西哥是个失败的国家,我们必须把家安在英国。"

鲍勃握住了她的手:"等小露易莎毕了业,我会带你去西班牙住,那儿一年四季充满阳光,什么东西都便宜,你再不用工作了,我的退休金可以让咱们两人过得比在天堂还舒服。"

大婶说:"爱情,对我这个老太婆而言,就是有人心满意足地

---

① 鲍比,鲍勃的昵称。

吃我做的菜,在我累了的时候给我捶捶肩,一起坐在壁炉边喝喝茶,聊聊天,看看电视。"

老鲍勃也感谢上帝了:"瞧瞧,上帝给我预备了一个这么好的女人。"

"妈妈,也许将来我们可以搬到中国去住。小朱说中国很大,北边和英国一样冷,南边和墨西哥一样暖和。我和小朱住北京,你和鲍勃住在海南岛。"

"愿上帝保佑。但无论如何,我们得先在英国安个家。"露大婶的想法,和所有上了岁数的人一样,十分朴素实际。

"我也是这么想的。"鲍勃抓起大婶的手吻了吻。

小露易莎悄悄对杜励耳语了一番,杜励终于搞明白了,为什么整顿饭只有鲍勃一个人那么受用。鲍勃退休前当过警察,做过保安,是个酒鬼,落了个妻离子散的下场。去年得了胃癌,所幸是早期,做了手术,现在处于疗养阶段。薯条炸鱼、比萨等一切难消化的快餐是不能再吃了,迫切需要一个贤惠的主妇给他做饭。杜励和露易莎比邻而居的时候,大婶与男朋友分分合合的故事,她早不知听过多少出了:总是充满希望地开头,令人遗憾地结尾,还有干妹妹一句年少世故的画外音——英国移民条件苛刻,妈妈交往的那些男人都知道我们的目的,不占的便宜白不占!与鲍勃结婚,母女俩都很高兴,反而让杜励觉得有些凄凉。假如一个人错生在了流氓当总统,毒贩充警察,抢劫犯做法官,公务员不是小偷就是贪污犯的墨西哥,想要改变自己的命运,除了逃离,还有什么别的出路?为了给女儿一个未来,露大婶抵押了自己。她开朗热心,就像一个温暖的火炉一样,拥有甘愿在阴冷潮湿的英伦三岛做一个主妇最可贵的品质。除了能帮助母女俩申请到英国绿卡,老鲍勃再无可取之处，前提还得是他在未来五年内不去见上帝。杜励想起了父母不幸福的婚姻，心里全是对大婶的祝福。人在窘境，爱常常是一段相互需要，但愿各得其所，人间天上长长久久吧。

怀特先生问杜励，是不是第一次过圣诞节。她答自己来英国已经七年了，也过了七个圣诞节。其实在中国的大城市如北京、上海和广州，人们也庆祝圣诞节，只不过没有假期。父亲每年也会买圣诞树，装饰圣诞礼物。

"你们也信教，信耶稣[①]?"特蕾莎好奇地问。

她笑着摇摇头："爸爸是为了开阔我们的视野。我们不信教，大多数中国人都不信教，虽然佛教渗透于我们的文化习俗中。我们不会早晚做祷告，也不会每个星期去寺庙里听和尚们讲经文，最多也就是遇到事情或是逢年过节，才会到寺庙里去上香，乞求菩萨保佑。我对佛教一窍不通，它传递的精神，对于一个年轻人而言，不太有吸引力。人生才刚刚开始，谁能把成功、金钱、名利和爱情看淡，这跟做空人生有多大分别呢？我刚来英国的时候，时常会在上下学的路上，遇到基督教友邀请我入教，这对我来说挺难的。因为我从开始读书起，就相信人类是进化而来的，很难再在心里腾出一个地方，让上帝住进来。我倒是愿意按照耶稣的精神来规范自己的心灵，可惜，无论是旧约还是新约，里面讲述的故事，离我们现在的生活太远了。我有时候十分困惑，不知该从哪里汲取力量，也不知该向何人寻求答案。也许不久的将来，会有人续写新约，指引人类重回伊甸园。"

---

① 英国人多信基督教，而墨西哥人多信天主教，所以她说耶稣，而不是专门指出教派。

老鲍勃早已不耐烦地把音响打开了，拽着露大婶，跳起舞来。小露易莎一甩膀子，脱掉了身上挂着的小上衣，跳着转到了妈妈身边捣乱。为了躲避女儿，露大婶越转越快，把自己圆乎乎、肉嘟嘟的身板转成了一只灵活的陀螺。鲍勃伸出一只手来牵着她，那样子就像是一只北极熊拽着撒欢的帝企鹅。小露易莎和妈妈赛起了舞技。她一会儿抖肩膀，一会儿缩脖子，一会儿又绕着场子转圆圈。跳着跳着，她忽然弯下身去，一边晃胳膊，一边把肚皮抖了起来。她那橄榄色的肚皮随着节奏一抖一抖的，从左边抖到右边，从上边抖到下边。怀特先生、特蕾莎阿姨和杜励一起给她们母女拍巴掌助威。巴掌拍得越来越快，小姑娘也抖得越来越快，仿佛是有人拿着一根棍子，在敲打蛇皮鼓面……露大婶扭动着身体，来到女儿身边，围着她跳舞。她那壮实的身体异常柔软，胳膊挥动起来就像波浪般优美，似乎为女儿搭起了一个莲花台……在场的人都被征服了。大婶又转回到鲍勃身边，老鲍勃激动地拽着她的胳膊，和她又舞到了一处。他跳得张牙舞爪的，一点美感都没有，活像一只喝醉酒在暮色中挣扎的笨熊。

三十九

他这才知道俩好朋友，刚结婚就在北京接受了一场十级飓风的考验。

李大妈最近才寻思过味来，敢情她给自个儿子张罗的对象便宜了别人，难怪小云娘专门来把自己当大媒人一样谢。小耳朵还替小云姑娘辩解："人家姑娘长得那么利落，嫁给我不就跟鲜花插牛粪上一样了吗？嫁给我那个警察小兄弟，直接就是首都人民了。如果她是你闺女，你能让她嫁给我？"李大妈气得把小儿子好一通数落。数落完儿子，又数落那个不知羞的丫头：相亲怎么就能跟旁边的人好上了？末了她又开始替儿子着急，去哪儿再给他张罗个对象呢？她现在倒不担心儿子要在杜家丫头的那棵树上吊死了，因为太行把那个磨人的丫头给娶了。当家的，是指望不上了，她只好给大儿子小强打电话："妈这两天闷得很！得赶紧给小耳朵张罗个媳妇。他也老大不小了，还一个人单着在北京漂，下了班连口热乎的汤现成的饭都吃不上。这人啊，就跟地里的黄瓜苗似的，要是不赶着好时候让它把瓜给挂上了，到秋天就是一地的黄瓜秧子，啥也没落下！"

程小强想，娘这是白操心。可他嘴上没这么说，一个劲地保证会把兄弟的年龄、职业、收入，还有身高相貌都发到网上去，没准哪个姑娘能对上眼呢。这两年，李大妈的蔬菜生意从县城的集市进军到了城里的超市和饭店，那可是三教九流扎堆的去处，她长了不少见识。虽说她根本不知道电脑、网络、QQ到底是个啥玩意，可也知道网聊、网友这回事，于是一个劲地点头。人这一辈子，白天有个唠嗑的伴，晚上有个暖被窝的身子，再养几个孩子，就齐了。只要能聊到一块去，事就成了一半。李大妈自己也没打算闲着，准备趁春节走亲戚，把十里八村有闺女的人家都摸摸底，看谁家闺女在北京打工，找着对象了没，长得咋样，是个啥品性。

李大妈又给小儿子打电话，千叮咛万嘱咐，过年回家前在北京给自己置办两套像样的行头。一开始，程老板还没理解妈妈的深意。多年来，一提春节回家，他就和所有的北漂一样，头大。为啥？怕人问，一年能挣多少钱啊？别以为打肿脸来充胖子容易。你说自己一个月挣好几万，结果压岁钱一出手才一个孩子十块，哪个亲戚不觉得你小气，没把人家放眼里？今年，他是不怕发压岁钱了，别说一个孩子一百，就是一个孩子五百，他也发得起。有了钱，自然是衣锦还乡嘛，他以为娘嘱咐的是这个，满口应承下来。买个好牌子，料子上乘，做工精致，颜色低调，既排场又不显摆，挺好。难得儿子这么听话，李大妈一高兴给透了底，是为相亲做准备。一提这个，程老板不乐意了，心里的那道坎还没完全过去呢，瞅啥女人能顺眼？便推三阻四的。李大妈这个急啊："儿子，挣多少钱是个够呀？你要是不赶快成个家要个孩子，将来你老了，跑不动了，跟前连个使唤的人都没，到时候你可咋活呀？"

一直有危机意识的程老板，还没想过老了咋办，他的心还在从前的旧梦里扑腾呢。本来已经扑腾到岸边了，谁知，又被胡姑娘一番话给推回到了深水区。那天舞会结束后，胡姑娘已经醉得走不动路了，智静让程老板帮个忙，送她回家。她一路上说的那些话，听得他心惊肉跳的，什么太行娶了一个"二手货"，什么被别人玩过又甩了的女人还当夜明珠似的揣在怀里……他这才知道俩好朋友，刚结婚就在北京接受了一场十级飓风的考验。

他心里这个气啊！梁家认老理。虽说梁伯伯早就退了，可几个孩子都挺有出息的，亲戚朋友又都是有头有脸的人，杜励嫁到他们家，算是高攀。胡朵朵捕风捉影，把杜励说得一钱不值，这让梁家人的脸往哪儿搁！你胡朵朵既然是千金大小姐，从来都是你看不上别人，没人不愿意到你家当驸马，就该大人有大量。再说，太行和你相过一次亲见过一回面，连你的小手都没拉过，他就得为你负责，非你不娶吗？退一万步讲，就算你认准他了，心里一时绕不过弯去，说两句气话出出气，不是不可以。但是不是该好好想想，什么话该说、什么话不该说？如此兴风作浪，不仅在长辈和晚辈之间砍了一刀，还在人家丈夫心上划个大口子，你这是什么心肠？

义愤填膺过后，他又想：梁家算不算是认下杜励了呢？文阿姨那么讲究礼数的一个人，不会不给自己最疼爱的小儿子风风光光地办一场婚礼吧？小平姐最会拿捏分寸，说话办事滴水不漏，她办这个舞会肯定是和父母商量过的。如此看来，将来能否完全接纳杜励，还要看她是不是可以按照公婆的意思和太行踏踏实实地过日子！……他琢磨来琢磨去，心里起了点小变化，决定回到深水区继续潜着，能憋多久憋多久。不就是两个结果吗？没机会，再撤退也不亏！不过，这话他不敢跟自个的妈说，否则准得被唠叨死，保不齐还得挨程果树的几个大巴掌："你个不成器的东西，还惦记上别人的媳妇了。"但是，问问全中国的男人，假如他们的初恋对象嫁给了别人，捂住胸口说实话，难道不是一辈子都惦记着？

四十

将心比心，她怎会不明白，为了俩人之间的这份爱，太行献出了什么。

太行年三十的早上才回国。这次文竹没过来接儿子，是太行的岳父来接的。杜教授早早把老婆从福利院里接出来，还像上次一样，与女儿女婿在酒店里吃了顿年"午"饭，就打发女儿跟着女婿去婆家团圆了。

梁家规矩多,晚上要守岁,第二天还要早早起来祭祖。老大挺进和老二跃进也带着各自的家眷回来了,一大家子人热热闹闹地挤在梁家的老宅里,很是热闹。村子里几乎所有的人家都姓梁,全沾亲带故。太行结婚没有在老家办过婚宴,老老少少都趁拜年的时候,过来看新娘子。杜励依照婆婆的要求,穿了一条红色的羊毛连衣裙,凡是有人来了,就到正屋陪着说话聊天。山东农村的话并不好懂,她这个外来的媳妇还是有巨大的语言障碍要克服的,除了傻笑一下,再摸出个红包给跟着来的孩子,啥话也接不上,只能干坐着,好不尴尬。

幸亏有挺进的儿子乐乐和跃进的女儿小小这两个小大人。乐乐刚上高中,学习不算太用功,加上爸爸挺进工作忙,也不愿意为难儿子,成绩一般,很想避开国内高考,直接到外国念大学,便缠着三婶问东问西的。小小从小练钢琴,妈妈对她极其严格,冬练三九夏练三伏,就是每年放假到奶奶家来,妈妈都会在电话里请奶奶帮忙看着她,一天都不能不练功。文竹当然配合,从孙女四岁开始学琴,就在梁家老宅里配了一架钢琴,以备不时之需。每年大年夜,小小都要给全家人演出,虽说大家都给她鼓掌,可没人真听得懂她弹什么,弹得究竟怎么样,除了刚过门的三婶。与其让自己的"虎妈"坐在旁边督促,还不如和温柔识音的三婶一起练琴呢。有这两个宝贝叨扰着,杜励总算是找到冠冕堂皇的借口避见远亲近邻了。太行瞅了个空,在她耳朵边悄悄说点什么。她嘴巴噘了起来,不满地剜了他一眼,小声说:"我连这点道理都不懂吗?"说着拉着小小一路狂奔,从正屋到了西厢房,一大一小笑成一气。

不一会儿,优雅的琴声响起来了,恰似清风拂过水面,又如月光亲吻树梢。太行正陪着客人坐着呢,心里仍如同被一只小白鸽的羽毛轻轻地抚摸,不禁一脸得意。这首曲子是鲁宾斯坦的《浪漫曲》①。夏天刚结婚那会儿杜励天天晚上弹,自然是弹给他听的,就如同此刻一样。太行就怕杜励弹那些忧伤的曲子,大过年的,准会被妈妈数落。下午,乐乐又拽着小小和三婶去县城里玩,傍晚回来,杜励又困又乏,回到房间,简单洗漱了一下,喝了杯茶,衣服都没换,躺在床上就睡过去了。晚饭时间到了,太行进来叫她吃晚饭,她不肯起来,说自己只想睡觉,不想吃东西。太行发现她的手冰凉,赶紧摸摸她脑袋,还好没有发烧。他忘了自己进来干吗的了,把她的两只手轮番放在自己手里搓啊搓。搓了好一会儿,杜励睡意全无。眼见她睡眼蒙眬,娇态嫣然,太行不禁心动神摇,俯下身来亲吻。两人你侬我侬一时分不开了。太行随手把灯关了,穿过幽深的花园小径,直抵黄龙,去摘她的心了……

  一家人都坐好了,就等着开席呢,却不见小夫妻俩过来。文竹去叫,脚已迈进院子,却看见屋里黑着灯,便返回来了。饭吃完了,太行一个人过来。文竹打量了儿子几眼,本来窝着的一肚子火,不知怎么就散了,叫大儿媳妇把剩下的几个菜还有饺子给热热。太行跟着嫂子进了厨房,从冰箱里取了一瓶牛奶,放进微波炉转了一分钟,尝了尝,倒进一只杯子里。见是要去给三婶送牛奶,小小自告奋勇去跑腿。太行捏捏她的小鼻子:"你可干不了这差事!"文竹猜,准是儿子要向儿媳妇献殷勤,但杜励未必肯喝,便把小孙女拉住,任由太行去了。果然,送牛奶的人迟迟不回,过了好半天太行才返回来,杯子是空的,嘴上挂着牛奶花儿。文竹心里的火腾地又起来了,碍于过年,没发作。梁政委没说什么,披着一

---

① 浪漫曲是一种无固定形式的短乐曲,多用来表达作曲家的个人情愫。

件衣服出去了。挺进跟太行开玩笑:"爸爸准是被你气着了,没你这么惯媳妇的。"太行知道该怎么回话:"不能吧。咱们家男人宠媳妇可是打爸爸那儿来的,他对妈妈多好啊!"一家人都笑了。文竹抿着嘴,领着孙子孙女去看电视了。

大年初二是出嫁的闺女回娘家的日子,小平和智远带着孩子来了,全家人聚在一块吃了午饭。太行最近才知道,北京的那套精装房,是爸妈给他准备的婚房,这其中姐姐给帮了大忙。太行见到姐姐便一抱拳:"大恩大德,日后必报。"小平拿手指戳了戳他:"我可不用你报什么大恩。只要你……"

"只要什么……"

"没什么。要我说,你呀赶紧从非洲回来,早点稳定了,也好叫杜励别在英国漂着啦!"

一大家子人出去走亲戚了,小平和妈妈把里屋的门一关,说起了体己话:"……老爷子,一天到晚大事都忙不完;婆婆,从来只顾自己清净;智远是好,可也是甩手掌柜,我啥也指望不上他。现在智静快生了,脾气越来越坏,总和卫元闹不痛快。我天天操心完公司的事还得操心家里,真是顾不过来。"

文竹自然是心疼女儿,好生安慰她,别光顾着别人,首先是自己身体要紧。小平趁机提出了一个想法:"妈,我想让太行转业,回来帮帮我。这么个大摊子,没有可靠的人帮着打理真不行。"可文竹心里没底。老梁能同意儿子转业吗?再说,太行事事听从杜励的意见,杜励同意吗?文竹也犯了难。不过小平倒是把握十足:"妈,爸爸的工作得由你来做,他最听你的话了。太行那儿,我跟他打招呼。他肯定早有想法了。谁结了婚,能一直这么牛郎织女似的过日子?"

回到北京的小窝，太行和杜励感觉亲切无比。杜励主张把客厅里的电视机移走，把书房的钢琴搬过来。太行马上附和，看电视多浪费时间，将来还得跟孩子们斗智斗勇，干脆不摆电视机，一家人听妈妈弹琴多好！一句话说得杜励双颊绯红，抱着他的脖子，耳语一番。太行一下子把她抛到了空中，吓得她花容失色。太行这才意识到自己刚才太冒失了，他即将做爸爸了，实在是太开心，太激动了。

晚上的时光，比着先前，更旖旎缱绻，水乳缠绵。太行希望生个儿子，杜励挤对他："你肯定听说过，玛丽莲·梦露曾经和爱因斯坦有过一段情缘。梦露动了结婚的念头，结果被老头一句话给打消了念头。爱因斯坦说：'亲爱的，如果我们的孩子不幸长了我这副尊容又继承了你那个小笨脑瓜可怎么办？'假如我们的儿子，有幸承袭了我这个小身板，又接手了你那颗自强不息、爱打抱不平的大侠心脏，可如何是好？"太行一跃而起，把她放在身下："那我就给我儿子的妈灌激素，灌禾大壮，现在就灌，让她生啊生，直到她能生出一个像她丈夫这样雄壮威武的男人来。"一番浓情蜜意、云雨尽欢后，她告诉太行自己的一个梦："那天我梦见了安徒生笔下的那个拇指姑娘。她站在我的手掌上又唱又跳，可爱极了，我的心情真是不能再美妙了。我本想告诉你的，却发现你不在我身边。我从卧室走到客厅，从客厅奔到厨房，四处都不见你的踪影。我一口气冲到阳台上。街道两旁的树上挂着的彩灯已经熄灭了，只剩下模模糊糊的白色小雪花和铃铛在微风中摇啊摇……"她忽然泪目。

小儿子走的前两天，梁政委和文竹赶到北京给他践行。太行趁机会，和父母谈了自己转业的事。文竹一听，心领神会，也在旁边劝老伴："梁家有两个儿子给国家尽忠足够了，剩下一个小儿子……

是不是就让他早点转业啊?"

老梁没听自个老婆叨叨,外面的事向来是自己做主。他沉着脸问儿子:"这是不是你媳妇的主意?"

太行摇摇头:"不是,我还没跟她提过。我怕您和妈妈不同意,她那儿不是白高兴了吗?"

"你转业以后,打算干什么呀?去英国找她?"

太行又摇摇头:"我打算回国,先发展事业,再把她接回来。"

"你想好要干什么啦?"

"还没完全想好。我想先跟着您干一段时间,看看怎么能把一个企业给管好了。我还打算去各地走走,了解一下城里的垃圾是怎么处理的。"

文竹急了,打断了儿子的话:"你看什么垃圾处理啊?你还打算去捡破烂啊?"她这才明白,女儿和儿子还没通气呢!

太行一听,朗声笑了:"妈妈,知子莫如母啊,还真让您猜着了。我打算当个破烂王。"

"那能有什么出息啊?"文竹更着急了。

梁政委倒开了口:"这倒有点意思,你说说看。"

"爸,这小半年我一直在网上阅读有关垃圾处置的材料,里面学问很大。外国人把垃圾叫作放错了位置的资源。他们搞垃圾分类,回收能再使用的材料,不仅变废为宝,还能减少土壤填埋的压力。就是一些只能烧掉的垃圾,也不白白浪费,还要利用燃烧产生的热量发电,制作蒸汽,搞热电联产。咱们国家这么大,城市人口这么多,一天得产生多少垃圾?迟早得向外国学习。我想,如果能把这个产业做起来,不仅是件好事,也让我自己有了用武之地,还能让您和妈妈都过上舒舒服服的日子。"

梁政委微微颔首，小儿子说的这番话，他听进去了。改革开放这些年，大家都想着法子生产东西了，没人考虑废物怎么处置。过去老百姓一穷二白，一件衣服新三年，旧三年，缝缝补补又三年，吃的东西更是剩不下。可现在，有钱没钱的，隔三岔五就倒剩菜剩饭，女人们一年到头买鞋、买包、买衣裳，一到换季就把旧衣服都扔了。垃圾处置，还真成了社会负担。太行干这个，说不定能整出点名堂来。他点头同意了。他不希望自己的儿子成为一个每天只考虑发财、贪恋女色的庸碌之辈。

太行原本没想这么早退役，他喜欢当个军人，喜欢那种"醉里挑灯看剑，梦回吹角连营"的感觉。可这种饮马江湖、漂泊不定的生活不适合杜励。她太感性了，克服一时的孤独和相思也许没什么问题，时间长了，恐怕就会和泪水忧郁做伴。孩子一旦出生，如果只有她自己，光照顾孩子就能把她压垮。他本就早有打算，妻子怀孕的好消息把计划提前了，他得尽快给她一个家。

杜励没想到，太行这么快就做了决定。让他脱下军装，放弃从小到大的"侠士梦"来成就自己和家庭，她不免忐忑。其实结婚前她也想好了，伦敦寓所只是一个瞭望台，等把世间百态品个够，就像罗曼·罗兰①那样，就找个角落静静地待着，谱写送给这个世界的曲子。他在哪儿，她就把书桌摆在哪儿。

"军装是脱了，梦想我可没放弃。"太行安慰妻子，"我啊，以后就是丐帮帮主了，专门捡破烂，烧垃圾，从破烂里要资源。这是不是比岳父常挂在嘴上的'穷则独善其身，达则兼济天下'还高了

---

① 法国作家，本为音乐学院教授，后辞职著书，写出了《约翰·克利斯朵夫》这样的传世巨著。

一个境界?"他这通"吹",换来的不是她惯常的"损",而是主动献上的深情无比的吻。将心比心,她怎会不明白,为了俩人之间的这份爱,太行献出了什么。

饯行宴杜家人没来,智老爷子有公务没来,在京的梁家和智家人都到了。智静还有个把月就要生了,肚子老大,人更臃肿了,一见到杜励,就非要挨着她坐,一个劲地跟她抱怨:"你看我怀个孩子都快变成一头猪啦。我现在就盼着赶紧把孩子生出来,马上减肥,就照你这身材减,顿顿吃糠咽菜都成!"智静母亲和文竹相见格外亲,自然都是一番妈妈经。正是尽兴的时候,卫元出去接了个电话,回来就要走。智静的脸马上就拉下来了。小平出来打圆场,让卫元放心去,一会儿,她负责把小姑子给送回去。吃完饭,智静说啥也不要嫂子送,非拉着杜励到家坐坐。结婚后智静和卫元另住一处,卫元一天到晚不着家,她不愿意一个人回家守着空屋子。文竹吩咐杜励:"你去沾沾喜气也好,智静肚子里怀的是个男孩。"

于是杜励挽着智静,慢慢悠悠走出酒店,站在台阶上,等着太行把车开过来。说来也巧,就在这档口,大门外钻出个精瘦矮小的男人,低着头,带着个大口罩,手揣在口袋里,走得特别急。杜励怕他不小心撞到智静,刚想拉着她走到旁边去,这个男人忽然就直扑了过来。事发太快,智静已惊呆,连躲都忘了。杜励使劲推了那个家伙一把,多亏她在高一级的台阶上,不然就是再怎么用力,估计也无济于事。即便是这样,那人也没被她推倒,趔趄了一下,一等站稳,反过手来,一拳把杜励给打倒了,还照着她的肚子,使劲踢了两脚。眼看他又冲着智静去了,杜励忍着疼痛,死死地抱着他的一条腿,大叫:"智静,快走啊,快走!"梁政委和小平从车里下来往这边赶,边跑边大声喊,饭店的保安也出来了。这家伙又猛踹了杜励一脚,撒腿朝后门疯也似的逃了……

四十一

这事透着古怪……

智静没事,但动了胎气,一送到医院就生了,总算是母子平安,一家人的心都放回到了肚子里。杜励却流产了。躺在手术台上,杜励无声地流着泪。身体疼痛只是一方面,她更害怕自己和太行之间的纽带就这么被绞断了。她心里还堵着块石头:太行把那个害人的家伙给逮住了,谁知他竟然是个可怜的哑巴……难道真是自己情急之下太过鲁莽?若不是先狠狠推了他一把,或许这场难能免掉。现在呢,孩子都没了……

文竹心疼儿子,杜励受罪,儿子肯定心疼,更不要说连孩子也没了。

杜励从手术室出来时对太行说了一句话:"太行,对不起,我们的圣诞宝贝没了。"太行紧握着她的手,安慰道:"我们……还会有许多宝贝的……是我没有保护好你。"

文竹更加担心小儿子,一会儿他还得往机场赶。他的心里得多难受,多不舍啊!

小平觉得特别对不住杜家人。

"小平,"文竹把女儿拉到了一边,压低了嗓门,"太行他们还年轻,以后总会有自己的孩子。杜励遭了罪,妈妈会好好补偿她的。倒是你们这一大家子,妈妈现在真不放心。这事透着古怪,一个无关紧要的路人,被杜励拦一下,就会下这么重的手?按照杜励的说法,他是冲着智静去的。这到底为了什么呀?是不是你们在外面做生意,得罪了什么人?"

"妈妈,您的女儿您还不了解吗?做生意这么多年,仗势欺人的事没干过。就是和胡家一块开发了几个项目,有点麻烦。拿地的手续不全,快要开盘了,大产证办不下来。地是胡家经手的,我这儿也说不上话,明知道他们是故意卡我脖子,也没办法,只能这么拖着。一天不把这事解决了,一天就没法销售,拖着银行的贷款没法还,损失挺大的。我没敢跟智远说,实在不行我就把这几个项目干脆都转手给胡家,就当这两三年白干了。"

"说不定是卫元的仇家?"

"卫元的生意是他自己琢磨的,不是从谁手上抢过来的。智静帮他拉了不少资金。她虽然说话没轻重,可谁都知道她就是一张嘴,没心没肺,没人真恨她。"

"你容妈再想想。妈总觉着要是不把这背后的主使找出来,你们一家太平不了。"

东城分局审了很长时间,也没审出个所以然来。凶手的确是个哑巴,分局从聋哑学校找了一个老师,用手语和他交流。他说自己忙着赶路,被一个女人忽然挡住了,特别着急上火,所以才踢了她几脚,没想到下手重了。这样的结果怎么能交差呢?分局等于寸功未立,这个凶手还是伤者丈夫当场给抓回来的。于是分局又从武警医院找了一个心理医生,诊断来诊断去,也没个结论。此人肯定不是精神病,但是聋哑人不都有点极端吗?智家老爷子知道这事一时半会儿查不清,心里特别不得劲。他和亲家是多年战友,为了自己的闺女和外孙,连累老战友的小儿媳妇流了产,现在连个幕后主使都找不出来，日后拿什么脸面见亲家？

四十二

作为一个公众崇拜的精神领袖，离婚意味着再接受一次火的考验，结果未必就是凤凰涅槃。

杜励休息了两周，身体基本痊愈。回到英格兰的第一件事，就是联系盖。盖莫名其妙地与自己"断交"，实在令她不解。既然盖不肯接电话，杜励只好给好朋友写信沟通。

盖，最近好吗？我刚刚回来，一个人待在伦敦的寓所里，十分想念你。你喜欢喝上次我带给你的茶叶，这次我又带过来一些。这个春节对我来说是段非常艰难的时光。我妈妈去世了，还有我未出生的孩子，家乡如今成了令我梦魇的地方。我相信这个世界是有轮回的。孩子本来是上天送给我和太行的礼物，孩子一定是知道妈妈很快就要走了……要是你怪我平安夜为什么不回去找你，那是因为太行来了，我们在一起度过了一个幸福的夜晚。我不知道是不是因为他太爱我了，所以整个世界都在和我作对，正一步步地夺走了我的至亲和好友。

杜励

杜励把信和茶叶留在了BBC的前台。起初，前台女士不肯收下礼物，说是怕放坏了。杜励好说歹说，人家才勉强接过去，但是不保证一定会交给本人，还递给她一张报纸，说："看样子你还不知道发生了什么。她会不会回来上班，谁也不知道。"

　　杜励接过报纸一看，都快吓傻了，立刻把会客区报夹上的报纸全都拿了下来，飞快地翻看，越看越着急，越看越担心，越看也越生气。等她把所有的报道都看了一遍后，终于理出点头绪来：有人向报社提供了伍德曼先生和盖幽会的证据，由于伍德曼一贯以正面形象示人，作风硬朗，树敌颇多，和自己的下属、有夫之妇发展不伦恋，自然被揪住不放。言辞激烈者，极尽挖苦之能事，声称只要伍德曼放弃以"上帝"自居，承认自己和其他人一样被口腹之欲所支配，那他欠的这点桃花债就不是什么不可饶恕的大错，若他非要以"绿衣教主"的面目示人，恐怕只能顶着"衣冠色鬼"的雅称终其一生。其实，伍德曼倡导的绿色主义，迄今为止，还未涉及人类的爱情和婚姻，毕竟一个人谈几次恋爱结几次婚，和低碳生活扯不上什么直接关联。倘若非要把低碳和人们的口腹之欲挂钩，那也只是吃穿用度和享受的问题，是物欲而不是动物欲。虽然伍德曼从未将低碳生活神圣化或是哲学化，也从未以兜售自身纯洁的白鸽自居，但问题是谁见过一只灰鸽子被众星捧月般地推选出来代表和平、正义和地球永续？更何况世界人民几乎集体被尼采洗脑，认为人类的原动力就是满足自身的欲望，所有与之唱反调的人，总会被质疑。两个当事人伍德曼和盖都矢口否认出轨。媒体第一时间联系了双方配偶。伍德曼夫人力挺丈夫，说自婚后夫妻一直恩爱如初，此事无论是空穴来风还是事出有因，都不会再对外交代，这是夫妻间的私事，恳请外界理解并留空间给两人解决问题。假如事情停留在这一步，这场风波会逐渐平息，过不了多久就会湮没在其他热点中。可惜，盖的丈夫显然缺乏应对媒体的经验，说了许多不该说的话，连妻子上学是受他资助，妻子常常嘲弄他是个"半人"，还有她一直住在伦敦，两个人跟事实分居没什么分别等细节都透露给了外界，尽管他的本意可能并非要伤害她。这几年，英国的民粹主义和保守势力大有抬头之势，不仅对移民不友好，就连来自申根国家的劳工也持不欢迎的态度，有了这些料，盖被描绘成了一个忘恩负义、心机深重、不择手段的"贱"女人。

蹭热度的也不少，有些不入流的小报喜欢给乌云镶橙边，不断地诱导读者，"半人"究竟是什么意思？侏儒，同性恋，性无能？盖主动和伍德曼做了切割，登报声明，已递交辞呈，将无限期休假。

杜励都不知道自己是怎么离开，又是怎么走到街上去的。搅得她心里七上八下的不只是这桩绯闻，还有某个蹭热度的爆料。据一个不愿意具名的知情人讲，盖在硕士毕业找工作之际，为了踢走某位热门候选人，曾不惜在雇主面前造谣诬陷对方，这名候选人还是她最好的朋友。

伦敦的冬季总是能绕过初春给人们捣乱，都已经三月了，彻骨的寒冷还盘踞在空气中，丝毫没有撤退的痕迹。怯懦的春天，在草地上，在树枝上，只敢展露一点微微的影子，还要不停地随风摇摆，似乎在乞求寒冬看在世间万物期待复苏的份上，早点离开。杜励走得很慢很慢，脸都被冻僵了，耳朵生疼，从嗓子往下直到胃，被冰冷潮湿的空气给塞满了，心里仿佛结了冰，脑子里满是痛苦的怨念：一直把盖当作最信赖、最看重、最要好的朋友，盖居然是在背地里一再造谣中伤自己的人。她还厚颜无耻到贼喊捉贼，在自己最惶惑无助的时候，表演正义，表演愤怒，表演为了朋友两肋插刀！她还是人吗？岂不是比毒蛇还毒？自己怎么会和这样一个人成了朋友，竟和她推心置腹，和她亲密无间，关心她，爱护她，帮助她……她难道不懂得羞愧，不懂得内疚吗？世上竟然会有这样用心险恶的人！与人交往的目的，就是为了骗取友情，就是为了算计人！

杜励越想越愤怒，越想越伤心，也越想越沮丧，即便是走在大街上，早已忍不住泪流满面。她走啊走，不知走了多久，终于难过到无法自持，干脆蹲下来，放声大哭……

过往的人们纷纷朝她看，不知发生了什么。有两三个年长的女士站在她旁边，似乎想要帮助她。其中一位女士蹲了下来，握住了她的肩膀："上帝保佑你，孩子，上帝保佑你。"杜励抱住了这位阿姨，在她的怀里痛哭。哭了好一会儿后，杜励松开了手，胡乱擦了擦眼泪，给阿姨鞠了一个躬："对不起，我实在是无法控制自己的情绪。"说话间，泪水又扑簌而下。

"你为何事如此烦恼？"老阿姨握住了她的手。

她使劲摇头，不肯说，眼泪顺着面颊流到了嘴里、下巴上，甚至流到了脖子里。老阿姨掏出手绢来，帮她擦擦眼泪，拉着她走进了街角的一间咖啡馆。抱着一杯热气腾腾的咖啡，在这位长者慈祥而又关切的目光下，她一边流泪，一边抽抽搭搭地把自己的遭遇道出。

"噢，可怜的孩子，可怜的孩子。"老妇人不停地抚摸着杜励的手，"我也经历过朋友的背叛，谁没有类似的经历呢？也许她并不是有意伤害你。为什么不当面问问她？如果我是你，我不会让流言蜚语站在朋友和我当中。她现在正承受着巨大的困难，是不是？"

告别了老阿姨，杜励的心敞亮了些许。她一边往回走，一边回忆起过去两年来与好友相处的一幕幕场景。

她想起入学不久，两人从竞争变同盟，互相在阶梯教室给对方占座，想起她们常常为了一个观点争论得热火朝天，想起那碗驱邪祛病的"印式胡辣汤"，想起所有倚床闲话和共享美食时的姐妹亲情，想起彼此给予对方的鼓励、支持、关心与帮助，更想起在古斯塔夫教授的课堂上，盖舌战群儒的场面……

这样一个女人会是背地里咬人的毒蛇？

不，不是……不会是她，她不是那种口蜜腹剑之人，她不屑于做个伪君子。爆料人一定别有用心。杜励忽然想起来，赫总裁曾经说过，全班同学几乎都去面试了，进入复试名单的人不下五六位，就算是把自己拉下马，造谣的人也未必能最后胜出。如果盖真是那个造谣的人，赫总裁为什么不提醒自己呢？他明明知道，盖寄居在公寓，还说犯不着算得那么清，自行承担额外支出的水电费用不过是几个小钱……如此说来，盖根本不是那个背地里咬人的毒蛇，是有人趁机颠倒黑白，故意落井下石，为的是污蔑她，打击她，挑拨离间，好让她众叛亲离，尝尝过街老鼠的滋味。对，就是这样，肯定是这样，这样才解释得通。幸亏没上当，这个爆料的家伙用心太险恶了。

杜励的心里一下子像照进了太阳，脸上绽放出了笑容，但转瞬间，又立刻开始为好友揪心：她和伍德曼先生之间究竟是怎么回事？不是精神恋爱吗，什么时候开始有了关系？是不是她决定离开他的时候，他舍不得了？那他妻子怎么办？伍德曼夫人可是很维护他的。他只是一时糊涂？出轨的男人们常这么说。可他不是一般人，有很高的标准，绝非容易受诱惑之人。难道他两个女人都爱？

不，当爱上一个新的女人时，老的那段爱情不是死了也病得不轻。可他舍得为了这场新的感情冒险吗？妻子不仅当众保全了他，还给了个台阶。作为一个公众崇拜的精神领袖，离婚意味着再接受一次火的考验，结果未必就是凤凰涅槃，他不会不权衡利弊。盖怎么办？不仅工作丢了，婚姻也必定名存实亡，她将何以安身立命？即使丈夫既往不咎，她也未必肯吃回头草。和一个善良但懦弱也缺乏智慧的男人生活，她的心能得到多少理解和慰藉，能体会到爱的极致吗？人格独立完整的男人绝不会让不相干的外人在自己的婚姻里瞎掺和，这样看她丈夫的确只是个"半人"。难怪，她总是那么纠结，总是给自己压力，就怕不够累，不能倒头就睡，还有一丝丝力气胡思乱想……会不会是因为自己把柏拉图式的爱贬得一钱不值，才影响了她？可是，盖，你怎么会如此糊涂，给一个有妇之夫做情人，岂不是爱得更卑微？

难过极了的杜励，一个劲地给盖打电话，和昨晚一样，手机根本无人接听。盖准是一个人躲了起来，独自在角落里舔伤口。可她能躲到哪儿去呢？此时此刻，除了自己还会有谁能安慰安慰她，开解开解她？她又发了一条信息："盖，我刚探亲回来，刚知道了你的事情。你在哪儿？回个信息，别让我担心。"

快到住所了，她终于收到一条回复："我不需要你廉价的同情。"她马上拨手机，铃声响了几下被摁掉了，她只得又发信息："我十分担心你。咱们可是最好的朋友。"她马上又收到了回复："去死吧，你该下地狱！"

杜励无奈地摇摇头，对好友的暴力语言早就见怪不怪，更体谅她如今身处痛苦的旋涡中。还没走到公寓楼下，远远地就看见一群人站在楼下，举着标语、横幅在抗议。

一个身材结实、穿着牛仔工装的中年女人拿着喇叭，挥舞着胳膊，大声喊："穿裘皮对动物不公平！"，众人也跟着她喊——Not fair（不公平）！

"Animal abuser is a fuck loser（虐待动物的人是可耻的失败者）！"

众人也跟着喊——A fuck loser（可耻的失败者）！

"Cage the animal abuser（把虐待动物的人关到笼子里去）！"

众人也跟着喊——Cage the abuser（关到笼子里去）！

他们干吗到这来集会呢？她不明白，这儿没有专售裘皮的品牌店，也不是高档住宅区，更不是特拉法尔加广场，能起到什么效果呢？她低着头，想躲过他们回到自己的公寓。那个喊口号的女人注意到了她，拿着大喇叭对着杜励喊："You, Stop! You abuser, Stop（你，站住！你个虐待动物的家伙，你站住）！"所有的人都齐声高喊："Stop（站住）！"

杜励吓了一跳，站在原地，看着这个女人和周围的这一群斗志昂扬的人。

"Animal fur is for its own, not for your vanity. You know（动物的毛皮为自己而生，不是为了满足你的虚荣心，你知道吗）？"

众人也跟着喊——You know（你知道吗）？

她使劲点点头。

"Surrender your fur（把你的裘皮交出来）！"

众人也跟着喊——Surrender（交出来）！

杜励一下子愣住了。他们怎么知道我有裘皮大衣的？

杜励摇摇头，大声地回答："I do not have a fur（我一件裘皮衣服都没有）。"

"You cheat, you little Chinese! You eat shark, you eat snake; you eat dog, you eat hedgehog. Damn you（你撒谎，你这个小中国人。你吃鱼翅，吃蛇，吃狗，吃刺猬，去你的吧）!"

众人也跟着喊——Damn you（去你的吧）!

女人突然一挥手，发出了命令："Smash the animal abuser hard（把这个虐待动物的人砸个粉碎）!"

所有的人一哄而上，把杜励团团围住……

卷二

沉淀的回忆

一

朱必达在杜励的病床前守了整整一夜，每当她在噩梦中惊呼时，他就会握住她的手，轻轻抚摸她满是冷汗的额头。她时而清醒，时而糊涂，时而紧张，时而战栗。她总是揪着自己的喉咙，不知道是嗓子里面有东西堵着，还是到底哪儿难受。朱必达让她喝了几次水，还差人去买了橙汁和润喉片，可她只要是从梦魇中惊醒，就会蜷着身子，扯自己的喉咙。因为总是皱着眉头，她的眉心处挤出两道深深的纹路来。等她睡着的时候，朱必达忍不住用手摸了摸，把她的两条眉毛往外抻了抻，还好不是皱纹。她的样子，牵动了他结实粗壮的身体里的每一根神经……他怕了，就像在拳击场上遇到了一个变形金刚，本以为已经打赢了这场斗争，可瞬间对手又露出高大威猛凶狠的真身。他只盼着天赶快亮，兴许天亮了，她就好了。父亲去世时的茫然孤独无助，又一次紧紧把他包裹了，他也不由自主地摁住了自己的喉咙。

是恰巧经过的热瓦尼先生救了杜励。他用帕瓦罗蒂式的大嗓门反复地、郑重地向示威者们保证："我以整个意大利民族的荣誉担保——这个姑娘，曾在我的店里打工，她从没穿过什么裘皮大衣！"

领头的女人拿着一张电视上的图片质问他为什么撒谎。热瓦尼把嘴巴噘成了一个亲吻的样子:"美丽的女士,这是她租来的道具,圣诞夜的道具服饰!"示威的人终于散去,热瓦尼把吓得半死的杜励送到了附近的医院,还给小露易莎打了个电话,让她无论如何都要抽空来伦敦,照顾一下她的干姐姐。一得知此事,朱必达立刻就从中国赶了过来,同时带来了另一个坏消息:太行负伤了。

二

非洲某国的警局里,一场军事会议正在召开。前一天,一名防暴警察被杀害了,他随身携带的SPAS-15霰弹枪也被夺走。这种杀伤力极大的武器一旦落入到恐怖分子的手中,对民众的威胁实在无法估量。从早晨开始,这一地区就戒严了,警方展开了搜捕行动,可惜一无所获。明天就是一个全国性的宗教节日,几乎所有的人都会涌向街头、寺庙,维和部队的指挥官们聚在一起研究和部署第二天的安全防卫方案。代表中国参加会议的是维和部队的一名大校和他年轻的上尉助理,他们的任务是负责寺庙内外的安全防务工作。

第二天清晨,天还没亮,年轻的上尉就带着一连人马,在寺庙内进行地毯式的搜查,然后五步一岗十步一哨,把寺庙的里里外外都保护了起来;还在寺庙大门口设置了三个检查站,每个检查站相隔五十米,呈阶梯式排列;最外面设立了警戒线。从这里开始,进入寺庙的人就必须排队,接受三个检查站的安全检查。周围所有的制高点上都埋伏有狙击手,寺庙附近安排了一些便衣警察。

从早晨到中午,一切活动都井然有序。眼看活动快要结束,士兵们的脸上露出了些许轻松。太阳已经挂在了正当空，炙热的阳光从空中笔直地倾泻下来，似乎要把人心里的警惕给烤焦了。年轻的上尉不敢有丝毫松懈，一双星目闪着寒光四处打量，既是给战士们加油，又是给恐怖分子以威慑。突然，一个穿着黑袍子的孕妇进入了他的眼帘。她已经穿过了第一道警戒线，来到检查站。士兵们礼貌地向她说明要进行搜身检查，她提出了抗议，自己有孕在身，不方便。上尉觉察出这个孕妇的腹部有些异常，不像正常孕妇那样呈圆鼓状，立刻拔出了佩枪。说时迟那时快，孕妇从怀中掏出霰弹枪，扳动了扳机，几乎同时，上尉也射出了子弹。

孕妇当场被击毙，向她发出致命一击的上尉也倒下了……

三

"我不是医生，也说不好。"小平到医院看望太行，对他说，"小时候你也生过病，发过烧。有时候药吃了好几天，烧还是不退。妈妈老是疑心大夫给的药不对症。爸爸总说再等等，说不定第二天就好了。还别说，过了两天，烧真就退了。可这次，你腿上受的伤可不轻，不是你出门不小心摔地上骨折了，那是十几个弹孔啊！你得铆足了劲，做长期准备。"

"长期准备？五年、十年还是二十年？我这辈子还能干什么呀？"太行愁容满面。负伤后，由于当地医疗条件太差，简单处置后，他就被送回北京，住进了陆军总院，接受治疗。手术前，总院的医生进行了会诊，发现太行腹部以下有多达十几个弹片，取出弹片后，就得立即做神经修复手术，即便这样，太行能不能再重新站起来，谁也没有把握。文竹整日以泪洗面，梁政委挺了一辈子的腰板转眼就佝偻了……

看着弟弟颓唐的样子，小平开导他："人的一生说短也短，说长也长。看看咱爸，退休了才开始搞这个水产养殖加工，别人都劝他，老了老了还折腾什么？爸爸说他比辅佐周文王的姜子牙还年轻二十岁呢。你今年才多大，就是花十年、二十年再站起来，也不迟。"

太行没有言语。面对这个世界，他一直想成为一个侠士；在自己心爱的女人身边，他则一直是个骑士。如今忽然失去了行动的自由，变成了一个需要别人照顾的废人，这样的日子，过一天可以，过一个月勉强，再过下去就是煎熬，他看不到自己生存的意义和价值……

四

还是在女儿和太行的爱情初露端倪之时，杜才韧就一再告诫她，不要早恋，人生的路很长，一个人不到踏入社会，真正找到自己的角色和位置之前，不会明白谁才是适合陪伴自己度过一生的伴侣。女婿负伤后，女儿迅速辞了职，回国照顾丈夫。杜才韧是既心疼又担忧。女儿内外兼修，身边一直不乏条件优秀的仰慕者，如果不是早早把一颗心许给了太行，怎会看不到其他人的优秀，体会不到其他人的好，执意与一个学识才情都远在自己之下的人结缘。本来就道不同、志不合，现在怎么办？难道她必须得背着这个沉重的包袱生活一辈子……他了解自己的女儿，如果不让她把对太行的这份情意释放出来就放手,一辈子都会背着个沉重的十字架,走到哪儿都不会幸福。可她的人生才刚刚开始啊……等生过一顿闷气后,杜才韧又开始为女儿女婿打算,得想法子让太行振作起来。他想到了两个人:霍金和罗斯福。霍金,全身瘫痪,不能言语,却是现代最伟大的物理学家之一。女婿当然无法比。罗斯福呢?轮椅上的巨人,美国人心中"最佳"总统,无论是胸襟、勇气、眼光、口才和进取心,都堪称完美。杜才韧专门跑了一趟图书馆,借了关于罗斯福和霍金传的中英文两个版本的书籍,遵照君子引而不发的原则,写了一段话:"有些人存在的意义,在于他有一颗非比寻常的脑袋;有些人存在的意义,是他们有一副美妙的歌喉、一双灵巧的手,或是吃苦耐劳的精神;还有些人存在的意义,是他们拥有一颗强大的心。"他把这段话和几本书送给了女儿和女婿。

五

"杜励爱的人是我,而不是她的丈夫。"莱斯特对朱必达说,"我们分手是因为一场可笑的闹剧。如果她不爱我,不会如此难过,更不会执意分手。爱不仅和恨是一对,和失望更是一对。分手后立刻和别人牵手的人,十有八九是被前任伤透了心。"

朱必达递给莱斯特一根雪茄,劝慰他:"但现在你只能放弃。"

"为什么我要放弃?婚姻早不是一百多年前教会时代倡导的终身制。一个人对于自己的配偶承担的是有限责任,如同生意场,如果一方破产了,作为合作伙伴,另一方有权结束关系,及时止损,寻找新的合伙人。爱是相互吸引,彼此成就。婚姻除了提供住所和膳食，还要提供温暖、安全、快乐和幸福。这个男人现在能给予她什么？"

小朱饶有兴趣地听着，脑袋一拨楞一拨楞的，一再表达反对："杜励生长在中国，哪怕之后接受了许多不同的观念，但她的基因没有重组过，不可能做出不同的决定。"

莱斯特更不服气了："难道她就要这样白白放弃了自己的人生？为了什么？为了周围人的眼光和看法？"

被朱必达请到北京给他和卫元护盘的莱斯特，之所以接受这份工作邀约，目的之一，便是追回前女友。和杜励分手，并非由于彼此伤害了对方，而仅仅是误会。她现在面临不幸，谁能把她从生活的旋涡中解救出来呢？

六

"杜励，你不要误会，过去我们之间相处的确不算太愉快，我要负主要责任，毕竟我是长辈。"儿子负伤后，文竹对儿媳妇的印象有所改观，除了心疼太行，她也很关心杜励，常常叮嘱她，要注意自己的身体，不要过于悲伤、操劳。然而，一得知莱斯特到了北京，她又气又急，把儿媳妇叫到跟前来，本想是谈谈心的，谁知越说越气。"你一定觉得委屈，追求你的人里，太行的条件不算突出，比他有钱能干，比我们梁家有地位，又对你献殷勤的，大有人在。可你得体谅我，作为一个妈妈，我做任何事情，立足点都是为了自己的孩子好。我不同意你们的婚事，是因为这些年，在我眼里看到的都是太行的奉献，太行的付出，太行的隐忍，太行对你的种种包容与呵护，没看出你有多在乎他。你既然已经嫁到我们梁家了，过去的事就算了，只要你以后待他能有几分真心就好。如果没有这场意外，我不会干涉你们。即便是你们有一天过不下去了，就当他摔了个跟头。他毕竟长大了，吃一堑长一智，随他去了。可他现在……你的外国男朋友又来找你了，是不是？谁给他报的信，他又为什么而来？这你比谁都清楚！我没心思和你计较，也不打算计较，我担心的是我儿子。别说你们真有点什么了，就是没什么，光外人的闲言碎语，都够他受了。倘若真发生了什么，你就是拿刀子戳他的心，这些你想过吗，你顾及过吗？我想来想去，还不如让你们现在就离婚。太行爱你，处处为你着想，他不会不放你走的。你要是不好意思跟他说，我来张这个口，只要你同意……"文竹再也说不下去了，悲痛已经堵住了她的喉咙。

七

莱斯特最后说的那段话，一直在杜励耳边回荡，赶都赶不走："你不记得我们一起读过的莫泊桑作品里的一段话了吗？'先生，一个人结婚，不是为了展示自己的仁慈，而是要和另一个人一起过人生中的每一秒，每一分，每一小时，每一天。如果一个人残废了，像我一样，嫁给他的女人不就相当于被判了死刑？我崇敬一切有限度的牺牲和奉献，但我不认可，一个女人为了获得别人道义上的尊重，放弃了自己一生，以及所有的快乐和梦想！'"

倘若不是小朱说有事商量，约吃饭，杜励是不会去见莱斯特的。负伤后，太行的心理压力已经够大了，她怎能让他再承受什么打击？这段时间，她认清了自己的内心。她并不像自己想的那么坚强。坚强是一种力量，苦难可以激发它，可它是靠希望存活的。她不可以把希望从太行的生活里带走……

八

她想起了刚回国，在医院里太行看到她时那种开心的、如释重负，但又满是歉疚的眼神，想起了在医院里陪伴着他的日日夜夜。过去，虽然结婚了，她还是个等着人宠爱的小女子，而这一回，她一下子变成了一个大女人。她学会了照顾，体贴，学会了把担忧藏起来，用灿烂的笑容鼓励他，甚至是像哄孩子似的时不时逗他开心。

她想起太行出院时，她怎么也不同意公婆把儿子带回老家。"我们已经结婚了，太行属于我，应该由我来护理。"在家的一段日子，俩人也是再要好不过了。后来，太行难免有些焦急，她总是安慰他："病来如山倒，病去如抽丝。你受了这么重的伤，怎么也得养个几月！不如从长计议，趁这个工夫，添点什么新本事。写作怎么样？每个人的经历都是自己独一无二的作品。"他不感兴趣："咱们家有你一个人当作家足够了。"弹琴呢？冲着将来能和她珠联璧合，不妨试试。但一弹起来，她就发现了他的先天不足，不无遗憾地宣布："太行，你好像长了两只左手。"他拧着她的鼻子说："你能说点好听的吗？"她不是不会说好听的，但是人总是对弱者说好听的，她不能给他这样的心理暗示。于是他们就一起读书，尤其是把爸爸送的两本书细细品读。之后，太行果然积极了不少，还催促她拿下彭博社的工作:"机会难得,更何况大部分时间你还可以待在家里写稿。偶尔一两天不在,我自己可以应付,如果时间长,我就住到姐姐家里去。妈妈那儿,你也不用担心,我跟她说一声就好了。"

但没过多久,她就察觉了,这只是假象。他话不多,烟抽得越来越凶,还蓄起了胡子。她想让他把胡子刮了,几次张口,话到嘴边又咽了回去,可还是忍不住亲自动手。他有些恼,抓住了她的手,准是看到她眼睛里起了雾,才松开:"看来你不喜欢自己老公成熟一点啊?"她没吱声,也没停手,眼泪啪啪地往下掉……他还像以往那样哄她,声音并不轻松:"娘子,从今往后,我这张脸就归你打理了。你让它寸草不生,我绝对毫毛不留。这总行了吧?"

九

"老梁,这些日子我是怎么熬过来的……"文竹抹着眼泪跟老伴诉苦,"太行太在乎杜励了,时间再长点,两人不一定能过下去,太行肯定把所有的苦处都自己扛下来。他从小要强,更爱逞能,还不懂一份细水长流的爱有多少好处。胡朵朵的心在他身上,杜励的心却只在自己身上。表面上看,杜励对太行也不错,那是因为太行对她太好了,百般呵护换来三分回报。老天爷给了她那副长相,他爸爸又把她培养得好,她样样出色,事事精通,怎会甘心只给太行当个贤内助?胡朵朵不一样,胡家这样的地位,她傲气些很正常。但她不是对所有人都傲气,她对太行,对咱们,那是什么样的心!人这一辈子,不是你努力,就能上一个台阶的。如果站在高处的人，肯出手拉你一把，那就容易多了。人在高处待久了，看问题的眼光、角度和底下人就是不一样。咱们应该再给太行找神经科的专家好好看看。胡朵朵外公的学生，咱们托托人，也能搭上关系。问题是，咱们谁都没往正确的地方想啊……"

十

梁政委身上披着件深色的外套，在客厅里来来回回踱着步子，外套上的两个空袖管在清晨的光线中抖动着，像两根刚从炉膛里抽出来的铁棒。铁棒的主人，如同一头震怒中的老狮子。他那沉下来的脸色，垂下来的眼睛，无不释放着一种可怕的威慑。他从不和妻子拌嘴，她委屈了哄哄，她生气了让让，一辈子过得甚是和美，可昨天他被妻子气得够呛，愣是强忍着没发作，毕竟这段时间自己一直在外面，不了解儿子的情况，不了解家里的情况，更不了解京城里的是是非非。但是，一见着儿子，他就雷霆万钧，把"先听听他怎么说"这茬抛到九霄云外去了："太行，我们梁家养了个白眼狼啊！你要是现在听了你妈的话跟杜励离婚，你就不是我儿子！驸马爷就那么好当？为了当驸马爷，你宁愿先当陈世美？你真有出息！"梁政委说到这儿忽然瞅见了儿子挂着的拐杖，立刻停了嘴，转身气冲冲地走了。

十一

  太行本不想让家里人掺和进来，否则事情将不受自己的控制。但一想到莱斯特一定会陪在杜励身边，安慰她，照顾她，就狠下心来，硬是把最后的一丝丝顾念都从自己的脑海里逼出去。可他不认为自己可以面对妻子的眼睛提出离婚的请求，便委托律师去和她谈。

  从弄清楚了余律师为何而来后，杜励的眼泪就没有止住过。无论他说什么，她只是摇头。余律师不是毛头小伙子，早就见惯了各种流泪的面孔，见惯了许多夫妻为了各自利益的欺骗隐瞒，费尽心机用尽手段……可余律师的心，不知不觉在这无声无息的眼泪中，由一块坚硬的岩石变成了软软的豆腐。一开始，他还不停地解释，说离婚是做丈夫的一片善意，不想拖累妻子。但说着说着，猛然意识到自己说的每一句话，都是以善良的名义在捅刀，他随即住嘴。离开之前余律师问："你有什么话要我转达吗？"杜励用颤抖的手在纸上写了一句话："等到那一天，我会同意的。"余律师一走，杜励就把自己蒙在被子里，这个世界仿佛只剩下了她自己和一条棉被。她的心犹如被那份离婚协议书切成两半，眼里流的不只是绵延的泪……

十二

"这么说,婚一时半会儿是离不了啦?"文竹问。

"除了友好协商解决,走法律途径的话很难。如果当事人一方没有精神病史,也没有婚前欺瞒行为,双方感情也没有破裂,法院会倾向于保护弱势群体的一方,尤其是当事人一方是女方。"余律师阐述了一遍法律精神。

"余律师,我母亲其实没别的意思。"小平说,"人年纪大了,总盼着儿女事业有成,家庭幸福。我弟弟岁数不小了,又经过这场大难,我母亲难免会多替他着想一些。其实,这样对双方都好。我弟媳虽说现在一时想不开,时间长了,会理解做父母的一片苦心的。"

"梁总,女方现在患有抑郁症。他们结婚时间并不长,一方又负伤行动不便,另一方悉心照顾他。任何一个法官都不会不把这当成抑郁症的诱发因素,如果当事人的律师做出如此引导的话。"余律师说,"在这种情况下,法官会倾向于保护她的权益,不可能做出离婚判决。"

十三

杜才韧心里疑窦重生,女儿好端端的怎么会得抑郁症?她又不是三岁小孩,碰上一场意外的天灾就吓得六神无主,还要接受心理辅导？他去请教过医生。医生说人的神经就好比一根橡皮筋，如果一直处于松弛状态，突然绷紧一下，完全不会出问题。但是如果给一根总是处于高度紧绷状态的橡皮筋再额外附加一个重负，情况马上就变得不堪。他不禁十分担忧，过去这一年多来，女儿承受着巨大的心理压力，难道最近又出了什么事？女婿呢？他去哪儿了？

十四

得知杜励在四川出差遇到泥石流，吓出了毛病，太行坐不住，匆忙赶回家中。家里没有一丝烟火气，书房里更是一副萧瑟的景象。桌子上摆着的几盆绿萝全都处于营养不良、严重缺水的状态，就连一株仙人掌也顶着一身的刺，在抗议主人为什么置它于生无可恋的境地。太行独自一人坐在书房里抽烟。他回想着自受伤以来，妻子的温柔以待：那爱与鼓励的目光，那些含蓄而又灿烂的微笑，轻柔而又坚定的声音，依偎在他身旁时的婉约与嫣然，与他患难与共、风雨同舟的坚持……她的爱像夜曲，只有静下来在深夜里聆听心的回放，才能读懂那波澜不惊的外表下蕴藏的深情。这份爱，毋庸置疑，无需考验……正对着他的那面墙上，挂着一副杜励的肖像画，是当年小海送给姐姐姐夫的新婚贺礼。那时的她，脸上洋溢着幸福，翘起的嘴角上挂着幸福，两只灿若星辰的大眼睛里更是既流露着幸福，又憧憬着幸福。在这双透彻明亮的眼睛下，有生以来，他从来没有像此时此刻这样痛恨过自己，更看清了自己的本质——根本不是什么硬汉，只是一个逃避现实的懦夫；看清了镌刻在自己骨子里的傲慢与自大，给予她的爱里有多少不平等的成分……

十五

杜励一见到太行,就闭上了眼睛,背过身去,无声无息地流着泪……太行想好的千言万语,种种华丽的解释,都烂在了肚子里,除了一句:"我错了,对不起。"她在哽咽声中说:"爱和对不起没关系。"说着又哭了,再不言语……

凌晨两点多钟,杜励又从睡梦中惊醒。她梦见自己站到了悬崖边,脚下是一望无际的大海。海面上汹浪滔天,就像地狱里的魔王从海底伸出了无数双利爪,非要把天上的月亮给卷到自己乌黑的怀抱中一样。她刚想夺路而返,悬崖瞬间变成了汪洋中的孤岛。天空阴云密布,狂风大作,电闪雷鸣,倾盆大雨如注而下……她吓得又哭又叫,揪着自己的喉咙醒了,一颗心跳得突突的,好像随时要从嗓子眼里蹦出来一样。她睁开眼睛,看见太行深情而又关切的目光,两行晶莹的泪从眼角流了出来。他伸出手来,帮她擦去眼泪。她握住了他的手。

卧室的床头柜上放着一盆极其珍贵的兰花。它既淡如梅,也华贵如芙蓉,冰清素雅,又劲力十足。如果凑近了去看,会发现被外面三瓣花朵捧在正中的是微卷之态的圆蕊;如果从远处看,花叶映衬,玉树琼枝,正是一段连理枝。这株怀素花是太行买来送给妻子的——心怀素,爱如初,山河不老,岁月长情。这是他无言的告白。

杜励终于肯开口,告诉他自己梦见了什么,虽然只是片言数语。两人的手紧紧握在了一起。北京的冬夜,清冷,天上的明月和星星与地上的万家灯火相互守望，传递着一种平和与坚定。万籁俱静，天地间仿佛只剩下了他们两人。杜励的心跳慢慢缓和了下来，太行的心跳却加速了，两颗心的频率越来越近了……

十六

小平被弟弟这番操作给弄蒙了。一会儿坚决要离婚，一会儿又说什么也不离了，究竟想干啥？她忍不住问："太行，你这一出出的，唱的是什么戏文？"

太行尴尬一笑，"欲擒故纵"这四个字已经到舌头尖了，硬是让他给吞回来，换成一句："我一直疼我媳妇，不知道吗？"

姐姐是什么人啊，太行十分清楚，所以不敢把话说得太透。即使这样，小平已经猜出七八分，伸手指着他的鼻子，笑着嗔道："你可悠着点吧！"

十七

杜励的抑郁症源于心结。自打莱斯特来到北京，她过去的那段恋情就像个黑影似的，横在了她和太行中间。

结婚前，她踌躇再三，还是把自己和莱斯特曾交往一事告诉了太行，尽管这很艰难。坦诚相见，意味着她要再一次伤害他，得承认为了在自我实现之路上走得快一些，她放弃了他，牵起了另一只手。如果把太行的爱比作纯金，她的爱，分量和成色都不足。可是，爱也是一种冶炼，她相信，总有一天，他们给予对方的爱会是一样的质地……

然而，她再坦诚，也绝不会分享细节，除了告诉他，她和莱斯特订过婚。她怎能想到时隔两年后，这句简单的交代，会让负伤的丈夫还有婆家都误会了她。太行的心思，她猜得到，既是想逃避，也是想成全她，但最主要的是，他妒忌，他以为她爱的人是莱斯特，而不是他。可她又怎能怪他呢？若不是失去自由行动的能力，从自己最熟悉擅长的角色上被残酷地剥离下来，他还会一如过往的坦荡、包容……她应该跟太行说清楚，勇敢地把那时自己的心态好好地解剖一下……

刹那间，太行明白自己犯了一个不可饶恕的错误，把她的对不起牢牢地用一个吻接住了。

分手数年后还能再次携手，除了好好地珍惜她、爱她，他没有别的想法。他对父母说"我都知道，不在乎"，并非一时情迷之言。重逢时她流下的泪，已经把他心中所有的障碍都冲垮，所有的沟壑都填平了。如果不是心里有着一份强烈的爱做指引，他是不会再创造见面的机会的，此生也就错过了。

分手那几年，他备受煎熬，脑子里反反复复纠结一个问题：为了成就她，而在自己身体里留下的那份空洞，别的女人能填补得了吗？为了和远在国外的杜励保持思想上的一致，上大学的时候，他也读过《圣经》。整本书他最认同的观点就是：女人是男人的一根肋骨做成的。他的那根肋骨造就的女人不是别人，正是杜励。婚后，他感到无比幸福。心灵的契合，赋予身体的结合一种无法言传的美妙，一次又一次，使他对圆满这个词有了益发深切的感受与领悟。

他既深爱着记忆里那个从小一起长大的倔强单纯骄傲的小女孩,更爱如今这个饱经沧桑聪慧美丽的女子。爱,本就该论心而不是论事,尤其是不该面对无法更改的过往。这是成长的代价,幸福的代价,爱的代价,他早就释然了……

太行亲吻着妻子被泪水锁住的明眸,诉说了一句前不久从她嘴里倾吐出来的原谅他的话:"爱和对不起,没任何关系。"

十八

"蓟县的工厂才多大啊,有爸爸一个人管着足够了。做实业来钱太慢了,你到什么时候才能熬出头啊?你也别犹豫了。条件,都谈妥了。胡家和咱们家各占五成,我三成,你两成。你不用出钱,就算是管理和技术投入。妈妈那儿,我已经打过招呼,她会和爸爸吹吹风。"小平力劝弟弟出来一起搞投资公司。

重获行走能力的太行,竭力想要证明自己的欲望,一下子找到了一个极速通道,立刻答应了姐姐。

"我是为了你,还有我们这个家。"面对杜励清澈闪亮的明眸,太行解释道。

"资源回收公司那里,就这么放弃了,是不是有点可惜?你不是说想当丐帮帮主吗?我还以为你打算帮助人类拓展在地球上的生存极限呢。"她怎忍心他为了自己一再放弃喜欢做的事,不断调整目标。

"我得先把咱们这个小家建设好了,才能腾出手来管地球上其他的人。"太行捧起妻子的脸,亲了亲那双灿若星辰的眼睛。

晚上睡觉的时候,杜励拽着太行的胳膊,给他讲了一个故事:"这个故事是我欣赏的一个作家在拉丁美洲采风的时候听来的。在当地一个女人恋爱了,如果想知道正在交往的男人是不是真爱,就跑到田野里去,从花丛中抓住一只蜜蜂,然后把它放在自己的手心里,把手指蜷起来等着——如果蜜蜂乖乖地待在里面,这个男人就是真正的爱人;如果蜜蜂蜇了她,那就证明彼非良人。"

她为什么要讲这个故事呢?她没说,太行也没问。不过,他亲吻了妻子一下,以示自己不是蜇人的小蜜蜂……

十九

盖的信写得很短,但情真意切。杜励本以为此生都将和好友失联,没想到意外地收到她的信。"杜励,对不起,我不该误会你,更不该对你说那些难听的话。那时的我,几乎已经丧失理智,欲望和仇恨将我吞没了……我如今常驻孟买,担任BBC新闻频道驻印度的联络记者。工作是伍德曼先生推荐的,不过我和他已经没有任何关系了。我也不想为自己辩白,我相信你会懂,什么是情到深处人无助。未来几年,我得勤奋工作,努力赚钱,好能自由地、无牵挂地走上另一段路。"盖字里行间透露出的平和与坚强,杜励一下就捕捉到了,马上给好友回了信。

盖:
  收到你的来信,别提多高兴了。原谅我一直没跟你联系。从前年圣诞节开始,我就厄运不断,现在这一切都过去了。你大概想不到，我为什么会突然辞职回国。太行在非洲负了重伤……他最近刚刚脱离轮椅，重新站了起来。彩虹终于高挂在当空，还有洁白的鸽子衔着你寄来的橄榄枝飞到我的身边，我多想把自己灿烂的笑容画下来寄给你，愿你的脸上也绽放出同样幸福的喜悦。

杜励

短话长说

二十

还是在太行腿还没好的时候,朱必达出事了。他和秘书李岚去香港出差,被李岚给告了,罪名是强奸,被香港警署羁押。由于控罪较重,是否能够取保候审,律师也不敢打包票。公司一向都是朱必达一个人说了算,连个代理都没有,一时间人心惶惶。朱必达托律师带出话来,他不在的这段日子,由莱斯特代行总裁的职权,包括安迪在内的所有高管都须向代理总裁汇报。莱斯特和公司的律师飞到香港,听他部署工作。朱必达要求公司暂时实行紧缩政策,尤其是大的做庄操作,尽量避免。凡是要求撤离资金的投资客户,一律无条件将资金返还。并交代说,李岚只是个傀儡,背后的人还没有跳出来,酝酿什么阴谋他还不清楚。

朱必达还需要有一个绝对可靠的人奔走于香港和北京之间,在本地律师和香港大状①之间沟通,同时又能够对莱斯特有所掌控。除了杜励,他想不出更合适的人了。杜励看完朱必达的信后和太行商量。太行担心杜励会太辛苦,一旦应承下来,最起码一个星期就

---

① 香港大律师。

得在北京和香港之间跑个来回。可朱必达在他们夫妻二人患难时多次给予帮助，如今人家身处危难，岂能坐视不管？于是便答应了。

杜励去香港的前一天，家里忽然来了个外国姑娘，棕发褐眼，橄榄色的肌肤，神情有些娇憨。杜励给太行介绍，这是自己的墨西哥妹妹露易莎。第二天俩人一起去了香港。无论是香港的大状还是北京的律师，都觉得露易莎肯出庭为朱必达做品格证人，最有说服力。杜励每次到香港，都和干妹妹住在一起，既互通信息，也相互照应。

在北京站稳脚跟后，朱必达就跟露易莎分了手。朱老太爷看不上这个洋姑娘，认为她就是个嘴巴甜的家雀。小朱自己呢，有钱，走到哪儿都有女人主动往他身上黏。看上谁了，根本用不着费事去追，只要花点钱就能把事办了，等没了兴致，再给点钱就散了，两不耽误。当初谈恋爱那会儿，为了能与辍学回国创业的朱必达时时连线，露易莎甘愿生活在北京时间里。分手时，朱必达出手大方，露易莎一直念着他的好。此番他落难了，露易莎不计前嫌，只想把他救出来，还说："爱就是当可以说爱的时候，要大声讲出来；可以去爱的时候，该奋不顾身。"如此深情和豁达，世间恐怕没多少女子做得到。铁窗内的朱必达，自然懂得珍惜。露易莎跟学校申请了缓期毕业，住在了香港，一心一意地等着小朱出来。

这个强奸案，杜励选择相信朱必达给出的版本。这是一种只可意会难以言传的信任，虽然她搞不明白李岚诬告的动机。

"她非要我答应娶她！"小朱冷笑一声。

"就因为你不答应，所以就告你强奸？"杜励吃惊不小。杜励见过李岚，感觉她是个六畜无害单纯的小姑娘，怎么这么心狠手辣。

"应该有人与她合谋。要是我同意跟她结婚，说不定她能告诉我背后搞我的人是谁；要是我不同意，她便告我强奸，这样她不仅没有损失，而且能捞到不少好处。"小朱合盘道出自己的分析，"我公司里现在肯定有老鼠仓，就等着这个黑天鹅信号爆仓呢。我已经嘱咐莱斯特把一切活动停下来，让他暗中查出这个老鼠洞到底在哪儿。说实话，我连北京那边的律师都不放心，只能通过你跟他沟通。莱斯特倒不会打什么歪主意，他的职业操守靠得住。"

杜励听得心惊肉跳的。小朱整天置身于尔虞我诈中，才几年工夫，就从待人实诚的傻小子变成了个心机深厚的人。她思来想去，认为如果能够私底下给李岚一笔钱，说服她撤诉，可能是最简单便捷的方法。朱必达否决了这个提议，对方本来就居心叵测，难保不反过来告自己妨碍司法公正。其实他是怕杜励知道，李岚是他雇来监视莱斯特的，而莱斯特又是替他看着安迪的。他对谁都不放心。

莱斯特辖制不了安迪，需要借杜励这个朱必达授权的私人全权代表来为自己立威。才不过两年的光景，安迪变得更猥琐了，眼神里流露出来的那种油腻腻的光如今变浑浊了，从前还存在的智慧踪影全无，取而代之的是一种杜励读不懂的东西。过去一起搞理财软件的事情早就不了了之，安迪根本看不上这种小钱。倒是莱斯特在这个软件的基础上，和几个朋友又开发出了理财机器人。安迪对莱斯特极不尊重，无论俩人讨论什么，他一定是以"你是个老外"开头。但他对杜励很尊重，并且还跟下边的人解释了为什么如此尊敬她——那个老外莱斯特到北京是来泡妞的。妞是谁呢？就是老板的全权代表。这个女人有多厉害呢？这个女人是他曾经的学生，一个学期全旷课，期末考试却得满分，老板的女朋友是她干妹妹。莱斯特来泡她，是老板出的钱。所以她现在当家。真是造谣到家了！一个博士教授，如此妖言惑众，也算是让人大开眼界！

李岚那边聘请的也是香港的资深大律师，法官一直不给朱必达保释的机会。香港的大状估计，非得等第一次庭审结束后，才可能被保释，这最起码要在二三十天以后。

股市已经掀起了一场血雨腥风。首先扛不住的，是程老板这儿。公司的股票一跌再跌。复牌后，又连续跌停。程老板天天过来找莱斯特，寻计求助，但莱斯特除了给他打气、让他挺住，没有给过他任何实质性的帮助。不得已，程老板来找杜励帮忙。"莱斯特是个正直的人，不会为了一己私情去做违背雇主利益的事。"杜励实话实说，不过还是答应去做说客。

莱斯特的思路很清楚，在不明白对方实力以及明确的意图之前，不能砸下重金去护物流股小盘，否则一旦敌人攻击卫元的网络平台主盘，就无力回天了。凭着自己多年的股海经验，物流股绝不是对手的目标，一定要沉住气。

"如果直接出资去护盘代价太大，能不能出点小钱先让程老板把眼前的债务危机躲过去？"杜励问。

莱斯特说："现在我们在明处，对手在暗处，任何一笔资金调动，都有可能让他们发现我们的意图；一旦对方把程老板的这个小盘子做成一个资金旋涡，稍有不慎，必达的全部身家就可能被这个旋涡卷走。"

"难道除了小朱的资金，你就不能从别处募集一些钱帮助程老板渡过这一劫吗？"杜励不明白一向足智多谋的他，此次为什么如此死板？

莱斯特耐心地解释：为了换取更多的筹码，获得绝对的控股权，程老板已经把自己手上的股票押给朱必达和银行，也就是说他持有的一大部分股票价值实际只有现在市值的一半，他的公司固定资产相当有限，除了应收账款外，没什么可抵押的。快递业务挣的是辛苦钱，抵押应收账款能够获得的资金支持根本就是杯水车薪。

到此时，杜励才知道，小耳朵不仅借了一屁股债，还和卫元一样，和小朱签了对赌协议。他们两个赢了，小朱是大赢；他们俩要是输了，小朱大致可以落个不赔本的局面。可按照现在的形势发展下去，这个可能性根本不存在。李岚一伙人的算计太狠了，三个人面临的是灭顶之灾！

二十一

一向小心谨慎的程老板，啥时候放开胆子，敢于和陕西大财主的儿子豪赌一把了呢？

话还得从卫元这儿说起。自从公司接连在香港和上海拆分上市后，卫元的身家翻了又翻，涨了再涨。从此，他的情感模式彻底被激活了，在家里不再装懦夫了，在智静面前不再忍耐，七情六欲不再隐藏，嬉笑怒骂张嘴就来，怎么痛快怎么来，因为有钱给他壮胆啊！若是过去，他敢这么着，估计老丈人早把他给"休"了。现在呢，老丈人除了说几句夫妻和睦的话，主要是教育自己的女儿要多体谅丈夫一些，尽量温柔一点。

就为了给儿子起个名字，卫元和智静差点打起来。为啥呢，因为卫元觉得所有的财富和运气，都是儿子给他带来的，非给孩子起名叫小福。

智静不乐意："你咋不干脆叫他卫大福呢？"

"这是我儿子，我愿意叫他什么名字就叫他什么名字。"

"他是我生的,也是我的儿子,我不愿意让我儿子叫这么土的名字!"

卫元瞪了老婆一眼,抱着自己的儿子,把小福叫了八遍。

幸亏小平出来和稀泥:"要不这么着吧,就叫小福,等孩子上学的时候,你们再给起个学名。"

卫元现在气性可大了,这么芝麻大点的事不如意,竟然一赌气,绝食三天。智静该吃吃,该喝喝,根本不理他。当嫂子的看不下去了,直给小姑子指点夫妻之道:"小静,卫元这么闹,不就是想让你哄哄他吗?"

"他爱吃就吃,不爱吃就不吃。还要我求他?"

"当着一大家子的面,你让他怎么下得了这个台。你多少得哄哄他,哪怕就一句呢。听嫂子的,就今天晚上,你让阿姨给他盛碗汤,好声好气地说,这是你专门让人给熬的,多喝点补补身体。听到没?"

"嫂子,他就是钱多烧包了。"

"夫妻俩一块过日子,哪能光朝坏处想对方呢?外人可以这么说他,你可不能这么说。你哥偶然有做得不对的时候,我就提醒自己,千万别和外人一样埋怨他,兴许他是出于一片好心办了坏事呢?我这么一想,气消了大半,再和颜悦色地和他沟通,他自然能听进去。你要是真觉着卫元骄傲了,想劝劝他,得委婉点,不能这么直来直去地和他硬碰。"

智静总算是听了一回嫂子的话,别别扭扭地给了老公一个台阶,卫元也就偃旗息鼓了。但是,俩人谁也没吸取教训,还是三天一小吵五天一大闹,到后来干脆只要一见面,就你看我不顺眼,我看你闹心。

卫元本来工作就忙，公司在香港上市以后，便在当地组建了一个分公司，想要把电子商务业务拓展到东南亚。从开始招兵买马，他一直是全权负责，直到人员到位，也没放手，几乎一半的出差时间都在香港公干。他有时回家，岳父不免问他几句都在外面忙什么，他会把香港的商业文化与内地尤其是北京的差别细细说给老丈人听。再后来，加班晚了，他就在办公室里对付一宿两宿的。再到后来，不加班的时候，他也能不回来就不回来。他和朱必达很对脾气，常常一块出去喝花酒，闹腾闹腾。两人都讲义气，在女人身上花钱也挺大方，不过谁也不上赌桌，心里也都算有谱。朱必达身边跟着的安迪是个能人，建议他们两人签个对赌协议，这样不仅在内部形成了杠杆激励机制，还会全面提升股价，产生进一步的共赢效应。

"这个办法好啊，输了钱不过是咱们兜里的小钱换个位置，要是赢了呢？咱们两人可以从股市里捞大钱！"小朱认为这个主意好，卫元也没看出其中有什么风险。协议签了以后，莱斯特被请到北京专门来护盘，俩人的心都揣回到肚子里去了。

卫元一心扑在工作上，只盼着能赢了对赌协议。眼见着业绩蒸蒸日上，他的脾气不知为啥每日递增，遇上屁大点的事，就火冒三丈，骂起人来口不择言，不管是谁，一点面子都不给。有一天，他心血来潮，没坐总裁专属电梯，而是坐了员工电梯。穿过财务办公区进入自己办公室的时候，看见一个职员半跪半蹲在一个主管的桌子旁汇报工作，他气不打一处来，几乎是一阵小跑来到两人面前，不由分说把那个职员拽起来推到一边，照脸就给了目瞪口呆的小主管几巴掌，边打还边骂："我让你摆谱，你算个什么东西，让别人给你跪着说话。你今天就给我跪在公司大门口，谁进来你都得给磕个头!"亏得人事经理拿出劳动法来苦苦相劝,小主管才免去磕头的惩罚,不过第二天便揣着赔偿金被辞退了。

那天正好是老总们去集团开例会的日子,程老板一去就听说了这件事。除了几个看言情剧走火入魔、无限崇拜霸道总裁的女性同胞外,完全赞成卫总做法的没几个。但是直属高管们不是闭着嘴,就是呆若木鸡不吭声。坐在主席位子上的卫元,脸色难看极了。好不容易散了会,程老板都走到停车场了,还是返了回来,瞅了个没人的工夫,把办公室的门一关,跟卫元说了几句掏心窝子的话:"如今集团公司的业务蒸蒸日上,哪里都是需要总裁操心的地方,犯不着为了芝麻大的小事动肝火。古人不都说了'大礼不辞小让',睁只眼闭只眼就过去了,碰上特别不懂事、拿老板客气当福气的人,就让人事部出面按照公司条例辞退就行了。何必亲自出手呢?说句不得体的话,杀鸡还用宰牛刀?把自己气着了,不就更犯不上了?"程老板有个得天独厚的好处,长得很草根,或者说长得很质朴,很有亲和力,加上确实也是肺腑之言,卫元听了,心酸得差点连眼泪都掉了出来:"兄弟,哥哥身边就缺个像你这样的人。"一句话,说得程老板心里也不是个味。在外人看来,卫元是妥妥的人生赢家:事业、婚姻,样样棒,甚至还金屋藏娇,养了个情妇。难道真是老话说的,钱多了烧心?

回到自己的公司,程老板寻思,卫元这"无事傲骄,有事咆哮"的作风真是钱闹的?他心里不踏实了。就因为搭上了卫元,过去自己这个不被人看好的、劳动密集型物流公司,如今成了香饽饽,还入选了高科技创新型企业,享受到一系列优惠政策,股票一上市就被抢购一空,他居然直接从小康迈入了富豪阶层。但是公司如今也不再牢牢攥在自己手里,倘若卫元这儿有点什么意外,居心叵测的人再从二级市场上收点筹码，那这摊子可就不一定姓程了。

二十二

智静心里不痛快，每天除了逗弄孩子，就是胡吃海塞。眼看着她一天比一天臃肿，穿什么衣服也打扮不出来好看的样。小平急了，横劝竖劝，要她减肥。

"嫂子，你甭劝我了。我现在除了这一身肥肉，整个人都被掏空了，一点心劲都提不起来。"智静一边说，一边不忘往嘴里塞一把蜜饯。

"小静，嫂子是看着你谈恋爱，拼事业，结婚生孩子这一路走过来的。别人觉得咱们这样的人家做点事很容易，只有我们自己才能体会到，其实并不容易。你和卫元风风雨雨，相互扶持了这么多年，好不容易现在他功成名就了，就不该耍脾气，不该不肯让着点，否则就白白毁了一段曾经很深厚的感情。"

"嫂子，有些事你不知道，也不懂。我哥对你，从结了婚到现在，就一个样。你体会不到一个女人被自己的老公嫌弃是啥滋味儿。"智静开始淌眼泪。

"两口子过日子，磕磕绊绊难免，我就没见过不吵架的夫妻。"

"不是你想的那样。嫂子，你甭劝我了。这就是我的命，谁叫我长了这副模样，我自己看着都不喜欢。"

小平都不知道该说什么了。她让保姆把家里所有的点心和零食都换成无糖型的，可这治标不治本啊。她心里着急，本打算去公司找卫元好好谈谈，没想到卫元来找她了。

原来卫元是回家筹钱来了。小平见他这急急火火的模样，听着他这焦焦躁躁的口气，先宽慰了他几句，然后来找智静："卫元回来了，外面准是出了什么大事，需要钱。小静你看怎么办？要不咱们一块和他合计合计。"

智静说："咱们总得问问他，到底是碰上什么事了，需要多少钱，才能决定该不该给他。"于是二人一起去见卫元。

从那天晚上起，卫元又回家来住了。每天回来，总忘不了给老丈人请安，和嫂子、老婆一起商量外面的事，当然少不了逗弄逗弄儿子。

二十三

程老板的命就没那么好了。

他在北京算是孤家寡人一个，虽然也有几个哥们好朋友，可这群人里面，他算是最有钱的。老家的人就更不用提了，都是来找他化缘的，没人能接济他。他扳着手指头数自己认识的有钱人，一共就三个：朱必达、卫元和梁小平。

头两位是肯定不能指望了，都跟他拴在一根绳上呢，钱只会比他更吃紧，唯一能求的人只剩下小平。他从小看白眼长大，深识"富在深山有远亲，穷在路边无人问"的世态炎凉，如果自己就这么着急上火地去求人家，只怕会把脸揣到裤兜里去。最好的办法，是曲线自救。

于是他来找太行了。太行负伤后，是他帮着杜励把家里重新改装的。太行出院后，杜励专门请他到家来吃饭，一起包饺子，三个人在一块挺开心的。他当时还跟太行开玩笑,是因祸得福了,有杜励朝夕陪伴。后来,他也常过去看看。再后来,太行到梁氏地产上班了,杜励也入职彭博社,成了调查记者,隔三岔五就出差,他自然也就不大去了。偶尔到地产公司看看太行,发现太行话少了很多,人也郁闷,因为这么长时间了腿还是不利索。如果不是到了山穷水尽,程老板真不愿意去给人家添麻烦⋯⋯

程老板还没怎么张口呢,太行就明白他的难处了。杜励是朱必达的私人代表,当然明白他们几个人的处境,也当然会告诉太行。但是当太行把借钱给小耳朵的想法告诉姐姐后,小平大念了一通苦经,给弟弟打了两百万,就好像拿糖哄哭鼻子的孩子一样。这点钱,救病救贫能起点作用,可救市托盘,连杯水车薪都谈不上。太行挺过意不去的,但是钱不是自己的,他也没办法。想了想,太行说:"要不我把这套房子抵押了,应该能借个几千万出来。"程老板一口回绝了,怎么能让别人冒这个险呢。

杜励直安慰他:"你别急,一定会有办法的。我再和莱斯特想想办法。"

她这话听起来再正常不过,但是太行的脸色起了变化。屋子里的气氛,从抱团着急演变为各怀心事。程老板真后悔自己来这一趟,说了几句言不由衷的客套话,告辞了。

隔天,太行给程老板打了电话,说和一块上工商管理硕士班的几个搞金融投资的同学联系了,虽然谁也不能一口气拿出几个亿来,不过大家倒是一起分析了物流股的K线图和近期表现,都说太妖了,看不清主力意图。这时候砸钱救盘,十有八九是肉包子打狗,连老本都得折了。自己到底处在什么形势下,程老板其实很明白,但他有苦衷,他必须得收筹码,赔也得收。

二十四

程老板快把北京城跑遍了，也筹措不到什么大钱来。他把自己新买的小房子抵押给财务公司拿了几百万，加上自己这几年的积蓄刚凑够一千万，便来找莱斯特了。他不敢私自行动。股市是什么地方啊？没有一点道行就在里面折腾，还不是一折腾一个死。

前台把他让进了一间小会议室，倒了杯茶，让他等着。他等啊等，还没等到来人呢，就听到隔壁的会议室里人声鼎沸，快把顶棚给掀翻了。他仔细一听，原来是卫元和莱斯特在大声吵架，好像是因为莱斯特以债权人的身份冻结了卫元质押给朱必达的所有股份，阻止他用手上的平台股去置换物流股，所以把卫元给惹恼了，撕破脸吵起来。

"这是老子的钱，老子的股票！"卫元气急败坏地嚷嚷。

"我是债权人的指定代理人，我要保护债权人的利益。这样做，对你，对我们所有的人来说，是最安全、最能规避风险的举措。我相信你会理解的。"

"我不能接受，我抗议。"

"你可以抗议，去向朱总抗议。但是你无权选择接受还是不接受。"莱斯特始终咬着底线。

朱必达在香港的监狱里呢，卫元到哪儿去找？可他不是吃瘪的主，一定会还击。忽然程老板听到了杜励说话的声音，原来卫元把她拉进了硝烟弥漫的战场。杜励安慰了卫元几句，让他把自己的看法充分地表达出来，然后又请莱斯特解释了一遍他的立场和策略。

杜励很快做了决定，尊重莱斯特的判断。

卫元不服气地问理由是什么。

杜励心平气和地给他解释："我是外行，只能以此做一个简单的判断。卫总，您是做实业的，而莱斯特是搞投资的。现在的形势您比我们清楚，我们在明处，暗处的人是谁，会出什么招数，我们都不清楚，所以务必要谨慎。"

卫元怎么可能轻易被说服呢，说了一句难听的话："你不能偏向你男友啊！"杜励也不留情面了，顺着他的话把话讲明了："没错，莱斯特是我过去的男朋友，我对他的信任多过对卫总您的认可。"

卫元气呼呼地走了。程老板立马起身进入会议室，说明了来意。莱斯特摆摆手让他坐下，继续激动地用英文和杜励探讨着什么。最后一句话他听懂了：卫元走了，尾巴夹在腚里。杜励仿佛快要哭了。

程老板这才知道，卫元砸了真金白银下去给物流盘托市，全打了水漂。程老板拎包的胳膊，怎么也抬不起来了。尽管离开的时候，莱斯特一再向他保证，会想出解决办法来的，但回到办公室后，他连上吊的绳子都预备下了。

二十五

刚接到任务的时候，小舒不明白，为啥东城分局侦破不了这个案子。智静遇袭案不可能是个多大的难案。"黄赌毒富"，先从黄入手准没错。卫元在外面拈花惹草，保不齐欠了什么风流债，要不然嫌犯干吗冲着孕妇的肚子去呢？

可是他跟了卫元好长一段时间，都没能发现什么有价值的值得进一步侦查的线索。卫元可真花，每隔一段时间就出来找女人，但是从来没跟哪个女人有超过三次以上的交易。而且这些女人多是风月场所里的，出来混就是为了钱。卫元一向出手大方，没女人会因为嫖资纠纷找他麻烦。男人嘛，偶尔出来偷个腥，也不是什么十恶不赦的大错。这些情况小舒没跟上级汇报，不值得。赌，卫元不沾。毒，也不沾。富？那应该是绑架智静，索要赎金，才合情理啊？

领导让他不要急，慢慢查，一年查不出来就两年，两年查不出来就三年。他和领导的直觉一致，这起袭击案背后一定有猫腻。可猫腻在哪儿呢？

这天中午，小舒接到了程老板的电话，慌慌张张的，执意要马上过来见他。两人在饭店一见面，程老板就说："兄弟，现在北京城只有你能给哥哥帮忙，要出人命了。"

原来，程老板收到一个快递，寄件人的姓名地址全无。打开外包装盒后发现是一盒录音带，里面附有一张纸条，上写"请转交梁太行"。程老板十分奇怪，为何不直接寄给太行而要他转交呢？又转念一想，也许寄件人不知太行的地址，又知道他和太行挺要好的。他看了看这盘微型录音带，是记者外出采访时用的录音笔上的带子，一般的录音机放不了。

"这事虽说有点奇怪，可你程哥我分分钟都在为股价操心，根本就没多想，趁午休的时候，开车亲自给送了过去。谁知，这一送，还送出麻烦来了！我现在这个后悔啊！太行一见这盘录音带，就勃然大怒，把带子摔了个稀巴烂。我当时还想替他捡起来呢，突然脑子一闪,啥都明白了。"程老板一脸懊丧,"太行气得脸色煞白,两只眼睛直冒火,拿我当仇人。我赶紧撇清关系,幸亏说的都是实话,不然,你程哥我就是跳到黄河也洗不清了。饶是这样,太行也没再搭理我,我也不敢安慰他,临出门的时候,他甩给我一句话,让我跟谁都不许说。"

小舒对事情做了个大致的判断:录音带里涉及的人,毫无疑问是杜励和第三者。这个第三者如无意外,只能是莱斯特。杜励交往的人有限,回国后一直在家照顾行动不便的丈夫,即使现在工作了也是外企员工,就算是想红杏出墙,也没人配合,除了昔日的男友。

程老板又想起了上次去太行家借钱,提到莱斯特时太行的反应。莫非做丈夫的早有察觉?

小舒追问程老板:"莱斯特和杜励私底下,据你所知,来往多吗?"

程老板摇摇头:"我就和他俩一起开过几次会,每次卫元和安迪都在场,还有就是一块去香港出了趟差。虽说我现在想起来认为这事有点怪,可当时一点都不觉得。杜励很不开心,根本不搭理我和莱斯特,完全把自己和外界隔离了。其实之前,我也见过她躲着莱斯特。"

"那是什么时候啊?"

"就是莱斯特刚来北京的时候,朱必达给他接风洗尘,叫了我俩去吃饭。杜励一见着他就不自在。后来俩人就借着去洗手间,先后出去了。等了好半天才回来,杜励明显哭过,饭没吃完就走了。"

"当时一共有几个人?"

"就我们四个。对了,还有一个人,朱必达的女秘书。"

"哪个女秘书？就是在香港把他告了的那个李岚？"

程老板点点头，忽然想起一件事来："当时，李岚也出去了。莱斯特和杜励回来好久，李岚才回来，说餐馆内部路绕，迷路了。那会儿也没人在意，她一个小姑娘。可现在看她很有心机，她是不是……"

小舒一拍桌子："程哥，你一下子就抓到点上了，我知道这录音带打哪来的啦。"

"你说，我该不该给杜励报个信？我这心里头七上八下的，一会儿想，太行肯定不会把她怎么样，可一会儿又想，就因为太行太在乎她了，说不定也会……唉，我这个后悔啊，为啥不通过杜励来转交这盘带，不就啥事都没了？你程哥我这些日子为了股票的事，都急傻了……"

"程哥，你放心吧。太行哥并不鲁莽。他一看见你送过去带子没听内容，就勃然大怒，说明了什么？说明在你送带子之前，他已经收到过类似的东西了。"小舒一边安慰程老板，一边开动脑筋，"寄这个带子的人，心机不是一般歹毒，见太行哥没和妻子计较，就又把带子复制寄给了他的朋友，以激怒他。这个人一定很熟悉他们夫妻。这家伙打的什么鬼主意呢？"

二十六

经过一番思考后，莱斯特向老东家赫丘勒求援。形势如此危急，不能只采取守势，这样等于坐以待毙。

为了解决目前的困局，必须出其不意，攻其不备。他不能眼睁睁地看着杜励替朋友着急、担心而无所作为。无论她如何隐藏,那双熟悉的梦幻般的大眼睛骗不了人。自他来到北京后,她的眼睛一直是忧郁的。她根本不幸福。那个男人,没能让她幸福。现在只有他,能帮助她,能拯救她,能给她安全感和快乐。他必须做到。

到手的肥肉岂有不啃的道理。赫丘勒让手下人评估了卫元公司的经营状况和股票估值后,基本上下定了决心。商场上三十六计里有趁火打劫之计,三十六计之外还有乘人之危之计,这一套赫总裁玩得很熟。发横财的机会也不是天天都有,当然要抓住。他先是故意拖着不表态,把价码抬了又抬。莱斯特只好一再允诺,要求他尽快出资。

一向谨慎的赫丘勒反倒起了疑心,按照他的判断,形势没有到如此紧迫的程度。于是他马上让下属查卫元公司所有在上交所、深交所和港交所的关联股票。一查之下,发现了一只在上交所单独上市的岌岌可危的物流股。行走江湖多年,赫总裁当然明白莱斯特迟迟不出手的原因,肯定是丢卒保车。问题是"车"并没有问题,那莱斯特为何如此着急?

被逼无奈,莱斯特惭愧地交代了自己的那点小私心:"卒"是杜励从小长大的朋友一手创立的公司,自己不能眼睁睁地看着杜励焦急失望而无所作为。原来如此,英雄救美!这倒可以解释得通。赫丘勒立刻索要了快递公司的财务报表,与莱斯特认认真真探讨起眼下的形势来。两人的判断惊人的一致——这家快递公司只有应收账款能做抵押,根本借不来什么真金白银……到底该怎么办?赫总裁表示,需要容他再好好考虑考虑。

二十七

英国碳排放专家特思达爵士要来中国开研讨会，杜励收到了英使馆举办的欢迎晚宴的邀请函。她完全没想到，会在这场晚宴中遇到久违的马克西姆。

马克西姆神采奕奕，容光焕发，简直就像换了一个人似的，就好像上帝把他接到了不受地心引力吸引的天堂做了回春手术一般。从前他脸上所有向下的线条现在全都快乐地向上扬着，就连下移的鼻子都复位了。他指着自己的鼻子和杜励大谈中国的风水，不知是为了证明东方智慧博大精深，还是为了婉转地暗示自己交了好运，总之他一下子变成了亲中人士，张口闭口就是"我爱中国，我爱北京，我爱这片神奇的土地"。

这片土地到底带给他什么好运呢？海伦娜来北京不久，就迷上了中国画。国画和西洋绘画不同，入门不需要素描的基础，又讲究神似而不是形似，这可太对她的脾气了。她本来就很有才情，跟了个大师学了几天，就画得有模有样。和文学艺术比起来，绘画既抽象又具象，更能表达她内心丰富的情感。从此，她和画笔再也不肯分开。

"她现在一心一意地爱着绘画，我是不会和她的画笔争风吃醋的。"马克西姆说。

杜励问："海伦娜怎么没来参加晚宴？"

"这样的晚宴她早已不胜其烦。她认为自己这辈子浪费了太多的时间在吃饭、谈话和打扮上，现在必须把一切都弥补回来。她如今每天只穿一件白色的长袍,什么饰物都不戴,只在腰间系一条亚麻绳子。可她的样子美极了,可爱极了。斑驳的颜料沾染在袍子上面,沾染在她纤纤的手指上,还有赤裸的玉足上,我从来没有像此时这样觉得她如此纯洁,纯洁得宛若一个孩子。她把一切荣誉都归功于绘画,她说,马克西姆,亲爱的,写东西把我变得复杂,可画画让我简单,让我返璞归真。一切太不可思议了。"

"是的,真不可思议。没人能参透上帝的安排。"

"是的。你现在一切都好吧,我注意到你在为彭博社工作?"马克西姆面色平静,语气却不乏关切。才两年多的时间,对面的年轻女孩,脸上已经有了一种忧郁的底色。虽然她的眼睛依然像过去一样明亮,但这种璀璨的光芒让他想起的不再是天上的星星,而是冬天里薄日下的清泉,就连她的声音,甚至她的举手投足,都带着这种特质——一瞬间灿烂后是深藏的幽蓝。他推断,她的生活,必是发生了什么重大的变故。

"对,财经通讯员,入职没多久。一会儿要去采访一下特思达爵士。"显然,她不愿意谈及自己的私事。

"我可以帮你引荐,特思达的这次访问是我促成的。"马克西姆十分绅士,"北京要搞碳交易试点,他有不少经验。"突然他压低了嗓门,凑到她耳边说:"非成功经验,你懂的。"

杜励被他逗乐了,手里的鸡尾酒都差点洒了。从踏进晚宴厅的门到现在,她第一次露出了由衷的笑容。还是在伦敦的时候,她和盖一起探访过碳交易所,对里面的猫腻略知一二。欧洲的碳排放配额采用继承法原则发放给耗能污染大户,表面上看十分公正。历史排放有多高,就按多高的标准来。没想到大户们踊跃认领原罪,甚至不惜扩大原罪。结果,一时间交易所的剩余额度泛滥,卖方多,买方少。大亨们狡猾着呢，别以为他们甘心情愿地为原罪买单，为地球和人类的绿色未来筹措资金，他们知道如何钻制度设计的空子发横财：原罪越高，未来改进的空间就越大；甚至什么都不用做，只要淘汰一部分落后产能或是减产就可以完成减排任务，把富余出来的碳排放额度送进交易所里去换银子。换谁谁不积极认罪？杜励忽然想起了什么，问马克西姆："我听说，爵士有可能被提名诺贝尔奖，这消息可靠吗？"

马克西姆耸耸肩，挤挤眼，继续压低了声音说："什么奖？物理、化学还是医学？噢，和平奖，这恐怕是最相关的了，可是难道不应该颁给布伦特兰①吗？假如非得给一个英国人的话，那也该给伍德曼。这家伙的想法才具有原创性呢。我曾经建议他写一本绿色圣经，可惜他没能领会我的意图。"

他的这番话，意外地触动了杜励的心。都一年多了，太行的伤早就好了，可他的双腿还是站不起来。虽然杜励总是鼓励他，但眼见他日渐消沉，对前途不抱希望，她能不着急，不担心，不揪心吗？她一直在努力地寻找着精神慰藉，希望能帮助太行重拾信心，重建人生，也让自己坚强起来。

尼采的强人哲学，不是为病残者打造的。想想看，一个行动有

---

① 格罗·哈莱姆·布伦特兰（Gro Harlem Brundtland），挪威政治家、外交家、内科医生，挪威前首相及世界卫生组织前总干事。现为联合国基金会董事会副会长。在她的领导下，联合国"环发委员会"经过3年多的努力，于1987年4月向联大递交了一份题为"我们共同的未来（our common future）"的工作报告。这个报告提出了解决全球环境问题的一些根本性指导方针和原则，具有划时代的意义。1994年她被授予了德国亚琛市的查理曼和平奖（Charlemagne Prize）。在2004年英国报纸《金融时报》（*The Financial Times*）将她列入最近25年最有影响力的欧洲人，并排名第四。

障碍的人,能在多大程度上享受物欲,享受男欢女爱,更别说以此为动力去和四肢健全的人争、抢、夺了?病残者首先得和命运握手言和,然后活下去,脊梁不比任何人矮一寸软一分,就算难能可贵了。杜励先和太行一起读了伏尔泰的《老实人》,然而收效全无。别看人人都把"事出有因,皆为善果"① 这样的乐观思想挂在嘴边,但是身处逆境、苦痛不堪、自渡无措之时,有谁会相信上苍的主旨是悲天悯人?就连小说里的哲人都感慨,自己和一众朋友,命运实在波折,吃的苦头实在太多!后来,杜励想到了被尼采批驳的伊壁鸠鲁②和斯多亚派的几位思想家,但却不知道是该和太行谈有智慧的人必定努力生活呢,还是谈蔑视痛苦,把自己变成一个无动于衷,只为他人之幸福而苦干的人。太行现在的心,就是一块大理石,硬、脆、凉,对冷热极度敏感,她不敢保证他不会想歪了……

　　杜励平生第一次深深感到,也许是自己的学识还不够,反正知识不能代替信仰。眼见着太行日渐颓唐自闭,她陷入了极度的茫然无助中。

　　夜深人静之时,杜励常泪流满面,一遍遍地问自己:当一个年轻人忽然从强者变成了弱者,不再能用驾轻就熟的方式生活,不能沿着既定的道路追求成功和幸福时,他将从何处汲取力量?一个习惯了在给予中赢得尊重、赢得爱情、赢得幸福的男人,他将如何重新定位自己?他又怎能避免不被厄运吞没成了"奴"或是"魔"?陪在他身边的她,何时能成长为一株风雨不惧、荣辱不惊、永远乐

---

① 摘自伏尔泰哲理小说《老实人》,又名《乐观者》,小说中的哲人庞格罗斯曾有说明,这个观点来自德国哲学家、数学家莱布尼茨。

② 古希腊唯物主义哲学家,其学说的主要宗旨就是要人达到静心的状态,学会快乐。不过受时代限制,其对世界的认知并不准确,哲学主张带有强烈的宗教色彩。

观的解忧草？她不也需要重塑意志，调整方向，和习惯了的角色脱钩，从正在前行的路上停下来，甚至放弃旧日的梦想吗？她就不会有动摇、疑惑、软弱无力的时候？她那颗渴望成功和幸福的心，就不会自我质疑，不会为难、纠结和痛苦？遇上这样的时刻，他和她该怎么办？难道从这些对世界、对人类的认知有偏差的过往宗教和哲学里，大浪淘沙，去伪存真，就能释然，就能解脱，就能获得启发，获得能量？

假如有人能够以当代视角，用普通人的话语，用感人至深且又极具说服力的故事，把人在宇宙中的位置，人生的使命、信念、希望和耐心结合在一起，给人以启迪和力量，该多好啊！想想看，全世界每年有多少人挣扎在精神破产的边缘，不正是因为灵魂长期营养不良吗？

杜励眼里流露出来的忧郁，马克西姆捕捉到了。他侃侃而谈，把自己的想法一吐而尽："宗教给了人类两条出路：进天堂或下地狱。一种人越来越高尚，越来越优秀，所以该让他们进天堂，好让这些美好的灵魂再获新生。另一种人是废物，活了一辈子，不仅没变美好，还堕落了，灵魂被污染了，肮脏到怎么洗也洗不白，没有回收的价值，死后干脆下放到地狱的火炉里烧干净算了。你想想，这算不算是绿色主义用于人类的主张①？你再想想绿色主义的各种戒忍主张，如果没有所谓的科学依据、统计数字以及合理假设做支撑，是否与宗教教义几乎别无二致？假如你研究一下环保组织的策略，你会发现一些激进的手段和狂热的教众曾经的行径，差不多如

---

① 绿色主义主张物尽其用，一切有用的材料，在一次生命结束后，重新被回收利用，赋予其二次生命；而无用的废弃材料，或填埋或焚烧。

出一辙。现在是信仰荒芜的时代,除了在个别地方,宗教几乎全处于苟延残喘的境地。什么这个主义那个主义的,大都亟待维修等着焕发新生。倘若伍德曼足够聪明,应该能悟到,若以现代人的思维,按照现代人的需求,写一本绿色圣经,说不定多年后,他就是世人敬仰的新上帝。"

"你是希望人们在绿色主义的感召下,重新向美德集结吗?"杜励追问道。

马克西姆耸了耸肩,道了一句妙语:"这是一种相互需要。"

杜励的脸上再次露出了真挚的、认同的笑容,仿佛受到了新的启发:人类的可持续发展,需要我们向美德集结;向美德皈依的过程,也会给每个人的人生带来快乐,赋予意义。

那又是什么启发了他的奇思妙想?她不免好奇。马克西姆毫不谦虚地表示,金点子由来已久。原来,他和伍德曼颇有渊源,都是BBC记者出身,彼时常常一起针砭时弊,有时相克相杀,有时相惜相护。"不过,坦白来讲,我们不算是一个圈子里的,按照中国人的讲法,不是一个山头。我是保守自由派,算是少林武当一路的,他呢,是密宗。"看来,马克西姆对中国文化颇有研究,到北京真不是白来的,菩萨不仅扶正了他的桃花运,还帮他打通了任督二脉,他的思维就像是一匹野马,在上下五千年东西方时空隧道中信马由缰。

采访特思达,杜励不用什么特别引荐,爵士久在江湖,很明白媒体和声名相互催生的关系。他强调自己此次访问的目的是寻求技术输出,好让中国的低碳之路尽量不走或是少走弯路。此次中国之行,他是携夫人一起来的。夫人是谁呢?阿曼达。这让杜励大感意外。老同学相见,阿曼达表现得很亲热很得体,简短的采访结束后，拉着杜励拉家常。

关于她何以成为爵士夫人，她是这么和老同学交代的："你知道的，杜励。我没有父母，我只有兄弟们。我没有嫁妆，得靠自己活下去。"

"这样也挺好的，你可以和他一起从事低碳研究。"

爵士夫人摇摇头，说以后的职业是当 Lady[①]。她从小到大的梦想就是生活得像公主一样，富足，优雅。"我很忙，一点空闲时间都没有。除了照顾爵士的起居，我每天要学画画，学插花，学弹钢琴，学习时尚，我还要健身，照料小宠物，还要……"

送杜励出来的时候，马克西姆在她脸上摸了一把，就像安慰孩子似的叮嘱："一定要幸福，嗯？"

回到家，太行已经睡了。杜励洗澡换了衣服，坐在书房里，打开了电脑，一个字还没写，先伏在电脑上哭了一阵。后来，她燃起一支烟，一边抽烟，一边赶着把稿子写完。写完稿子，又在她和太行的两地书后面写了一些东西，这才回到卧室。靠着她一边的夜灯是开着的，太行平躺着，一只胳膊伸到了她这一边。她抱住了这只胳膊，把头枕在他的胸前，自他负伤以来第一次在他面前流下泪水……

二十八

赫丘勒突然到北京来了，在下榻的金融街丽思卡尔顿酒店相当

---

① 此处是指对有爵位的贵族女士的尊称。

高调地接受了国内财经记者们的专访,表示旗下所辖基金十分关注中国电商行业以及与其配套的物流行业的发展。第二天,又会见了卫元和程小军,随即召开新闻发布会,公布合作备忘录。与此同时,投资界的人发现,有外资已经开始收购程老板公司的股票,各大机构争相买进,散户也停止了抛售。接连几个涨停板后,程老板发现危机解除了。

这位赫总是从天上掉下来救苦救难的活菩萨吧。听莱斯特讲了背后的故事,程老板才明白真是人外有人天外有天。人家不费几个钱,出面做了场秀,就帮他解了困,这和不用一兵一卒唱场空城计就把司马懿的百万雄兵吓退的诸葛孔明有一比啊!

在宴请会上,程老板就是如此表达自己的钦佩与感激之情的。赫总裁一向不把奉承话看在眼里,只不过这一次他自己也十分得意,用"四两拨千斤"的法子,居然如此奏效。他微笑颔首,说了几句场面话。卫元给莱斯特敬了三杯酒,说了三句话,一是赔罪,二是谢恩,三是回报。他说中国有句老话,滴水之恩当涌泉相报,日后在北京凡是有用得着他的地方,尽管张口。虽然他酒桌上豪爽,可明眼人一看就知道,他面色不轻松,尤其是当莱斯特讲起金融危机前后赫丘勒的一些做法时,卫元的脸就跟被秋霜打了的茄子一样难看。

没过几天,程老板约请杜励吃饭。酒桌上小耳朵难掩兴奋之情,又把赞歌唱了好几遍,一口一个活菩萨,一口一个诸葛孔明再世。赞歌是唱给杜励的,活菩萨、诸葛孔明说的是赫丘勒。等把钦佩之情抒发够后,小耳朵掏出一个包装精致的礼物来。

杜励直推辞:"咱们不是好朋友吗,你怎么这么生分?"

小耳朵摇摇头:"你误会了,这是赫总裁托我带给你的。他这次来北京实在太仓促了，要不然准请你一块吃顿饭。他可欣赏你了，问了好些咱们小时候的事，还问你现在工作了没，他现在是集团总裁，可以把你安排到北京公司上班。这人可真有两下子。你知道为啥他能升官吗？莱斯特说是因为他提前预测到了欧元下跌的风险，不仅做空了期货，还签了一个什么对赌协议，把你们先前 CEO 弄出来的窟窿全给填上了还有富余。你说人家也玩对赌，我也玩对赌，结果大相径庭，说到底还是差在能力上了……"他唠唠叨叨地说完，忽然想起来什么似的，直拍自己的脑袋："你看我这脑子，准是吓傻了还没好呢。这儿还有一封信，也是他托我带给你的。"

看完了信，杜励的脸色一下子变了。天这么闷，屋子里这么热，她穿着一条蓝色的天鹅绒裙子，围着同色系的羊毛披风，还直打哆嗦。她把信塞到自己包里，说什么也不肯收下礼物，让小耳朵无论如何把礼物原样还给对方。

"我怎么还呢？我再也见不着他了。"小耳朵挺纳闷的，杜励刚才还好好的，还说赫总对她有知遇之恩呢，怎么转脸就这样了？这到底是怎么了？他哪里想得到，自己捎来的这封信大有玄机。在信里，赫丘勒除了向杜励表明，十分愿意在事业上再次提携她之外，还为曾经的无心之失导致她被动物保护组织堵截深表歉意，最后以男人的尊严起誓，如果不是盖离开了英国，他非得再好好教训教训这个印度"假女人"一顿不可，她是一切祸端之根源。倘若杜励智商低一点，这封信还真能达到挑拨的目的。但杜励相信自己的判断，相信盖的表白，盖不会做这种陷害好朋友的缺德事。然而再深入下去，是谁向动物保护组织举报自己的呢？杜励又迷茫了。

赫总裁成功取代了劳伦斯登临了职业生涯巅峰，自负也攀登上了一个新高峰，以个人声望以及背后实力雄厚的投资集团为饵，演了这么一出好戏后，他和莱斯特被中国国内投资界封神了。他心里的得意，无以复加。男人得意了，自然会想在自己欣赏、也欣赏自己的女人面前炫耀炫耀，于是十分智慧地想起了那件惹祸的狐皮大衣，决定先来一步"投石问路"。

有了赫丘勒和场外资金的支持，莱斯特想马上打反击战。杜励提醒他，在没查出来公司的内鬼以及李岚背后的主使人之前，这样做可能会让真正的对手有可乘之机。尽管莱斯特反复给杜励解释，可她并不明白坐庄、黑吃黑这套把戏，说什么也不同意，非要等到和朱必达商量后再做定夺。莱斯特不想贻误大好战机，提出尽快一起去香港见小朱，他担心她说不清楚。

杜励考虑再三，给朱必达写了一封信，托莱斯特带过去，以自己工作走不开为由，取消了飞香港的计划。小朱的危机基本过去了，她不能再拿自己的婚姻冒险。太行现在对她的态度，不能再冷淡了。有时她甚至怀疑，他是不是有什么特异功能，能够操控家里的温度，操控他们两人之间空气的温度。家里冷得让人待不下去，而无论她是战战兢兢，还是背过身去偷偷擦眼泪，他全都视而不见。现在，不工作的时候，她只干一件事，反反复复回忆自他负伤以来，两人间相处的点点滴滴，想找出到底是从什么时候开始，他们的感情有了变化，从什么时候起春天就与她、与她的家永远作别了……

当得知莱斯特已经查清了打压物流股的资金来源时，朱必达同意了：如果真是能出其不意，直接袭击庄家的肱股，对方将损失惨重。小朱心里不免有几分得意，有杜励看着莱斯特，心真可以放回到肚子里去了。哪怕只是为了赢得她的认可，莱斯特也会全力以赴。

回到伦敦后，赫丘勒又好好地回顾了一下自己的救市之旅，虽然对朱必达公司的运营并不了解，但从事投资多年，他敏锐地感到，这家公司里藏着一只硕鼠，将老板的大笔资金全押在了网络贸易平台和物流服务上，连个缓冲带都没设立。如果不是居心叵测，就是胃口太大，大到连投资人应该具备的基本风险意识都丢了。赫丘勒是以稳健著称的，谨慎是他人生智慧里的压舱石。多年来，他行事小心，酒不喝第一口，钱不赚最后一枚，授人以柄的事情绝不做。从决定为莱斯特托盘的时候，他就将风险分散，将公司购进的电商和物流股平均配给大小客户，而不是集中在一两个经纪人手中。现在他又一个个地指示，要他们悄悄逐步套现，获利离场。经过几次盘算后，他决定再打两张牌。他把一名负责财务的亲信傅佩佩提拔成亚太区财务总监，要求她离开伦敦到北京坐镇，神不知鬼不觉地展开稽核，如有必要，雇用独立第三方进行协助。傅佩佩心领神会，问老板有没有目标人物。赫丘勒摇头。随后，他又把自己的秘书米兰达叫进了办公室，和她做了一次推心置腹的沟通。

香港那边传来了好消息，朱必达一审过堂后，被成功保释。经过这一场磨难，朱老太爷不再反对儿子和洋姑娘的婚事。朱必达携女友回京，大宴宾客，正式宣布两人的好事，只等她来年毕业后完婚。

杜励长舒一口气，总算是不负小朱的信任，还了一个完整的公司给他。她早已心力交瘁，不堪重负。这些天，她一直在和往事纠缠，一遍遍地回忆过去，不厌其烦地品味着所有的细枝末节，一次次禁不住泪眼婆娑……她想不通，这一年多来，她就像一只无怨无悔的小蜜蜂一样，每一天都不辞辛劳地付出，每一天都恨不得用心酿出蜜来献给自己最爱的人，而爱着她的那个人，内心深处应该是珍惜依恋这份爱的。那为什么他们两人的生活竟然变成了一块口香糖，越嚼越塞牙？她真想找个没人的地方，好好地哭一场，好好地睡一觉，再也不醒来。

二十九

开始，小舒没往朱必达身上怀疑。给太行、程老板寄录音带的人，最直接、最明显的动机就是挑破人家夫妻感情。假如从这条线上分析呢，最值得怀疑的人是莱斯特，但是能把录音带寄给程老板的做法，不像是一个外国人所为，此人必须十分了解国情民风，才能干得出来。所以他就从另一个动机去推敲了。朱必达在香港刚被抓，立刻引起了股价动荡等系列危机，表面上看，是黑天鹅事件引起的正常市场反应，但如果是内鬼和外敌一块勾结呢？莱斯特是被朱必达请来护盘的，他要是在北京待不下去了，对谁最有利？怎么除去他而不引起别人的怀疑呢？借刀杀人啊！借谁的刀呢？借太行的刀啊……这人心得有多阴险，多歹毒。

他吩咐手下人微服私访，到梁家姐弟的地产公司进行调查。手下人查看到了某段时间内寄给太行的快递单号。回来一一查证后，发现了一个可疑线索，有个市内快递居然是从朱必达的公司寄来的。犯罪分子不算狡猾嘛！小舒高兴坏了，又如法炮制，到朱必达的公司查找快递收发记录。但是，这里行政管理混乱，无论收进来的快递还是送出去的快递，全无登记，线索断了。小舒推测：朱必达的公司里一定有李岚的同党。联想到程老板在股市里经历的大起大落，他判断，此人不仅仅是同党，恐怕还是主谋。

朱必达从香港回来后，小舒找了个借口把他请进了公安局，向他了解香港强奸案的进展，顺便让他把李岚的档案交上来。朱必达很配合，但也十分紧张，再三解释，案发地在香港，自己这事基本上就算过去了，就不劳公安费心了。没多大一会儿，他的律师也到了。

小舒对李岚档案里的信息，一条一条地去查，去落实，查来查去发现所有的信息都是假的，甚至连身份证都是伪造的。这个女人问题太大了。好在有她的照片，可以通过影像识别技术来进一步筛查她的身份，但是需要花费较多的时间和精力。小舒纳闷了，朱必达的公司招人不做背景调查吗？就算不做背调，至少也会验验身份真假、学历真伪吧？这可是给老板找秘书，人事部的人都白拿钱不干活？朱必达在香港出事，小舒并不意外。黄赌毒富，除了毒，这个混世魔王快占全了，能活着回来，还保住自己的大部分身家，绝对是上苍的恩惠。虽说躲过了这一劫，难道以后能次次化险为夷，他深表怀疑。

小舒忽然想起了刑侦课上学习过的一个真实的案例：一个男人，很有钱，谁也看不上，只喜欢一个姑娘。可姑娘有男朋友，有钱男无计可施。后来姑娘不知因为什么原因和男朋友分手了，但又马上结了婚。有钱男不死心，便撺掇她原来的男朋友再把她追回来。结果姑娘的丈夫和她前男友打了起来，一个死了，另一个被判了死刑。姑娘最终落在有钱男手里。没几天姑娘知道了真相，疯了。盯着李岚的假身份信息档案，小舒的汗毛都竖起来了。

思来想去，小舒打算给当事人示示警，以达到"打草惊蛇"的目的。他给程老板打了个电话，让他约几个人一块喝个酒，痛快痛快。程老板有几个铁哥们，小舒心里有数。果不其然，程老板约了太行和小海。让他意外的是,太行哥已经站起来了,这让他稍稍放了些心。太行把他们带到了一个地产界的高端会所,没有会员领着,一般人进不来。几个人一块打了几局保龄球,又洗了桑拿,叫了一桌菜,喝酒吃饭聊天。小海已经出国一年多了,可还是不能适应国外生活,赖在家里不到开学前最后一天不肯走。太行开玩笑说,过世的岳母把两个孩子生反了:妻子娇小柔弱,心气比男孩子都高;妻弟呢,人高马大,性格比女孩子还细软。程老板也这么认为。

　　小海很依赖姐姐姐夫,只要有机会,就黏在两人身边,好像太行不仅娶了他姐姐,连他也一起娶过门了。被姐夫如此开涮,他一点也不生气,还一个劲地强调:"我和我姐是不一样。她被我爸洗脑了,相信什么'吃得苦中苦、方为人上人'这套害人不浅的道理。而我认为,享受亲情最重要。我姐上大学的时候,一年只回来一次,太行哥想她都快想成僵尸了。我姐呢?早就变成了木乃伊。每回在机场见到他俩手拉着手,我都以为自个跌进了二次元世界①。其实,我姐第一年回来的时候,我给她出过主意,干脆别走了,在国内上大学。凭她的成绩,考不上北大也能上南开,就算把我爸惹急了,不给她交学费,还有我和太行哥支持她呢。我姐想了很久,说自己最佩服两个人,岳飞和范仲淹,真正的握瑾怀瑜,至情至性。岳飞的一句'三十功名尘与土,八千里路云和月'就把一帮人甩得远远的;至于范仲淹,既有'先天下之忧而忧,后天下之乐而

---

①　日本早期的动画、漫画、游戏等作品都是以二维图像构成,简单来讲就是在纸面或屏幕等平面上所呈现的动画、游戏等平面视觉作品,里面的角色都是图像形式,区别于真人饰演的影视剧,因此被称为"纸片人"。

乐'的胸怀，又有'酒入愁肠，化作相思泪'的情怀。说完哭得稀里哗啦的。假期结束，她还是义无反顾地拖着行李走了。我那会儿就下决心，将来只干自个喜欢的事，其他的一概不去考虑，绝不为难自己，更不会让爱我的人为难。"

太行摸了摸小海的头，把话岔开了，说了说搞资源回收公司的事，还拿起酒杯来，让大家提前庆祝一下，自己以后就是全国捡破烂帮的帮主了。逗得几个人哈哈大笑。

"那你不待在北京啦？"程老板问太行。

"也离不远。我爸在蓟县那儿看了一块地，那儿在北京和天津中间，离唐山、秦皇岛也不算太远。以后我不仅能回收两个直辖市的垃圾，还可以把一些小城市的垃圾也收入囊中。"

"离开北京这个名利场，也算是离开了是非圈，挺好的。"小舒在旁边插了一嘴。

"在北京，没钱吧，没人拿你当个人；有钱吧，又老有人算计。是挺累的。"程老板也深有感触。

"林子大了，什么鸟都有。你不要以为光是有人稀罕钱，你要是有个漂亮的女朋友或是老婆，也有人惦记，打歪主意。"小舒又说话了。

"有人惦记帅哥吗？"小海天真地问，还不忘了捋捋自己的头发。

太行轻轻拍了小海一掌："你想让谁惦记呀？"小海脸红了。程老板却放心多了。听小海刚才说的这几番话，他和小红之间不过是相互有些好感，并非谁也离不开谁，不然绝不会顺从家里的安排，跑到英国去留学。

小舒把话续了下去："当然有，像太行哥这样的，肯定有不少人惦记。"

说话间，一个五大三粗嘴里叼着根雪茄的男人，不知从哪儿冒出来，老远就喊："太行，你小子恢复得不错嘛。"过来就在他身上捶了两拳，看到桌边这一圈爷们，又嚷嚷："你们当和尚啦，一个妞都不带，不吃荤的了？"

太行也和他开玩笑："哥们口味淡，不吃腥的。"

"你那个娇柔柔的老婆不在这儿，兄弟们肯定也不会到她耳朵边添不痛快。里面有两个哥们和几个妞，要不一块去玩玩？"

"你小子嘴上能有个把门的吗？"太行指指小海，"这是我内弟。"

这家伙打量了小海一眼，笑得就跟有人在身上挠痒痒似的："哈哈哈！小兄弟，我和太行是大学同学，好哥们。我向你保证，四年大学，他为了你姐一直守身如玉，回去可千万别在你姐面前瞎说啊。"说完告辞，走进一个包厢里去了。

太行跟几个人解释："这是我大学同学，外号叫狗熊。军校指挥系没女生，所以大家说话特随便，连教官、教导员都和我们开玩笑。"

大伙都笑了。程老板问太行："我好像见过他一回。是不是就是前年你快走的时候，在小平姐别墅里和你打牌的那个？"

"你这记性真没人能比，就是他。"

小舒一脸懊丧，好不容易才把话挑到跟案件有点关联的地方，让这家伙一搅和，全没了。太行却心中有数，决定把窗户纸捅破，问小舒："你最近办过什么有趣的案子吗？说来听听。"

"最近办的这些案子，没什么好说道的，以前倒是办过几个挺有意思的案子。"小舒顺势接过了话茬。

"快说来听听。"小海的兴致也来了。

"有一起案子发生在某高校。化学系有一个女生，特别出众，是校花级别的那种。她和同宿舍的一个女生，都喜欢班上的一个男生。这个男生喜欢校花，而且两人也对脾气。同宿舍的女生想尽一切办法追这个男生，却总是被拒绝，于是妒忌成恨，在校花的水杯下一种非常奇怪的毒，无色无味，就跟水一样，但是人一喝下去，脑细胞就会被破坏，变成痴呆。结果校花容颜尽毁，变成了智障，男生远赴他乡，不知所终，而同宿舍的女生却始终逍遥法外，因为没有任何证据可以证明她下毒。"

大家听了唏嘘不已，小舒又讲了一个案子，就是近日搅得他心里发毛的有钱心机男的案子。程老板一下子就明白了，小舒兄弟此番约酒的目的可不简单。他对朱大财神爷印象不坏，此人粗中有细，还挺仗义，会如此阴险毒辣吗？那边，太行已经陷入了沉思，再也没说什么。

三十

梁政委吩咐太行："立马从你姐那儿辞职，和我一块把资源回收的事办起来。"自从儿子受伤，年过古稀的梁政委开始了人生的第三次创业征程。他想帮儿子一把，给他留下一个能安身立命而又对社会有益的事业。他把罐头厂卖了，考察了各地的垃圾处置和资源回收的情况，最终把厂址选在了蓟县。

厂房很快就建了起来，设备陆续到位，开始安装调试。正值谷物收割的季节，梁政委指挥儿子从附近的农村收了不少秸秆来。在焚化炉里烧垃圾之前，得先烧秸秆，以便调试机器。工厂里的一些主要技术骨干早已各就各位，只等着设备试运行后，再招一批工人就能干活。太行和爸爸商量,先就地招一小拨工人,让工厂部分开工。等过了明年春节,大批外出打工的民工从家里出来了,再招余下的岗位。如此按部就班一步步来,既有助于管理与生产平稳过渡,也利于成本控制。父子俩的想法不谋而合。

文竹心疼儿子,每天来回路上得开四个多小时的车,让他住在厂里,周末再回自己的小家,或者干脆把家搬到蓟县来。两个方案,太行都不同意,可他没说原因,无非是不想让妈妈担心。杜励还没好,晚上常常会在噩梦中惊醒,他怎么放心把她一个人留在家里呢?他早自作主张把药全换成了维生素,因为杜励本来就吃得少,服了这些精神治疗的药物后简直不想吃东西了,再说她还这么年轻,天天吃安眠药睡觉,一旦有了依赖,将来怎么办?他宁愿自己累点也要照顾好她。她啥时候醒了,他就起来给她热杯牛奶,放点舒缓的音乐,静静地陪着她,直到她情绪放松下来,再次入睡……这样,他心里也能好受些。

杜励在四川采访一个页岩气①项目,碰到泥石流给吓出了毛病,住进了精神科病房。太行心里如翻滚的海。他比谁都明白,泥石流根本不是病因。他最初有了离婚之意,确是为了成全妻子。妻子从小就梦想当个女徐霞客,读万卷书,行万里路,然后再写几本值得一读的书。如果自己这辈子再也站不起来了,对她岂不是累赘?她总不能把他像个家具似的丢在家里或是像件行李似的带在身边吧?倘若再想得远一点,有了孩子会怎么样,就靠她一个人怎么行?别

---

① 页岩气是一种低热量燃质。前些年起,出于降低温室效应,节约使用化石能源的考虑,这种热量低、开采具有一定难度的燃质,一度为国内外的投资机构所关注。

看杜励白天总是以笑脸示人，一到晚上她的眉头就舒展不开。太行一直在痛苦中挣扎着，一个人如果都不能自立，何谈承担男人的责任？可是，每次要下决心时，一个念头就会冒出来："放手究竟是爱，还是以爱的名义逃避？"医生没有判他死刑，他怎么能在怯懦中亲手毁了自己最珍视的爱情？可是，一些闲言碎语，尤其是那盘录音带，就像是钻进了他心里的一条蛇。妒忌搅得他片刻不得安宁，痛苦啃噬着他的每一根神经。对一个男人而言，知道自己心爱的女人曾爱过别人是一回事，亲耳听到她与前男友追忆旧情则是另一回事。只有亲身经历过才能体会到，那滋味真和把一个人的心放在油锅里煎一样……喜欢、欣赏、感激，这段感情什么都不缺，她的孤独被遣散了，思想被提升了，就连理想都接近了。录音带里她的每一句话都捅到了他的七寸上，一刀又一刀。莱斯特的回忆直戳他的心门：订婚、共宿灯塔、出游瑞士，两人如胶似漆，结婚本已是箭在弦上……原来自己这个从小与她一起长大的男朋友、丈夫，只是她退而求其次的无奈之选。直到此时此刻，太行才又一次真正读懂了妻子的心：这颗心只以他为爱人，而对于其他人，怀着的是感恩和友善。他居然混账到如此程度，明明已经知道自己很快就能再获行走的自由，非要用"离婚"来检验一下她的爱。

胡朵朵也得了抑郁症。此后胡家人就对外宣布，女儿投资赔了大钱。没过几天，胡朵朵的三哥就到小平的公司里讨债，要结束两家的合作关系，把妹妹投在地产公司的钱撤回来。胡家老三是狠角色，见过他在商场上运筹帷幄、中原逐鹿的人，却不晓得他到底系出何门。他还长得高大威猛，颇有阳刚之气。虽说年纪已经在五十岁以上，却腰板挺直，走路带风，声如洪钟，风采卓然，一般人见了他自动矮一头，尽管他啥时候都是一副平易近人的和蔼模样。作为智家长媳，小平既晓得老三的底细和脾气，更品得出他为妹妹出头的分量。小平和老公商量对策："要真是按照他的条件，现在就把两家的生意分开，这几年咱们就算是白干了！之前合伙的几个大项目就因为他们一直卡着，开盘一拖再拖，丧失了好机会，销售情况不理想。现金流是一个企业的血液，总不可能抽干了自己的血来还债吧，就是银行也能谈条件。再说，胡家不缺这仨瓜俩枣的钱啊！"

"老三和胡朵朵不是一个妈生的，干吗这么卖力？"

"所以，我才怀疑这是胡老爷子的意思。胡朵朵和她妈都差不动老三。我想来想去，不如你去求求老三，能不能缓一缓，一步一步地拆分。卫元这儿眼看着也起来了，还有他那个投资人朱必达，家里既没背景、又没人管着，也挺识数的。把他俩一块拉进来，就补上这个窟窿了。"

"嗯，你说的这个办法行，可就怕老三未必肯。不知道他家老爷子到底是什么意思。"

"什么意思咱们也不用去猜。太行跟胡朵朵真没戏了。太行鬼着呢，连我爸妈都被骗了。他根本没打算离婚，就是心里过不去那个坎，想试试杜励的心到底在不在他身上，现在是又后悔又得意，恨不得把命给了自己媳妇。即便是太阳从西边出来了，他愿意配合一下，胡家老爷子会让自己的闺女嫁给一个无情无义的负心汉？"

智远想了想："不好说。你要让胡家人出手帮太行摘干净身上的泥，门都没有。可是太行要是把自己摘干净了，给他送上门，他未必不收。"

"胡朵朵愿意吗？啥东西沾点灰，她都起鸡皮疙瘩。"

"哼，那是她原本就看不上眼。穷人家的孩子，只要不是爹妈挥泪富养的,一般碰上自己喜欢的人,会先掂量掂量自个有几斤几两。胡朵朵是怎么长大的,她有'摘月亮不成换颗星星'这样的基本做人素养吗?"

小平笑了笑:"太行不也这样?你先去跟老三会会,改天我叫上智静一块去看看朵朵。"

智静不愿意去看胡朵朵:"不就是少了几吊钱吗!至于吗!折腾出这么多事来。"原来最近智静与胡朵朵的远房表妹萨拉走得很近。两人情况差不多,都是成功人士的老婆,老公都是日理万机、难得回趟家的主,年纪也没差了几岁,孩子又是前后脚出生,所以两人认了干姐妹,好得快成一家人了。胡朵朵有闲钱,表妹萨拉给她介绍了个理财高手。谁知这个理财高手把钱给"理"没了。胡朵朵能高兴吗?不免在智静面前寒碜数落几句表妹和她的"高人"。而萨拉也没少在智静面前诉苦抱怨。以智静的脾气和对金钱的态度,她当然选择站在弱者这一边。小平知道事情原委后没忘了当嫂嫂的责任,提醒小姑子,别和什么表妹走得太近!认识时间不长,知人知面不知心。

三十一

小舒的直觉不差,朱必达的确不简单。

从香港回来后,朱必达办了好几桩大事。一是大摆订婚宴,既给女友一个安慰,也拿喜事冲冲邪气,这是风水大师的建议,朱总怎会不照办。

二是没有跟任何人商量,就暗中与香港和南边的黑帮合作,发誓挖地三尺也要把李岚那个贱人给活捉回来。她不是告他强奸吗？他想好了，就把她赏赐给抓她回来的那群人，好好糟践糟践她，让她成为全天下人人唾弃的贱货，要不然绝对出不了心中这口恶气！

三是论功行赏。莱斯特不用说，当然是首屈一指的大功臣，必定重赏；至于杜励，他亲自去卡地亚的北京专卖店，说明了自己的要求，请总部的设计师根据他的意图精心设计一条钻石项链。设计方案换了好几次，费了好大的劲才合了他的心意。这是他与她患难与共后的谢礼，岂能马虎？

把这些事办完，小朱就被请进了公安局，盘问他的小警察好像他肚子里的蛔虫似的，一上来就问李岚的事。他好不容易才搪塞过去。一回到公司，他就让保镖跟黑道上的联络人知会一声，要小心从事。

除此之外，朱必达还筹划了好几步大棋。这第一步大棋呢，是个一石二鸟的妙招。他向莱斯特承诺，只要他能帮助自己把公司的内奸揪出来，来年一定会给他合伙人的地位。于是，锄奸行动悄而无声地启动了。

小朱是这么考虑的：莱斯特一战功就，声名鹊起。假如他有意离开自己，另谋高就或是自立门户，不乏机会。莱斯特不仅头脑冷静，还有很高的职业操守，更难得的是他对海外的金融市场了如指掌，对国内的营商环境和投资品种也不陌生。他的汉语经过前些年杜励的私授和来北京后的实际运用，也已经很好了，可以不再依靠翻译。考虑到自己才重重地封赏过莱斯特，甜头不能一次给太多，于是使出这个一石二鸟之策。

可万万没料到，这时出事了。安迪狗急跳墙，开车撞了莱斯特。莱斯特伤势挺严重，骨折，内脏受损，脑袋里还有血块，得开颅治疗。事后安迪逃跑了，警察正在通缉他。小朱给杜励打了个电话，希望她能过来照看莱斯特。很快，太行和杜励就来了，太行答应每天晚上和妻子一块过来看看，但是时间不能太久，她怀孕了。

三十二

莱斯特被撞伤住院，小舒仍相信自己的判断没错。这不明摆着吗？朱必达投下诱饵，诱使莱斯特调查内奸安迪，安迪狗急跳墙撞伤莱斯特。鹬蚌相争，渔翁得利。朱必达每一步都算对了，算准了，就是没想到太行能重新站起来，否则……他又把案情全部梳理了一遍，发现了疏漏之处，额头上的汗都出来了。假如不是朱必达导演，而是另有其人，不仅更讲得通，而且犯罪嫌疑人的动机也符合人之常情。但是，他还是想不通，李岚凭着假身份是如何进入朱必达的公司里给他当秘书。这位貌似憨厚实则长了一条弯弯肠子的朱总，对身边来历不明的小秘书从来就没有起过一丝怀疑？

小舒决定去朱必达的公司调查一番。他了解到朱必达出差外地不在公司，便借口找朱总，与前台小姐搭上了话。小舒将一盒德芙巧克力送给小姐，他本来就长得很精神，穿上一身笔挺的西装挺是那么回事的，一下子博得了前台小姐的好感和信任。小舒先从朱必达的情事说起，猜公司里会不会有哪个漂亮姑娘近水楼台，把这号称百亿身家的老板拿下了。

小姑娘撇撇嘴："老板眼光高，找了个洋妞，已经订婚了，大伙都没机会了。"

"你们这种投资公司，有钱人多的是。姑娘们找不到几百亿的，找个几亿的,那还不是一抓一大把!"

小姑娘又一撇嘴:"没你想得那么好。普通的投资一年也就是赚个百八十万;公司里上亿身家的男人,一共就两个。一个长得要多悲催有多悲催,准是投胎的时候,爹娘忘给送子观音上炷香了;还有一个,很帅很帅,可惜是个老外,一般人也和他搭不上话。"

"这老外花不花心?"小舒问。

小姑娘摇摇头:"一点也不花心。我们老板以前的女秘书,一直想把他拿下,可惜没得逞。要不然,我们老板在香港也不会栽了。"

"你说的是那个美女蛇吧,报纸上都登了。想想还真是替你们老板不值啊!"

"可不是,她刚来的时候,我就看出来了。很多人都说她又甜又乖,我一看她就是装的。"小姑娘又一撇嘴。

"你怎么能看出来呢?教教我,省得我以后也上当吃亏。"

"她一看见比她漂亮年轻的女人,就背地里翻白眼;一看见有钱的男人,就往上贴,也不管那男的长得有多悲催!"

小舒差点乐了:"你说的是你们公司另外那个身价过亿的经理吧?"

小姑娘不吭声了,算默认吧。

"现在像你这么好的姑娘确实不多了。以前吧,人们光说什么癞蛤蟆想吃天鹅肉。现在吧,是天鹅自己追着有钱的癞蛤蟆,让人家啃她的肉。"小舒有意把话说得通俗幽默。

小姑娘被逗乐了,羞红了脸:"你说的是李岚吧。"

"对,就是李岚。你知道李岚是哪里人吗?"

"她说话听不出口音来,像是南方的。"小姑娘说,"听说,她除了会说英语,还会说粤语,说不定是广东那边的人。长得也黑不溜秋的。"

"她怎么到你们公司的?"

"这我哪儿知道?肯定是看了招聘广告自己过来的吧。"

"她在北京有亲戚朋友吗?"

"我不知道。没见有什么人来找过她。哦,不,好像听人说起过,她有个姐姐,据说特别能耐,找了个很有钱的老公,在北京顺义有一套过亿的豪宅,以前住在香港,现在住在北京。李岚总过去吃饭。不知道是真是假。"

小姑娘哪儿想得到,这么一句无关紧要的话,点亮了小舒的疑惑。

三十三

这些天,胡朵朵把文竹的话反过来倒过去,不知嚼过多少遍了:"论相貌性情,你不比杜励差;论行事大方,杜励比不上你;要是论家世背景,我们梁家高攀不起你。怪只怪,太行和她从小一起长大,眼里再也容不下其他的人。我想来想去,与其等到下辈子咱们做婆媳,不如这辈子先做母女。我这心里头啊……"本来前些时候,胡朵朵以为已经无限接近太行了。他虽然谈不上多热情,可至少不再故意回避,眼神里也多了不少和善和温情。她看得出,他是感激自己的,是欣赏自己做的一切的。自己还有一个优势,就是能帮助他站上人生之巅,文阿姨对此是举双手赞成的。

说起来,太行恢复行动自由,多亏了胡朵朵。半年多前,经过再三考虑,她决定到梁氏地产来上班。虽然她并不遵守朝九晚五的工作时间，但每日必到。小平拗不过她，给她安排了间办公室，就在太行隔壁，还把太行的秘书也共享给她了。胡朵朵是大股东之一，想来上班，谁能拦得住？既然醉翁之意不在酒，小平便送个顺水人情。胡朵朵本来是很矜持的，但是太行坐在轮椅上，她就不能再像过去一样太含蓄。就连他的小秘书都知道怎么回事，每天不等她问，就会自动把梁总今天干过些什么，正在干什么以及将要干什么，一字不差地汇报给她……

为何这般痴情与执着呢？连胡朵朵自己都惊讶，她不是一个轻易动心的人。太行结婚以后，家里人为了替她出气，明着卡小平的脖子，一块开发的几个楼盘，大产证故意迟迟办不下来，没法销售，损失不小。太行负伤以后，胡家人松了手，不然也显得忒没气量了。开盘销售的时候，她来开会，没想到和太行碰了个正着，居然又陷了进去。痛苦挣扎几天后，她专门去找了智静，不动声色地打听太行的情况。"太行没伤着脑子、脊柱这些地方，医生说他将来肯定能走会跑。可究竟要花多少时间才能重新站起来，谁也没个准信。我嫂子一听说哪里有什么理疗师或是气功大师，就请过来给太行治治，但是也没什么效果。这都一年多了，太行挺消沉的，文阿姨成天抹泪……"智静把自己知道的全都告诉了胡朵朵。她有数了，动用一切关系，请了一名著名医生给太行诊断，建议太行接受神经细胞再生治疗。从那一刻起，她、小平、文阿姨都把心放回到肚子里，太行重新站起来总算是指日可待了。

太行住院接受神经再生治疗时，杜励一次都没来过医院。小平起初试图遮掩，说杜励去四川采访一时半会儿回不来，可看看文阿姨脸上的表情，她明白了不少，也就不再多问。太行是高兴的，从负伤到现在将近两年了，总算是真正康复。每每见着她，感激之情溢于言表。有好几次，和太行以及文阿姨在一起聊天时，她忽然忘了时间，忘记自己究竟身在何处，好像岁月流淌到这一刻之前以及之后的时光全都消失，只有温馨的此刻才是唯一真实的存在……

眼看幸福已是触手可及，谁知被一堵海绵墙给挡了回来。太行的脸上带着感激之情，但却总是客气得过分。她不明白，到底是哪个环节出了岔子？他不是已经和律师在谈离婚的事了吗？她不由自主地开始相信缘分和命运，相信冥冥中一切有特殊的安排。不然，老天爷为什么让他与自己一再相遇？为什么每次遇见他的时候，他不是为情所苦，就是为现实所困？他经历的这些劫难，既是老天爷考验他的，也是考验自己的。她相信总有一天，他会明白自己的这片心。

胡家三公子没为难智远，还让他去找妹妹通融，好让大家都不为难。"钱借给了萨拉上大学时候的一个老师，说是什么投资神人，从来炒股就没亏过。还说与其小打小闹，还不如多凑些钱来做庄。谁知竟亏得一塌糊涂。"面对前来探望的小平，胡朵朵把情况说了说。小平少不得劝，钱财乃身外之物，以她这样的千金之躯，犯不着把些许损失放在心上，惹自己不痛快。

两人越说越亲密，话很快落到了胡朵朵的另一桩心事上。小平说："我妈妈老是叹气，本来是想把缘分变得更亲密些，哪知我弟弟没这个福气。你千万大人有大量。杜励怀孕了，太行不能离。"

胡姑娘闻言脸上有几分惊讶，接下来反倒露出几丝笑意来，把小平这么精明通透的人都给弄糊涂了。不过，小平很快就把心放回肚子里，对于上次提出来一块搞投资公司的事，朵朵这回给亮了盏绿灯。

三十四

女儿怀孕的消息和她辞职备孕的决定是同时由她告知杜教授的。杜教授早就发现女儿脸色苍白，没精打采，除了喝点汤吃点水果，什么东西都吃不下，还一直以为是情绪问题导致的饮食无欲。得知消息后，他的第一反应是，这个孩子能要吗？从她回国到现在，生活好不容易刚刚步入正轨，为什么非要急着生孩子呢？为什么不抓紧时间，赶快给自己打好事业基础？她实在是太糊涂了。

他认为女儿是让女婿迷了心窍。

"你的理想呢？你的大志呢？你读了这么多书有什么用？你的大学文凭，研究生学历，只是擦在脸上的胭脂？你打算让太行在你的人生里当上帝？你又打算在他的生活里充当什么角色？一个依附者，一个寄生虫，一个娜拉似的小玩意？

"你的大脑呢？休眠了，瘫痪了，不工作了？你需要借助丈夫的大脑来思维？你需要丈夫来为你的生活做决策？

"养育一个孩子，少说三年，多则五六年，不到孩子上学，做母亲的难以腾出手来专心致志地做自己的事。假如你已经有了一定的事业基础，以你的个性，一定会很努力地平衡好家庭和事业的关系。但是如果现在就当一个家庭主妇，你很难再有机会出来工作了。"

发了一通火后，杜才韧平静了些。他心里十分清楚，按照梁家对儿媳妇的定位，女儿若是此时就回归家庭，一生肯定蹉跎在相夫教子中了。岁月静好是人人向往的，可一个人活着不能只为了岁月静好。就算是一个女人奔着这个目的，她能保证丈夫也坚守"一生一世一双人"的信念？今时不同过往，婚姻的韧性有限，两个人一旦在人生的道路上拉开差距，月老系在夫妻脚上的红绳就成了羁绊，迟早会被挣断。再说了，本来就门不当户不对，更应该好好地进行自我增值，而非自贬身价。

杜励满面忧伤，低头不语。辞去工作，并非因为怀孕。彭博社把北亚区的业务卖给了一个日资机构，新东家明知她怀孕，还要把她调到大阪常驻，用意再明显不过了：炒掉一个怀孕的女员工是违法的，要面临高额的索赔；但是如果为怀孕女员工安排了新工作，她拒绝接受，法律就无可奈何了。说白了，她收到的根本就不是什么调令，而是一纸免除了所有经济补偿的解约通知。可杜励无法将实情告知父亲，因为怀孕是丢了工作的基本诱因。她只向父亲谈了自己写作的打算。杜才韧越发焦急了："写作这回事，比千军万马过独木桥还艰难。一个年轻人，阅历有限，又无任何文学圈里的资源可以利用，要想以此谋生，谈何容易？坚持一年不难，坚持三年五载，如果还写不出来，怎么办？最终不还是沦为看丈夫脸色过日子的主妇？"不过，女儿的打算多少给了他一丝希望：至少她还没有完全沉沦在丈夫的"迷魂汤"里，还有主动自救意识。

杜才韧认真地想了又想，如何才能让杜励既走好相夫教子这条路又能自强自立。权衡一番后，他建议女儿去广院读博。春招考试通过后到秋天入学时，还有大半年的时间，届时孩子已出满月，再请个保姆，完成学业没太大问题。博士毕业，不仅可以重新投入社会，还不会让新的单位质疑这三年的空档她是否与社会脱了节，三年后外孙也到了入幼儿园的年纪,她也不再有后顾之忧。

父亲的良苦用心,杜励理解但不愿采纳:"爸爸,你常说,人生如白驹过隙,最幸运的人就是用最短的时间发现了自己的使命,同时又把所有的精力尽可能地投入实现这一使命中去。我只想当个作家,回学校从事理论研究不是我的兴趣,我不想做,也做不好。有这几年的时间,我说不定已经写出东西来了。即使不成功,笔力也会有一个大的进步。小时候,你不是总喜欢给我讲小鸡吃石头的故事吗?一个小鸡嫌石头硬,死活也不肯吞石子,只吃米粒,怎么长也长不高长不大。当作家是我的理想,怎么能畏惧困难害怕失败就放弃呢?我为什么要当记者,不就是为了给写作铺路吗?"

杜才韧在家里实行共和制,大力提倡儿女们参政议政。两个孩子从小就可以向大人顶嘴,畅所欲言,只要是说得有理,他不但不生气,还会很高兴。听完女儿这番"以爸爸的矛戳爸爸的盾"的抗辩,杜才韧望着女儿的目光是既苛责又惋惜,口气变得语重心长:"作家,是不少记者职业生涯的归途,但不是一个受过高等教育的家庭主妇的归宿。不要高估你自己,也不要高估丈夫对你的感情。一生一世的爱,是建立在对方值得爱的基础上的。你静下心来好好想一想,寄生虫能够得到真正的爱吗?这话听起来很残酷,可爸爸不得不提醒你。"

杜才韧审时度势,把女婿叫到家里,进行单独教导。在和对方父母相处上,太行与妻子相同:杜励对婆婆有多么敬而远之,他对岳父就有多么远而避之。岳父对他的评价从来就没越过地平线,才貌无双的女儿嫁给他这个当兵的,简直就是明珠暗投。

杜才韧先是对太行进行了一波感恩教育,让太行认识到过去一年里，杜励为他做出的巨大牺牲和无私奉献。太行点头称是，并为之动容。看预热的效果不错，杜才韧马上又给加了几把火，用高尚的情操来感动女婿，勉励他向伟人看齐，学习他们无私支持妻子成为巾帼不让须眉的女英雄的坦荡胸怀。为此还特地举出了两个生动鲜活的案例：号称英国铁娘子的撒切尔夫人的丈夫，当过第一夫人、当过国务卿后还想当总统的希拉里女士的先生克林顿。

其实，杜才韧讲这番话，是经过一场深思熟虑的。女婿负伤后，女儿的心理压力很大。当好贤妻不是一个人有爱心、有决心就能做到的，她还需要丈夫的配合。别看杜励总是顾左右而言他，装得跟没事人似的，怎能瞒得过父亲？不用问，准是复健的效果不理想，太行意志消沉。他之所以送《霍金传》《罗斯福传》，其实就是想告诉女儿女婿，要正视现实，最明智的做法是怀着希望，从最坏的角度来打算——即便太行腿伤不能痊愈，但是，只要坚强，就能自食其力地生存。加上洒脱与努力，再加上苍的惠顾，成为一个伟人都是有可能的。伟人的意义很宽广，一个人肯牺牲自己成就别人，就称得上伟大。杜教授丝毫不怀疑亲家给儿子的教育里有这种牺牲精神，但女婿的表现不得不让他高度质疑。另外，太行是否具有挫折意识？人生总会遇到不顺、打击甚至厄运缠身。小时候吃过苦，并树立了强烈的吃苦意识，就能挑战逆境。后来，太行一边复健、一边读EMBA课程，还去地产公司上班，杜才韧心里很是欣慰。没想到太行刚能自由行动，立刻又将人生目标调回至原先的世俗模式，杜才韧不禁十分失望。他连儿子当个服装设计师都不认同，如何能够赞成女婿的选择？还是在女儿刚结婚回国的时候，他就和她探讨过："你和太行取得一致了吗？你们将来的家会如你所愿,建在女儿国①里吗?""反正没人会被牵着鼻子走。""这么说,你们没谈过这个问题?"杜励说:"还要谈吗?我们彼此了解。"

虽然杜教授用心良苦,奈何女儿女婿总是置若罔闻。唉,谁叫他以谦谦君子自居,把成长看成是一场自我悟道,总是引而不发呢?如果他知道女婿的大脑中此时此刻正在运行的程序,一定会改弦更张。这会儿太行居然能一心二用,嘴上附和着岳父,脑子里同时暗暗运转着纠错程序:克林顿的确极大地帮助了夫人,却十分花心。不过他很快就没有这么洒脱了,因为岳父的最后一波操作来势汹汹:"太行,你认为这个孩子能要吗?"

太行的第一反应是:为什么不能要?凭什么不能要?我的孩子,我为什么不能要啊?但他明白,岳父这样问是出其不意攻其不备!他迅速地开始寻找最佳回答。

选项A——强调客观因素。"爸爸,杜励体质弱,医生说如果这胎流产,以后会陷入习惯性流产。"女性一个月只排一颗卵,杜励从出院到现在没多长时间啊,如果岳父从概率反推安保措施以及其他,搞不好自己就得挨顿鞭子。直接推翻。

选项B——拿抑郁症说事。"爸爸,我去请教过医生,治疗抑郁症的良药是爱情。"以岳父的智商,如此大言不惭的回答只会让岳父立刻破译——你是我女儿的病因。还是算了吧。

选项C——让父母背锅。"爸爸,我妈妈一直催我们生宝宝,

---

① 此处的女儿国不是指《西游记》中的女儿国,而是指《她乡》所描述的女儿国。该寓言由美国作家夏绿蒂·柏金斯·吉尔曼于1915年创作,作品中描述了一个美好的由女性来管理的乌托邦世界。在这儿,女性从一生下来,就有强烈的自主意识,与当时现实世界中的男权社会里对男性、女性以及两性关系的定位,有较大的差异。

实在是母命难违。"岳父一直把文竹当作是老大姐、老领导，他不会去兴师问罪的，只能自行消化烦恼。这个可以考虑，但也不是没有风险……

要不怎么说不是一家人，不进一家门呢？太行很快就执行了以其人之道还治其人之身的战术。他大谈自己多么爱妻子，多么欣赏仰慕她，多么想以丈夫的身份，接过岳父手中的教鞭和戒尺，继续督促杜励成才，多么想和她进一步深度绑定，同呼吸共命运，同荣辱共生死……他把岳父给彻底绕迷糊了，直到他声情并茂地把临时起草的口头小作文给画上了一个句号，杜才韧都没能总结出一个中心思想来："太行，你到底想说什么？"太行绝不能再给岳父明确阐述什么是"进一步深度绑定"了，只能留给他自己意会，于是使了个金蝉脱壳之计："爸爸，要不今天先这样。我改天再过来，咱们慢慢聊。"

太行很是开心，很是得意，但是绝不大意，毕竟岳父对女儿的影响力，实在不容小觑。晚上一回到家，他就启动了猫头鹰模式，对娘子实施高密度观察。杜励吃饭，他看杜励；杜励看书，他看杜励；杜励弹琴，他也站在旁边紧盯着她；晚上就寝洗漱，杜励关上浴室的门，差点撞到他的鼻梁。杜励上床准备熄灯睡觉时，他非把她拽起来，一起探讨一个并不紧迫的问题："你说该给咱们孩子起个什么名呢？"

"我还从来没想过，现在也没什么灵感，再说也不急啊。"很明显，杜励困了。

他把她揽过来，直盯着她两只亮晶晶的大眼睛，问："我们的孩子叫不悔，好不好？"

杜励扑哧笑出了声："那我以后是该叫你梁大侠呢，还是左使大人①?"

"这么说,就是同意了?"太行十分认真地等着回答。

她握住了他的手,又眨了眨眼。

"不悔啊。你记住了。"他捏了捏她的鼻子尖,"不悔。"

三十五

程老板通知爹妈:他要结婚了,喜事不用办,媳妇很快就要临盆,等孩子百天的时候,一块办。

李大妈放下电话,又高兴又疑惑。儿子最近这次回来,还说自己单身,这咋说有对象就有对象,还连孩子马上也有了,这也太快了。到底找了什么样的闺女,照片也不往家里寄一张,连婚纱照都没拍过。这闺女可够省心的,彩礼没要一分,婚礼也没办,一切手续都省了,马上就要把老程家的孙子生出来了。这是谁家的好闺女?

程老板在电话里交代了,让赶紧给联系乡医院,预约个床位,还要家里腾出间屋子来,好让媳妇坐月子。这还用他吩咐?李大妈立马就到乡医院挂了号,说小儿媳妇眼看着就要从北京回来了,想把孩子生到老家,在老家坐月子。大夫问干吗不在北京生呢?李大妈说,孩子就得养在土坷垃里,要不然长不皮实,就跟庄稼必须得让大粪熏是一个道理。她还从集上牵回一只羊来。要是儿媳妇奶水

---

① 出自《倚天屠龙记》,明教左使杨逍和峨眉派弟子纪晓芙相爱,纪为了这段感情,被逐出师门,然而痴心不改,给女儿起名为杨不悔。

不够，孩子大人都有鲜羊奶喝。这可比冲奶粉喝强，营养足，还没有那些乱七八糟的毒玩意。李大妈还把被子褥子用新棉花给絮了，给孙子做了小被子、小褥子、棉袄棉裤。买的棉袄棉裤里面放的不是空心棉就是黑心棉，孩子穿上能暖和舒服吗？李大妈整整忙活了一个星期，总算把能想到的所有准备工作都给做完了。她天天盼着儿子回来，一天到晚跟当家的叨叨："你说小耳朵找了个什么样的姑娘？模样好吗？性情咋样？"

程果树想了想："估计丑不了。你没听小强说，现在的姑娘找对象只认钱，不认人。小耳朵现在，往少了说，一年也能挣个百八十万的，媳妇的模样肯定差不了。"

"你说，他跟人家领证了吗？到人家姑娘家提过亲吗？不管哪年哪月，该走的礼数总得走到了。小耳朵说她是南面来的，离得挺远的，要不咱俩替儿子跑一趟，顺便也见见亲家。人家辛辛苦苦把闺女拉扯大，这就给咱生孙子了，咱不能连这点道理都不懂，是不是？"

"哎，你别操这个心了。小耳朵没跟咱们说，自有不说的道理。"

"你说，咱们该给多少改口费？是按照咱这小县城的行情给，还是按北京的行情给啊？"

"那肯定是咱这里的行情，她嫁到咱们家了。北京只不过是她打工的地方。"

"那她会不会嫌少，嫌咱们小气，咱不能把儿子的脸给丢了。俺明天得到镇上再去取点钱。"

"你呀，先甭着急取。等小耳朵回来，你问问他。他说给多少，再取也不迟。多在银行放一天，不还多吃一天利息吗？"

终于，小耳朵把儿媳妇给领回来了。李大妈一见，还真让当家的说着了，这闺女长得可真俊，要不是因为怀着个大肚子，好好捯饬捯饬，不比电视上那些个明星差。小耳朵介绍说，她叫黄莺，在北京工作。小耳朵对媳妇还真好，就是有些客套了。两口子过日子，整那些个虚头巴脑的干什么？不过，儿媳妇跟小耳朵更客气。

把媳妇给爹妈撂下，程老板第二天就要回北京。程果树当时就发脾气了："你个小兔崽子，心真狠啊！媳妇给你生孩子呢，你跟行李似的把人往家里一撂，就准备跑啊？等孩子生了你再走。"

小耳朵都快跪下了："爸，我真有事。前段时间，我公司的股价跌得厉害，好不容易才多少升回来一点。我跟投资人有对赌协议，快到年底了，得赶快回去看着。"

"你个不成器的东西，还沾上赌博了。"程果树瞪起眼来。还是儿媳妇在旁边劝阻并解释，程果树才知对赌不是赌博，才放走了小耳朵。

一个星期之后，儿媳妇就生了。是孙子，长得虎头大脑的，可排场了，一丁点也找不到爸爸小耳朵那副猴头巴脑的影子来。李大妈激动得让程果树从学校一个老师那儿借了照相机来，一家人围着孙子、儿媳妇拍了一卷照片。照片洗出来，她给小耳朵寄了几张，家里的亲戚们一家一张，给梁政委夫妇也寄了一张。剩下一摞，给了儿媳妇，问她要不要给自己爹妈寄过去。儿媳妇说，不如一起寄给小耳朵，让他帮着寄给自己的亲戚。李大妈有点奇怪，凡是跟儿媳妇娘家联络的工作，全都交给儿子，连自己想跟亲家打个电话，道个喜，都让儿媳妇给拦住了。儿媳妇说她爹妈没见过世面，不会说话。

三十六

文竹把小耳朵缺席了的全家福照片给太行看，太行呆了。晚上，太行把照片给杜励看。杜励既没认出程伯伯和李阿姨来，也没认出黄莺来。十几年不见，程伯伯比原先富态了很多，头发全都掉光了，眉毛也白了，脑袋像一个皮球，缺了那么点精气神。李阿姨的劲头倒挺足的，眉眼间还能看出些年轻时的俊俏模样来，就是老了不少。

太行让她重点看那个年轻的妈妈。"不就是一个普普通通的年轻妈妈吗？"杜励没瞧出什么来。

他提醒她："这就是狗熊的前女友，黄莺，你不是还见过一回吗？"

"难道小耳朵和她结婚了？这么快？连孩子都有了？"话一出口，她明白问题复杂了。

面对两个关心自己的朋友，程老板把自己和黄莺的故事一五一十地讲了："……就是咱们那天从会所吃饭出来，我遇上了黄莺。狗熊不要她了，她坐在地上哭。我和小舒把她送到了妇幼保健院。小舒叫她大姐，她还不高兴，说把她叫老了。原来她连二十五都不到，怪可怜的。自那以后，我就把她安顿在医院里，有时间就过去看看。本来我想让她在那儿把孩子生了，可她不愿意，怕狗熊来抢孩子。她也不敢回老家生孩子，要是知道闺女没结婚就养出个孩子来，她爸爸非把她打死不可。我只好把她送到我老家，总得有个由头吧，反正我也没结婚，就随口跟我妈编了个瞎话。"

"这么说，你没跟她结婚？"太行问。

程老板摇头："我跟她提了。先跟她假结婚，等孩子生了，也好上户口，将来再离婚。她不肯，嫌不好听。她还做梦狗熊看在儿子的分上，会娶她。我再说多，倒让人觉得我别有所图。"

"你现在打算怎么安置他们？"杜励问。

"等到春天，孩子过了百天，我就把他们从老家接到北京来。以后，她娘俩要生要死，就跟我无关了。"

"到时候你怎么跟叔叔阿姨交代？"

"还能怎么办，实话实说，最多被我爸扇几巴掌，就过去了。"程老板叹了口气。

"听我的。"太行说，"你现在就得跟家里打招呼，把你俩人的关系说清楚。再找个合适的人家，多给两个钱，把她和孩子安顿在那儿。可千万别再让阿姨和叔叔跟别人讲，这是你的孩子，是你们老程家的孙子。听懂了吗？你现在就得跟人说，这是你一个哥们的女人和孩子，记住了吗？能照做吗？"太行急了。狗熊的私生活有多乱，他十分清楚，但他更清楚狗熊的脾气，知道他泡妞的基本准则和善后处置方式。本来他还以为是黄莺找小耳朵背锅呢。狗熊不是好惹的，他如果误以为女人跟着他的时候给他戴过绿帽子，是绝不会善罢甘休的。

杜励想的是另一出："小耳朵，假如狗熊把孩子要过去，黄莺也想通了，想找一个疼惜她的人结婚，你会介意她的过去吗？"太行急了，急忙阻止她。

杜励不管不顾，直抒胸臆："人结婚无外乎有两种，一种是从心而选，另一种是听脑袋指挥。随心所选的人，选择的是爱情；听脑袋指挥的人，选择的多是条件最好或是最适合的对象。很难说哪种选择好，哪种选择不好。求仁得仁，求义得义吧。最糟糕的是，本来心里喜欢一个人，可掂量来掂量去，按照世俗的眼光和条件，选择了另外一个人，这样时间长了，难免会受煎熬。"

程老板没吱声，茫然地望着杜励，两只小眼睛里流露着一丝不易察觉的痛苦。杜励显然误会了，还是顺着刚才的思路，继续开解好朋友："过去读济慈①，读杜拉斯②，我不明白，为什么他们要写这样的话——比起你年轻时的美，我更爱你那张历经岁月的、满是皱纹的脸。现在我明白了，这绝不是诗人或是作家编织的、骗取读者好感的谎言。一个成功的男人，会吸引无数女人崇拜、仰慕，可只有爱他的那个女人才会把他的双脚捧在怀里，为他拔去征途路上刺进的荆棘。一个有魅力的女人也是一样，男人们都欣赏她赞美她，但真正爱她的男人会在她一帆风顺时，怜惜她的不容易；反过来，别人都在指责她时，与她一起承受委屈。比起未经世事的单纯，你更爱她历经生活后的世故，因为她有了一双慧眼，既能辨人也能辨己，不会轻易迷失。"说到这儿，她把太行的手拿过来，与之十指相扣，继续说道："小耳朵，人生不是一场竞赛。不是你跑到了终点，得到了第一名，就能向最漂亮、最迷人、最完美的姑娘求婚。人生是在某个地方和你最中意的人相逢，然后携手，一起跋山涉水，相互鼓励，不断地领悟、完善。如果你找的另一半从一开始就已经是个至臻至善、完美无瑕的人，人生反倒无趣了。你想，是不是这样？反正我现在不再希望自己站在巨人肩膀上，我更愿意凭着自己的努力，一步一个脚印向山顶进发，能爬多高就爬多高，

---

① 济慈，英国著名诗人。
② 杜拉斯，法国女作家，剧作家。

每个落脚处都有独一无二的风景。"

程老板心里想，杜励这么聪明，怎么就不懂，人一辈子情有独钟的对象，都是一个模子里刻出来的。他不由得想起了网上流传的一句打油诗："我欲将心向明月，可惜明月从未照过我这个小沟渠！"

三十七

太行寻思了一下，来找狗熊，把黄莺的事说了说。

狗熊不否认孩子是他的："我每次都带着套呢！她个贱人，算计哥们，在套上做了手脚。我在4S店看车的时候，她就施上妖法了。我本想给两个钱就了事，谁想她装雏，我这才收了她。有一回我带着她去喝酒，比咱们高两届有个师兄转业到公安局，一眼就认出她来了。她以前给人当过小三，差点让人家老婆把衣服给扒光了，派出所里现在还有记录呢。我当时就让她给我滚。嘿，她还赖上我了，说肚子里有我的种，还敢跟我验DNA。我真是瞎了眼，会让这么个贱货给我生儿子。我跟她说，哪儿来回哪儿去。过去我花在她身上的钱，在老家给她置办的房子，还有买给她的这些衣服首饰，我一文都不要了。再给她二十万，把孩子打了。她不听，跑了，非要把孩子生下来讹我！咱们哥们从来都不打女人，要不然我早把她给灭了！"狗熊越说越生气，"太行，哥们不是什么坏人吧，那女人就是祸水。你那兄弟，就是长得再寒碜，再稀罕女人，也千万要离她远点。要不然，哥们的今天就是他的明天。你既然都出面了，我也不让你作难。我愿意再多给她二十万，一共四十万。她啥时候想通了，我找律师来，一手签字据，一手交孩子。你还得替我警告她，要是再敢在路上拦我，纠缠我，我可不客气了，还就真要打一回女人啦！"

太行这才明白小耳朵见义勇为的缘由。此行目的已经达到，把童年好友万一要发扬雷锋精神，和失足女青年终成眷属的安全风险给排除了，便安慰了狗熊两句，回去交差了。

程老板却仍不依不饶，替黄莺叫屈："你这个同学一定给人家许过点啥，否则人家会跟他上床？"

太行嫌他不明白自己的好心，瞪了他一眼："小耳朵，咱们都不是当事人，不好判断谁一开始就不怀好意。狗熊如果没钱没势，那女的会千方百计黏上他？你问问她，狗熊说过要娶她吗？恐怕就是喝醉了，都不会跟那个女的说我爱你。她跟着狗熊的时候，狗熊身边像她这样的女人有多少个？狗熊根本不会跟她结婚，他是三代单传，一定得按照他爸的意思，找个门当户对的。你千万别再动什么恻隐之心了，现在你就该拿出你们县城首富的派头来，好好找一个合心意的好姑娘结婚，听到了吗？不过你可别把我卖了，咱们男人间的谈话，不许给女人透露。你明白吗？"

"你放心吧，我不会跟杜励说的。"程老板保证。

对小耳朵可以采用强势大哥的态度，对自己的老婆，那得和风细雨，模糊处理。即便如此，杜励还是一针见血给事件定了性："他就是一个蜜罐里泡大的巨婴，一站不起来，二不能独立行走，还非愣充爷们。一个男人是不是爷们，需要用占有女友的童贞来证明吗？他就是始乱终弃，你就是助纣为虐！"

"有这么严重吗？他是我哥们嘛，再说我们上的是军校。那女的，本来就不是什么好货色。以前不……"太行来了一通狡辩。

杜励更生气了:"谁敢保证一辈子不犯错。犯过一次错,就要被打入十八层地狱吗?你们都是些什么人啊?上过军校,你们就是男人中的男人?还是野兽中的野兽?如果你遇人不淑,正好喜欢上了一个有家室的女人,是不是你这辈子,就注定被界定为'渣男',永世不得娶一个良家女子了?"

太行一时语塞,干脆服软:"你说得对。我错了,还不行吗?不过,狗熊本来就看不上她……"他心里门清,犯不着为了别人的风流韵事和自己的宝贝娘子斗气。

原本已经快消停下来的杜励听到后面这句话又毛了:"看不上人家,干吗要和人家上床。把人甩了,还要恶心人一顿,他是人吗?他当女人是什么?次等公民还是玩物?他又把自己当成了什么?天上的太阳,普照万物?九五至尊的皇帝,雨露均沾?他就是个自大狂、巨婴,浑身散发着腐朽的气息。"

太行逃到洗手间去了……

三十八

从下午起,望京的别墅里就热闹起来。今夜别墅主人要在这里举办答谢舞会,客人们陆陆续续来到了。智静带着儿子小福和几个姐妹们在里面玩。小福已经两岁,在草地上跑得可欢实了,大家都夸他是个健康活泼的孩子。

智静近来心情很好,感觉幸福离自己并不远。她认为,什么也比不上守着老公儿子,过着富裕知足的生活好。卫元最近对她的态度改善了不少,有时回了家还和她一起讨论管理公司的心得。他这段时间锐意进取，一直在改善优化管理架构，使得上下之间的交流通路畅通，既不损伤现有中层领导们的积极性，还能让下面的人觉得有奔头，有上升和发展的空间。他认为一定要公平地处理和自己一起打天下的兄弟们的利益，否则就可能会出现"兄弟阋墙"的局面，怎么处理才合适？夫妻俩时不时讨论得热火朝天。

卫元这么努力，是因为看到了差距。股市危机最盛的时候，他不顾莱斯特的劝阻，非要拿出真金白银来填物流公司的窟窿。这里面，不仅有他自己的私房钱，还有智静的积蓄。智静看到平台的股价跌了，很痛快就拿出了一大笔钱，让他见机行事，把市场上的筹码往自己手里拢一拢。可在小老婆一哭二闹三上吊的威胁下，卫元没买平台的股票，而是把钱全填砸进了旋涡。幸亏莱斯特坚决反对，冻结了他质押的股份，否则他难保不会用平台的股票买进一跌再跌的物流股。如果真是这样，后果不堪设想，搞不好千里大堤就会溃于小老婆给挖的这个坑。自此他这颗以"天之骄子"自居的心安分多了。

和赫丘勒吃了顿饭后，卫元就更无地自容：虽然创业成功，但是太不成熟，遇事不但不冷静，还让小老婆摆布来摆布去的，和老谋深算的赫丘勒、镇定自若的莱斯特比较，差距不是一点半点！他认认真真地做了自我反思：朱必达被抓，杜励出面帮他镇住了局面。而他则无人可用，就是因为他搞一言堂、家长制。这是不少民营企业存在的通病，一旦最高决策者出事，公司马上就陷入群龙无首、天下大乱的局面。朱必达此番能化险为夷，除了有人帮忙，还因为他干的是投资，雇用的员工有限，公司架构扁平，一共就三个级别。处在第二级别的只有两个人，一个还是他高薪聘请来的老外，外来的和尚好念经。莱斯特代行他的职务，管理难度并不高。

自己这摊呢？不算收购来的物流，光北京总部就有小一千号人了。必须得好好地思考斟酌一下，如何优化管理架构，既让公司保持高速的发展动能，又能防患于未然……

院子里还有摇摇车、跷跷板和秋千。等小福跑了一阵后，智静把他抱起来，坐在了跷跷板上。跷跷板的另一端，坐着萨拉和她的女儿小如。她们卖力地摇着跷跷板，还一起唱着儿歌：

跷跷板，真好玩，
你落地时我上天，
你上天时我落地，
小小朋友不翻脸。

两个小朋友拍着小手，笑得可真开心……

孩子们玩累了，保姆抱着他们上楼洗脸洗手，喂他们喝牛奶吃水果。智静挽着姐妹几个进了小餐厅，这儿早已备下了一桌丰盛的酒菜，年轻的妈妈们享用美食，享受着难得的休闲时光。

"小如这孩子长得真甜，和我们家小福，怎么看怎么像。要不，咱们两家定个娃娃亲怎么样？"智静说。几个妈妈先是愣了一下，然后又都齐刷刷地盯着萨拉。她是个丰满性感的女人，肤色深又化着浓妆，一副深不可测的样子。只见她不慌不忙，把眼睛往上一吊，嘴角牵了牵："这可是我们小如几世修来的福气！只是孩子们太小，现在就定了终身，长大了难免不和父母对着干，该要好的反倒要好不了。"

"你说得还真挺有道理的。"智静赞同道，"儿女找对象，最喜欢和爹妈唱反调。你让他喜欢一个人，他偏不；你让他离谁远点吧，他还非得凑近了。如果我想让小如当儿媳妇，还真不能现在就跟儿子说，得悄悄地告诉月老。"

"还真是这个理。不是我们嚼舌头，智静，你嫂子的弟弟和胡朵朵，多可惜，阴差阳错的，就是成不了一对。"

"太行和杜励是青梅竹马。"智静给胡朵朵找了个台阶。

萨拉脸上露出了不屑的神情："最后胜出的，未必就是陪在身边最长的那个人。"

此言一出，场面有些冷了，几个人相互交换了下眼神，其中一个年长些的把话岔开了："要我说，小平姐真能干，里里外外，没有她经营不好的。你看，这么大的答谢舞会，准备起来得费多少工夫，什么都得事先考虑周全。刚才来的时候，我顺便到前面去看了一下，真是井井有条，面面俱到。听说，请了不少人。"

"也还好。主要请的是太行两次住院时的医护人员，还有给过他帮助的人，另外还有些亲戚朋友。"

"你表姐来吗？"有人用胳膊肘捅了捅萨拉。她脸上笑得跟朵花似的："这还用说吗？一定会来。"

妈妈们吃完饭，保姆们又把孩子们带来了。小如非要小福脖子上挂着的一块玉，抓着怎么也不肯松手，又哭又闹的。智静把小福抱在怀里，哄他："小福乖，我们把玉摘下来给妹妹戴一会儿，好不好？"孩子咿咿呀呀地笑了。智静把玉摘下来，给小如戴到了脖子上，还在她红扑扑的小脸上亲了一口。小如也呵呵笑了。智静抓着儿子的两只手拍巴掌："小如妹妹真漂亮，小如妹妹真漂亮。"

智静和萨拉走进化妆间化妆。智静打量着镜子里的萨拉，不禁赞叹："你的身材真好，该长肉的地方丰满，该苗条的地方紧致。可惜从来没见过你老公，他一定很优秀。"

镜子里萨拉的一双媚眼骨碌骨碌转，满是得意之色："他是中国最好的大学毕业出来的高才生，年纪轻轻就创立了百亿规模的大公司。他很有男人味，对我体贴入微，宠爱有加。"

"你命真好，碰上这么个好男人。"

"你也命好呀，出身豪门。难道你老公对你不好？"

"我老公也是中国最好的大学毕业出来的高才生，也是年纪轻轻就创立了百亿规模的大公司。他在我看来也长得很男人，可惜……也许是因为我们谈恋爱时间太长了。我俩是大学同学，上大学的时候，他就开始追求我，一天写一封情书，可能那会儿把他的激情都耗费光了。"智静有些不好意思了，没继续往下说。

"瞧你说的，男人在床上怎么会失去激情？他多大岁数了？"

"36岁。"

"这也太巧了！我老公也36岁。他在床上简直就是一个饥饿的老虎！"说出如此私密的事，她一点也不脸红，反而把眼睛一挑，火辣辣地盯着智静。智静被她看得浑身不自在，脸都红了："我太胖了，穿啥都不好看。"

"哪里，你穿这件黑色的晚礼服，显得皮肤雪白，身材圆润，我看就是杨玉环再世，也会自叹不如。"这种言不由衷的话，她说惯了，张口就来。

"瞧你说的，我哪有那么好！"虽然觉得这话言过其实，但智静现在太缺乏自信，有个人这么夸自己，她就跟吞了颗摇头丸一样，多少能快活一会儿。

忽然一个恶毒的念头，闪过萨拉的脑海。她拿着打胭脂的化妆笔，对智静晃了晃："我觉得你的脸不够立体。要是打点胭脂，效果会好不少。"没等智静同意，她就开始在智静脸上画起来。也就是一眨眼的工夫,镜子里出现了一个脸红得跟个猴子屁股似的女人。智静不住地喃喃自语:"这样好吗?有点太红了吧?我怎么越看自己越觉得像个小丑呢。"

"小丑?你今天要出大丑了!"萨玛在心里冷笑,手里的化妆笔没停下来,还不住地灌迷魂汤:"你不习惯化妆,所以才会觉得奇怪,习惯了就好了。在我看来,你现在这个样子真是漂亮!"

智静看着镜子里的自己在摇头,摇着摇着,眼睛花了……她默默地站起身来,把脸给洗了。老天爷就给了她这张大脸,怎么捯饬都捯饬不出个尖下巴来,不如大大方方、干干净净的,以本面目示人。智静并没怪萨拉,过来挽着她的胳膊,走出屋去。才走到半道上,萨拉忽然想起什么,说不小心把一支口红落在化妆间了,非要回去取。智静安慰她,这是自家院落,没人拿。可萨拉非要回去拿,还坚持不让人陪。

别墅的后花园里,一个黑影摸了进来,顺着楼梯,上了二楼的一间卧室。这间卧室有里外两间。外面的小床上,每张床上睡着一个孩子。里面的大床上,睡着两个小孩,保姆伏在旁边打盹,似乎已经和梦神在约会。黑影仔细端详着梦乡中的两个孩子,手伸向其中一个孩子的脖子……就在这千钧一发之时,他的胳膊被牢牢卡住了。

后花园里发生的这一切,别墅里的人一概不知。此时太行正在和一对医生夫妇说笑。答谢舞会,是姐姐和妈妈的主意,也是姐姐一手张罗的。按照他原来的想法,把大家聚到一块吃顿饭,心意到了就好,可她们有自己的主张,他也只能配合。杜励不愿意以孕妈妈的状态在大庭广众之下现身,太行也担心人多应酬多,空气不好,对她和胎儿不好,并不勉强。太行在给每个人准备的礼物袋里，放了张以夫妻二人的合影为背景制作的礼仪卡。有位医生太太爱追剧，看了杜励的照片还以为是某个小明星，后来才弄明白只是面貌酷似。太行挺好奇的，不知道还有谁和妻子长得像。正在这时，太行的手机响了，是杜励。他侧过身去，把手机接通了。

"山楂红枣粥是你从网上买的？"杜励问。

"你不是跟我说想吃这个吗？"

"这么一大砂锅！看来，你是把我当母蝗虫①了。"

太行听岔了："你和顾大嫂②有可比性吗？放心吧，就是吃上十锅粥，你也长不成她那样。"

这时，文竹走过来。原来胡朵朵要走，文竹想让儿子送送她。

胡朵朵的气色不好，许是灯光的缘故，眉头上的痣像是嵌进了额头里，把眉毛都弄皱了，样子有点奇怪，奇怪中透着几分凄凉。走着走着，她脚下打了个趔趄，不是太行眼疾手快出手扶了她一把，说不定会摔倒。走到她的法拉利跑车前，太行停住了脚步。还没等他说再见，胡朵朵忽然抱住了他，头伏在他的肩上，抽抽搭搭地哭了，越哭越委屈。等她情绪稍微平静了些，太行掏出纸巾来递给她，让她擦擦眼泪。胡朵朵没有接纸巾，一转身，打开车门，上了车。车子轰的一声蹿出去了，把太行吓了一跳，接着就听见一声巨响。

胡朵朵的车撞进了围墙，车头嵌在墙里，上面的砖头压下来，砸在尼龙材料做的驾驶室上。太行急忙跑到车跟前，打开车门，把她从车里抱出来。别墅里的人都奔了出来……

---

① 这是《红楼梦》里林黛玉打趣刘姥姥能吃，给她取的绰号。
② 《水浒传》中，顾大嫂的绰号为母大虫。

超人时代

下

superman era

李耳 著

山东文艺出版社

卷三

一

太行搞投资公司的事，梁政委心里是反对多过赞成的：一是担心儿子干这个时间长了，容易不接地气；二是顾虑他和胡家闺女，因为生意上的合作，再有点什么瓜葛，影响了自己的小家庭。但是这个投资公司关乎女儿小平的利益。她过去一直借着胡家的威，立自己的势。现在，她做大了，想撇开胡家，也不是一朝一夕能办到的。女儿多年来对娘家照顾有加，从没提过什么要求，更没要过一丝一毫的回报。让太行帮着过渡一下，顺便也锻炼一下，也不是不可以。于是他才同意了老婆的请求。当然，也不忘了再叮嘱儿子几句。

虽然父亲并没有任何金融领域的知识和从业经历，但太行还是与父亲详详细细地说出了自己的想法和打算。梁政委建议儿子不要光看书，或只跟一些投资精英学习，不妨到证券公司里，向一般股民请教。梁政委不炒股，完全是根据多年当领导的经验，给儿子出主意。中国股民不容易，为了克服信息不对称带来的不利因素，洞悉股市、庄家、资本大鳄、上市公司的一举一动,下足了功夫,做足了功课,讲起经济形势、产业政策、行业发展以及个股动态来都头头是道。他让儿子向奋战在股市一线的广大中小股民请教,真是太对了。

除了向父亲讨教外,太行还特地去向莱斯特寻计问策。莱斯特恢复神速,很快就可以出院。他已经得知自己卧床昏迷的时候,杜励和太行常来探望,向太行连声道谢。太行开门见山,说此次是来求教的:"有什么方法能够在股市里稳赚不赔,哪怕是赚点小钱呢?"

"投资的意图是什么?本金有多少?期望收益是多少?投资人能够承受的风险基准线是多少?"莱斯特希望他说得具体些。太行有备而来,一一做了回答。

"如果你的本金再多一点,或者你的期望收益再降低一点,可以考虑用机器人做交易员。不瞒你说,我和合作伙伴曾经开发过一种算法,这种算法允许电脑时时追踪股票行情,自动买入卖出。我们设定的利润交易基准线是1%,一个机器人可以同时追踪上百只股票。如果你只是对中国沪深两市的股票有兴趣,用机器人交易成本是可控的。这个算法成功的秘诀在于,一定要有足够大的资金量做支撑,才能保证收益。不过,风险也是最低的,甚至可以说是零。我在伦敦和北京都用过这个软件,几乎没有缺陷。"莱斯特给的这个建议太行闻所未闻,但听起来非常合理,既然是帮着女士理财,稳中有赚当然是上上策。

"为什么朱必达不大量使用?"

"小朱看不上这种小钱。干风投的资金回报率是几十倍甚至还要多,联手坐庄的收益也相当可观,低于20%的利润交易,他根本不屑一顾。"

太行十分感兴趣，又问了一些细节上的问题，就连未来的维护成本都考虑到了，表示回去再做进一步斟酌。

米兰达送太行出了病房。路上她问："杜励近来好吗？"

"她的状态一直都不错。"太行言简意赅。

"预产期是什么时候？"

"大概三四个月以后吧。"

"这么快？请你代我向她致以最亲切的问候。孩子出生后，我还会来中国的，我会去看望你们。"

"谢谢。"

"你一定想知道我和莱斯特如何把这段异地恋维护下去，这的确是个挑战。我需要来自你的帮助。你帮我看紧他。我知道你愿意这么做。"

"你凭什么知道我愿意这么干？"

"我就是知道。"

"恐怕你弄错了。我只守护自己的爱，没兴趣为别人的爱情当保镖。"太行撂下一句冷冰冰的话，走了。

"哦，太好了。这正是我所需要的。"身后的芭比美女笑得灿烂无比。

二

莱斯特从朱必达的公司离职了。本来朱必达以为他离职后肯定会回国去发展，哪知道莱斯特自己也不知道下一步会去哪里。因为一直住院，老板赫丘勒又远在伦敦，对他是否回国不置可否。既然这样，本着公事公办的原则，朱必达认为有必要补签一份保密协议："离职协议上我就不追加敬业条款了，只写明你对我公司的业务保密，这你能接受吧？"莱斯特没有异议，在保密协议上签了字，还按照要求，加注了护照号码。

对于把莱斯特从英国叫过来给他护盘的这着棋，是朱必达迄今为止最为自豪得意的事情。他认为自己掌握了御人之术的精髓，就连雇用安迪，都不认为是一着臭棋。警察局的反扒组里，还经常吸纳一两个金盆洗手的江洋大盗呢。关键是要对底下的人有牵制，有制衡。他思虑再三，未来最理想的架构，还是采用先前的"1+1"模式，在投资经理外，再招一名负责财务审计的人，把账目盯紧。

猎头找来的人都不合适。不是人家看不上他，就是他看不上人家，再不然就是相看两厌。那些毕业于名牌商学院的硕士生，不仅工资要得奇高，还要奖金和分成，甚至天真地想把所有潜在的风险都转嫁给老板和公司。他又不傻，干吗给这帮眼高手低、好高骛远的家伙们当自动提款机？这些人，要么是被华尔街更迭下来的战绩不佳的次新人类，要么就是在各大投行面试中被淘汰下来的次品，他还瞧不在眼里呢！这几年，国内的投行，基金、公募、私募如雨后春笋般涌现，就是这些人现在也成了香饽饽，他看不上人家，人家还不稀罕上他这儿来呢。

既然猎头如此无用，朱必达只能自己动脑筋了。他早就给卫元打过招呼，帮着推荐个同学校友什么的，不知进展如何。于是他便把电话打过去，是秘书接的，就一句话："卫总正在开会，稍后给您回电。"都快到晚上10点了，卫元总算给回了个电话："朱先生，抱歉啊。一直和我嫂子在外面看望岳父的一些故交，吃饭应酬，这会儿才和嫂子一起回家，实在找不出空来回你电话。你找我什么事啊?"

朱必达明白,卫元这是提醒他说话注意些,脏话荤话少说几句,他心领神会:"太好了,我正好也想给嫂子拜年呢,你先替我问声好吧。我找你还是为了招人的事。我这儿是求贤若渴,实在等不及了。你帮我找到合适的人了吗?"

"一时半会儿还真没有。要不然年后再说?"

"我可等不及。一天人不到位,一天得少赚多少钱啊,开春肯定会有一波行情。"

"要不这样吧,明天晚上我和嫂子约了几个搞投融资的朋友一起吃饭。你也来认识一下,看看他们有没合适的人推荐。"

放下电话,卫元就听后座的小平问是谁。她刚在打盹,才醒过来。

"朱必达,想让我给他找个帮手。我让他和咱们明天一起吃饭。都是投融资圈里的,说不定有合作的机会。"

小平的眼睛又眯上了。

太行来的时候,客人差不多都到了,让他颇感意外的是朱必达也在场。小平让弟弟来,一是让他多交些朋友,二是让他听听人家都在干些什么,这对他这个新手来说大有裨益。有个大佬是做私募的,盯上了卫元,想借卫元的东风捞一票。怎么捞呢?他手上有基金牌照,假如卫元肯给个名头,比如说发展某个项目,或者在供应链进行价值投资,甚至可以把应收账款作为抵押,由他来发行基金募集资金。资金到位后,他再把这笔钱以高额的利息放给其他有需要的人,赚到的钱大家一起分。太行一听,不由得在心里感叹,这真是空手套白狼的高段位,这位大佬自己一分钱不用出,就借卫元的名头,从中小投资者那里筹钱。筹到钱以后,一转手以高额利息借给其他人，他在中间吃利息差价。即便是借贷人不还钱，他也没什么损失，就看游戏规则怎么定。如果发行基金的时候承诺保底，那他得给投资者赔钱，假如不做承诺，投资人只能听天由命了。至于卫元，只要再和这位大佬补签一个保护自身利益的协议，也无须承担任何责任。

朱必达听了，不禁有些眼热。他也听懂了，只是苦于自己没有发行基金的牌照，否则以他和卫元这样良好的关系，岂有让肥水流入外人田的道理？

小平见大家吃得差不多了，给卫元使个眼色。卫元大方地买了单，客套几句，大家就散了。小平招呼卫元、太行一路走，说是要去看看弟媳妇。人家是一家人，朱必达不便跟着，只好一个人悻悻然地离开。他心里有事，下楼进电梯的时候，没等电梯里的人出来，就往里走，却不料和一个人正撞了个满怀。他多大的块头啊，那人被他一撞，直接又被塞回到电梯里去了。朱必达赶忙道歉。

打眼一瞧，嘿，这个人长得真精神，一张银狐脸，两只炯炯有神的眼睛，重眉，悬鼻，方嘴，身材高矮肥胖适中，仿佛玉面老生一般。朱必达不由得生出几分好感来，给人家赔了个不是后，对方说道："这位仁兄留步。申某看仁兄气宇不凡，有心和仁兄交个朋友。不知仁兄是否赏脸？"

朱必达自认为是粗人一个，胸无点墨，所以特别喜欢咬文嚼字的秀才，听到这人的话后不由得大喜。两人一起出来，在附近找了个清雅的去处，聊了整整一个晚上。第二天，朱必达马上把这人的姓名、籍贯和生辰八字发给了香港的堪舆大师。大师回话："朱先生得此人辅佐，犹如当年刘皇叔得了卧龙。"

三

腊月二十九，赫丘勒来到了北京，来北京的目的之一是为了莱斯特。此前他安排米兰达到北京是公私兼顾，意义非凡。莱斯特年轻，听话，业务水平高，性价比高，与其让别人逮了便宜，倒不如将他再度纳入麾下，由他来执掌北京公司，再合适不过了。米兰达对莱斯特的心意，他早就瞧在眼里，由她去做这个说客，必然万无一失。哪知莱斯特被撞伤住进了医院，好在并不严重。对于米兰达申请继续留在北京照料莱斯特一段时间的要求，他欣然允许。

刚入住酒店，赫丘勒就接到太太的电话，说她已到北京。赫丘勒大感意外。

"你准是忙糊涂了吧？"赫太太德兰嗔怪道："不是你打电话回家，让我到北京来和你共度春节的吗？"她是一位气质高雅的中年女人，虽已年届半百，仍风韵犹存，尤其是那双月牙般的眼睛，就是不说话的时候，也仿佛含着许多温柔。到现在，她还按捺不住心里的惊喜：伯雄怎会心血来潮，叫她到北京来过春节？夫妻多年，很少再像年轻的时候那样去创造惊喜和浪漫。电话是佣人接的，她一开始还有点懊恼，为什么不叫她来接电话，但坐在飞机上却越想越甜蜜……

赫丘勒一脸茫然，正待和太太确认细节，他的另一部手机响了。来电话的不是别人，正是他安排在北京的心腹暗探——亚太财务总监傅佩佩。赫丘勒和太太交代了两句，便匆匆挂掉电话，又让傅佩佩到酒店行政楼层的会议室来。

虽然窗外是冰天雪地，但酒店里却热得让人难受，走到哪儿都是一股不新鲜的、暖烘烘的空气。赫丘勒站在会议室门口，望着抱着手提电脑、神情紧张的傅佩佩，只觉得更加烦躁。她老了，从侧面看，脸颊上生出不少褐色的斑点，脸盘和脖子接触的地方，起了一圈又一圈的皱纹。由于常年做账记账，颈椎凸起一块来，颇有点老态龙钟的感觉。自己在别人眼里是否也是老朽了？他脑子里忽然冒出这么个念头来。

傅佩佩小心翼翼地捧着茶，胳膊却始终护着电脑，好像这是什么值钱的宝贝。见赫丘勒一直不动声色，她打破了僵局，说已经掌握了罗杰及几个手下违规操作的证据，要请示他下一步该怎么办。赫丘勒心中一喜，表面上却不露声色，让她把证据拿出来，一起研究一下。罗杰是赫丘勒的心腹大患，也是他暗中下这几步棋的主要原因。这次他被大老板突然从英国召到北京，就是这位心怀叵测的手下背后离间所致。劳伦斯去职，与一直姑息养奸不可谓没有直接的关系。打工皇帝不比真皇帝，他理解劳伦斯为什么投鼠忌器，但是这种小人，你越是不敢碰他，他越嚣张，导致背后的大老板不是认为你能力有问题，就是有什么把柄落在对方手里。只要真抓到他的大错，相信董事长会有挥泪斩马谡的智慧与决心的。

傅佩佩把电脑打开，从搜索的证据里面挑拣了几条，仔仔细细地分析起来。她知道赫丘勒最欣赏自己做事认真勤勉，此时更要着力表现一番。赫丘勒一边听，一边打量她。戴着一副眼镜的傅佩佩就像她给自己起的名字佩内洛普①一样,变成了一块守贞的顽石。年轻时的风姿和意趣如同石上的青苔,早被风吹雨打,不知飘零到了何方。她什么时候变成了这副又老又蠢的模样,甚至连判断力都退化了。这些证据不能说没用,可都是些鸡毛蒜皮的事,想要撼动罗杰,必须得抓到痛处。赫丘勒让她把材料复制一份,又随口说了几句上司对下属勤奋工作表示肯定的话,打算结束会谈。傅佩佩把电脑合上装回包里,却没有动身离去的意思,扶了扶眼镜说:"还有一些证据,我没有带过来。"赫丘勒把手一挥:"你回去通过私人电邮发到我的信箱里来。我会详细评估资料,如果确实有助于公司整顿纪律,清除贪腐,我定会对你有所奖励。你有什么要求,之后也可以提出来。即便是超出我的权限,我也会尽量为你争取。"

傅佩佩的眼镜摘下又戴上,注视着眼前这个她效忠服从了半辈子的男人。他老了,鬓发和胡须已经微霜,两只眼睛也不再如年轻时分明,黑眼珠变灰了,白眼球变暗了,似乎被蒙上了一层又一层的世故,更难以琢磨……以前,他总是暗示她,家里的女人没多少时间和他在一起,她这个办公室的"妻子",才真正和他长相厮守;家里的女人不过是相夫教子,而她呢,替他执掌着商业帝国的经济大权。孰远孰近、孰轻孰重,她当然懂得……现在她终于醒悟,自己被他骗得好苦,好不甘心……为了今晚,她做足了功课。一只被人赶到了悬崖边的狮子,唯一的活路,在于她手里的这些证据。他会抓住她伸出的这只手,她的要求并不算过分。要说跟在他身边这

---

① 源自古希腊神话,奥德修斯的妻子,名为 Penelope。在结束特洛伊战争回国的路上,奥德修斯遭遇了大风暴,在海上漂流许多年,佩内洛普一直坚贞不屈地等待着丈夫归来。

么多年有什么长进,那就是她也早已熟谙了他的那套职场权术。

所有的惴惴不安忽然间一扫而光,傅佩佩异乎镇定地提出了自己的要求,连过渡都省了:"老板,这么多年来,我都没为自己争取过什么。我要一个名分,还有你一半的身家。我年纪不小了,想有个孩子。太太和她孩子有的,我和孩子也该有。"

赫丘勒的太阳穴突突地跳,鼻腔往外喷火,眯缝起眼睛,再次打量眼前这个女人:留着一头短发,戴着一副黑框眼镜,一脸肃穆。她不是来汇报工作,而是来逼宫的。假如他不同意,她将手起刀落,直接把他的职业生涯给斩首。可他能同意吗?他赫丘勒是什么样的男人?别说他和她早已没什么感情,即便是他现在仍宠爱她,想要和她双宿双飞,也绝不可能破坏家里的秩序。妻妾有别,只要德兰活着,永远是正室。沉吟了半晌后,他说话了,声音冷冰冰的,不带一丝个人情绪:"我看你累了,先回去休息吧。你我宾主一场,不要不欢而散。我提醒你一句,不是自己的,不要勉强,人心不足蛇吞象。我赫某人的太太现在和将来都只会是一个人,绝不会是任何其他的女人。"

"是这样吗?难道你从没有别的打算?"

"佩佩,这些年,我们一直合作愉快,你辅佐我,我提拔你。哪一年你的花红不是头一等,哪一年你的薪水没有涨过?做人不可以太贪心。"

"可我一直是把你当成是自己的男人一样效忠。"

"我不否认,年轻时和你曾有过一段情缘。后来呢,你不是也想过要嫁人?我有阻拦吗?事情已经过去了,我可以像其他男人一样把你推开,但是我没有。公是公,私是私,不要搅在一起。你是为公司打工,为了赚钱而工作,不是为我赫某人。退一步讲,两个人结了婚，发现彼此不合适，尚可以离婚。你非要我为二十几年前的一段露水情缘负责，是不是强人所难？你还是回去再好好想想，不要钻牛角尖。"赫丘勒强忍心中的怒火，尽量心平气和地安抚她。他是何等精明的人，马上明白了为什么自己的太太会忽然从天而降，同时明白了过去发生的几件怎么也想不通的事情。今天既要把话讲清楚，让对方死心，又不能把话讲得太绝，否则这个女人难保不生出什么事端来：要么跑到德兰面前去逼宫，要么和罗杰联手，做掉他。

傅佩佩的双眼模糊了，摘下眼镜来，哭得十分伤心委屈……赫丘勒没再说一句安慰的话，也没再和她讨价还价，压抑着满腔的怒气走了。与这个女人还有什么可纠缠的呢？一旦错看错用了一个人，将会导致毁灭性的打击，他得赶紧好好想想，尽可能地解除风险。

四

车为什么会撞到了墙上？胡朵朵醒来后，是这么跟父母解释的："车子失控了。"在此之前，无论是她家里人，还是文竹一家人，猜测最多的，归在了一个"情"字上，认为她是一时想不开。既然女儿这样说了，胡家人也就当这是一场车祸。

那天，太行把胡朵朵送到医院后，一直守在手术室外。胡家一下子来了十几号人，包括她年事已高很少在公开场合露面的父亲。她母亲是第三任妻子，岁数比文竹还要小不少。胡朵朵的脑子里面有血块，但不严重，无须开颅。她的肋骨断了两根，还有些外伤，经过几个小时的手术后，算是脱离了危险。文竹、梁政委和小平也都先后赶来了，陪在手术室门口，担心她有什么不测。

两家人见面刚开始没什么话。胡朵朵既然没有了大碍，她妈妈很识大体，向太行搭救女儿表示了感谢。太行一直提着的心也落回到了肚子里，急着回家，告诉爸妈："杜励怀孕了，情况才稳定下来。这么晚了我不回去，她准得担心。"

小舒和几个同事连夜审讯了犯人——那晚在别墅里出没的黑影安迪。在一大堆证据面前，安迪交代了试图掐死小如的犯罪事实，还交代了撞伤莱斯特的动机和犯罪事实，不过关于买凶袭击智静误伤杜励一事，他拒不认罪。

为搞清安迪所有的犯罪事实，把该案做成铁案，小舒又讯问了几个关联人。第一个就是安迪的前情人、卫元的现二奶萨拉、小如妈。

萨拉仿佛得了失忆症。她双目茫然，问眼前这个警察："我认识一个叫安迪的男人吗？"小舒把一沓子她与安迪合影的照片送到她的眼前。萨拉开始控诉安迪对她的感情欺骗和经济敲诈，说到动情处，真是声泪俱下。安迪是她读大学时的一个老师，通过他的帮助，她得以去英国留学。出于感恩，曾经委身于他，但两人很快就分开了。因为她发现安迪脚踩两只船，喜欢上了一个叫爱子的日本留学生。这个女孩后来自杀了。这一切杜励可以证明，她是爱子的同班同学。回国后安迪想发财想疯了，威胁她向表姐胡朵朵借钱理财，要是不把钱借给他，他就到她男朋友那儿揭发两人的旧情，他手上有两人曾拍过的一些过于亲密的照片。她哪有钱，只好找表姐先后借了几笔。谁知，他把钱投入股市全给赔光了。她现在真是里外不是人。当然，她还不忘诉说一下现任男朋友对她的深情厚谊，说明自己没有参与安迪谋害莱斯特的行动。

小舒又着重询问了安迪为何加害小如。萨拉立刻哭闹起来："这个畜生，竟要害我可怜的孩子！可是我并没有得罪他呀，他为何这样害我！"

"行了，说说吧，你男朋友是谁？"小舒抓住了她的尾巴。其实小舒很清楚萨拉的现任男朋友是卫元。

萨拉就像是被蜇了一下，马上又强装镇定，换了一副口气："我男朋友的身份，不方便透露。我只能告诉你，他地位很高，不是普通人。"

小舒最痛恨这种拿"上头有人"来唬人的势利小人，厉声喝道："你买凶袭击智静，差点一尸两命，还不赶快认罪！"

这下萨拉没声响了，仿佛是被吓破了胆，晕倒在审讯台前。小舒叫来警医。警医检查后明白她是装的，却故意对小舒说得给她打一针。于是萨拉醒了。醒来后，她随即装疯卖傻，不管警察们再问什么，只是不住地喃喃自语："小如，小如，妈妈要把你保护好，有人要来害你。"

等她发完这阵疯，小舒拿出李岚的照片，问她是否认识相片里的人。她眨巴眨巴眼睛，没有抵赖："她是我妹妹。"

"说说吧，你是怎么串通你妹妹合起伙来害朱必达的？"小舒又将了她一军。

萨拉愁容满面地诉道：还不是为了让安迪尽快还上欠表姐的钱吗？这才不得已，让妹妹听安迪的调遣，给朱必达当秘书。后面发生的事，大家都知道了，就不必说了。妹妹至今下落不明，她恨安迪，恨得牙根直痒痒。说着说着又说到小如，不到两岁大的女儿，离不开妈妈。"能不能请我的律师来？警察也要讲人性，对吗？"

这个女人真是太狡猾了，小舒想，她一定把各种可能性考虑到了，一套托词编得是天衣无缝。自从把她列为嫌疑人侦查以来，小舒并没有发现什么实质性的证据，除了她和安迪一起厮混的照片。

讯问的第二个人是朱必达。朱必达把安迪和萨拉的过去抖了个干净："安迪和萨拉既是情人，又是同伙，目的就是想吞我的钱。"

"既然你清楚他们的目的，为什么还把安迪放在公司里，委以重任？"小舒直指他的七寸。

他把大脑袋拨楞了好几下："我以前只是怀疑，并不确定。再说，安迪做投资还是很有两下子的，帮我赚过不少钱。"

关于有人买凶袭击智静的事，他说他完全不知情。小舒问："是不是安迪买凶呢？"朱必达说："这事和安迪有什么关系？安迪为什么要去对付卫元的老婆？我实在想不出原因来。哦，最终受害的人是杜励，可是杜励和安迪没什么过节，也素无往来，就是任课老师和学生的关系，他干吗要针对杜励？"

"会不会是萨拉？"小舒问。

"她倒有可能。要真是这样，那是我给杜励惹的祸了。"小朱把责任扛了下来，"我一见杜励就喜欢她，可人家对我没意思，认我做了干弟弟。萨拉看上我的钱了，追我，对杜励挺不友好的。这个女人真不是个东西。就是因为她，杜励班上有个日本同学自杀了。这事闹大了以后，她怕影响到自己，在学校里造谣，诬陷杜励是第三者。没想到，搬起石头砸了安迪的饭碗。结果呢，萨拉返回头来就勾引莱斯特，什么手段都用上了。虽说莱斯特没上当，可杜励什么脾气啊，想起来就硌硬……她干吗老冲着杜励呀，有本事冲着我来呀！"他气愤难平。

小舒认为朱必达还有很多可疑之处，不过，还是让他走了。萨拉是卫元的情妇，朱必达会完全不知情？李岚是萨拉的妹妹，给了假的身份信息，就当上了秘书，朱必达一点怀疑都没有？萨拉为人险恶，又是造谣，又是纠缠莱斯特，朱必达干吗不告诉杜励，把误会澄清呢？

　　小舒把案件中所有人物及相互关系写在小黑板上，把线索和证据捋了又捋，绞尽脑汁地想了一遍又一遍：安迪把胡朵朵的钱理没了，萨拉怎么跟表姐交代？安迪撞伤了人，躲了起来，不找机会逃走，反而潜到智家别墅里去作案，很显然他和萨拉之间达成了某种交易，而绝不是萨拉所说的，她一直被他胁迫。可安迪为何要害萨拉的孩子，俩人不是同谋吗？幸亏早有布控，否则没准会牺牲一条无辜的小生命。这一系列的案中案，似乎不是只有一个主谋，一个主犯。冲着别人的孩子、老婆下手，挑拨别人的夫妻感情，从犯罪心理学角度来看，带着强烈的女性倾向……小舒忽然有了一个大胆的设想。如果这个设想成立，那么整个案子就有可能颠倒过来。但这样做，需要有人配合。他想啊想，第一个想到的人就是卫元。但是怎么才能说服卫元，让他能够言听计从又不打草惊蛇呢？他犯了难。很快，他得知萨拉带着孩子去了香港，只好将计划暂时搁置。

五

　　案情复杂，人手不够用，专案组的人员一再扩充。
　　再提审安迪时，安迪承认是他雇人袭击智静误伤杜励，理由是他嫉妒卫元，不想让他过好了。这种犯罪动机显然解释不通，但专案组的一位领导如获至宝，认为犯罪嫌疑人安迪欲掐死萨拉和卫元的私生女,正是出于嫉妒,他知道自己谋害莱斯特的事情败露了,所以干脆一不做二不休,临死之前,还要拉个垫背的。这不正说明他不想让卫元好过了?这样一来,萨拉从犯罪嫌疑人一下子变成了受害者。小舒得听从领导指示,但他心里的疑惑更多了。安迪对萨拉有旧情,杀害的对象应该是卫元才对呀。至于领导为什么会这样判断,他不懂。

智老爷子把卫元痛骂一顿,让他自己回去解决情妇问题,如若不然,就和智静离婚。卫元不愿意离婚,在岳父面前下跪发誓,说只是一时糊涂,没管住自己,早就想和她一刀两断,却被她缠上了,无论如何请岳父看在外孙的分上,再给他一次机会。

在此之前,老爷子其实很欣赏女婿:高考状元,名牌大学毕业,脑子聪明人活络,工作特别勤奋。自己的闺女也不是没有缺点,说话太冲,口气太横,这确实容易伤女婿的自尊心。他训斥道:"我这个当岳父的,是怎么待你的,你心里应该有数。你年纪轻轻的,该有的全有了,所以你就骨头轻了,就以为自己了不起,竟然敢在外面养二奶,生私生子!男人这辈子,最容易在女人的事上栽跟头。常言道:色字头上一把刀,这绝对不是危言耸听。你记住,我只会再给你这最后一次机会,没有下一次!"

卫元心中满是懊悔,懊悔的并不仅仅是他的行为,还包括他太差的运气。不少男人在他这样的身家地位上,早明里暗里三妻四妾,享尽齐人之福,而他却不幸,头上不仅悬着老丈人的一把戒尺,更有个不懂得体贴他、关心他的大大咧咧、公主脾气的老婆,还遇上了个胃口巨大、心机深重的情妇。他思来想去,这个婚姻对他来说太重要了,必须保住,哪怕名存实亡。

小平劝慰小姑子:"别哭了,妹妹。卫元知道错了,你就再给他一次机会吧。你总不至于想让小福小小年纪就没有爸爸吧,孩子才多大啊?"智静抱着嫂子,放声痛哭……她心已死,问嫂子:"如果我哥不喜欢你,在外面养情妇,养私生子,却对你说我爱你,你会相信吗?一个男人会爱一个他不再喜欢的女人?"

其实折磨她的,还有丈夫情妇萨拉对她的伤害。一想到舞会前,这个女人说的那些话,还有对着镜子戏弄她,把她画成丑八怪时那副幸灾乐祸的神情,她就气得浑身战栗。这个世界上,居然还有如此恶毒的女人!从一开始就居心叵测,故意和她这个原配结交。现在,她常常在噩梦中惊醒——那个女人回头冲着她魅惑一笑:"哦,你不是一直想知道我的老公长什么样吗?回头看看你的好老公就知道我的老公长什么样了。"

她绝不可能再和卫元就这么苟且一生。自从小福出世,她过的是什么日子啊!有多少个夜晚与他同栖在床上,她自卑难过得快要死了,第二天早晨面对儿子,还要给自己打一剂强心针,再把自己救活。她只是一个普通的女子,天天这么死去活来的,为了什么?十几年了,她深爱着一个肤浅的男人,一个自己把心交给了他,他却把真心践踏得粉碎的男人。自己竭尽全力去帮助他成长,哪知他却是个只会以貌取人的男人……散就散了吧!没有了爱,只剩下了相看两厌,这样的婚姻还有什么凑合下去的必要?就因为他是人才,是成功人士,还有儿子?她是需要和他合伙做生意呢,还是需要沾他的光?没有这个忘恩负义的亲爸爸,孩子就不活了?多可笑的理由啊!上天待她不算薄,也算是巧合吧,小福安然无恙。虽然罪犯一口咬定是冲着小如去的,可骗得了谁,也骗不了她。如果不是小福乖乖地把那块玉给了小如,才使安迪错把小如当作小福,否则后果不堪设想。她都想好了,给儿子改姓,智小福,多好。

六

自从胡朵朵住院后，文竹常常来探望，她心里头认定了胡家闺女就是为情所困。所以她怀着一丝歉疚，每天一来就坐在胡姑娘的床边，说各种宽心的话。时间一长，胡朵朵的妈妈脸上露出了不悦。文竹这么大年纪了，能不会看脸色？她不再去医院了，不过，却再三嘱咐太行，让他有空去看看胡朵朵。

太行一直想不通，车祸究竟是怎么发生的。他目睹了整个现场过程，既不认为是车辆故障，更不认为胡朵朵是自杀殉情。自己一天都没和她以男女朋友的关系相处过，她不可能如此一往情深，她又不是精神不正常。他还从狗熊那儿借来了一辆法拉利跑车，亲自做了几次试验，仍然找不到合理的解释。他分析，当时是晚上，胡朵朵视力不好，加上情绪不稳，一时误操作的可能性还是有的，她毕竟是个女司机。

太行斟酌再三，决定和杜励一起去医院妇科做个产检，再顺便去看望胡朵朵。

孕妇身体和胎儿发育一切正常，医生的话让年轻的夫妇俩吃了一颗定心丸。他们看的是特需，医生是小平专门通过关系介绍的，每次挂号费就要500元，将来生孩子少说也得一二十万。杜励不明白，为什么要花这个冤枉钱。

太行没告诉她原因，怕她有心理负担。小平嘱咐过弟弟："杜励骨架小，等孩子六个月大以后，她肯定很难受。孩子待在她肚子里，也好受不了。最好由一个专家来指导她整个孕期的营养和锻炼。必要的时候，和大夫商量一下，剖宫产，早点把孩子取出来，大人小孩都少遭罪！姐姐是过来人，不是我危言耸听，一般的女人生个孩子要搭上半条命，她……"小平直摇头。以前小平对弟媳妇印象一般，经过了两年来的风风雨雨，好感与日俱增。女人的心，海底针，不遇上点事的时候，还真不好判断一个人到底是不是真心。杜励的妈妈已经去世了，哪还有人在她身边操心呢？太行虽然疼她，可他是个男人，也是第一次当爸爸，怎么可能想得周全？

做完产检，太行和杜励去探望胡朵朵。胡朵朵由妈妈陪着，和客人们说话。太行把带来的百合花插到花瓶里，还把妻子买的碟片送给她。杜励话不多，一直微笑着注视着她们母女和丈夫。直到此时，她方知小平姐的生意合作伙伴，太行理财公司的大股东之一，就是刚结婚回国爸爸带她去小平姐家拜会亲家时，一起吃饭的那个陌生姑娘。当时，胡姑娘几乎没怎么说话，脸上的神情十分傲慢，偶尔还会流露出一丝不屑，所以她记住了这张面孔。现在再看她，不似那时傲慢，却换了一副如临大敌的模样。太行和她挺客气的，刻意保持着距离；她也挺客气的，仿佛是为了配合他的行动。是不是自己多心了，杜励也不确定。

虽然已有四个多月的身孕，但杜励的身材还没怎么走样，加上穿了一件灰色娃娃领宽松呢子大衣，看上去一点也不笨重。因为怕感冒，她戴了一顶黑色的贝雷帽，再加上出来之前她又薄施粉黛，给胡朵朵的妈妈留下了温柔聪慧、巧笑嫣然的观感。一说到刚做了产检，她竟害羞地低下了头。

胡朵朵还没出院呢，家里人就开始帮着她张罗对象。许多人都在猜，哪个幸运儿能娶到胡家这位小公主得到她的万贯嫁妆。除了对年龄上限做了严格的规定外,胡家并没开出什么别的硬性条件,也算是不拘一格求女婿了。

七

父亲意外离世后,朱必达不得已来到北京发展,不仅混得风生水起,腰缠万贯,还格外聪明机智起来。他很想结交梁家、智家,对胡家他不敢惹。他知道自己什么身份,钱再多也改变不了庶民的出身。人家神仙们在天上打架,寻常人闲来无事看个热闹都可能被雷劈着,当然是有多远躲多远啦!故而,在小舒讯问时,他选择策略性实话实说,但肚子里不是不能藏着、掖着些。

或许钱多到一定程度,也能跻身氏族。这是朱必达再三思虑后得出的结论。他准备甩开膀子,在财富榜上至少弄个前十名。他前段时间在电梯口撞上的那个银狐脸,真如相士所说,是个大能人。此人名叫申童,人送外号"神童",是某年一个省的高考状元,考入国内最知名的学府。他不仅成绩好,还口才出众,又写得一笔好文章,很快在人才济济的学校里脱颖而出。还不到大三,就当上了校学生会主席。别看这是个不起眼的学生组织,不少政界要人都是打这儿起步的。申童毕业后,也顺利获得一个不错的工作,给一家银行行长当助理。虽说这个职位不高,但备受人尊重,因为是靠领导最近的人。他才毕业,就能坐到这个位子上,羡煞不少人。可他当第一名当惯了,也被"状元"的荣耀给裹胁了,认为此等工作与近侍无异,薪水有限,还要伏低做小,既有违于他济世报国的胸怀,也无法满足他一步登天的情怀,于是辞职下了海。他先是和几个师兄弟去海南开发房地产，谁知赶上了地产泡沫，赔了个精光。后来看保健品市场很热闹，来钱快，又和几个人贷了点款，做十全大补汤，结果被央视"3·15"晚会曝了光，"偌大的一个厂，一年就熬一只鳖"，人人都骂这黑心的老板连王八都不如。申童十分委屈，这能怨他吗？他不过是个秀才，几个投资人要这么干，他哪能拦得住？谁料一出了事，几个投资人比谁都跑得快，留他一个人在台上当小丑。在保健品一败涂地后，他搞起了科学研究，把老家女人们常穿的肚兜改革成了减肥腰带，打算卖给全中国的胖丫头、胖大姐和胖大婶。吸取之前的经验教训，他还请了某著名女明星做代言。眼看事业就此要腾飞，哪知市场上一下子出现了仿冒产品，人家还早于他申请了专利，忙乎半天，算是给别人做了嫁衣，还惹上了官司……扑腾来扑腾去，理想的彼岸没到达，反而搁浅在现实的此岸上。他痛彻地领悟到，这个世界上比王八还王八的人真是多了去了。在学校里，成功是女神，谁执着努力，她看好谁；可在社会上呢？越是混得春风得意的家伙越王八，成功就是毫无礼义廉耻、不讲任何操守，还喜怒无常的"花魁"。几度闭关思过后，申童重回学校读了个博士，再入江湖进了金融机构，等待着壮志凌云的时刻。几经辗转，总算是上了一条大船，给人家卖了几年命，硬骨头啃了一根又一根，却始终没能腾云驾雾。正是在懊恼泄气的时候，谁知天赐良机，让他遇上了朱必达。

从相士那里得了准信，朱必达还是不放心，又侧面打听了一下，这人是否确实有能耐。

"能耐，肯定有。"卫元在电话里给了朱必达准信，"我们不仅是校友，还是同系同级的。人家在学校的时候就是风云人物，我们都不入他的眼。"

卫元还说，他和这位老同学不怎么对脾气，主要是申童说话专爱咬文嚼字，让人听着很费劲，再就是人家太聪明了，是状元里的状元，他够不着。能让卫元心里泛酸的人，北京城能有几个？朱必达心里有数了。

申童给朱必达出的主意是风投之外再做基金。做基金得有牌照，朱必达没有门路。起初，申童大包大揽，说自己有关系，只要朱给钱，自己上下运作一番，保证能把牌照拿到手。他要的不是个小数，小朱自然要见见真主。申童毫不含糊，马上就帮小朱约了京城里赫赫有名的胡公子见面吃饭。

胡公子，行四，熟悉的人称老四，鹤发童颜，仙风道骨。头回见面，小朱看不出来他到底是岁数大保养得好，还是年纪轻操心过重导致须发皆白的。他不敢贸然称兄道弟，随着申童一起称四公子。及至四公子发声，小朱掂出此人大有分量。一顿饭吃完，他把四公子的嗜好也摸清楚了。他家里有的是钱，不缺朱必达孝敬的这点银子。可惜他惧内，身边的零花钱不多。出入风月场，但想打赏个美人，常常捉襟见肘。他也不用朱兄弟一次性孝敬很多钱，揣在兜里不是被家里人索了去，就是便宜了已经到手的女人。牌照的事，他需回家求求大哥，看有无通融的余地。日后，他要花钱办事的时候，再通过申童拿。这番表达不是四公子说的，而是由申童代为传达。

事后小朱托可靠的人打听了一下，得知此胡公子正是和智家一起做生意的胡朵朵的四哥，申童没骗他，的确是介绍了个真佛爷。得了准信，小朱先赏了申童好处，让他跟紧了四公子，问问到底啥时候能有准信。申童说，就自己和四公子的交情，不用催，只要是有消息了，自然会给信。

没过几天，四公子传过话来，今年没戏了。要想办，得等明年。朱必达吃不准他是不是想把价码往上抬，申童摇摇头："四公子说了，大哥帮着办了一张牌照，发给小妹胡朵朵了。"

小朱这才知道，太行和胡朵朵还有小平一块搞投资公司、做基金的事。虽说事没办成，他越发看中申童。这人不仅有他需要的才干，还有他缺乏的政商资源，岂能不重用？既然基金暂时搞不成，申童建议小朱搞期货。期货的收益多高啊，比炒股强多了。小朱本来就看不上什么蝇头小利的生意，给他一鼓噪，便开了仓。

赢了对赌协议后，程老板赎回了自己质押的股票。他请朱必达吃了顿饭，表达了一下自己对财神爷的感激之情。小朱自然带上了申童。申童一看见这位程总，心里就生出几分轻蔑来，一听他连个大学都没读过，就更瞧不上眼了。这种獐头鼠目的文盲居然也发达了，皇天岂不是太不长眼？改革开放之初这类土财主挺多，没什么能耐，不过是比别人出来得早，享受了政策红利，还特别会钻空子罢了。大才子心里面有一个坐标体系，X轴是人的学历，Y轴是人的财富。原点代表本科学历，一个亿以上的资产。他所交往的人，都落在第一象限（包括X、Y两个轴的正半轴），凡是不在这个区间的，一律懒得应酬。朱必达在他眼里虽然没什么素质，可英国某名牌大学肄业的学历在那儿摆着呢，资产值又位于Y轴的正上方，比原点高出一大截来，所以他可以伺候。这顿饭吃得真是别扭极了，主宾兄弟长兄弟短地和人套近乎，副宾却只露出一对眼白，好在程老板吃瘪吃惯了，换作旁人，估计早甩袖子走人了。

八

一天晚上，太行回家后，发现杜励把她的东西都搬到了次卧。她不仅把自己关在里面，还在门口贴了一张纸：造婴房间，不许入内。

任太行怎么敲门，她都不开。他给她写了张"我爱你，我想你"的字条，从底下的门缝里塞进去。房间里还是一点动静也没有。他只好继续写字条，继续往门里塞，一连写了十几遍"我爱你，我想你"都不管用。最后他急了，用黑色的马克笔重重地在纸上宣誓自己的主权："我是孩子的父亲，我是车间主任，你凭什么不让我进去？"

这下杜励有了反应，塞出来一张纸："如何孕育孩子是我的隐私。我向你保证，孩子生下来后我会把孩子交给你的。"

"生孩子不是你一个人的事，是我们两个人的。亲爱的，你是妈妈，我是爸爸。没有我，你能孕育出孩子来吗？"太行又塞给她一张纸条。

夫妻俩隔着一扇门，开始传纸交流。

"我不需要你啦。"

"我怎么感觉你这是要过河拆桥啊？我被你遗弃啦！求安慰，求同情！"

"笔误纠正：我暂时不需要你啦。"

"我需要你啊。"

"我的未来属于你。"

"我现在就需要你,我爱你。"

"换位思考一下。如果你情绪低落,还又脏又丑,你愿意让我拥你入怀吗?"

"我当然愿意,求之不得。"

"你这是强词夺理。"

"你太低估我对你的爱了。我的爱就那么肤浅?"

"我不会改变主意的。生完孩子以前,我是不会搬回到咱们的卧室里去的。"

太行知道一时半会是拗不过她了,只能先顺着她来。他站在门口想了一会儿,和她约法三章:不回去住也可以,但是他得保留探视权;另外,绝对不可以把门锁上,万一摔倒了或者是不舒服,那就麻烦大了;第三,晚上睡不着的时候,严禁起来看书或者是写作。杜励同意了。

第二天,他就和医生预约,想在下次产检前,尽快给妻子做一次检查。至于原因,他没说。他不想杜励有产前焦虑,她已经够不容易了。怀孕不仅使她身体不适,而且还经受了巨大的心理考验——职业上的挫折,美丽形象的摧毁……

胎儿还不到六个月的时候,杜励就已经开始难受。她倒是没有一般孕妇容易患的糖尿病、高血压或是心脏负荷过重之类的症状,问题出在她那副纤细的骨骼和极度要强、极度追求完美的性格上。

首先她感到腰疼。这种疼痛不像那种被针扎了一下的疼。针扎产生的尖锐痛感,用物理常识来表达,就是一个脉冲,或者连续几个脉冲,忍过一阵子就好了。她的腰疼,是一种持续不断的极其顽强的疼,如果用波谱图来示意的话,就是一个振幅很小但周期无限长、不断循环的连续冲击波。是什么原因呢?医生也反复做了解释：一个是前倾的子宫和不断长大的婴儿对脊椎产生的向下牵伸，另一个就是，子宫的横向扩张给骨盆带来的压力，所以她才会不堪重负，时时要忍受身体被撕裂开来的疼痛。对此，医生没有解决的良策：卧床有助于改善疲累感，但孕妇躺下后，骨盆承受的压力变大，撕裂感反而加重了。

本来就已经坐卧不宁，杜励还给自己在怀孕期间制定了高强度的学习计划。孕早期，准备博士入学考试，这是父亲给布置的任务，她已实现。孕中期，写作和读书。因为疼痛，她睡眠不好，每晚都在睡睡醒醒、躺躺走走中度过，白天的精神自然不好，影响到她写作任务的完成。眼看着每天都完不成规定的作业，一天比一天欠下得多，她晚上更睡不好了，也越来越焦虑。

她以前就特别爱干净。自从当了孕妈妈，身体的新陈代谢水平比原来不知提高了多少，汗自然就出得多，便天天洗澡洗头。即便如此，她还老嫌头发黏，便干脆把长发剪成了短发。她是过敏体质，焦虑不仅加重了腰疼，还新添了皮肤瘙痒的毛病，真是苦不堪言。遵照医生建议少洗澡后，情况有所改善，但心理负担加重了，本来她对自己怀孕后的身体状况满怀自卑，不能洗澡，成了摧毁她自信心的最后一根稻草。

太行建议临时增加的产检，确实是十分必要的。鉴于她的心理状态还有生理特点，刘医生建议她在医院度过孕晚期。杜励吓哭了，以为胎儿有问题。刘医生一再安慰她："胎儿很健康，你放心好了。"

"那您为什么还要我住院？"

"因为你的身体敏感，妊娠反应比一般人强烈，而且持久。你看你现在就很紧张，睡眠不好，精神也不振。这是一个恶性循环。如果你到医院来住，有医生和护士照顾你，对你进行专业指导，你的情绪就会放松，睡眠质量也会得以改善，精神头自然就足了。这样不是更好吗？"

"我睡不好是因为太难受了，不是因为我紧张。"杜励不愿意住院的一个主要原因，是不想花不必要的钱。

"孕育生命的过程是很艰辛的。一个女孩子要想成为一个母亲，比一条蚕吐丝、结茧还难。你住在医院里，和其他的孕妇可以一起聊聊天，分享分享经验，肯定比你一个人关在家里，要愉快不少。"

"我必须住院吗？"

刘医生点点头，又接着给她吃定心丸："住院，只是为了能够让你更轻松，更放松。杜励，你年轻，聪明漂亮，身心健康，还受过高等教育。相信刘医生的话，你一定可以孕育出一个可爱的小宝宝。"

妻子住院安胎，太行干脆住到了智家，这样和姐姐还有卫元商量起事情来也方便。关于投资公司的资产配置和短期内的业务发展模式，他已经想清楚了，好趁这个机会，一一落实起来。用机器人做交易员就跟赌场里面给小玩家设置的老虎机一样，赚得是稳稳当当的小钱。但是要想吃上大鱼大肉，就得想别的办法。比较了风险和收益后，他发现炒股是下策，做基金是中策，搞风险投资才是上策。他不打算把摊子铺得很大，面面俱到。公司小，人员新，经验有限，跟定一两个行业，研究透了，踩上点，也能发财。他把办公地点放在了金融街附近，地方小点没关系，关键是要靠近同行。干什么生意都讲究扎堆，产业集群对从事实业的人来说意味着供应链和劳动力的共享，对他这个搞投资的人来说，则不仅仅是方便获取信息这些好处。

小平想撮合太行与朱必达合作，没想到太行一口回绝。朱必达需要的是一个干将，而不是一个合作伙伴，自己又不认同小朱的投资理念、管理方法与经营风格，勉强合作，未来恐怕会闹不痛快。这是太行给姐姐的解释。但小平仍不明白，为什么他可以向莱斯特请教，反而对朱必达如此介怀？不过，她没有勉为其难，现成的财路很多，只要胡家帮忙把私募基金的牌照办下来，自己一家人合起伙来，不是要啥有啥。

胡朵朵出院了，到投资公司这儿视察，感觉耳目一新。办公室的地点、场所和环境都是一流的，处处透露出一种不一样的格调，但装修极其简单。员工的办公区域独具一格，员工办公桌之间的间距比着一般的公司大了一倍，每个人办公桌后面都放了一个书柜和一棵发财树。书柜的最里面一层打通了，可以挂衣服和手提包。隔断有一米五这么高，桌子以下的隔断是不透明的防火板，桌子以上的隔断是雕花玻璃，既给了员工私密性，又兼顾到了团队之间的相互协作，通风还好。太行的办公室不大，面对员工区的这面墙从上到下就是一整块玻璃，好像一大扇法式落地窗。玻璃里面挂着白色的蕾丝窗帘，墙角摆着一株散尾葵。太行的办公桌是仿胡桃木的，正对着玻璃窗，一抬眼，就能够望到公司的全景。办公区域的墙上包括走廊、会议室，都挂有画框，可画框里不是画，而是甲骨文、古币、鼎、玉如意等，象征着财富、吉祥和顺遂的好意兆。太行没雇多少人，却拥有一大批机器人交易员。他还给每个机器人起了名字：岳飞、文天祥、拿破仑、库图佐夫……这些机器人是干吗的，太行给她做了解释："是挣一日三餐饭钱的。""外面这些员工呢？""是重案组，负责大案要案，逢年过节的奖金靠他们发；至于我，是飞虎队，既指挥他们打仗，还负责单打独斗，专门干底下人干不了的特大案子。"投资上的事，胡朵朵所知有限，没有多问。她在办公室里拍了很多照片，给机器人拍了许多特写。回家后她把照片给父亲和大哥看，还把太行说的话告诉他们。胡朵朵此举的作用不小，大哥将基金牌照赏给她了。

九

皮皮生下来的时候还不到五斤重，可出院的时候已有六斤八两。他的个子不小，长胳膊长腿，小脸长得可神气了。鼻子以上像爸爸，鼻子以下也像爸爸。大概皮皮一早就做过比较，妈妈的尖下巴肯定不适合他这个男孩子；爸爸的剑眉星目也比妈妈袅袅婷婷的眉毛和花猫般的大眼睛有优势。可一点也不从妈妈那儿继承点什么，似乎太对不住她的辛苦孕育了，皮皮选择了她挺拔俏丽的鼻子。

太行对自己的儿子简直是太满意、太自豪了。以前，他的世界里，妻子是唯一的太阳。自从有了儿子，他的天空又升起了一个小太阳。天上哪能有两个太阳？杜励宁愿退位，让他围绕着儿子公转。孩子已经出生，任务总算是完成了，接下来，她得全力以赴地修复怀孕和生产带来的形象摧残：体重增加了十几斤，腰围粗了两寸，肚子上还有一道疤痕。

她自认是个有毅力的人，只等着孩子百天之后断奶，立刻开始艰苦卓绝的减肥，瘦下来应该不是问题。可肚子上的这道疤，成了心中的一根刺。她在浴室里放了一把尺子，每天洗完澡以后，都会用尺子量一量，看看疤痕有没有缩短，有没有变窄，然后再涂上厚厚的一层去疤膏。其实，刘医生的手术做得很成功，伤口经过一段时间的恢复，已经变成了一道不太引人注意的窄窄的肉红色的细横纹，可她还是不满意，觉得这条疤痕像一条蚯蚓一样难看。完美主义跳出来折磨她了。日思夜想，担忧成恐，直到有一天晚上，她做了一个可怕的噩梦——一条小蛇爬过她的腹部，红色的芯子舔舐着她洁白光滑的肌肤，所到之处鲜血直流。她吓得又哭又叫，醒了。爬过她肚子的不是一条蛇，而是太行爱抚的手……

那晚以后，太行对杜励就以宝贝相称，人前人后不避嫌。孩子一出世，他立刻恢复了原来的宠妻模式，还一再拓宽尺度，提升级别，说百依百顺都不夸张。他陪着她去医院做了疤痕去除。手术的效果只能是改善，绝不可能根除。怎么办呢？倘若不打消她心里的阴影，这道若隐若无的疤痕还是会继续搅得她心绪不宁。为此，他煞费苦心。他把鸡蛋打碎，然后再把壳粘起来给她看——带着伤痕的美，是不是更有韵味，更有内涵？杜励不为所动。他把苹果削去一块，破坏苹果的整体美，力求向妻子展现残缺美，可她仍然没有被说服——一只被啃了的苹果，那是乔布斯的专利，和她没什么关系。他从工艺品店里买了两只白色的花瓶：一只美人瓶光滑润泽，浑身一点瑕疵都没有；另一只美人瓶则充满碎纹。哪只更美？杜励默不作声，陷入了选择性困难。

太行再接再厉，在胸膛正中间刺上了文身。杜励的英文名字被一个带着爱心的箭贯穿了，底下是一行小字：I love you forever（我永远爱你）。这根带着爱心的箭是他刻意划伤自己而留下的伤疤。他是想启发她：在她的那道伤痕上也刺一个文身，伤痕就升华成一个爱的烙印了。杜励被感动得不轻，深受启发，忍痛做了文身。她的文身是顺着那条疤痕，把太行和皮皮两个人名字的拼音缩写用一支带着爱心的箭贯穿在一起，底下是一行小字：I love you forever。她终于释然了，这道伤疤，不仅是爱的印记，更是人生赐给她的认可：她从此是一个母亲了。

孩子的出生，似乎提高了杜励在梁家的地位。但她产前焦虑、产后抑郁等一堆臭毛病让婆婆看不惯，所以儿媳妇出院后，文竹没有要过来帮忙照看孩子的意愿。北京月嫂供不应求，工资又奇高。杜励和爸爸商量，把家里的保姆借给她。杜才韧马上就同意了。好在，他们住得不算太远，交通也方便。保姆每天早晨从杜家赶到小夫妻俩这里上班，下午下了班，再带着给杜教授的饭菜回杜家去住。杜励给阿姨涨了不少工资，算是对她每天辛苦奔波的补偿。皮皮从一出生，就吃母乳加配方奶粉。之所以喂母乳，是因为母乳里面有天然的抗体，能够提高孩子的免疫力。喂配方奶粉是照顾杜励不用半夜爬起来给孩子喂奶，半夜喂奶的活都是太行承担的，这是他安排的。杜励担心时间长了，总是半夜起来，他的身体也会受不了。她训练皮皮白天少睡一会儿，渐渐地，孩子晚上只醒来一次，而且多是在12点钟以前，太行也能睡个整觉了。孩子百天后，杜励就终止哺乳了，边恢复身材，边找工作。两人的生活慢慢走入了正轨。

公公婆婆每隔一段时间就会来看看小孙子。皮皮很健康，也很爱笑，深得二老的欢心。皮皮这个小名是杜励给起的，为什么起这个名呢？杜励扳着手指，给太行数理由，光文学名著就引用了三本：一是瑞典女作家阿斯特丽德·林格伦所著《长袜子皮皮》中的皮皮——火红头发、力大无穷、好开玩笑、喜欢冒险的小女孩，爱穿两只颜色不配套的袜子。她赋予了皮皮这个名字力量、自由和不羁。二是英国作家狄更斯的《远大前程》里那个受命运捉弄，仍怀初心的男主人公皮普。这个名字意味着善良、痴情和执着。三是中国作家郑渊洁的《皮皮鲁和鲁西西》故事中所塑造的皮皮鲁，使这个名字和机智、调皮、亦正亦邪画上了关联号。最后，杜励又附加了一条说明：皮皮不仅是儿子的小名，还将是儿子的英文名。"Pippy, Pip, Pippy, Pip!"她连叫了好几遍，声音婀娜，问太行，"是不是特别好听？"太行使劲点头，简直不能再同意了。

既然宝贝老婆这么有学问，肯定得承担给孩子起个学名这个光荣而又艰巨的任务。杜励说早就想好了，儿子就叫无忌吧。这可太合太行的心意了，全然忘记之前叫不悔的主张了，眼前马上闪现出儿子长大后成为明教教主张无忌的潇洒风姿。杜励纠正他道："张无忌也太弱了吧。我心里想的可是举世无双、英俊不凡的魏国小王子信陵君①。"太行一拍脑袋："对啊！我学军事指挥的，怎么就忘了窃符救赵两破秦国的魏无忌！还是宝贝你最聪明，最懂我。"讨老婆欢心到如此程度，真是日月可鉴。

但是，这名字通不过梁家老两口的审批。文竹出来干涉了："你们兄弟几个孩子的名字家谱里早就起好了，不能由着你们的性子胡来。"其实文竹是想说，不能由着儿媳妇胡来，不过她不愿意引起家庭矛盾，所以给儿子施加压力。她一向识大体，把对小儿媳妇的看法窝在心里，轻易不表露。

太行马上提出反对意见："孩子是我和杜励两个人的。孩子跟我姓了，当然该让妈妈给他取名字。"

"杜励这么跟你说的？"文竹质问儿子。这话太像是儿媳妇塞到儿子嘴里的。

"这是我的想法。要不是她身体弱，我想再生一个孩子，干脆

---

① 信陵君，即魏无忌，战国四公子之一，是魏昭王的小儿子，能干又仁厚，礼贤下士，素有美誉。

跟她姓得了。可肯定不能再让她生了，太遭罪了。既然就一个孩子，总得讲点公平吧。"其实太行自己也喜欢无忌这个名字，可他也不能明着不服从家训，只好跟妈妈扯夫妻公平论。

文竹气不打一处来，顾不上跟儿子理论名字的事，而是讲该多要几个孩子："先前国家管得严，现在政策松了，为什么不能再生个孩子？一个孩子多孤单，连个玩的小伙伴都没，孩子的童年能快乐吗？我让你爸爸跟你说。"

梁政委出来打圆场，避重就轻："你跟你媳妇说，辈分字不能改。"太行只得同意。杜励倒没太行那么纠结。孩子她肯定是不生了，太痛苦。她的人生任务清单里，要完成的事太多了。把一个孩子培养成精品比多养育几个重要。至于名字，不能在户口本上写梁无忌，可谁也没规定他俩不能管儿子叫无忌呀？古代人的名字就很多，一个乳名，一个学名，一个字，再加一个号甚至是几个号。就当无忌是儿子的大号好了。前面两个字都已经定了，第三个字该是什么呢？她没什么太大的把握，于是把任务派给了无忌的姥爷。杜才韧经过反复斟酌，给取了一个"哲"字，阖家都能接受。皮皮的学名正式定了下来，叫梁远哲。可杜励和太行都叫他皮皮，小无忌，无忌小公子。文竹听了，把账算到儿媳妇头上，她和小儿媳妇的梁子又结了一个。

十

"走或留，真是道难题！"几个月以来，困扰莱斯特的就是这个困扰着全世界有志青年的难选之题。

新入职的这家公司是他的老东家,可总部的文化和分公司的氛围,相去甚远。这里人事关系紧张,内斗严重,就连空气中都弥漫着随时准备点燃的电火花,人人都带着一副甚至是几副面具。他就像是从天堂来的孩子,既被人嘲笑天真,又被人羡慕他不久之后即将脱离炼狱的好运气,没人拿他当回事。

他找赫丘勒提建议,不止一两回了。可赫丘勒毫无变革之意,反而还推波助澜。过去这位马来西亚华裔老板赫丘勒让他想到的是一只丛林里的老狮子木法沙——辛巴的爸爸,可现在,他是刀疤。[①]

莱斯特在打什么主意,赫丘勒一眼就识破了,但碍于形势,不方便把话讲得太白,除一再安慰,要他以健康为重,毕竟刚刚经过一场劫难。赫丘勒认为这个时候绝不该贪功,而应混混日子,只要不被人抓住什么小辫子,回到伦敦去,自然是另一番天地。他不确定莱斯特是否参悟了自己的言下之意,老外有时候就缺少点亚洲人才有的慧根,不懂得何时该韬光养晦,何时该锐意进取。

被昔日的情人傅佩佩捅了一刀,赫丘勒的职位没有发生变化,还继续担任集团总裁,但是大老板把他从伦敦调到了北京。这差事也是绝了,明眼人一看就知道,一个五六十岁的几朝元老被拘北京是个啥讯号?都等着他主动挂靴、辞职不干呢。莱斯特,被委任为伦敦公司的执行副总,但是得在北京待上几个月,度过试用期后才能赴任。至于傅女士,则被提拔为集团首席稽核官,直接向董事会负责。她不用再给赫丘勒当牧羊犬了,荣升为大老板的警犬。罗杰原职不动,几个有污点的手下,不是被炒,就是被调去其他部门,

---

① 迪斯尼动画片《狮子王》里的主要角色有老狮王木法沙,他的儿子辛巴,以及想要篡位夺权和狼群勾结在一起的狮子王木法沙的弟弟刀疤。

他成了光杆司令，短期内很难有大的作为。

莱斯特待在北京干吗呢？上方从来没有明确的指示，赫丘勒也不给他安排任何工作，他真是沮丧极了。来北京之前，莱斯特信心满满，以为一定会重新赢得前女友的心，一起回到伦敦生活。万万没料到，在这里不仅再次经历了失恋的痛苦，还差点连命都送了。米兰达的到来，给他灰色的生活里添了一抹亮色。和杜励分手后，他曾经与她有过一段短暂的情缘，很快就不了了之。他不爱她，连喜欢都谈不上，虽然她很漂亮，甚至漂亮到无懈可击，但是她从来没能在他的心里留下一粒爱的种子。她离开了，他不会想她，听她在电话里叫他亲爱的，他毫无感觉，仿佛是听见一个陌生人在呼唤另一个陌生人……海伦娜告诫莱斯特，要他把杜励从心里逐出去："排斥米兰达的不是你，而是你身体里前一段爱的残骸。"真是这样吗？莱斯特不愿意去深想，更不愿意自己去动这个手术。

坐镇北京后，赫总裁一再刷新下属们的三观。他用人只看一条：有无共同的利益。有共同的利益，就能把才能和资源集合到一块做事。目的达到了，是继续一块干还是散伙，就看还有没有其他共同利益。别看他的家庭观念无可救药地停留在了几百年前的封建社会，可他的管理风格早就进化到了后资本主义时代。仁、义、礼、智、信，在他看来，全都过时了。什么信任、感激都是廉价的感情。有好处，人人愿意当牛做马；没好处，亲兄弟都不能指望。当总裁的，不能用这些廉价的感情去感化下属，不仅耽误别人发财，还弄得自己不爽。所以，不管什么人，哪怕之前背叛过他，他依然可以不计前嫌，愉快地合作。下属们的一些违规操作，他也睁一只眼闭一只眼，从不干涉。他心里很明白，业绩目标不能突破，他担的是全责，说不定立马就得走人；有人违规操作了，他最多只是个失察。孰轻孰重，他分得清。资本是逐利的，作为一个投行的CEO，作为一个多年来给资本家打工的高级打工仔，他清楚什么是决定自己前途和命运的砝码：帮老板攫取到最大的利益，才是核心和根本。被大老板知道了他的风流韵事，有什么关系？桃色新闻对女人不利，对于他却有百利而无一害。这回傅佩佩倒戈就是明证。这个女人，毫无疑问，不仅出卖了他，还出卖了罗杰一伙。表面看她因此事而受到大老板的重用，其实根本原因绝不是他的风流事，而是他功高震主。

渐渐地，赫丘勒掌控住了局面。在公司里，没人喜欢他，可人人都惧怕他；没人愿意和他亲近，却都想到他跟前来讨些好处。审时度势后，他搞了个"三三一继承人培养计划"。所谓三三一，就是由他物色三个接班候选人，和他一起组成投行管理委员会，共同决定公司的重大决策。他还把公司的资源一分为三，分配给这三名候选人，要他们公平竞争，三年内谁能够为公司赚来最多的利润，谁就有资格接替他，担任集团总裁。让人最费解的是，位列种子选手之首的，是一再领头挑事不服他管教的罗杰。不仅如此，他还把资源最多的一块蛋糕分给他。

罗杰仍然一如既往地敢说，尽管他的爪子被董事长出手给剪了，尽管他口里从来没有提过赫总裁的名字，尽管他已经是备选储君。他还是骂劳伦斯，嘴里没一点忌讳："克莉丝那个老娘们算什么东西？没有劳伦斯给她撑腰，她敢这样？干着兼职秘书的活，拿着总经理的工资，半年休假，半年准备休假。劳伦斯把她给炒了，却给她特批了一大笔赔偿，够她下半辈子花了。这帮假洋鬼子，个个都不是东西，个个是又花又色，又当又立！"

罗杰是指桑骂槐吗？反正赫总裁告诫自己，不要对号入座。整个公司能猜得透罗杰话的没几个，傅佩佩是其中一个。

十一

莱斯特干得不顺心，小朱自然又伸出了友谊的手。表面上小朱和申童现在是蜜月期，两人对外称兄道弟，实际上对内还是互相防备。假如莱斯特回来，两条直线所形成的不稳定结构就会被稳定的三角形结构所替代，这是小朱特别乐于见到的。

小朱这里能做到什么程度，莱斯特是有数的。今时不同往日，他的薪酬已经一升再升，小朱也不可能开得再高了，他不想吃回头草。如果生命是一条河流，除了往前冲，还有什么其他的选择呢？停留，如果没有新的活水涌入，就意味着干涸。洄游？那更是无法想象。他现在需要的是，确定朝哪里继续游。游，不是等待，更不是洄游。他怕自己词不达意，特地用母语十分礼貌地回绝了小朱："Thanks, but no thanks. Travel is my therapy. I must move on（谢谢你，但不必了，旅行是我的治愈疗程。我必须放下过往，继续前行）。"

莱斯特不来，小朱有些失望，可也不能算很失望。申童这段时间，给他赚了不少钱。当然，他待他也不薄。在外头，他给足了申童面子，允许他在名片上印上合伙人的字眼；就是在公司里，对他说话也是带着几分客气。好处，也没少给。本钱都是他出，赢了两人三七开；输了，他没计较过。出去交际，都是公司报账；需要上下打点的时候，自然是他来掏腰包。投行的老板们个个都是吸血鬼，像他这样的，已经是慷慨到极点了。

也就是认识了申童，小朱才对京城上流社会里的人和事有了一个大致全面的了解。智家，刚刚挂边吧。他家老爷子这级别，在京城真不算啥。不过是因为职位前面挂着首都两个字，才重了些许。九门提督和湖广总督哪个大？还用问吗？自然是湖广总督。可湖广总督轻易也不敢得罪九门提督，那是守卫大内的人啊！京城里做官的有一个大圈子，里面又分着许多大帮和小帮。比方说，父辈或是祖辈一起带过兵打过仗，是同事或是上下级关系的，又或者一起奋战在白区搞统战搞情报的，子女这一辈不是有了姻亲关系，就是从小玩到大成了朋友，后来合伙做生意，自然就是一个小帮。如果说彼此的政见和三观都合，小帮和小帮之间就容易合成一个大帮。智家算是胡家这一派的，智家老爷子一度是胡家老爷子的手下，可差距太大，就如从前的四品统领与一品兵部尚书的差距。假如不是智家大儿媳妇会来事，常去胡家拜会走动，胡家不一定会带着智家玩。除了有政治背景的这帮人，京城里还活跃着一群新贵，经济精英。这群人也分三六九等。最上等的，是渤海会里的一群大佬。这群人可不得了，智商都是爱因斯坦那个级别的，全都是名牌大学毕业，下海多年，搞的不是电脑就是手机，要不然就是时下最热门的互联网事业，个个身价不菲。他们有钱，有眼光，又有学历光环罩身，根本不把寻常人看在眼里，仿佛全中国甚至是全世界都没有几个人比他们更有能耐了。不要说像小朱这样一个边远省份土财主的儿子，就是京城里有钱有势的大户，人家也不在乎。这些人若不是祖上有功，凭什么和他们平起平坐？申童倒和其中个别人能说上话，那是借着校友的关系。小朱看出来啦，也不过就是能搭上句话，申童在他们的眼里，智商刚过及格线。

这么拜了一圈，小朱感到还是四公子最平易近人，最讲江湖道义。四公子是某个影视公司的挂名董事,美女资源是唾手可得,可从来不白"用"人。这段日子,他无非就是替公子给一个歌厅里唱歌的、一个离过婚的女演员和一个网红,掏了几百万的赏钱,四公子出来喝"花酒",便叫着他一起去。一听说他找了个洋妞做女朋友,就夸他上路。说跟洋妞上床经济实惠,分手更是节约,一句"我没感觉了"就把人打发了。哪像中国女人,你睡睡试试?但凡有点姿色的,就把自己当西施。你不把银子堆满床,绝对不配合你行动。这还只是首付……

没过多长时间,小朱又给四公子支了一大笔钱,四公子给了一个确实的回话:大哥答应了,明年一定给他一张牌照。还说自己要出去云游一番,回国后再和兄弟们联络。朱必达和申童商量过后,把自己的私人飞机借给了四公子。

十二

卫元这阵子很忙,忙啥呢?

公司里一摊子事,公司外面一堆的应酬,还有数不清的社会工作……

智老爷子对待家庭问题,也是两手抓:一手硬,一手软。既然狠狠教训过女婿,他也乖乖地听话了,老爷子自然也懂得在落巴掌的地方,揉一揉。女婿就像是手上的一团泥巴,把他捏成自己想要的样子,他有十足的把握。

节前,小平拜会亲朋至交的时候,智老爷子让她把卫元也一块带上,见见世面,多认识些人,对他的工作肯定大有帮助。于是,节后卫元就和好几个协会挂上了钩，出任理事、副理事长、副主席了。这些名头，别看是虚的，但能帮助他树立自己的威望，对经营公司也是有很多实惠的。协会都是半官方的组织，一半经费来自国家，一半经费来自企业赞助。协会一方面负责制定产业规划、发展策略和行业标准，另一方面还负责给企业及产品评级。国家和地方政府在出台税收和其他财政支持政策的时候，行业协会搞的这些文件，是重要的参照物，或多或少都会向评选出来的优质企业和产品倾斜。一般的老百姓就不用说了，协会推荐的，相当于国家盖过戳了，自然信得过。这些益处，老爷子从未对女婿明示过。但这个道理，卫元自己也懂。

平常的企业家，即便是把企业做到了一定的规模，还得花许多钱，通许多路子，才能搭建好渠道，才能有机会在重要公开场合露面，才会有人吹喇叭抬轿子。

卫元抓住机会，展现自己的可塑性和柔韧性。在亲朋至交面前，他是智老爷子有出息又听话的好女婿；回到家，他不仅是儿子的好爸爸，还是智静身边体贴的乖丈夫。他换了新的名片，将近来一连串新的头衔添进去。在迈向社会贤达的大路上，卫元奋勇前进……

当初卫元公司上市的时候，为了把数字做得好看些，先分拆了一部分出去提前上市。这两年公司搞得不错，发展迅猛，二期上市提上了日程。那会儿，他找朱必达融资的时候，许多人还没醒过味来，对他搞的这一套究竟前景如何，没什么把握。可现在，大家都苏醒了，投资网络平台成了抢手的香饽饽。和卫元没点关系的，就是想把钱借给他都没机会。融了几次资后，卫元有钱了，不仅横向上把规模做大了，并且纵向上延伸，布局产业链上下游，还以主业为依托往深度扩展了一系列未来潜力巨大的衍生副业，他已经具备了称霸的实力。

上市是一场投资者的盛宴，是卫元以数十倍甚至是百倍的回报、偿还前期投资者的手段，更是让他自己的财富翻番的大好机会。股市是一个出售未来的好去处，一个白手起家的创业者，只要讲一个动听感人又可信的故事，就可以成功地将自己企业的未来分割成无数值钱的小份出售变现，从而用无数投资者的财富充值当下。这比从前的国王皇帝为了敛财，巧立名目去收取苛捐杂税，不知要灵光多少倍。卫元胃口更大了，要谋求在纽交所上市，去薅美国人的羊毛。美元多值钱啊，和人民币相比，就好比是金羊毛，这是和他合作的一个风投给定下的路线，也是他们给他搭的桥铺的路。

为了把人气炒热，把股价抬上去，公司在中美两地都启动了造势活动。造势等于造市，一时间，卫元忙得不亦乐乎，天天打扮好了，接受媒体采访。哪知头一个采访刚播出，就被风投给叫停了。负责他这个项目的风投余经理，和卫元岁数相仿，身材丰满健硕，性格开朗，还长了一张讨人喜欢的娃娃脸。她是公关出身，特别善交际。有些女人善交际，是因为她们长得漂亮，在男人堆里吃得开，这是仗着硬件。余经理的交际能力与容貌无关，虽然她长得绝对不招人讨厌。她是靠软实力吃饭的人，眼光比X光都厉害，几个照面就能把一个人的中心思想总结得八九不离十。她还特别会说话，这种会说话不同于奉承。她很少奉承人，一般都是实说实话，可从她嘴里说出来的实话，就如同春风一样，让人倍感清新，一下子就把双方的距离拉近了。所以不管是卫元，还是其他客户，对她都既尊重又欣赏，还言听计从。她看完采访后，给卫元打了个电话，向他推荐了一个学妹。这个人也是哥伦比亚大学毕业的，从事传媒很多年，现在出来搞公关公司，经验很丰富。她建议卫元聘用她，确保项目成功上市。

余经理的学妹，姓徐。出国前叫什么名，没人知道。出国后，她叫 Alice（艾丽丝）。艾丽丝源于希腊语，意思是 truth（真相、真理）。她搞传媒时，起这个名是为了捍卫 truth。开了公关公司后，她还用这个名，是为了包装 truth。来见卫元前，她和自己的学姐已经谈过了，充分了解余经理的期望值，也看过卫元的访谈，了解了自己工作的难度，才正式签了约。

卫元最大的困难是，面对镜头讲话时，缺乏自信，结结巴巴，没有一点商业大亨的气度。为了保证接下来的采访顺利完成，艾丽丝和他首先做了一次模拟采访，马上就发现了症结。她委婉地建议，不妨把采访稿背出来，卫元推说自己没有时间。怎么办呢？今时不同往日，他就是放个屁，都有人去推断到底是香还是臭，大家太敏感了。

艾丽丝无奈，只好给他上提词器。再模拟一次，结果效果更差了。整个录播过程，他根本不看主持人，不看镜头，而是一直歪着脑袋朝右前方瞅。艾丽丝从监视器里看到的卫元就跟落枕病人一样。得亏她见多识广，又让助理包了一个有看台的戏园子，再模拟一次。这回，她让工作人员把提词器从二楼看台上往下伸，直伸到卫元正前上方，既不阻挡摄影师的镜头，又方便他看提示。结果，监视器里的卫元，歪脖的毛病是纠正过来了，可又成了一个眼科疾病患者：他老是一边说话，一边翻白眼，好像害了沙眼。

要不是看在钱的分上，艾丽丝都要放弃了。她从来没有与如此没有镜头感的大亨合作过，这人纯粹是榆木疙瘩一块！她在心里用英文骂了他和他的钱无数遍后，想到了一个办法，让助理给他配了一副古驰牌茶色眼镜。这回的效果，更加让她失望。带着茶色眼镜，穿着灰色阿玛尼西装的卫总，和大亨、才俊、精英都搭不上边，活脱脱就是三四十年前祖国刚改革开放时，一心追赶时髦的小镇青年。

艾丽丝又在心里骂了他和他的钱无数遍，回去找学姐商量办法，最终俩人决定：既然卫元这个主角无法按照剧本演绎，没办法，只好重新写剧本了。艾丽丝雇了一位擅长制作人物专辑的知名导演，深入卫元公司内部拍摄企业实景，采访员工和客户，再把卫总穿着一线送货员工作服的照片，与员工握手的照片，慰问客户的照片，以及他的一张正面照片插进这个宣传片中，在节目的结尾让卫总贡献了一段画外音，总算是完成了学姐交代的任务。虽然没把卫元商界精英的范打造出来，可为他树立了一个踏实、亲民的老板形象。宣传片拍好后，艾丽丝按照余学姐的指示，不惜重金，以买广告时间的价格买纪录片播放时段，在中美两国各大电视台轮流上映。经过这番艰苦卓绝的努力，卫元总算是街谈巷议的焦点了，这不只是在中国，假如你问一个美国人，他知道的中国人有哪几个，Yuan Wei 的名字肯定和 Ziyi Zhang, Ming Yao 等其他名人赫然一列。

十三

卫元成就这么高，名气这么大，智静的压力更大了。他这几轮融资，怎么会少了关照亲朋好友？大家都指望跟着他发财。有钱给捧着，卫元现在就是天上的红太阳，智静走到哪儿，都能听到别人说的奉承话。这种奉承话还总秉承夫贵妻荣的传统。她听了，能不扎心吗？

智老爷子想让女儿女婿再生个孩子。这个想法，正中卫元下怀。别看他对智静没什么感情，可他愿意和她生孩子。智静做他的情人，身材容貌难让他如意，但给他的儿子当妈，那条件好得没话说：身体健康，智商很高，家教和修养都不错。这样的女人给他育种，后代的水准绝对有保证。

为了响应老爷子的号召，卫元专门成立了一个培优基金。这个基金就一个目的，一旦智静再为他生下一个继承人，里面的钱就都归她了。智静的脾气他不陌生，她不是贪财的人，可再有钱的人，也不嫌钱多啊。另外他把此意告诉了小平，经过她这个中转站处理加工，钱就能带上人情味。

小平本来就爱管这些个婆婆妈妈的闲事，又和老爷子是一条心，想把这个能干的妹夫和家里的关系再套得近一些，二话没说就应承下来。小平先是给智静吹风，说谁谁为了生孩子，让老婆移民了；谁谁家里一下子添了一对龙凤胎，高兴地嘴都合不上。等到智静和她一起羡慕别人的好运气时，小平瞅着火候到了，冷不丁地问："妹妹，你难道就不想再要个孩子？"

智静低着头，不言语。

"小福一个人多孤单，你要是能给他再生一个弟弟或妹妹，该多好啊！"

智静还是不言语。

"太行可喜欢孩子了，也想再要一个。可是，你看杜励那样，还能生吗？你和卫元不一样，你们俩身体都好，干吗不再要一个？"

"小福都已经没爸爸了,我再生一个孩子,让两个孩子都没爸爸吗?"智静说出了心里话。

"小静,我不跟你理论这个,你说的都是气话。卫元怎么疼小福的,这一大家子人都看在眼里。你瞧瞧咱们身边这些人,但凡有点本事的男人,一天到晚忙得不着家,孩子们多少天见不着爸爸的面。当爸的除了给两个钱,什么责任都不负。比着他们,卫元对小福算是挺尽心了。"

"嫂子,你甭劝我了,我不想再生了。孩子是爱情的果实,我如今都没爱了,哪还能结出果来?非要生,结出来的也是苦果。"

智静的这番话本是自我感受,小平却认为是受了弟媳的影响。智静和杜励经常带着孩子一块散步聊天,杜励肯定给她灌了不少"毒"鸡汤。生活不是杜励从书上看来的那样,社会也有别于杜家人待着的大学象牙塔。杜励对人生的认知有偏差,所以才会和妈妈搞不好关系,老让太行为难。

想到这儿,她又劝智静:"爱情这东西,我看靠不住。人心,变得可快了。你哥给我讲过一个典故,说古代有个国王,很宠幸一个妃子。这个妃子有一天吃了个桃子,觉得十分香甜可口,就把剩下的一半给国王吃。国王感动坏了,当着朝臣的面夸耀,说她是真爱他。可后来呢,国王又有了新的宠妃。两个女人争风吃醋,国王自然是向着新人,要治旧妃的罪。啥罪名呢?大不敬。竟敢拿吃剩下的桃子给他吃!你说,好笑不好笑?所以,孩子才是女人最好的依靠。小静,你一定要听嫂子一句话。别的都是假的,对女人来说最重要的,一个是孩子,一个是钱。有了这两样,离了谁,也照样能把日子过好。你再好好想想。"

儿媳打过前站后,智老爷子亲自出马了。他把女儿叫到书房,关上门,开始给她做思想工作:"不是爸爸不心疼你。一个女人离了婚带个孩子,以后想再找个合心意的丈夫哪那么容易,这你想过吗?再说,你俩还没到离婚的那一步。你们是大学同学,又是自己搞的对象,谈朋友谈了十几年,这感情基础就是你嫂子和你哥也比不了。人无完人,看人得看主流。卫元的基本面还是好的。你不要以为爸爸没有替你教训他,他再三恳求我再给他一次机会。假如他对你没有感情,犯不着这样。他早就创业成功了,但凡今天和你离了婚,明天就有女人愿意跟他结婚。说到底,还不是放不下你和孩子嘛!听爸爸的话,过去的事就让它过去吧,就当咱们把它给枪毙了,好好一块过日子。爸爸相信你,我闺女和我一样,拿得起放得下!"

十四

智静究竟有没有同意生孩子?小平是这么给卫元回话的:"小静不拒绝生孩子,可是不想生个苦果。"

小平没去外交部工作实在可惜,她这话说得太有水平了。首先,说明她完成了卫元交代的任务,其次也把智静的苦衷交代清楚了,末了还替智静将了卫元一军:"就看你的表现了!"

卫元久在商场混,这种话也不少听,马上去伪存真,向小平求教如何能化苦果为甜果的法子。两人合计了一番。

卫元决定回乡省亲。就他如今这身家、地位,别说乡长了,就是县太爷也得夹道欢迎。卫元坚持要带上小福。既然小福要跟着爸爸回老家看望住在农村的爷爷奶奶,孩子这么小,智静作为妈妈,如何能不随行？

临出发前，老爷子把女儿叫到书房里一阵嘱咐，要她千万不要摆出高干子女的架子来，到了卫家，一定要执儿媳之礼，尊重长辈。他还给亲家准备了一份大礼，让女儿一并带去。

从和卫元开始谈朋友到现在，智静还是头一次以卫夫人的名义去婆家。卫元家在江西一个叫作鹰潭的小地方，离庐山不太远。上大学的时候，他们曾经和其他同学一起结伴去鄱阳湖、庐山旅游，路过鹰潭，待了一天，去他家里玩了玩。卫元父母就是那种老实巴交的田里人，连普通话都不会说，智静和老人交流有困难，只能用笑来应付。老人除了也会和智静傻笑，剩下的就是一看见她茶缸里的水不多了，就赶紧给她满上。吃的是竹筒烧的米饭，就的是竹笋烧腊肉，味道特别香，特别纯正。那会儿，卫元还处在对她的追求阶段。晚上睡觉的时候，婆婆不知从哪儿借了一个蚊帐。卫元打着手电筒，一个角落一个角落地检查，就怕有狡猾的蚊子赖在里面……现在突然回想起这一切来，智静的眼泪流得哗哗的……

十五

女婿女儿省亲归来后，智老爷子特设家宴给他们接风洗尘，还请了亲家梁政委夫妇，太行和杜励也出席了。老爷子很久都没有这样畅快过，喝了不少酒，话也比平时多。除了夸赞好女婿卫元，还夸赞好儿媳妇小平。文竹听了自然特别高兴。

杜励发现，智静的脸上比着先前滋润了不少。卫元向智静献殷勤的时候，她不再像从前那样僵硬，绯红染上双颊。卫元真是浪子回头吗？杜励猜不透，不过倒是从智伯伯的嘴里知道了卫元衣锦还乡做了些善事。这趟回家，卫元做了好多善事，附近几个村子里的鳏寡孤独、老弱病残，都关照到了，还给乡里的学校捐了一笔款。钱都是经老婆的手送出去的，乡亲们都把智静看作大慈大悲、救苦救难的观世音菩萨。

席间少不了说起京城里亲戚朋友的近况。胡家老爷子病了，智家老爷子和儿媳妇一块去看了一次，不是至亲的关系，人家现在根本不接待。"不碍事，就是让不肖儿子给气着了。"智老爷子喝了一口酒，告诉亲家母。胡家好几个儿子呢，到底是让哪个儿子气着了，文竹本来想问，看到女儿给自己使眼色，话到嘴边还是咽了回去。

智远难得开了次口，讲了个笑话给大伙听。京城里有一个年轻的电视剧导演失踪了好几天，据传是被人绑架了。家里人报了案，谁知没过几天，这位寂寂无名的事主回来了。这不挺好吗？事情到此就圆满了。不，准是脑子坏了，导演专门花大钱，通过几家主流媒体发了个声明，说自己跑步的时候不小心滑下了山坡，手机也丢了，才弄出一场误会。声明底下附着一份某三级甲等医院出的验伤报告，除了一点皮外小伤，筋骨无碍。杜励扑哧一声就笑了："这不是隔壁的王二吗？"太行夹了一口菜到她的碟子里，嘱咐她别顾着说话，多吃点。

回家的路上，太行一边开车，一边听宝贝娘子给他分析"此地无银三百两，隔壁王二不曾偷"的道理，说这正是绑匪的招数或是他和绑匪和解的条件。这回，他捏了捏杜励的鼻子。

二期项目成功上市后，卫元在中美两国各举办了一场答谢会。他听从了余经理的建议，从驻站商户和消费者中精心挑选了十八个代表，和他一起远赴纽约，敲响了上市的钟声。钟声叮当，余音袅袅，卫元人生最辉煌的时刻开启了。

在美国，他全程用英语回答新闻界提出的问题，和美国的中小投资者分享自己的心路历程："我出生在中国南方一个贫穷的家庭，祖祖辈辈都是在田里种水稻的农民。我的父母辛苦劳作，节俭度日，把省下来的每一分钱都用来供我读书。他们几乎不识字，但却教会了我最重要的人生哲理：勤勤恳恳地工作，老老实实地做人，知恩图报。这就是我为什么会邀请我的客户，来见证公司上市这个重要时刻，因为我的成功离不开他们的大力支持。我亲爱的客户们，所有支持我和我公司的朋友们，今天我所取得的这一点小小的成功，离不开你们的鼎力支持。我的成功，也是你们的成功。我是站在巨人肩膀上的一个开拓者，我们在电子商务领域的创新，是我个人前进的一小步，却是时代迈出的一大步。亲爱的美国朋友们，我的成功也是你们的成功。让我们一起携手，创造一个共赢的未来！"

卫元的这番话，简直就是"中国梦＋美国梦"的定制版，俘获了无数投资者的心。他在美国的成功，让广大民众自发掀起了向卫总学习的高潮，无数草根家庭以他为楷模激励子女勤奋向学，出人头地，光宗耀祖。假如他肯像明星那样给粉丝赠送签名照的话，估计排队等候的人，能从山海关一直排到嘉峪关。

把卫元的形象树立得如此高大、励志、感人，艾丽丝功不可没。当然，卫总也下足了功夫，把英文的采访稿背得滚瓜烂熟，还带着AI高科技产品百度小翻译，以防万一，总算是不负众望。

北京的答谢会，简直就是一场名流盛宴。来捧场的人，个个身价显赫。不是和卫总有业务往来的，不是和智家沾亲带故的，就是有钱也不在邀请之列。即便是这样，王府半岛酒店的宴会厅，还是座无虚席。

艾丽丝的公关公司承办了此次盛会,这是卫元实践"喝水不忘打井人"信念的一大举措。艾丽丝当然不会辜负这番信任。根据这么长时间以来和卫总的亲密接触,她给此次宴会确定了主题色彩:酬宾金。

她终于可以把 Fuck your money 落到实处了。

——酒店必须得是全北京最奢华的,找不着带"金"字的,就找带"皇"字的或"王"字的,否则怎么能彰显如今卫总的江湖地位?

——宴会厅,必须装点得金碧辉煌,一切按照白金汉宫的标准来改造。可惜酒店不同意如此装修,否则,她保证让所有的来宾认为自己就是到了白金汉宫。

——餐桌上的盘子得用有金线描的白盘子,筷子必须得是汉白玉镶着金箔的,餐巾上必须用金线绣上卫氏集团的英文花体字,给嘉宾们准备的礼物当然更得是纯金打造的精品。

——所有的工作人员,必须穿着金色的坎肩,佩戴金色的小礼花。

——卫总和夫人,也都得以金服饰身。

艾丽丝的这番心思,卫元简直太欣赏了。金色是什么颜色?谁才可以穿明晃晃的金色?艾丽丝这是把他当作九五之尊来敬啊。他心里洋溢着得意,智静一点也不喜欢这个"金"点子:"她干吗不让咱们俩一人镶一口大金牙呢?"

小平也认为不妥。宴会厅装饰得像个暴发户也就罢了,怎么能把卫元和智静打扮成两个金元宝?她建议卫元穿套体面庄重的黑色西装,配条金色的领带,既大方又隆重。智静该怎么穿呢,她还真没了主意。最后还是通过杜励，找了小海来做形象设计。小海根据姐姐给的照片，帮智静定制了一身香奈儿的套装，还依照她的三围做了些微调，然后用国际快递专送给她寄了过来。

这身行头，式样极其简单，就是一件黑色的长款无领修身西装，配一条同款色的一步裙。出彩的地方是用金色的纽扣在上衣两片前襟上勾勒出一个倒三角形图案，衣服后片从开衩处到底边也用两排小金纽做装饰。智静试衣服的时候，还别别扭扭的。她没看出来这套衣服有什么好的，可一穿上，就不愿意脱下来了。黑色本来就有很好的收缩效果，西装又特别能藏肉，加上金色纽扣形成的上大下小的视觉欺骗，镜子里出现的是一个雍容华贵的少妇，而不是臃肿肥胖的她。小海十分负责，依据她的身材相貌，画了一张效果图出来，把该搭配什么样的妆容，如何佩戴饰物，做了个图解。香奈儿的套装，大都以长长的珠链做装饰，他给智静挑选了一串淡灰色的珍珠长项链。因为服装上的扣子已经很多，所以项链上的珍珠并不是一个挨一个地穿得满满的，而是隔几个穿一粒，隔几个再穿一粒。化好妆，穿上衣服，再戴上项链的智静，往主桌上这么一坐，确有首富夫人的派头。她从小经过许多世面，面对着一桌既富且贵的人，镇定自如，颇有大家闺秀的风范。卫元想不出来，除了她，还有谁适合在此时此刻以夫人的名义坐在他旁边，他的自豪感满当当的。

虽然盛宴的主角是卫元和夫人，可是最引人注目的并不是他俩，而是艾丽丝。不能把首富夫妇武装成金元宝，艾丽丝把自己打扮成了一只金蝴蝶。她身着一条金色的阿玛尼露背晚礼服，戴着两只一寸长的金针镶钻石耳坠，脚蹬一双三寸高的Jimmy Choo（周仰杰）品牌金色露脚趾高跟鞋，不仅特意把头发染成了金色，就是眼影和口红也是同款的金棕色和金橙色。这是卫元的场子没错，可她既是内务总管，又是外交部长。宴会还没开到一半，客人们就纷纷打听这位忽闪着翅膀满场飞的大金蝶是何许人也。

小平觉得这个女人可真不简单。宴会前贵宾致辞，本来底下全是一色的黄皮肤、黑眼睛的中国人，她偏要站在人家旁边，逐字逐句地翻成英文；等人家发言一结束，马上就一箩筐的好话送上。贵宾们上台，她用一个勾魂的眼神来欢迎；贵宾们下台，再用一个摄魂的眼神来送别。这样的女人，幸亏老天爷没给她一副倾城倾国的容貌，否则，非得把天地乾坤都得给搅和乱了。

太行管理的投资公司也是这回上市的受益者。小平一开始，打算和弟弟以个人的名义来参与，但是太行拒绝了。既然说好了是和胡朵朵一起干，怎么能明知要赚大钱了就把人家给撇开？小平后来又寻思了一下，觉得弟弟说得也有道理，日后还有用上胡家的地方，也就同意了。哪知道太行还把自己的两成又让了出来，非让小平拿着，说什么这钱赚得实在太没技术含量了，没兴趣。早就征得了公公的同意，也跟老公通过气，这笔钱是给自己娘家的，小平干脆把钱给了妈妈。

太行不要卫元分给亲戚们的钱，他只想借着此机会，结交一些重要的人。他和姐姐姐夫坐在主桌上，一桌上的人不仅有头有脸，还都是跟智家沾亲带故的。胡朵朵和男朋友就坐在他旁边。

这个男人留着一头凌乱的卷毛，穿了一身白西装，带着黑领结，傲得很，下巴抻得老高，和谁都不多搭茬，略坐了一会儿，就一个人出去了。据胡朵朵介绍，他是搞艺术的，不习惯这种商务应酬。小平会说话："难怪我觉得他特别有气质呢？他叫什么名来着，我刚才没听清？"

"他叫李旭冉，可他不喜欢家里给起的名字，觉得太媚俗了。在外国念书的时候，叫阿波罗。回国后，凡是亲近的人，都叫他羿。"

"羿，哪个羿？后羿的羿？"智远问，得到胡朵朵的确认后，他心里忍不住笑，但表面上却风轻云淡。在不明就里的外人看来，智家大公子和老婆是两种人，一个老实木讷一个能说会道，其实他俩是一种人。智远很知道什么时候该说什么话，什么话又该怎么说；什么正话该反着说，什么反话该正着说。只不过他自视甚高，素来傲气，人前人后极少显山露水。一看胡朵朵这样，他就知道她根本没搞懂这个男人给自己如此起名的深刻用意，否则绝不会带着他四处显摆。可这种话如何能当面讲呢？胡家的人开罪不得，他反而赞了一句："有气魄！"

太行也觉得这个男人有点意思，不过顾不上操这份闲心。程老板、朱必达和他的军师申童，在不远处的一个桌子上。一等嘉宾们吃得差不多开始离位交际的时候，程老板就跑过来找太行，可惜俩人没说上几句话，太行就被姐姐叫走了，小平有许多人要介绍给他认识。等太行和姐姐应酬了一大圈回来，小耳朵已经走了，手机上有一条他发的告别短信。

太行在走廊上找了个僻静的地方抽烟，等着姐姐姐夫。重要的客人都走得差不多了，智家人正在跟工作人员合影留念。智家做事礼数一向都很周全。客户注重什么，艾丽丝就会刻意表现什么，陪着卫夫人、卫夫人的嫂夫人，玩礼贤下士的游戏。又送走几位客人后，艾丽丝往回走，沿着走廊，再拐一个弯，还没到大堂，不承想被一个男人给吸引住了。他长得高大挺拔，既不过于粗壮，更与细瘦无关，一件麂皮夹克衫穿在身上，显得那么潇洒倜傥。五官长得也好，长方脸，剑眉星目，小麦色的健康肌肤，浑身散发着一种成熟男人的魅力，却毫无油腻之感。这个男人刚好低下头来点烟，她就这样直勾勾地盯着他：按动打火机，点燃香烟，吸了一口，抬起头，吐了一个烟圈，那张英俊的脸上出现了一种睥睨天下、纵横四海的神情……

烟雾升腾的瞬间，她忽然忘了自己身处何方，正在干什么……

十六

倘若艾丽丝参加中国古代的选秀比拼，可能连走出生养她的小山村都没机会。她肤色深，嘴巴大，离美女及格线差着一大截呢。但把她放在21世纪的美利坚合众国，说她是漂亮女人，没多少人站出来投反对票。她个子很高，骨架大但匀称，腰不算细，可臀部丰满，还有一头浓密的秀发和一双在金发碧眼中辨识度极高的丹凤眼，对于既能把安吉丽娜·朱莉的厚嘴唇又能把卡戴珊姐妹的鸵鸟身材视为美的美国人来说，她美得很东方，很性感。

她出生在中国北方某个省份，父母都是面朝黄土背朝天的农民，除了两个姐姐，还有一个弟弟，她最不受重视，所以从小十分努力，成绩优秀。可惜，初中毕业后，父母就拒绝供她念书。于是，她干脆离家出走了。她的公关才能大概就是从那个时候萌芽的。她一个人跑到县城的高中，求见校长，不费几滴眼泪，就让老头同意减免学杂费和住宿费，收下了她这个学生。生活费她得自己挣，县城里打工的机会有限，她常常吃不饱肚子。忍饥挨饿读了一个学年后，改变命运的机会出现了。学校里分来一个大学生，教她们班语文。老师也是苦孩子出身，十分同情她的遭遇，又佩服她的倔强，《窗外》①的故事在俩人之间上演了。她从此不再需要打工了，他供养她读书，直到她考上北京的一所大学。大一、大二她还信誓旦旦，毕业后马上和他结婚。到了大三，班上就有不少人开始准备考托福、GRE（美国研究生入学考试），她怎甘落后，悄悄地一个人准备，每天起早贪黑地背单词。结果分数出来了，2200多分，羡慕死所有认识和不认识她的同期同学。顺利地拿到哥伦比亚大学的录取通知书后，她又不声不响地申请了签证。等一切都办妥，毕业证也到手了，她回了一趟老家，和恩人住到了一起，做了两个月的满分情人，但绝口不提结婚的事……哥大毕业后，她先当了一段时间的记者，随后又干上了传媒。

也许早间的经历太苦难，她成了女权主义者，除了和男人们一样把"fuck you"当作口头禅，还和他们一样把这句话贯穿到了生活里。这些年来，除了赚客户的钱外，她还顺便引诱一下能让自己荷尔蒙瞬间突发的客户。她还干过一件特别女强人的事：买断了亲情。按照当地省份的最低年工资标准乘以1/4（她是四个子女之一），再乘以30年，一次性用美元支付了双亲赡养费，并且签订了一个法律协议，从此两不相欠，互不干扰。美国人问起她来自何方时，她会很响亮地回答China；同胞问起她的籍贯时，她用满是风情的口吻打擦边球：向来英雄美女不问出处。

王府半岛酒店走廊上的惊鸿一瞥，让她从四处乱扑腾的蝴蝶，变成了一只扑火的飞蛾。偌大的北京城，万家灯火，星光璀璨，从

---

① 台湾作家琼瑶的成名作，作品以她自身的经历为蓝本，描述了一对师生恋。

此她要追逐的不过是他手指上的那一点荧光。经过卫元的引荐，两人就算认识了。和许多靠自我奋斗获得成功的人士一样，艾丽丝的修养，源于她成年后对自己苦心孤诣的培养。她可以像一个淑女一样说话，走路，吃饭，抽烟，喝酒，可她的脑子不是淑女的脑子。她的脑子只运转一个程序：成功。从定目标做计划到实施，这套已经运转了二十多年的程序没出现过一个错误，堪称至臻至善。她已经做过无数次的角色演练：她是卡门，他是唐何塞[①]；她是汉密尔顿夫人，他是战神霍雷肖·纳尔逊[②]……现在她的程序被启动了：该在哪些地方制造不期而遇呢？

十七

产后复出，是杜励的心愿。瘦身，找工作，发简历，准备面试，忙得不亦乐乎。某广播频道恰巧在招音乐节目的编辑，她报了名。笔试顺利通过。面试之前，增加了才艺素质测试，她弹了莫扎特晚年的最后一部钢琴协奏曲《降B大调第27钢琴协奏曲》的第一乐章。过去两年里她常听这个曲子，但弹得不多。由于作品里角色众多，她背不出谱子来，要对着乐谱才能完成演奏。好在曲子的难度不算太高，她又有童子功傍身，很快就沉浸在音乐之中了。评委中有一位长相英俊的男子，留着一头如狮子狗般的杂乱卷发，颇

[①] 歌剧《卡门》中的男主人公，该剧改编自梅里美的同名小说。
[②] 纳尔逊，英国名将，在战争中失去一只眼睛和胳膊，屡立战功，后来壮烈牺牲。汉密尔顿夫人是他的情妇。

有艺术家派头，三十多岁的年纪，自称姓李。等她弹完了，他下巴抬得老高，问她弹琴的时候在想什么。

杜励猜这是在考乐史常识，便把这部曲子的创作背景介绍了一下。李评委点头表示认可，但仍追问她的个人感受。她很老实地回答，刚刚经历怀孕生子，正是这部作品给了自己慰藉。它温和从容，和谐宁静，好像一位睿智的老者将一生娓娓道来：孩童时的天真，青年时的努力与忧郁不得志，鼓舞着他的天使，嘲弄他的魔鬼，同行的朋友……那些傲慢的贵族，无动于衷的人们……悲欢离合，阴晴圆缺……一个孕育生命的女人，憧憬着未来，既幸福又不安，在懵懂中结束了自己的少女时代，在期待中等待进阶成为一名母亲。音乐中传递的那种"宠辱不惊，看庭前花开花落；去留无意，望天上云卷云舒"的从容与坦然，恰恰是彼时自己那颗忐忑不安的心最需要的灵魂抚慰……李先生的下巴终于处在了正常位置，脸上露出一丝笑容。可是杜励的话还没有说完，她来了一段极其狗尾续貂的补充："不过，我刚才想到的不是自己，而是伏尔泰。"这下，李先生的下巴不仅又抬起来了，瞪大的眼睛还处在斜视的位置，听她继续说。"我觉得作品中那个睿智的长者就是伏尔泰。他既在作品里，又在作品外。他是莫扎特的化身。这部作品是作曲家最后的心声，他超越了自己，成为一个历经风雨沧桑后的哲人，可又怀着一颗童心。所以，弹到最后，伏尔泰出现在了我的脑海里，尽管似乎有点风马牛不相及……"

李先生先是摇了摇头，想了想，追问她怎么看伏尔泰。杜励不假思索，脱口而出："伏尔泰是个老顽童！他死的时候，对自己的葬礼做过安排：要人把他一半的躯体埋在教堂里，一半的躯体埋在教堂外。① 他之所以这么安排葬礼，就是为了嘲讽教会。他说，上帝如果让他进天堂，他就进天堂，上帝让他入地狱，他就正好趁机逃走。"李先生的下巴放了下来，但仍比正常位置倾斜至少30度："你怎么评价莫扎特？""我吗？可以借用罗西尼②的话来表达吗？莫扎特是蘑菇中的松露。"这下李评委的下巴正常多了，和他向上翘起的嘴唇，被举起来的手给遮住了，片刻后，他说："那伏尔泰是不是一碟八宝辣酱呢？你有没有准备其他的曲子？或者把平时最喜欢弹的，再弹一首。"考虑到这里招的是欧美流行音乐编辑，杜励弹了首奥芬巴赫的《船歌》③。这一次她弹得十分投入，也很熟练，自然没顾上看李评委的下巴处于什么位置。

面试环节，双方谈得不错。虽说她不是专门学音乐的，但是有一定的素养，外语和文学功底又好，这都是加分项。但她也有劣势，聘用方担心她孩子这么小，家里人是否同意她出来工作，还有就是她的博士在读学历，干这个是不是有点可惜。杜励明确表示孩子有保姆照顾，她是北京人，父亲是大学退休教师。她一直想做个媒体人，只是因为机缘不巧，才再次回学校读书，博士不是她给自己择业树立的标杆。

杜励找工作的事，太行知道。但是她去电台面试的事，事先他一点也不晓得。杜励不是那种守着老公孩子，围着奶瓶和灶台过日

---

① 伏尔泰这么做，是为了在死亡这件事情上也坚持自己一生愤世嫉俗的立场。这也可能是大多数评委们不太认同杜励所给的答案的原因。莫扎特的这部作品成熟，睿智，豁达，被称为是一部用音符写就的《红楼梦》，有一丝愤世嫉俗的味道，但并没有那么强烈。

② 罗西尼是和莫扎特同时代的作曲家，意大利人。

③ 出自奥芬巴赫创作的歌剧《霍夫曼的故事》，是一段著名的女声二重唱，以6/8拍荡漾的节奏，描绘了威尼斯水上迷人的夜景。

子的小女人，他这个从小一起长大的男朋友加老公，怎会不了解？只是节奏这么快，大大出乎他的预料。孩子没出生前，他对带孩子的艰辛严重低估。现在他知道，凭他一己之力，再加上一个保姆，绝对不可能替代妈妈的角色。太行嘴上虽然没表示过什么，可心里是希望妻子先读几年博士，把孩子带到能上幼儿园再出来找工作。实在愿意干个兼职，偶尔教教钢琴和外语也行。至于父母那儿，就更是这么打算的。皮皮才一岁多点，孩子还这么小，杜励就要既读书又工作。爸爸妈妈那儿该如何交代？

"你那个娇滴滴的老婆，行吗？"这是文竹甩给儿子的回话。

"我行。"杜励是这么答复老公的。

太行和烟撂上了。他所以这么犯难，恰恰是因为妈妈道出了他的质疑。别说杜励的身体还没有完全恢复，就是没生孩子之前，她也没多结实。要上学，要工作，还要兼顾孩子，就是好人也累得够呛，更何况她？

虽说家里有保姆，可保姆平时也就是做个饭，打扫下卫生，在杜励不得空的时候，帮忙照看一下皮皮。真要是她不在家，把孩子完全交给保姆，太行怎么能放心？

倘若不答应她？轻则哭鼻子抹泪抑郁症发作，重则……太行毫不怀疑她会以离婚相要挟。在她那个犟脑瓜里，理想排第一，儿子排第二，他最多算是老三吧，这已经是最乐观的估计了。

想了半天太行还是没下定决心。杜励问他想得怎么样了，他只能采用拖延战术："你这不是才面试吗？人家要不要你还两说呢。"

这句话算是把杜励大大得罪了，眼泪都急出来了："不许你胡说！"大有从此不理他之势。太行只能把命运交给万能的老天爷，求老天爷仁慈，捎句话给面试的评委，无论如何要高抬贵手，放过他的宝贝老婆,千万千万别看上她。他在这儿给老天爷磕头作揖了。

十八

准是老天爷听到太行的祈祷,一个星期过去了,两个星期过去了……整整一个月了,杜励也没等来电台的录取通知。她嘴上不说什么,心里已不抱任何希望了。

她从未在国内受过高等教育,博士的学习生活不算太适应,加上本来读书就是退而求其次的选择,便益发提不起精神来。文科的研究其实是很枯燥的,理论对理论。从一家之言到另一家之言,从一本书到另一本书,没有定论。有时专家们不过是为了争一个词的正确解读,可能就打几十年的笔仗,引经据典,翻来覆去。要想从这堆故纸旧书中,找寻出真谛来,还真是不易。对于一个憋足了心劲想在大千世界中闯荡,成就一番事业,又正值妙龄年华的寻梦人来说,这无疑是一种折磨。她每天简直是如坐针毡,既觉得度日如年,又觉得时光匆匆,蹉跎了岁月,心里很不是滋味。

杜励不开心,太行当然有感觉。可杜励不是那种随便开个玩笑,哄一哄就会把烦恼忘得一干二净的人,她受的是内伤,潮湿的是自尊心。一天晚上,两人亲热完后,太行发现她哭了。他忙问她怎么了。杜励摇头,背过身去,眼泪把床单都打湿了。他轻轻地抚摸着她的后背,想让她把情绪平复下来,没想到她穿上睡衣,出了卧室。他急忙追出来,眼见她抱着肩膀,在客厅里走过来走过去,走过去又走回来,就像是一只被折断了翅膀、关在笼子里的鸟一样。过了好大一会儿,他想上前把她拉住,好好谈一谈。谁知她身子一缩,又跑到了阳台上。阳台的窗户是开着的,清凉的夜风一下子涌进来,刺得她一哆嗦。这下太行不管不顾了,怕她感冒,冲过来把她拦腰抱回卧室放到床上。谁知她哧溜一下从床上滑到了地下,身体蜷成了一团,无声无息地哭泣着……他真是心疼到了极点。

国庆节放假七天,太行带着妻子和孩子回蓟县住了几天,还打算去看看岳父和姐姐,这么一算,时间并不宽裕。杜励没去工作的事,公婆都知道,但是原因并不清楚。看到儿媳无精打采的样子,文竹还以为她是听从了长辈的意见,受了委屈。于是她做主,把皮皮留在家,让小两口去附近玩两天,享受一下二人世界。

这个时候去海边已经有些冷了,太行考虑再三,打算和她一起去天津逛逛。虽说杜励的祖籍是天津,可除了一些远亲,近亲一个都没了,她总共也没回去过几趟。这些年哪个城市不是三年换个妆五年整个容呢,她应该不会觉得厌倦。再说,天津的小吃,绝对是北方一绝,就冲着这些令人垂涎欲滴的美食,也该去走走。

还没出家门呢,太行就和杜励吹上了:"北京就是直角坐标系,街街平行,路路相通。但凡你认字,在北京就不会迷路。你到天津去走走试试,天津就是一个极坐标。你要是迷了路,千万别乱跑,越跑你越迷糊。最好的办法就是原路返回,返回到原点,重新出发。当然了,你要有一个老天津做向导,那就另当别论了……"

杜励冷不丁打断了他的话:"你是说天津是一张蜘蛛网吗?"

这是什么思维?从极坐标到蜘蛛网,逻辑上合理,但情感上呢?这儿怎么说也是她的老家啊。太行瞅了瞅自己如瓷娃娃般清纯的宝贝老婆,实在无法把她和腹黑联系在一起,既想纠正她的不良认知,又不想破坏才刚刚培养出来的交流气氛。愣了八秒钟,他勉强表示同意:"这个比喻很形象贴切。"

"那我为什么要去参观一张蜘蛛网?"她又一次语出惊人。

对老婆的任性,他早就百炼成精:"那你想去哪儿?"话刚出口,他赶忙又改口:"你别说,让我猜。你想去海边,对不对?"

杜励的头低下了,算是默认。太行说:"这个时候,海边太冷了,我怕你着凉。"

她抬起头望着他:"你可以去问爸爸,借他的军大衣给我穿。"

借,太行不敢张嘴,怕节外生枝,只能偷了。他蹑手蹑脚地潜回家中,不仅把军大衣给偷了,还顺手牵羊,把一顶旧军帽也给顺了回来。要不怎么说家贼难防呢!

两人驱车,朝海边驶去。

天气还是很给力的。一路上都是金色、红色、棕色、褐色……北方的秋天不像南方,转瞬即逝。在京津大地上,秋天是一个隆重的季节,就好像一个努力了很久迈入中年的人,遍尝酸甜苦辣咸,浑身满是人生上半场的馈赠,一举一动都透着成熟、睿智和通透。秋,才是厚积薄发的时候,才是收获的季节。

海不算蓝,但贵在素净、辽阔。天空不忍独秀,也退却了靛青,淡淡的,和灰蓝的海水对望凝视。白云和阳光,是它们互赠对方的吻和温暖。杜励一个人站在沙滩上,想了很多,想了很久……

太行站在不远处望着她。她没穿大衣,戴着这顶不太合适的大帽子,就像是钉在沙滩上的一枚细细的大头针。时间每过去一分钟,这枚大头针似乎就往下落一些,仿佛是想把痛苦埋藏得更深一点。

他原想站在她身边,握着她的手。可她执意要一个人待着,他只能在不远处守着她。他心里也是翻涌的海:少年时代他们曾经来过这儿,一起奋力地向前游……爱她的心只比从前更甚更浓,可为什么现在有了距离?

凛冽的海风推动着海浪,一浪又一浪,朝着沙滩汹涌而来。太行走到杜励身旁,给她披上大衣,系紧扣子。两人的手握到了一起,在沙滩上漫步……

杜励的心境逐渐明朗起来,松开了太行的手,在海滩上追逐着浪花。衣服太笨重了,她活像一只帝企鹅。他追过来,拉着她的手,一起和海浪竞赛。他们就这样奔啊,跑啊,追啊,逐啊,叫啊,喊啊,笑啊,闹啊,度过了一个无言的假期,彼此的心又贴紧了。

十九

程老板瞅准了教育培训市场。自从有钱后,他一直琢磨着如何能把自己的好运气"拓展"出去。他认定了,成功就是99%的汗水加1%的运气,但是这1%的运气,是最关键的催化剂,没有它,那99%的汗水转化不成财富,最多也就是换回来个小康生活。可他心里总是不太踏实:老天爷成全自己,三十不到就弄来亿万身家,要是不干点啥有意义的事,将来准得遭报应。这是程老板再创业的根源和动力。

一开始,他打算办慈善教育,没想到自己的理财顾问莱斯特不支持:"慈善其实都是盈利的。如果一个人无条件地拿出真金白银来,资助处于社会边缘的人,就跟一只肥猫,邀请所有的老鼠来啃自己的肉没分别。"

他想不明白,还专门向太行和杜励请教。

"你别搭理他这茬。他是资本主义社会长大的,太现实了。"这是太行的回复。

"我就觉得奇怪,难道国外就没人捐钱做好事了?电视里网络上报道的那些大富豪把遗产捐给慈善基金,难道全是骗人的假消息?"

杜励说:"富豪们捐钱大都是有前提的。他们会规定严格的评估程序,每捐一笔钱,都会由专业人士来判断所捐项目的价值和意义。除了对社会造福,这些捐款也会给捐赠人和他的家族带来许多实际的好处。还有一部分人,是为了避税。莱斯特不是阻止你做慈善,而是阻止你做只问耕耘、不计收获、撒钱式的慈善。他虽然不从政,但是社会政治主张更倾向于保守党,他信奉的是精英哲学。在他看来,以平均主义为基础的撒钱式的慈善,违背了物竞天择这一丛林法则,不仅不利于社会的发展,反而还会带来许多负面的影响。人性本自私,你的行为不值得提倡。"她的建议是:"钱是你自己辛苦挣的,为什么不善用?智静一直想办个幼儿园,说不定你俩能合在一块呢。"

小福已经上幼儿园了,智静每天在家里闲得慌,想拿出钱来办个幼儿园,但也就是想想,既缺乏行动的毅力,也不知道该如何着手。假如和小耳朵一块办教育,先办青少年技能培训,将来再扩大到幼儿教育,不是挺好吗?

程老板不敢贸然答应,一直说好啊好啊,咱们再合计合计……好啊好啊,咱们再合计合计……一只半耳廓子竖得直直的,且等着卫元回来。

卫元一回来，就准了。这段时间，他和妻子的关系改善了不少。夫妻间的亲密很难再重建，但是亲人般的情谊恢复了许多。孩子大了，智静不可能总待在家里，肯定是要出来找点事干的，与其让她回到公司参政议政，还不如让她和程兄弟一块混呢。把自己老婆交给别人，他并不放心，不过，程兄弟是个例外。

这下，程老板也放心了，给智静和盘讲述了自己的想法："国内现在最缺乏的就是技术工人。1992年以后，大学连年扩招，从原来的重理不重文，改为文理并重，不断扩大文秘、行政、财务、外贸、英语和企业管理等专业的招生规模。经过这些年的发展，就业市场上文科人才的需求早就饱和了，而理工科的大学生，又开始走俏。可他们宁愿挤在北上广几个大城市里，为了几个公务员、外企员工或者是研究生的名额挤破头，也不愿意到二三线的工厂里去，放下身段，成为一个和机器打交道的实实在在的技术员、工程师。"他边说，还边把嘴撇了撇。智静一个没忍住，笑了。

"工厂的一线工人，大都是初中文化的农村务工人员。这些人做简单的工作尚可，要想成为富有专长的蓝领技工，需要经过长期的培训和实践。企业间的竞争手段是很残酷的。只要一个工厂老板发了财，不出几天，工厂旁边就能冒出大大小小好几家同类型的工厂。这些新的老板，都是原老板的下属，专挖老板的墙脚。谁技术上有点能耐，谁手上有客户，就把谁挖过来。工资提得高高的，不愁人才挖不来。所以，没哪个老板愿意花钱培养人，否则就是掏钱给他人作嫁衣。"说完，他又叹了口气，就好像被挖了墙脚的人是他自己。

"现在的年轻人，对工作越来越挑剔了，愿意干苦活、重活的年轻人越来越少。农村的孩子，因为父母外出打工，从小都是家里老人带大的。留守儿童学习上没人督促，零花钱有父母提供保障很充裕，又被老人溺爱，学习好的没几个。等到十五六岁，就都不念书了，和父母一起出去打工。有的人比城里的孩子还娇气，高不成低不就。一些老板为了解决劳动力短缺，工资成本上涨，搞生产线和设备升级，减少对简单操作工人的依赖，提高了对工人技术能力的需求。"他伸出一根手指来，想强调一下"提高"二字，连眼珠子都瞪圆了，把智静逗得嘴里刚咽下去的茶，都快笑喷出来了。卫元看着他，也直乐。

"如果咱们办一个职业技术培训学院，将两方面的需求结合在一起，一定大有可为。咱们不是办大学，非得把人培养成上等人，而是应该从实际出发，工厂里需要什么技能，就培训什么技能。没有钱的学生，可以减免一部分学费，等将来挣了钱，再慢慢把学费还上。这样一为国家和社会做了贡献，二也算是为人穷志不短的家庭给以帮助和支持。可是，我就这点学历，不认识那些知名的教授和高工，召集不到最好的师资。你愿意来，可真是帮大忙了。"最后这句话，程老板是用高八度强音奏出来的。智静能不受震动吗？她本来也是个爱折腾的主。

难得碰到一个如此接地气、有想法、还踏实肯干的人，他话音刚落，智静就伸出手来和他击掌："入伙了！"

一听说弟弟发财了，程小强心痒痒了。自打那年从北京回来，见识了一下上等人过的那种生活，又眼看着不起眼的兄弟发了大财，他的心里就再也没平衡过。他既羡慕又妒忌，还有羡慕之余的自责、懊悔和不甘心。咋自己年轻的时候，眼光不放长远一点，理想不更高大一点，对金钱的渴望不能再强烈一点？如果那样的话，即使博不来亿万身家，至少也能小有斩获。如今为了一套三室一厅的学区房，不仅领了人家的情，还得每个月还几千块钱的银行贷款，这人比人，真是气死人！

在媳妇面前，他好面子，不叨叨这些。但凡回家过个节，他总免不了埋怨当爹的，为啥不在他小的时候，给他树立远大的理想。程果树老同志，少不了拿着鸡毛掸子，一边敲桌子，一边强调自己的无产阶级出身和与个人价值实现毫无关系的青春岁月。李大妈永远是站在老伴这一边的："发不发财，跟你爹有啥关系！村东的张瘸子，张口闭口就是钱，天天指望着儿子们发大财，哪个挣下钱了？你也别净眼馋小耳朵，他就是走了狗屎运，要不然就是老天爷可怜他不是个全乎人。要力气没力气，要模样没模样，你让他干啥能把自己养活喽？做生意哪儿那么容易呀，这不小耳朵打算把原来的公司卖了，说是拿出钱来办什么学校，让没钱但是脑袋瓜好使的孩子们有学上。他知道，他挣的钱是老天爷让他办好事的，不是让他造的！"

"小耳朵不干原来的买卖了？"程小强还是头回听说。李大妈点点头。一提起小儿子，李大妈心里头闷得慌。晓得上回那姑娘不是他媳妇后，她生了一阵子气，可心里着实心疼小儿子。哪里去找个好姑娘，不在乎他的长相，就冲他这份仁义，跟他过一辈子呢？

程小强的脑袋瓜转开了。兄弟头次创业的时候，自己没赶上趟，没参与进去，等人家做大了，也不好意思再张口，让他给安个位子。现在既然又起新灶，自己干吗不和他说说，合伙一块干呢？

打定主意，小强就上北京来找弟弟。见了兄弟，寒暄几句，开门见山地说了自己的想法。小耳朵一听，面露难色。经商多年，他最忌讳用人唯亲。他了解大哥，在国有企业干销售多年，除了会来事，别的本事没有。更重要的是，他不确定大哥还能不能吃苦。私人企业赚的是辛苦钱，做得好的老板哪个不是连吃饭睡觉都在琢磨把企业办好呢，大哥这种上班致力于公司内部关系建设，下班一心扑在家庭关系维护上的中年男人，能创造什么价值？加上他一没资金，二没人脉，如果就这么着把他拉进来做合伙人，智静那儿该怎么交代？

"你哥是亲戚，我不还是朋友吗？谁说一个公司里亲朋好友多就搞不好。只要大家不坐吃等靠，劲往一块使，有福同享，有难同当，不比雇外人强多了？"智静的一席话，说得程老板心里热乎乎的。

其实谁也别把谁看死了，程小强和程小军的X染色体和Y染色体，来自同一对父母。如果不考虑后天因素对基因的优化、改变，从遗传学的角度来讲二人的智商应该不相上下。不久之后，程小强就用实际行动证明了这一生物学规律的正确性，他在山东校区的规划建设中，立了大功。他有一个战友姓姜，现在任职青岛某区负责招商引资。一听说小强公司有意在山东设立分校，姜主任就特别热情地邀请他们来考察一下当地的投资环境。别看姜主任过去是当兵的，长得五大三粗的，却很能白话。明知道程家两兄弟都是山东人，他还是一口一个"北京的贵宾"："几位北京来的贵宾可能不知道，我们山东是孔孟之乡，我们这里的人特别地尊师重教，特别地热爱学习。你们把培训学校开在这儿，那真是选对了地方，选对了地方。对不对？对不对？"他的普通话里夹着山东口音，"对"说成了"嘚"。要不是如今被董事长这身份给限制住了，智静非笑出声来。事后她一边和程老板交换意见，一边还不忘拿这老兄的口音开涮："你说他多想整个'对'呀，可就是整不'嘚'啊！"

程老板开始没觉得姜主任的口音这么可乐，但经过智静一点拨，也觉得挺有意思的。其实这位姜主任给他们推荐的地方不在青岛，而是离青岛不远处的一个叫作黄岛的小岛。这里被青岛市列为经济开发区，但招商引资工作一直开展得不够理想。姜主任说："主要还是交通不便，啊，交通不便。"姜主任进一步解释，市政府打算修一条海底隧道，但是费用太高，省里一直没批。如果市里能自筹一部分资金，获得批复的可能性就将大大提高。他们和一些房地产开发公司合作，低价出让了一部分土地在黄岛盖房，房产销售宣传册上自然把这条规划待定的海底隧道也列了上去，以吸引购房者。"这不是骗人，不是骗人。"姜主任再三强调，"这就是鸡生蛋，蛋生鸡的问题。先有蛋，还是先有鸡的问题。嘚不嘚，嘚不嘚？"程老板一伙赶紧表示："嘚，嘚，嘚！"

姜主任又说："程小强是我的老战友，我怎么可能坑了你们呢？你们办的是学校，又不是工厂，既不需要把原料运进去，也不需要把产品送出来。交通不便，对你们不仅不构成障碍，反而还是有利因素，啊，有利因素。你们要是把学校开到市区试试，学生们哪有心思好好学习，还不整天出来吃饭，逛街，看电影，泡网吧。你们把他们往黄岛上一关，他们只能乖乖地待在学校里，好好学习，好好学习！孟母三迁，孟母三迁，你们都知道吧，不就和这个是一个道理，一个道理吗？嘚不嘚，嘚不嘚？"他把大胳膊一挥，往桌子上这么使劲一拍，把胆小的程老板吓了一跳，又赶忙附和："嘚，嘚，嘚！"但心里也不得不承认，姜主任说得有几分道理。

"你们想啊，岛上盖了那么多房子，一时半会儿，又没人来住，正好便宜租给你们做学生公寓。这不是双赢，是什么？嘚不嘚？"程老板被他说动了，答应回北京后再好好考虑考虑。老姜把大手一搓："还考虑啥呀？我们这里这么好的条件，这么低的租金，这么优美的环境,这么安静的氛围,多适合读书,多适合读书啊!我是老了,要不然,也在这岛上办个贵族学校,弄个校长当当。嘚不嘚?"

姜主任说话啰嗦,酒桌上却豪爽得很。他设宴款待几位贵宾,八两大的螃蟹,十斤重的龙虾,敞开了供应。他和几个手下特别能喝,也特别会助兴。几轮下来,连小强这样习惯在酒桌上攀交情、谈生意的国企销售经理,都甘拜下风。眼见一桌子人都喝高了,姜主任端着酒杯,讲起自己名字的来历了。他说他叫姜小水。为啥叫小水呢?因为他生下来的时候,娘找人给他算过命,说他五行缺水。老娘琢磨来琢磨去,干脆就叫儿子小水吧。这名字听着不是既亲切,又吉利吗?等他一上学,识了字,念了书,就觉着他的名字有那么点不妥。姜与江同音,江里啥时候流过小水啦?这明显不通吗!他本想改个名,要不叫姜大水吧。可这名比起小水来,显得俗气。他现在回想起来,认为还是那时候没文化,三点水的汉字没有上千也有几百了吧。叫姜湖、姜海洋,那得多有气魄!

程老板几个人先是被他灌晕了,之后又被他逗晕了。末了,姜主任官本位附身,不忘再次阐述开发区管委会的经营理念:"我们政府就是筑巢引凤的。我们要的就是一个人气,有了人气,就有了财气,往哪儿说都是这个理。你们几百号学生往这儿一搁,就要吃喝拉撒呀。这就是人气,就是生意啊!嘚不嘚?"

这位姜主任实在是太令人难忘了。回北京好一阵子了,智静、程老板和小强还老是忘不了他那"嘚不嘚"的口头禅。不过,说真的这人不讨厌,说话举止虽然是夸张了点,可还真是站在客户的立场上想问题,把在黄岛办学的好处分析得很到位,很透彻。据小强回忆,姜主任还是小姜战士的时候,眉清目秀,三棍子敲不出个屁来,好家伙,二十年不见,咋就变话匣子了?

二十

登上财富榜后的卫元，终于可以笑傲江湖，去哪儿也不用夹着尾巴做人了！

就算他一脸不屑，抬头望着天，周围的人也不会批评他眼高于顶，目中无人。"首富的境界高啊！"识时务的人都会这么说。有点文化层次的，会情不自禁地说："人家和张衡、牛顿、霍金一样，考虑的是星空、万有引力和宇宙的边界问题，咱们是不是也应该采用同样的视角来望世界？"

他的母校，培养了无数名流精英的母校，自然想起了这位曾经名不见经传的学生。校友会主席联系了首富的秘书很多次，热烈邀请他回母校给学弟学妹做报告，传授点石成金的成功经验。秘书汇报了好几次，卫元一拖再拖，原因主要是他看不到去做这样一场报告到底有什么实在的好处。主席一点也没生气，专门派了能说会道的外联部主任来邀请。主任的确有本事，几句话就让卫元痛痛快快地答应在下一个五四青年节来临之前，回母校参观，发表演讲，同时捐款一个亿回馈师长同学长期以来对他的厚爱与支持。他太认同对方的讲法了："我们如此努力，就是要为下一代的教育和成长打下稳固的基础，营造良好的人际氛围。"京城里最负盛名的渤海会，也给卫元发来了邀请入会的"英雄帖"。这不仅是对卫元财富地位的肯定，更是对他天才智商的认可。渤海会的人，全都是顶级儒商，却没有文人相轻的不良习性，比一般的江湖大佬还讲义气。卫元激动得了不得，跑步入会，积极构建利益共荣圈。

就在卫元最得意畅快的时候，忽然晴天一声霹雳，老天爷在他头上打了个闪，一阵暴风雨来了。一家知名的网络媒体，大幅刊出一篇檄文：卫某，商界奇才还是当代陈世美？撰稿人用辛辣的笔触，对卫元和智静的婚姻进行了如实描绘，历数他从这段婚姻中捞到的好处，以及他的渣男本质：婚内多次出轨，包养情人。本来婚姻已经名存实亡，但是为了让企业成功上市，登上财富榜，他一方面虚与委蛇讨好妻子，一方面把情人藏在香港暗度陈仓……因为涉及时下最炙手可热的卫元，这篇文章一下子就上了热搜，紧跟着其公司股份闻风跳水。

余经理着急了，委托艾丽丝帮助卫元灭火。可卫元不配合，因为不相信艾丽丝会为他守卫真相。在余学姐的斡旋下，艾丽丝签署了最高级别的保密协议，卫元这才向她坦白了一小部分私生活。艾丽丝马上召开了公关部紧急工作会议，确定了四字工作方针：查、堵、拉、吓。

首先，要查是谁炮制的这篇文章，幕后指使又是谁。

其次，致电所有与卫元公司有广告投放合约的媒体，马上撤帖，否则不仅立即终止合作，而且以后的赞助永远免谈。

再次，暗示没有和集团合作的主流媒体，一旦他们撤帖后，将会获得下季度的广告合作。

最后，向所有不知名的小媒体或是自媒体，出具律师函，谁要是再敢跟着造谣起哄生事，将会受到法律严惩。

这一轮紧急公关后，暂时收到了效果，可是风平浪静没几天，第二篇檄文又出来了。文字倒是不多，但杀伤力更强。全是卫某与某个女人不同时间段的亲密照和一张打了马赛克的女婴出生证明。为了强调卫元婚内出轨，每张照片的时间都用红笔圈出，包括小女孩的出生日期。更要命的是，除了这个女人和她的小女孩，文章还附上了卫元新近不轨的证据。其中有一张，是他在美国接受媒体采访的当晚买春的照片。虽然各大媒体集体失声失言，但是许多没有捞到好处的小媒体还有自媒体不怕威胁，早练就了一套火中取栗的手法，依然转发了这篇文章，同时在文章的底部加注免责声明：该文的版权归作者所有，本网站不对其内容负责。艾丽丝急了，在心里把所有这些不尊重法律的旧日同行骂了一遍后，给了卫元三个建议：

第一，发表声明澄清买春一事纯属造谣污蔑。同时通过风投介绍的美国律师，买通当事人，让其闭嘴。

第二，和情妇统一口径，要她死也不承认与他发生过关系。

第三，取得妻子谅解。让她出来接受采访，说明她已经原谅卫元，两人婚姻和睦。

本来卫元对艾丽丝还有几分期待，指望她能化解危机，这三个建议一出，他大失所望。她都搞不清楚这件事到底是谁捅出来的，就在这儿瞎出主意瞎指挥！什么买通当事人，不就是想从他身上一再捞钱吗？老子还不跟你们合作啦，想着求老子的人有的是。

艾丽丝一看卫元火了，赶紧给余学姐通风报信。余经理立刻以十万火急的速度赶到了卫元办公室，把门一关，和颜悦色地谈了十分钟，就把他搞定了。解决办法是：卫元自己找个中间人，解决情妇问题；艾丽丝受他全权委托，去和他妻子讲和。艾丽丝又在心里把卫元、卫元的祖宗八辈和他的钱骂了无数遍后，到智家登门拜访，求见智静。

网上的文章一上热搜，卫元就被智静扫地出门。卫元之所以对艾丽丝发那么大的火，主要是因为心里很清楚，这会儿让他去求老婆，就是跪下也没用。智静之前就给两人的婚姻判了死刑，只是碍于老爷子的压力，不得已才改了个死缓。这一回，老天爷都不可能再给他第二次机会。岳父那么要面子，被人一再当众打脸，绝不会原谅他。

果不出卫元所料，艾丽丝碰了个钉子。智家门口站着警卫员呢，人家用最标准的礼貌用语，最坚决地传达了主人谢绝来访的通知，凭她挤弄出多少魅惑的笑容来都没用。

无功而返的艾丽丝，只能再来找卫元商量。卫元建议她去找小平："智府最有智慧，也最不会给别人难堪的人，是我的嫂夫人。"

这回，艾丽丝总算是不辱使命，得到了个"让我想一想"的模棱两可的回答。艾丽丝说服人的本领，在小平看来，太"美式"，太直白了，自己完全不是被她说服的，而是可以把她的来访当作由头，好和家里人商量下一步该怎么办。老爷子的表现太冲动，智静就更谈不上理智了。但是现在不仅是他们一家人，所有的亲戚朋友都和卫元的荣辱兴衰绑在了一起，一荣俱荣一损俱损，这个时候，绝不能任性使气。

小平先做老公智远的工作。全家人最痛恨卫元的是他。当初妹妹与卫元才开始处朋友的时候，智远就跳出来反对，说什么寒门才子，狼子野心。结果，被爸爸教训了一顿："你打哪来的？你还就忘了本了。你爸爸，你爷爷，你爷爷的爷爷，都是贫下中农。你凭什么看不起人？"近来，智远又旧话重提，张口闭口就是白眼狼、陈世美。小平柔言细语，把整件事的利害分析了一遍。

"这么说，卫元这面旗不能倒了？"智远说。

"咱们得一条心，先把外面的事挡住，回头再找卫元算账。爸爸多明白一个人啊，只要你把这前情后果给他一分析，他的气准能消一半。妹妹那儿,得我去。她心里肯定难受着呢。"

二十一

事情正如小平判断的,智远出师顺利。老爷子听完儿子的一番分析,夸他遇事能冷静思考,也算是长进了。父子俩多年来关系并不和谐,互相瞧不起。智远开蒙早,当教师的母亲在儿子很小时就让他读中外名著,他儿时就常常妙语连珠,引得周围人齐口夸赞,说他不愧为将门之后,既生得眉清目秀又聪明十足。当父亲的,并不欣赏儿子,认为儿子好高骛远,眼高手低。当儿子的则认为老爸行伍出身,胸无点墨,老粗一个,早该被历史淘汰了。当父亲的总免不了哀叹当官不容易,可当儿子的,却认为天下没有比做官更容易的事了。这辈子,父亲只做过一件让儿子满意的事,那就是为他安排了一位贤妻。他见小平的第一眼,就喜欢上了这个开朗热情、母性十足的漂亮女子。当然,迄今为止,智远也只有这一桩事让父亲满意,就是多年来与自己的妻子恩爱如初。

和智静的沟通很艰难,她坚决要和卫元离婚。小平劝了又劝,把话说尽了:"小静,你现在和卫元离婚,不正称了那个女人的意吗?你和卫元过得这么如意,她肯定眼红妒忌。假如卫元还和她要好,她怎么可能背后捅他一刀?嫂子不是说卫元做得多好,可谁也不能保证不做错事啊?假如你肯原谅他,他一定会感激涕零,比以前更疼爱你和孩子。经过这一回的教训,他还能再不知好歹吗?你只图他这个人,外面的野女人图的是他的钱。退一万步讲,就算你不肯轻易原谅他,那也得等到事情平息以后,咱们再从长计议啊。

你再好好想想。"

女儿家里出了这么大的事,文竹怎能不关心。她出主意,不如让杜励去劝劝智静。妈妈给的这个建议,小平持保留态度。弟媳很感性,看重的是夫妻之情,不会对智静有实质的帮助。杜励有了孩子后,常常向智静请教如何带好孩子:小福长得这么健康,这么聪明活泼,你是什么时候给他添辅食的?是吃现成的果泥好,还是买新鲜的水果用勺子一点点地挖着给他吃?小福什么时候会爬的,什么时候长第一颗牙的,什么时候会说话的?什么时候该让孩子用学步车?皮皮会爬了以后,就和小福玩到一块了,一个爬一个跑,一个逗一个乐,可开心了。智静过得不幸福,白天和保姆说说话,逗弄逗弄孩子,很好打发。一到夜晚,她就莫名地紧张,特别需要一份温柔的慰藉。被所爱的人辜负,应该是人之至苦了吧,杜励对智静也满是同情。

艾丽丝听说小平摆平了智家家长,喜不自胜,马上给卫元和师姐报了喜讯。卫元立刻来见小平,感激的话说了一箩筐,就差磕头作揖了。

让小平头疼的是智静——铁豆子下锅,油盐不进。思来想去,她只好用妈妈的法子试一试。

还没等姐姐把话说完,太行就跳出来反对,说什么也不愿意妻子掺和到这些乱七八糟的事里去。他有好几层顾虑,能够摆在桌面上的是:为了得到朱必达,卫元那个情妇萨拉以前在英国就给过杜励难堪。回国后,不遗余力地造谣,抹黑她。杜励好不容易才把这些事给忘了,旧事重提,又得伤心难过一阵子。依太行之见,假如卫元真有心悔过自新,干脆召开一个记者招待会,承认出轨,承认给老婆和家庭带来了伤害,这样也不给别有用心的人留可乘之机,算是一了百了。"

小平气不打一处来:"太行,我现在算是明白了,为什么你的宝贝媳妇老把自己当仙女?就是你把她举到天上的!我今天把话说明白,这不是我的主意,是妈妈的意思。你自己掂量吧,到底要不要你的老婆下凡,和我们这些俗人一起,为了钱烦恼一下,为了老少和睦,辛苦一下,为了家族荣誉,痛苦一下。"

向来从容的太行愁眉紧锁,艾丽丝是怎么和他不期而遇有了交集的,他自己也没搞清楚。在一个投资高峰论坛上,不知她怎么就忽然冒了出来,主动提出和他一起吃个晚饭。女士相邀,他不好意思拒绝,便由他手下的刘经理开车,三人一起出去吃了顿饭。这顿饭直吃到餐馆打烊,包厢服务员不住地打哈欠,艾丽丝还在神聊。一会儿聊她在美国的经历,一会儿聊国内服务业素质普遍低下,急需外资介入。刘经理很聪明,看出太行的不耐烦,便马上掏出信用卡跑步去前台买单,礼貌地催促艾丽丝早点回家休息。

从包厢到大门的这几十米的路,艾丽丝走出了蜗牛般的速度。太行在前头走,出于礼貌,每走出十几步,就停下来等,等艾丽丝跟上来。临别时,艾丽丝笑得十分暧昧,还不忘了探听虚实:"Don't tell me you are a family man. I won't believe you(别告诉我你是个有家庭观念的人,我不相信)。"他把随身的皮夹子掏了出来,把杜励和皮皮的照片在她眼前晃了晃,十分礼貌地笑笑,就大步流星地走了。

太行以为艾丽丝会知难而退。谁知,她还跟他摽上了。自那以后,不管他出席什么活动,都能和艾丽丝不期而遇。只要是遇上她,就准被她黏上,不是约着一块喝杯咖啡,就是约着一起吃顿饭。她邀约的理由总是很充分,不是给他介绍个重要的生意伙伴,就是探讨一下股市和债市的动态。她人脉很广，消息很灵通，有些信息甚至是胡家那儿都还没传过来，她倒先知道了。大概向她献殷勤的裙下之臣中，有重量级的人物吧。最近，她还不请自来，时常来公司拜访、小坐片刻。本来他已经适应了她的持续放电模式，见怪不怪，坐怀不乱，谁知她最近又上了新式武器。只要有第三个男人在场，她立马点火，和人家打情骂俏，就差没接吻拥抱了。等只剩下她们两个人的时候，她就立刻熄火，可谈着正事呢，冷不丁地，有意无意地碰碰他。太行毫不怀疑，但凡自己给她一丁点回应，她立马就能扑过来。除了装傻，还真没别的招了。

思来想去，太行把妻子的肖像挂在了办公室里。这幅画是小海送给他们的新婚贺礼，一直挂在书房里。他从来不在办公桌上摆妻子或孩子的照片，既然来上班，就专心致志地工作。但是现在，他知道怕字有几画了，不能任由情势再往下发展，一定要把杜励的像挂在最醒目的位置，任何人只要一走进来，立刻就会注意到那张隽永、美丽的容颜，包括他自己。

杜励表示，去安慰智静，义不容辞；但替卫元做说客，万难从命。太行本就不会强妻所难，此时更是顺水推舟："咱们就一块去看看智静好了。妈妈姐姐那儿，也算有个交代。"

媒体上把这件事捅出来后，智静并没流过一滴泪。可一见到杜励，就扑在她怀里呜咽起来……这是一种充满了压抑的痛哭，就像是一丝不挂的树林被冬天刺骨的寒风吹打时发出的那种绝望的哀号。一个人的心，如果不是曾被最爱的人一伤再伤，绝不会这样泣血饮泪。杜励的眼眶湿润了。她为智静，为天下所有痴情的女人，流下了热泪。

二十二

智静发了一份简短的声明，一字一句出自己手。

所有关心卫元和我的朋友们：

你们好。

卫元和我相识于大学年代，曾相互扶持，真诚以待。作为一对普通的夫妻，我们之间也出现了一些问题，以至于在人生的道路上，渐行渐远。我从未将婚姻出现的危机，归咎于第三人。未来我们将以孩子父母的身份，相互尊重对方，给孩子树立一个成年人应有的榜样。

多谢大家的关心，家务事以后就不再对外交代了！

智静

卫元这场"桃花劫"总算过去了。善良的人们选择原谅了他。他还是天上的太阳，只不过，小露了一点黑子而已。

卫元通过何人，花了多少钱摆平了情妇，就连余经理也不知道。她反复提醒他，必须一刀两断，而且不留任何隐患，否则贻害无穷。余经理和在美国的上峰对卫元的公司做过周详的评估，认为股价还有很大的上升空间，再也不能突然出现类似的黑天鹅事件了。美国人虽然对别人的私生活宽容，但仅限于无关利害的陌生人。如果一个上市公司的老板总是流连于花丛，投资者就会怀疑：

他是否还有足够的精力管好自己的公司？他会用谁的钱为婚外情买单？作为公司的联合创始人，卫元的妻子和娘家是持有大量股票的，一旦两人离婚，就会引起外界的担忧，财产的分割会不会影响他对公司的掌控？一个对自己公司负责的创业者经营者，难道不该尽量规避这些风险吗？

这件事后，余经理对卫元的看法是：上半身是神，眼光、智商和能力是一流的，可惜下半身是兽。和师妹艾丽丝一样，她也是个大女人。不过她的大女人表现在，既要求丈夫专一，也要求自己专情；既要求丈夫事业有成，也要求自己不甘人后。卫元的婚姻，会走向何方，她那X光的眼睛既照过他也照过他的夫人。她给他的唯一建议就是：保持和平。这话既可以理解为息事宁人，回归家庭，好好过日子，也可以理解为好聚好散，别再让人看笑话。

二十三

杜励在电台工作有一段时间了。面试时的冠军候选人，在试用期就被裁掉了。这是李旭冉总监，即面试时的李评委亲口告诉她的。从小到大考了无数次第一的她，惭愧地低下头，更是暗自发奋。太行劝她不用紧张："这就是个下马威。姓李的那是套路你呢，想让你死心塌地好好给他卖命，还要领他一个大恩情。当领导的都这样，你明白就好了。该怎么干就怎么干，不用太拿他当回事！"

真是这样吗？杜励那不懂世故的脑子，不能接受太行从为官学说出发所给的解释。李总监有那么阴暗？现在回想起来，面试时每个问题能得多少分，其实都写在他脸上，不，下巴上。面试时自己这天马行空的思维的确未能使他满意。

工作内容倒是她喜欢的。李旭冉担任音乐频道总监兼副台长不久，正在组建自己的团队。他不是请杜励当音乐编辑，而是让她做策划，和他一起在未来的几年里，打造出几个王牌节目来。搞策划，用不着天天去台里上班，只要随时随地把脑子动起来就行。这不就是为她量身定做的吗——学习、工作、带孩子三不误！

李总监把圣诞策划案作为杜励试用期内的重点考核项目。对于北上广的电台而言，圣诞节是一年中的黄金时段。"70后""80后"，已经长大的"90后"，甚至不少"60后"，都普遍欢迎这个节日。可是国内又不同于国外，圣诞节没有假期，电视台也不会针对圣诞节推出什么特别的综艺节目，毕竟马上紧跟着就是元旦，大伙都铆足了劲，拼跨年晚会的收视率。故而圣诞节成了电台的狂欢节，各大电台早早地就进入了战斗模式，推出专题节目，在最后这个节骨眼上把收听率再往上冲一把，以便来年吸引更多的广告商投播广告和赞助。方案做了一轮又一轮，次次都被驳了回来，她已经黔驴技穷，干脆提议上一个圣诞颂歌，等待最后的枪决。

哪知总监居然肯定了："这个提议不错，国内以前还没人做过。但选狄更斯的同名作品是不是缺乏创新？故事老套，结局又太像他这个老好人的一贯风格了——善有善报，恶有恶报。能不能从莎士比亚的作品里选几个出来，配上合适的音乐，我们自己搞一个圣诞颂歌？"

"选悲剧吗？在这个极具温馨的时刻，赚人热泪好吗？"杜励说。

"那咱们就从四大悲剧和四大喜剧里各选出几个片段来吧。"

"哈姆雷特不太合适吧？这是伦敦演出季年年保留的剧目，经典都变通俗了。"

"那咱们选李尔王?"

"李尔王的故事对国内的听众有吸引力吗?忤逆不孝,没有福报,会不会让年轻人产生逆反心理?奥赛罗怎么样?"

"这种怀疑妻子偷情、丈夫复仇的片段早被电视剧玩烂了,不合适。"

"只剩麦克白了。"

"麦克白倒不错。麦克白夫人和吕后、武则天有共性,又有不一样的地方,咱们可以试一试。"

"如果选麦克白,现成的资源还挺多的。威尔第的歌剧版,里面的精彩片段不少。"

"咱们也可以试着改编。从帕格尼尼的《女巫之舞》里选一段出来。女巫们一边念着咒语,一边跳着邪恶的舞蹈,越念越快,越跳越快,最后变成了三只毒蜘蛛。"

"这段音乐的确挺打动人的,气氛烘托得也好。"

……

杜励和李旭冉就这么通过电话交流一点点地落实着项目。她往往是一边开着免提,一边在电脑上把讨论的要点记下来。有时免不了把工作从书房带到卧室,太行则面露不悦。杜励以为打搅了他休息,打算搬到次卧住一段时间,等把这个项目搞完再搬回来。太行不同意,理由是有他在旁边督促着,她还能保证12点钟熄灯休息;如果只有她自己,那还不通宵达旦?

从杜励接受这份工作起,两人就分歧不断。一开始,太行就提醒妻子不要过于乐观:"一来就给个下马威,工作能轻松吗?合理吗?"杜励则耸肩、撇嘴加翻白眼回应。

结果还是被太行言中。李总监不仅是个工作狂,还是个比杜励更极端的完美主义者，在他手下打工，只有最好一说，优良才是及格水平。别看一周去台里上班的固定时间只有周六这一天，可平时的空闲全都让项目给占满了。一个项目从开始讨论思路到形成初步方案，要经过无数次的头脑风暴。稍微有一丁点不合适的地方，在李旭冉那里就是黑洞大的缺陷。更要命的是，他似乎随时随地都在思考，一有了什么想法，不是立刻打电话和她讨论，就是马上召集项目组成员开电话会议。搞艺术的人作息都不规律，多是昼伏夜出，李旭冉也不例外。别人上班的时候他睡觉，别人吃饭的时候他社交，别人熄灯上床的时候，他才开始工作。杜励常常是深更半夜守着电脑和电话，或开会或做方案，她还不能像李总监一样睡懒觉，得上学带孩子啊！李总监一再强调，他的角色不是搞创意拿方案，他是拍板做决定的那个人。如果某个方案中某个点子能得到他的青睐还好，假如他把所有的点子都毙了，等待她的将是无休止的夺命追魂呼叫。没做多长时间，杜励就去理发店，把女式短发修理成了男式寸头，因为她发现自己有变秃的倾向。脱发止住了，可太行也恼了，别看他买了一大堆补品给她吃。他把妻子拉到镜子前，让她好好瞧瞧自己，头发短得像个刺猬，下巴尖得像把锥子，两只大眼睛被黑眼圈包围了，活像动画片里的功夫熊猫。她抱歉地笑了，转过身来，十分巴结地攀住他的脖子，送上一个吻。虽然她满脑子21世纪思维，不知"妇德"为何物，可"妇容"是一贯执行的标准。太行根本不领情，把头一偏躲开了："这只是一份工作，有必要把自己的小命都搭上吗？"眼看杜励的眼泪已经蓄势待发了，他忙把她搂在怀里，亲吻了一下她那像刺猬一样的头发。

太行和两个哥哥一样，从小深受父亲的指点和栽培，学的是治人之术和治胜的谋略。他做事的方式是，集中人力和资源，以最小的成本，获取最大的成果和利益。假如杜励的目标是登顶泰山之巅，那她现在还未到达中天门呢，此时就把自己累成这样，何时是个头？就算最后达到目标，把生活百味都尝遍了，估计已经精疲力竭。难道追求艺术的路，就没有捷径？

杜励总是开着免提通话，太行少不了会听到。时间久了，对李旭冉的评价每况愈下，对妻子的认同降至历史最低水平。

"这是你们总监？他就是这么跟每个下属沟通工作的？"

"怎么了？有什么不妥吗？"

"要是他手底下有几百号人，那他不得累死？"

"人多了，他自然会使用骨干。现在不是人不多吗？"

"他干吗有点什么想法，就打电话，就不能自己先琢磨琢磨，想清楚了，再把任务交代给你们，省多少事。"

"想法不成熟才要集思广益。"

"我看他就是闲的。'无事忙'！"在太行看来，李旭冉说话磨磨叽叽，就跟那个整天混在脂粉堆里的"宝二爷"没多大分别，让人烦透了。

太行话里有话，杜励能听不出来吗？

她和他解释过好几次了，从事艺术创作靠的是灵感，捕捉灵感是一个必不可少的手段和过程，这和他管理一个公司或是带兵打仗，是不大一样的。李旭冉的角色就像是一部歌剧的指挥，不仅得跟乐队一遍一遍地排练，还得跟演员一句台词一句台词地纠正，从表情到情绪，从走步到着装，一个细节都不能放过。艺术就是一个永无止境、精益求精的过程，来不得半点马虎。至于说话磨叽，那更是太行的一种错觉。李总监也就是最近和她说话才客气了点，多半是看在这个项目的份上。即便如此，平时在台里开会的时候，下巴仍抬得老高。

太行哪儿听得进去，不过一见杜励急得眼泪汪汪的，赶紧过来哄她："我就是心疼你。劝你别老拿着鸡毛当令箭，太把他当回事了。这种人，自己都没把自己说的话当回事。你见过哪个当上司的，抓个鸡毛当令箭，没事就给下属甩根毛过来？"

总算是功夫不负，实习期满后，杜励签订了一份正式的工作合约，负责监制策划晚七点档节目。该节目另有两位同事：小月和老常。编辑小月比杜励小两岁，想法很潮，头发染得五颜六色的，一张椭圆脸白皙干净，活像复活节的彩蛋。主播常宏亮是前辈，干这行已经有二十多年了。因为不用上镜，他对自己的形象不太在意，中等身材，衣着朴素，戴副眼镜，颇像个中学教师，善良但极度较真，不愿意做直播，更不愿像别的电台那样开通听众热线，让听众对着话筒临时献唱。理由也很充分：这是艺术吗？艺术就是真实再现？没有拔高，没有提炼，没有升华？他的勤奋和热忱，台里的领导是有目共睹的，所以多年来一直雄踞七点档，无人可以撼动他的位置。在杜励接手以前，他已经不知熬走几任节目监制了……

这阵子智静的痛苦，对杜励触动很大。周围人的态度，更让她心惊。难道男人花心，是本性，便可原谅，即便他一错再错？她思来想去，到底意难平。杜励写了一个策划案出来，想在未来的两周内，把瓦格纳的歌剧《汤豪瑟》①介绍给听众。

---

① 《汤豪瑟》是瓦格纳较早的一部作品。取材于德国的两个民间故事。诗人汤豪瑟爱上了瓦格特堡的郡主伊丽莎白，可他经不住维纳斯的诱惑，去了维纳斯堡，过了一年荒淫纵欲的生活后，他厌倦了，想要回到人间。可是在瓦格特堡举办的诗歌大赛上，为了夺得冠军，他不惜当众颂扬维纳斯和在维纳斯堡的生活。所有的人都谴责汤豪瑟，可伊丽莎白却为他辩护。汤豪瑟听从了伊丽莎白的建议，走上朝圣之路，希望取得主的宽恕。但是教皇拒绝宽恕他的罪孽，说除非自己的手杖上长出新叶来。失望而归的汤豪瑟，回到了瓦格特堡，得知伊丽莎白因为对他过度思念已经伤心逝去。他在伊丽莎白的墓前，流下了真诚懊悔的泪。这时，一队从罗马回来的朝圣者来到他的身边。他们举着的手杖上开满了绿叶，汤豪瑟终于得到了主的宽恕。

听监制阐述了《汤豪瑟》的构思后，小月说无所谓，常老师难得表示很支持。2 票对 0 票，算是内部通过了。在周六的例会上，李旭冉却扣下了这个方案。已经快到中午了，两人干脆到台里的食堂找了个位子坐下来，边吃边讨论。

杜励听出来了，李旭冉对这个选题有偏见。别看他管"汤豪瑟"叫"汤好色"，可骨子里他反感的不是"汤好色"，而是把他创造出来的瓦格纳。

李旭冉和杜励强调了好几遍："你不认为瓦格纳这部作品传递的理念太极端了，尤其是在当下？"

"我不觉得，我倒是非常欣赏他精妙的构思。这是一场关于灵与肉的角逐，一场关于爱的救赎。七点档的听众以女性居多，她们会喜欢这个题材的。"

"你可能没理解我的意思。我指的是教皇对汤豪瑟说的那段不肯原谅他的话：除非自己的手杖能长出新叶，否则汤豪瑟的罪孽得不到主的宽恕。"

"这反倒是我最欣赏这部作品的地方。瓦格纳不是个虔诚的教徒，教皇在这里是一个象征，代表的是天地间的浩然正气。因为伊丽莎白对汤豪瑟纯洁而又执着的爱，因为汤豪瑟在伊丽莎白的墓前真诚的忏悔，所以手杖上长出了绿叶，死木都获得了新生。这是老天爷对圣洁而又伟大的爱情的肯定。我相信国内的听众，不会纠结于作品里的宗教色彩，而是会用心去体会歌剧所要传递的理念和精神。"

"这部作品在国外争议也很多，不少人的理解和你正好相反。王尔德在《道林·格雷的画像》中就批评过，汤豪瑟是瓦格纳灵魂悲剧的再现——他希望用这部作品为自己呐喊：一个人在拥有灵魂伴侣的同时，也应该享受肉欲带来的快乐。要不然，他干吗用维纳斯来代表肉欲？假如有听众也持有这个观点，和你们正面交锋，你们将如何应对？有多少听众曾从头到尾完整地听过这部歌剧，有谁能真正理解作品所传递的深刻内涵？我怕播出后，会有两极反应，不一定能够讨女性听众的欢心。"

"维纳斯代表的是诱惑。"

"维纳斯，在你看来代表的是诱惑，难道就不可以被解释为出轨有理吗？"

杜励傻眼了，真没想过这么多，心里就一个念头，得替智静，替所有对爱情抱有美好执念的人，送上一首灵魂的赞歌。她的眼泪涌出来了："你这不是歧路亡羊吗？"

李旭冉递给她一张纸巾，让她擦擦眼泪："你就这么想做这个主题？"

杜励点点头，刚止住的眼泪又出来了："我的一个朋友刚刚经历了丈夫的背叛。情妇把她丈夫出轨的照片放到了网上……"

"好。那咱们就做。不过，怎么做，你得听我的。"

二十四

《汤豪瑟》这部歌剧有四十多部曲目，如何既删减一些又较完整地呈现给听众，是个难题。杜励打算把它放在和听众的互动环节来做，即每小时要有十来分钟的互动时间，加上主持人的介绍，时间很紧张。对此，李旭冉并没有改动杜励的策划案，而是给她请来了"哼哈二将"做嘉宾。

这两位门神可不得了。一位是把这部歌剧首次引入国家大剧院的功臣之一、知名大导演李向东，另一位则是音乐学院研究歌剧的资深教授钟闻。播放每首歌曲前，钟教授在主持人的引导下侃侃而谈，向听众介绍这首歌曲的创作意图和所要传递的内容。在与听众互动环节，则由钟教授和李导，与大家一同探讨他们所关注和疑惑的问题。这么一来，李总监弱化了七点档节目组的角色，节目组三个人只是负责导入《汤豪瑟》的搬运工，而不是价值观倡导者。刚开始主播常宏亮还有些不满，但是随着节目的播出，他体会到了总监的良苦用心。

节目播出还不到一个星期，就火得一塌糊涂。这个主题，太打动人心了，许多听众被感动。有人感动，就有人反感。感动的人往往是默默地感动，反感的人则常常大声嚷嚷着不满的情绪。兵来将挡水来土掩。两位门神，就跟擂台赛上的两个大文化擂主一样，用自己渊博的学识、对作品深刻的理解，高屋建瓴地与听众做着沟通。一时间你来我往，你争我辩，直到社会上掀起了一场关于爱与欲、爱与忠诚的大探讨。

假如不是这两位哼哈二将担任擂主，常宏亮觉得自己早就被挑落马下，横尸擂台了。就拿爱情与欲望来说吧，爱情究竟能不能战胜欲望，按照他的想法，爱情神圣而尊贵，欲望则低级而原始。一个男人如果真爱自己的老婆，肯定能克制欲望，做到守身如玉。光想想出轨会让老婆多伤心就能把色从心里挤出去了。可假如他在电波里这么回答的话，估计二十四小时以内就有喜欢鸡蛋里面挑骨头的人把他四五十年的人生生涯用高倍显微镜给仔细清查一遍，不找出点心猿意马的蛛丝马迹来，绝不罢休。这是低段位者的作为，高段位者会这样说：爱情是什么东西？欲望是它的妈，色是它的孪生妹妹。姐姐命好，起了个好名，不仅引得无数文人墨客赞美，还引得古今英雄竞折腰。妹妹命不好，与淫荡、犯罪相联系。可是结果并无差别，还不是一样宽衣解带上床？所以呢，别争了，爱即色，色即欲，欲呢？正常啊，不欲才不正常呢。女人呢，首要任务就是要让男人产生欲望，而且是持续不断地、经年累月地产生欲望。假如你做不到这一点，别灰心丧气，学得宽容一些，大度一些，放他出去到花海游一游，腻了，他自然会回家。饭馆的菜好吃吧？但也没谁天天下饭馆啊，一个月出去吃个几顿，换换口味就够了。这样不就家庭和睦，天下大同了吗？这就是大师瓦格纳想传递给世人的大实话。至于忠诚，就更惨了，当代人恨不得把它大卸八块，凌迟处死。忠诚，就是成功路上的绊脚石，谁讲忠诚，谁就是作茧自缚，谁和别人讲忠诚，那准是为了一己私利。老板和下属讲忠诚行吗？钱给到位了，活自然干好了。你不想给钱，靠讲忠诚，让人给你卖命，门都没有！做妻子的给丈夫讲忠诚，猫腻更多，你不就是想让我清心寡欲，乖乖地交出财政大权吗？

　　常宏亮心中的高兴，还来自和他一起出道的几个老主持人的夸赞。有的说："老常，你咋运气这么好？没觉得领导上给你什么特殊照顾啊？一个十分不靠谱的编辑，再加上一个不食人间烟火的监制，你怎么就能这么火？"也有的说："就得让老常火一把，让领导，还有那些年轻主持人好好看看，不用对着话筒发嗲卖乖，照样能把听众迷住。我们这些老人都有几十年的台词功力和文化沉淀，凭什么不让我们成功？"还有的劝："悠着点，老常。已经有人妒忌你们了，说欧美流行音乐频道干脆叫瓦格纳七点档算了。他们整天不务正业，鼓捣古典音乐的人都得靠边站！七点档是领导的嫡系，领导心尖上的人。"常宏亮高兴之余又有点忐忑，自然会和监制还有编辑唠叨台里人的议论。小月一听,太开心了,把头发晃得就跟五彩狐狸的尾巴一样:"我终于混成领导的嫡系,领导心尖上的人啦。哎呀,我得回去告诉我爸妈,让他们给我开个庆功宴。离我在音乐频道称霸的日子为时不远了!"这小姑娘的话提醒了常宏亮,两人中间隔着无数道代沟,不比世纪鸿沟浅。他们这些老人,多注重群众影响啊!一说谁是靠裙带关系吃饭的,脸上都挂不住。现在的年轻人,这都是啥思路?

杜励的想法和老常也有差距:干吗在乎这个,咱们期期出精品,对得起听众就行。她早把这次成功和好朋友分享了。盖的观点一如既往的独特:"没错,王尔德说得对,这部作品就是瓦格纳内心的独白。你想想,如果是由一个女人来写这部歌剧,无论是站在维纳斯的角度,还是站在伊丽莎白的角度,《汤豪瑟》一定不长现在这副模样。"她甚至捏着嗓子,来了段即兴抒情:"上帝啊,给人间来一打罗密欧吧!倘若此奢望无法满足,请把他的灵魂放在夜空中最醒目的位置,至少给世间薄情的男子做个指引,给女人们一丝希望。"

杜励被逗得哈哈大笑,又大受启发,兴奋地说:"咱们给《汤豪瑟》的结尾部分改编一下怎么样?但是该从伊丽莎白的角度,还是从维纳斯的角度入手呢?"

"化身伊丽莎白写,对你来说最容易。假如从维纳斯入手,我来给你当模特。"这是盖的建议。盖现在的私生活很丰富,对杜励也毫不避讳:"我什么都尝试过。一夜情,同性爱,三人行,遇上什么是什么。"她已经回到了英国,也和丈夫离了婚。在等爱的这段日子里,像不少英国人美国人一样,把性和爱分开了。她的观点是:"爱可遇不可求,也许到了见上帝的时候,都不可能再遇到一个爱人。为了一个不确定的等候，放弃做人最基本的享受，岂不是对人生最大的浪费？"

杜励说："但是这样，你会不会失去了爱的能力？当真爱来临时，你的感觉反倒迟钝了，再也无法体会刻骨铭心的感受。"

盖说："如果我等不到爱呢？难道我要像阿曼达那样，度过一个空白的人生？"

杜励不作声了。盖意犹未尽："那个小可怜把自己卖了，为了什么？一个过气的贵族称号，还是衣食无忧的生活？人活着就是为了吃喝穿戴，无所事事？你知道她签了婚前协议吗？如果她出轨，一分钱也得不到。如果爵士能活到七十岁，她可以得到他财产的30%，活到80岁，则50%，活到85岁，则70%，以此类推。不到他寿终正寝的那一天，她没有自由，没有性爱，没有钱，更不会有孩子。她以为自己高价出售了未来，爵士可不傻，给她开了张期票。"

盖忽然想起另一桩事来："你知道那个小可怜为什么怕我吗？我替你教训过她。当时以为是她把谣言告诉猎头的，但是她死活不承认。我以前不相信，自从她嫁给爵士后，就不再怀疑她了。乞讨大概是贫困生活赠送给她的唯一技能。你明白我的意思吗？假如她稍微狡猾一点，像我一样，完全可以把婚前协议反过来签：如果我陪你三年，你该给我多少钱，陪五年又是多少钱，以此逐年递增。为什么？因为我付出的是黄金年华。同时要附加定期使用性工作者的权利，这不算出轨吧。还要加上当妈妈的权利，这样至少不太亏本。可不管怎么签协议，鲜花插朽木，不是变毒菇就是成苍苔。唉，我也好不到哪里去，将来，十有八九会为了生个无花果出来，随便找一个不太讨厌的家伙再结一次婚。"

杜励从好友的话里品出不妥来。虽然她一向讨厌给人加标签扣帽子,可不得不承认,总是积极进取的盖,成了一个不折不扣的悲观主义者。她根本没从上一段爱情中走出来,还深深爱着伍德曼,而伍德曼怕是早已把心收了回去,否则她不会如此放纵自己。这是爱的惯性吗?当一段感情结束,总有一方会停留在里面苦苦挣扎,不得解脱。挣扎的,多半不是踩刹车的那个,踩刹车的必定多少有所准备,摔倒爬不起来的是同行人。即便意识到沉溺于其中无益,即便狠下心来想要和过去一刀两断,可陷入情网中人很难跳出来。

越是去体会好友当下的心情,杜励越觉得从女性角度写一本《汤豪瑟》的姊妹篇,一定有现实意义。为了把这朵美丽的花早日浇灌出来,她写提纲,确定主线、副线和人物特征,并构思情节。和盖的讨论也逐渐深入了下去,这是她获得灵感的重要渠道。

她俩的观点常常惊人地一致。

"伊丽莎白应该是个战士。即使曾经不是,但活到现在,就必须是,一定是。"

"她会和命运抗争,会为了自己有一个体面的生活而辛苦劳作。但她不会为了爱,和别的女人去争去抢。这不符合她的本性,她的自尊心不允许她这样做。"

"她不能像过去一样,只会哭泣,只会向上帝祈祷等着爱人幡然悔悟,她必须学会主动清除爱情道路上的障碍。"

"要看是什么样的路障。她不会怕困苦,怕厄运,但是她忌讳男人的心猿意马。她要的是纯粹的爱情,所以她不会去与人角逐。她会静静地走开,等待男人解读自己的心灵。"

"消极的爱情观念,早就被高度竞争的当代人当垃圾处理掉了。没人生活在真空里。也许汤豪瑟非常思念伊丽莎白,但是还没等汤豪瑟有所行动,维纳斯早就策划好了一切。他写给伊丽莎白的信被解码了,他打给伊丽莎白的电话被窃听了,甚至他身边每一个可以收买的人都被维纳斯收买了:秘书,大厦管理员,保姆,维纳斯清楚他的一举一动。当汤豪瑟驱车一路疾驰,满怀激动,前去向伊丽莎白表白时,忽然遇上了等在路边,打扮得妩媚动人,却又一筹莫展的维纳斯,向他挥手求助——她的车爆胎了。"

"他不会轻易上当。"

"男人都有当英雄的情结,更有英雄救美的幻想。等他双手沾满油污、大汗淋漓地把车胎换了,她就会适时地拿出洁白的手帕来,帮他擦擦汗,拭拭手。当他露出些许窘意,她会忽然调皮地把油污往他脸上抹。他自然不会放过她,两个人开始嬉闹,闹得正欢时,她恰到好处地摔了一跤,不偏不倚跌在他的身上。他把她扶了起来。她目不转睛地盯着他,炽热的眼波里满是诱惑……"

"他会放开她。"

"没错,正当他要放开她时,她送上了香吻。他心神荡漾,不过脑子里仍有一线理智。这时,她妩媚一笑:'这是致谢吻,你应得的。'说完,吻得更加火热。他,连同仅存的那点理智,被彻底吞没了。公路上艳阳高照,两人激情四射,连天上的白云都凑过来看热闹……伊丽莎白等啊等,怎么也等不来翘首以盼的情人。"

"伊丽莎白记挂汤豪瑟的安全,不免胡思乱想,一会儿担忧,一会儿又质疑他的爱情。"

"好极了。伊丽莎白在惶恐不安中,给他拨了一个电话。"

"汤豪瑟语无伦次。扯谎,赌咒发誓,但漏洞百出。伊丽莎白震惊,伤心,不能自已,迅速地挂断了电话。任凭汤豪瑟再怎么哀求,再发多少短消息,她全都置之不理。她食不知味,夜不能寐,泪水每每打湿了枕头,有时她甚至用牙齿咬住枕套,怕自己会发出痛苦的哀号。"

"虽说这个桥段有点老，但是人物情感的发展是顺畅的，合理的。接下来你只要无限拓展自己的想象力，构想出个新的桥段来，再安排个灰姑娘的人设，伊丽莎白这个角色就可以面世了。尽管她不会像前辈那样忧郁至死，但一定痛苦不堪，以另一种方式排解痛苦。说不定跑到哪个非政府组织机构里讨要一个去非洲扶贫、去南美保护雨林的工作，再不然就去加勒比海地区宣传洁净饮水。总而言之，她会忘掉自我，为别人而活着。因为第一，她是个胆小鬼；第二，她的爱情里容不得一点杂质。"

"不，因为她明白，爱是从心而发的。她也想清楚了，当爱而不得的时候，与其痛苦挣扎，不如把自己的爱心奉献出来。爱在许多时候可以是大爱！"

"我没有不同意，我只是替她遗憾。"

"灰姑娘的人设，咱们是不是再考虑一下？灰姑娘肯定会讨读者喜欢，可是你想想，一个浣纱西施，在金钱社会里，如何能从穷苦命运里挣扎出来？她不仅天生丽质，还一尘不染，惹人怜爱，绝对是个奇迹。所以我还在斟酌，要么给灰姑娘一个高贵的出身，要么给她一对虽然贫穷但却开明、豁达、睿智的父母，否则我们灰姑娘式的伊丽莎白将会是一株离开水池的莲花，还没接触到读者挑剔的目光，就夭折了。"

"如果我们把苦出身给了伊丽莎白，维纳斯怎么办？21世纪的维纳斯应该同作品《汤豪瑟》中的维纳斯一样，美貌、性感、迷人，深谙男人的弱点，以满足自己为准则，把人性的弱点看得很透彻，把男人作为工具获得自我实现。设想一下，当男人见到了备受煎熬的伊丽莎白而心生悔悟时，维纳斯会怎么说？一定会说：'一切把一个男人和一个女人绑定在一起的契约,无论是婚姻、纳妾还是包养关系,都毁灭了爱情里追逐带来的快乐。'而当她已经把男人牢牢攥在手心里的时候,面对别的女人的挑衅,她又会怎么办?毫无悬念,肯定会把篱笆扎得紧紧的,会比野猫还凶狠、狡猾。"

"还会让男人一天抄写十遍誓言。"

"嗯,有可能。再想想,假如维纳斯碰到了另一个条件更好的男人时,她会怎么做?"

"她会立刻追求新的目标,一旦得手,就把前任甩掉。但是今天的维纳斯,可不是只为了爱而搏斗,之所以牢牢地抓住情人不放,一是因虚荣心驱使,二是为了钱,或是其他有利可图的东西。她从不为上天堂还是下地狱而纠结。即便是不幸去了地狱,恐怕她也会把冥王拿下,把冥后踢走,取而代之。"

"太棒了,给你鼓掌。看来你不需要我给你当模特了。"

"你是维纳斯吗?还是一个幻想当维纳斯的伊丽莎白?"

……

讨论常常火花四溅,激情迸射。杜励整天就跟着了魔一般,满脑子都是伊丽莎白、维纳斯和她们的爱情冲突,连结婚纪念日都忘了,直到太行向她炫耀——有惊喜送给她。惊喜是什么呢?他卖起了关子:是一个大大的惊喜。她配合着他的情绪,装模作样地瞎猜了一遍,结果都不对,还得到一个"蔑视":"你是搞艺术的,怎么就没有一点想象力呢?为什么就不能像李白、杜甫那样?"

这下她抓住他的漏洞,马上予以反击:"杜甫有想象力吗?他是现实派。你这话不通!"

太行理屈词穷,耍起赖来:"我说他有想象力,他就有想象力。"

杜励心中暗笑,她又不傻,太行为什么急着给杜甫正名呢?礼物一定与这位大诗人有关。

"会当凌绝顶,一览众山小。你打算带我去登泰山?"

太行摇头。

"此曲只应天上有,人间能得几回闻。你打算带我去听一场音乐会?"

太行再摇头,掩饰不住得意:"你可只剩最后一次机会了啊!"

"啊,我知道了。安得广厦千万间,大庇天下寒士俱欢颜。你买了个茅屋送给我。"杜励狡黠地看着他。

看着她似笑非笑的小表情,他不知是该摇头还是该点头了。

结婚纪念日变成了乔迁之日。太行在北五环买了一栋两层的小别墅,作为送给妻子的礼物。说是别墅,其实也不过就是一幢独立的二层居屋。厨房后面没有花园,房子前面的空间也十分有限,东侧面是车库,能停两辆车。一楼除了客厅、餐厅和厨卫外,还有一个小卧室。二楼有三间卧室和一个小起居室。这样一套房子,在乡下买,花不了几个钱,可放在首都北京,即使是五环外,也需要一大笔钱。太行是从哪里弄到这笔钱的?他开玩笑说是赌场里挣来的。杜励简直太喜欢这里了。家搬得有点晚了,来不及种春天里会开的花花草草。她便从学校图书馆借了几本花草栽培方面的书,寻找夏季可种植的花草。随后,她在花园里种了许多自己特别喜欢的茉莉花,又怕颜色过于单调,还种了一些好养活的夜来香。除花草之外,她还专门请人种了几株桂花树、一排冬青和几排刚竹。这样等秋天来了,院子里就会飘满桂花香。冬天,院子里也不会光秃秃的。太行在院子里安了一个小秋千,再过个一年半载的,皮皮就可以和爸爸妈妈一起荡秋千了。温锅的时候,杜才韧送给女儿女婿一份珍贵的礼物。他请一位书法家朋友,题了"竹影茉香"四个字,做成牌匾，挂在大门上。他们一家三口，从此"居有竹"了。

自从搬进别墅，太行就从老家雇了一个住家保姆。阿姨姓张，四五十岁，老公去世了，一个女儿在上高中，一个女儿在上大学，都需要钱，所以出来打工。她是个善良的女人，对皮皮好得如同是自己的子侄，常常把皮皮背在自己肩上，和他嬉闹玩耍。看着她，杜励时时想起艾青的那首诗——大堰河，我的保姆。

太行这一阵很忙，应酬也多，杜励总是和孩子、保姆三人一起吃晚饭。这天，太行又回来很晚，一身的酒气。阿姨已经带皮皮睡了，杜励坐在客厅，边看书边等着他。一看到太行这个样子，杜励忙起身，到厨房泡了一杯醒酒的柠檬茶，给他端了过来。太行没有喝茶，坐在沙发上，点燃了一支烟。他的样子看上去有点奇怪，并不兴奋，倒有几分落寞。杜励一时不知所措。他抽了几口烟，吐了个烟圈，头也不抬，把她拽到自己身边坐下，握住了她的手。两人就这么默默地坐着，直到一支烟抽完。他把妻子揽到了怀里，盯着她的眼睛看。他的脸仿佛被一层迷雾笼罩，透着一种罕见的距离感，一双眼睛却像是探照灯似的，竭力地不顾一切地想要穿过迷雾。杜励对他笑了笑，笑容十分温柔，两只大眼睛里满是温暖和关怀。太行的双眼转瞬间就被点燃，瞳仁里跳动着幸福的火焰。这灼热的目光很快把妻子的双颊都染红了，她垂下脸来，把头埋在他的胸前。空气中的落寞早就一散而尽，取而代之的，是浓得化不开的胶着……

第二天早晨，太行的情绪明显好转。昨晚他到底是怎么了，是一时喝多了，还是遇上了什么事。杜励问他，他不肯说，反倒问她工作开不开心，和同事相处愉快不愉快。杜励甜蜜地抱怨："你什么时候改行当我爸爸啦？"随后十分开心地和他分享《汤豪瑟》带给七点档的成功。

一听到李旭冉的名字,太行脸上的肌肉明显紧张了。不过面对老婆对上司由衷的夸奖和感谢,不再像之前表现得那么醋意十足,而是把话题岔开,聊起了别的事:"上次你们搞客户答谢的时候,是不是很多人请你跳舞?"

杜励点点头:"我不是跟你说过了吗?好多人,我根本都不认识,搞不清楚是同事还是客户,也不太好拒绝。"

"你有和他们拍照片吗?"

杜励摇头,忽然又想起了什么似的:"和小月、常老师拍过。其他人,让我想想,对了,小月帮我和李旭冉拍过一张。我没要那张照片,她就是闹着玩的。台里倒是做过一个集锦,放在网上了,可我没看过。你怎么想起来问这个事?"

太行脸上的肌肉松弛了下来,以笑作答,伸出手摸了摸她的头,走了。

艾丽丝又去太行公司造访,却被门口新设的前台挡了驾。拿下过无数男人的艾丽丝没当一回事,因为这个前台不是一般公司里招的那种眼睛长在天上、不知天高地厚的漂亮小姑娘,而是一个三十多岁的大叔。可惜,她的持续放电并没有激发出对方的通融。这位戴着一副眼镜、不苟言笑的前台,更像是清华北大图书馆里常见的镇馆之宝——两眼不见红尘、一心只读圣贤书的老学究。艾丽丝把自己的挫败归咎为他那一副高度近视眼镜——看不清她的花容。她只能按照"眼镜"前台的指示,与梁总的助理预约会面。

艾丽丝不知道的是,这位在她持续放电下仍拒绝通融的前台,还充当着一个重要的角色——梁总的助理。梁总重新整理了自己的社交圈,凡是来路不明的电话一律由助理接听。徐小姐的中文姓氏和英文名字赫然列于来路不明者名单的首要位置。她碰了一鼻子灰，不禁有些恼羞成怒。

其实，从见到太行办公室里新挂起来的那幅画像起，她就有了警觉，可又吃不准，到底他是不是虚张声势？男人有时候，也需要女人捅破那层窗户纸。她调整了策略，先制定了小目标。一起出来喝咖啡或吃饭的时候，一点都不介意让太行知道，自己喜欢四处猎艳。她不像有些女人，明明私生活丰富还非要立个牌坊，有这个必要吗？一夜风流是人的本性，贞操道德是孔孟二圣戴在国人头上的紧箍圈。在21世纪的今天，因为一份婚约，放弃做人的快乐，简直就是人生最大的悲剧！每当这个时候，太行总是低头不说话，左手拿着酒杯喝酒，还不忘了右手的烟……她有一种强烈的直觉：丘比特的小神剑很快就会射穿他的最后一道防线。

谁料对方悄悄加筑了防御工事，她能不恼怒吗？

二十五

听说杜监制搬了新家，小月非要过来看一看。杜励便邀请常老师也一块过来。她提议趁黄昏时在昆明湖上游览一番，再回家来好好享受一顿美食，岂不美哉？这个提议得到了常老师的极大认同，还一高兴把上海话说出来了：交怪辰光没到公园里白相白相了①。还想把老婆也一块带上。杜励这才知道，原来常老师是上海人。

难得妻子有如此兴致，太行让手下人跟有协议的酒店联系一

---

① 沪语，意思是好长时间都没到公园里玩玩了。

下，把应季的菜单拿来一份，供妻子挑选。按照太行的意思，正餐就由酒店送到家里来吃，否则人一多，阿姨忙活不过来。

小海已经放暑假回来了，他在别墅外指挥工人师傅，在露天凉亭上搭了一个玻璃屋顶，在上面挂了树枝、纸鹤、星星灯和许多小小的贝壳风铃，在屋顶下放了一张餐桌。月下随清风与朋友小酌，岂不美哉？虽然复活节早就过去了，但姐弟俩都喜欢西方复活节的欢乐气氛，不约而同地想到了用小兔子和彩蛋装饰桌子。小海去工艺品店里买回来许多草绳，一边扎小兔子，一边和皮皮玩。他另外又买了许多咸鸭蛋，把咸鸭蛋、鹅卵石装在花瓶里，又将许多柳枝插进去。这个盆景，是给自助餐台准备的。杜励打算吃完饭后，放露天电影或是唱歌，指挥工人师傅在屋子的西墙外接好了线，还把幕布挂了起来。到时候，把音响和投影仪一架，再在草坪上摆几把舒适的椅子，就万事俱备了。太行买了上好的茉莉花茶，带回一套有茶炉的新茶具。保姆阿姨立刻煮了开水，给茶具消毒，还把楼上楼下打扫得干干净净。

那天周六，从台里开完例会，几个人就出发了。杜励现在已经有了北京的驾照，她开着一辆性能特别好的车，把几个人捎了过来。常老师的太太是他大学同学，毕业后一直在教育战线工作，现在已经是一所初中的教务副校长了。别看他其貌不扬，太太却漂亮而有气质，椭圆脸，下巴温润，两条柳眉下一双如秋月般的眼睛，不笑的时候也是弯着的，特别有亲和力。打扮也得体，齐肩的小卷发梳得一丝不苟，口红上的唇线描得十分匀称，穿一身酒红色的套裙，胳膊上挎着一只黑色真皮小坤包。常老师的装束一定是太太的杰作，简简单单的白衬衫扎在黑色毛料西裤里，脚蹬一双黑色尖头皮鞋，头戴一顶灰色画家帽，正好遮住他日渐稀疏的头顶，手里还拎了件灰色的西装马甲，估计是怕晚上在外面会冷。小月还是一贯的休闲另类风，一条破洞牛仔裤，一件黑白相间、正反都印着骷髅头的T恤衫，五颜六色的头发，紫色的眼影，紫色的太阳镜，黑色的唇膏，黑色的指甲油。颜色搭配十分和谐，杜励给她的着装打了个"十分"的高分，以示鼓励。

一路上，杜励开车，小月坐在副驾驶上，叽叽喳喳，常老师和太太在后座上咬耳朵。车子走到家门口，看到绿树掩映下的一幢幢白色小楼，小月惊呼："杜励姐，原来你是有钱人，我好羡慕啊！"

"你真是个开心果。"杜励说，"这里已经是五环外的郊区。把你家的大平层卖了，买一套这样的小房子还不是绰绰有余？"

"这倒是真的。"常老师把话接了过来，随即转向自己的太太，"等你退休了，咱们也把市区的房子卖了，到郊区来养老多好。"常太太笑而不答。

太行不在家，带着皮皮去亲子中心学游泳了，要到下午吃饭才能回来。小海出来，和姐姐一起招呼客人。小月见了小海倒有了几分羞涩，淑女范也出来了，不再叽叽喳喳，专心听其他人讲话。一听说小海在国外念艺术，常老师两口子来了兴致，和他聊得挺开心的。

客人们在昆明湖上游玩的时候，小海主动当起了导游，虽然客人们都是本地人，可他讲的不是颐和园里的故事，而是颐和园中的艺术。

趁着黄昏来游园的人不算少，好在昆明湖够大，他们把船划到了一处人少的地方，停下来，看西沉的太阳和湖水告别。红彤彤的太阳，在湖水的表面涂上一层浓浓的胭脂。微风吹过，碧波荡漾，掀起的小浪花里朵朵藏着金橙色，它们欢快地跳跃着，闪动着，不停地变换着形状,就像一个个欢呼雀跃的小金人……

黄昏时的景色最容易让人感叹。常老师对着这金色的湖水,发出"夕阳无限好,只是近黄昏"的感叹。小海忙着给大家拍照。慷慨无私的夕阳给每个人身上都洒了同样多的金粉,可大家脸上的光景却不大相同:常老师变得凝重了,常太太的通透豁达又增加了几分,姐姐美得更加夺目,小月变得像个五彩的星星般璀璨……

回到家来,洗脸换衣服,坐在凉亭上喝茶聊天等着开饭的工夫,太行带着儿子回来了。皮皮一下子就扑到了妈妈怀里。他满头是汗,一点也不心疼妈妈的漂亮衣服,在上面蹭来蹭去,向她撒娇。杜励穿了一件白色露肩衬衫,戴了一串长长的金珠链子,配一条绿底黄花的包臀裙。她平时很少穿花的衣服,颜色也以黑蓝白灰为主。小孩子喜欢鲜艳的颜色,把妈妈的衣服当成了他的游乐场。

小月一见太行就犯花痴,非要让小海用她的手机给她和帅哥拍几张合影。小海虽说照办了,但是嘴上却开起了玩笑:"我也很帅啊!你干吗不跟我合影?"小月冲他做了个鬼脸,也和他拍了几张。她把自己与太行最满意的一张合影设成了手机屏保,还摇头晃脑地自问自答:"小月,杜励姐介意吗?杜励姐不介意。"大家都笑她真是长不大。

等太行带着皮皮洗好澡,换了衣服下来,小月又是一番惊呼。太行逗她:"还要合影吗?"她把头点得像小鹌鹑啄谷子似的,还加了个条件:"我要你和我拍几张动态的照片。比如说,一块唱歌,一块跳舞。"她从手机里找出来一张照片给他看:"看,就像我给杜励姐和总监拍的一样。"这张照片和网上公布出来的照片取景的角度不同。照片上,杜励望着对面的舞伴,两眼灼灼,浅笑盈盈,正是平日里她常笑给他的模样。太行的脸不由自主地僵住了,他早已把这当成了自己的专属微笑。直到小海过来凑热闹,他才回过神来:"行啊,一会儿咱们吃完了饭,先唱歌跳舞,然后再看电影。我跟你杜励姐跳的时候,你就给我们俩人使劲拍照片。我跟你跳的时候,让小海给咱们俩拍。等你回去以后,把照片打印出来,贴在你们办公室,哪有空往哪儿贴,全都给贴满了。"

餐桌是按照西式礼仪安排的,太行夫妇俩面对面坐在桌子两端的主人位。常老师和太太分坐在太行两侧,小月和小海则被安排在了杜励的两边。常老师夫妻跟太行很谈得来,一开始当然是天南海北、云山雾罩的,不大一会儿,就开始聊家庭和工作了。太行待人接物,得父母的真传与培养,相当老练。他不会撇开别人,自顾自地高谈阔论,总是把表达的机会让给别人。可是,他并不会让出谈话的主动权,总把握着谈话的方向和尺度。

常老师很好奇太行是做什么职业的。

太行一言以蔽之:"我搞投资的。"

"哦,你是学金融的?"常老师挺好奇的。

"不是。我上的是军校,在部队待了几年,转业后才干这一行。"

"你是个军人,难怪我觉得你举手投足有些不一样。"常太太心里的一个疑惑解开了。

"那你怎么和杜励姐认识的?"小月冷不丁地问。

"天意。"太行只说了两个字。

"对,就是天意。"常老师把话接了过来,"许多人以为,同学、同事,最容易产生爱情。我从来就不这么认为。一个学校有多少人,一个单位又有多少人,怎么我不跟张三或是李四好,偏偏喜欢某个人呢?我爱人是班花,别的人认为我没戏。可我第一眼见到她,就觉得她将来肯定是我的女朋友。"

"天上掉下个林妹妹,似一朵轻云刚出岫。"小月在旁边制造画外音。

当着这么多人的面,被老公如此深情表白,常太太两颊挂上了幸福红:"都老夫老妻了,侬做啥老讲这些话?羞也羞死了。"

"你在我心中是最美,只有相爱的人最能体会,你明了,我明了,这种美妙的滋味。"小月十分应景地唱起《最美》,连常老师也跟着唱起来了。他当然是对着自己太太唱,反正他是不害羞。小海也一块跟着唱,一边唱,还一边左看看姐夫,右瞧瞧看姐姐,再瞅瞅身边的小月:"你在我心中是最美,每一个微笑都让我沉醉。你的坏,你的好,你发脾气时噘起的嘴。喔……"太行和杜励两个人只是跟着笑,并没有加入这场小合唱中。

如此尽兴,大家自然聊得深入了些。常老师话最多:"古人说过,人生苦短,及时行乐。我还总嘲笑说这种话的人胸无大志,人生应该拼搏。现在回头去看,拼来拼去一场空,还不如守着太太、孩子过过小日子好!不瞒你说啊,梁先生,要不是今年杜监制到我们组来,我估计就得从七点档跑路了。这个世界对老人最残酷,不到一定岁数,你体会不到。从上小学起,老师就让我们尊老爱幼,可哪个老师也没把道理给我们讲明白。我一直以为要尊重老人是因为他们给社会和国家做出了贡献。直到最近我才体会到,不是因为这个,而是因为老人可怜,他们比孩子还弱小。孩子们有希望,有明天,老人呢,只剩下黄昏和黑夜了。其实老人的弱小不是因为能力不行,而是别人不再给机会。"

常老师一番心里话,让一桌子的年轻人都无语了,还是他太太把话给圆了回来:"你看你,出来玩,高高兴兴地干吗说这个?"

"搞艺术的人,比较容易伤感。"小月这句话,也算是安慰吧。

"对，我也经常这样。以前我姐，有一段时间老弹梁祝化蝶的那一段。我听了，心里特别难受。"小海说。

"看来就是我们这些当兵的，铁石心肠啊！"太行说。

"嗨，这分人，跟职业无关。我和老常都是学古典文学的，我就不爱伤春悲秋。"常太太说。

"对。夫妻间性格必须互补，要不然婚姻很难稳固。"小月实际经验没有，可感触却不少，"在现在这个社会，贾宝玉真娶了林黛玉，俩人也过不长。首先，谁出去挣钱养家？贾宝玉不稀罕做这个，林黛玉又不愿意勉强他。那林黛玉能出去挣钱吗？她长得漂亮，又有才情，找份工作肯定是不难。可是，她干不长久。有很大的可能是，碰上一个好色的上司，想趁工作之便，把她发展成情人。同事呢，难免不妒忌她不排挤她，她又不是能放下身段去迎合别人的人，所以和大家的关系只能是越搞越僵。等到老板对她的那点好感被消耗光了，她也就该走人了。换个地，也一样。而且，家里的情况也不容乐观。她出去工作，宝二爷在家里寂寞，便会寻找红颜知己以及使唤丫头。虽然她们都比不上林妹妹，可远水解不了近渴。一来二去的，说不定哪个丫头就有了身孕。现在实行的是一夫一妻制，宝二爷得在林妹妹和有了子嗣的丫头之间做选择，他会怎么选？他就是再选林妹妹，林妹妹也未必肯原谅他。两人只有分手这一条路。林妹妹到庙里去做尼姑，宝二爷把丫头扶正了，靠丫头打工的钱，苟活一世。"

小月的一番高论，引得小海惊呼："你怎么能狠下心来糟蹋这样一部名著呢？所有的美都被你毁了。"

"我看小月说得倒是有几分道理。"太行发表了自己的意见。

"我也这么认为。"常太太说，"在学校里和老师们讨论制定教学计划的时候,我经常提醒大家,既要对经典抱有敬畏,又要敢于质疑经典中的瑕疵。把作品放在当下的环境里,重新分析,重新演绎,是理解作品的重要方法。同样的人物性格,放在不同的时代环境下,结局可能会大相径庭。不要一味向学生灌输一种定势思维,这样会让他们反感,对经典产生一种抵触情绪。我们在初二的学生中,倡导大家利用业余时间读四大名著,然后写体会。《三国演义》和《红楼梦》引起的争议最多。学生们说,刘备除了会哭,还有别的能耐吗?诸葛亮干吗不废了刘阿斗,自立为王呢?至于林黛玉,学生们认为她做作,不切实际。有很多学生欣赏薛宝钗,说她为了自家的前途,排挤林黛玉,甘当宝二爷的妻子,是为家族利益而献身,值得同情。"常太太讲起四大名著来,也有说不完的话。

"杜励姐,你怎么看?"小月问。

"我啊,我和小海的想法比较接近。《红楼梦》在我心中就像是爱与美的化身,我甚至认为高鹗续写的后四十回是多余了。单单只是曹雪芹的前八十回就好了,就像断臂的维纳斯,反而更美,美到让人充满怜惜,充满遐想。"

"我也有同感。"常老师又把话接了过去,"不瞒你们说,上大学的时候,我曾经打算重写后四十回。写了几章,觉得自己写得还不如高鹗。后来,我发现想狗尾续貂的不止我一个,就连张爱玲这样大师级的人物都试过,最终也都不了了之。"

"《红楼梦》可能是我心里唯一的白月光。"杜励说,"我上大学那会儿,看过不少经典。教授也鼓励我们创新,班上有的同学为了博眼球,甚至不惜拿《哈姆雷特》试水。最离谱的是,有一个人居然写出了哈姆雷特和雷欧提斯是同性恋这样的桥段。雷欧提斯之所以杀死哈姆雷特,不是为了给父亲和妹妹报仇,而是因为自己的一腔爱意始终得不到王子的回应，这才选择与他同归于尽。"

"这跟有的画家非在蒙娜丽莎的鼻子底下，加两撇胡子是一个效果。"对此，小海颇有感触。

杜励对弟弟笑笑，接着说："也有改得好的。我们班有一个从爱尔兰来的小伙子，特有才华，他把莫里哀的《贵人迷》和莎士比亚的《威尼斯商人》结合到了一块。在他的重新编辑下，夏洛克不仅是贪婪，一毛不拔，心胸狭窄，还特别虚荣，希望提升自己的社会地位，拥有贵族封号。这样一来，他不仅把莫里哀的俏皮赋予了莎士比亚，人物性格还更饱满了，并且很合理。一战前后，美国的有钱人，不都是回欧洲大陆去找那些有爵位封号的穷继承人结婚吗？"

"中国也是如此。你看现在有多少人，一有了钱，就美化自己的出身。什么叶赫那拉后裔，爱新觉罗子孙，再不然就是某某名人的曾外甥、表侄女，不知道是不是真沾亲带故，反正也无从考证，使劲吹吧。"常老师还真有点愤世嫉俗。

"真不知道，社会是进步了还是退步了。"常太太接着说，"'改开'之前，一说谁是来自剥削阶级家庭，谁会立刻抬不起头来，就好像老祖宗犯了罪，拼命地想做个家徒四壁的穷光蛋。1979年，中国公映一部印度电影《流浪者》，一个高种姓的法官，认为龙生龙凤生凤，天经地义，不容置疑。按照这个观念，他冤枉了一个低种姓的小偷，并判了刑。小偷出狱后，将法官的妻子绑架了一夜。后来法官误以为妻子怀了贼的孩子，便将妻子赶走了。后来这个小孩长大了，真的变成了小瘪三，偷东西叫警察给抓了，审判他的法官就是他的亲生父亲。这时候法官才悔悟，不应该以出身论人的好坏。我看，现在十分有必要再把这个片子放一放。"常太太的观点比丈夫深刻。

太行站起来，给几位客人把酒都满上了。轮到杜励的时候，他换了一瓶没有冰镇过的酒，只添了一点，没有加满，另一只手还在她的肩头抚了抚。

"梁先生，你父母是做什么的？"常老师问。

"我父亲是个军人。"

"原来你出身军人世家。"

太行笑笑："所以和你们相比，我的文化修养不高。"

"谦虚用错了地方，就不是美德了。杜励姐是博士，你怎么可能没有文化修养呢？"小月和太行开着玩笑。

"她是清风，我是顽石。"太行也开起了玩笑。

"清风，顽石！好有诗意啊！"小月赞道。

"古人云，'与善人居，如入芝兰之室，久而不闻其香，即与之化矣'。你们夫妻朝夕相处，必定互相影响，两人只会臻善臻美。"常老师的古文功力不浅。

"是吗？"太行冲对面的妻子扬扬眉毛。杜励以笑作答，指指桌子上的空酒杯。

"她什么意思呢？"大家都不懂。太行解释道："我娘子的意思是，人家常老师喝多了，一句醉话，能当真吗？"

大伙听了，哈哈大笑。

二十六

朱必达竟然死了。当媒体把他的死讯公布出来的时候，大家无不惊讶万分；当得知具体死因时，更吓得心惊肉跳。

他死得很悲壮。他手持一把利斧，怒不可遏地冲进申童的办公室，吓得众人作鸟兽散。申童一看情势不利，急忙拿起茶几上水果刀防备。朱必达一斧子没劈到申童，申童一刀刺穿了朱必达的胸膛。朱必达应声倒下，庞大的身躯轰然倒地，血喷涌而出，流了一地。救护车及时赶到，可还没送到医院时，他已经不治身亡。

对于这场血案，有人说，是由于投资失利，朱某对合伙人申某怀恨在心，恶意泄愤。有人说，朱某就是个被仇恨所驱使的亡命之徒。也有人说这是对股市的血的控诉。还有人说，股市里栽了的人多了，肯跳楼的是有良心的，举起斧子杀人的是有血性的。

申童因防卫过当而被羁押。朱必达死前，重新立了遗嘱，委托梁太行杜励夫妇作为他遗嘱的执行人。当太行带着律师，来对朱必达的资产进行清理和审计时，却被告知，申童作为合伙人，已经早就申请了财产保护——他不在场的情况下，任何人无法查账。

太行只好先料理朱必达的后事。朱必达的爷爷、母亲还有他的几个姐姐姐夫，陪着露易莎一起到了北京。露易莎怀孕后，小朱和她在陕西老家结了婚。如今她怀抱着几个月大的女儿，一脸哀伤。看到这一家老的老小的小，太行心里挺不是滋味。遗体火化后，他帮着搞了一个追思会。为了尊重未亡人，追思会是按照西式礼仪举办的。露易莎穿一袭黑色丝绸裙，抱着女儿，神色哀戚。失去爱人的悲痛在她的额头、双眼上留下了凄凉的印记，但是她格外坚强，时不时会慈爱地凝望着怀抱中的婴儿，仿佛是在汲取力量，汲取活下去的勇气，更明白了自己今后的使命。盘在她头顶上的那条油棕发亮的大辫子，如同麦穗一般，衬托出她质朴的美，宛若悲痛中的女神德墨忒尔①。见者无不动容。京城里投融圈的大佬几乎集体缺席,来者寥寥无几,只有朱必达以前的同学和受过他恩惠的下属。卫元借口出差,没有来,只送了个花圈。在看守所里的申童也托人送了花圈。

程老板来了,唏嘘不已。投资的事他一点也不懂,朱必达在香港入狱的那次灾难,已经把胆小的他吓怕了。自那以后,他牢牢地守着自己的公司,一心一意地做实业,再也不和什么人玩资本游戏了。

莱斯特也来了,他大概是追思会上最重量级的来宾。撇开国际友人的身份不谈,他的公司已经成为富豪圈内有口皆碑的顾问公司。他把小朱的失败归咎于他好大喜功的性格缺陷:"现在没有人会搞密西西比这样的股票骗局了。投资的时机特别重要,必达投的项目,进入的时机太早。他又没有合理地控制自己在期货市场的投资风险,所以才会如此尴尬地收场。"他把尴尬这个词,说出了英式味道。

这是自皮皮出生后,杜励和莱斯特见的第一面。时光荏苒,物是人非,两人不禁都想起了一起在英国度过的那段岁月。那时,露易莎还是个憧憬着爱情的大一小丫头,小朱正在懵懂中寻找着自己的定位与角色,而那时的杜励也在两份感情中暗自徘徊挣扎……追思会上放映了小朱的生平,其中不乏对其留学生活的追忆,甚至还有几个人在约克的月亮船酒吧里把酒言欢的场面……杜励再一次热

---

① 希腊神话中的谷神,慈眉善目,塑像常以谷物等装饰。女儿珀耳塞福涅因美貌被冥王看中掳走做了冥后,她悲痛不已,经过各种艰难的努力后,宙斯答应,珀耳塞福涅一年中一半的时间在阴间,一半的时间在阳间,人间自此有了四季之分。

泪纵横。朱必达之死，她难过至极，一直无法释怀。小朱对她，是发自真心地好，可是她却一直把他往外推，拒绝他进入她的生活，不让他靠近。倘若她不这么自私，他也许不会落到如今的绝境。他的身边缺少一个真心帮他护他，能规劝得了他，能把他的热情朝正道上引的人。他不是个贪财的人，他要的不过是世人的认可。她应该说服太行接纳他，就像夫妻俩共同守护弟弟小海那样……小朱去世以来，这些念头一直折磨着她。追思会上，杜励穿着一身黑旗袍，绾着头发，鬓角别着一朵小白花，不停落泪，仿佛是被悲伤绑架了，沉浸在黑与白的两个极端世界里无法自拔。

自杜励怀孕后，莱斯特一直告诫自己，放下过往，继续前行，但在追思会上见到她，所有的努力瞬间崩溃。他的心如同是包裹在地壳下的炽热岩浆，在厚重坚硬的岩石层深处，埋藏着记忆，积攒着爱而不得的痛苦，压抑着回到从前的渴望。他情不自禁地将手搭在她的肩上，喃喃自语："Do not cry, darling. You made me cry. Oh, My God, I should not have come."① 等他意识到自己失态后，趁着最后的一点自制力赶快逃走了……

没多久，申童就被放了出来。法院认定申童是正当防卫。一出来，申童便以合伙人的身份要求拍卖朱必达公司的资产。太行带着律师和稽核人员再次来到公司，要求对账目进行审核。申童很配合，腾出一间会议室来，让人仔仔细细地查。不仅如此，每天中午，他都会过来问太行想吃点什么，让秘书送过来。查来查去，所有的操作记录都不违规，所有的数字都对得上，除了几个苟延残喘、急需资金解困、已经被拍卖了的项目和一堆外债，朱必达几乎

---

① 别哭，亲爱的，看到你伤心落泪，我都要哭了。上帝啊，我真不该到这儿来。

没留下什么财产。这让太行大感意外，朱必达怎么可能变成了穷光蛋？若是这样，何必委托他们夫妻作为遗嘱执行人呢？其中必有蹊跷。申童对太行的态度很友好，背地里给太行抱怨，朱必达与他的矛盾是因一个女人而起。可到底与哪个女人有关呢？他又讳莫如深，只说古来欢场女子无义，自己一个读书人，白白替人担了污名。

资产出售，债务清偿后，朱必达留下的遗产所剩无几。他走的是一条充满风险之路，在这条路上栽了的富豪何止他一人。刚开始炒期货时他总是赢得多输得少，于是到后来胆子越来越大，不仅赌注越下越大，就连眼睛也闭上了，对风险视而不见，输了也不回头，反而更不甘心，想再赌一票大的，好连本带利捞回来……小朱的几个姐姐姐夫不干了，话里话外埋怨他是败家子，把爸爸留下来的钱全败光了。朱必达的妈妈，哭得呜呜的。

露易莎有了身孕后，小朱就给她和孩子存了一笔钱。见婆婆如此伤心，露易莎不肯独自留下这笔钱，分了一半给婆婆。杜励把那条价值不菲的卡地亚钻石项链拿出来，给了干妹妹。项链是朱必达从香港平安返回后为了酬谢杜励而专门定制的，流线型的白金链条上点缀着一颗颗钻石。钻石的分布很讲究，从项链后端处依次向两边镶嵌着，随后钻石相隔的距离越来越近，钻石也越来越大，好似两条从九天往人间坠落的银河，齐齐汇入一汪泉眼——由无数碎钻环绕着的一枚水滴型大钻石吊坠。当初，杜励坚决不肯收下如此贵重的礼物，但露易莎急了，真诚地向杜励表白："我们墨西哥人讲，感激之情不能藏在蓄水池里。"太行曾说，那汪泉眼，恰似她晶莹的眼睛。而现在，杜励觉得那汪泉眼宛若小朱心里菩萨的慈目。

露易莎带着女儿去西班牙，和母亲继父团聚了。她说自己还是幸运的，因为在女儿的小脸上，她可以时时刻刻看到小朱的音容笑貌。假如朱必达在天有灵，这番话足以告慰他了。人间至爱，恐怕也不过是此份深情。

二十七

申童所说的，朱必达的死与一个女人有关。这女人是谁呢？吴晓菲。

从看见吴晓菲的第一眼起，朱必达就沦陷了。她除了长着一张令他念念不忘的脸，还有一双骨碌碌会放电的眼睛。他那颗心，随着她的眼光流转，倒过来转过去，转过去倒回来，就如同一个没有着落的钟摆似的，不知转了多少个圈，翻了多少个跟头，就是不肯停下来。藏在心里的那个美人，仿佛借着吴晓菲的身体还了魂，百媚千娇，风情万种。

上她，也不是什么难事。三次五回后，竟抛不下了。吴晓菲的妈妈是个猛人，女儿不好意思朝男人要的，她负责来讨。小到名牌丝袜，大到奔驰宝马，只有女儿想不到的，没有她不敢张口讨要的。朱必达的银子把吴晓菲和她妈从头到脚武装成了新贵名媛，成了北京社交场上一朵惹眼的小红花和红花边上扎眼的刺。

碰上吴妈妈如此厚颜贪财之人，朱必达留了个心眼。为防着她们漫天要价，狮子大开口，他拟了个长期包养合同，条件已经很大方。可吴妈妈有心计，娘俩跟他玩起了失踪。朱必达又恨又恼，决定将计就计。他就不信了，京城还有谁像他一样，既没家里人管着，又肯把真金白银拿出来给女人花？

还真让他押着了，过了些日子后，老妖精带着小妖精主动现身了，同意签署包养合约，但女儿大小也算个明星，包养这个词好说不好听，能不能把合约改个名？"改成什么呢？"朱必达问。吴妈妈大言不惭地答："婚约啊！"

假如一开始吴妈妈就如此为女儿维权，朱必达不会犹豫，他那会儿让吴晓菲给迷晕了。被冷落了这么久，他清醒了不少。吴晓菲不就是个赝品嘛！这时申童出来和稀泥了。

申童劝朱必达不要和自己的欲望搏斗。圣人云，食色，性也。人生至短至苦，应当牡丹丛中寻快活。企图战胜欲望的人往往败得一塌糊涂，只有顺从欲望的人才能够从欲望中解脱出来。他这一套半通不通的歪理，说服了朱必达。朱必达不读书，可喜欢凭着自己的感觉，吸取各家之长。关于欲望，他采信的是：第一，人是受欲望支配的动物。第二，有了欲望，也才有动力。因为如果一个男人没有发财的欲望，不想博取女人的欢心，他还用努力吗？

他忙向申童求教良策。申童在他耳边耳语一番，朱必达频频点头称是。

没过几天，某网站在娱乐版的非显著位置上登了一条新闻：女明星吴某某在赌城拉斯维加斯和一位朱姓富豪，喜结连理。

这就是申童给朱必达支的高招。两个中国人，在美国花钱随便找个牧师公证一下，买张英文结婚证书，这样既给了吴晓菲母女面子，又堵住了悠悠众口，还不妨碍他日后在国内娶妻生子，何乐而不为呢？包养合约签了三年，每年两千万的零花钱，还要给母女俩在北京和老家各置办一套房产。吴晓菲母女俩，抖起来了！

自从和朱必达"结了婚"，吴晓菲就时常和一些与她身份、经历差不多的大奶、二奶或是由二奶转为大奶的女人们一起喝茶，洗头,做美容,逛街。女人的自信,除了天生的容貌身材外,还来自漂亮衣服、男人的宠爱和一掷千金的派头,这些吴晓菲一下子都拥有了。在这群名媛里,她很快就以为人爽快、出手大方混出了个模样来,时不时地和这些头上罩满光环的姐妹们以豪门阔太的身份,登上娱乐新闻,享受女性网民的"羡慕嫉妒恨",虚荣心越发膨胀了。当初某公司为了宣传她拍的片子,曾经花钱找人吹捧过她,说她是"直男女神",现在她越看越觉得自己是女神。

京城里的名媛圈也分等级,已经成功升级换代的吴晓菲还想力争上游,托一个姐们把她带到西太太的客厅。这位西太太是谁呢,她并不清楚,但人人一说起西太太来,都尊重得不得了。娱乐圈里那些数一数二的大姐大们,都想和她攀交情。据说她的客厅里,尽是达官显贵,名流美人。一般的新贵如果没有熟人引荐,送多少钱去,人家连正眼都不瞧一下。

吴晓菲十分努力,想要进这个客厅。在她看来,西太太的客厅,就是王母娘娘的蟠桃宴,孙悟空有本事吧,可他只是玉帝养马的小官,照样拿不到吃蟠桃的帖子!总算功夫不负有心人,她搭上了西太太客厅里的常客,名媛李琼。奉承话说了几箩筐,还送了人家不少礼物,人家总算答应她了。七月七日乞巧节,西太太要办聚会,请的人很多,多一个少一个无所谓,趁这机会带她进去不难。这个聚会可真让吴晓菲开了眼。自打跟了朱必达后,一般豪门的场面已经不能打动她这双饱尝富贵的眼睛,可这个聚会还是让吴晓菲大开眼界。

……

从西太太的聚会回来后,吴晓菲天天做梦。梦总是从一出"贵妃醉酒"开始的——

"海岛冰轮初转腾 /见玉兔 /玉兔又早东升 /那冰轮离海岛 /乾坤分外明 /皓月当空 /恰便似嫦娥离月宫 /奴似嫦娥离月宫 /好一似嫦娥下九重 /清清冷落在广寒宫 /啊在广寒宫 /玉石桥斜倚把栏杆靠 /鸳鸯来戏水 /金色鲤鱼在水面朝 /啊在水面朝 /长空雁 /雁儿飞 /哎呀雁儿呀 /雁儿并飞腾 /闻奴的声音落花荫 /这景色撩人欲醉 /不觉来到百花亭……"

台上的杨贵妃一出场，就赢得满堂喝彩。她千娇百媚，身段、卧鱼、下腰都可圈可点，台下的古公子一边喝着茶，一边不动声色地享受着美景佳人。只是大晚上的，他戴着副墨镜，叫人看不清他的庐山真面目……

在梦中，吴晓菲同样恍惚了。她的魂魄仿佛离了真身，在西太太的百蕊园里游走，摸摸这个物件，瞅瞅那样东西，心里是既羡慕又不忿。凭什么呀？论相貌，西太太即便在青春正盛时都没法和自己比，现在就更甭提了。一双少神无光的眼睛里透着死气，跟心里长了老茧似的，还总喜欢耷拉着头看人，好像啥都瞧不上眼。除了和个别亲近的人说上几句完整的话，其余的时候，鼻子里只哼哼两声，表情则欠奉。一张暗沉的脸就跟撑在绷子上的绣花麻布似的，生怕弄皱了。她的脑子里浮现出一只被榨过汁后、再注上水充新鲜的旧柠檬——这便是西太太留给她的第一印象。可人家的"身份"在那儿摆着呢，前来讨好奉承的人，乌泱泱的，到处都是，挤得连客厅里的墙和家具都想长出脚来，赶快跑到花园里去透口气。

寿宴的高潮是西太太要亲自唱戏给古公子听。戏台搭在花园的永春亭里，亭子的宝鼎上摆着一盏七彩琉璃灯，从顶部直到抱厦，每一处都用灯泡和与灯泡大小差不多的金珠子相间装饰，远远看去就像是从天上落到人间的一座金顶王冠。王冠下，乐队正叽叽啾啾地演奏，西太太在台上咿咿呀呀地唱曲，叫好声一浪高过一浪……

自从进入西太太这花园，吴晓菲的羡慕和不忿，更上一层楼。打眼望去，园子里处处金碧辉煌、珠围翠绕，青柏绿槐上都挂着彩灯。这些明晃晃的彩灯组成的福、禄、寿的字样，和路上各色卵石镶拼成的福、禄、寿图案遥相呼应，似乎漫天遍地皆是享不尽的好福气、好运气。人群里，有人白话西太太从前的事，吴晓菲听得真真的。西太太也是小家户出身，机缘巧合与身份贵重的古公子结识。公子喜欢唱曲听戏，西太太便专门拜师学艺，把这《贵妃醉酒》唱得是有模有样、有声有色，好讨公子的欢心。至于这园子，则是西太太诞下儿子后，公子送给她的礼物。当时，公子专门请人在北京城内外寻找风水宝地，不仅亭台楼阁，就连一草一木都比着故宫御花园的式样来弄，但出来的效果，比御花园可好得不是一点半点。御花园才多大啊，西太太的百蕊园两眼望不到边。御花园里没有水，西太太的百蕊园则依山傍水。一条蜿蜒曲折的画廊从聚福湖上过，左手是繁花似锦，右手是湖光山色，真是美不胜收，福气滔天。

看着，听着，吴晓菲的心里又添了一点别的东西……渐渐地，她的眼睛花了，眼前的美景就跟走马灯似的在晃啊晃，不停地晃……在这一片金银红粉的旋涡中，一个影像却越来越清晰：台上凤冠霞帔的杨玉环变成她自己……此时，台下的古公子也摘下墨镜，分明是在细细地打量她。她吃了一惊：公子的神情如何颇似一位故人？

梦总是在这一刻戛然而止，吴晓菲心里真不是滋味：假如不是时运不济，自己本应也有嫁入豪门的机会。和古公子相比，朱必达除了有两个钱外，在北京城算个什么？

女儿和娘本是一条心，女儿动了什么心思，当娘的能不清楚？吴妈妈太赞成了。

合该母女俩要行大运。没多久，李琼就出面找吴晓菲，问她愿意不愿意和西太太一同服侍古五公子。吴晓菲以为自己耳朵出了毛病，李琼怎么会听到自己肚子里的声音？等琼姐把话说了三遍，她心里又犯了嘀咕：天下还有这样大方的女人，愿意把自己的男人与别人共享？李琼也不避讳，道明了事情的原委："前不久，古五公子东边的太太死了。公子本有意扶正西太太，可谁知半路杀出个女人来。这女人不肯以女朋友的名义侍奉公子，非要让公子娶她为妻。西太太宅心仁厚，不想和她争，可太太给公子生了唯一的儿子。为了儿子将来能继承家产，太太便想了这个办法，好让五公子和那个女人断了联系。待太太扶正后，现在太太有的一切，就是你的将来。"

吴晓菲回来跟自个妈商量，做妈妈的怂恿女儿答应下来。吴晓菲有顾虑："西太太也是女人。将来把那个女人打发了以后，她能放过我吗？能白白把男人、钱和地位都送给我？"吴妈妈劝女儿眼光放远一点："你看你这孩子，咋净想这些没出息的事呢？武媚娘那个电视你白看啦？她都已经被发配到庙里当尼姑，半老徐娘的年纪，耍尽手段，就为了入宫。在宫里，先和皇后联手，整垮了皇上宠爱的肖淑妃，最后又把皇后给废了。等把一切都攥在自己手心里的时候，她连皇帝都废了。"当女儿的这才明白过来，娘的算计有多深。

吴妈妈亲自出马和李琼谈判，并达成了协议：只要吴晓菲能让古公子和西太太结婚，就可以得到两亿元做报酬。待西太太的儿子被承认有合法继承权后，西太太便退位隐居。李琼给了吴妈妈一千万做定金。

下家都找好了，定金也收了，下一步就是和朱必达分手了。找个借口，和他解除包养合同，对吴妈妈来说不是什么难事。吴妈妈也不要女儿出面，独自一人隔三岔五就到朱必达的公司找他要钱。在此之前朱必达从没短过母女俩一分钱。可前段时间，他炒期货一赔再赔，一时拿不出。吴妈妈第三次来的时候，朱必达就避而不见了，接待她的，是他的军师申童。

申军师真不是吴妈妈的对手，他和她，就是秀才碰上兵。为了断了她的贪念，申童干脆告诉她——朱必达投资不利，手头困难，请暂缓几日。倘若她娘俩有了高枝可攀，那随她们去吧！

吴妈妈的心不是一般毒。她怕朱必达日后给女儿捣乱，在记者面前胡说八道，假称女儿要重出江湖，再走演艺路。她暗示媒体女儿复出的理由是女婿破产，不得不出来养家糊口。做生意的人最怕流言中伤，吴妈妈算准了，小朱必定生意失败。即便不跳楼，最起码也得滚回陕西老家。

果然娱乐版的流言蜚语，很快就蔓延到了财经圈。也不知是哪个财经撰稿人，通过什么渠道获得的资讯，把朱必达近两年的投资，做了个详详细细的诊断，说明他在期货市场一再踩空，投资的几个大项目都是烧钱的买卖，除非有大笔新资金注入，否则已无力回天。

小朱指示申童撰文驳斥对方是一派胡言，财经圈里吵翻了天。有打嘴仗的，有围观看热闹的，还有直接参战的。谣言不仅没有破除，反倒坐实了。原先答应拆借给他钱的几个私募，都缩了回去。朱必达借了一大笔高利贷，打算在股市坐庄，捞一把。谁知，还被监管部门盯上，约谈了两回，眼看就要进局子，最后还是他亲自托了四公子，才算是把这事给顺过去。

事顺过去了，灾可没那么容易躲。小朱几乎把京城里有过一点交情的大亨都求了一遍，可就是没人肯在这个时候对他施以援手，借钱给他。不得已，他打算贱卖手中的资产。断臂求生，还有一线生机。他手上有一个云计算项目，对商贸平台发展很重要，可卫元并没有出手接盘，他其实没钱，钱在账面上，但念在以往的情分上，卫元给山穷水尽的小朱指出了柳暗花明的一线生机：在京城有一个人肯定不会拒绝帮助他，虽然这个人不是富翁，但能调集的资金相当可观。

太行出手救朱必达的事，很快就传遍了投融圈。朱必达的资金链眼看就要断了，不少人都等着他跳楼呢，没想到，梁家小公子给他输了血，替妻子报恩一说流传甚广。话虽如此，但在商言商，这笔交易对双方都有好处。小朱拿到了他最需要的现金，太行获得了一个前景良好、未来回报相当值得期待的项目。经过此次和朱必达做生意，太行对他的理解又加深了一层。小朱绝不是笨蛋，投资的这些项目，全是阳光产业。如果不是因为炒期货伤了元气，无法继续注入资金，假以时日，这些项目全都能带来高额回报。太行对这桩交易非常谨慎，拿自己的钱和从姐姐那儿拆借的一笔资金，神不知鬼不觉地完成了交易，然后才出公报。

交易的公报一出，举城皆惊。胡朵朵马上来找太行，态度很诚恳，但并非没有兴师问罪的意思："为什么买个人人都嫌扎手的项目？能让我了解一下你独到的眼光和见解吗？"

太行很耐心详细地做了解释："21世纪是网络、数据和算法的时代。商业社会的经济活动，比如说人们的消费行为，都可以理解成一种算法。掌握了数据和算法，就可以对活动和行为进行干预。

从表面上看，大数据和云计算的产出不明确。但实际上，它的应用最广，可以为各行各业提供最基础但也是最强大的支持。你放心，我没有用公司的钱来投资。如果将来赚了钱，我会和你分成。赔了钱，由我自己承担。"

虽然还不太明白这个项目究竟是干什么的，但胡朵朵已经捕捉到一个明确的信息：太行很自信，这个项目一定会赚钱。她心里的一块石头落了地："哪能我光分好处不担风险呢？我对你有信心。"太行礼貌地笑笑。胡朵朵努力地用两个瞳孔捕捉太行眼睛里流露的情绪。她见过太多的假笑，尤其是为了达到自己的目的故意挤出来的笑，更懂得分辨，这些笑容里有多少真诚、欲望、掩饰和客套。

胡朵朵早就不去地产公司上班了，投资公司一开，她就打算在这边常驻。但是太行为了节约成本，租的办公室面积有限，没什么闲置的气派的办公室安置她这个大股东，建议她只参加每周一早晨的例会，这样既不用朝九晚五那么辛苦，又可以了解投资公司的进展，必要时还可以出出主意参与决策，她欣然同意。就这样，无论刮风下雨，胡朵朵参加例会从不缺席，并且态度认真，也很矜持，完全就是一个大股东该有的定位。有时候，太行出差在外，就由她来主持会议，反正这一行对她来说早已不陌生。胡朵朵谈恋爱的事，公司里的人也都知道了，虽说她对象从未到公司来过。小伙子出身于医学世家，毕业于某医科大学，但是从小爱好文艺，毕业后响应内心的召唤转行搞了文艺，先后在美国、法国和德国学习艺术，回国后在南方发展了数年才回北京。年纪和她相仿，关键是长得挺帅，还会拉小提琴。据说，她挺满意的。胡朵朵和太行的故事，公司里没人知道，因而关于艾丽丝追求梁总的事，没人会在她面前避讳。起初，她不太相信传言，传言就跟地上长蘑菇似的，没有种子都能发出芽来。不过，等到太行把杜励的画像挂在办公室里后，她开始上心了，揣摩着，到底是出于自觉自愿，还是迫于内外压力？

二十八

西太太李丽咋这么大方，愿意和只见过一面的姐妹共夫君，同富贵呢？

古五公子的老爸病了好长时间了，非要在自己死之前，给小儿子再张罗个贤良淑德的媳妇。可五公子花名在外，又一大把年纪了，门当户对的人家躲还来不及呢，谁肯和他结亲？老头子气得不行，让古五无论如何选一个正经八百的女人结婚。五公子划拉来划拉去，觉着有个姓杨的歌剧演员估计能够得上爸爸的标准。一见之下，老爸还算满意，想让他马上结婚，也算是冲喜。但五公子哪肯收心，搞了个订婚仪式哄老头子开心，日常起居在小杨这儿，做做样子给家里人看，照旧该怎么玩就怎么玩。李丽不甘心，她半辈子忍辱负重，叫东边太太压着，眼看要熬出头了，居然被别人逮了便宜。乞巧节一过，她更着急了，那么风光的聚会都是做给外人看的，大半夜的，五公子全程戴副墨镜是个啥意思？妹妹李琼给出的这个主意，起初吓了她一大跳："这个杨小妖精还没搞定呢，再来一个吴晓菲，以后日子可怎么过？"李琼说："姐，你脑子怎么转不过弯来呢？这叫鹬蚌相争，渔翁得利。以我对我姐夫的了解，你要是把吴晓菲给弄来，他肯定能把在那个女人身上的心收回一大半，还念你贤惠。到时候咱们再找人在他耳朵边吹吹风，说娶妻娶贤，纳妾纳色。在他这一堆老婆里，你跟着他时间最长，最贤惠，又给他生了唯一的儿子，他应该把你立为正妻。你自己也和他撒撒娇，说跟他结婚是为了儿子。结婚以后，你就一个人待着，他在外面爱跟谁玩，你都不过问……"

吴晓菲狐媚男人的功夫，真没让西太太失望。自从纳了她，古五公子就天天和她腻在一起，一时三刻离不了。他怕家里人查他，干脆带着吴晓菲搬到了给小杨姑娘置办的别墅里去住。吴晓菲向五公子撒娇，说自己能够来侍奉公子，还得多谢李丽的举荐，不忍心她一个人独守空房。于是，李丽也一块搬过来了。小杨姑娘住一楼，李丽住二楼，五公子和吴晓菲住三楼。他的老婆们从来没有这么和谐相处过，他也从来没有如此快活过。就跟古代的皇帝一样，他每天想翻谁的牌子就翻谁的牌子，想和谁颠鸾倒凤就和谁颠鸾倒凤。真是天上人间！

没过多长时间，古家老爷子就病危了。五公子每天白天到医院看父亲，装出一副悲痛欲绝的样子。一回到自己的小公馆，就咒老爷子赶快去见马克思。这段时间，吴晓菲让他体会到了什么是欲仙欲死，他早想好了，等老爸一死，就把她娶过门，两人一块周游世界，怎么快活怎么来。吴妈妈和李琼是签过协议的，倘若闺女能让五公子正式迎娶李丽，就得到两个亿的酬劳。很快，古公子的爸爸去世了，吴晓菲就鼓动五公子跟李丽结婚。五公子哪还愿意娶这么个人老珠黄的女人。吴晓菲说，你真笨。你要是不跟她结婚，你的儿子就是野种。你跟她结了婚，你儿子才能算是你们老古家的正儿八经的后人。五公子笑了。

李丽跟古五结婚后，母狼的本性就露出来了，她要立刻撵走吴晓菲。李琼比姐姐还讲点契约精神，主张用钱打发了算了。李丽不干，之前就给了两亿，现在还要给？吴晓菲不就是个小三吗？香港那些富豪正室是怎么打发小三的，可有不少经典案例供她参考。

　　吴晓菲早已不接戏，过去提携过她的一个导演邀她客串一个小角色，露露脸，反正也不用去外地，她就应承下来，老交情总是要维护一下的。朱必达的事情过后，她一度成了话题人物，在网络上很吸引流量，估计导演请她客串也有这方面的考虑。那天来探班的记者不少，吴晓菲拍完戏，和几个记者说说笑笑的，准备一起吃个饭。就在这当口，走过来一个女群众演员，抱着个道具娃娃，凑到吴晓菲面前，狠狠地啐了她好几口，嘴里还骂："贱货，勾人老公！"话音未落，便将道具娃娃使劲地砸到吴晓菲的身上。这道具娃娃，居然还是"古董"型的，里面装着的是麸皮，外面裹着的是不堪一击的破布，受此重击，外面的破布立刻裂开，里面的麸皮洋洋洒洒，瞬间便把吴晓菲打回原形——狼狈的"灰姑娘"。这也就罢了，关键是吐在她脸上的那几大口唾沫，实在是恶心至极。吴晓菲的眼睛、鼻孔和嘴巴里，也全是麸皮渣滓，她顾不上和这个不速之客纠缠，连忙掏出纸巾来擦，等她把自己的脸拾掇干净，似乎才反应过来，大声地骂："你才贱呢，谁勾引你老公了？神经病！"那个女群演早不见了踪影。古公子派在吴晓菲身边负责保护她的保镖追出去老远，回来交代说，没找着人。其他不相干的人，包括几个记者，都一个腔调："神经病，疯子。甭理她！"大家都站在遭了殃、受了辱的吴晓菲这一边。

　　第二天，就有媒体把吴晓菲的底扒了个底朝天，一时间，她变成了人人喊打的过街老鼠，人送外号"吴婆惜"。用脚指头猜，她都知道这事后主谋是谁？吴妈妈不是吃素的，花钱找了一帮自媒体，把李丽那点不光彩的小三上位、母凭子贵、逼走大婆、令其客死异乡的侧室生涯扒了个底朝天!……古五公子原本还有意为新欢出头,结果被大哥一顿痛骂,叫他马上跟吴晓菲脱离关系,不仅要让她哪儿来回哪儿去,还要她登报声明,和他素无瓜葛,否则,他立刻把娘俩抓到大狱里去吃牢饭。

吴妈妈真勇敢!明知碰上自己绝对惹不起的硬茬了,仍然壮着胆子,问古五公子要分手费。也算他念及吴晓菲在床上下的那点功夫,给了五百万。吴妈妈此时后悔不迭。怪谁呢?只能怪自己太贪,弄了个鸡飞蛋打。

李丽也被豪门无声无息干净利落地处理了,被发配到爪哇岛面壁思过。没人担心她还会在有生之年回到国内给公子捣乱,只要为儿子的将来想想,她都不敢再放肆。古公子的家族运用一切力量,删除了网络上不利于他的帖子,一切都平息了。

二十九

从老东家赫丘勒处辞职后,莱斯特和马克西姆合伙开了一家投资公司,专注于技术引进、海外投资和理财,几年下来,已风生水起。不久前,他们帮助国内的某个企业从国外引进了光伏生产技术和生产线。由于国家正在好几个大城市试点碳交易制度,碳足迹低的绿电,成了热门话题。有一个从国外留学回来的博士,和江苏某地方政府合作,投资兴办了光伏电池制造企业,恰逢上市宣传期,连"央媒"都惊动了,一时间,各大小媒体都在谈朝阳产业——绿色电力。

太行对资本市场里突然大热的"光伏"概念存有疑虑,但又十分感兴趣，特地前来找莱斯特讨教一二。

"坦率地讲，我认为相关概念股已经进入上行通道，但是顶在哪儿，不好判断。过于积极乐观的开局，往往未必是祥兆。现在是大热的时候，媒体在爆炒概念，但计算一下现有的产能和规划中的产能，再比较一下实际的需求和需求增长量，不难得出一个正确的结论。如果我是你，不会做长期价值投资，只会做个短线，赚到钱后立刻出局。"莱斯特侃侃而谈，谈了自己的看法。

太行认为莱斯特讲得颇有道理，投资任何一个行业，如果想大赢，必须在大热前布局，在热点退却前离场。他并没能事先预判出热点来，考虑的也不仅仅是跟着热点赚些小钱，而是有别的打算。他向莱斯特请教自己最关注的环节："你认为光伏行业的核心竞争力是什么？"

"与核电相比，安全；与风电相比，稳定；与水电相比，建造和使用阶段的环境负荷低。"

"一个光伏电池片制造企业，如何在与同行的竞争中脱颖而出？"

"转化率和成本。目前光伏电池的转化率在20%左右，如果哪家企业能够实现技术上的突破，将转化率提高，哪怕仅仅是5%，对于光伏电站而言，则意味着发电量提高，收益提高，投资回收期缩短。在制造电池片的过程中，需要使用晶硅片。由于切割技术的制约，浪费十分严重，高达50%，业界一直在研究新的更节约物料的切割工艺。"

"这么说，国内的光伏生产企业在没有技术突破的前提下，是裸竞争。除了相互压价，面对下游用户，各家没有任何比较优势，是这样吗？"

莱斯特想了想后，耸耸肩："这只是我个人的看法。这项技术引进的工作是由我的拍档麦克斯①负责的，假如你想了解更多的信息，不妨和他谈谈。"

马克西姆完全同意搭档的判断："做实业，关键就是进行产业链布局，上游至少要布控晶硅片的生产，下游要利用全球的价值链布局，既享有低制造成本优势，还可以规避市场贸易壁垒。比如，你可以把晶硅片和电池片的生产放在中国，将部分组装发往越南等地，就像是多年前中国的一些服装企业将销往美国的衣服放在塞班岛上缝几粒扣子一样……"

太行边仔细地听着，边抽烟思考，脸上挂着微笑，不置可否。一旁的莱斯特早已面露担忧，急切地问："你要进军实业吗？"还没等太行回答，立刻又说："我劝你三思而后行，好好研究一下中国的产业政策。光伏电站的投入很大，非常依赖于国家的宏观规划，如果光伏绿电的价格比煤电的价格高，没有政府补贴或是其他鼓励政策，很难存活下去。中国和美国以及欧洲不一样，在减碳阵营里，是一个没有旧债要还的自由人②。任何一个国家的发展都要平衡短期和长期的利益，中国政府会在多长时间内改变煤电占统治地位的格局，要考虑国内各阶层的利益，还得考虑自身的国际竞争力。这里面涉及的因素很多，你需要收集信息，冷静思考，不要急于做决定。"莱斯特讲话时，一直注视着太行的反应，然而他并没参透对方的意图，决定把话说得再明白些，"我一向认为低碳市场是挖不出金子来的，这个世界是保守的，对改变和革新总是疑虑重

---

① 麦克斯是马克西姆的昵称。
② 按照联合国 UNFCCC 气候框架协议，造成全球气候变暖的主要原因是发达国家工业化革命时因为燃烧化石燃料排放了过多的温室气体造成的。

重。富人不愿意迁就穷人,穷人之间只有竞争是最真实的,没人愿意为他人考虑,人人都想把自己的未来迅速无限增值,立即变现,好好享受人生。不仅普通人如此,各国首脑和政府也是如此。没哪个国家拥有全球意识,富国透支了穷国的未来但是不愿意承担历史责任,穷国得发展才能活下去。联合国的决议没人尊重,更何况它本身问题多多,简直就是自说自话的大嘴官僚机构,恐怕不等到需要建造挪亚方舟的那一天,当代公平和隔代公平[①]不会为世人所践行。"

太行朗声笑了,掐灭了烟,起身告辞。临走时,他亲热地拍了拍莱斯特,说有时间请他一块喝喝酒,又和马克西姆握了握手。客人出了门,马克西姆把他的名片看了好几遍,问自己的拍档:"这家伙到底是谁?"

莱斯特脸上全是沮丧,迟疑了片刻后答道:"一个幸运的家伙。"

马克西姆愣了几秒钟后,也拍了拍莱斯特的肩膀:"你真是个圣人。"本来他一只脚已经走进自己办公室了,又转身出来,给了拍档一个忠告:"你还爱着她,对不对?那为什么要当圣人?噢,我懂了,为了赢得她的心,她只喜欢高尚的人。亲爱的莱尔[②],爱情是伟大的,心上人是纯洁的,可是为了得到她你必须得用点卑鄙肮脏的手段,尤其是当她属于别人的时候。为什么不设个陷阱?以你的智慧,对方一定会落得倾家荡产。用不了多久,她就会重回你的怀抱。到那时,你再拿出一笔钱来,解救陷入困境的他,依然可

[①] 隔代公平与当代公平一样,是绿色可持续发展中重要的概念。隔代公平强调的是,当代人的发展不能以透支下一代甚至是下几代人的生存与发展为代价。

[②] 莱斯特的昵称。

以做圣徒。这是多么皆大欢喜的结局。不要质疑我,想想看,如果我和你一样,还会迎来今天与海伦娜在一起的幸福生活吗?"

在北京的英国人各有各的圈子。莱斯特和马克西姆就是一个小圈子。他们过去就是朋友,从出身来讲也算是一个阶层,到了中国后属于小部分白人顶层人士,把东方热土赋予洋人的人种红利吃尽了。马克西姆没下海之前是碳基金会的中国总裁,这个碳基金会隶属于英国环境部、食品部及农业部,算是个官差,主要从事绿色技术的孵化、普及和投资工作。别看此职位没啥"钱景",可他利用职务之便接触到不少本地政商界的重量级大咖,积累了人脉,和莱斯特合伙开公司后,不再受技术领域以及本国局限,而是以整个欧洲的强大产业背景为依托,很快就干得有声有色。两个人一个专注于为中国国内的闲散资金寻找海外投资机会,另一个负责为欧洲的先进技术寻找中国买家,配合默契。海伦娜在北京过得更是如鱼得水,不仅已经举办过一次画展,卖出了几幅作品,还和本地的一些画家成了不错的朋友。海伦娜最新的打算是在创作的同时,做一个艺术品经纪人,为中国国画大师们及作品寻找海外赞助人和收藏家。不用问,这个好点子是在马克西姆的启发下获得的。夫妇俩十分关心小兄弟莱斯特,为他的福祉操心,周末常常邀请他来家参加聚会。马克西姆向莱斯特灌输追女心得,海伦娜常向莱斯特讲述驭男之术,顺便在白皮肤或黄皮肤的美女与莱斯特间穿穿针、引引线。马克西姆少不了在太太面前,把太行的来访和好兄弟的表现绘声绘色地讲述一遍,海伦娜听完大笑不止:"莱斯特真是个大宝贝啊!"并取笑他道:"直到现在我才明白,为什么你会爱上那个天真的女人。她是个蠢丫头,你也精明不到哪儿去。奇怪的是,你怎么会陷入那种中学生式的爱情里无法自拔?还羡慕娶了她的男人运气好？依我看，你的运气比他好多了，你将有机会像个男人一样去爱一个真正的女人。"

莱斯特从未如此讨厌过海伦娜的玩世不恭。世故的女人才是真正的女人？这是谁下的定义？如果是这样，莎士比亚不会让哈姆雷特爱上奥菲莉亚。至于说他的运气好，那就更不可原谅了。假如这世上有一千种分手的原因，那自己和杜励的分手就是第一千零一种，除了抱怨命运女神喜欢恶作剧，他不知道该去抱怨谁。

三十

小平一直以为是妈妈帮太行买的别墅；而文竹呢，认为那套别墅是女儿对弟弟的资助。文竹把女儿给的卫元公司的股票如数退给她，一再对她说："天下再也找不出第二个像你这么孝顺的女儿了。你对娘家的这份心，我和你爸爸已经领了。"

"妈，我要是把这钱拿回，太行房子的钱谁出啊？"小平在娘家人面前说话，是最不拐弯抹角的。

文竹纳闷了："他的房子不是你送的？"

小平摇摇头："我还以为是你和爸爸给他买的呢。"

"你爸爸的钱都投在新办的资源回收公司里了，哪还有闲钱给他买那么一大套房子？"

小平得了妈妈的指令，来问太行钱究竟从哪儿来的。小平和胡朵朵常到公司开管理会，财务明细她们随时可以调阅，知道太行从公司里拿钱或者暂时挪用这两种可能性都不存在。

姐姐是什么人，太行心里清楚，不可能像糊弄妻子那样糊弄她:"钱是我炒股指期货挣的。本钱是我和杜励的存款。1∶300的赔率,如果瞅准了,来钱很快的。我可不敢拿公司的钱干这个,一旦输了,轻则血本无归,重则……"他没再说下去。

小平对期货是外行,不过也多少了解一点。炒期货是高风险、高收益,可是1∶300的赔率,她还是第一次听说,有些将信将疑。太行不再多解释,以后也不打算再玩股指期货。这玩意说白了就是一场赌博。赌博对于新手是有红利的,他已经用过一次,绝不能贪心。他给姐姐吃了个定心丸:"你就放心吧,我挣的钱全是见得光的。我怎么可能用来路不正的钱,买套房子安置老婆孩子呢?"

这下,小平的确是放心多了。细品过弟弟的话后,她得出两个结论来:太行这回的收益估计在九位数上。买套小别墅,确实绰绰有余。还有,房子一定是写在弟媳名下的。大概从她怀孕的那刻起,他就开始筹划,要送一份什么样的礼物给她。坑了谁,他也不会坑了她。

妈妈那儿,弟弟怎么说的,小平就是怎么回的,但没把自己的猜测说出来。这是人家小两口之间的事,用不着她这个当姐姐的去指导夫妻相处之道。上回跟太行生气,那是她太着急了,后悔了好一阵子。杜励不掺和家里的这些事,也不全是因为她清高,还因为从她进门,妈妈就对她"另眼相待"。

文竹趁着暑假到女儿家小住几天,和外孙子、外孙女团聚。孩子们都从国外回来了,一家人在一起很热闹开心。朵朵一听说干妈来了,马上就来看她。没说两句话,眼泪就流得滴滴答答的。原来胡朵朵与男朋友李羿分手了。

太行对此事很关心,问文竹怎么回事。文竹说:"分手倒是朵朵提出来的,因为李羿心里有了别人。之前,因为老四的一桩事,俩人就闹了不痛快,朵朵本来想和他分手,被胡老爷子劝住了,说他是为朋友两肋插刀,也算是难能可贵,再者又是个什么英文饶舌歌,一般人也听不懂。但为了这事,俩人已经结下疙瘩了。这阵子,李羿跟单位里的一个女同事,走得特别近。人家已经结婚了,也没对他有什么明确表示。朵朵本来还想等着他回心转意,谁知道,他亲口承认已经爱上对方,不愿回头。朵朵不得已,和他分了手,也算是成全他吧。两人还认了干兄妹。这闺女就是太死心眼,把情看得太重了。"文竹光顾着说了,没注意儿子的反应。太行已经气得脸色煞白,额头上的青筋突突地跳,浑身的肌肉都绷紧了。

  没过几天,杜励突然一病不起。文竹着实纳闷,问太行,太行一句话都没有。问家里的保姆,保姆说:"太太回来的时候,脸色就不好,直接上楼了。后来先生回来了,也直接上了楼。再后来的事,您都知道了。"保姆人挺老实的,不像是编瞎话。她去看过杜励一回,病倒是不太要紧,就是精神太差:闭着眼睛昏昏沉沉,既不说话,也不吃东西,两颊潮红,手心发烫,就好像有一炉子没烧完的灰烬在她胸腔里闷声不响地烧着……连着输了几天液,一点起色也没有。杜励一病,太行就把皮皮给奶奶送了过来。胡朵朵也常来看文竹,见着皮皮就喜欢得不得了。皮皮也喜欢她,一见到她就伸出手来要她抱。朵朵不仅对孩子好,行事也大方,每次来,不是给孩子买礼物,就是给杜励带些补品,银耳燕窝送了一堆。太行的态度不好,每回来接孩子碰上朵朵,都沉着脸,一句话也没有。即使心里再着急上火,待客的礼数总不能没了吧?文竹想说说儿子,几次话到嘴边又咽了回去,体谅他心里着急,也替儿媳妇揪心,又听保姆说杜励喝了中药在拔痰:"太太那个咳法,俺都想把耳朵捂上。"她问太行:"从哪儿找来的医生,靠谱吗?别再把人给治坏了。"太行始终一言不发,她又问保姆。"是个岁数挺大的老太太,看着行,是太太的两个同事一块陪着来的。"听保姆这么说,文竹才稍稍放心些。

直等到杜励的病好利索了,文竹才起身回蓟县。她还打算把皮皮一块带去,一来梁政委也想小孙子,二来让儿媳再好好调养调养。虽说杜励生病的时候,自己没到跟前去照顾,但并不代表她这个当婆婆的,不懂得关心小辈。就是不心疼媳妇,还能不心疼儿子吗?回回见着太行,不是戾气满面,就是郁气缠身,手里的烟就没断过。

知道文竹要走,胡朵朵来送行,拉着干妈的手,恋恋不舍。她抱着皮皮,亲了又亲,不小心还把手机掉在了地上。文竹忙给她捡起来,还拿纸巾擦了一下。这一擦不要紧,竟发现手机里弹出一张照片来,是一对男女。男的她不认识,女的,虽然只照了个侧脸,穿着件她从没见过的衣服,但这是自己的儿媳妇,她能认不出来?

胡朵朵一把将手机夺了过来,藏在身后:"干妈,我可不是故意让你瞧见的。太行现在见了我,总拉着一张脸。要是让他知道,你从我这儿看到这张照片,他还不……"

文竹马上明白了:"这个男的就是李羿?"

胡朵朵把皮皮放下来,扭过头去擦眼泪。

"你把这张照片发给干妈。"文竹的语气不容置疑。

等干女儿走后,文竹盯着这张照片仔仔细细地打量,把小平叫来商量:"我说杜励怎么莫名其妙就病了?难怪太行什么都不说。真把我气坏了!你好好看看这张照片。不是说不可以和单位里的同事交往,但是男女有别,应该注意一点分寸吧?有没有想过,做丈夫的看到这张照片心里是什么滋味?你再瞧瞧这件衣服,后背上的花边都是透的，裙子上的开衩快开到大腿根了。"

小平笑了："妈妈，你不是瞎操心吗？我看杜励这件衣服，最多也就算个'闷骚'型的，否则太行那一关过得去吗？他是那种任由自己老婆随便展览性感的人？咱们去年在大连消暑的时候，杜励穿过一件出格的衣服吗？来来往往的姑娘哪个不是身上挂件连肚脐眼都遮不住的小吊带衫啊。"

这件黑色无袖礼服裙是小海给姐姐设计的，本来准备在皮皮生日宴上穿的，哪知杜励感冒了没去，就压了箱底。七点档获得成功后，按照台里的要求需表演娱乐节目，常老师和小月负责唱歌，杜励弹钢琴伴奏，自然要穿得隆重些。挑来选去，杜励就把弟弟设计的这条小黑礼服拿去让裁缝把腰改小了些，旧物翻了新。因为小海是按照姐姐产后身材，利用立体剪裁制的版，这么一改，版型更夸张了，不仅格外显得纤腰楚楚，还把她小小的翘臀衬托得极其性感。至于背部白色透明的花边，如果不是看照片而是看真人，绝不会有此误会。东方人发色重，不似西方人有一头金发或是红发，能够和黑色的暗沉抗衡。小海考虑再三，把衣服的领子设计成了自然下垂的褶皱领，缝了一圈白色的蕾丝花边。这圈花边从前面绕到脖子后面，与黑色的底布在腰部以上组成了一个"V"字形图案，腰部以下是单边开衩的裹身鱼尾裙摆。和许多前露胸后露背的晚礼服比起来，这条裙子算是相当保守了。

"平儿，妈妈在意的是太行。"衣服并不是文竹反感的焦点，当初，她不赞成这门婚事的原因之一就是认为杜励不懂得顾及太行的感受。一个女人如果把丈夫放在心里，放在首位，她处处会换位思考，会掌握好为人处事的分寸的。

"妈，我看你就让太行自己处理吧。要真是有什么确凿的事，他能忍下来？我不相信。"

胡朵朵的心机，在小平看来，与把卫元和智静拆散了的萨拉，有得一比，一定是恨李羿没拿她当回事，又不好直接报复，这才想出这么个借刀整人的法子来。

无论女儿怎么说，文竹不为所动，想要和儿子好好谈谈。没想到，太行直接把妈妈的手机给摔了，脸色铁青，一言不发，抱起皮皮就走。

小平和孩子，拉着文竹一起去电影院，看了部热热闹闹的喜剧片，才把文竹心里的这口气给顺过来。文竹原本还没那么担心，但太行生这么大的气，说明了什么？

三十一

智静怀孕了，孩子是卫元的。到底要不要留下孩子，智静拿不定主意。她早就想和过去一刀两断，但始终下不了决心。

夫妻二人早已正式分居，卫元搬出智府，一个人住到了酒店。如果不出差，他每周都会来看孩子。每次来看孩子，到大门口了，保姆就把小福领出来。送孩子回来时，自然是门口的警卫员帮忙把孩子领进去。他既没再恳求老爷子再给一次机会，也没有提出离婚。一家人全都偃旗息鼓，不约而同地选择了冷处理，似乎把这段已死的婚姻冷藏一段时间，还能让它有起死回生的希望。

第二次的伤害虽然极其痛苦，可与第一次相比，智静走出痛苦所用的时间却大大缩短。已经死了的心还怕再被人捅一刀，再死一回吗？几个月短暂的复合，就当是死去的爱回光返照好了。人生的路还很长,没有理由不好好继续下去。智静认真回顾了自己小半辈子的历程:和卫元一起创业的时候,她不过是帮助他牵牵线,搭搭桥,铺铺路。从不名一文的打工仔到大老板,卫元的腰杆越来越粗,脾气却越来越坏,眼睛里再也看不到她的任何优点,仿佛她这个人的价值就是他财富里的排在末尾的"0",离开了他这个"1",她什么都不是。他之所以还保有她这个"0",只不过是因为她有个位高权重的爸爸。后半辈子,她还要去做某个人的"0"吗?自己为什么不能争口气?

她一想通了这个,就回公司上班了。这个公司是她和程小军合办的,两个人都是掌勺的主厨,她非得好好干,干出个样来,给家里人争口气,给小福树立个好榜样。可是,第二个孩子早不来晚不来,偏偏在这个时候,要和当妈妈的结下母子缘,这让她不知如何是好……

"如果是我,我不会留下孩子的。它不是爱情的果实,又干扰了你的人生规划,为什么不选择终止孕育?"这是杜励给好朋友的建议。她回忆起父母不幸福的婚姻带给自己和弟弟的伤害:"我爸妈成天吵架。他们对彼此和对孩子,完全是两样,尤其是我爸爸。他对我们很严格,但也很包容,对妈妈,却实在是太薄情了,常常为了一点小事就勃然大怒,当着我们的面,口口声声说,倘若不是看在孩子的分上,早就离婚了。我妈妈特别可怜,每天拼命地干活,把家里收拾得一尘不染,她心里太苦了。假如她有办法完善自己,改变自己的命运,肯定早就一走了之。妈妈对我们也严格,近乎到了苛刻。她是很传统的,一直盼着母凭子贵的那一天……"杜励哽咽了,继续道:"虽然明知父母都很爱我们,可我和小海从来不觉得幸福,成天担惊受怕,既怕他们离婚、又盼着他们离婚……

那种恐惧,一直伴随着我俩。到现在,小海还抱着一个玩具兔子睡觉。他虽然已经长成一棵大树,却总希望姐姐姐夫能替他遮风挡雨。至于我,表面上坚强独立,但在我的内心深处,永远住着一个被人遗弃了的小女孩。"

杜励的建议,智静没有听进去。虽说她下定决心想要去拼事业,但是她的人生要务清单里,孩子是首位。她爱孩子。这个未出生的孩子,虽然是卫元的,但更是她的。卫元只是孩子生物学上的父亲,而她则是生他养他的母亲。一个没有爱情的母亲未必会成为一名怨妇,不见得不能让孩子们幸福。恰恰是杜励的建议,让她看清了自己的内心。这一回,她没有让家里任何人来为自己做主,委托了一名十分出色的离婚律师,直接去找卫元谈离婚。

律师转达了智静的意思,说明当事人不愿意惊动任何人,只想快速解除双方的婚姻关系。卫元不同意,还想再等等。律师告诉他,智静已经怀孕,如果现在不解除婚约,以后他的主动权会越来越小。律师在暗示什么,卫元听得懂,不解除婚约他必须得做和尚,否则一旦行为不轨,被媒体获知曝光,不仅身败名裂,而且离婚官司也会输得很惨。智静现在告诉他这个消息,算得上宅心仁厚。

送走了律师,卫元把自己一个人关在酒店的房间里,喝得酩酊大醉。他走到浴室,打开了水龙头。有谁会想到,此时此刻,全中国最有钱的富商之一,正在淋浴喷头下,放声痛哭。假如真有时光旅行机,他没准会用全部身家换一张登机牌,只为回到从前的某段时光……

小时候卫元从没想过要当富豪。别的同学想当司机、老师、警察或医生,再不然就当官,发财,他一点都不知道自己将来长大了能干什么,或者特别想干什么。高考志愿是班主任帮着填的,金融究竟是干吗的,班主任自己也不清楚,反正就是最好的大学,最热门的专业,将来总差不了。一到北京,他就自卑了。我的妈呀,北京城这么大,故宫那么恢宏,随便一条街都那么长,随便一座大院的墙都那么高,一个外来的学生算个什么呀?他第一次觉得自己那么渺小。校史馆里的名人多如牛毛,不是历史课本上的传奇,就是新闻联播里的人物,全中国最聪明、最勤奋、最有想法也最雄心勃勃的人有许多是从这里走出的。大城市来的同学不仅知识渊博,有特长,还都胆子大,会说话,成绩也好,混在这群人里他不过是沧海一粟,而且还是扎眼的、土气的、滑稽的一粟。智静那时候比现在瘦多了,虽然骨架大,但身材匀称,五官又耐看,特别惹人注目。虽说她从来没吹嘘自己爸爸是干什么的,可那口气绝非等闲之辈:"当官有什么意思啊?成天忧国忧民。""摆什么谱啊,这就叫有钱了?见过世面吗?""嗨,农民怎么了?谁祖上不是农民啊,要我说除非你拿出家谱来证明你家的原始天尊爷爷是牧民,不带看不起农民的。"他一下子就喜欢上她了。他天天晚上躲在被窝里写情书,不敢塞给她,情书成了日记,坚持了整整一学年,直到有人多嘴告诉了智静。智静很好奇,就跟开玩笑似的,把他叫住了:"哎,那个谁,你日记能借我看一下吗?"从此她的理想成了他的理想。那理想用智静的话说就是:"我就想当全天下最自在的人,有钱,吃遍天下,玩遍天下,然后再把钱捐出去,谁可怜给谁,谁生病给谁,谁穷给谁,谁老了干不动活给谁。"

有一段时间,他特别讨厌智静,痛恨她,嫌恶她。讨厌她的没心没肺,痛恨她的盛气凌人,嫌恶她的臃肿肥胖。那会儿,正是他和萨拉好得恨不得分分钟都黏在一块的时候。萨拉不是没吹过枕边风，希望他离了婚娶她。他心里有杆秤，萨拉身材好，会打扮，甜中带辣，会伺候人。而智静则有他事业攀升所需要的资源。他闭着眼睛，把这些年发生过关系的所有女人在脑子里排了个队，最后他把她们排成了两行，其中一行是其他人，另一行只有一个女人——智静。

三十二

梁家每年夏天总会聚在一起，出去旅游几天，算是消夏吧。一般都是几个孩子轮流安排，国内外地点不定。今年轮到二儿子跃进做东，他请一家人去厦门。说是一家人，其实只有女眷。梁政委记挂着厂子没去，挺进工作忙脱不开身。太行呢？本来答应得好好的，临时又反悔了，也有事要张罗。杜励只能带孩子跟着小平一家子和婆婆一道去了，即便心里忐忑踌躇还不痛快。

从厦门回来后，文竹很留意来接机的儿子与儿媳之间的互动。太行首先把儿子举过头顶转了好几圈，直到把皮皮逗得又兴奋又害怕，才把儿子放在行李车上，然后和妈妈、姐姐、姐夫打招呼，又跟两个外甥开了句玩笑，最后搂住了妻子，在她的额头上亲了亲，抚了抚她的头发，在她耳边说了一句什么话，大概是我想你之类的吧。后来，两人就一直手扣着手，上了车都没松开。回到蓟县，文竹向梁政委夸了小儿媳妇几句，说她比以前懂事些了。

跃进很有心，看到皮皮年纪小，和哥哥姐姐们玩不到一块，便在到厦门的第二天，带着小侄子买了一只小泰迪。这可把皮皮高兴坏了，拉着泰迪在房间里、走廊上奔来奔去，玩累了，就喂它喝水吃东西，训练它做各种奇怪的动作。

杜励话很少，吃厦门的海鲜也有限。跃进安排了许多晚间助兴节目，不是去看杂耍，就是去听闽南戏，总之怎么热闹怎么来。杜才韧从小就不许孩子们玩扑克和麻将，在大家玩这些时杜励只有干看的份。于是她常和孩子出去在沙滩上走走，这倒是一个难得的放松。

滨海路，是厦门一道靓丽的风景线，这儿虽然没有青岛海边那些独特的雕塑，但矗立着不少别具一格的建筑，又到处种着木棉、棕榈、榕树等姿态各异的植物，置身于此，让人不禁有一种想要停下来细细品味的欲望。杜励喜欢看榕树，它们美得优雅含蓄，每一棵榕树下面都藏着几百年岁月的沉淀，斑驳古老的树皮似乎向人诉说着来路的艰辛，可枝头翠绿茂盛的叶子一点也不为旧事所羁绊——阳光下，每一片叶子都是那么生机盎然，每一片叶子都那么自在精彩……

厦门的海，更是一片深不可测的水。航道就在岸边，一艘艘轮船开过来，似乎顷刻间便能驶上沙滩，和驻足的人撞个满怀。远与近，并不是眼睛看到的距离，不容人随意揣度。海水湛蓝，与天相接。尤其是天气好的时候，假如没有白云、海鸥和轮船在里面搅和，远远望去，真叫海天一色：风起时，波澜壮阔，海舞天动；风住时，波澜不惊，海吟天颂。大海总是能够让人静下来，让人思考，给人慰藉。皮皮追着小狗奔跑的时候，杜励也会追着儿子跑，心境渐渐开朗了不少。

妻子还未回来，太行就动上了脑筋：当着一大家子人，她肯定不会拒绝任何亲密举动。果然被他料中，从在机场接上她，太行就没少套近乎。一路上，亲亲她的头发，挠挠她的手心，咬咬她的耳朵，说各种情意绵绵的悄悄话："你想我吗？不回答啊，不回答就是想。撇嘴也没用，铁证如山，你脸红了。干吗翻白眼？生气了？别生气，我认错……我想你。我天天晚上做梦，在波光粼粼的大海里和你游泳。那个美啊，天上有明月，身边有佳人，温柔的浪花仿佛是在给我做按摩。游着游着，我竟然睡着了。等我醒来的时候，发现被五花大绑地捆在了一块大礁石上，一个戴着面纱的小美人鱼坐在对面的珊瑚上，拷问我，到底愿不愿意做她的相公？我说我有娘子啊。小美人鱼说，我长得比她漂亮，你娶我不就行了？说着立刻把面纱摘了下来。我吓了一大跳，咦，你怎么找我娘子借了张脸。"杜励的脸红得跟麻辣小龙虾似的，狠狠地瞪了他一眼，不发一言。"呵呵，哈哈。"太行忍不住得意地笑，笑得一车人莫名其妙。他还觉着不过瘾，轻轻地撞杜励的肩膀："你怎么都不知道表扬我一下？"

回到家，诸事安顿后，太行走进卧室。

杜励正在哄皮皮睡觉。她现在留起了长发，每天晚上洗好澡后，会把头发仔仔细细地吹干，再编起来，怕睡的时候给弄乱。皮皮躺在妈妈的怀里，一只手抓着妈妈的辫子，另一只手里抱着一只奶瓶，全神贯注地听妈妈讲睡前故事。别看他两三岁了，晚上入睡前，还是习惯用奶瓶喝奶。杜励很会讲故事，把儿子逗得乐滋滋的。两人全都穿着蓝白相间的条纹T恤衫，就好像把大海和白云带回了家。

多好的一幅慈母情深图啊，可太行并不觉得欣慰，如意算盘落了空，走过来在儿子的额头上弹了两下："小东西，你怎么跑到这里来了？"

皮皮张开了胳臂，要爸爸抱。太行把儿子抱起来，闹了一阵子，打算把他送回自己的小房间。皮皮不干，使劲拍打爸爸的肩膀，大声嚷嚷:"我要妈妈，我要妈妈。"

太行把他放下，他就紧紧地抱住了杜励的脖子，说什么也不肯回去，理由可充分了:"你不在的时候，我和妈妈天天一块玩，一块睡觉。我以后不要阿姨了，我只要妈妈。"

"那是放假的时候，现在回家了。"太行一本正经地教育儿子。

皮皮哪懂得放假和平常日子有什么区别，嘴里反复就一句话:"我要妈妈，我要妈妈，这是我妈妈。"

杜励明白，嘴角扬起一丝难以察觉的微笑。太行也明白，煞有介事地"威胁"妻子:"行啊你，狡猾得很。哼，躲得了今天，躲不了明天，我都给你攒着呢，到时候你非求饶不可。"

打从追思会起，太行这心里头就没舒坦过。莱斯特泪洒杜励的衣襟，他这个当老公的能不在意？不过，他表现得很得体，众目睽睽下，把妻子揽进怀里抚慰一番，并且也没打算计较。但是从那以后，杜励的脸上就没有了一丁点笑模样，随时随地在想心事，他心里就起了点波澜。这波醋还没消化呢，李羿的事又卷土而来。

那天辞别妈妈，一路上太行已经气得几乎失去理智了。刚回家，就听保姆说杜励病了，他心里所有的不痛快就消散了，立刻上楼进了卧室，问她哪儿不舒服。只见那双平日里见了他总是脉脉含情的大眼睛犹如死灰般沉寂，散发着一种从未有过的冷漠，他又心灰意冷了……

她越病越重，太行心里不知是什么滋味。看着她难受的样子，真恨不得替她把这场病生了。可是一想起她和李羿，心里就让愤恨和伤痛填满了。李羿对她绝不是只有同事之情，从一开始，他就各种暗示提醒过她，她却揣着明白装糊涂，任由对方的感情发展。就因为他懂音乐，懂莎士比亚，会拉个琴，弹个吉他，唱个歌？他这个做丈夫的给予她的爱，还有孩子和家，就如此不值得珍惜？

光顾着生气，他都忘了再带她到医院里好好看看。后来到家给她看病的老中医是李羿的姑姥姥，陪着一块来的人是常老师和小月。假如不是杜励的样子实在可怜，他真想把这些人都轰出去。

李医生号完脉，开了方子，没说是什么病，只是一再嘱咐杜励："你的体质弱，平时要多注意营养，还要加强锻炼，别总是听一些太过忧伤的曲子。我知道这么说也没用，你们这些搞艺术的孩子，很容易动感情，也很容易伤感。"在太行听来，老太太是话里有话，句句都是那么刺心。

送他们出去的时候，小月叽叽喳喳地说："我还一直以为杜励姐和我一样，是吃坏了肚子。原来是伤心的歌听得太多了。但是这也不太可能啊？咱们频道可是一年三百六十五天，天天在放情歌啊？"

"你以为杜监制和你一样，她可没怎么吃东西。"常老师解释，"那天中午，是李总监请客吃饭。来了一个大客户，搞公关的，是总监以前在国外留学时认识的朋友，指明要和我们七点档合作，就一起吃了顿饭，要了点龙虾、刺参。我们平常吃不上这么好的东西，多吃了点，结果我和小月都闹肚子，闹了好几天。刚开始听说杜监制也不舒服，还以为她也是吃海鲜引起不适了。"从上回见到常老师的那刻起，他就对这个既朴实又较真的中年人印象颇好。杜励时常在他面前说起节目组的两位同事，这一老一小，相貌性格都让人舒服。

"如果不是吃坏肚子，保不齐杜励姐就是被那个叫艾丽丝的女人给下了蛊。尤其是她讲自己恋爱的那一段，太恶心人。什么当代战神啊，京城有名的大帅哥，我眼瞅着杜励姐的嘴唇都在打哆嗦。"

小月的话,太行听得目瞪口呆,以致后来常老师和李医生的话,他都没听见。

"小月,你瞎说什么呢?包厢的空调开得太大,我都冷得直打哆嗦。"常老师说。

"这倒是可以解释得通,病人是寒气郁结。我还以为她是遇上什么不开心的事了。"李医生说。

"常老师,我可不是捕风捉影。客户答谢的时候,李总监专门把杜励姐介绍给艾丽丝。我当时就站在她们身边。那个艾丽丝很奇怪,居高临下的,眼神特别放肆,握手的时候杜励姐主动伸出了右手,艾丽丝却去抓人家的左手,还刻意把手背翻上来,端详了一番。后来,我和杜励姐还讨论了一下,觉得艾丽丝八成是想看看杜励无名指上是不是戴着婚戒。我们当时还以为艾丽丝喜欢李总监,看到杜励姐和李总监跳舞不放心才这样做。"

自那一刻起,他的心又开始承受另一种煎熬。尤其是后来几天她干咳,仿佛连两个肺都要咳炸了,似乎分分钟都在粉身碎骨的边缘……

三十三

早晨,太行起床时,杜励还没醒。他轻手轻脚地穿好衣服,从上衣口袋里掏出一个黑丝绒首饰盒放在床头柜上,给她掖了掖被子便走了。首饰盒里是一枚镶着红宝石的铂金戒指,宝石不大,两克拉,太大了她也不喜欢。式样也简单,就是一个长方形的钻托,托着切割成了心形的宝石。铂金圈的内侧,刻着一行小字:D&L。他相信她一定能明白自己的心意。

从猜到杜励生病的原因起，他就努力地修补着两人的关系。他总是问她："难受吧？"她不吱声。"干点啥能让你好受呢？"她还是不吱声。再问，就哭了，一声不吭地流眼泪。到后来，他只能陪在她身边，放点舒缓的音乐给她听……以前不想说话的时候，她还会朝他笑笑，从生这场病起，一见面就把头低下了。去抱抱她吧，她就静静地待着，一声不吭。倘若摸摸她的头，或者亲亲她的眼睛，不出一会儿，又是泪眼婆娑。他的心，又笼罩在一片迷雾中。

倘若不是实在太忙了，他准会安排一次长途旅行，好好地和妻子在一起痛痛快快地玩玩，把误解和纠结都抛到九霄云外去。但哪走得开？事全赶一块了。即便这样，他还是挤出了一个周末，把保姆和孩子托付给姐姐，定了承德的一个带泳池和花园的度假小别墅，想创造一个纯二人世界，把误会给消除了，赶紧让她高兴起来。

一路开车过去的时候，太行时不时会摸摸杜励的脸庞和头发。她就像个乖乖的瓷娃娃一样，静静地接受着他的爱抚，眼里既没有拒绝，也不再噙着泪。这让他稍稍放心了些，身体里对她的渴望如同雨后春笋般疯长，根本不受控制。夫妻之间，还用得着费什么口舌，一声亲爱的，一句我爱你，一个亲吻和拥抱，一次爱的抚慰与宣泄，比得过千言万语。他索性由着自己的性子了。到了承德，把门关上，他就搂住了她。亲吻她的时候，她有些抵触，可他还是撬开了她的嘴唇。过去她也有不情愿的时候，只要他坚持，最后总会顺他的意。这回也这样，不大一会儿，她就抱住了他的脖子，脸色潮红，两只眼睛水汪汪的。然而还没解开她的衣服，就觉出不对劲了，她哭了，泪像水珠似的往下滴，脸上写满了凄惶。他抬起她的头，想要看看她的眼睛，可她就是不愿意与他对视。他亲吻她，可这一回，她的嘴巴再也不肯张开了，只有绵延幽怨的泪不停地往外流。他也生气了，一个男人被自己心爱的妻子拒绝了，能不生气吗？他走出门外，扑通一声跳进了泳池里，游了很久。

一直待到酒吧打烊，他才回来。他以为她已经睡了，洗了澡上床的时候，听到了她无声的哭泣。用手一摸她的脸，全是凉丝丝的水。他想，就今天晚上吧，做个了结。虽然这么想，但心里怎么舍得？如果她真选择走，他会怎样？对，他应该能活下去……恐怕也只是活下去……直到把一支烟抽完了，他才鼓足勇气问："能告诉我为什么吗？"

哪知这句话触到了她的伤心处，她又哭了。

他说："不要哭了，好不好？这都多长时间了。你以为你这么哭，我不心疼吗？"他的心里是真疼，既心疼她，也为自己疼。

她的哭泣变成了呜咽。老天爷啊，他终于懂了，真是恨不得拿块砖拍自己的脑袋。他一下子抱住了她，以生命起誓："我爱你。你要相信我，再怎么浑，也绝不会做让你伤心的事。"

三十四

智静离婚的消息，随着程老板对她展开的热烈追求，一起传到智家人耳朵里。智老爷子被女儿气得住了院，全家上下不痛快。老爷子住院，卫元来看望了好几回。就算是离京出差，隔三岔五的，也会派人来送些补品和水果。做岳父的念及前女婿的好，只等着女儿临盆后，让两人复婚。

对于程老板的追求，智静的态度和家里人正好相反，一点也没觉着程老板配不上自己。和卫元关系交恶的几年里，她不得不用丈夫对女性价值的定位尺来衡量自己，自我认知降到了历史最低点。脸比别人圆了点，身上比别人多了几斤肉，便整天以泪洗面，自卑难过得恨不得死去……现在想起来，她只觉得好笑，替自己不值。难道长得胖了，就不配获得男人的爱？只有天生丽质的美女，才有被爱的资格？造物主给了她一副健康的身体，一个聪明的脑袋，一颗知冷懂暖的心，有了这些她还不该自信，不该感恩？既然有人因为花容月貌被爱，就该有人因为聪明伶俐被爱，更该有人因为心地善良被爱。

和程小军相处久了，智静发现了他的好。这人的心出奇地善，特别能体谅人的难处。在他眼里，干坏事的人，不一定是坏人，大多有这样或那样不得已的苦衷。他既懂得知恩图报，也能在别人困难的时候拉一把。说他的做人信条是"宁可让好人负我，不可叫我负人"一点都不算过。他不仅心善，还心细。她考虑问题比较大条，而他呢，每件事，一条条的，该怎么干，该注意些什么，需要花多少钱，能把事办成什么样，不仅计划周详，还能落实到位。既不眼高手低，也不只顾埋头拉车，懂得认路看方向。这些年他的身家也是一涨再涨，可从不乱花一分钱。就拿租办公室来说吧，他没把办公室租在中央商务区这样的地方，而是租了师大的"三产"地界，一幢颇有文化气息、干净清爽但又不奢华的办公楼，考虑得可真周到。"一、当然是为了省钱；二、咱们搞的是教育慈善事业，离师大近点，也能沾沾师大的福气。我调查过了，兼职教师，对于大一、大二的学生来说，是最受欢迎的工作。把总部放在师大，咱们以后往各地推荐老师，就容易多了。"

给智静准备的办公室，地方宽敞，装修大气。程小军自己呢，就凑合在一个小办公室里。智静问他干吗这么委屈自己,他指指自己:"你瞅瞅我这模样,穿上龙袍也不像太子啊。就这么个瘦骨伶仃的猴样,整间大办公室,不是浪费资源吗?"

智静被他逗乐了,跟他开玩笑:"我明白了,你是嫌我胖,所以给我那么大一地。"他急得又摇头又摆手:"不是这样的。董事长你天生一副王母娘娘派头,坐在一间小办公室,就跟一座小庙供奉如来大仙一样不妥当。再说,咱们公司刚开张,需要有人撑门面,你往这气派的办公室里一坐,没人敢小瞧咱们。"

智静很泼辣,别看怀着孩子,照样该干啥干啥,完全不把自己当成孕妇特殊照顾。她和几家银行达成了协议,他们愿意给培训学校的学生提供助学贷款,就像国家给贫困大学生提供助学贷款一样。程小军又自掏腰包,设立了奖学金,专门用于奖励刻苦努力、成绩优异的学生。他还打听到国际上有一个青年技能大赛,就跟奥林匹克体育运动会差不多,要是将来哪个学生能在这个大赛上获得一金半银的,学校一定重重奖励。智静挺赞成这个想法的,夸道,你还能想到世界技能大赛这么崇高的目标,挺有远见的。他不好意思了,躲回自己办公室想了想,十分严肃认真地给她提意见:"你别总夸我。咱俩一块做生意,要相互坦诚。你得多挑我的毛病,挑我提的方案和建议的漏洞。从小到大,你见过的能人,经历过的大场面比我多多了。我算个啥?你别担心毛病挑多了,我承受不了。你别看我长这样,饭吃不了三碗,可肚子里能装下几箩筐不中听的话。"

她笑了:"那我可要好好地给你提两条建议了。第一,做人要自信。你得自信点,我夸你,可不是奉承你。你啥时候见过我智家大小姐奉承过人?我就不爱那一套!第二,你得多吃点,身子骨长结实点。我看，饭以后还是每顿三碗吧。"听第一条建议时，他的脸上还是一副认真又谦虚的模样，等她的第二条意见出来，他已经傻眼了。

从此，智静开始不再害怕照镜子了。程小军说得没错，自己应该有当家人的模样！

……

朱必达去世后，太行思考了很多。表面上看，没有哪个行业比投行更有前景，不仅能在大大小小的上市公司高价出售未来时分得一杯羹，还能使当下收益最大化。但是，投资市场不仅充满了谎言和骗局，还是一个杀人不见血的赌场。一个人在里面待久了，根本无法做到免疫。干投资的这几年，他最大的感受就是不把钱当钱了——钱就是账面上的一个数字，今天少了，明天多了，早就失去了它本来的意义。虽然腰缠万贯，还是觉得钱不够多，继续在股市里豪赌。要么被人吞掉，要么吞掉别人。然后继续这个循环，继续挥霍，继续贪婪地弄钱，豪赌……吞掉别人或是被人吞掉。别说享受人生了，一不小心就会沦为金钱的奴隶。习惯了资本游戏，自然而然地就会认为没有资本搞不定的事。垄断经营，引导消费，控制风评，打压竞争对手，百无禁忌。什么手段快、狠、准，就用什么手段，不管毒不毒。太行比以往任何时候都清楚地认识到，在投行继续干下去，自己会变成什么样。他开始认真考虑父亲给出的建议，筹划下一步。

从承德启程回家时，太行驱车南下到了蓟县。把妈妈的手机摔了，总要道个歉吧。他没有先回家，而是直接开车去公司找父亲。他担心妈妈会在爸爸面前瞎唠叨。父母对杜励的成见已经很深，不能再让她为自己交友不慎买单了。他让杜励坐在车里听听音乐，等着他,就是几句话的工夫。

梁政委见到儿子,一惊一喜后,把脸拉了下来:"你回来干什么?有出息了,敢惹你妈生气?"

太行低下了头:"爸爸,我错了。"

"你才回过家吗?快给你妈认错去。"梁政委吩咐儿子。

"爸爸,我想先跟您解释一下。我……"太行的话被父亲打断了:"你妈说的是真的?不是胡家闺女编排出来的?"

太行赶紧摇头否认:"爸爸,这里面有两件事。杜励生病,不是因为胡朵朵造谣,更不是因为和她男朋友有什么私情,而是因为我在外面认识了一个女人,她故意让杜励误会我……爸爸,我已经知道错了。"

梁政委铁青着脸,听完了儿子的解释,没再说什么,让太行同他一块到厂子里转转。

工厂早就走入正轨,焚化炉夜以继日地燃烧着垃圾,发电机组和蒸汽机也二十四小时在运转。一走进工厂区就能够听到设备的轰鸣声,听着那电机发出的嗡嗡声和蒸汽机发出的嘶嘶声,人的血液也莫名地跟随着机器一起抖动起来。

车间里工人们正在有条不紊地工作,装车的装车,喂料的喂料,还有人时不时过来检查一下仪器的状态,在作业单上做着记录。穿过车间,后面就是一个宽阔的大料场。料场旁边的简易工棚里,安放着三台垃圾自动分拣机。这些机器将塑料、金属和其他垃圾进行分类,金属材料直接装袋,塑料制品则在后道的工业水洗机洗干净后,再进入破碎机,打成碎片后,装袋出售给下游的用户,剩下的垃圾在料场配混后,就作为原料进入到焚化炉进行焚烧处理和能源回收。简易工棚里现在有一台大型的工业水洗机和一台破瓶机。梁政委指着破瓶机后面的一大块空地对儿子说:"等到明年开了春,咱们在这后面再建一个厂房,买几台设备,把瓶片加工成无纺布,销路准错不了。浙江福建那边有不少老板干这个,生意不错。可以生产运动鞋、尿不湿、土工布、一次性的防护服,使用这玩意的地方不少。"

太行认为爸爸的想法有利可图:"要真是这样,咱们这个资源回收公司就不仅是回收,连初加工也有了。卖出去的就不是原材料,而是半成品。工厂的利润率能提高不少。"

"前回你跟我提的那个事,我最近也琢磨了琢磨,还托以前的老战友找了找关系。过些时候,咱们一块上青岛,还有黄岛,找海尔、海信的人聊聊,看看能不能说服他们,一起把家电回收的事搞起来。"

"太好了,爸爸!"太行难掩兴奋之情,"要是真能把家电回收的事搞起来,前景一定很广阔。杜励跟我说过好几次了。欧盟前些年出台了一个废旧家电回收政策,要求所有家电生产企业每出售一件商品,同时要支付一笔回收费。咱们国家的政策也快出台了。家电回收这块,就两个坎。一个是运输成本高,得在主要销售地区配套建资源回收公司,还有一个就是印刷线路板回收不容易。杜励曾经介绍我去上海参观过一个新加坡人投资的工厂。那个工厂是把板子碾碎,然后放到酸里面溶解,后期再用轻金属置换、回收贵重金属。那玩意有毒,还危险,技术上得找可靠的人,管理也得加强。咱们可以先在蓟县这儿试点,搞好了,再在北方选几个地方,把规模做上去。规模一上来,效益就有了。这块既有国家补贴,还有家电企业给的佣金,是稳赚不赔的生意,也从根上解决了白色家电废弃污染的问题。"

父子俩边走边聊，梁政委忽然话题一转，把话引到了家事上："杜励除了性子拗，没别的毛病。你妈当初不赞成你俩的婚事，是怕一块过日子，老得你凑合她。可这男女之间的事，一个愿打一个愿挨，不能讲理。你受伤的时候，她对你怎么样，你心里应该有数。不相干的人瞎叨叨的那些话，不要去听。自己枕头边睡着的女人，她揣着什么心思，你能不知道？还用听外人的闲话！你姐和胡家闺女搞的这个投资生意，我看你最好尽快脱手。老干这钱生钱的买卖，不接地气，好人也要生出一堆毛病来……"

太行的手机忽然响了，是杜励。他都进去这么长时间了还不出来，她着急了。梁政委一听，儿子把媳妇撂到门口不带进来，生气了："太行，你糊涂啊！你老这么着，她能觉得自己是梁家人吗？"

从蓟县回来，太行把自己关在书房里，用心体会父亲的言传身教。他取消了陪家人消夏度假的打算，一门心思地动脑筋，如何把父亲给起了个头的资源回收事业做大做强。随后他到各地出差，从南到北，跑了一趟。他考察了一些项目，还顺便参观了一些绿色回收企业。家电回收这块，囿于技术和成本，短期内不能上马。光伏电池生产，现阶段进入也不是最佳时机，而且离主业太远。他最看好的是垃圾处置。这个行当，国家越来越重视，各地方在招投标的时候，十分看重企业的实力。资金是一方面，技术力量和吞吐量是关键。城市垃圾年年增长，不比 GDP 跑得慢，避免二次污染，拥有相当的吞吐量是各地政府在选择服务商时最关注的指标。蓟县工厂现有的规模还不够大，大的项目根本拿不下来。好在这几年，他挣了些钱，可以买几个企业，一旦拿下项目后，再找银行融资，慢慢地扩充实力，把企业做大做强，那时才称得上是个像样的"丐帮"。不过，接下来在哪里布点，是需要好好斟酌的。和意向企业进行收购谈判，恐怕还得请父亲助一臂之力。

在京城，这个秋天格外短，如同香山的红叶，才挂上枝头，就被早冬的风雪吹打得四处飘零。冬天已经迫不及待，零落飘洒的落叶，是它四处派发的名片。太阳一连失踪了许多天，月亮自然也夜夜暗淡无光。这在以晴冷天气为主的北方冬季，实属罕见。阴冷潮湿的天气，最考验人的耐性。即便不是悲春悯秋的人，也难免感慨"冬"色无远近，出门尽寒山，盼着几时可以聚朋携友酣高楼，借长风万里一抒胸中的郁结之气。

太行才回到北京，胡朵朵就来办公室找他。这是她父亲去世后，两人首次见面。她明显憔悴了许多，把自己充满骨感的高瘦身体塞进了保守单一的 Burberry（博柏利）之中：她上身穿一件米色衬衫，下面配一条同色调的格子裙，手里还搭着件米色的风衣，仿佛刻意要保持低调。也不知是从哪儿赶过来的，一副风尘仆仆的模样，脸上挂着几滴汗珠，就好像一段烧了半截又熄灭了的蜡烛。太行看着，心里多少有些不落忍，对她挑拨离间的恼恨不知怎么就散了。胡朵朵不愿意多谈她家里的事，几句客气话过后，问太行："听说，你在募集资金？"

太行有些诧异，她怎么会知道？不过这也不是什么一定要保密的事，就照实说了："对，我爸爸的工厂想扩大规模，正考虑用什么渠道融资呢？"

"你干吗不找你姐？"胡朵朵问。

"前期已经找我姐借过一轮了，她那儿也不是银行，再说还隔着智远哥。"太行据实以告。

胡朵朵听了，沉默了好大一会儿。

太行问她是不是碰上什么难事了，只要是自己能力范围以内的，一定鼎力相助。

胡朵朵踌躇再三，问太行："我的钱，你要吗？"

太行不明白她什么意思，委婉地拒绝了："你愿意投钱给我当然好了。可我爸做的是实业，利润率最好也就是百分之二十，每年年底还不一定就能分红。你把钱放在这儿，肯定不如找理财公司来钱快。你的好意我心领了，你对我的帮助已经够大了，我一直都没机会报答，实在是不能再接受更多的恩惠。"

胡朵朵笑了，努力地想让自己的眉毛眼睛都弯起来，可眉间的那颗痣仿佛是个钩子一样，使劲和她对着干，非把她这两条眉毛和眼睛给夹到一块来，让人看着她笑得特别凄凉。她说："太行，你误会了。我是请你帮忙的。我爸走了，我得为妈妈和自己打算。爸爸把工资都捐给了国家，本来他也没什么钱，根本没给我们留下什么遗产。这些年，我做生意赚了些钱，一部分放在地产公司里，还有一部分在投资公司这儿。小平姐前些日子和我谈过，想从地产公司里撤股。她说主要是智静那儿，还有你爸爸的工厂，都在节骨眼上，都要用钱。要是小平姐不干了，我也没心思干，干脆大家散伙得了。我的钱反正没好去处，投资的事没有得力的人帮着，我也应付不来，不如把钱投到你家新办的这个厂子里去。咱们这些人，交情从父母这一辈就有了，你肯定不会坑了我。"

她这一段话的信息量太大了，有些事太行知道，有些事压根就没参与，但这里面牵涉姐姐，说话时不得不考虑分寸和轻重。他沉吟了片刻，对胡朵朵说："从没想过你会投钱给我们家那个小工厂，你让我考虑考虑。"

两人又说了几句客气话，胡朵朵起身告辞。太行本来想赶快从投资公司抽身，没想到姐姐倒先行一步，要和胡家拆分。既然姐姐不想让他知道，那他就装作不知吧。这些年，姐姐一直关照娘家人，智远哥嘴上不说，心里肯定记着账呢。如果自己以后不打算做投资，那谁最适合给胡朵朵理财呢？太行想来想去，认为莱斯特可堪重任。国内不少同行做事，既易受外界干扰，又常为内心的杂念所左右。而莱斯特是外国人，职业操守和个人能力都是经过实践检验的，操盘胡朵朵的钱，只会从专业的角度全面评估风险和收益，使她的利益最大化，绝不会看胡家得势还是失势。

太行的推荐，果然获得了胡朵朵的认可。太行还做了解释："国内投资渠道比较窄，通过莱斯特，你可以把钱投到海外。分散投资能够规避风险，还可以帮助你母亲获得海外居留权，将来她到国外养老或是看病，都有好处。"

胡家老爷子一死，就有风声传出来，胡家要坏事。小平急得不得了。可没过多久，胡家大公子升了官，还一反平日低调的作风，到处出席论坛，支持大小会议，一时间电视报纸还有网络上都是他的新闻……慢慢地，胡家似乎又稳了。但智远不这么认为，胡家肯定没救了，让妻子早点把两家的关系撇清了。夫妇二人经过一番合计后，悄悄行动了。

三十五

不知是谁，出于何种目的，忽然在网上发了一份帖子：谁斗胆"绿"了富豪？

文章以市井心态，配合斯文雅语，解密了富豪上一场靓丽光鲜的婚姻背后的种种龌龊之处，然后爆了一个猛料：前夫人与丈夫的义弟有私情在前，离婚则在后，且早已珠胎暗结，如今临盆在即，只等喜获麟儿后，拉埋天窗。

若是早个一二十年，这种帖子根本无法见诸媒体。一是国内的报纸电台，还不习惯刊登欧美港台的有色报道，二是那时候也没有互联网支撑下的自媒体。可现在呢？流量就是金钱，粉丝意味着生意。只要是能吸引眼球，其他的谁会去管？

看到这个帖子，本来就欠缺点贵人、要人风度的程老板，气得直跳脚：写这帖子的人，用心也太歹毒了！不惜歪曲事实栽赃陷害，拉无辜的人下水，还在他和卫元间划下了一道再也无法逾越的鸿沟。普通男人，被戴了绿帽子，轻则离婚，重则可杀人，更何况如此好面子的卫元。

事情并没完，从前一堆恶心过卫元的帖子加了新的花边后重出江湖，怎么恶心怎么来，就怕粉丝们看不清富豪的丑恶嘴脸：富豪之所以为富豪，是因为前妻的家族利用手中的权力，为他一路护盘而来——这个世界成功的不是陈世美，就是白眼狼，无人例外。这是卫元最不愿意看到的局面，他气得差点把办公室的电脑给砸了。紧随其后的就是股价的波动，不出两天，公司的股票就跌去了百分之二十，除了市场产生的恐慌因素，很明显是有人在趁机打压股价。他坐不住了，需要马上拿出对策来。

富裕有原罪吗？看你从什么角度，以什么样的尺度来评判。正如一句外来俗语所说，你不可能指望一头山羊从狼群中夺回一只绵羊来。市场竞争是很残酷的，只有具备一定的规模，取得绝对的垄断地位，才会有源源不断的高额利润，也才会换得相对较长的、少受竞争对手牵制的发展。要上规模，要垄断，除了正面壮大自己外，还必须收买或是打压同类型的公司，无论是前者还是后者，不用一点非常手段几乎是不可能的。什么散布谣言，无中生有，什么抛砖引玉，趁火打劫，什么偷梁换柱，暗度陈仓，什么釜底抽薪，借刀杀人，什么反间计，苦肉计，甚至是美人计……假如你供职于卫元公司的市场部、战略策划部，或是给卫元当高级行政助理，你可以毫不费力地把自己见到的、听到的和参与过的事与上述计策一一对应。如果你职场的下一站是他的竞争对手，用不了多久，就会发现新东家亦是同样的手段。至于需不需要靠山，假如你自己折腾个公司出来，慢慢就有体会了。

余经理难得控制不住情绪，火冒三丈，质问卫元究竟有多少个情妇。要不要她找人给他培训一下，该如何管理好后宫这些女人？如果每次黑天鹅都跟私生活有关，他是不是该检讨一下，要么提高一下自己选情人的品位，要么出台一个有效的后宫管理措施！她说这番话，也是气极了。不过却给同样处在盛怒之下的卫元提了个醒，谁才是最有可能发这个帖子的人。本来他已经带着满满的负情绪，准备找程小军报仇了，听了余经理的训斥后，静下心来，先配合艾丽丝的公关行动。艾丽丝故伎重施，不知花了多少银子，删了多少帖子，但舆论带来的影响并不能马上消除，资本市场上的多米诺骨牌效应并没有止住，只得宣布股票停牌。正在卫元焦头烂额之时，老同学申童登门求见。

其实在学校的时候，申童是风云人物，没把卫元瞧在眼里。那时的卫元呢，除了追智静，就是琢磨自己的小生意。卫元求财，申童追名，道不同不相为谋，除了有同学之礼，并无朋友之谊。申童自朱必达的事一过，他就改了名，叫申致庸。新的名字是五台山上的高僧起的。过去他聪明外露，老让人误会叫他"神童"，这名字实在太张狂了，所以才老是给他招来无妄之灾，于是决定改名。高僧指点："越是金贵的人，名字越不能金贵；越是大雅之士，名字越接近市井称谓。施主聪明绝顶，将来必能成就一番宏图大业，只可惜被这名字给拘束了，不如反着来，干脆就叫致庸吧。"申童听了，深以为然。他是名牌大学毕业的高才生，博古通今，怎么不知道清朝末年，把银号开到全国的山西头号大富翁，赫赫有名的财主乔致庸？高僧给起的名，正合他的心意。于是经过一番操作，身份证、户口本都改叫申致庸了。改了名后，果然他的运道正了过来，在期货市场上斩获颇丰。挣钱还在其次，名声也大扬。他开有博客，以一个成功者、过来人和顶级高知人才的身份分析股市、债市动态，文章写得头头是道，一下子圈粉无数。他又上下打点，请财经杂志对他做专访，给自己的好运开光、铺路，很快他就成了财经界的"网红"，还是那种不怕见光的"色艺俱佳"的"网红"。

出名后，该如何进一步挖掘自身"钱力"呢？申致庸动起了脑筋。爱总结、爱反思是他多年来勤学修身养成的好习惯，他对自己所有的操作都进行了复盘，尤其是收官阶段。他惊异地发现，引导舆论可能产生完全不同的效果——即使是同一件事情，只要从不同的角度阐述，其结果真可能千差万别。于是，他找出了一条把名利相互嫁接的"彩虹桥"：当一名网络大V。以他如今的阅历，以他在社交媒体上的影响力，以他最愿意也最擅长扮演的"谦谦君子"之面目，时不时揭露一下某上市公司的不齿行为或是某项交易中的龌龊之举，暗地里给砸盘坐庄之人充当马前卒，明面上还享受网民和粉丝的赞誉。申致庸很为自己的盘算而得意：从财经领域跨界到针砭时弊，估计用不了多久，就会和包拯、海瑞齐名了。这才算是应了古人的劝学之言，书中自有千钟粟、黄金屋！

申致庸当然了解卫元，觉得应该把同窗的缘分捡起来，日后好互相关照。才一见面，申大才子就说了一通酸话："此次请客吃饭，不谈公事，纯为叙旧。老同学现在是全国公认的一等一的能人，让致庸望尘莫及。平时想约一块喝喝茶吧，在下心里总担心叨扰到您。辗转局促中，想起了圣人教诲，这才斗胆求拨冗一见。"他这番话，听得卫元牙都倒了。一看卫元皱起了眉，申致庸马上换了一套措辞，一时间"激扬文字，指点江山，粪土当年万户侯"，卫元渐渐有了兴致。等俩人把上至美联储加息对全球经济形势的影响，下至二孩政策是否有助于解决国内劳动力断代等问题都交换了一番意见后，最后落脚到最实在的话题上了——女人。卫元声称，自己现在是王老五状态，接受全国十八岁以上、三十八岁以下所有未婚美女的追求。申致庸嘿嘿笑了，本来还想说，圣人云如何如何，但想想卫元未必欣赏得了，话到嘴边，换成了一番奉承："别价啊，你这话稍显不通，打击了全国已婚妇女的积极性。你得多考虑考虑那些遇人不淑的美女们，得给人家一个跳出火坑的机会。要我说，像你这样的钻石王老五，得接受全国十八岁以上、三十八岁以下所有未婚和已婚美女的追求。"这顿饭总算是把旧日和现在之间多年不走动的空当给填上了。

申致庸还给卫元大谈老庄哲学：祸兮，福之所倚；福兮，祸之所伏。等他把这套祸福相依的理论讲完后，卫元抱怨道："道理谁都明白，可我现在已经是火烧屁股，必须拿出个解决方案来，不能看着股价就这么栽跟头似的一个劲地往下跌！"卫元也是病急乱投医。能像申致庸这样来慰问一下他的没几个。

申致庸把三角眼一翻，手拈胡须，摇头晃脑，念念有词："致庸此番前来，就是给贤弟送否极泰来的灵丹妙药的。"卫元最痛恨他这半古不白、咬文嚼字的臭毛病，让他有什么话痛痛快快地说就是了。

申致庸见火候已到,从包里掏出一个信封来,递给卫元:"贤弟别急,愚兄早已为你想得一个釜底抽薪的妙招。你且坐下来看看这些材料,待我慢慢讲来。"可还没等卫元打开信封,他就忙不迭地分析起形势来。按照他的判断,股价接连断崖式跳水,一定是有人在背后砸盘。不找出事主来,光靠一味砸钱护盘,结果可能是赔了夫人又折兵。所以为了解朋友之急,他做了一番调查,这信封里就是证据,看看便知,幕后兴风作浪的到底是何方妖孽。卫元打开一看,额头上立刻青筋暴起,两个太阳穴突突直跳,脸上露出了凶狠的神情,就好像被植入了携带猛兽基因的芯片,但是他很快就控制住了自己的情绪,冷冷地打量申致庸,问:"你怎么会有这样内幕的信息?"

申致庸嘿嘿笑了,凑近卫元的耳朵,给他分享了一个秘密。这下,卫元深信不疑了。

三十六

程老板到现在都没搞明白自己怎么就稀里糊涂地恋爱了,而且居然会爱上智静。不忙工作的时候,他一遍遍地咀嚼着往事,就跟嚼甘蔗似的,觉着一节比一节甜,最甜在根上。

两人一块做生意后,程老板不再觉得智静大条,冒失,不通人情世故,反倒越来越捕捉到她的侠女风范。萨拉一再闹幺蛾子,身为正室,智静从来没找过她任何麻烦,试问有多少女人能做到?不找麻烦是一回事,心里不痛快是另一回事。哪个女人遇上这样的事，能不伤心难过，除非真是和老公一点感情都没了。智静和卫元是大学同学，好了十几年，创伤一定很大很深。卫元这个小三，堪称小三界的蝎子精，心毒手辣，礼义廉耻对她是一点干扰都没有，就好像她真是三界以外的妖孽似的，从来没想过因果报应，死了会下地狱这一说，把坏事干到极致了。智静呢，生来大概就没搞清楚过人的肠子到底是直的还是弯的。这两下里一比较，程老板心里对她充满了同情。后来她知道怀孕后主动无条件和卫元离了婚，程老板又生出一片佩服之情来。他以为她会把孩子打掉，没想到她坚持要把孩子生下来，他心里的感情变得复杂了，复杂到无法用准确的词语来定义。再后来，俩人一块去青岛出了趟差……

暑假是民办学校最忙的季节。考不上高中大学的学生，只有两条出路，读补习班再考，或者打工。打工之前，就得接受培训，所以这时是培训学校最重要的时刻。为此，培训学校早就提前在各个地区，针对学生、学生家长，重点投放广告了。

山东分校，校址就选在了黄岛。教学大楼、学生宿舍的图片，都印在广告宣传页上了。青岛方面的姜主任几次催他们，想搞一个盛大的签约仪式。程老板虽然为人低调，可他明白这事必须高调，因为这是一个极好的宣传机会。当地政府都出面了，最起码把他们和一些野鸡学校区分开了吧？

他考虑再三，游说智静出席签约仪式。他说一方面自己外貌处于劣势，待人接物的信心不足，另一方面夸智静有福相，有派头，再加上一口标准的京腔和大家闺秀的素养，往那儿一站，充分体现出学校的素质，完全就是学校水平和实力的活招牌！

智静被夸得很得意，完全采信了他的这套说辞，自己出面的确是责无旁贷！但是她发愁，连件合适的出场服都没有。天气热，不能再穿那套香奈儿,加上她又有了身孕,身材比着原先胖了些。怎么办?两人急中生智,想到了找小海。暑假了,小海已经回国。很快小海就给智静设计了一条酒红色的连衣裙。学校负责教缝制工艺的教师小红,正可以大显身手。

小红很快就领会了小海的设计思路,把衣服给缝制得妥妥帖帖的。这条连衣裙,采用的是衬衣式样,一排银色的扣子从胸前开到小腿肚,小收腰,没配腰带,但是在胸的左上侧,开了个斜的假口袋,里面放了一块叠成三角状的同色丝巾。智静穿上显得既大方又高雅,她十分满意。程老板和小红聊过两回,小红看得可开了:"小表舅,我早想通了。你看看人家外国人,处个对象分个手不当回事,翻脸就跟翻书似的,哗哗的,那才是21世纪的节奏。再说,我自己能没数?人家杜教授一家子都是读书人,我一看书就头疼,凑到一块能合适吗?小海还送了我一张杜励姐的写真照片当礼物,我是一点遗憾都没了。等有了钱以后,我就照她的模样整整容。杜励姐的命最好了。"

智静也逗小红:"要我说,你比杜励也不差。"

"嗨,董事长,你不知道情况,我干脆照实跟你说吧。我家对面邻居的保姆第一次瞅见杜励姐,就光朝我打听情况。人家会看相,说她眉毛、鼻子,哪儿哪儿都长得可好了。原话是怎么说来着,对,旺财眉,招夫鼻。"

"是旺夫眉,招财鼻吧?"

"嗨,反正差不多。就是她特别会长,她那副长相特别招男人待见,特别招观世音菩萨待见,特别招财神爷待见!你不知道太行哥对她有多好,真是好得不得了,关键太行哥还帅得了不得。"当上培训讲师的小红,已经改口说京腔普通话,至于人,早就时髦得和北京姑娘没区别了。尽管她自己也分辨不出究竟是因为来北京见了世面，还是她本身努力的结果，反正她已经觉得老家女人们的那种活法太没意思。老家女人无一例外，都是先找个差不多的人嫁了，接着生孩子，然后要么下地劳动，要么到城里打工。除了逢年过节，连件利落衣裳都没工夫穿，成天就想着挣钱攒钱，盖房子买家电。要是就这么过一辈子，太亏了！人为啥只能成天在电视上看爱情片，就不能在自己的生活里实施爱情？小海的爱情，她够不着，但总有她够得着的吧？她的爱情如果是京酱肉丝，不也挺有滋味？

签约仪式，还有之后的现场采访和招待会，智静都表现得落落大方，说话干脆利落，发自肺腑，实话多虚话少，很容易一下子就让人产生好感。程老板则化身董事长身边的小助理，跑前跑后地张罗，无怨无悔地干着听差的行当。看着容光焕发的智静，对她的好感油然而生。

事情办得顺利，一行人心情当然好。青岛的海边风景非常美，他做主，回去的路上把车开进了市区。这回来，他坚持要智静把小福给带上。人挣钱是干吗的？不就是图个快活。夏天去青岛，还能光工作不娱乐？哪个小孩不爱在大海里扑腾啊？

来的时候，从青岛坐船摆渡到黄岛，小福可开了眼了。他拍着巴掌说："妈妈，妈妈，我回去一定要画一幅画，告诉皮皮弟弟，小汽车可以在轮船上面跑。"

程老板喜欢孩子，逗小福说："这有什么呀。等过些时候，叔叔带你去参观航空母舰，那上面还可以跑飞机呢！"

小福眨巴眨巴眼睛："叔叔，你骗人！"

"骗人是小狗。"他也眨巴眨巴眼睛。

"骗人，你就是一条大老狗。"小福狡黠地回应。

"怎么说话呢？"智静干预了，"智小福，快给叔叔道歉。"

"可叔叔就是老了呀！你看他脸上多少皱纹呀，老的人怎么变小狗呀？"小福不服气，小脑袋瓜飞速运转，"叔叔，你可以当沙皮。沙皮的脸，从生下来就是皱皱的，永远长不平。要是你骗我的话，你就变成一只丑丑的沙皮狗。"

"好嘞。"他答应得很爽快。

小福伸出了肉乎乎的右手小拇指："叔叔，咱们得拉个钩。"

程老板很痛快地伸出手指来，两人有模有样地钩了钩手指。小福开心极了："叔叔，钩过手指就是好哥们啦。你现在可以抱我啦。"

程老板带着智静和小福，在海边玩了个痛快，在海鲜大排档上又吃了个痛快，才高高兴兴地朝北京返。

晚上回到自己住处，程老板不禁反复回忆这趟美好的旅行，觉得美中不足的，就是智静在海鲜排档吃得有限。他想兴许她想减肥。其实，她这样挺好的，丰润富态，有贵人相。假如人人都喜欢病西施，四大美女里也不会有个杨玉环。瞅个合适的机会，得跟她说道说道，别为身上多长了二两肉，就跟自己过不去。

也正是这趟公务旅行，程老板的心情发生了变化。他不是没认识到两人之间的差距，就自己的出身和学历，再加上这副尊容，想给智家当女婿，就跟癞蛤蟆打算吃上天鹅肉一样难。可这回也不知道为什么，他一点也不打怵了。回顾三十多年来的人生路，他得出一个结论来：自己就是吃天鹅肉的命。老话说得没错，龙找龙凤找凤，好汉找英雄。人一辈子情有独钟的对象都是一个模子里刻出来的：智静和杜励，就风骨而言，相似度至少在八成以上。

网上帖子一出，开始程老板急得不得了，但是很快就冷静下来，把自己、智静还有卫元这桩"三角恋"里涉及的所有人物和关系，给梳理了一遍，马上心就不慌了。发这帖子的人，表面上看是为了给卫元添堵，实际上也是给他添堵，就是不想让他过好了。不想让卫元与前妻破镜重圆，这不是给自个帮了个大忙吗？

他高兴了还没两天呢，又出事了，还是大事，公司股价大跌！

三十七

胡朵朵要和申致庸结婚了，这消息太行还是从妈妈那儿得知的。文竹的心情很复杂，觉得是自己的执念耽误了胡朵朵，现在她有了归宿，自己心里的一块石头也算落了地。可不知为啥，她禁不住有些失落——这个好闺女，从此和儿子再也无缘了。小平对申致庸评价不高，说他家里没有任何根基，还是二婚，既没有像样的事业，也没有多少身家，要是胡老爷子还在，不会把女儿许配给他。

太行心里也替她不值——天下好男人多的是，她平时那么高傲，凡人都不瞅在眼里，挑来挑去，为什么会挑这样一个人结婚？这是谁给做的媒？申致庸哪有什么过人之处，连莱斯特的一半都不如，要不然，朱必达怎么会把身家都赔光了。

胡朵朵要求婚事一切从简。婚纱照，不必拍；婚礼，不必办；甚至是结婚证，都不必领了。申致庸是和胡家结盟，不是和她结婚。胡家在，申致庸就在；胡家亡了，他一准跑得比兔子还快。结婚证领了，到时候还得换离婚证，不麻烦吗？可这些话，她也只能自言自语，她跟谁去说？妈妈催婚催得厉害，一定要在她百年之前，让女儿有个归宿。哥哥们，都有自己的打算。至于申致庸，心里肯定早把这里面的利害想了九九八十一遍,不是为了财和势,他怎会放下身段来讨好她?

豆蔻年华时,胡朵朵曾和无数女孩子一样,迷上了《茜茜公主》里王子公主童话般的爱情故事,艳羡他们婚礼上那美轮美奂的场景:湖光、山色、画舫,沿途欢呼的民众,宛若天仙的公主,在码头上翘首以待的王子,他们拥抱在一起忘情地接吻,在他们头顶上璀璨的焰火一团接着一团绽放……在胡朵朵的梦里,公主换成了自己,沐浴在王子那饱含爱意的深情注视中……可现在她常常会被噩梦惊醒,梦里注视着她的那对剑眉星目好像是被巫婆施了法术——瞬间就变成了一对狡猾的三白眼,还伸出长长的手臂来抓她。她吓得拼命地逃啊逃,逃啊逃,但不管她跑得有多远,那只又潮湿又恶心的手,却怎么躲也躲不开……

对于胡朵朵的要求,申致庸全部同意。不仅如此,他对她还生出几分钦佩之情来,就和当年娶孙尚香的刘备差不离,衷心希望这场婚姻能够让他的人生登上一个非凡的境界,就像自己的老同学卫元那样,好风凭借力,送我上青天。

胡家经过一番商议后,决定其他的都可免去,但一定要办一场小型的婚宴。如今胡家行事相当谨慎,为了避免落下口实授人以柄,只请亲朋世交,而且拒收礼金和礼物。

智家和梁家都收到请帖。智家老爷子身体不好,老太太又从来不管外头的事。智静身怀六甲,不便行动。智远思来想去,认为他代表智家和梁家参加最合适。

这场婚宴,胡家给足了申致庸面子。以往胡家举办宴会,都是在国宾馆,这次选择了金融街丽思卡尔顿的中餐厅。酒店的位置得天独厚,紧邻西二环和长安街,证监会、银保监会等各大金融机构近在咫尺。还用问吗？一定是申致庸拿的主意。本着不大操大办的精神，除了在京城的亲戚朋友，一个外地的亲眷胡家都没邀请。申致庸老家来的客人却坐了满满一大桌。他父母、兄弟姐妹，还有他小学时代的班主任兼数学老师，全都穿得很隆重，就跟他做了驸马似的。

胡朵朵没穿西式的婚纱。她选了一件红色滚金边的旗袍，戴了一个金项圈，把头发盘得高高的，后面别了一只龙凤钗。她本来个子就高，又穿了双恨天高的高跟鞋，站在申致庸旁边，比他高了近一头。申致庸原想穿件中式马褂，好和穿旗袍的胡朵朵配成一对。可他这一两年发福不少，原本也不过一米七的个头，套上黑黢黢的马褂，戴上一副金丝眼镜，一点昔日翩翩才子的范儿都找不到了，整个上世纪30年代上海滩的当铺老板。无奈，他只好穿回了西装，系了一条红色和金色斜条纹相间的领带，总算找回点资本大亨的影子来。别看身边的胡朵朵一脸冷若冰霜，申致庸全程兴致盎然，他的一众同学还有这些年结交的朋友悉数到场，充分证明了，主人家的面子有多大。虽说胡家已渐露败象，可瘦死的骆驼比马大，几个年长的公子在政商两界还掌握着一定的资源，胡朵朵放在过去就是真正的侯门千金，人长得也过得去，又是头婚，申致庸这家伙不是出门就撞上喜鹊屎了吗？他的这些同学朋友们，发挥各自的聪明才智，搜罗了古今中外的好词好句，一股脑地倒给了新郎，把羡慕嫉妒恨表现得惟妙惟肖，把申致庸给捧得不知东南西北了。其中，最让他受用的一段话是："致庸，你可是把全中国性价比最高的女人给拿下了。兄弟们，你们说是不是？找老婆，不能光看脸蛋和身材。就现在这化妆术、整容术，母猪都能变杨玉环。姿色这玩意就跟货币一样，面临着严重的通货膨胀，一而再再而三地贬值，所以找老婆一定要看综合素质。致庸,你老婆的综合素质,在全北京我看也能排第一了吧。这出身、教养还有身家,哪个女人能比得上啊?"真是夸人夸上天了,新郎官笑得都无法自持了。

  胡朵朵却全程没有笑脸,和谁都不说话,客人来了,只是略微一点头。她脸上的粉底颜色极白,故意留出了眉心那颗痣。两只眼睛的眼线画得极深极重,还向上挑,腮上没有施胭脂,薄薄的嘴唇涂了和旗袍同样颜色的口红,看上去像普契尼的名剧《蝴蝶夫人》里那位宁愿光荣地死去,也不愿意屈辱地活着的女主角,尤其是那颗痣的存在,赋予了她整张脸一种清凉和悲壮……

  把全场带向高潮的是双方家长致辞这个环节。胡朵朵的妈妈没有发言,她大哥代表胡家说了几句场面话。代表男方发言的也不是申致庸的父母,而是他的小学老师。这是申致庸的安排,做豪门女婿,不代表从此就没了志气不是?既然女方派出的不是长辈,他干吗要自己的父母降级呢?当然,他爸妈也都没什么文化,应付不来这种场合。申致庸的小学老师早已退休,年过花甲,在乡下教了一辈子书,兢兢业业,既是个好老师,又是个实在人。老师一直都记着这个聪明伶俐的学生,甚至还保存着一张他考满分的测试卷。当大屏幕上把这张卷子展示出来的时候,老师的声音变得语重心长:"致庸啊,你小时候就聪明过人。我跟你爹说,致庸是天上的文曲星下界投胎到你家的,家里再穷,也得想法供他读书。娃儿长大了,肯定能有大出息。你现在果然是有大出息了,千万不能忘了父母对你的恩情,得好好孝敬他们。你更不能忘了培养你的祖国,得把自己的大才能用好了,给老百姓们多做好事。你还得善待自己的妻子,要敬重她,爱护她,和她一起养儿育女,把日子过好了……"老人家讲的这一段,假如不是在这样一个场合,肯定能让不少人动容落泪。只可惜，下面捧场的这一群人，只听到"文曲星下界"这几个字，把这番饱含深情和希冀的谆谆善言当成了吹捧，在一旁起哄："给咱们的文曲星敬酒，给申大才子敬酒！"等老人回到座位上后，脸上再也没了喜色，真担心得意门生如果整天和这么一群蝇营狗苟的人混在一起，不知会变成什么样。

智远回家，少不了向老婆说道："申致庸这孙子打哪里冒出来的？真会沽名钓誉。花两个小钱，请个穷老头到北京来玩玩，再把不忘师恩的话念上几遍，老头就感动晕了，把他吹成了天人下凡。你是没看见他那副小人得志的模样，恶心死人了。胡朵朵的脸比秋天起了霜的窗户都冰，一丝笑影都没有。我要是她哥，非照脸给这孙子两巴掌，让他哪儿凉快待哪儿去。"

小平也撇撇嘴："听说以前是胡家老四身边的，老四哪有什么差事让他干，不过偶尔帮着理理财，好有两个零花钱用。这回听说是老三看上了，可外人老三哪肯用，成了一家人才能放心使唤。我觉着老三是走眼了。我头回见申致庸，就觉着他跟宾馆门口摆着的那个'欢迎光临'的地垫似的，别看满脸堆着笑，客气得很，但稍微不留神，他就能绊你一跤。"

智远压低了声音说："原来是这么回事。这就对上了。我无意中听了点内幕，这孙子打算捣鼓股指期货。"

小平问智远："你怎么听到的？"

"我去了趟洗手间，入大厕，听老三和申致庸进来了，模模糊糊听见了'股指期货'这几个字。申致庸问：'做空还是做多？'后来又听见申说：'就等着靴子落地。'我怕人发现，多等了一刻才出来。"

"股指期货这块，太行以前做过。具体我也不懂。太行说风险特别大,但是收益也特别可观。一个点就是 300 块钱,比炒股票来钱快多了。"

"投资这块,我不如你弟弟在行。要不咱们问问他?"

"行啊。要不这样吧,咱们明天晚上去一趟太行那儿,把我妈接过来,顺便问问他。"

"你妈这才在儿子家里待了几天哪,就不愿住啦?从厦门回来的时候,不还夸过杜励呢吗?"

"这都什么时候的事了,你还记得。那会一大家子人很热闹,杜励招呼老的小的吃啊喝啊,自然是好。这回不一样了,别墅周围邻居少,家里只有她和保姆,我妈不能总是跟保姆聊天吧。杜励一天到晚都闷着。我妈总结了一下,儿媳妇每天和她说三句话,天天如此,一个字都不多。早晨起来是:'妈妈,你早。昨晚睡得好吗?'不管我妈脸色好不好,睡得好不好,都没下文了。中午,她从不下楼吃饭,只喝杯咖啡,吃两块三明治就接着看书。到了晚上吃饭的时候,她会说:'妈妈,该吃饭了。'吃完饭,在楼下略坐一会儿,她就带孩子上楼,这个时候她会说:'妈妈,你也早点休息吧。'"

小平边说边学,把杜励那种特有的礼貌但拒人以千里之外的表现表达得惟妙惟肖,把老公逗得哈哈大笑:"我以前认为吧,你妈和杜励相处不好,是因为老太太把自己儿子太当回事了,而杜励又不把太行当回事。没想到,原来是杜励不把你妈当回事。"其实,他没完全说实话。在他看来,岳母和小儿媳妇处不好,原因无外乎俩人都太拿自己当回事。而太行呢,实在是过于护着老婆,结果是,处处帮她拉仇恨。

小平自然听得懂老公未表达的言下之意,也笑了:"还真让你说着了。我妈不仅为自己叫屈,关键还是心疼儿子。她说,俩人一直分房睡，因为杜励觉轻，太行累了难免有时候会打呼噜，一旦把她吵醒，她就再也睡不着了。还有，太行工作这么忙，压力这么大，回了家还要像哄个孩子似的，宠着她，哄着她，让着她。更让我妈生气的是，杜励见了太行也没话，除了偶尔朝他笑笑，其他时间不是看书打字弹琴，就是像个游魂似的瞪着两个眼睛发呆。我妈跟太行抱怨一下都不行，他老是护着自己老婆，说什么是让策划和论文给愁的。妈妈说，要是再住下去，不是杜励把她逼疯，就是她早晚得把儿媳妇给撵出去。依我说，她这是瞎操心。杜励拗不过太行，当初抑郁症都没好利索就怀孕了，这能是她自个的主意？太行精着呢，比咱们动手还早，哪有空和老婆腻歪。"

三十八

公司股价大跌，程老板急得上蹿下跳，心疼钱是一方面，更担心和智静的婚事被搅黄了。孤单这么久，总算碰上一个对脾气的女人，有教养也有修养，还能欣赏他的内在美，多不容易啊。可是光着急也没用，得赶紧想办法。于是他去找太行，正好撞上了智远和小平。

太行把杜励从楼上叫了下来，让她先陪着小耳朵到院子里走走。

听到姐夫对股指期货有兴趣，太行惊诧不已。太行苦口婆心地劝说，玩股指期货，无异于刀尖上舔血，一旦输了，将血本无归。投资股市，如果做长线的话，风险可控，收益也比较稳定。假如正好遇到牛市，还能发点小财。股指期货说白了就是一场赌博。打个比方，甲乙两个人在掷骰子赌大小，后面的一群看客有的押甲能赢，有的押乙能赢，谁也不服谁，于是也设了一个赌局。押甲能赢的人，假设是乙赢了，则要给押乙的人钱；反之，押乙能赢的人，如果是甲赢了，则要给押甲的人钱。至于给多少钱呢，可以是固定的数目，也可以是不固定的数目，和甲乙两人骰子的差额有关。比如设定赔率为1：20，赔偿基准是5000元，也就是说两人的骰子数差一个点，则输的那一方要给赢的这一方"20×5000=100000元"。如果两人的骰子数差两个点，则输的那一方要给赢的这一方"2×20×5000=200000元"，以此类推。股指期货就是这么玩的，只不过把手里的骰子换成了指数，赌股指未来是涨还是跌。赌涨的叫多头，赌跌的叫空头。比如上证300指数现在是3000点，以此为基准的120天指数期货售价为50元，多头在这个价位上买了100份，花了5000元。过了120天后，股指涨了，从3000点涨到了3050点，这时，多头立即将这100份期货卖出，他能收回多少钱呢？就是"5000×50×300=5000×15000元"，也就是他原始投资5000元的15000倍。

"妈呀，这么多？"小平惊叫，马上联想起弟弟之前说话还是保留了许多，难怪他现在有钱搞资源回收。

智远问："300是赔率？"

太行点了点头。

他沉吟了一会儿，又问："你过去是怎么玩的？这里面还有什么窍门没有？"

"我原先曾经做过一个统计。这么多年下来，股指期货做多头的人多，做空的人少。但多头还能有盈余，说明在相同的时期内，除了个别的赢家，空头的损失是远远超过多头的。假如你和我姐想试着玩玩的话，可以拿点小钱出来试试，买多比买空的胜算要高一些。不过，一定要慎重，要好好分析判断大盘的趋势。我只玩过一次，做多，既买指数基金，也做股指期货，赚了钱很快就离场。股指期货的输赢与个人能力无关，在用光赌场对新赌徒的红利之前离场，才是上策。"

"你有没有分析过，为什么多头的赢面会大？"

"这些年，国内经济虽偶有波动，但是总体趋势一直是向上的，GDP每年的增长率也相当可观。股市是经济的温度计。经济繁荣了，股市没有理由差，个股之间的表现会有差异，但股市应该很活跃，投资的人远多于离场的人。这种情况下，股指的大趋势肯定是向上走。另外一方面，还有国家调控的因素。不用我说，姐夫你肯定知道，国内的股市受政策的影响很大。经济过热了，国家会出台一些抑制措施，经济走低了，国家会出台一系列的促进措施。除了借助央行对存款准备金率以及存贷款利率进行调节外，股市也是国家调节经济的一个手段。"

"所以无论是做多还是做空的人，想要稳赢，必须事先预测到国家会出台调控，是这么回事吧？"智远又问。太行点点头。

儿子和女儿女婿在餐厅谈话的时候，文竹一直带着皮皮坐在客厅里看电视。电视的声音不大，儿女们在谈什么她都能听见。别看她听不懂他们究竟在说些什么，但不妨碍心里油然而生的身为母亲的自豪感。

此次来儿子家小住，唯一让她欣慰的就是看到经过这些年的努力，太行在事业上取得的成绩。比起几个哥哥姐姐来，太行从家里获得支持和帮助最少，可如今总算是混出点模样来了。小孙子也乖，一点也不认生，和她这个奶奶很快就亲近起来，还爱在她面前撒娇……

和姐姐姐夫聊完了，太行走到院子里。天气已经很冷，他把这一茬给忘了，赶紧握住了妻子的手，问她冷不冷。他们进屋走到二楼书房，杜励泡了一壶茶，坐在了太行旁边。

太行注意到了最近股市的异常，不仅蓝筹股一直跌，一些绩优股也在跌，甚至像卫元公司这样受人追捧的高新技术股也逃不出一个跌字。大环境上国家一直在号召给企业减负减税，这是重大的利好消息，但是落在股市里，就像夏天的一阵雷阵雨洒到干涸的大地上一样，没激起什么浪花来，就被市场无声无息地吸收了。证监会那里没有什么特别的新闻，只是隔一段时间，就强调配合减负减税，需要进一步加强市场监督和管理，加大公开交易的透明度，坚决杜绝股市里的坐庄、暗箱操作、私下交易等一系列不法行为。但这些也算是老生常谈，作用不大。

"太行，你是专家。我啥也不懂，可我总觉得跌也不是这么个跌法吧？我公司的股价就好像天天被人拿着斧头拦腰砍一样。"程老板说。

太行打开了电脑，把物流股和平台股的K线图调了出来，分析近期的表现。很明显，有人在砸盘。这些年，卫元没少花钱找人唱赞歌，加上干的是无土模式的现代商业，投资者普遍看好未来，相关股票从上市以来，一直处在上升通道，尤其是平台股。如果不是有人故意砸盘，光是靠炒作过期绯闻的方式，股价是不会一跌再跌的。

"本来物流股没怎么跌，不知道为什么后来就开始急跌，比平台股跌得还厉害。"程老板说。

"很可能是补跌。你也别太着急，等我晚上回来，跟几个朋友打听一下，是不是有人打算坐庄，再看看能不能通过后台的交割记录查出点什么信息来。"太行说。

送走了小耳朵，太行请一家人出去吃了苏式私厨料理。妈妈爱吃鱼，这里的松鼠鳜鱼是一绝。苏帮菜清淡，油而不腻，很适合女士享用。除了松鼠鳜鱼，其他的如清炒虾仁、莼菜羹、茶仔烩牛柳也是有名的菜式，味道一流。一顿饭下来，老少都很开心。

吃完饭，太行把姐姐拉到了一边，嘱咐了又嘱咐："姐，股指期货可不是闹着玩的。我看我姐夫那意思，有点想试试水。智远哥聪明，可股指期货跟赌博没什么区别，你千万看紧了他，别跟这玩意较高低。"

"要是有可靠的内幕呢？"

太行鼻子里哼了一声："除非你见了什么白纸黑字还盖着红戳的东西，什么人嘴里的话都别信。"

小平有数了，也开导了弟弟几句："妈妈私下里说的那些话，你别往心里去。俗话说，丈母娘看女婿越看越欢喜，婆婆看儿媳妇鸡蛋里挑骨头。自古到今，婆媳关系就难处。"她说这番话是有考虑的，刚才吃饭的时候，杜励一听说妈妈要走，一脸错愕，不像装的。后来她一口饭菜都没吃。

文竹在小平家安置下来后，就有些后悔，自己突然这么走了，儿子心里得多难受。其实她此次到儿子家小住，不是来督促儿媳尽好当妻子本分的，而是因为梁政委要出趟长差，太行担心妈妈孤单，把她接了过来。小平看出了妈妈的心思，和她聊起京城里最近发生的一些逸闻趣事。文竹感觉好多了，握着女儿的手，委屈得什么似的，又数落起不懂事的小儿媳妇来了："小平，不是妈妈难伺候，也不是对她有偏见。她什么时候像你这样坐在妈妈身边，亲亲热热的,一块聊个天,家长里短地说道说道?从来就没有。她成天冷着一张脸,躲得有十丈远,话不多说一句,就是有一肚子火,你都没处去发。她哪怕是顶我两句呢,我都能好受点。"

小平心里觉得好笑。杜励不吭不哈的,倒成了几个妯娌里最厉害的,连妈妈拿她都没辙。她开导妈妈说:"杜励就是那个性格,对谁都不冷不热的。嫁到咱们家这些年了,还跟新媳妇似的,啥话都只跟太行一个人说。别说是和长辈,就是和我们这些当哥哥姐姐的,也是难得开次口,最多见面笑笑。其实她是外冷内热。你看她对我小姑子多好,为了救她和小福,连孩子也流产了,就是因为智静是个爽快人。至于小两口平常怎么相处,随他们去吧。太行也不是那种没数的人,再喜欢她,再爱她,她也有当媳妇的规矩呢。"作为女儿,小平认为自己也只能把话说到这份上。说到底,杜励本来就不是个会变通的人。

文竹刚走,杜才韧恰好打电话给女儿。得知文竹走了,他有些意外,不是说好住一个月的,怎么忽然就走了呢?杜励说不知道为什么婆婆突然离开,听太行的意思,是嫌郊区太冷清了,没人陪她说话解闷。"太行工作忙,你为什么不抽出点时间来陪陪婆婆?"杜才韧问女儿。起先杜励不作声,过了一会儿才说:"我也很忙啊。我要搞策划案,监制节目,还要做课题研究。再说,太行也没有怪我。"杜才韧此时才明白了事情的原委,认为女儿实在是太糊涂了:"什么时候丈夫的态度成了你判断对错的标准?"话一出口他就后悔了,电话那头已经传来了女儿的哭泣声。婆家是怎么待她的,当爸爸的一清二楚。如果时光可以倒流,在结婚前,女儿先征求一下他的意见,他一定会阻止这门婚事。但是现在说这些还有用吗?他不是不懂女儿的委屈,可她毕竟是小辈。婆婆既然不计前嫌住到儿子家里,做媳妇的当然应该抛却成见,拉近与婆婆的关系。他没有安慰女儿,反而告诫她:"杜励,得理不饶人和仗势欺人只差半步之遥,你好好想想吧,爸爸相信你一定会想通的。"

放下电话,杜才韧又给女儿写了一封信。他实在是太不放心了,女儿是个弱者,只不过天天置身于丈夫的甜言蜜语中,看不清笼罩在自己头顶上的乌云。她既已成家,他就得放手让她自己来处理和丈夫以及婆家的关系。可不从旁指点一下,又怎能放心?

……

爸爸希望你,能够用一颗清楚明白的心,守护你自己,守护你的小家庭,还有你们共同的未来。太行这辈子,除了在非洲流的那点血,没吃过什么苦。爸爸这样说,你不要生气。你爱他,所以看他哪样都好。他天性仗义,为人豪爽,对你不仅痴情一片,还体贴入微,这都是他的优点。可他从小受到的家庭教育和你所受的教育大相径庭。结婚头两年,你们过得苦,表面上看,是婆婆对你有偏见。其实,深层次的原因爸爸看得很清楚:你不符合太行父母为儿子设定的妻子条件。你的价值观和他父母的价值观,以及他们灌输给儿子的价值观有冲突。这点,就是爸爸今天不说,相信你也已经明白。

真正的爱,或者说真正有生命力的爱,必须是一个灵魂对另一个灵魂的认可与包容,是两颗灵魂的碰撞与结合。你和太行爱到了哪个层次,希望你冷静思考。爸爸可能太悲观了,总觉得你们就是一对帅哥美女组合。他看你长得漂亮,光彩迷人,你看他英俊潇洒,颇有男子汉的气概。这种基于外貌的吸引,能让你们幸福一时,但是否经得起人生大风大浪的考验?

太行有慧根,可他读书少,文化素养也不高。你未经世故,商场上的事完全不懂。你们两个人在一起,平常能交流些什么?总不见得老是回忆小时候的事吧?你应该抽出一些时间来,多陪陪他,和他一起培养一些共同的爱好和兴趣,努力地走入他的心灵。你还应该时时告诫他,让他保持一颗初心,不要因为钱多了,奉承话听多了,忘乎所以。你更应该把他纳入到你的灵魂里去,让他知道你为什么而忧伤,为什么而努力,为什么而欢乐。你们两个还应该好好想想,怎么样能够爱吾爱以及人之爱。

小海告诉我,你前段时间大病一场。对于父母,你一向是报喜藏忧,这不好。你的性格内向,遇事容易纠结。生活上碰到什么困难了,相信太行会安慰你,为你排忧解难。但如果是感情上遇到了挫折,你恐怕只会一个人郁结痛苦,断不会和他去说。你告诉爸爸,我还可以为你出谋划策,宽慰宽慰你。这次你为什么又病了,原因爸爸猜得到几分。事情既然已经过去,我也就不追踪溯源了。不过有几句话我要叮嘱你。你和太行已经结婚,不管小时候你们俩是怎么相处的,现在得改一改。他工作忙,压力大,回家看到你不高兴,还要猜你的心思;猜不对了,更要受你的冷落,你自己也把自己折磨得痛苦不堪。久而久之,当丈夫的容易心灰意冷。你妈妈去世得早,我们感情不好,没有给你和小海树立一个夫妻相处的好榜样,爸爸只能是纸上谈兵。你有空的时候,静下心来好好想一想:与丈夫相处和与男朋友相处,是不是该有所不同?

三十九

一拿到内部交易记录，太行吓了一跳，砸小耳朵盘的人，居然是卫元。自己花钱从自己身上往下剜肉，这得是多大的仇！再一想，夺妻之恨，不共戴天，也在情理之中。不过稍微有点脑子的人，就不会相信网上那些乌七八糟的谣言。可现在谁能劝劝他呢？

太行是这么想的，也是这么给小耳朵回话的，最好是能找一个卫元信得过的人，把疙瘩解开。程老板愁了，卫元现在是孤家寡人一个，谁都不相信，谁都不亲近，世上唯一能打动他的人恐怕只有小福了。他又把整件事的来龙去脉，把牵涉的人物和利害关系分析了一遍，想来想去，也只有走釜底抽薪这一招。

程老板把事情托付给小舒。小舒十分兴奋，两只黑白分明的眼睛一只泛白光，另一只泛黑光："太好了，我终于逮着机会检验一下自己的侦查能力了。"过了两天，兄弟俩找了个清净的饭店，聊了起来。小舒从包里掏出一个信封来给程老板，让他回家再看。然后掏出手机，打开备忘录，在上面写了个名字，给程老板看："这人你知道吗？"程老板点点头。小舒又写了一个名字："这人你知道吗？"程老板又点点头。小舒说："俩人结婚了。"程老板再点点头。然后，小舒又写了一个名字，等程老板看完后说："和男的勾搭上了。"程老板两只小眼睛顿时瞪得溜圆，似乎不相信。小舒在手机上写了一个公式："（S+S）→WY"，让他破解，并问道："你明白了吧？"程老板以手托腮，若有所思地说："我想我明白了。"小舒道："我给你的证据，一定要在最关键的时候拿出来。不然狡猾的狐狸说不定会信口雌黄，挑拨离间。"

正当股市里演绎着龙争虎斗时，忽然又有自媒体发帖：到底是谁绿了富豪？自媒体们为了获得关注向来很拼，一时间，该帖不仅被许多自媒体转发，还被广大吃瓜的群众在各自的QQ群里转发。文章写得一点都不下作，完全就是一场关于遗传学知识的普及和讨论。

富豪血液是AB型，前妻是O型，他们的儿子只能是A型或B型。富豪是AB型，情妇是A型，他们能生出O型血的孩子吗？答案是：NO！那么谁是"绿"了富豪的那个男人呢？

情妇是个颇有魅力的女人，我们假设富豪是她的第n个情人，那么第n－1号情人和第n＋1号情人是谁呢？

有奖竞猜一：情妇的前任情人。

特征：亚裔，混血，博士，投资公司经理，和情妇曾是师生关系。

有奖竞猜二：情妇的现任情人。

特征：中国公民，博士，投资达人，与富豪是大学同学。

这一下，吃瓜群众沸腾了。晚上，剧也不追，别的八卦也不聊了，全在群里搞竞猜。女人按捺不住自己的妒忌，男人们按捺不住好奇：这是个什么货色，怎么就能勾上一个富豪加两个搞投资的博士，这撩汉子的能力完全就是李师师、陈圆圆、赛金花级的水准啊！有奖竞猜变成人肉这位当代赛金花啦。

没几天的工夫，网友们就把这位赛金花大姐给找出来了。女人们心里既平衡又不平衡：都是三十好几的豆腐渣了，这姿色还比不上老娘梳头洗脸化个妆的效果呢！男人们则又揣测：说不定人家功夫好！

卫元公司里的人，也在群里看到了帖子。负责公共关系的总监不敢马虎，把这当作大事一样在管理会议上向卫总做了报告，还让大家急卫总之急，共同讨论商议对策。反正在公司里，这又不是头一回，卫总的私生活早就和公司的命运紧紧相连。卫元听完汇报，直接就把这位总监的手机摔了个稀巴烂，一脚踢开会议室的门，怒不可遏地离去了。谁"绿"了他，他还用猜吗？

现在陷入了两难的人换成了卫元。先别说以天之骄子自居的自尊心受到多少重创，光是自己掏钱剜自己的肉，日后要是传出去了，还怎么行走江湖？他真想一不做二不休，干脆把物流股都买下来，自己当大股东。这样做是解气了，可也给外人留了空子，再有人打平台的主意，他可真就完了。当前在北京，他不仅是孤家寡人一个，还是众矢之的。思来想去，卫元选择了务实的做法，既不损人又利己，放下屠刀。

几天后，渤海会的两个大佬在社交平台上高调宣布趁低吸纳了部分物流股和平台股，一再表示看好卫元公司的后续发展。市场的反应，自然在意料之中，两只股票都止跌了。余经理一看就明白是怎么回事，打电话给卫元，高度肯定了这个聪明的招数。

自此，卫元开始苦练内功，并勤修忍功。他现在什么都没了，除了钱和仇恨。练内功，是为了公司业绩，为了钱；修忍功，则是为了报仇雪耻。他想好了，凡是欠着他的人，他将来一定让他们十倍奉还；凡是当众打他脸的家伙，他一定让他们在全天下人的面前自己扇自己大嘴巴子。

不是说，爱情是神丹，谁吃谁变仙吗？在爱情的滋润下，程老板这个一向胆小如鼠的人也成精了。他一看事态的发展，就识别出卫元为何使出这招数。这下好了，后院的火总算给灭了，他心里甭提多高兴了,头一个给小舒兄弟打了个电话,感谢的话说了三大箩筐,还不忘请教心中的一个小疑惑:"兄弟,你咋知道小如不是卫元的闺女呢?你啥时候给她做了血型测试?"

电话里小舒笑得既得意又神秘:"包拯爷爷托梦给我的,让我试试兵不厌诈这一招。"原来他是赌了一把。

四十

程老板忙着完成终身大事,智静忙着哺育下一代的时候,程小强出来主持日常工作了。几年下来,他干得很不错,现在不仅是公司的董事,还兼市场总监。市场部既管着招生,还要负责和各大企业公司联络,为毕业生寻找合适的就业机会。程小强能说会道,又善察言观色,干这个最能发挥他的特长。前些年他还囿于身份低微,见了有钱的成功人士就主动回避,这两年他也迈入了金领阶层,和企业家们称兄道弟再也不心跳加速。

"不就是张个嘴问问吗?行,咱们就合作一把;不行,就再会。你走你的路,我干我的活。"程小强常常给新来的销售传授经验,帮助他们进行心理素质建设,"你不要以为人家对你摆摆手,或者听都不听就挂电话,是对你的不尊重。现在是什么时代,比尔·盖茨一分钟能挣多少钱,你们知道吗?地上有一百块美金他都不愿意弯下身来捡,有这工夫,他早挣了好几千块了。人家客户拒绝你,一是不想耽误自个发财,二是为了帮助你提高工作效率。你千万不要想不开,不要和自己的那点小自尊心搏斗!擦干眼泪,继续'陌拜',玩命打'Cold Call',直到找到能和你产生共赢的对象!哦,你们别误会啊。我说的对象是客户，不是让你去搞恋爱对象。当然啦，你要是能像拿下对象一样拿下客户，那也不是不可以。出去时，千万别说是我教的啊！"

培训学校起先一个外国教师都没有，自从开了西点制作这个专业后，在外面收购了一个小微企业。女掌门人叫田娜，曾经在法国的烹饪学校里进修过，帮学校引进了一个法国外教，专门教授法式甜品的制作。自那以后，小强喜欢上了说外语。他的外语基础几乎等于零，直接学习法语似乎难度太大了。掂量再三后，他报了英语培训班。一有机会，他就会秀两个单词，在人前晃晃自己这小半瓶子的学问。

除了会耍嘴皮子，程小强还能深入思考，把工作做细做扎实。根据销售市场的实战经验分析，他发现销售的形象和业绩之间存在某种关系。他的数学成绩不佳，不可能在这两者之间建立"$y=kx+b$"这样函数模型来表达自己的想法。但是他有一种强烈的经验意识，形象好气质佳的销售，"陌拜"效果好，客户回头率也高。即使一时半会儿没有签单，日后一旦有机会，客户还会回头来找销售人员，或者把他们推荐给其他人。这个重大发现，让他激动不已。为了打造一个高素质的团队，每个进来的销售，都需要通过他的最终面试。他比过去宫里选秀女选驸马还严格，从身材、相貌、肤色和仪态，甚至是说话声音等各个方面进行综合测评，留下来的不是美女就是帅哥，都操一口流利的普通话。他忘不了部队的那种制服美，让公司给销售配备了专门的工作服。女员工是红西装、白衬衣、黑裙、黑色半高跟鞋，头上再戴一顶黑色的贝雷帽；男员工是黑西装、白衬衣、蓝领带、黑皮鞋，外加一个蓝色尼龙公事包。这打扮不一定适合每个人，但集合效应大。每回拜访客户的时候，他总不忘带几个手下,那派头不仅唬人,还能给人留下深刻的印象。几年下来,培训学校的招生情况越来越好,就业资源也在逐年改善和增加。于是程小军就把哥哥提拔成了销售总监,和智静一道负责主外,他自己和一个教务总监主内。

程小强变得更勤勉了。他很少待在北京总部坐镇,每个月都会抽出一半的时间来,一个分校接一个分校地检查工作。这个月,他来到新收购的苏州分校视察,在走廊上转悠时,居然被一个女学生拦住,交给他一封信。还没等他回过神来呢,学生已经跑远了。他打开一看,居然是一封举报信,被举报人恰恰是不久前被兼并过来的小微企业掌门人田娜女士。信写得极简单,理由却相当辣眼睛:田娜利用职务之便勾引我的男朋友。落款是小仙子。

他打了个电话,让苏州分校的教务长把田娜老师请到会议室来。很快,田娜就到了。小强见过她,对她的印象并不好。岁数老大了,还扎个丸子头。女人们到了一定的年纪后,就会对自己的年龄选择性失忆,采取各种处理手段扮演年轻人,以为男人们对化妆这事都是外行。这种模棱两可的手法,骗骗毛头小伙子还行,骗不了中年以上男人的火眼金睛。比如说,某某女明星吧,一大把年纪都快做奶奶的人啦,还天天把自己捯饬成个小姑娘,明明在脸上动过不知多少刀,打过多少针了,却装天真地告诉别人每天坚持锻炼身体是拥抱青春的秘诀。这回,程小强要用自己这双火眼金睛好好照照这个田娜,让她原形毕露。所以,他一见到田娜,二话不说,先上上下下仔仔细细打量了她一番:哼,还是扎着个丸子头,不过这头发倒是挺黑挺密的,不像是染的,发根比发梢颜色深;五官也还算周正,长圆脸,白皮肤,两条浓眉成一字排开,一双圆溜溜的黑眼睛还挺有神,鼻子和嘴巴倒没什么特别;身材嘛,真不错,少说也有一米七，比例也好；一件白色的厨师服穿在她身上倒像是件短款的青年装，下面是一条黑色的阔腿裤和一双黑色尖头平底鞋，挺利落的。可再怎么利落，也能看得出绝对不是二八妙龄少女，往少了说也得三十多了。难道她还没结婚？可这有什么关系呢？这儿的学生能有多大？除了个别中年下岗再就业的，大都是初中才毕业的孩子。老牛吃嫩草合适吗？不过也可能就是场误会。这些孩子大都是农村刚出来的，见着这样一个成熟大方的女老师，暗恋人家，和人家套近乎也是有可能的。想到这儿，他把这封信给田娜看了，让她哄哄那个女孩，解释清楚就算了。谁知田娜看完信，两眼冒火，脸上升起了两片火烧云，愤愤不平地说："我是老师，这么大岁数了，能勾引那些男孩子吗？我一向公私分明，对待学生一碗水端平，绝不会特别优待或者冷落某个人。这个女生成天上课不好好学，总是弄得一塌糊涂。还有总是串岗，专爱往男同学跟前凑。我让她不要影响别人，她就说我给她穿小鞋。我真不知道她还有这一手，小小年纪就学会了背地里诬蔑人。"

一看她这副恼羞成怒、剑拔弩张的样，小强心生不悦。她这种态度不仅没把自己摘干净，反而坐实最初给他留下的坏印象：为老不尊，而且气量小。有必要跟几个毛孩子斤斤计较吗？她怎么就学不会一分为二来看待问题？哈哈一笑，岂不是更好？小姑娘为了男朋友和她这么个半老徐娘吃醋，这说明她仍然风韵犹存嘛！当初收购这个小微企业的时候，董事会讨论过该怎么处理她。程小军爱惜她是个人才，在法国那边又认识些人，将来肯定有用得着的地方。如果拿出一笔钱让她走路，她另起炉灶后成为竞争对手，岂不是肥了别人亏了自个吗？人事部悄悄做了一个背调，反馈她'独'，与人合作不太好。弟弟就给了个齐天大圣的封号，却让他干弼马温的活,当然工资待遇还是走大圣的级别。程小军这么处理,别人不理解,他这个当哥哥的却直竖大拇指。当年曹操为什么养着一计不出的徐庶,不是一个道理吗?想到这儿,他耐住性子说:"既然是一场误会,你把小仙子和她男朋友叫到一起,把这事说开了就算了。以后工作中和男学生交往的时候,还是要注意些分寸的,毕竟师生有别。"

田娜闻言,像受了侮辱一样,把浓浓的眉毛一扬:"您这话是什么意思?"

程小强心里的火一下子就给点着了,声音不由得提高了八度:"我没有别的意思。我就是提醒你,当老师的,要为人师表,处处注意自己的言行举止。如果你觉得我的话中听呢,回去检讨一下自己有没有这方面的问题。如果觉得不中听呢,那请自便!"

田娜显然误会了他的意思。她瞪着他,眼睛里已经噙满了泪:"您想让我辞职,就明说,我不会赖在这儿不走的。可是,我有一句话要送给您:'地球上得皮肤癌的人多得是,难道太阳需要为此做检讨吗?'"话音刚落,她就夺门而去,留下瞠目结舌的程小强。

程小强一个人坐了会儿,打电话把教务长叫了进来。教务长是个典型的苏州人,四十来岁,个子不高,戴副眼镜,五官平常,似乎生来就没打算让人看清楚自个长啥样,准是爹妈专为儿子四平八稳过一生求神拜佛给预备的相貌。他一进会议室就看出程总监脸色不对。小强招呼他坐下,递了支烟。他赶忙接过来,却没抽,别在自己耳朵后头。小强直奔主题,问他田娜最近表现怎么样。

教务长不知道程总监为啥一来就把田娜叫进了会议室。不过看他的脸色,刚才的谈话并不愉快,于是小心翼翼地问:"您是问哪方面?"

程小强说:"工作方面。"

"田娜工作很认真,学生们对她的评价不错。我们这里每个课程开课后,都会定期收集学生的反馈,学生们给她打分一直挺高的。"

"是吗?"小强把那封举报信递给了他。

他看完,额头上冒出汗来:"有这样的事?我以前从没听到过。"

小强打量了他一眼,不动声色地问:"田娜要辞职,你怎么看?"

"程总,她不归我管。您是不是该跟大老板商量一下?"教务长显得很为难。

"我不是跟你商量,也不是让你来做决定,我只是想了解一下你的看法。"

"程总,她在行业内挺有名的,不少人都想找她拜师学艺。如果因为这么点小事就让她走,会不会给公司造成损失啊?"

"不是我让她走,是她自己要辞职。"

"程总,说几句有违身份的话。田娜在这儿,确实不合适。她现在不是老板了,大家和她相处都有点不自在。您看,是不是请大老板给她换个环境,比如调到总部去?"

小强点点头:"行,我知道了。你把这个小仙女和她男朋友叫到办公室里,好好问问情况,好好教育教育。学校是学习的地方,不是谈恋爱的场所,更不是争风吃醋的地方,然后你再拿个处理意见出来。"

过了一会儿,教务长回来了,说情况问过了,这小仙女学生登记表上的年龄是18岁,身份证上的年龄是28岁。她读的是半年的短期培训班,教过她的几个老师对她印象都不好。她的男朋友是一个只有17岁的大男孩,上的是两年大专班。俩人以前不认识,只因这一门甜品课学校老师不够,所以才做了混班处理。那男生不承认是她男朋友,倒是挺维护田娜,坦白自己确实撩过老师,但老师从没搭理过他。报告完毕后,他毕恭毕敬地请示:"程总,您看该怎么处理?您是不是见一下这两个学生,或者是找其他老师和同学聊聊?"

程小强略微思考了一下:"你把他们两个叫到会议室来,通知田娜,让她也过来。"

没过几分钟,两个学生来了。男的又瘦又高,确如教务长所言,就是个大男孩。男生很有礼貌,进门就给小强鞠了个躬。女生用眼睛瞟了小强一眼,没吭声。小强指指椅子,让他们坐下。这女的往座位上一坐,把头发捋了捋,又斜瞟了小强一眼。一见他正盯着她细瞅,脸上不禁露出一丝得意。她不但不是个小姑娘,还做过整容,双眼皮是割的,鼻梁也垫过,脸上要是没一层白粉遮着,那就是一张撒过芝麻的饼。坐在那儿也不老实,眉毛扑腾来扑腾去,把风尘味抖落到会议室的各个角落。田娜一进来,男学生就把头低下了,面有愧色。而那个女学生则一脸幸灾乐祸。田娜又急又气,眼里瞬间布满了泪水。程总监马上全明白了。

四十一

梁政委帮着儿子把他想要收购的项目都一一落实了,除了个别出价太离谱缺乏诚意的,十分圆满地完成了任务。他现在最大的心愿就是趁自己还能干得动,再帮小儿子一把。收购完成后,梁政委又和太行逐一视察了这些工厂,对工厂的经营与运作,以及骨干人员，全部都摸了一个遍。哪些地方需要追加投资，哪些地方需要做一些调整，什么重要岗位上还缺人，都搞得清清楚楚。太行先招聘了一名人事经理，由人事经理负责将需要的人补充到位，再把原先工厂里的技术经理提拔成了技术总监，负责集团的技术管理与支持。太行自己主抓销售工作，把各地的销售团队整合在一起，建立了中央销售团队，又配备了新的软件系统，要求所有的销售把项目跟进的情况都在软件系统上进行时时记录和报备，这样别的销售可以及时了解同伴跟进的情况，从而协同作战。为了调动员工的积极性，太行建立了两套激励机制：运营部门，以质量、效率和安全为主要考核目标；销售团队，则是根据业绩提成。在集团生产总监还没到位之前，梁政委暂时帮着儿子管理生产和后勤。一个具备了一定规模的资源回收集团正初具雏形。

  太行一个星期干七天。只要不出差，每天五点钟就起来工作，上午九点钟去投资公司办公，下午四点钟离开投资公司回家，吃完晚饭就又开始忙至深夜，周末还要去蓟县或是其他下属工厂视察、调研、开会。也许是压力太大了，他找了个缓解压力的办法——骑马。以前在甘肃带兵的时候，他曾骑过马。没事时，就骑着马在戈壁滩上跑，等跑累了，随便把马拴在一块大石头上，他自己就半躺在石头上，看落日余晖横扫过荒原，思念着远在天边的她……现在，那种纵马江湖信步飞的感觉又回来了。他买了一匹马，平时放在附近的一个赛马场里养着。工作累了，就开车过来，在马场里跑个来回，再回到办公室继续玩命地干。可北京不同于戈壁，在马场里跑上多少个来回，也找不到那种信马由缰的感觉。他现在常常想起那时候的他和那时候的理想：和自己心爱的女人，一起策马江湖，驰骋云间……

尽管分身乏术，太行并没有马上从投资公司撤离，他打算培养几个得力的核心人物出来，这样即使自己离开，投资公司仍然可以继续有效运作。他把方经理和自己的助理作为重点培养对象，公司里的大小决策，都让他们参与进来。这两个人成长迅速，再过一段时间，他就可以功成身退了。可是该怎么跟胡朵朵开口呢，他倒犯了难：于公当然无可厚非，铁打的营盘流水的兵，大家来去自由；可于私，心里总觉得有些对不住她。她现在怪可怜的，父亲死了，同父异母的几个哥哥都不亲近，还嫁了那么个男人……以前，杜励曾经说过一句别有深意的话，我认识的人里，你是唯一有灰姑娘情结的人。现在想想，真是被她说中了。

百忙之中，太行收到了狗熊的喜帖，他要结婚了。

太行被狗熊选中当伴郎，就连衣服都给预备好了。这几年狗熊发福不少，原来是又高又壮，现在是又高又胖，加上遗传，和他爸爸一样，光亮的脑袋上已经寸草无存，脸上脖子上的肉直往下嘟噜，还挺着个大肚子。声色犬马的生活留给他的纪念品还不止这些，他的两只眼睛迟疑呆板，上眼皮肿，下眼皮松，眼袋都快掉到嘴巴里去了。和太行站一块，不像是新郎和伴郎，倒像是新郎他爸和新郎。

试完衣服后，狗熊非拉着几个兄弟出来喝单身生活的最后一场酒。狗熊跟着父亲做生意多年，也交了不少朋友，但还是看重大学时的几个好哥们。以前一个宿舍的大学同学悉数到场。太行已经好久没有痛痛快快地喝一场了。毕业这么多年了，各自在人生的道路上打拼，遍尝其中的酸甜苦辣咸，于是大家都感慨万千，免不了以酒寄情，推杯换盏间都喝得有点高。狗熊的话最多，喋喋不休把这些年交过的女友，干过的有出息和没出息的事都抖落了一遍。几个兄弟开玩笑，说他现在也算是回头是岸，立地成佛，过了今晚，世界上少了一个浪子，多了一个居家好男人，可喜可贺。"对，哥们我是该享受的都享受到了，该玩的不该玩的我都玩了个遍，现在上岸不亏。"狗熊说完，又往肚子里灌了一大杯威士忌，那神情不像明天是要结婚，反倒像是去赴死。太行看他喝得已经够多了，惦记着明天还要接亲，连拖带拽，把他送上了车。狗熊还不肯走，嚷嚷着要一醉方休。哥几个都劝："明天婚宴上继续喝，非喝得你花烛夜上不了新娘的床。"太行担心狗熊再到其他地方去玩，耽误了明天的正事，也上了车，打算把他送回家。太行嘱咐狗熊的司机开稳点，把车窗都打开，就这样，狗熊的酒劲还是上来了，一路上嚷嚷着要吐。太行让司机把车停下来，把狗熊扶到路边排水格栅处，让他将晚上吃的、喝的全都吐了个干净。再回到车里的狗熊安静了，背靠着自己的好哥们，嘴里呜里哇啦地叫喊了一通，睡着了，活像是一个被人强行从蜜罐里打捞出来的巨婴……

婚礼热闹排场但不奢华，一看就是双方父母的精心安排。新娘个子不高，身材丰满结实，化着浓妆，看不清本来的面目，但也没有什么特别动人之处，没法和狗熊过去交往过的那些女子比。主持人放投影介绍新郎新娘，太行才知道新娘是位闽籍富豪的千金，家里靠做服装贸易发的家，把工厂开到了柬埔寨、孟加拉国、越南和印度，甚至到了巴西，品牌小店和超市遍布全国。女方的父亲岁数不大，身材矮小，透着闽南一带人的精明。女方的母亲一看就是个老实人，对自己这位人高马大、家大业大的女婿很满意。女婿给她敬酒的时候，她还有些惶恐。女方母亲和丈夫并不挨着坐，中间隔了一个妆化得和新娘一样浓的年轻女人和一个五六岁的小男孩。太行起初还以为那是新娘的姐姐，后来才知道这是女方父亲现任的妻子和孩子。闽南一带深受客家文化影响，女子大都勤劳隐忍，看来狗熊他爸为了给儿子挑选一个合适的媳妇，煞费苦心。狗熊家里原先是做啥的，太行也不清楚，只知道他爸爸很早就下海经商做生意，生意越做越大，官场上生意场上有不少朋友，所以狗熊说话一直底气十足。太行和伴娘跟着狗熊夫妇一道给客人们敬酒，帮着挡了不少酒。狗熊今天表现得像个人样了，大概是头回早睡早起带来的效果，脸上的眼袋也缩回去不少，还有点新郎官的意思。当着双方家长的面，他对新娘也算不错。

等敬了一轮酒，新娘子去化妆换衣服的空当，狗熊拉着太行走到外面，一块抽烟。他问太行，觉得新娘怎么样。太行说挺好，又反问他："你看上她啥了？"

狗熊实话实说："她人挺老实的，不像我爸以前给我介绍的那些个女的，家里有几个钱就蹬鼻子上脸的，长得不咋样吧，还非得让人天天夸她是天仙。"

太行笑了："我瞧着也是。这姑娘给你当老婆，是你小子几辈子修来的福气！"

狗熊吐了口烟，看着袅袅升起的烟雾，对他说："我爸也这么说。哥们从今天起，就重新做人啦！好好当几年乖儿子、好丈夫，开花结果，传宗接代。等儿女双全，报了我爸养我这一场恩，再重出江湖。"

太行本来想夸奖他两句，没想到他最后说了实话，表扬变成了劝诫："你小子，就不能有点正形吗？今儿可是你大婚的日子，下面坐着都是两家的亲戚朋友。就不怕这话传到新娘的耳朵里？"

"传到她耳朵里哥们也不怕。我是什么样的人，头回见面，我就告诉她了。我跟她说咱们是各取所需。你得给你妈争口气，找个有钱有面的好女婿，我得完成我爸的任务，找个门当户对的姑娘结婚生子。咱们也别互相欺骗，相互折磨，一起和和气气地过上几年日子，完成各自的任务。以后能接着过就过下去，不能接着过就再各找各的相好去。她都同意啦。哥们还不算坏到家吧，总比外面那些打算吃软饭的渣男强多了。我跟她说，白头到老的多了去了，恩爱如初的我压根没见过。我家里虽说现在一时吃紧了，但也犯不着为了两个钱骗人。"

太行这才知道狗熊为啥选择在此时回归家庭了。原来他爸爸投资地产的策略有些失误，开发了不少写字楼，但销路不好，资金周转遇到了困难。他爸爸一着急，也不知听哪个狗头军师的话，找了个私募，想在股市里捞一笔，结果反被人坑了。他爸现在就等着儿子这门亲事定下，从亲家那儿拆借一笔钱，好渡过眼前的难关。

"还是你好。自己折腾一摊儿，不受家里人约束。"

太行说："我这不算自己的生意，是替我姐和别人打工。从前哪里想过自己会干投资啊，一没学过这方面的知识，二没经验，有时候遇上事，连个商量的人都没有。干来干去，也就是刚起步，跟你家的生意没法比，九牛一毛。我现在也正准备跟着我爸干呢。"

狗熊说："太行，这我就放心了。咱们可是好哥们，我上大学时就佩服你。你当班长，从来不装模作样的。咱们这拨人里，最后能有点出息的，除了你，没其他人了。不过我爸被人坑了，你可当心着点。"

狗熊的婚礼，和他一贯跋扈高调的做派比起来，算是相当低调了。他老父亲这么安排，估计是有一番考虑的。既是因为钱吃紧，犯不着搞那些花哨不实惠的虚场面，更是防着儿子过去在外面招惹的女人们心怀不甘出来捣乱。太行和两个哥们把狗熊送到酒店上面的新房里时，走廊上已经挤满了人，按照风俗，怎么也得闹闹洞房。新郎的父亲又出面了，满脸堆笑，说新人都累了一天，这陈规就免了。可待客的礼数一点不少，红包敞开了给，不管认识不认识的，人手一份。

洞房花烛夜，狗熊快不快活，这只有他自己才能知道。可是，人人都知道，狗熊第二天就抑郁了：一个女人把狗熊发给自己的那些个肉麻短信公布在网上了。两个人相互揭短，互相攻击，在网上赚足了眼球。黄莺更是凭借此事，一举成为"网红"，成为大家谈论的焦点。

四十二

程老板壮起胆子到智家提亲，智家连门都不让他进。智老爷子暴跳如雷，指着智静骂，说她不孝，怎么能嫁给个要长相没长相、要能耐没能耐的残疾人。智远火上浇油，料定程小军是寒门小人，狼子野心，训斥妹妹："你怎么就不知道长点记性呢？一个卫元还没把家里闹腾够，你还要再领一个连他都不如的人到家里来。你嫌我们跟着你丢的丑、吃的亏还少吗？"他还逼妹妹把小福成长基金管理人的身份换成了他，就怕她"情令智昏"，拿钱贴外人。

小平难得在弟弟跟前抱怨，在大户人家当媳妇真不容易，自己现在是里外不是人。原来老爷子把账算在了小平头上，说她引狼入室。如果不是她把那个缺了耳朵的残疾人领到家里来，女儿怎么能和他搞到一块去？老爷子心里虽然恨卫元，但卫元是名牌大学毕业的高才生，才华、气度、身家都在那儿摆着呢，程小军拿什么跟卫元比？小平去劝智静，结果也碰了一鼻子灰。"嫂子，你咋和其他人一样，非要以貌取人呢？你们放心吧，我不会同意和程小军结婚的。不是他配不上我，是我这个带着两个孩子的离婚妇女配不上他。"

太行有些不明白，老爷子又不是不知道，卫元在外面勾三搭四的，是诚心跟智静过日子吗？小耳朵除了长相逊色了些，就做生意的本事和精明来说，和卫元绝对不相伯仲。要讲起做人的善良厚道来，小耳朵能甩卫元半个北京城。小平也生气："我就知道你向着小耳朵。咱们就先别说长相，他比智静整整小七岁，能合适吗？"太行傻眼了，忘了这一茬。山东有"女大三，抱金砖"的说法，不过，这女的比男的大了七岁，的确大了些。小平又叮嘱弟弟少到智家来，嘴巴严实点，别出去跟其他人叨叨这事。

小耳朵是太行和杜励共同的朋友，假如用"青梅竹马"来形容太行和杜励，那小耳朵和杜励绝对称得上"两小无猜"。杜励当然和太行一样，一点没觉得小耳朵配不上智静，更没觉得七岁之差是障碍："小耳朵比我们所有的人都成熟，他心里住着一个转世的活佛，智静和他在一起，肯定比和卫元在一起幸福多了。"太行搂着她，大大方方地承认自己的不足："我怎么就没想到这么说呢？啥事经过你那个聪明的脑袋一加工，就变得既浅显易懂又耐人寻味。"

这段时间，太行忙于工作，但没忘了把老婆的心再给焐热乎，工作爱情双肩挑，简直到了可歌可泣的程度。他了解杜励，她是慢热型的，爱上一个人和不爱一个人都需要很长时间，要想让她心里的爱沸腾起来，得用文火慢慢炖。他从没把和艾丽丝的交往一五一十地做个交代。他送妻子戒指，目的就是传递无言的告白。都是成年男女，艾丽丝打什么主意，大家心里都很清楚。他的确没被"色诱",可"利诱"呢？说错一个字，就可能引起歧义。还是让这个插曲随着时光，在爱的熔炉里慢慢销蚀，才能再度牢牢俘虏她的心。

"有这么奉承自己老婆的吗？我都替你害臊。"被他如此吹捧，杜励自然启动了从前的"损夫模式"。

太行闻言激动地一把抱住了杜励的腰，把她举了起来。杜励的脸登时就红了。两人一下子都想起了多年前那场"定情之举"。

"你给我再表演一个被人逮住了的、绝望的、拼命挣扎的小菜花蛇……"他忽然一脸坏笑。

杜励又气又恼，刚伸出手来要打他，他脸上的坏笑更深了，一副幸灾乐祸的模样："你看，你看，你多听话。"她只好把手缩回去，把头扭向一边，不理他了。

太行搂着她，把她当个孩子似的摇，轻轻说了声："我爱你。"她也抱住了他的脖子，把头搁在他的肩膀上，就像许多年前那样。太行把她放在床上压到了身下，三下五除二脱去了她的衣服，轻轻地咬她的耳朵："你不知道吧，那天晚上回家后我就做了个梦。我梦见我把那条小蛇的皮给剥了，露出了里面又白又嫩的身子。它可怜巴巴地缠住我，求我手下留情，可我还是把它的尾巴给劈开了。它疼得直往我怀里钻，就像现在这样……"她本来早已羞得闭上了的眼睛，这下又睁开，还狠狠地在他脖子上咬了一口。排山倒海般的爱很快将两个人吞没，她真的变成那条钻进他怀里的小蛇，既想使劲推开，又不由自主地缠住……

第二天早晨，两人都睡过了头，直到卧室的电话响起。太行接起来一听是姐姐，说了句"一会儿打给你"就给挂了。杜励也醒了。他嘱咐她再睡一会儿。她伸出手来，握住了他的手："太行，咱们把两地书写下去，好不好？"

四十三

平生头一回，小平乱了方寸。

和弟弟通完电话后，小平在家里翻箱倒柜，找出了智远的股票账户登记卡，来到最近的一家营业网点，让工作人员把账户里所有的信息给她打一份出来。工作人员让她输密码，她想了想，输了自己的生日，果然对上了。拿到这些材料后，她马上又来找弟弟。

太行把办公室的门一关，专心研究资料。他打开电脑上的炒股软件，先看了下姐夫操作的几只股票近半年的走势，然后又进入股票账户，查了查半年来的交割情况，也慌了：姐夫到底要干什么？在股市里这样操作，不是找死吗？他还不敢这么明着跟姐姐说，只好委婉地说："姐夫行事还是很谨慎的，刚开始选的几只股票短期收益都不错，赚了点小钱。估计是看卫元的股票跌了不少，想捞点便宜，买了一些。平台股一再跌，他就又补了些仓，不忍心脱手。如果你们不等钱用的话，不必割肉离场，应该能涨回来。"

"那他为什么要动小福的钱？"

"估计是怕不好跟你交代，让你再担惊受怕。你们手上原来就有不少平台股，加上智静的，再收购一些筹码，就能把卫元拉下马。这是老爷子的意思？"

"投资上的事，老爷子不懂，也没跟我们这样交代过。否则，你姐夫肯定会跟我商量的。"

"从二级市场上收筹码去控制一个上市公司，不能说没有先例，但风险太大,付出的代价更大。就算你们拿到了控股权,谁去管理这个平台?如果卫元指使下面的人捣乱怎么办?卫元可以把股份卖了,另起炉灶开一个平台,再把原来的骨干挖过去,留个空壳,到时候你们又怎么办?你把这些话好好跟我姐夫说说,即便是老爷子有这么个意思,也千万别照办。股市里收购和反收购,最后鱼死网破的例子太多了,根本不值得。卫元是对不起智静,但也罪不至死。智静都已经放下了,其他人还有什么放不下的。姐,其实你仔细想想,小耳朵真配不上智静吗?说句不该说的话,他早创业成功了,现在就冲他的钱,想要嫁给他的姑娘能从东单排到西单,他干吗找一个比自己岁数大、离过婚、带着两个孩子的女人?还不是因为喜欢她。他怎么就不配给智家当女婿了?"太行通过这种隐晦的方式把姐夫砸盘的意图传递给了姐姐。他并不认为这是智老爷子的意思,可不能明着指责姐夫小气。

虽说小平一再嘱咐让弟弟弟媳少掺和智静的事,杜励还是跑到智家去看望智静。智静肚子挺大了,很少去公司上班。一见到好朋友,智静就握住了她的双手,流下了热泪。杜励轻声安慰:"只要你不说放弃,小耳朵就会一直等着你。你只要照顾好自己和孩子,他就放心了。"

"你误会了,杜励。我没答应他,我不能嫁给他。"智静急于表明自己的立场。

"是不能,还是不想?"

她低下头不言语。

"因为你比他大七岁?"杜励点出第一个障碍。智静仍不说话,算是默认了。

"你一定听说过勃朗宁夫人①和她丈夫的故事。如果因为勃朗宁比她小六岁,而她自己又是个残废,就此拒绝他,她的一辈子将会在轮椅上凄凄惨惨地度过。但是,她勇敢地接受了爱情,从此有了甜蜜的生活,生了一个可爱的孩子,还在事业上取得了辉煌。因为这份强大的爱,她最终还获得了行走的自由。我觉得小耳朵不够大胆,他应该像勃朗宁那样,带着你离开这里,远走高飞。在爱情面前,人是需要有一些果决的。"

"杜励,我结过婚,带着一个孩子,怀着一个孩子。我……"智静说出了藏在心里的第二个顾虑。

"智静,你不是和小耳朵去相亲,去谈条件。他爱你,他想把自己的生命之河与你的,还有两个孩子的,汇聚在一起,一起流向未来。你和他交汇之前,流过了哪些地方,并不重要。最重要的是,你的生命之河依然澎湃,依然充满着张力和奔向明天的渴望。"杜励有备而来,勃朗宁夫人的故事她很熟悉,这段关于生命河流的话则是她的感悟。

"你会不会觉得我们俩疯了?"

杜励诧异地望着她,一本正经地说:"不是你们疯了,是这个世界不正常。这个世界病得可不轻,光是眼睛上的毛病就不少,近视、斜视、红眼病……"

智静高兴了:"就是你最懂我。过去,我觉得我嫂子最通透,

---

① 勃朗宁夫人是英国维多利亚时代备受尊重的女诗人之一。她生活在一个富裕的家庭,15岁那年因为骑马导致脊椎受伤而瘫痪。罗伯特·勃朗宁比她小6岁,通过女诗人的作品深深地爱上了她。起初,勃朗宁夫人不相信这份爱,但是经不住罗伯特的再三恳求,与他离家出走。一个星期后,两人结为夫妇。婚后生活十分甜蜜,两人都赢来了事业高峰。在结婚20年后,勃朗宁夫人站了起来。这个伟大的奇迹,被称作爱的奇迹。

人情世故拿捏得好；现在，我觉得你最聪明，你的眼界更高，心思更细。"

"我哪儿有你说的那么好。要不然，我怎么会在梁家这么不受欢迎。"杜励笑了笑，继续说，"小耳朵从小就特别体贴人。我们俩一块玩，都是他让着我。要是我想写字呢，他就帮我削铅笔；要是我画画，他就帮我涂颜色。假如不是大家失去联系，说不定我会嫁给他，而不是太行。"可能觉得这句话冒失了，她又解释起来："一定是老天爷觉得我这个黄毛丫头配不上小耳朵，才安排我们分开的。智静，你肯定觉得小耳朵这个人仁义，不简单，对不对？你不觉得冥冥之中，老天爷给了他比常人更多的善良和智慧吗？"

这些天申致庸如坐针毡。既怕三公子责备，把即将到手的好差事搅黄了，又怕娘子问责，把驸马爷的身份丢了，还怕富豪恼怒，把好不容易续上的同学之谊给弄僵了。经过一番思考，他决定在胡家兄妹跟前装聋作哑，绝不对号入座，卫元处必得亲自走一趟，毕竟当事人不好糊弄。

卫元听秘书说，老同学申致庸来访，便吩咐秘书："那就让他候着吧。"

申致庸从早晨候到了中午，又从中午候到了下午，从下午直候到了晚饭时分，等得饥肠辘辘。秘书们多会看老板的眼色办事啊，别说茶点了，就是连杯水都懒得给他上，还动不动就送上一个白眼或是冷脸。

就这样挨到下班，卫元还是没给个好脸，根本不愿搭理他。申致庸一个劲地赔不是："不知者不为罪。绝不是致庸以此推脱罪责，只是愚兄确实不知，那是贤弟的如夫人①。"

---

① 旧称，指一个男人在正妻之外娶的妾室。

如夫人这三个字明显地刺激了卫元，立马脸红脖子粗地纠正："就她，凭什么给我当如夫人？我早就不要她了，好几年前就把她甩了。"

"贤弟此言极是。"申致庸急忙咬文嚼字，"女色者，世间之衰祸，凡夫遭之，无厄不生。是以，智者知而远之，不受其害，恶而秽之，不为此物之所惑也。贤弟高明啊！"

萨拉早已和胡表姐没了往来，除了上一辈的同乡近邻之谊外，本就缺乏其他实质性来往。安迪一出事，胡家人就不给她好脸色，就差没把她轰走了。萨拉呢？自以为吃定了卫元，再不肯做低伏小受冤枉气。和卫元闹掰后，萨拉借着表姐结婚的喜事，又厚着脸皮开始走动，奉承话不知说了多少，苦经不知念了多少，总算人家没把她拒之门外。一见表姐夫，她心里就有了几成把握。果然，也不过几个眼神，地火就勾动了天雷。不过，天雷在地火宽衣解带服侍自己之前，一再哭穷："一介书生，无以付缠头钱①，且惧内，指望着借东床快婿的身份发达，实在不能给添香红袖一个名分。"这么多年来，萨拉头一回拿出钱贴男人。两人讲好了条件，申致庸免费帮红粉佳人理财，佳人绝不觊觎表姐的正室地位。

四十四

莱斯特没想到老东家赫丘勒会来找自己当私人投资顾问，这不就跟中国人讲的鲁班师傅找了个刚出师的木匠给自己造个房子吗？

---

① 出自明代高启《夜饮丁二侃宅听琵琶》，指付给歌女一类人的赏钱。

他实在搞不明白其中蕴藏的逻辑与奥妙。赫总裁是这么打消后辈疑虑的："我老了，常感到力不从心，身边也没有一个信得过的人。以后咱们可以互通有无，时常探讨探讨股市、债市动态。这笔钱是我多年积攒下来的养老金，我希望能够在退休之前把数目做得大一些，好安度晚年。"

协议很快签好了，附加了最严格的保密协议，这是赫丘勒一贯的风格。协议一签，钱陆续到账，数目还不小。莱斯特没法推测这些钱的来源，不过以亚洲人节俭的生活作风和未雨绸缪的良好传统来判断，来源应该是正当的。考虑到这是对方的养老金，他设计的理财方案十分慎重，以安全稳健为主。赫丘勒不置可否，过了一段时间，忽然给了莱斯特一个口头指令，莱斯特随即照办。又过了一段时间，赫丘勒下达了第二次口头指令。接连三次后，莱斯特明白了，赫丘勒不是老了，而是更谨慎了。

智静剖宫产生下一个女儿，卫元一次都没来看过。智老爷子大骂他是白眼狼，不再拦着女儿新的恋情。他已经得着信，很快就要离休，退居二线。程老板把体贴入微和春风般的温柔结合在了一起，百般照顾产妇，以准男友的身份，充当着丈夫的角色，把好继父这个角色发挥得淋漓尽致。他可能没有勃朗宁带着夫人离家私奔的果敢，可一点也不缺为爱奉献的坚韧。

智静被幸福团团包围，只有一样让她不高兴。刚出生的小丫头太丑了：尖脑袋，方下巴，一对眯缝眼，完全没有脖子，圆鼓鼓、胖嘟嘟的身子，两条小腿又短又粗。智静想得很长远："她将来长大了，能找到男朋友吗？"程老板可不这样认为："你看我闺女长得多俊啊！这雪白的皮肤，这一头浓密的黑头发，还有这张红嘟嘟的小嘴，不就跟白雪公主一模一样吗？"尽管他一再强调女儿漂亮，智静还是不承认女儿是个漂亮的小公主。她吸取给儿子取名时的教训，坚持让女儿叫程苗苗。苗，自然是苗条的意思，一个苗字压不住，两个苗字总能保佑闺女长不成妈妈这肥胖臃肿的样了吧？月子是程小军的妈伺候的，现在她和老伴住到了北京，和儿子儿媳在同一个小区。李大妈比小儿媳妇乐观，一个劲地劝她："小苗苗长大后肯定丑不了。你别看小耳朵没长成样，那是胎里带来的毛病，可不是根上的。你看你公公，还有我，还有你几个哥哥姐姐，谁都长得挺像样的。老程家的根，好着呢！"她又被儿子骗了一回，以为眼前这个丑丫头是自家的种。

程老板早就制定好了家庭计划，办一场风风光光的婚礼再生一两个健康的宝贝。婚礼的时间，由老婆决定。智静连礼服的定金都交给小海了，非要减了孕妇肥，美美地穿一次婚纱，风风光光地把自己嫁了。婚礼本来就该由女人操办，男人照剧本演出就行，程老板给了智静百分之百的自由和权力。他自己把精力全用到了生儿育女的大事上去了。

无论他怎么努力，智静的肚子就是没动静。既然她以前生过两个孩子，那毛病肯定不在她身上。程老板有些着急，跑了几个专科医院，请了几个专家诊断。结果几个专家都给出了一致的答案：生理上他绝对没有问题，心理上一定要放松。专家越这样说，他就越紧张。到最后连智静都能感受到他的紧张，让他放松。放松？作为男人，他怎么放松？

程小强给兄弟出了不少馊主意，又是虎鞭，又是药酒，还有什么虫草，所有壮阳的玩意几乎都试了一遍，效果不能说没有，但是毫无成果。最后还是李大妈的一句话提醒了他：你呀，没别的，就是太瘦了。你看哪个公猪不是吃得滚肥溜圆的。大夫说你正常，是没看见你媳妇啥模样。这就好比种庄稼，分给你的地多，你播的种就得多。就你播的那点种，撒到你媳妇肚子里，哪能出来庄稼啊？你呀，就得多吃饭，长壮实了。啥时候比你媳妇壮了，孩子自然就有了。小耳朵叫屈，说自己上个月增肥一斤半了。李大妈当场就否定了儿子："也就是腮帮子上挂了二两肉，赶你媳妇那还差得远呢。"李大妈真是中国好妈妈，儿子都骗她两回了，但是为了让他早日有一个真正属于自己的孩子，不计前嫌地给他出主意。

说干就干，程老板强烈要求妻子务必配合他的增肥计划，家里以后有啥好吃的好喝的，除了小福那一份，剩下的都归他。智静太同意了。二婚后的她，在老公温柔体贴的照顾下，积极吸取头婚的经验教训，贤淑了许多，表扬丈夫："你这是配合我减肥，对吗？你真会体贴人。"从那天起，程老板开始忍着胃胀，大块吃肉大口喝汤，恨不得早日完成增肥任务，好有足够的种子播撒在妻子那广袤肥沃的土壤里。

一天太行约了程老板小酌，被他饕餮大食的作风吓了一跳。起初小耳朵还不好意思说原因，猛喝了三杯酒之后，像个绿林好汉一样把嘴一抹，说了实情："为了生孩子。"

太行乐坏了，笑得前仰后合："说吧，你碰到什么困难了？"

小耳朵脸红脖子粗，吞吞吐吐地把求子的艰辛历程说了一遍。

太行一边听，一边乐："来，先喝口酒。我告诉你一个办法，把生孩子这事忘掉。你把小福、苗苗托付给你爸妈，公司的业务交给可靠的人，然后带着智静出去旅游。过二人世界，就当是蜜月旅行。白天晚上只想一件事，假如下一小时地球就要毁灭了，你想和媳妇怎么样，然后你就跟她怎么样。明白吗？"小耳朵两眼直愣愣的，片刻后复苏，直竖大拇指："太行，我看你这个办法行。你就是我的送子观音啊！"

太行开车回家的路上，越想越觉得可乐。大概就连老天爷都被他感染了，在一个红灯路口停车的时候，他居然看到了一颗星星。这颗星星，正是他和杜励的"相思星"。当年她第一次赴英远行，在北京初秋的夜空上，二人指定了一颗专属星星，取"见星如晤"之意。没想到，今天晚上，太行无意中又撞见了它，他的心里一下子就让幸福填满了。回到家，太行立刻冲到二楼卧室，本来想和宝贝娘子分享一下这份快乐，没想到她已经休息了。他按捺不住内心的激动，趴在床边，摸摸她的脸颊，感觉有些潮湿，他的心陡然一沉。又怎么了？

四十五

太行好不容易才从妻子的嘴里得知，原来电台收到了一封控告信，执笔人是赫夫人，她控诉杜励与丈夫有染，破坏她的家庭。他先安慰了妻子一通，犯不着为了这些没根没据的指责难过，然后连夜给武锤打了个电话，叫他发挥原来当侦察兵的特长，跟踪赫丘勒，看他有无可疑之处。武锤就是曾经偷程老板账本的那个环眼男人，被判了一年后太行安排他在蓟县的工厂里当保安。第二天，太行去了一趟电台，找到李旭冉，了解情况。李总监是西洋做派，对花边新闻不感兴趣，对杜励丈夫兴师动众的举动不以为然。其实在传统文化里，丈夫亲自出面为妻子做品格保证，是相当具有说服力的。

锤子跟踪两个星期后，没发现赫丘勒有什么异常。赫丘勒特别勤勉，基本上就是公司和酒店公寓两点一线，平时不苟言笑，别说是婚外情，就是疑似案例都没有，一块外出时，带着的属下也是清一色的男人。他把拍的所有照片都给了太行。太行一张张查看，看出了点问题。他让锤子再跟踪一段时间，看看有没有什么收获。他自己则通过工商税务查了查，把目光锁定在一个名字上。对着照片，他发现了自己一直想要找的关联。

武锤又跟踪了两周，还是没发现赫丘勒的私生活有任何可指责的地方。

太行分析，如果赫丘勒没有行为不轨，那说明给电台写信的人，不是赫夫人，而是有人假借她的名义，以达到自己不可告人的目的。这人是冲着杜励来的，必定与她相熟且有利害关系。太行不认为是电台同事出的幺蛾子，杜励只是一个兼职监制，既不主持节目，平时也只在周末去上班，除了一个节目组的人和直属领导，几乎不认识其他人。即使七点档火了，火的也是主持人，应该没有人会出于妒忌给一个幕后监制使坏。他又到电台找到台领导，要了诬告信的复印件，一不做二不休，直接来找赫丘勒。

多年来，赫总裁早已练就了处变不惊的能力，平静地说："梁先生，假如有需要我协助的地方，只要是能力所及，我一定倾尽全力。但是，绝对不可以惊动我的太太，她是个温柔贤淑的女人，一直恪守妇道，相夫教子，绝不会做任何逾矩之事。"

"我不打算惊动你的太太，你能否告诉我谁炮制了这封信？"

"伯雄实在无可奉告。"

"赫先生不会这么健忘吧。我妻子的好友盖透露，你曾经委托律师与节目制作组和动物保护协会交涉，要他们提供泄密者和告密者的名字，否则法庭见。"

赫丘勒还是不动声色："告密者是一个女人。可我想不出来，她为什么要针对你太太。"

"你只要告诉我她是谁。她有没有动机，由我来判断。"

"梁先生，此人叫傅佩佩，现在是集团的首席稽核官，不归我调遣。人在屋檐下，我只能和你说这么多。"

还没等太行弄清楚傅佩佩为什么要造谣诬告妻子时，这件事已经闹得满城风雨。有人在互联网上攻击杜励，引起的动荡是核弹级别的。

不知是谁，在《汤豪瑟》这个已经过期很久的节目花絮底下留言，暗示节目的监制是个成功嫁入豪门的可耻的小三。小三策划这档节目的初衷，就是为了混淆视听，掩盖自己曾经婚内出轨的事实。如此一条小评论，也许因为这档节目曾经火爆，又切中了大众对小三的痛恨，对出轨的不齿，对豪门的艳羡与妒忌，一下子引来了无数跟评。李旭冉下令关了评论跟帖，但为时已晚，一波又一波的污言秽语泼向了杜励。强大的网友们不仅找出赫丘勒拥着她走出伦敦某著名餐馆的照片，就连李旭冉用跑车送她回家都被拍下来，加上他俩曾经共舞的合影，坐实了她一贯喜欢通过与上司发展恋情、换取职场成功的指控，还冠她以"惯三"的恶名。等网友们把杜教授某次接受采访时公布的全家福也挖了出来后，人们惊叹于像她这样书香门第的出身，何苦要为了一点"钱途"去做人人不齿的交易。惯三的恶名之后，她又多了一个"斯文女败类"的雅号。所以当某个网友呼吁，要电台开除她以正视听时，简直就是一呼百应，很快就有很多人响应。如果电台敢冒天下之大不韪，继续留用她，就是和人民为敌，和美好的传统道德作对。

电台为此开了好几次扩大会议。不少人对杜励是谁都不知道，但一说是七点档的监制,才有些印象。领导们都是阅人无数的人,怎么也不相信这个清纯漂亮不太合群的年轻女人是"斯文女败类"。李旭冉竭力为杜励辩护,拒绝开除一名工作表现极佳的员工,认为这件事明摆就是有人挑唆,竭力主张利用电台这个有效的平台,对网民进行正面引导。几个领导在他的大声疾呼下,总算同意让他放手一试。李旭冉让人事部出面,把盖以及BBC几个同仁的邮件回复截屏放到了官网,还配发了一封措辞既诚恳又严谨的告全体网民书,说明本电台欧美流行音乐频道,已经就网上的传言,进行了认真仔细的调查,证明整件事是个误会,该台某节目的监制杜某从未涉足他人的婚恋,历史清白,人品端正,请各位网民不要误信偏听。电台的每个员工都应该接受群众监督,如果大家有进一步的反馈,可以直接与人事部沟通,并留下了监督电话。

  网上的谣言渐渐平息,但仍有人借机宣泄情绪,持续不断地故意造谣、煽动。是出一封律师函,警告小人,还是继续正面引导?李旭冉权衡再三,决定双管齐下。他给杜励建议,想安排她和丈夫接受电台专访,以正视听。梁先生投身商界之前是军人,又有非洲维和受伤立功这样闪光的履历,说话一定能够获得大众的好感和同情,人们自然会放过他的妻子。可杜励拒绝了这个提议,她不愿意把太行牵涉进来。一些不明就里的人躲在暗处,什么顾忌都没有,难保有人会故意恶语伤害太行。如果这种情况一旦发生,太行会受到很大的伤害。李旭冉没再坚持,认为杜励的顾虑绝非多余,网上那些肆无忌惮的谣言对夫妻感情会产生什么样的伤害,不用想都猜得到。他是搞艺术的,是性情中人,看不得一个好好的女人在眼前凋零,他要想尽办法用尽力气,救她于水火之中。更让他难以释怀的是,为什么会有一群心胸狭隘的人,不把精力花在正事上,反而挖空心思去诬陷别人。

律师函公布没几天,本已渐渐平息的网络讨伐再度声势浩大起来。有人把杜励夫家的背景公布了出来:梁家的长子是少将军衔;女儿下海经商,腰缠万贯;二子是武警某团的团长;小儿子,杜励的丈夫,在投行工作,年纪轻轻早已身家过亿——妥妥的豪门!网友们总算明白为什么电台会置广大群众的呼声于不顾,非要捍卫这个"惯三"的清白了。一看局面不可收拾,杜励主动提议只有自己辞职这个最体面的解决办法,最终获得了电台领导的批准。接着,胡朵朵出面求家里人帮忙,把网上所有的评论都删掉了。因为小儿媳妇的"丑事",梁家老两口早已是寝食难安,文竹一天几个电话,问女儿情况。小平认为这事迟早会过去,只要杜励以后少抛头露面,在家相夫教子做个全职太太,过几年,人们自然就会把这事忘了,怪就怪弟媳那副楚楚可怜的长相,确实让妈妈说中了,容易招黑。

太行思来想去,认为姐姐的建议是当下唯一的解决办法。自从网上流言四起,杜励就整天以泪洗面,除了照顾孩子,其余的时间就把自己一个人关在书房里。起先,太行以为她会看看书,转移注意力,调节一下情绪,慢慢就好了。后来发现,杜励在书房待的时间越来越长,他不得不进来干预一下。

他打开书房的门,看见她一个人坐在地板上,蜷缩在一个角落里,两只胳膊抱着膝盖,头埋在胳膊里。房间里只开着一盏昏暗的顶灯,桌子上一本书也没有。太行的心一沉,连日来,妻子恐怕就是躲在这里一个人与眼泪和痛苦做伴,他后悔自己进来得太晚了。眼瞅着她的头越埋越深,身子越缩越小,就好像要从这个世界消失一样,他赶忙蹲下来,试图把她抱起来。她不让,转过身去。太行在她旁边坐下来,紧挨着她。发生了这样的事,他压力也很大,心里也很难过……

杜励太委屈了,默默地流着泪。她是学传媒的,必须遵守求真求实,可在如今这个人人都可以爆料的时代,有多少人会敬畏这一准则?网上那些人从未与她谋面、相交,凭什么可以言之凿凿,无中生有,他们的行为与通过造谣污蔑来杀人有什么分别?

太行把妻子搂在怀里,安慰她,孩子还小,正需要妈妈,就此回家,照顾培养孩子的同时做个自由撰稿人,等孩子大了再出来工作,不也挺好吗?杜励流着泪,一言不发。

四十六

事情刚平息,文竹就给儿子打电话,让他马上过来一趟:"你一个人来就行。"太行匆匆赶来,老两口还有姐姐已经等候多时。

文竹坚决主张儿子与儿媳离婚,理由是:"梁家一大家子人多年来挣下的脸面都被她一个人给丢尽了!"太行反复给妈妈解释,所有的污言秽语都是没有根据的谣言,杜励把那件狐皮大衣还给赫丘勒的时候,自己就站在楼下,听见她用最礼貌最不容纠缠的方式拒绝对方的。"妈妈,杜励对他说,灰姑娘的故事有另外一个结局:她没有接受水晶鞋,因为她已经有了心上人。当时我就站在楼下。她根本不知道我会过来跟她一起过圣诞节,她不是做戏给谁看的。至于李旭冉,那更是没影的事了。除了公事上的交往,私底下完全没有任何接触。你是看着杜励长大的,她是那种不懂得自重的女人吗?"

但是，文竹听不进去儿子的话。她本来就对儿媳妇有看法，这几年发生的种种事情，无一不印证了她的看法，绝非是一个母亲出于护子的私心。"太行，不是妈妈对她有偏见，而是你不愿正视别人都能够看清楚的事实。也许妈妈的表达方式不算太妥当，可咱们得以结果来看问题。有些女人，尽管很单纯，可惜走到哪儿，都能惹出一堆是非来，根本不适合婚姻和家庭。儿子，天下没有不盼着自己孩子好的父母。这些年，你和她婚也结过了，孩子也生了，对她呵护备至，权当是把上辈子欠她的债都还了，你愿意在经济上怎么补偿她都可以。你也该醒醒了，该好好想想究竟要找个什么样的女人做终身伴侣。"文竹越说越激动，一股脑把攒在肚子里的话全倒了出来。

太行真急了，掏出烟来点上，拿打火机的手都在抖。他一边抽烟，一边打量着眼前的父母。他不确定妈妈的想法在多大程度上代表了父亲的意思，这是不是俩人最后的决定。太行对沉着脸的父亲说："爸爸，网络上那些人连个真名都没有。他们哪个认识杜励，哪个和她交往过？这明显就是有人在暗中故意伤害她。她连工作都辞了，我怎么能在这个时候和她离婚？你儿子以后还怎么做人啊！"

没等梁政委张口，文竹就把儿子的恳求堵了回去："你现在就好做人啦？"

梁政委说话了："媳妇是他自己选的。他既然认为她人品靠得住，就让他自己做主吧。"他叹了口气，转向儿子，用命令的口气吩咐他："你马上辞职到蓟县来，干资源回收这一摊。你媳妇在家带孩子。你回去跟她说，她要是同意，我们梁家还认她，否则……"

太行心情沉重地回到家。杜励问他怎么了，他没说太多，只是说出国的事再缓缓。杜励不愿意天天待在家里，和不堪回首的往事做伴。这些天她已经反复考虑过,在家乡,她毫无前途可言。谁会用一个人品上有疑点的人?出国,是最好的选择,也是唯一的出路。听太行这么说,她不免失望至极。她想拥有一个灿烂的人生,不想生活才刚开始,就被迫画上终止符。因为面对这些可怕的流言蜚语,她连辩白的机会都没有,就直接社会性死亡了。难道她以后的存在,就只能是孩子的母亲和一个男人的妻子?属于她自己的那一部分呢?就这样被迫永远埋葬了?

"你为什么老是从一个人的出发点来考虑问题?我们已经结婚了,任何决定都应该从家庭的角度出发。孩子这么小,哪里能离得开妈妈?"太行又气又急,大声质问杜励。

杜励认为这不是障碍:"如果需要,我会带着孩子,让皮皮从小接受英式教育也不错。许多人不也是这么打算的吗?"

太行难过极了,指着她的鼻子大声地诘问:"那我呢?你有想过我作为一个丈夫、一个父亲,见不到妻子和孩子的滋味吗?"

杜励默然。她想过。只不过,在衡量利弊的天平上,这一点弊端不足以抗衡出国带给她的渴望。为了爱情,她一再调整目标,一再做出牺牲。他难道就不可以忍受一下短暂的分离和小小的寂寞吗?故乡已经判了她死刑,梁家不会轻易原谅她,她已经看透了。

梁政委自己先回了蓟县。文竹身体虚弱,连日来生气,禁不起折腾。小平打算把妈妈安置在自己家,让弟弟晚上把孩子带过来,也许妈妈看在孙子的分上慢慢就消气了。

对妻子发了脾气,太行既懊悔又难受,带着孩子来到了姐姐家,把孩子留给妈妈后,借口还有事情要处理去了公司。他把自己关在办公室里,望着北京灯火通明的夜晚,感到前所未有的忧伤、孤独……

太行去接皮皮的时候，碰上了来给妈妈宽心的胡朵朵。皮皮已经睡着，文竹把孙子留下了，让儿子明天再来接孩子，还让他送胡家闺女。太行情绪不佳，不愿和妈妈争辩，索性和胡朵朵一起出了门。两人一前一后走到她的车子跟前，胡朵朵从身后紧紧抱住了太行，无声地哭泣着，泪水打湿了他的衣服。等她情绪稍微平复了，太行转过身来，还没来得及说话，她又扑到他的怀里，哭得梨花带雨。嫁给申致庸这样一个男人有什么幸福可言？她是真痛苦，也就是能在太行面前诉诉这样的委屈，她越哭越伤心，过了好大一会儿，才止住悲声，抽抽搭搭地说："如果一切可以重来，我只会嫁给你。我会永远把你放在第一位。"

太行带着孩子走了好久都没回来，杜励不放心，自己开车直奔智家来寻人。警卫员告诉她，孩子和父亲都在，她总算放了心。正踌躇是进去还是回家，就看见太行和胡朵朵出门朝停车场走去，谁都没有注意到她。她想等着太行回来和他一块进去看看婆婆，否则太没礼貌。等了好大一会儿，还不见他的踪影，她索性到停车场去找人。老远就看到太行搂着胡朵朵，两个人情绪显然都失控了。杜励霎时间脑子一片空白，不争气的泪一涌而出，咬着嘴唇扭头跑开。

四十七

杜励离家出走，去了英国。她一走，申致庸马上变得很大方。太行提的股份溢价率，在合理可接受范围以内，账目已经查过不下七八遍，没什么对不上的数字，所以他很痛快地签了字。梁家姐弟俩一离开，这个投资公司就归他了，虽说胡朵朵和他各占百分之五十的股份，可胡朵朵又不懂经营，日常工作还要他来主持。申致庸把方经理给开了，但是留下了太行的助理，一是考虑工作的延展性，另外考虑到与方经理相比，这个助理来公司的时间不长，和梁家的关系不深厚，他用起来放心。

关于杜励的不辞而别，梁家人的意见主要分为两派。梁政委主张儿子马上去英国把妻子找回来："孩子那么小，不能没有妈。你们从小一块长大，什么样的疙瘩解不开。你去把所有的事都扛下来，哄哄她，把她带回来。"文竹不赞成："我活了大半辈子，就没见过她这么心高气傲的。孩子这么小，说丢下就丢下，她也太狠心了。打小太行就把她捧在手心里，越惯脾气越大。在外面惹出一堆风流债来，老公都既往不咎了，还要怎样？居然把孩子一扔，跑了。太行，妈妈的嘴都快磨破了，你就听妈妈一句话吧，不要一错再错。随她去吧，我早把她看透了，她就是一只鸟，翅膀比心大，你对她多好，她还是要飞走，飞到天上，飞得高高的，远远的……"小平出来打圆场，让弟弟自己拿主意。小平心里面是向着弟媳的。那么要强一个人，受了这不明不白的委屈，到国外去散散心也好。好好的一对，总不至于因为不相干的外人乱嚼舌头，就分道扬镳吧，否则将来准得后悔。

太行异常痛苦，也异常暴躁。他过去有多爱杜励，现在就有多恨她。他能体会到她被人误解、遭人非议的那种委屈和不甘，可他们已经结婚，他和儿子的爱，还有那些生死相随的誓言，在她心里永远敌不过她的理想吗？困难只是暂时的，父母的工作，他会去做。等过几年公司事业稳定些了，无论如何他都会成全她。北京不合适，就去天津，去南京、上海或是杭州。她去哪儿，他就把集团总部放到哪儿。但她一点余地都不给他和孩子留。更让人生气的是，她居然说什么他是自由的！他真是气得够呛。这些年，所有的人都看清楚了他的心，偏偏是她，他心里装着的唯一的女人，百般疼爱呵护的女人，倒是误会了他。他把她留在上衣口袋里的那朵花撕了个粉碎，事后鬼差神使地，又从地上捡起来，夹在了记事本里。夜深人静的时候，他一根烟接着一根烟地抽，既无比思念妻子，又无比痛恨她。要让他现在就去英国找她，他绝不肯，可是就此与她离婚，来个一了百了，他也万万不会答应。

痛苦纠结中，太行去蓟县上班了。他不想听妈妈整天唠叨，更不愿意孩子还没懂事，就从奶奶那里继承了对妈妈的偏见。他在小耳朵家旁边的一个公寓酒店住下了。白天，让智静和保姆照料皮皮，晚上，则是父子俩做伴，不想让儿子感受到没有妈妈的缺憾。隔段时间，他也会带着孩子，去岳父家里看看。女儿出国的事，杜才韧蒙在鼓里，否则一定会劝她不要如此冲动，生活好比一辆马车，遇上弯道时，不能硬要快马加鞭，但是在女婿面前，他三缄其口。太行有时候还会和小耳朵一起喝喝酒，兄弟俩童年时代结下的友情，让他们在一起时，彼此都很放松。小耳朵和智静的家，成了太行的一个世外桃源。

出国前，杜励曾托付程老板，时常关心着点太行。那时程老板就有了不祥的预感。她那双眼睛，盯着人看的时候，像两个大灯泡，不盯着人看的时候，就像注满了一池子水。可他万万没想到她能狠下心来一走了之。他也不敢怎么劝太行。任何外人，要是敢当面提起杜励，太行一定会脸色大变。这么多年的朋友，他相信太行是把爱深深地埋在了荆棘下面，什么时候杜励想开了、主动回来，什么时候这一堆荆棘就会化作青枝绿叶，太行肯定会无条件地原谅她。至于杜励,虽说在旁人看来她的行为既自私又无情,但仔细想想,她就是这么个人,打记事起,就没准备做个仰仗丈夫鼻息的小女人。还没上学呢,杜叔叔就让她立大志,而阿姨则成天叨叨,女人命好就是嫁得好,可要想嫁得好,就得自己先有出息。杜叔叔倒是舍不得动女儿一根手指头,阿姨则无论是在学习上还是生活上,但凡女儿有一丁点不尽如人意的地方,不是一通数落,就是在她胳臂上拧几下。杜励能不要强吗?她懂事太早了,杜叔叔那时候不得志,没人看得起他们一家人,她要为父母争口气。撇下丈夫和孩子,远赴万里之外,如果不是被逼无奈,谁会这样做?可她确实太冲动了,伤了太行的心。人结了婚,就不是一个人啦。看问题,得从家庭的角度出发,不能只顾自己一个人的感受。不看别的,就看在太行多年来对她痴心不改,顶着各方的压力,非她不娶的这份情义上,也该咬咬牙,和他一起挺过这几年。

四十八

程老板婚后在公司投入的时间有限,便让哥哥挑大梁。他心里过意不去,正考虑给哥哥加薪升职呢,没想到小强有了新的打算:要分家。

"分家?"程老板一愣,"和谁分家?咱兄弟俩早就不在一个锅里吃饭,各自有家过起个人的小日子了。"

"你甭装糊涂,我说是咱俩一块合伙做生意的事。"小强挺横的。

"咱俩合伙做生意?啥时候,我咋不知道?"

"现在咱俩不就是在一块做生意吗？就是这培训学校的生意。"

"你说的是这个啊，你打算怎么分呀？"程老板有些气恼。生意是他自己倒腾出来的，哥哥不过是个打工仔。念在兄弟一场，让他做了股东，这些年从来没亏待过他。如今还想要割块肉出去，太不厚道了。这摊是程小军的，可不是他程小强的。

"我想过了。你分一块业务给我，以后这块你就别干了，让我干。这样大家都有发展，还互不干涉，不会伤了和气。"

"那你想要哪块业务呢？"

"西点培训。这块新起头，你干得不长，我花了不少精力。我打算把西点培训单独拉出去，干好干坏，都算我的。就用我的股份把西点培训给买下来。"

程老板大致明白了哥哥的要求。的确，单独分部分业务，比啥都拿一点强。这样做，方便他自己做大做强。既然他这么说，肯定和下面一些骨干都通过气了。假如自己不同意，他有可能带着这帮人造反。下面的人，夹在兄弟俩当中，一定是谁给的好处多就给谁打工。看来还是得把事情解决了，不然大家都有损失。想到这些，他问哥哥："你为啥要自己干呢？"

小强也没瞒着："我就想折腾上市。我打听过了，上创业板只要两年盈利1000万就够了。你要是能把西点培训这块给我，我再努把力，很快就能上创业板。"小强想上市有段时间了。自从有了点钱，他尝到有钱的甜头。花钱的豪气，别人的羡慕，还有红颜们的趋之若鹜，鼓动着他就像是一辆高耗能的越野车似的，越跑越欢，越欢越需要能量。他深刻地领悟到，钱才是一个男人的核心竞争力。有了钱，粗野代表豪横，豪横代表王者气概，王者气概代表男人的极限魅力。小强想上市，还因为有卫元这个榜样。卫元为啥就跟坐上直升机似的飞腾,这才几年啊,身家就涨了几百倍都不止。股市真是个聚宝盆,啥也不用干,躺着睡一晚上,就能日进斗金。以前,他和兄弟谈了好几次,就想鼓噪他也上市圈钱。可小耳朵的想法太保守了,说什么股市就是一个融资平台。咱们又不缺钱,干吗找人借钱?借了钱,不得还利息吗。一下子多了这么多股东,咱们这些人分的比原先该得的不还少了?又说,卫元的情况不一样,他的固定资产投入大。每起一个摊,启动资金就不得了。与其从银行借钱还利息,还不如通过股市发行债券。他是用未来的收益买现在的繁荣,解当下的资金困难。别看他现在手里捧着一大笔钱,可那些钱不能都揣兜里,全都得花出去,要不然他拿什么钱抵偿债券,给股东分红呀?别眼馋这个。小耳朵的话,像金融时报的社论,正确地阐述了股市在经济发展中所发挥的作用,但对小强一点帮助也没有。小强认为,弟弟的话进一步证明了自己的推断:股市是一个高价出售未来的好去处。谁能把未来吹成摩天大楼,谁就能一夜暴富!一样是盖空中楼阁,凭什么别人行我就不行?他程小军执意以蜗牛爬坡的方式进行二次财富累积,那是因为他不缺钱,可自己缺钱呀!凭什么别人都可以吹牛挣钱,自己就不行?要是现在不抓住机会把将来高价变现,以后就只有守着几个退休金过穷日子,买棵白菜还要掂掂分量,到时候谁看得起自己,还过个什么劲?

程老板清楚,大哥是得了红眼病,还病得不轻。他说:"我知道你的想法了。能不能同意你把这块业务带出去,我还得考虑考虑,还要跟智静和其他几个股东一起合计合计,过几天给你回话。你现在最好不要跟其他人再说什么了。"

程小强没再言语,走了。程老板心里很不爽,当初为什么不愿意把公司搞成家族企业，这就是最主要的原因。亲戚朋友一块干活，干不好，亲情和友情就得赔进去；干好了，亲情和友情也得赔进去。人心不足啊！

回家后，他把事跟智静说了。智静让他自己拿主意，别因为钱伤了兄弟间的和气，不值得。可他还是气不过，一连好几个晚上，梦见自己变成了一个猎户，刚把逮住的兔子放入口袋，就被一头凶恶的狼拦住去路。他吓得死命地跑啊跑……扑通一声掉到了陷阱里。狼追上来，笑得要多狰狞有多狰狞。

程老板免不了在爸妈面前唠叨了几句。程果树立刻就要跑到大儿子家，把这个见钱眼开、过河拆桥、没良心的孽障好好教训一顿。李大妈硬生生把他从电梯里拽了回来，流着泪劝："你这么出去，教训他一顿，就能管用？不丢人吗？你说，他一个当哥哥的，不知道让着自己兄弟，非要和兄弟抢饭吃，他咋不知道丢人？俺咋养了这么个白眼狼。"

从小到大，爹妈都没这么护过他，程老板心里别提多感动了。啥也别说了，看在爹妈一把年纪的份上，他不仁，我不能不义。分吧！程小强收到了弟弟的回话，同意把西点培训这块分给他。但是，不是白给，而是要他买下来。程小强当初投在总公司的股份按照这些年的溢价率抵，不足的钱自筹。程小强一看，报价还算公道。这块业务当初就是从田娜手上买下来的，现在卖给他，一买一卖，并没有赚太多的差价，也就没讨价还价。事情就这么定了，但半路杀出了个程咬金，还没正式宣布呢，总部的人事部葛总监就提出了不同意见。

程老板很为难："葛总监，你知道程小强是我哥吗？"

葛总监点头："程总，我是人事总监，了解情况。越是这样，才越不能开这个口子。王子犯法与庶民同罪。程总监已婚,如果他的妻子来公司闹,公司该怎么跟她交代?这种事情在其他公司不是没有发生过。程总,请再好好考虑一下吧。这段时间,您和董事长来公司不多,大家关于程总监和田娜的议论可不少,您千万不要仓促做决定。既然话已经说到这份上了,您也别觉得我冒昧,我就再多说两句。程总监是个将才,他在您这个帅才底下干,干得挺出色,既是他个人能力强,也是您指挥得当。田娜这个人不好管理,心高气傲,不甘居于人下,可心眼太小,做不了领导。她生意失败,有各方面的原因,但是性格上的缺点不能说不是主要因素。程总监和田娜合伙干,是他听田娜的,还是田娜听他的,这不好确定。他们两个人又把感情和工作搅到了一块,就更令人担心了。如果干好了,恐怕程总监现在的家庭得毁了;如果干得不好,只怕田娜难以接受。她不是个豁达的人,自视甚高,遇事爱钻牛角尖。将来到底会如何收场,我真是替您兄弟俩担心了!"

程老板吃了一惊。没想到大哥和田娜纠缠不清,早知道这样,自己坚决不会同意大哥出去单干。万一不幸被葛总监言中,将来怎么面对嫂嫂和侄儿?原以为大哥不过是太急功近利,哪知道他这番操作是为了田娜。原先俩人估计还有些避讳,公司里既有不准员工之间谈恋爱的纪律,还有人事部的考核,以后大哥当老板,那还不想怎么来就怎么来?

原来,上次从苏州考察回来,小强把发生的事给弟弟做了一个汇报,还提了个建议:"咱们能不能把海鲜和甜品结合到一起,推出像寿司那样好看又好吃的品种?把田娜调过来,在总部教教课,顺便搞点新品研发。"

程老板认为哥哥的提议不错,同意了:"行。也别让她给学生们上课了,就把她放到你那儿去,在市场部专门成立一个研发推广部,让她一心一意开发新品。你们出去的时候带着她,让她上公开课。她形象不错,也小有名气,你们配合好了,咱们的招生情况会更好。"

葛总监当时就提出了反对意见,提醒程老板:"程总,这个女的不太好管,放在总部恐怕不合适。"

程老板还没说什么呢,程小强就把话接了过去:"我知道,不就是独吗?"

"不仅仅是独。两位程总,你们还记得咱们收购她公司的时候,给她留了面子,对外一致说是合作并购。结果新闻发布会那天,当着一群记者的面,她自我拆台,说什么理想破灭了,公司被收购。当时我们几个人一致认为,这人情商严重不足,咱们给足了她面子,她非要自个拆自个的台。岁数一大把了,还当自己是小姑娘,人前人后的,把理想挂在嘴上。"葛总监强烈地表示不赞同,结果又叫程小强给堵了回去:"你们怎么能这么偏激呢?有的人就是七老八十了还有理想,我不也是四五十岁才出来打拼吗?田娜只会干,不会吆喝,所以买卖才折了本。以后咱们帮她吆喝就行了。"

程老板想来想去,决定尽快和哥哥沟通沟通,了解一下情况,最好是能劝哥哥悬崖勒马。兄弟俩约在酒店吃午饭,随意点了两三个小菜。程老板给大哥把酒满上了:"来,大哥,我先敬你一杯。"说完一仰脖子,一杯酒下肚了。

小强酒量也很好,咕咚把酒喝了:"你找我啥事?是不是反悔了?我告诉你,我已经铁了心了,说啥我也得出去单干。"

程老板又给他满了杯酒:"哥,你慢慢喝着,听我说。有人告诉我,你在外面有了个相好的,我也不知是真是假……"

"假的,别听外面的人胡诌。说啥,我也不会和你嫂子离婚的。"小强说。

听话听音,不会离婚,并不排除婚外情啊。程老板干脆把话挑明了:"你要跟田娜把话说清楚了。她那么要强一个人,能同意没名没分地跟着你?"

"她应该知道我有老婆。我都这个岁数了,还能单身吗?"

"这么说,你没跟她明说。"

"你没谈过恋爱啊?那股子劲上来的时候,什么都顾不上了。我能跟她说这种话?"

程老板什么都明白了,强压着心里的火,就好像自己是老爸程果树一样,吩咐大哥:"既然这样,你还是早一点和她分手比较好。她也老大不小了,你再耽误人家几年,以后人家想找婆家也找不上了。"

"干吗要找婆家,我对她不好吗?"

"你是有妇之夫啊!你真对她好,得替她考虑。将来她老了怎么办,身边连个知冷知热的人都没有。你和我嫂子有自己的孩子,她呢?哥,真爱一个人,得站在她的立场上想问题,不能光考虑你自己!田娜是个人,不是一床被子,你用个几年觉得不合适就扔了。"程老板苦口婆心地说。

"你把你哥看成啥人了,我会对她负责的。我干吗出来干这一摊啊,说白了,还不是想帮助她实现自己的理想吗?田娜和一般的女人不一样,不想当个贤妻良母。她只想成就自己儿时的梦想,在美食的世界里创造美,让人们认可她的才华。如果我能帮她达成梦想,这比娶她当我老婆,更能让她开心!"

程老板被气晕了,什么时候大哥也学会了这套流氓学说?

小强说:"这些年,你哥我有多努力,外人不知道,你总知道吧?我一直在进步。可你嫂子呢?她就是一路小跑也未必撵得上我,更别说她连一点自我改变的想法都没有。现在我俩的差距有多大,你根本就没有体会。打个比方吧,我就好比站在山顶上,你嫂子站在山脚下,我们俩的眼光和境界完全不一样!我就想痛痛快快过上一辈子。一个男人,再成功,身边没个合心意的女人,有什么意思?还奋斗个啥劲?别说我了,你看看香港、台湾那些大富豪,哪个不是这样!你不能简单地指责他们花心,不负责任。"

一连好几天,程老板的情绪都处在亢奋边缘,饭吃不踏实,觉睡不安生。他怕自己躺在床上翻来覆去影响智静休息,就等她睡着了,悄悄地在客厅里晃悠。保姆半夜起来给苗苗冲牛奶撞见了他好几回,吓得不轻。这个保姆是李大妈从老家请的,是拐了很多道弯的亲戚。程老板还得管人家叫声小姨呢。接下来的几天,小姨在家里烧香,熏艾草,还在厨房靠后阳台的门上挂了一把笤帚,笤帚上又系了根红绳。李大妈纳闷了,问保姆:"这是咋啦?"

保姆把嘴一抿:"俺要是知道咋啦,就好了。"

李大妈劝她:"你外甥媳妇是城里人,人家不爱搞这些个封建迷信。要是你眼皮子老跳,俺给你在眉毛下面点个红痣,准保能压得住邪气。你还是把笤帚给取下来吧。"

保姆只好说实话了:"这是为了小耳朵好。他天天晚上不睡觉,大半夜的起来在客厅里转,准是叫鬼缠上了。"

李大妈一听,着急了。小耳朵如今夫妻美满,儿女双全,还能有啥不痛快的事?一定是因为大儿子想从小耳朵身上剜去一块肉!人要懂得知足,懂得报恩。当初,要不是小耳朵拉他一把,他能过上今天的日子?老婆不用上班,儿子送到贵族学校,济南和青岛的房子加起来好几套。他咋这么贪呢？

李大妈把事情给当家的叨叨。程果树给小强挂电话，让他回家来一趟。小强推三阻四的，不肯答应。李大妈接着给小强拨电话，小强干脆把手机给关了。这可把老两口气坏了。

说来也巧，这时程老板带着老婆孩子来看望老两口，一进屋发现气氛不对。老爸张口闭口就一句话：白眼狼，不识好歹的东西，把老程家的脸都丢尽了！程老板心里正疑惑，就听见大嫂的哭喊声从门外传了进来。

大嫂头发乱得像鸡窝，右脸上有个巴掌大的红印，衬衣上的扣子掉了一半，裤子上到处是灰。一进门就直奔公公面前，扑通一声跪下了："爸，您可得给我做主啊！"

怕什么来什么。程老板赶忙叫智静带着孩子先回家。

嫂子为啥而来，程老板心里清楚得很。女人这辈子不容易，嫁个能干有钱的，女人就得低声下气地将就他的脾气，还得防着小三来抢老公。嫁个老实本分的，时间长了，感情也会叫柴米油盐给磨平了。为什么现代人的婚姻这么脆弱？不论是有恋爱基础的，还是没有恋爱基础的，两口子过着过着就过不下去了。有人说，这是社会进步，不爱了，就该趁早结束死亡的婚姻寻找新的爱情。还有人说，喜新厌旧是人的本性，跟一个人日子过长了，不管对方对自己多好，总免不了心痒痒，想换个人试试，说不定还能遇上更好的，别老拿一生一世衡量现代人的婚姻。古人是农耕文化，活动范围有限，能跟现代人的活动半径比吗？面对的诱惑少，守贞当然容易。总在路上的现代人为什么要给自己的婚姻套上一个枷锁？也有人说，别瞎找借口，世风日下，人心不古，见利忘义、见色忘友才是根本原因。不仅宽衣解带太随便，还把成功、金钱、婚姻与感情全都搅和到了一起,能不乱吗?……程老板还在胡思乱想,就听见嫂子呼号了一嗓子:"爸,你这是怎么啦?爸,爸!"紧跟着,李大妈也喊了起来:"当家的,当家的!"程老板立马跑出来,只见老爸已经歪在椅子上一动不动了。

四十九

　　胡朵朵去了好几趟蓟县,总共就碰见太行一回。太行虽盯着她看了几眼,可眼神里没有她期盼的那种惊喜,仿佛不认识她了,只是确认一下她是谁。太行虽说把家搬到了蓟县,但不和父母住在一起。胡朵朵来看干妈,自然很难见到太行。

　　太行这一阵挺忙。资源回收公司在太行的整合下,以垃圾焚烧、材料再生为主业。他自己抓销售,既要公关,还需要督战。

　　干妈文竹对她的态度,不能再好了,听说她离婚了,忙安慰她:"申致庸本来就配不上你,要是你爸爸在,准不会同意这门婚事。男人如果在外面找野女人还不知悔改,是不能姑息原谅的。看看智静就知道了,早点离婚,早点给自己打算,比硬凑合强!只是你妈妈那儿,肯定要伤心了。你得多安慰安慰她。你还年轻,体会不到,到了我们这个年纪,就盼着儿女们婚姻美满,事业有成。唉,不说了,太行到现在还没想通,一直拖着不肯离婚。你们都是痴心的孩子……"

　　胡朵朵对干妈充满了感激。如今,爸爸已经走了,哥哥姐姐和她不是一奶同胞,感情一般。而文竹对她则始终如一,把她着实当成干女儿待,当作最适合太行的女人,她心里怎么能不感激?可惜，文阿姨只当半个家，更做不了太行的主。每次她来，梁叔叔脸上都淡淡的，打过招呼后，就不再说什么话。她心里既不自在，也不踏实，一遍遍回放、咀嚼太行看她的眼神，不确定是不是因为自己太渴望了，所以才会疑神疑鬼。

每当太行来，文竹总是见缝插针地催促他尽早做决定，把终身大事解决了，不能再拖下去，耽误了胡朵朵。每次，不等妈妈把话说完，太行就走了。到后来，他干脆不进来了。文竹向老伴抱怨。梁政委说儿子忙大事呢，天天从早晨六点工作到晚上九点，真没空。文竹立刻又心疼起儿子来，每天都到公寓来，给太行做好吃的夜宵。她还喜欢留字条给他，不是嘱咐他把炖好的汤喝了，就是要千万注意身体。她有时还帮儿子整理一下衣物。这里已没有了杜励的踪迹，床头柜上、书桌上，一张她的照片都没有。只有在皮皮的小房间里，有一本相册，里面有杜励和皮皮的照片，还有一家三口的合影。文竹对儿子的做法没有异议，皮皮不应该忘记母亲，长大了可以去看他的母亲，杜励也可以来看孩子。她见太行一个人要忙事业，还要带孩子，实在是太不容易了，更坚定地认为他需要一个贤惠的妻子在背后支持他。文竹让女儿做太行的工作。小平不好直接回绝妈妈，只能委婉地说："妈，要是炉子里的柴没燃着，你光扇风有什么用啊？"小平心里一直跟明镜似的，太行恨杜励不在乎他和孩子。可这种恨是建立在爱之上的，时间一长，全都变成了相思。

"太行和你说过啥？"文竹问。

"妈，太行心思沉，根本不和任何人说这事，你就让他自己拿主意吧。"

文竹自认为她对儿媳没有偏见，不是故意难为孩子们。她太了解杜才韧一家了。杜才韧夫妇一心望女成凤,教育杜励要树立理想,成就事业,根本没有教过女儿该如何当好一个妻子。一个女人结了婚,要摆好事业和家庭的位置,把自己的小家经营好。而杜励天天活在自己的世界里,就好像修行似的,压根就没搞明白,做丈夫的为什么要疼爱妻子?不是因为你漂亮优秀,而是因为你也愿意为丈夫做出牺牲,为他生儿育女,相夫教子,让丈夫一想起妻子和家,心里总是暖洋洋的。

自从摆脱了申致庸后,胡朵朵下决心要改头换面。她首先做了个泡面头发型,不仅可以让脸显得小,还可以增添迷离的气质。接着她专门飞往巴黎,不辞辛劳地试穿各类设计师的作品,摸索出一套宝贵的心得来:一般的场合,就穿香奈儿,碰上晚宴聚会,穿纪梵希准没错。她的身材属于那种又高又柴的,专为奥黛丽·赫本设计服装的纪梵希刚好适合。之后,她精心选香水,在亲试了无数款香水后,她选择了东方明珠作为自己的专属。这款香水,前味是清新的百合,中味是浓烈的玫瑰,而余味则是带着一丝暖意的麝香。她还在配方里添加了十几种不知名的香料做调和,闻上去满是神秘的诱惑,极大地刺激了她的幻想——香水就是一个女人的魅力……从巴黎回来后,她先到了普陀山,在南海观世音菩萨面前烧香还愿,还捐了金身一尊,又许了心愿。普陀山下住着一位能掐会算的世外高人,京城里不少名人都找他测过字、算过命,人人称赞。她也寻访到这位高人,得到了指点。万事俱备后,她回北京先去了智静家。智静一见她,就惊呼:"你什么时候变得这么漂亮时髦,这么有女性魅力了?教教我吧。"结婚后,在老公的追捧下,智静完全放弃了减肥,比之前更珠圆玉润,加上在家带孩子,也不太注重穿着,和胡朵朵站在一起,就像家蒸大白馒头与蛋糕店出售的裱花甜品一样，差距显著。胡朵朵很得意，和智静聊了半个小时，不仅检验了自己改头换面的效果，还获得了所需的宝贵信息。拥有天时、地利、人和的胡朵朵满怀信心地朝着目标再度进军。路上她忽然想起一句话，不禁暗笑：男人单身久了，看母猪都是嫦娥。可是笑过后，她又忐忑了……

五十

离婚把申致庸气得够呛。自打与胡朵朵结婚后，他对自己这位侯门千金老婆可以说是极尽讨好之能事。胡朵朵的冷若冰霜，丝毫没有降低他的热忱。和不少喜欢接受挑战的精英一样，他把迎难而上的工作作风贯彻到了生活的方方面面：走路，专拣没人走过的路；爬山，只爬重峦叠嶂和雪山；追女人，只追对自己不屑一顾的女人。他非得让胡千金那颗高傲的头颅心悦诚服地低下来，才有成就感。万万没想到，费尽心机和力气，人家不仅没领情，还把他给"休"了，这可把他给气坏了。但是，他只能生闷气，明面上还得维护和谐无事的局面。他忌惮的是胡三公子。出乎他意料的是，三公子并没有问罪的意思，只要求妹夫尽早把情妇打发了。申致庸感激涕零，恨不得给胡三公子行三叩九拜的大礼。

杜励辞职离开后，李旭冉很失落。他是搞艺术的，很感性，欣赏有才华的人，痛恨背地里捅刀的行为，于是他报了警。他怀疑这是身边同事干的，原因也不难揣测：七点档做得太出色，有人感到不平衡。杜励在电台工作了这么长时间，他就用车送过她一回。送她是因为那天收到匿名诬告信，怕她情绪不稳开车不安全。可只这一回就被拍下了照片。这说明了什么？

也是巧了，负责这件案子的刑警是小舒的手下。小舒听完工作汇报后，决定亲自出马。李旭冉手里最有价值的东西就是那封诬告信和里面夹着的照片。刑侦队的专家做了笔迹鉴定，认为信出自一个男人之手，而不是女人，虽然字写得娟秀小巧，但是从用笔的力度上来看，不像是女人所写。

网上的查询十分艰难。由于两次关帖，在前台根本查不到任何记录了。干警们只能寄希望于网站从后台把数据导出来，然后再通过网名，寻找注册时登记的信息，排查工作难度相当大。

顺着李旭冉所提供的收信情节，侦查有了一点突破。信是有人专门送到门口传达室的，信装在一个快递的信封里，却没有寄送人的地址和追踪识别码，时间是星期六一大早，这说明犯罪嫌疑人十分熟悉李旭冉和杜励的工作时间以及两人的关系。电台的大门口有录像监控，通过调用监控，他们很快锁定了投递人。他只是个普通的快递员，非知情人，不过借助他的回忆，干警们确定了信的来源。

小舒给太行打了个电话，本来是想把杜励也一块约出来谈谈的，这才知道她已经出国。两人一见面，小舒吃惊不小，太行就像被秋风秋雨敲打过的树一样，苍老了不少，他的内心一定是被痛苦啃噬着。

"那封诬告信是从我之前管的投资公司里寄出去的？"听完小舒对案情的分析后，太行好半天才反应过来，似乎不太相信。

"我们查过。犯罪嫌疑人叫快递的电话是从前台打的，付的是现金。快递员不知道对方是谁，又只是一份普通的信件，就帮着把信给送了。"

"公司里除了司机，没人见过我妻子，更谈不上和她结怨了。"太行眉头紧皱，"我之前也查过，叫武锤跟踪过赫丘勒。我怀疑赫丘勒在外面养了情人，惹恼了自己的老婆，而他老婆不知道这个情人究竟是谁，疑神疑鬼，所以才会殃及无辜。但是，赫丘勒在北京挺规矩的，没做过什么出格的事。我怀疑会不会是他过去的情人干的。这个女人叫傅佩佩，目前在北京，和赫丘勒已经分手好几年了。傅佩佩为什么会选择在这个时候，再次为难杜励，我实在想不明白。过去这么多年了，误会早就应该消除了。她做稽核不对外，我原先的公司里没有人认识她。"

"太行哥，你之前干投资的时候，和赫丘勒的公司会不会有什么竞争？比方说，有什么项目，你俩都看上了？"小舒关注的是动机。

太行缓缓地摇摇头，苦笑了几下："这种情况不存在。我做得很小，根本没法和他比。再说，我们都是给胡家打工，真有什么冲突，他们兄妹自己就解决了。"

小舒眼前一亮，心里豁然开朗。临走时小舒再三嘱咐太行，不要把目前的侦查工作透露给任何人，甚至是家人。

太行也陷入了沉思，这些日子他太忙，都把找出幕后黑手这事搁下了。他反复回忆投资公司里的每一个人，想来想去，也没有头绪。他和下属的关系一向融洽，就算偶尔批评了谁，也是对事不对人，没有谁会要向老板的太太寻仇泄愤。即便万一有这个可能，此人又怎么会和傅佩佩挂上钩？

小舒去档案处把朱必达一案的卷宗调过来，从里面找到了申致庸的笔迹，请笔迹专家对诬告信做了鉴定。结果在意料之中，笔迹出自同一人。

五十一

送走了爹妈，程小军仿佛当年为过韶关一夜愁白了头的伍子胥一般，整个人一下子瘦回原形，憔悴、苍老了不少。他本来就个小，现在似乎又往回缩了一截，背曲腰弓，仿佛被什么东西压弯了，直也直不起来。一听到门铃声、电话声响，他就全身发颤，活像一只被吓破了胆子的老鼠。

他时常去郊外，一坐就是几个小时，望着茫茫的天，心里充满了无限的悔恨。从小他就觉得爹妈不喜欢他，嫌他长得丑，还是个残疾，一等到能自立的年纪，他就从家里跑了出来。除了逢年过节，平时连个电话都不打。就是春节，也不过是例行公事似的，回家待两天，给家里撂几个钱，拔腿就走。他老觉得父母对不住他。要不是妈妈当初把钱看得那么重，怀着他还去弹簧厂里拧铁丝，他准不能长成这样。假如不长成这样，得少受多少白眼，少遭多少罪啊！妈妈是一个农村妇女，没什么文化，可老爸呢？既比不了梁伯伯，也比不了杜叔叔。人家能把一家老小都弄到北京去，他只能带着老婆孩子回老家。他和杜叔叔一样都是大学毕业，可他既没什么志向，也没什么能耐。这也罢了，他连花点功夫好好培养孩子们都不肯。杜叔叔给两个孩子定的起点多高，杜励和小海年纪轻轻就在同辈中脱颖而出。和父母关系的改善，也就是这几年他有了钱以后。直到最近，他才真正体会到父母对子女的好……

他的父母，两个最微不足道的人，活着的时候好比两粒尘土，死了则烟消云散。对于这世上千千万万的人来说，他们是活着还是死了，无关紧要，无足轻重。甚至好多时候，连他自己都在想，像自己父母这样活着的人，存在的价值在哪里？直到此时此刻，他才明白，父母健在对于儿女的意义。他一次次地痛心疾首，悔恨交加。父亲，虽然志向低微，甘于平庸，可对妻子始终如一。他的妈妈，如全天下最伟大的母亲一样，一生吃苦耐劳，把丈夫看作是自己头顶的那片天，把孩子看作是珍宝，百般爱护。丈夫死了，她也不愿意独活，非要随他同行，黄泉路上与他做伴，试问世间有几人能如此？他凭啥认为自己比父母强，就因为赶上了好时候，比他们挣了些钱？……当自己这滴水珠汇入大海的时候，能比他俩大多少，咸多少？

五十二

小平忽然来蓟县找弟弟。

太行听完了姐姐的哭诉，眉头紧皱。真是怕什么就来什么，姐夫为啥这么不识劝，非要去碰股指期货？

"太行，你快帮忙想个法子吧，智远已经把我半生的心血都赔进去了。"

"姐，先别急。我以前没玩过中证500，这是一个新出的期货产品，你得给我点时间，好好研究研究。"

"你姐夫就想知道，既然一直都是空头在赢，我们也跟着做空一次吧。能把损失的钱补回来就行。"

"姐，如果是恶意做空，证监会肯定会查的。你们先等我一两天，让我好好看看再说。"

送走了姐姐，把手头的工作完成，太行研究起中证500指数来。这一研究，他吓了一大跳，这只期货产品存在着严重的设计缺陷，有巨大的做空漏洞，难怪会引来恶意做空者。这十来天，股市像得了一场怪病，每天一到下午2点半准时大跳水，千股跌停。这也太明显了，监管层怎么会视而不见？他粗略地算了算，中证500指数每天近千点的上下波动，空头投机性获利一天就接近400亿元以上。做空者用这部分盈利，每天再去砸盘，周而复始，累积获利已经接近1万个亿！中小投资者赔惨了！这个时候，是万万不能再跟着做空了。

第二天一早，太行就把自己的看法告诉了姐姐。

"你说的漏洞在哪儿？"

"中证500，是专门针对创业板和中小板新设的一个期货指数。估计是为了刺激交易，交易的保证金大大降低了，还允许裸卖空，所以一下子就被无数吸血鬼盯上了。裸卖空太吓人了，在美股里，要是做空，必须得卖出自己手里的股票，表明你确实不看好股市，才能做空。倘若你把股票全部卖出做空了一次，下一次想要再做空时，首先得再买入股票，然后再卖出。这无形中增加了做空者的资金占用、成本和风险，限制了他反复做空。允许裸卖空还不是它唯一的缺陷，这个指数执行的是'T+0'交易制度，允许投资者在一天之内反复买卖期货。所以空头每天都可以通过砸盘而结清赚钱，再用赚来的钱去不计成本地砸盘，等到下午快收盘的时候，用更低的价格去吸收筹码，然后第二天用这些筹码再砸盘，然后再卖出当天的指数期货，获得收益。反复执行这个过程。你知道这些天，空头一共挣了多少钱？"太行给小平说了个数，把她吓了一大跳。

"一群老鼠玩得这么大，迟早会把猫引出来。这个时候，再跟着他们玩，那不是自寻死路吗？"

"那下一步怎么办？你姐夫还等我回话翻盘呢。"小平问。

"先等等吧，最好是打听一下谁在做空。我估计证监会那边已经盯上了。等他们准备出拳的时候，你就让我姐夫继续做多，但是要快，一定不要贪，能挽回多少损失是多少，争取在一天内完成交易，吃点监管红利。"

"爸爸妈妈那里，你千万不要和他们提。智远压力很大，老爷子退下来以后不痛快。智静虽说自己过得挺好，可老爷子总觉着闺女'下'嫁了，脸上没光，天天在家里怄气，还嫌你姐夫不长进，话说得可难听了。就连你姐夫在家里看书，老爷子都能挑出错来，什么戴着有色眼镜读书，自视高明，能从书里学到什么？"小平的眼圈红了。

从朱必达手上收购回来的云项目，太行一直没有脱手。他曾经和余经理谈过，她对这个项目很感兴趣，想促成他和卫元之间达成交易，然后将此做成卫元公司的三期项目，到纳斯达克去上市。懂行的人都知道股市里最好赚的钱，在上市之前就已经被瓜分了。上市公司的股东们手上的原始股都是按照1∶1的定价比例认筹的，有时甚至更低，但是，股票的发行价格则常常是原始价的几倍甚至是十几倍。炒股人喜欢打新股，即便是他们幸运地被抽中了，留给他们的利润空间就是发行价格和市盈率之间的差额，前提还得是上市公司业绩稳定，没有在财务数据上做手脚，或者大股东本来就是奔着圈钱而来，没有庄家挖坑设陷。风投规避了所有这些风险，赚的是交易前利润。这是一小撮极聪明的人干的，他们目光锐利，嗅觉灵敏，在如过江之鲫的创业者中寻找最值得下注的人。先把条件谈好，给他投几笔创业金，然后花钱再包装一下，打通媒体，大肆宣传造势，再安排企业上市，最后等普通投资者掏钱买单。当然他们还得演一场戏，制造供不应求的拥挤场面。通过卫元的二期项目上市，还有和余经理的几次接触，太行对于风投玩的这套游戏规则，摸得很清楚。一个几千万美元的投资项目，成功上市后，可能会获得数十亿美元的回报，财富放大的倍数和股指期货是一个数量级的，但是风险系数却大大降低了。玩这个游戏，一是要有眼光，能发现具有投资价值的项目，二是有上市的渠道。太行和余经理谈了几次，打算和她共享收益，只要她能把项目运作到纳斯达克。从这个项目里获得的盈利，即使不能完全弥补姐夫在期货市场的损失，至少能让姐姐不再那么心慌。他打定了主意。

智远炒期货赔了大钱，在京城的投融圈里早已不是秘密。余经理判断太行之所以会现在就把到嘴的肥肉吐出来，分一大块给她，既是为了解他姐夫的困局，也是为了给自己的公司发展筹划资金。于是她不慌不忙，抽时间去了一趟蓟县，参观了一下梁家父子搞的这个资源回收公司。她究竟打的什么主意，太行当然知道。除了对他要出售的云计算项目志在必得外，余经理还想做资源回收公司的投资人。这几年国内的环保政策日趋收紧，号称史上最严格的大气污染防治条例出台后，相应的水污染和土壤污染防治条例也在加紧制订中。对于资源回收企业而言，这是重大的政策利好消息。梁家的公司虽然已经初具规模，但是盘子还小，还有很大的发展空间，如果她能够在这个时候介入，等将来项目成熟，顺利上市后，收益自然可观。耳听为虚眼见为实，余经理特地跑了一趟，对企业的管理水平和技术能力亲自做了个评估。作为风投，买的本来就是新兴企业的未来。她既看好这个行业，又对创业者和他的团队以及企业认可，怎可能不提前布局？

余经理算不算是趁火打劫？要看太行怎么定性。经过前期的收购，他现在没有进一步扩大规模的打算，而是希望通过两到三年的发展，把企业的基础打扎实，实力做强。短期内，他不需要追加投资。如果不是为了给姐姐排忧，他犯不着现在就出售云计算这个项目，更不需要让出这么一大块利益来给余经理。可是，往远处看，通过风投的渠道上市是十分有必要的。垃圾处置这个行当，前景很光明，企业也都是初创，现在没有谁能称得上是行业老大。谁先上市，谁就有可能觅得大笔资金，扩大规模，增加网点，成长为龙头企业。他若不抓住先机上市，机会自然会落到竞争对手那里。假如未来这块市场的增长额小于龙头老大新增的规模和能力，那老大一定会从同行那里抢饭吃。此消彼长，日子长了，落在后头的企业就会沦落到跟在老大屁股后面捡剩饭吃的境地，这恐怕是任何一个企业家都不愿意看到的局面。余经理想一石两鸟，绝对谈不上仗义。可商场比战场还残酷，战场上还有人为了荣誉和道义而战斗，商场上则是无利不起早。换个角度看，走这一步也是双赢的局面。想通了这些，太行让余经理拿个方案出来。

一旦涉及利益，余经理绝不含糊，接下来肯定是要讨价还价的，所以她口张得比狮子还大。太行收到方案后，仔细核算了一下，没有马上答复。引入风投有哪些好处，他十分清楚，但他最担心的是，资本为了快速获利，将来有可能干预自己对企业的规划与管理，还有就是上市之后很快抛售套现，都将会对自己掌控局面带来一定的风险。除了要尽量规避这些风险外，最关键的就是对企业的价值进行一个客观的评估。这个估值的大小，对于他和余经理进行利益划分，是最重要的。估值高了，从风投引入的钱，所占的份额自然就低了，反之则高了。这比他和她两个人坐下来，针尖对麦芒,一个点一个点地往下谈,要合理得多,也容易得多。

等拿到知名第三方公司出具的估值报告后,太行传了一份给余经理,同时提出了几个条件,包括能够接受的风险投资的比重范围,风投不能干涉自己对公司的管理与规划,以及上市后风投套现的比例和时间节点等。看到这些条件后,余经理不怒反喜,她一向只和有脑子的人打交道,只在有脑子的人身上投资未来,对这个资本游戏更有兴致了。艾丽丝比师姐更有兴致,她们搭档多年,友谊深厚,如果梁家的资源回收公司上市,一定是由自己出马来策划造势宣传,为什么不好好把握这个机会呢?

五十三

梁政委还是每天按照原来的作息规律生活,一大早就去公司,喝水,吃药,打太极拳,然后在厂子里巡视。女儿小平突然回蓟县找太行,梁政委就看出有些不对劲。他知道,准是与钱和生意有关。他本来早就写好了四封信,分别写给四个子女。现在看来,等不到那个时候了,得先把给女儿的嘱托提前告诉她。

才回北京没多长时间,小平就收到父亲的一封信。她十分惊讶,父亲已经多年没给她写过信了,整天见面还写什么信呢?看完了信,她泪流满面,久久不能自已。

小平:
　　我的乖女儿,爸爸这一走,最放心不下的人就是你。
　　你从小懂事,嫁给智远后,恪守做妻子的本分,相夫教子，侍奉公婆，日子过得和和美美的。为此，我和你妈妈特别欣慰。爸爸最担心的是，这些年你挣下的这份家业。钱多了，不是什么好事。你别嫌爸爸的想法过时。现在的社会跟以前不同了，把钱的好处都快说尽了，把有钱人夸得太过火。有钱的人，就是最聪明的人，就是对社会最有贡献的人？我看不尽然。不过，爸爸已经是上一代的人，眼看就要从这个地球上消失，让位给新一代的人，说几句过时的话留给你们去思考吧。

其他人，爸爸既无心过问，也无权过问，可你是我的好女儿。爸爸想提醒你的是，你如今有了许多钱，外面打歪主意的人少不了。你和胡家合伙，想必也有几分考虑，想借胡家的势，立自己的威。孩子，钱这个东西，权势是护不住的。要想让人信服，你得先学会舍。

人这一生，不走到尽头，有些道理永远明白不了。现在，你要问我，什么才是最值得人一辈子努力去追求的，爸爸可以斩钉截铁地告诉你，一定不是钱。现在许多人都不愿意谈信仰了，可人的心里如果不装上些个美好的东西，光念着钱，合适吗？就能活得高兴活得畅快？难道人活一辈子，就是为了挣钱，花钱？

因为历史的原因，你读书少。智远是我的好女婿，是有大智慧的人。把你托付给他，爸爸放心。你们两个好好合计合计，用挣下的钱，一起干点有意义的事情。咱们梁家，多少代，讲究的是道义传家，敦品厚德。希望你能用心体会爸爸的一片苦心，这样我走得毫无牵挂了。

……

按照太行的指点，为挽回智远造成的损失，小平找到胡朵朵。听完了小平的话，胡朵朵面露忧凄："小平姐，看来我白跟太行打招呼了，他没把话传给你，都是申致庸在后面捣的鬼。你知道我为什么跟他离婚？这个人表面上装得恭恭敬敬的，跟个识字的奴才似的，背地里专干咬人的勾当。我一看见他就起鸡皮疙瘩，刚开始是讨厌，后来是害怕。他跟萨拉勾搭在一起了，有一回他喝醉酒，说漏了嘴。智远哥打压卫元平台股的时候，不知怎么被他发现了，他就去告诉了卫元，还给出了个馊主意，想让两人打起来，自己好从中渔利。前几天他被请进了局子，让公司律师去保他，我这才知道，杜励的事也是他干的。都是萨拉起的幺蛾子，她不是我们家的什么亲戚，八竿子都打不着。当年我外婆在县城读书的时候，没法天天回家吃饭，实在太远了，就在她太婆家里搭伙。她太婆没出嫁前和我外婆是一个村子的，人特别善良，我家一直记着这份恩。可萨拉不是什么善茬，比申致庸还坏，坏在骨子里，见不得别人一点好，专门祸害人，以此为乐。她特别嫉恨杜励，如果不是因为杜励，她早就嫁给朱必达了。智静和卫元，也是她一手拆散的，我全蒙在鼓里……"

小平很吃惊，但没接这话茬，而是告诉了对方一个秘密："我父亲得了癌症。"

"啊？严重吗？需不需要我帮忙？"胡朵朵吃惊不小。

"肝癌，晚期，已经扩散了，没有手术的必要了。"小平缓缓摇摇头，说话间已经哽咽了。两个女人的眼里都闪着泪花，胡朵朵想安慰，可她实在想不出什么合适的话。她更担心太行，他能承受得住接二连三的打击吗？

还是小平先止住了悲声，擦了擦泪："我爸爸性子拗，一得知自己的病情,就从医院回家了。他说人寿天定,在医院里既遭罪,又浪费国家资源,还多活不了几天,不如该怎么样就怎么样。他一直瞒着我们,现在只有我知道,其他人,包括我妈都还不知道呢。老太太那儿,还得靠你费心,千万替我瞒着。说来说去,还是怪我们太粗心了。太行负伤的时候,我爸挺了一辈子的腰杆没几天就佝偻了,可我就是没多想。"她的泪又流下来……

智老爷子时常发脾气嫌儿子不长进,智远为了证明自己一再在股市里冒险,豪赌,不仅没挣来钱,还把这些年小平辛苦打拼来的家底几乎赔光了。屋漏偏逢连夜雨,父亲又得了不治之症,所有的担子都压在了小平身上。小平只是个女人,哪能承受这么多?

这天夜里,小平又做噩梦,大喊大叫,把智远吵醒了。智远赶忙扶她坐起来,起床给她倒了杯水。小平偎依在丈夫怀里,嘤嘤地哭了。他一边给她擦眼泪,一边开导她:"爸爸的事,你也别太往心里去。这是自然规律,是人都得走这一遭。"

"我最想不通的是,为什么他宁愿忍着痛也不肯进医院?"

"爸爸这人,怎么说呢,对自己要求太高了,也可能是经过大风大浪的人和普通人的想法不一样。你还记得前些年死了的菲律宾总统阿基诺夫人吧,也是得癌症死的,也不愿意接受手术后的化疗等所有治疗,说生老病死是主的旨意。她一辈子经历的事太多了,换个平常女人,早就垮了。丈夫被暗杀后,她从一个家庭主妇变成了反对党领袖,发动了人民力量革命,并赢得大选当上总统。这样一个女人,面对死亡,既不恐惧也不抵抗,而是随它摆布。你仔细想想,爸爸和她的性格是不是挺像的?"

小平不言语了,过了一会儿,问丈夫:"你说我替爸爸瞒着,将来不会落埋怨吧。我妈和爸爸,要好了一辈子,应该知道……"

智远抚摸着妻子的肩膀安慰她:"妈妈那么明理,又了解爸爸的脾气,怎么会怪你?有时候我想,你们梁家就你一个女孩,可比起你哥哥和两个弟弟来,你不仅贤惠大方,还能担事,所以爸爸才会把这最难办的事情,也是最难承受的压力让你来背。平平,你别怕,再难的事,不是还有我吗。"他是有感而发,把老婆辛苦挣来的钱赌输了,她不仅没埋怨,还替他隐瞒,又跑娘家找兄弟问计,去胡家打探消息。他拉不下脸来干的事,她全都无怨无悔地在做。他有什么理由不善待妻子,不和她一起熬过这段艰难的岁月?只是活了大半辈子,最近他才明白,自己已让多年来的"自视甚高"给废了……

五十四

从小舒侦查出事情的原委后,太行再也无法原谅自己。杜励离家前的一幕幕场景萦绕在心头,一直折磨着他。

他记得,那天送走了胡朵朵,他开车回到家里。保姆和孩子已经睡了,却找不到杜励。他打电话给杜励,手机接通了,可没人说话,周围是一片死寂。再打,没人接。他想起妻子的手机有GPS定位系统,好不容易通过朋友帮忙查到她在北京的一个酒店里,酒店离姐姐家不远。他赶忙去了酒店,见到杜励的时候,她的两只眼睛已经哭肿了,除了那双淌着泪的大眼睛,整张脸好像什么都不剩了。他忙把送胡朵朵的前前后后讲了一遍,让她别误会。夜晚拥她入眠的时候,她比往日还要温柔,纤细玲珑的身体就像是她古筝上的琴弦般乖巧通灵,随着他的每一次轻托慢摇而颤动,荡漾,百转千回，仿佛要把他所有的爱抚和激情都承接下来……他心中满是爱，满是怜，满是悔。要说那些流言蜚语从未动摇过他的感情，并非妄言，可他的心情又怎会平静，对妻子的态度不自觉带着疏离、冷漠、生硬，她那么敏感，怎么会觉察不到？

　　他第二天就去了蓟县，征求父亲的意见，请父亲能同意杜励找个当教师的工作。这样她将不至于太过苦闷，不少作家也是从教师这个岗位起步的，既不和社会完全脱节，自我支配的时间又多。父亲点头同意，让他把心思投入业务上去。摊子铺得这么大，没有足够的业务，成本一直高位运行，经营风险不小。他马不停蹄地全国跑，哪里有大的生意机会，需要他出马才能拿下，他就飞哪里，很快就签了几个大项目。垃圾处理是比较稳定的生意，一旦合同签订后，运营一般很平稳。技术这一块，提上来的这个技术总监能力很强，应付起来游刃有余，只要在适当的时候，补充些新鲜力量，慢慢地就会把研发也建立起来，基本上不用操心了。运营这块，管生产的总监已经到位，也是个脚踏实地干事情的人，过些时候就能完全上手了。可惜业务上一直物色不到一个合适的人选统筹管理全国的销售，遇上一两个有全局观念的，在商务谈判上又欠缺经验和风度。垃圾处置业务主要是跟政府部门打交道，不少人一见到政府官员就自动矮半截，让人家很难放心委托大项目。所以他时常各地飞，参与大项目的招投标。好在整个公司的气氛不错，销售员工们在工业固废处置这块，不断有好消息传出。虽然这些都是小生意，但聚沙成塔，集腋成裘，公司的运转逐渐走入良性通道。北京也有一大摊子事情。他已经书面递交了辞呈，胡朵朵委派申致庸来和他做工作交接，商谈股份转移的事。申致庸处处刁难，他离不开，只得配合查账，进行业务说明，不到深夜不能回家。

他一直想着，等忙过这阵子，带杜励出去散散心，可错就错在没有及时告诉她自己的安排和打算，在她承受巨大压力的时候，没能多陪陪她。她离家出国的那一天，曾专门过来跟他告别。一听秘书说她来了，他赶紧出来，怕是有什么急事。她低着头说想他了。他把她揽在怀里……她把胸前带着的玫瑰花插到他口袋里的时候，他有些诧异，但是没多想……他本可以把她留住的……

事情果然不出小舒预料，批捕申致庸的报告未获批准，理由是证据不足。领导们的考虑也是有道理的，仅仅凭着笔迹鉴定专家的意见，就断定他是整个诽谤案的主要实施人，难以服人。小舒把决定告诉了李旭冉，隔天李旭冉就带着七点档的一老一少到警局来了。

小舒告诉他们说："这个案子的主谋心思毒辣，为了达到目的，不择手段。杜励最冤，她待人友善，不爱招惹是非，只是因为无意中挡了别人的财路，又妨碍了别人的好姻缘，所以一再被算计。"

小舒丝毫没有隐瞒，把智静受袭开始侦查的有关案件都说了。他从来不认为胡朵朵撞车是殉情。有可能是那晚知道了什么，急着走，慌乱之中出了车祸。毫无疑问，胡朵朵不会去害智静，甚至未必知情。朱必达的事情，跟胡朵朵也没什么关系，虽然她可能从一开始就了解安迪和萨拉的意图。但是伪造录音带，把录音带先后寄给太行和程小军这个勾当，她是有嫌疑的。原带和伪造的带子就差最后一句话，即杜励拒绝莱斯特的那句话。没有了这一句，这段对话完全可以被理解为一次旧情人间爱火重燃的交流，而有了这一句，那就是一方表白，另一方怀着感念之情的拒绝。犯罪嫌疑人即便不是胡朵朵，而是萨拉，那胡朵朵肯定也是默许的，所以才会惊慌失措。至于这一次,申致庸是受谁指使,是很值得思量的,在没有充分证据之前,几个嫌疑人,谁都脱不了干系。

常宏亮十分感慨,道:"皎皎者易污,峣峣者易折,自古如是。人啊,能同情不如自己的可怜虫,可见不得别人比自己好。越是美好的东西,就越是容易遭人嫉恨,不找出碴来,不把别人拉下马来,他心里就平衡不了。其实,这是乌鸦思维。按照这个逻辑,美人身上长颗痣,不叫美人痣,而该叫丑人胎记。唉,越是这样,活得越没劲。难道人人都安于当只乌鸦,这世界就真实美好了?"杜监制被辞退后,常宏亮一度特别愤慨:台里的领导除了李旭冉,个个都屈从于舆论,冤枉一个正直的人,连个充分的理由都没有就把人辞退了。他们可是电台,是引导视听的地方,是辅导世人灵魂的喉舌啊!他几次想辞职抗议,离开这个是非不分、善恶不辨、正义不举的小天地,都被老婆拦住了:"我们两个人,岁数大了,可不好找工作。孩子才刚上大学,花钱的地方多着呢。再说,你要是不上班,天天待在家里,很容易郁闷,生病,不划算。阿拉普通老百姓,人微言轻,勿要强出头。恶人自有恶人磨。"

"我一直以为,有个漂亮女朋友会很麻烦,没想到有个帅哥老公更恐怖。看来,我得好好考虑考虑,修改一下我的择偶观。"小月又一次向常老师展示了两人之间的代沟。

"跟是不是帅哥没关系。照我看,这是竹门对木门引出来的祸。"常宏亮耐心地给姑娘灌输人生哲理,"一个年轻漂亮的女人和上层的人结缘,上层圈子里的人一般不会接纳她,对她会有保留,有偏见,有歧视。和她原来处在同一个层次的人,也难免会妒忌。这样想,你恐怕就把这么多乌七八糟的事搞明白了。"

李旭冉忽然有了一个想法，很快就以《爱情故事》①为主要参考蓝本，和常宏亮、小月一起创作了一部音乐剧。李旭冉不仅是策划、导演、监制，还担任男主角，小月是女主角，常老师是女主角的父亲，其他角色则是从台里征集的志愿者。当上总监以来，李旭冉几乎没在公开场合唱过歌。为了把主题曲的精髓演绎出来，他和钢琴合奏过，觉得不十分满意，又和大、小提琴合奏，在对曲子做了一些小调整后，最终确定了与大、小提琴合奏的版本。大提琴那种歌唱般的声音，小提琴那种如泣如诉的感觉，把缠绵悱恻的感情表现得淋漓尽致，还有吉他，还原了故事里本有的纯真与浪漫。排练的时候，李旭冉唱得太投入了。他是导演，他不喊停，没人停下来，所有的音乐都跟着他的情绪在延展，一直延展，直到他热泪盈眶，不能自已……

> 她使我的内心充实，
> 以她独特的方式，
> 以她如天使般的声音，
> 以她无拘无束的想象力……
> 从初次见面的第一声问候起，
> 她使我空白的人生充满意义，
> 这种爱的感觉此前从未有过，

---

① 音乐剧《爱情故事》是据美国20世纪70年代的一部同名电影创作的。故事讲述了一个富家子弟奥利弗和一个贫家女孩詹妮的爱情故事。两人就读于哈佛大学，一个读法律，一个读音乐。因家境相差较大，恋情不被男方家长接纳。好不容易苦尽甘来，詹妮得了白血病死去。奥利弗原谅了父亲，因为爱情教会了他如何去爱。

> 她走进了我的生活，
>
> 使我的生活变得如此美好……①

音乐剧播完后，反响不错。这些年，留学归国的人越来越多，他们习惯于国外的这种载歌载舞的表演形式，所以音乐剧逐渐有了一定的观众基础。电视台有一个综艺节目，邀请该音乐剧几位主创，做了其中一幕的现场演出，请他们谈了各自的创作和表演体会。李旭冉没什么倾诉欲，把话筒让给了同事。对着现场观众，还有电视机前千千万万的人，常宏亮感慨良多："故事来自生活，女主角是我以前的同事。"借着这个机会他一吐心声，"她是一个理想主义者，追求纯粹的爱情和简单的生活，对事业特别执着，没什么杂念。我是搞文艺工作的，比较敏感，也活了大半辈子，能够辨别出谁是同道中人。我很努力了，但在事业上没能达到期望的高度。我做的工作很有意义，一首歌，一段音乐说不定就能把一个人从痛苦的边缘拉回来，就能让灰心丧气的人重拾信心，就能带给孩子们理想，带给老人希望。可我的能力、学识都有限，光有热情，出不来好点子。只搞阳春白雪吧，大伙缺乏感同身受，把格调弄低点吧，自己心里又不情愿，节目缺乏新意，收听率上不去。杜监制来了以后，我担心她太年轻，会急于求成，为了收听率把节目庸俗化。但她说：'常老师，夜莺的歌声很美妙，人人都愿意听，只可惜听不懂。假如咱们能把歌声里的 A、B、C 传递出去，听众们一定会喜欢的。'她说服了我们，我们一起做过古典音乐大师的专题。一般人听到莫扎特、贝多芬、巴赫，会觉得离自己太遥远。如何能

---

① 歌词引自电影《爱情故事》中的插曲《我从哪里开始》。

把大伙的胃口吊住，怀着期待和我们一起探索经典音乐的美呢？经过一番考虑后，杜监制让我在节目里问听众：如果没有莫扎特，生活里会缺少什么？打电话过来的听众不少，答案也是五花八门。最后一位打电话的听众是一位年轻的妈妈和自己两岁的儿子，妈妈弹琴，儿子唱《小星星》。大家豁然开朗，没有莫扎特，咱们的童年里就没有了小星星。节目播出后，好多听众反馈，忽然间单调乏味的生活里添了几许浪漫，想起了无忧无虑的年少时光，想起了青草、蝴蝶、蓝天和白云。这位妈妈就是杜监制……"

现场提问环节，几乎所有的问题都是冲着李总监来的。有人问："你在剧中扮演男主角小奥，这种角色情绪是否会延展到现实生活中来？"一旁的小月抢在总监前面说："延展到现实生活中可不行。我不喜欢总监这种大叔型的男人，他太老了，跟我不是一代人。"李总监笑了。还有人问："你的艺名叫李羿，这个名字有什么特殊的含义吗？"李总监颇具娱乐精神，侃侃而谈："那会儿年轻，不懂事。起了这个名以后，桃花运便没了。我到现在还打光棍，家里人着急，我也急。前不久，我在镜子里端详了一下自己，谈不上一表人才，至少不是贼眉鼠眼吧，怎么就没有好女子看上我呢？我就问镜子：'镜子，镜子，我最爱的女人在哪里？'镜子都不爱搭理我，没好气地说：'在月亮上，广寒宫里。'你说这名还能用吗？还是我爸妈有远见，叫我旭冉，总算止住了邪气。可他们怎会有先见之明，儿子竟敢与天上的太阳较高低呢。"话音一落，全场笑翻……最后有观众提问，为什么要策划这个音乐剧？李旭冉说："没什么特别的想法，就是想给大家讲个动人的故事。总有一种感觉，理智每多一分，心就少去一分敏锐的感性，我怕以后再也写不出让人流泪的曲子……"说着说着，李总监的下巴不知不觉扬了起来。

不久之后，李旭冉离开电台，开启了一段新的征途，以萨拉萨蒂的《流浪者之歌》①配了下面几句话，在社交媒体上与朋友们告别：

爱，
是飞雪落千丈滋润梅花细如蕊；
爱，
是清泉奔千里涌入大海的执拗；
爱，
是浪花与沙滩的难舍难离无以言传的眷恋；
爱，
还是鸟儿对天空永恒无尽的追求……

五十五

莱斯特一看太行真把钱退回来了，着急了，给杜励打了一个电话。语音提示告诉他，机主已经出国，现在的号码是0044……莱斯特心中满是疑惑，她什么时候去英国了？她不是已经当妈妈了吗？难道她的生活出了什么变故？已经成为莱斯特夫人的米兰达，十分

---

① 小提琴独奏曲，又名《吉卜赛之歌》，为西班牙作曲家萨拉萨蒂的代表作，也是世界上广为流传的小提琴独奏曲之一，以回肠荡气的伤感色彩与艰涩深奥的小提琴技巧所交织出来的绚烂效果而著称。

关心丈夫，得知他心中挂念着前女友，一点也没生气，大大方方地告诉老公："杜励回伦敦已经有些日子，赫丘勒不久前托我打听她的下落。"

"这是什么时候的事情？"

"最近。"米兰达漂亮的蓝眼睛眨了眨。她辞职结婚的时候，没忘了向赫丘勒告别。赫总裁调到北京总部后，早就不再是她的直属上司，但是关系要靠人主动维护，纽带才能越系越紧，这个做人的道理，情商一向很高的米兰达自然熟谙。赫总裁百忙之中给她回了信，表达了对她离职的遗憾，顺便祝她新婚愉快，还叮嘱要保持联络。

莱斯特想趁回国举办婚礼时去看看杜励，顺便把钱给她。米兰达认为这不是个好主意："她和丈夫分居了，恐怕财产上早就做了分割。你把这笔钱给她，将来如果她丈夫再找你追讨，你拿什么付给对方？不如先留着，等他什么时候要，就什么时候给。哦，亲爱的，你别误会，我不介意你和杜励会面。可以邀请她参加我们在伦敦的答谢会。我这就给她打电话。"已如愿成为莱斯特太太的米兰达，在丈夫面前表现得得体大方，但为何允许其他女人威胁自己的幸福，恐怕世上没有第二个人比她更清楚，到底是什么促使丈夫的前女友与他一刀两断的。

太行退给莱斯特的钱，是莱斯特支付太行帮胡朵朵理财的佣金提成。莱斯特早已熟知行业内的潜规则，虽然太行从未提过任何要求。莱斯特又是什么时候下定决心和米兰达结婚的？当初，俩人有个约定，如果到了三十五岁，彼此都没有再遇到更适合的人，就结婚，一起养育子女。米兰达认为有能力驾驭这个聪明、多金的男人，他就像是一把金沙，你越想把他牢牢握住，他溜得越快。她一直耐心同时也是灵活地等着他。反正,在三十五岁以前,她也想多征服几个男人,好拥有足够的筹码向世界索要幸福。

大概人到了一定年纪都会跟生活妥协,无关男女。莱斯特身边不乏艳遇,爱情却不再光临。海伦娜也劝他:"既然你喜欢娃娃脸的丫头,倒不如自己生几个娃娃。"

如果时光倒流十年前,有人对莱斯特说,人一生只能刻骨铭心地爱一次,他保准嗤之以鼻,这不仅不现实,还不符合人性。但他从未料到自己会陷入如今的窘境,没有一个女人能把他从前一段爱情中彻底解脱出来。熟悉他的人一致认为,他是开天辟地第一情种,执意抱着回忆这块顽石,在逝去的爱情里一沉到底。随着岁月的流逝,此顽石在莱斯特心里,已经有了一种钻石般的质地,就连杜励在丈夫负伤后,再度拒绝他说的那些话,都熠熠生辉,总能让他想起她站在热瓦尼的餐馆桌子上给他唱的那首《好汉歌》。这份弥足珍贵的感情,本该属于他,那个男人不过是赢在了机遇上……虽然莱斯特嘴上从没承认过自己痴情,不断地更换着女友,然而内心深处他在召唤,另一颗与她一模一样的钻石。

海伦娜不屈不挠地给他做心理重建,既赞美他的痴情,还不断地当引路人:"我将以你为主人公写一部封笔之作。开头是这样的:有个男人总站在雨中凭吊上一道彩虹,可他的忧郁只会让天空不断地落泪。结尾我打算这样写:既然爱情可遇不可求,时钟又滴滴答答不停地催,夜夜孤独,男主人公终于与过去的自己挥手告别了,满是烟火气和孩子们吵闹声的家是他今后的归宿。"

杜励送给米兰达一条白色的丝绸披风作为新婚礼物。小海现在已经在英工作,喜欢设计晚礼服。披风的流苏是姐弟俩亲自编的,上面的红梅花则是小海的手绘。米兰达十分喜欢这份礼物。来的人很多，夫妇俩只来得及和杜励说句欢迎光临，就得去招呼其他人。客人中有莱斯特在投行的同事，过去就认识，杜励很快就和大家融在一起。

这时，一个西装笔挺的男人朝他们走来，与他随行的是他那种与生俱来的阴鸷之气。周围的人都向他点头致意，十分尊重的样子。杜励来不及躲开，也只得微微点点头。这人不是别人，正是赫总裁。一见杜励，赫丘勒就用国语和杜励攀谈起来，其他人自然识趣，纷纷离去。

四下里没人听得懂中文，赫丘勒又志在必得，大庭广众之下，就来了一段洋洋洒洒的表白。他强调自己一直深情以待，难以忘记她。除了会倾尽全力帮助她实现梦想，还会悉心为她的将来打算。如果不能帮她争取到孩子的抚养权，只要她愿意生养，他一定会为每个孩子存一笔不菲的教育基金："……我有这个能力，也愿意承担这个责任。梦想，是一件闪闪发光的晚礼服。一个女人老了，终究是要把它脱下来的。你的将来是需要儿女绕膝，享受天伦之乐的。我这么说，是因为我爱你。有一个懂人生经风雨的男人，守护你，不好吗？……"杜励的脸红一阵白一阵，根本没机会插嘴，也没机会打断他。好不容易等他说完了，她只轻轻回了一句："赫先生，我只是一个平凡得不能再平凡的女子，不值得让您如此大费周章。我的人生愿望很简单，就是和我爱的人相伴到老。"说完转身准备离去，却被他拽住了胳膊。

杜励急了："我并没有离婚。"

他的手缩了回去，人却跟了上来。她只好停下来，等他把话说完："杜励，你不了解自己，你对自己不诚实。你是一个有野心的人，你想成功，你想出名，你想获得世人的认可。你对这些东西的渴望远远超过了你对那个男人的向往。如果你打算和他厮守终生,干吗又一个人千里迢迢地跑来英国。人生苦短,只争朝夕。你要是不抓住眼前的机会,以后一定会后悔。"

如果不是大庭广众之下,她说不定会抬起手来给他一巴掌。这些年来祸事连连,几乎没有哪一桩不是拜他所赐。他处心积虑,既算计她,也算计她身边的每一个人。当年,根本就没有哪位同学到猎头或是他面前来告黑状,他只不过以此为借口,来探究她的私生活和人品。阿曼达也好,盖也罢,包括她自己,甚至学校的老师,都是他亲自导演的这场大戏里的道具。如果不是他,盖和伍德曼先生绝不会因为丑闻缠身而分道扬镳;如果不是他抛弃了情人,对方迁怒于她,她也不会被动物保护协会的人围追堵截;如果不是他暗中使坏,哪里又会被网友们指责,抛夫弃子跑到英国来……难道爱情是不顾对方的意愿,千方百计不择手段地置对方于痛苦之中?难道爱情是给结发妻子以正室的名分,再与其他女人同枕共眠生儿育女?……杜励强压住心中的悲愤,扭头就走,哪知他紧跟着抛出了一个震惊的消息:"你身在英国,消息闭塞。北京的上流社会,人人都知道你丈夫马上就要做胡家的乘龙快婿。你丈夫的姐夫炒期货赔光了所有的钱,胡女士出手帮助他们挽回了大部分损失。胡女士也早已离婚……"不等他说完,她已奔了出去。

花园里也到处是人,走到哪里,都是喧哗声。风把树叶刮得哗哗作响,月光下,树上的每片叶子好似巫师的白舌头般抖动翻滚着,在她的耳边嗡嗡嗡地继续传递着刚才那个可怕的信息。她闭上眼睛,捂住了耳朵,逃也似的折返回来,拿了自己的外套和随身携带的包离开。她是在和眼里的泪水拼速度……

她还没奔到大门口,就被匆匆赶来的莱斯特从身后叫住了,他手里拿着一顶黑色的贝雷帽:"杜励,这是你的吗?"

杜励把脸上的泪擦了擦,转过身来,看也不看那顶帽子,无意识地摇摇头。

"我能和你说几句话吗?"他的目光里满是关切,"赫丘勒不是一个正直的人。我已经看穿他了。你千万不要根据他的一面之词来做决定。"

杜励呆住了。月光下她是那样凄凉,两行冰冷的泪流淌下来,嘴巴动了动仿佛是想说谢谢,然而最终还是什么也没说。在她抽身离去的一瞬间,莱斯特送上了自己的祝福:"即使他所言非虚,我相信你一定能挺过去。生命是一条河流,我们必须不停地往前流,流啊流,所有越过的艰难险阻,最终会让你的生命之河变得更深沉,更宽广。"

还没走回宴会厅,莱斯特望见了正要出门的赫丘勒与送行的米兰达,两个人的谈话也被风悄悄送至他的耳边。"别太在意,我推测她在玩待价而沽的小把戏,你了解女人……""我本意绝非是想伤害她,让她难过,但是有时我们必须对所爱的人诚实。"莱斯特心里一时让激愤填满了。

五十六

胡三公子死了。

死之前,胡三公子早有安排,把前妹夫申致庸提拔成副董事长,和赫丘勒共同执掌商业帝国最核心的部分——投资公司。

他早已沉疴缠身,无药可医,便借了近郊一座寺庙,每日研习佛法,等待仙逝。申致庸几次探病,皆隔着一席竹帘,与公子问答。公子嘱咐申致庸,凡事不可过于贪功、求大,一切皆须顺应天意,无为而治。

按照公子的遗嘱,申致庸成了集团董事长,接替他管理庞大的商业帝国。除了在灵堂上的一时三刻,申致庸连做梦都在呵呵笑。这么多年装奴充婢、当牛做马的日子总算结束了。天降如此红运,眼看就要成为胡雪岩、盛宣怀这样的人物,怎么能不高兴。有了资源以后,还可以打通渠道进入政界,了却书生济世之梦。他心中更为另一事窃喜,从今往后可以毫无顾忌地与红粉知己萨拉双宿双飞,她既然给富豪做过外室,给他当个如夫人并不辱没申家门楣。这真是"昔日龌龊不足夸,今朝放荡思无涯。春风得意马蹄疾,一日看尽长安花"[①]啊。

申董事长上任后做的第一件事就是到赫丘勒执掌的投行来视察。这儿是三公子商业帝国的核心所在,从各处收上来的钱,都会在这里汇总,经过一番资本运作后,再运送出去,该给谁分账就给谁分账,剩下的汇入胡家在各地的账户。只有把这里面的运作理清楚,才算是真正理清楚了三公子的身家和经营脉络。

刚一见新东家的面,赫丘勒就递交了辞呈。面对这个下马威,申致庸眼睛眨都不眨,一句客套挽留的话都没说,直接就批准了。留着这个老狐狸在,多么碍手碍脚。炒了他,还得花一大笔遣散费,这真是天遂人愿!申致庸知道三公子早有废掉他的打算,但始终顾忌国外分支机构的运作,才留用至今。投行里的这些道道,申致庸明白得很。自己既有韬略计谋又有实干经验,找个年轻得力听

[①] 出自唐代诗人孟郊的《登科后》。

话的人当副手比揣着异心的老狐狸强得多！还是胡三公子厉害、英明，把这只狡猾的狐狸看得死死，一个罗杰，一个傅佩佩，两只警犬日夜围着他狂吠，不怕他不规规矩矩。老狐狸还搞了个什么"三三一计划"，让有觊觎之心的几个属下相互厮杀，自己坐山观虎斗。可老狐狸万万没想到，公子派姓申的接班。这是在中国，不是英国人选首相，不是美国人选总统！

更让他高兴的是，老狐狸走时还帮了他一个忙，把傅佩佩给炒了。这女人还算是有点本事，曾为他出谋划策，可是，她毕竟是三公子一手提拔上来的，知道得太多了。如此一来，倒是省得他用贾雨村发落门子①的法子发落她。

这些天，申致庸把三公子的临终遗言品了又品：顺应天意，无为而治是什么意思呢？说白了还不是因为胡家已经没人能掌管这个金钱帝国了吗？不然，如此好事能落在他这个前妹婿身上？既然是这样，何不如像李斯一样，做个粮仓硕鼠？他用自己的箩筛着胡家的大谷仓，筛出去的少，留在箩里的多。筛出去的自然归胡家，总得做做样子，留在箩里的是他自己的。他想起当初胡三公子把妹妹许给他的时候，许诺给他的妹妹的嫁妆，可他却从未见到过。梁小平和胡家拆分房产公司在先，姐弟俩双双退出投资公司在后，那么从地产公司转出来的钱是不是转到这儿来了，查来查去结果是白费工夫。后来他买通了梁氏地产的一个高级财务人员，弄清楚了钱的去向，可再往下追查时，又没了线索，所有收钱的公司在收到钱的

---

① 贾雨村是《红楼梦》中的人物。他科举出身，靠贾家举荐，升了官。在审问葫芦案时，手下有个当差的人，是贾雨村落魄时的旧识，给他出主意。贾雨村采纳了他的建议，却把他发配充军，因为担心门子说出他徇私舞弊之事和当年贫贱时的旧事。

当天就将钱转了出去，然后立刻注销，这钱就这样不知转了多少道弯，沉底了。底在哪儿呢，没人探得到，胡三公子的手段真是了得！

新官上任，哪能不盘盘家底？申致庸一边给自个捞钱，一边督促新上任的财务总监查账。投资公司的原财务总监过去一直是由胡三公子成立的基金会的财务总监兼任，直接向胡三公子汇报。胡三公子还没死时此人就主动辞职，申请退休了。据说，胡三公子念及他服务多年，十分大方，赠送了一个小海岛上的两幢高级别墅作为他颐养天年之处，他带着一家老小去那儿当首富了，让不少人羡慕得哈喇子满地流。其实财务部三天两头有人辞职，人事部即使有天大的本事，也补不齐空缺，会计们连日常的工作都应付不过来，哪还能腾出多余的人手来配合申总裁的行动？财务总监实话实说，申致庸二话不说，就把人炒了。绝不允许公司里有人敢拿他的令箭当鸡毛。

人事总监叫苦不迭，眼看财务部忙得焚膏继晷，人人另谋生路，这个时候再把新任财务总监炒掉，员工会如何解读？可她不敢直言上谏。做人事的人最会察言观色，觉得新任总裁的做派不像是顾命大臣，反倒像篡权谋私的外戚，于是把嘴一闭，暗中给自己找下家。

申致庸一不做二不休，从外面聘请了一个著名的第三方审计公司，签署了最严格的保密协议，对公司账目进行彻底核查。这一下，不少嫡系至亲有所行动了，而且是一个团队。申致庸觉察出点异味来了，但是他并不太紧张。胡家这几个兄弟里，老五，他根本就不稀罕套近乎；老四，精明得很，可惜不用在正道上；老三，才是真正厉害的角色，如果他志在仕途，前途无可限量。说卫元是富豪，那是根据公布出来的数据推算的。胡三公子到底有多少钱，恐怕好几个卫元加在一起都无法与之相比。胡三公子低调，外人根本不知道他的实力。就好像一棵茂密的大树，根扎得多深，谁也不知道。即使某根树枝生了点什么毛病，最多把这根树枝砍下来，根本不会伤及树干，更别说树根了。

五十七

静下心来的太行，渐渐理解了妻子为什么决然离去，也参透了她的离别赠言。

面对造谣、诽谤、谩骂、侮辱，却百口莫辩，以她敏感自尊的性格，怎能接受得了这些污名。还有被所爱的人误解，被迫接受长辈的监督，别人的另眼相看。为了理想而远去，避走他乡，是她唯一合理的选择。

她留下了一封信，给他重新选择的自由，实际上是把两人婚姻的命运交到了他的手里。只要他不放手，她永远都是他的妻子——这是她离去时无言的承诺，也是她为什么会把自己胸前的那朵玫瑰花插到他胸前的原因。

一旦参透了这个，太行几乎被思念吞没。随之而来的是无尽的自责：为什么没早一点读懂她的心意？为什么又一次误解了她？为什么没能多体谅她一些？为了惩罚她，也是为了逼迫她，他居然绝情到不给她回信，不给她打电话，就连皮皮的照片和录像每次都是通过小耳朵和智静转发过去……每当夜晚来临的时候，他的身体里、心里全是拥妻子入怀的渴望。懊悔、疼惜和欲望交织在一起，变成了一个贪婪的怪兽,时时吞噬着他的坚强和信心,让他总往歪处想:沉默了这么久,会不会让她误会了?再也不能等了,一定要尽快去看看她,让她看清楚自己没有因为她的出走,有过任何别的打算。

公司总有跑不完的项目,出不完的差。好不容易腾出些时间,签证也下来了,临出发前皮皮却病了,扁桃体发炎,高烧几天不退。大夫让输液。这个时候当爸爸的怎么可能抛下他,只能等他完全康复了再动身。可孩子刚好,公司里又有了急事,而且父亲近来身体不好,脸色很难看。他只好先出差,把去英国的事往后一延再延。

出差一回来,家里的气氛就不对。妈妈的精神很不好,仿佛受了什么特别大的打击。起初,太行还担心,是姐夫炒期货赔了钱的事情让她知道了,谁知是因为爸爸不告而别,失踪一整天了。

太行悄悄问姐姐。即便他已经做了最坏的打算,还是被姐姐说的话吓了一跳。梁政委给女儿发了一条短信:预感自己大限将至,不想增加亲人的痛苦,所以决定一个人去崂山。等归去之时,他会请庙里的师傅通知妻子和儿女,来料理后事。

"这么说,爸爸一个人去了崂山?"太行不相信这是真的。他打算马上去崂山把爸爸接回来,可被姐姐拦住了。太行急了:"我们最起码能减轻爸爸的痛苦,让他走得尽量舒服一点。"

泪水早已布满了小平的双颊:"这是爸爸对自己的安排。他希望我们做子女的,能尊重他的想法。爸爸一辈子坚强,不愿意让我们看到他是如何被死神打败的。我已经通知大哥和跃进了,咱们一起商量一下,怎么妥善安置妈妈吧。她受的打击,一定比我们大。咱们得轮流陪着她,帮着她一起挺过来。"

五十八

关于外资做空中国股市的传言一时间甚嚣尘上。中证500期货指数的推出,给证券市场的灾难,需要一个令人信服的说法。于是一些别有用心的股评人,根据授意,炮制了北上资金捣乱股市的谣言,甚至还援引1997年香港回归前后,索罗斯做空港股的案例作为论据,试图把损失惨重的中小股民的不满情绪引向爱国、爱民族、"同仇敌忾"这个通道上来。网上骂什么的都有,就是没人骂打着外资的旗号,喝同胞的血,吃同胞的肉,钻设计漏洞,发做空财的牛虻、蝙蝠和老鼠。吸血鬼们太得意了,没有注意到一只硕大的网已经悄然落下。

审计公司终于把账查清,胡三公子除了把日常的流水送给了申致庸,早就把资产搬空了。赫丘勒的手脚也不干净,趁机掏了好几个大窟窿。偌大的一个投行,就像是一座空空如也的危厦。覆巢之下岂有完卵,难怪稍微有点脑子的员工早早一窝蜂作鸟兽散!申致庸,这座空城危厦的指定守护人,连日来绞尽脑汁,想着脱身之计。到此时他才明白,一辈子悄无声息的胡三公子,为何要精心安排他来接班。胡家虽说没有举办遗体告别仪式,但是却操办了一场极其隆重的追思会,还发了媒体通稿。通稿中的老三,并没有被刻意拔高,关于他的生平成就一笔带过——从商多年,小有成绩。但是,关于他如何重情重义,却浓墨重彩,有数十行之多,所有出席追思会的人都在讣闻上被点了名。胡家子女里最低调的当属三公子,他既不像两位兄长活跃于政坛,更不像弟弟们时常上娱乐头条，好多与他打过交道的人，直到见了通稿才恍然大悟，原来这位长袖善舞的商界大亨系出名门。这几天，申致庸把这篇讣闻又拿出来好好品读了一番，不觉胆战心惊，连路都走不利索了……

坊间逐渐有流言传出：胡三公子死了，可一个与他面貌酷似之人，正在瑞士的某幢别墅里逍遥快活。随后又有传言，胡三公子的接班人申致庸被检察机关立案抓捕。据消息灵通的人透露，申与做空中证500期货指数案有直接的关系。

与此消息同时传到梁家的，是梁政委去世的噩耗。他留下遗言：遗体火化，丧事从简，骨灰撒到胶东半岛外的大海，与家乡的蓝天碧水相伴。见到父亲的遗体，梁家的几个子女真是难过极了。一向高大的父亲，竟瘦弱得如同一个半大的孩子。悲伤中唯一能让人有一丝安慰的是，他神色平静安详，仿佛此去是等待一场新生。胡朵朵也赶来了。她一来，时刻不离干妈左右，多少给了文竹一些慰藉。

假如不是挺进提出来，估计沉浸在悲痛中的梁家不会再有人想起离家出走的三儿媳妇。父亲既已不在，作为长子，挺进主持家务。杜励和太行没离婚，还是梁家的媳妇，应该回来奔丧。太行还没说什么，文竹已经站出来反对。太行没有与妈妈争执，丧夫之痛已经是母亲不能承受之重，他怎能在这个时候忤逆她？既然这样，挺进不再坚持。爸爸去世前，给每个儿女都留下一封信。他是长子，父亲自然交代得最多。

送走父亲，太行给杜励写了一封邮件。这是一年多来，他头一次和她联系。信不算长，却写得情真意切，仿佛此时她就在他的身旁，正在为他拂去这难以承受的丧父之痛。

杜励：

刚刚我们送走了爸爸。当我捧起爸爸的骨灰撒向大海的时候，我向他送上了我们一家三口人祝福——愿他在另一个世界里安好。我还把咱们一家三口敬献给他的花圈，一并抛向了大海。

今天的渤海，空气清寒，海风凛冽，可金色的太阳从一大早就高高地挂在了天上。能在这样一个光芒万丈的日子里送别父亲，对妈妈和我们做子女的，是不幸中最大的安慰。在船掉头回港的时候，一群海鸥追着我们的船，飞去又飞来，久久不肯离去。大哥说，这些海鸥里，必定有一只背负着爸爸的魂灵，要不然，它们决然不会与我们如此难舍难分。我不禁想起了我们结婚的时候，那些绕着我们飞的海鸥——这些勇敢的鸟儿，总是给人鼓舞，带给人力量和希望。

爸爸的去世，让我感到前所未有的无助。你总说，咱们中国人的断奶期来得太晚了。我从不以为然。可现在我忽然怀疑，自己能否像他那样，成为一个真正的男子汉，在这个浮躁虚华的世界里，永存我真，永卫我爱？

从我们结婚起，你就一再说，爱与抱歉、原谅都无关，可我现在就纠缠于其中……你在我最脆弱无助的时候，一直坚守在我的身旁，鼓励我支持我，我却在追逐成功的路上，把我们的爱给弄丢了……亲爱的，我是如此爱你，你决然而去的这段日子里，我生命的河水几近干涸……这些话憋在我心里很久了，我把它写下来，是为了提醒自己，现在和将来，要加倍地珍惜你爱护你。我比任何时候都感到肩上的责任重大：既要好好孝敬妈妈，把爸爸辛苦帮我打下基础的这份事业做大，更得为你和皮皮撑起一片天……亲爱的,我需要你,你的爱是我力量的源泉。

　　爸爸给我们每个人留下一封信。在信里,他再三嘱咐我,一定要好好地待你。我最遗憾的是,因为这样那样的事一直耽搁着,没能及时去英国向你袒露心迹。这些天,我一直在想,我应该如何奔向你,让你我的生命之河再次相聚。爸爸的生命河已经涌入大海,未来我们两个人将一路相伴,我们的爱之河将变得更广阔,更深沉,静静地永远在一起流淌,直到和我们的亲人再次交汇……

　　亲爱的,等着我。

太行

　　葬礼结束后没几天,公安机关就来人,带走了智远和胡朵朵,他们全都与期指做空案有牵涉。申致庸向公安机关交代出很多人,包括他认为欠着他而且他也惹得起的人。小平懊悔不已,这下恐怕是人财两失。假如后面做多的时候,没有和胡家联手,而是像弟弟建议的那样,找个可靠的人咨询一下,瞅准时机做个短线,即便不能挽回许多损失,至少不会像现在一样,又和胡家绑在了一起……

　　胡朵朵被带走前泪流满面,非要和太行说几句话:"不管别人怎么议论,太行,你要相信我。我从来没想过对你、对干妈、对梁家做任何不好的事情。你刚结婚的时候,我气不过,说了几句不该说的话,可话都是讲在明面上的,背地里我什么也没做。我这会儿说这些,不是为了讨你的好。从我知道杜励的事情是申致庸捣鬼,我就不抱一点希望,咱们永远都没可能了。你是不会原谅我的,即便我和这事一点关系都没有。我只求老天爷看我这一世受苦的份上，下辈子能成全咱们做夫妻……"

文竹早已搂住了干女儿："好孩子，干妈相信你。你的这份心，太行早晚能懂。"

面对审讯，申致庸除了乱咬一通外，没忘了把自己择干净。他说他只是奉命行事，好处全进了大老板的虎头鏧囊。做空案，亦是大老板的手笔，为的是求财，也为教训忘恩负义、过河拆桥的智家长子长媳。诽谤案，与他无关。诬告信，绝非出自他之手。他和梁太行往日无怨近日无仇，何故污杜励清白？又何以晓得杜励曾在英国做过有违妇德之事？受胡朵朵指使也是无稽之谈，他从未闻其有此打算。即便朵朵有意，他也会逆其意，岂有丈夫成全妻子改嫁又作嫁衣之理？……他不认识傅佩佩，更不知照片是这个女人提供的。其他的均已招认，何至于在此等小案上抵赖？……胡家没人是东西，老四和老五睡同一个女人，此女曾是朱必达的外室。为此烟花女子，老四斯文扫地，动起粗来，绑架了一个导演。老五的妾室大闹天宫，玷污了胡家之光荣簿……他乃一介书生，有报国之志、济世之才，奈何生于寒门，依附权贵实属无奈之举。古今文人士子，又有几人能免俗，才高八斗者如李白、杜甫，亦是如此。

太行分身乏术。家里出了这么大的事情，姐姐乱了方寸，妈妈又遭受了二次打击，两个哥哥人在公门，身不由己，他只得把英国之行又往后推，集中精力和姐姐、妈妈筹划如何救姐夫和胡朵朵。

五十九

从莱斯特和米兰达的宴会上回来,杜励满是悲痛,心无可救药地碎了。虽然她留下了字条,告诉太行是自由的,可从来没想过要用自己的婚姻来换出走的自由……离开不是因为不够爱,而恰恰是因为太在意这份爱了,太想有尊严地爱与被爱……她以为他会懂,就算全世界的人都误解了她,至少他会懂……

她把手上的婚戒摘下来,戴上去,再摘下来,再戴上去……反反复复不知多少次……她多想骗自己,赫丘勒是恶意伤人,可心里始终有一个声音告诉她,不要自欺欺人,现实的洪流早已冲垮了爱的鹊桥,不然她为什么要执意离开?走或留,已不容她选择。

杜励一直都戴着婚戒,对小海什么都没说。像是和她约好了一样,爸爸也从未在弟弟面前提及过她的事。她以为,父亲的沉默源于对未来的不确定。事实上,从女儿负气出走的那一刻,杜才韧就不再对她的婚姻抱有任何幻想,认为也许她只是一时赌气,可采用这么极端的方法,夫家哪会轻易原谅她?太行对她很难忘情不假,只是两人既无共同的理想,价值观差异又大。表面上看,是因为外面的污言秽语让她与家人之间起了隔阂,但如果家庭关系本来就固若金汤,外面的大风大浪只会让一家人紧紧相拥,而不是现在这样劳燕分飞。

女人这一生,最容易为情所困。杜才韧了解女儿,虽说她人已经去了伦敦,可心还在故乡的十字路口徘徊。未来她会怎么走?是人回来,还是心随着人走,时间会揭晓答案。他之所以不拒绝太行带着外孙来看自己，就是不想因为自己的态度影响了女儿的二次决定。经历了爱情，经历了婚姻，经历了分分合合大起大落后，女儿应该明白了，女人一旦选择了一个伴侣，其实也是选择了一种生活方式；在某种程度上，人生的高度和宽度也就无形中被定格了……他相信，这一回她一定会做出正确的选择。

爱情是什么呢？杜才韧从来没找到过，既没被自己爱慕的女子爱过，也没有爱过爱慕自己的女人。随着年龄的增长，他把爱情看得一钱不值，认为男女之间的爱情是一种相当自私的感情。当一个人在蓝天上翱翔时，另一个人为了得到对方，会许诺做一对比翼鸟，但实际呢，能一辈子共连理就不错了。

他每次写信给女儿，都是启发她该如何去领悟生活。对她说，人生不可能是一帆风顺，总会碰到曲折和不快，甚至是厄运。能够扼住命运的咽喉，战胜痛苦的人，才称得上是强者。他鼓励女儿多听听贝多芬的《c小调第五交响曲》[①]，好好地领略大师传递给世人的那种不屈不挠的精神。杜励听得最多的是第四乐章，作曲家营造的那种充满光明和无比欢乐的情绪，让她备受鼓舞——远处响起了命运的威吓声，可是乐队奏出了雄伟壮丽的进行曲，弦乐所表现的无边无际的人群汇成的欢乐海洋呈现出排山倒海的气势，这场与命运的决战，最终以光明的彻底胜利而告终。

等到女儿心境开朗些后，杜才韧又要她听贝多芬的另一部作品《普罗米修斯》[②]："这两部作品都很震撼人心，主题也十分相似，你

[①] 又称《命运交响曲》。贝多芬创作这部交响曲时，已经耳聋，情人离他而去，但这位坚强的音乐巨人并不认命，他想要向命运、向大家证明，即使自己耳朵聋了，也照样可以进行音乐的创作。

[②] 《普罗米修斯》是贝多芬处在人生最甜蜜幸福时创作的。

更欣赏哪一部?"

当然是《命运交响曲》。虽然女儿并没有这么说,杜才韧相信她一定会如此回答,一定会明白作曲家处在甜蜜幸福阶段的作品和处在痛苦失恋时的作品,哪个更深刻、更直指人的灵魂。

杜励接到了去德国采访的任务,只得收拾心情,先完成工作。再次回到英国后,通过盖的推荐,她入职了BBC的环境纪实类节目《地球付出的代价》,担任采访记者。节目制作基地在南边的布里斯托①,她常常在伦敦和布里斯托间穿梭,出差很频繁。此次去德国,是为了采访一名叫作弗里达的博士,他带领的研究团队,正试图从海洋生物 algae② 中提取生物酶,如果这种酶用于生物燃油的制造,将会大大降低生产成本,是目前被业界寄予厚望的一项研究。

一路上,杜励仍然沉浸在自己的世界里,无法自拔,自责与懊悔啃噬着她的心。她觉得一切都是老天爷对她的惩罚,惩罚她的冷酷无情,惩罚她的自私,惩罚她抛夫弃子只为实现个人价值,惩罚她总是把自我实现放在爱情之上……她怎能让丈夫在孤单难过中为她保留着妻子的角色?……她早就把自己的爱弄丢了,却还做着一厢情愿的复合梦……

从法兰克福下了飞机后,搭乘出租车又行驶了近两个小时,直至日暮西山,才到达目的地。恍惚中,她以为自己来到了天的尽头。出租车司机指着远处的一座古堡撇撇嘴:"除了那些低调有钱

---

① 布里斯托这个英国城市因制作野生动物电影和宣传环境行动主义而世界闻名,被誉为"自然生态影视基地"。
② 一种海藻。

的世袭家族,现在谁还肯出钱养着一帮天马行空的科学家呢?这些人中的绝大多数,一辈子除了异想天开,根本不会有任何成就!"原来研究所设在一座有着几百年历史的古堡里,从远处望去,古堡的外墙是红色的,蘑菇尖顶高高耸立着。她真想立刻一路奔过去,跪在神灵面前忏悔……

第二天早晨,杜励见到了弗里达博士,一个身着白衬衣的男士,他四十岁左右,身材高大,相貌和善,脸上挂着孩子般天真的笑容,就像是提香①画里的小天使长大了的模样。有那么一刹那,她隐约觉得,他是耶稣派来超度她的福音使者。

采访颇为顺畅,弗里达博士很健谈。欧盟的情况和中国不同,没有大量的餐厨垃圾可以利用,初代生物燃油是以玉米为原料。这种与人抢粮食的绿色新举措,很快就遭到了质疑。全球还有数以亿计的人口挣扎在贫困线以下,这么多穷人与内燃机争粥喝争饭吃,人道吗?是真绿还是伪绿?如果改用玉米芯或是小麦秸秆做原料,则面临高能耗、低转化率等问题,还是摆脱不了伪绿的嫌疑。欧盟对生物燃油企业一直有大量的补贴,但此举却引来媒体、环保专家,还有一些激进的非政府组织的抨击:怎么能用消耗几吨石油的代价来生产一吨生物燃油呢?这简直就是蒙骗纳税人的钱!大伙辛辛苦苦缴纳的税款不仅没有缓解地球的热度,反而进了一群招摇撞骗者的腰包!弗里达博士思路缜密,叙述生动,杜励被深深吸引,全然忘了自己是和一个科学家在谈自己完全陌生的话题。

参观完实验室和小型模拟生产车间后,弗里达把杜励带到了食堂,招待她吃工作餐。食堂里摆着几条木制长桌椅,坐在凳子上的

---

① 文艺复兴时期有名的画家。

人普遍在四五十岁，边无声地用餐，边低声交谈。这些人衣着极其朴素，脸上闪烁着智慧的光芒，她觉得自己似乎穿越至两千年前的雅典，旁边的人正是苏格拉底或是柏拉图的弟子。午餐极其简单，一个土豆鸡茸汤加黄油面包，还有一份蔬菜沙拉。她尝了一口鸡汤，不禁赞叹，已经好久没喝过这么鲜嫩的鸡汤了，都市里售卖的白条鸡根本炖不出这种味道。吃完饭，两人沿着古堡后面的路一直走，走到了一条小河旁。不远处有一架大风车，风车在水流的带动下从容不迫地转着，发出了吱吱呀呀的声音。

博士领着她朝山上走去。小河时隐时现，原来小河是条山涧。才爬到半山坡，眼前突然开阔起来，此处有个不小的蓄水湖，湖边矗立着一幢石头屋子，屋后有一处牛棚和鸡舍，两头牛和一群鸡在山坡上随意地溜达。弗里达说这是他的居所，牲畜是他养的，山脚下的稻田也是他种的。这是他的实验，一个关于生命周期的闭环实验。在这个闭环实验里，人是自给自足的，碳足迹接近零。牛奶是人的食物，牛粪既可以当燃料，也可以在农田里堆肥。稻子收割了，在风车旁边的石磨旁磨碎，剩下的麸皮可以喂鸡。风车发的电可以供给他的房间。至于风车的能量，那是大自然的馈赠，来自流水。杜励不禁想起了小时候学过的《桃花源记》，原来五柳先生的归隐生活，还包含这样一层道理。

弗里达的话渐渐深刻了许多："……永绿的地球，要求万事万物能够从摇篮到摇篮，生生不息，就如同生命的循环，是一个又一个闭环的不断衔接。死，是生的必要；死，孕育着生。"

午后的阳光照在他的金发上，熠熠生辉，仿佛给他罩上了一个金色的光环，他的蓝眼睛就像天空一样纯净。她不再疑惑，感觉弗博士就像是黑暗丛林里引领迷路人但丁的维吉尔，是上帝派来超度她的使者。两人坐在路旁的大石头上，促膝而谈。

"你一个人待在这儿，会不会孤独？"

"不少人孤单，是因为迷路了。而之所以迷路，是因为出发前就没搞清楚自己到底想去哪儿。我运气不错，很早的时候就找到了使命。我的人生将像一棵树一样，只要不停地朝深里扎根，从而能够不断往上长就够了。即使现在离太阳还很远，有时也难免失望沮丧，但我总怀着希望。"

"如果我像你一样就好了……"

"上帝总是把简单的事交给像我这样的笨蛋来完成，而记者们手中的笔，按我的理解，可以治愈心灵，给人鼓舞，传递爱和关怀。拥有如此神奇魔力的人，不可能是个没有任何经历的小白痴，必得遍尝人生百味。你知道的，上帝成为耶稣之前，被钉在了十字架上。"

"我不是这个意思。我其实想说，如果我不是一个女人，就可以全心投入事业。"

他摇摇头："虽然我的经历简单，但我认为，爱情或事业不是一个人的全部，无关男女。我没有随便找个伴，是因为担心当爱情来敲门时，会身不由己。"

"如果一个人既想要爱情，又想有事业，会不会太贪婪了？"

"是谁把这个奇怪的想法放入你的脑海里的？这个世界噪声太多了，所以我才躲在这里，好让自己尽量少受些干扰。有时，我也困惑，人生究竟是一场自我发现之旅，还是实现之旅？如果是前者，没有收获甜蜜的爱情或是取得事业上的成功，似乎无伤大雅，但如果是后者呢？我只能从一个男人的角度推测：假如爱情在我的有生之年从未光顾过我，纵然我获得事业成功，不还是会心有不甘吗？拥有爱情的男人，事业只会更辉煌。我就此推断，对于一个男人而言，爱情是实现自我的手段，更是人生意义中不可缺少的部分。"

"你认为人类的终极目标是什么，是重回伊甸园吗？"

"我还没想过这个问题，不过也不妨和你一起想一想。"他一定是读出了她眼里的期望，"人类这个词太大了，咱们还是站在一个人的角度来思考一下。当一个人面临死亡的时候，大概会有这样一些想法：人生太短暂了，我还有许多想做但是没有完成的事情，但是这副疲惫、羸弱的躯壳把我拖垮了，不放弃也不行，早知今日，当初我就不该把除了生命和使命以外的其他东西看得太重，我该好好活着……"

"你认为我们需要一本绿色圣经做指引吗？"

"假如有一个模范少女，从现在起至几百年，甚至是几千年以后，从里到外，不再长高一寸，不再成熟一分，却仍然宣称自己是通晓一切的智慧之神，要人们向她顶礼膜拜，会怎样？"

"你是说，我们难免会重犯以前犯过的错，把信仰变成枷锁？"

"倘若大伙都放弃了自我悟道，把一个人或是几个人的心得提拔成不可逾越的圣经，这种情况将很难避免。我们都是自然之神的实验品，有的人站得高一些，有的人钻得深一些，还有的人走得远一些，但即便如此，未必就离神更近。回看历史，我常常会不由自主地怜悯我们的祖先，一生所遵守的许多美德，只是一道又一道的灵魂束缚，如果没有那些所谓手执罗盘的人指引，说不定还会少些痛苦，少走些弯路。"

"但没有罗盘的指引，人会迷失，没准会误入歧途，葬身鱼腹。"

"这样说吧……上帝只是个木匠，他都能悟道，其他人为何不可？我相信，现在和将来，会有越来越多的人重新释义成功，重新诠释超人，重新规划人类的伊甸园。把所有这些脚本放在一起，我们最终会破译给人类建立伊甸园的密码。"

"可你是否认为，即便我们已经觉察人类是以透支未来的方式支撑现在的繁华，即便给伊甸园涂上了一抹迷人的绿色，但它仍然随众寥寥。年轻人，包括我自己，依然做着旧梦。"

"我猜大概是因为成功之树上挂着的金苹果太多，诱惑太大了，我们毕竟是猴子变的……"他笑了，笑里含着无限的幽默和从容。

……

回去的路上，弗里达博士那双清澈通透的双眸仿佛是自然之神的慧目，一直默默地注视着她，每当她滑向昨天滑向痛苦时，就把她拽回来，拽到当下。在采访稿的结束语中，她这样写道："倘若，弗里达博士的海藻提纯能够为世人所认可，他和他的风车就是一段传奇。即便不能，又如何？他和风车就是那片浓密山林中的一段收藏。这个时代需不需要堂吉诃德呢？"